삼국유사

三國遺事

세계문학전집 166

삼국유사

三國遺事

일연

김원중 옮김

민음사

일러두기

1. 이 책은 민족문화추진회에서 간행한 『삼국유사』를 저본으로 했으며, 특별한 경우를 제외하고는 별도의 교감 작업을 하지 않았다.

2. 원본의 체제에 의거하여 일연이 쓴 원주는 본문 옆에 작은 글씨로 병기했고, 역자가 독자의 이해를 돕기 위해 부가한 말과 원문과 역어가 다른 말은 [ ] 안에 넣었다.

3. 각 편의 이해를 돕기 위해 편마다 첫머리에 해제를 실었다.

4. 역주는 본문 하단에 실었으며 필요한 경우 그 출처를 밝혔다.

5. ( ) 안의 연도는 역자가 넣은 것이다.

6. 권 제1에 속한 「왕력」편은 본래 이 책의 맨 앞에 두어야 하지만 독자의 편의를 위해 본문 뒤에 따로 두었다.

7. 인명, 지명, 서명, 조대, 연호, 개념어, 관직명 등은 번역을 하지 않고 간략한 설명만 덧붙였다.

8. 맞춤법과 띄어쓰기는 한글 맞춤법과 외래어 표기법을 따랐다.

9. 본문에 사용된 문장 부호의 의미는 다음과 같다.

『 』: 전집이나 총서 또는 단행본

「 」: 개별 작품 또는 논문

" ": 대화 또는 인용

' ': 강조 또는 인용문 속 인용문

10. 이 책은 민음사에서 2021년에 개정된 양장본 『삼국유사』와 번역문은 동일하며 원문은 양장본에만 게재되어 있다.

차례

권 제2

권 제4

권 제 5

효선 제9 611

개정판 서문

『삼국유사』는 작가의 숨결이 느껴지는 문학인 동시에 우리나라의 건국 기원을 다룬 신화적 성격을 띤 역사서다. 즉 고대 왕조의 성립과 그 흥망성쇠를 비롯하여 왕과 귀인, 고승과 일반 서민에 이르기까지 다양한 부류의 삶의 이야기가 흥미진진하게 소개되어 있다. 어디 그뿐이랴. 신라를 비롯한 고구려, 백제 등 삼국에서 일어난 기이한 사건들을 집대성한 기서(奇書)이자 불교와 기이한 승려의 이야기가 가득한 불교 설화집이기도 하다. 다시 말해서 『삼국유사』는 희대의 일급 이야기꾼 일연 스님 말년의 거의 모든 것이 오롯이 배어 있는 경이로운 책으로 주류 역사서에서는 흔히 찾아보기 어려운 단군 신화, 민간의 설화와 신화, 불교와 민속 신앙 자료 등이 망라된 민속학의 보고라고 할 수 있다. 그러니 『삼국유사』의 어디를 펼쳐 놓고 읽어 보더라도 재미있을 수밖에 없다.

나는 이번 전면 개정 작업을 하면서 줄곧 육당 최남선이 이 책을 김부식의 『삼국사기』보다 우위에 두었던 말의 의미를 되새겨 보고자 했다. 단순히 승려라는 불교도의 입장이 아니라, 당시로서는 선각자적인 시각에서 우리의 역사를 중국과 대등한 입장에서 자주적으로 바라보고자 한 일연의 대업이 이 책의 가치와 위대성을 입증하기에 충분하다는 점을 계속 뇌리에 떠올렸다.

2007년에 민음사에서 개정판으로 나온 지 14년 만에 전면적으로 재개정하여 펴내는 이 『삼국유사』는 2003년 MBC 「느낌표」 선정 도서로 세상에 널리 알려진 이래 거의 50만 명이 넘는 독자의 베스트셀러로 자리 잡았다. 초중고 교과서나 참고도서 등 많은 곳에서 역자의 번역본이 다양한 경로로 인용될 정도로 과분한 사랑을 받았다는 점에 감사한 마음이다. 그러나 한편으로 기존 판본에 역자가 미처 생각하지 못했거나 제대로 살펴보지 못한 데서 온 오류 등이 발견되어 그것들을 전면적으로 수정하고 각주도 그간의 연구 성과나 번역의 성과물을 반영하여 대폭적으로 보완할 필요성이 제기되었는데, 이번 작업에서 그것을 바로잡았다.

초판이 출간된 지 20년 가까운 기간 동안 늘 『삼국유사』를 곁에 두고, 관련된 유적지가 있는 경주를 비롯하여 논산이나 익산 등지를 탐방하면서 일연이 그린 역사의 숨결을 느껴 보기도 했다. 연구실에서는 이 책과 늘 비교되는 『삼국사기』의 관련된 부분을 찾아 비교, 대조해 보고 관련 논문 자료를 찾으면서 다양한 시각에 따라 수많은 성과가 나온다는 사실에 많은 생각을 하게 되었다. 이런 일련의 과정에서 『삼국유사』는 여전히 고대 우리 민족의 삶과 역사를 가감 없이 충실히 보여 주는 보배로운 책이란 확신이 들었다.

이번 작업에서는 무엇보다도 원문에 충실하면서 우리말의 결을 살리는 번역을 지향하여 본문을 손보았으며, 각주를 충실하게 보완하고 원문의 오자도 수정하여 보다 온전하고 편하게 책을 읽을 수 있도록 하였다.

지난 30여 년 동안 늘 새벽에 일어나 고전을 연구하고 번역하는 일을 해 왔다. 이런 원칙을 어긴 적은 거의 없었으며 이런 작업의 원동력은 역자의 작업을 성원해 주는 고전 애독자 여러분이다. 조언과 격려를 아끼지 않은 독자들 덕분에 이 책은 이런 멋진 모습으로 다시 세상에 나오게 되었다.

길고 긴 개정판 작업을 마무리하니 마음속에 늘 부담으로 자리 잡고 있었던 짐을 덜어내어 홀가분하면서도 두려운 마음이 교차된다. 이 작업에 몰입하다 보니 어느덧 기나긴 겨울이 지나가고 있다.

세월은 이렇게 흘러가는가 보다.

2022년 2월
김원중

권 제1

●

卷第一

기이 제1

◎

紀異 第一

'기이'란 기괴하고 이상한 것을 기록한다는 뜻이다. 첫머리에 나와 있듯이 삼국은 시조의 발원이 모두 기이한 출생에 바탕을 두고 있다. 『삼국유사』에서 '유사(遺事)'의 특징이 잘 드러나는 이 편은 「왕력」 편과 대조하면서 읽는 것이 좋다. 이 편에서는 고조선을 시작으로 후삼국까지의 단편적인 역사적 사실을 50여 개 항목으로 나누어 소개하고 있는데 「기이 제1」은 신라 문무왕 이전까지, 「기이 제2」는 문무왕 이후부터 신라와 백제, 가락국 등의 역사를 다루고 있다.

일연이 『삼국유사』를 찬술한 의도와 서술 태도를 알 수 있는 중요한 자료로서, '홍익인간'이라는 말의 기원이 있는 '고조선' 조의 내용에도 나와 있듯이 우리 개국 시조 단군의 존재를 처음으로 내세우면서 신이(神異)의 정당성과 우리 민족의 자주성을 나타내며 그 원류는 중국 요임금과 거의 동시대임을 분명히 주장하고 있다.

특히 「기이」 편은 한 조에 한 왕대의 사건을 하나씩 묶어서 서술하였는데, 사료적 성격의 조목과 설화적 성격의 조목이 공존한다.

첫머리[叙]에 말한다.

대체로 옛 성인이 바야흐로 예악(禮樂)으로 나라를 일으키고 인의(仁義)로 가르침을 베풀면서 괴이, 완력, 패란(悖亂), 귀신에 대해서는 어디에서도 말하지 않았다.[1] 그러나 제왕이 일어날 때에는 부명(符命)[2]에 응하고 도록(圖籙)[3]을 받는 것이 반드시 보통 사람들과는 다른 점이 있었고 그런 뒤에 큰 변화를 타고 천자의 지위[大器]를 장악하고 [제왕의] 대업을 이룰 수 있었다.

그러므로 황하에서 [팔괘] 그림이 나오고, 낙수(洛水)에서 글이 나오면서[4] 성인이 일어났다. 무지개가 신모(神母)를 둘러싸 복희(伏羲)[5]를 낳았고, 용이 [신농씨의 어머니인] 여등(女登)과 감응하여 염제(炎帝)[6]를 낳았으며, [소호씨의 어머니인] 황아(皇娥)가 궁상(窮桑)이라는 들판에서 노니는데 자신을 백제(白帝)의 아들이라 일컫는 신동(神童)이 있어 서로 통정하여 소호(少昊)[7]를 낳았고, 간적(簡狄)[8]은 [제비]알을 삼키고 설(契)[9]을 낳았으며, 강원(姜嫄)[10]은 거인의 발자취를 밟고 기(棄)[11]를 낳았고, (요의 어머니는) 임신한 지 열네 달 만에 요임금을 낳았으며, (패공의 어머니는) 용과 큰 못에서 통하여 패공(沛公)[12]을 낳았다.[13] 이로부터 그 뒤에 일어난 일을 어찌 다 기록할 수 있겠는가?

그렇다면 삼국의 시조가 모두 신비스럽고 기이한 데서 나온 것이 어찌 괴이하다 하겠는가? 이는 「기이(紀異)」 편을 모든 편의 첫머리에 싣는 까닭이며 그 뜻이 여기에 있다.

1) 『논어』「술이(述而)」편에 '자불어 괴력난신(子不語, 怪力亂神)'이라 했다. 즉 공자는 상도(常道)를 벗어난 것에 대해서는 말하지 않는다는 뜻이다.

2) 하늘이 상서로운 징조로 인군(人君)에게 내려 주는 명이다.

3) 길흉화복을 예언한 예언서다.

4) 황하에서 그림이 나왔다는 것은 복희 때 황하에서 등에 그림이 그려진 용마(龍馬)가 나온 것을 말하는 것이다. 이 그림을 하도(河圖)라 하는데 복희는 이 그림을 기초로 팔괘를 만들었다. 그리고 황제 때 등에 숫자가 새겨진 신귀(神龜)가 낙수에서 나왔는데 이를 기록하여 낙서(洛書)라고 한다. 우임금은 이 글을 기초로 홍범구주(洪範九疇)를 만들었다고 한다.

5) 중국 고대 전설상의 제왕으로 호리병박이란 뜻이며, 포희(庖犧), 포희(炮犧), 태호(太昊)라고도 한다. 수렵과 목축을 가르쳤고, 그물 제작 방법을 발명했다.

6) 중국 고대의 제왕 신농씨(神農氏)로 농기구와 오곡 파종법을 발명했다. 화덕(火德)을 받들었으므로 염제라고 불렀다.

7) 중국 고대의 제왕으로 소호씨(少昊氏) 또는 금천씨(金天氏)라고도 하며 황제의 맏아들이다.

8) 유융씨(有娀氏) 부족의 여인이며 제곡의 둘째 부인이다.

9) 중국 고대 상나라의 시조로 고신씨(高辛氏)의 아들이다.

10) 유태씨(有邰氏)의 딸로 제곡의 정비(正妃)다.

11) 중국 주나라의 시조인 후직(后稷)이다. 농사짓는 일에 재능이 있었다.

12) 한나라 제1대 황제 유방(劉邦)으로 패읍(沛邑) 출신이라 패공으로 불렸다. 『사기』「고조본기」에 자세한 내용이 보인다.

13) 이처럼 영물을 통해 임신하여 영웅이 탄생하는 것을 감생(感生)신화라고 한다.

고조선 왕검조선[1]

『위서(魏書)』[2]에 이른다.

"지금부터 2000년 전에 단군왕검(壇君王儉)[3]이 있어서 아사달(阿斯達)[4]『경(經)』[5]에 무엽산(無葉山)이라 하고 백악(白岳)이라고도 이르는데, 백주(白州) 땅에 있다. 개성(開城) 동쪽에 있다 했으니, 지금의 백악궁(白岳宮)이 그것이다.에 도읍을 정하고 나라를 열어 조선이라고 불렀으니, 〔바로〕 요(堯)[6]임금과 같은 시대다."

『고기(古記)』[7]에는 〔이렇게〕 이른다.

"옛날 환인(桓因)[8]제석(帝釋)[9]을 말한다.의 서자 환웅(桓雄)이 자주 천하에 뜻을 두고 인간 세상을 탐내어 구했다. 아버지가 아들의 뜻을 알고는 삼위태백(三危太伯)[10]을 내려다보니 인간을 널리 이롭게 할 만하여 〔환웅에게〕 천부인(天符印)[11] 세 개를 주어 〔즉시〕 내려보내 인간 세상을 다스리게 했다.

환웅이 〔다스리는 데 필요한〕 무리 3000명을 거느리고 태백산(太白山)[12]곧 태백은 지금의 묘향산이다. 꼭대기 신단수(神壇樹) 아래로 내려왔다. 이곳을 신시(神市)[13]라 하고 스스로를 환웅천왕이라고 하였다. 환웅천왕은 풍백(風伯)과 우사(雨師)와 운사(雲師)[14]를 거느리고 곡식, 생명, 질병, 형벌, 선악 등 인간 세상의 360여 가지 일을 주관하여 세상에 있으면서 다스리고 교화했다.

그 당시 곰 한 마리와 호랑이 한 마리가 같은 굴속에 살고 있었는데, 환웅〔神雄〕에게 사람이 되게 해 달라고 항상 기원했다.

이때 환웅이 신령스러운 쑥 한 다발과 마늘 스무 개를 주면서 말했다.

'너희가 이것을 먹되, 백 일 동안 햇빛을 보지 않으면 사람의 모습을 얻으리라.'

곰과 호랑이는 쑥과 마늘을 받아먹으면서 삼칠일(三七日)[15] 동안 금기했는데, 〔금기를 잘 지킨〕 곰은 여자의 몸이 되었지만, 금기를 지키지 못한 호랑이는 사람의 몸이 되지 못했다.

〔그러나〕 웅녀(熊女)는 혼인할 상대가 없어 매일 신단수 아래에서 아이를 갖게 해 달라고 빌었다.

환웅이 잠시 사람으로 변해 웅녀와 혼인하고 잉태하여 아들을 낳았으니 단군왕검이라고 불렀다.[16]

단군왕검은 당요(唐堯)가 즉위한 지 50년이 되는 경인년(庚寅年) 당요가 즉위한 원년이 무진년(戊辰年)이니, 50년은 경인년이 아니라 정사년(丁巳年)이므로 사실이 아닌 듯하다.에 평양성(平壤城) 지금의 서경(西京)이다.에 도읍을 정하고 비로소 조선이라고 불렀다.

다시 도읍을 백악산 아사달로 옮겼는데, 그곳을 궁홀산(弓忽山) 궁을 방(方)으로도 쓴다. 또는 금미달(今彌達)이라고 부르기도 한다. 그는 1500년 동안 백악산에서 나라를 다스렸다.[17] 주(周)나라 무왕(武王)이 즉위하던 기묘년에 기자(箕子)를 조선에 봉했다. 그래서 단군은 장당경(藏唐京)[18]으로 옮겼다가 그 후 아사달로 돌아와 숨어 살면서 산신이 되었는데 이때 나이가 1908세였다."

당나라 『배구전(裴矩傳)』[19]에 이른다.

"고구려[20]는 본래 고죽국(孤竹國) 지금의 해주(海州)다. 이었는데, 주(周)나라에서 기자를 봉하면서[21] 조선이라 했다. 한(漢)나라가 〔이곳을〕 세 군으로 나누어 다스렸는데, 이것이 곧 현도(玄菟), 낙랑(樂浪), 대방(帶方) 북대방(北帶方)이다. 이다."

『통전(通典)』[22]에도 이 설과 같다. 『한서(漢書)』에는 진번(眞番), 임둔(臨屯), 낙랑, 현도의 네 군으로 되어 있는데, 여기서는 세 군으로 되어 있고 그 이름도 같지 않으니 무슨 까닭인가.

---

1) 같은 시기 이승휴의 『제왕운기』와 이규보의 『동국이상국집』 「동명왕편」과 『세종실록』 「지리지」에도 비슷한 내용이 있다.
2) 북제(北齊) 위수(魏收)가 찬술한 것으로 『후위서』라고도 한다. 지금 전하는 『위서』에는 송나라 때 스물아홉 편이 없어져 단군에 관한 이야기를 찾아볼 수 없다.
3) 『제왕운기』, 『세종실록』 「지리지」 등에는 '단(壇)'이 '단(檀)'으로 나와 있다.
4) '아사달'은 조양(朝陽)의 땅이라는 말로서 조선으로 보기도 하고 황해도 구월산이나 평양으로 보는 학자도 있다.

5) 중국 신화와 전설의 보고인 『산해경(山海經)』을 말한다.

6) 원문에는 '고(高)'로 되어 있는데 고려 정종의 이름 '요(堯)'를 피해서 쓴 것이다.

7) 『단군고기』를 말하는 듯하다. 이 책은 단군의 사적에 관한 가장 오래된 기록으로 이승휴의 『제왕운기』에는 『단군본기』로 되어 있다. 그러나 '고기'는 여러 가지 옛 기록의 총칭일 뿐 특정한 책을 가리키는 것이 아니라는 설도 있다.

8) 현재 전해지는 『삼국유사』원본인 정덕본(正德本)에는 환국(桓國)이라고 되어 있는데, 일제 강점기에 '환인'으로 날조했다고도 한다. 환인이란 하느님을 가리킨다.

9) 제석이란 한문과 범어의 결합으로 이루어진 글자로서 수미산(須彌山) 정상에 있는 도리천의 임금이라는 의미다.

10) '삼위(三危)'는 『서경(書經)』에 나오는 산 이름으로, '태백'은 그중 하나다. 고운기는 '세 봉우리가 솟은 태백산'이라고 해석했고, 이병도는 '삼고산(三高山)'이라고 풀이했다. 삼위, 태백 모두 순우리말을 한자로 쓴 것으로 보기도 한다.

11) '부인(符印)'이란 본래 조정과 관리가 나누어서 신표로 삼는 물건을 말하는데, 여기서는 천상의 것이라는 점에서 '천부인'이라고 하여 신의 위력과 영험한 힘의 표상이 되는 물건을 가리킨다. 3종의 신물(神物)은 거울, 칼, 방울로 추정한다.

12) 서대석 교수는 백두산으로 바로잡아야 한다고 했다. '태백'이란 말이 보통 명사라는 설도 있다.

13) 신정(神政) 시대에 신성시하던 장소다.

14) 각각 바람, 비, 구름을 관장하는 어른이라는 의미로 물론 환웅의 통치를 보필하는 존재를 말하며, 당시에 농경이 주된 생업임을 알 수 있다.

15) 대부분 이십일 일이라고 번역하는데, 환웅이 백 일을 기약한 앞 문장과 어긋나 삼칠일로 그냥 두었다. 민간 신앙에서 3과 7이라는 숫자는 '삼가다'라는 뜻도 있고 불교에서 7이란 하나의 단위 기간이라고도 한다.

16) 이 부분에 대한 전통적인 해석은 환웅의 천신 숭배 집단과 웅녀의 곰 토템 부족이 통합하여 하나의 통치 집단이 되었다는 것이다.

17) 단군의 후손이 이 기간 동안 계승해 나갔다는 의미이며 『규원사화(揆園史話)』에 40명의 이름이 보인다. 그러나 『규원사화』가 위서일 가능성이

커 신빙성은 떨어진다.

18) 황해도 구월산 기슭과 만악산에 있던 땅 이름이다.

19) 당나라 고조 때 사람 배구의 전기로 『당서(唐書)』에 열전이 실려 있다.

20) 원문의 고려(高麗)는 곧 고구려다. 이하도 마찬가지다.

21) 기자는 은나라의 현인으로 주나라 무왕이 은나라를 빼앗자 기원전 1122년 동쪽으로 도망하여 조선에 들어와 기자조선을 건국하고 팔조금법(八條禁法)을 가르쳤다고 하는데, 이러한 동래설(東來說)은 중국의 사료에도 각기 사실이 서로 모순되고 시대가 맞지 않아 부정하고 있다. 『사기』 「조선열전(朝鮮列傳)」에도 이런 얘기가 나온다. 평양시에 그의 능이 있다고 한다.

22) 당나라 두우(杜佑)가 편찬한 중당(中唐) 이전의 정치 제도에 관한 책으로 선거, 예악, 관직, 식화(食貨), 병형(兵刑), 주군(州郡), 변방(邊防) 등을 다루고 있다.

위만조선[1]

『전한서(前漢書)』[2] 「조선전(朝鮮傳)」에 이른다.

"처음 연(燕)나라 때로부터 일찍이 진번 조선(眞番朝鮮) 안사고(顏師古)는 "전국(戰國) 시대에 연나라가 처음으로 이 땅을 침략하여 얻었다."라고 했다.을 침략해 차지하여 관리를 두고 성을 쌓았다. 진(秦)나라는 연나라를 멸망시켜 요동의 변방에 예속시켰다. 〔그러나〕 한(漢)나라가 일어나자 멀어서 지키기 어려웠기 때문에 다시 요동의 옛 요새를 고쳐 짓고 패수(浿水) 안사고는 "패수는 낙랑군에 있다."라고 했다.를 경계 삼아 연나라에 예속시켰다.

연나라의 왕 노관(盧綰)[3]이 반란을 일으켜 흉노로 들어가자 연나라 사람 위만(魏滿)은 망명하면서 무리 1000여 명을 모아 동쪽으로 요새를 빠져나와 패수를 건너 진(秦)나라의 옛 빈터인 상하장(上下鄣)에서 살았다. 〔그리고 그는〕 차츰 진번 조선의 만이(蠻夷), 옛 연나라와 제(齊)나라의 망명자를 복속

시켜 왕이 되어 왕검(王儉) 이기(李奇)는 지명이라 했고, 신찬(臣瓚)은 "왕검성은 낙랑군 패수 동쪽에 있다."라고 했다. 에 도읍을 정했다. 〔위만은〕 군사의 힘으로 주변의 작은 고을들을 침략하여 항복시켰는데 〔이에〕 진번, 임둔이 모두 복속해 와 땅이 수천 리나 되었다.

〔위만은 왕위를〕 아들에게 전했고 〔이후〕 손자 우거(右渠) 안사고는 손자의 이름이 우거라고 했다. 에 이르렀다. 진번과 진국(辰國)[4]이 글을 올려 〔한(漢)나라〕 천자를 알현하려 했으나, 〔우거가〕 길을 막아 전하지 못했다. 안사고는 진(辰)은 진한(辰韓)을 말한다고 했다.

원봉(元封)[5] 2년(기원전 109년)에 한나라 사신 섭하(涉何)가 우거를 타일렀지만 끝내 천자의 명령을 받들지 않았다. 섭하는 국경까지 가서 패수에 이르렀을 때 수레를 몰던 자를 시켜 자기를 호송하던 조선의 비왕(裨王)[6] 장사(將師)다. 장(長) 안사고는 장이 섭하를 호송한 자의 이름이라 했다. 을 죽였다. 〔그러고는〕 즉시 패수를 건너 요새로 달려 들어가 자기 나라로 돌아간 뒤 〔이 사실을 천자에게〕 보고했다.

천자는 섭하를 요동의 동부도위(東部都尉)로 임명했다. 〔그러나〕 섭하를 원망하던 조선은 불시에 습격하여 섭하를 죽였다. 천자가 누선장군(樓舡將軍) 양복(楊僕)을 보내 제(齊)나라에서 발해(渤海)로 가도록 했는데 군사가 5만 명이었다. 좌장군(左將軍) 순체(荀彘)는 요동으로 나와 우거를 토벌하러 갔다. 우거는 군사를 보내어 험한 곳에서 〔이를〕 막았다. 누선장군이 제나라 군사 7000명을 거느리고 먼저 왕검성에 도착했다.

성을 지키던 우거는 누선장군의 군사가 적은 것을 알고는 즉시 나가 공격했다. 누선은 패배해서 달아났다. 양복은 군사를 잃고 산속으로 숨어 죽음만은 면했고, 좌장군은 조선 패수의 서군(西軍)을 공격했지만 격파하지 못했다. 천자는 두 장수가 불리하게 되자 위산(衛山)을 시켜 군사의 위엄으로 우거를 타이르도록 했다. 우거는 투항을 받아 주기를 청하면서 태자를 보내 말을 바치겠노라고 했다. 〔태자의〕군사 1만여 명이 무기를 지니고 패수를 막 건너려는데, 사자(使者)와 좌장군은 그들이 반란을 일으킬까 의심하여 태자에게 말했다.

'태자는 이미 항복했으니 무기를 지닐 수 없다.'

태자도 사자가 자신을 속인다고 의심하여 패수를 건너지 않고 군사를 이끌고 돌아갔다. 위산이 이 일을 보고하자 천자는 위산을 죽였다. 좌장군이 패수의 상군(上軍)을 격파하고 전진하여 성 아래에 이르러 서북쪽을 포위하자, 누선장군 역시 성 남쪽에 주둔했다.

〔그러나〕우거가 굳건히 지켰으므로 몇 달이 지나도 조선을 항복시키지 못했다. 천자는 오랜 시간이 지나도 항복시킬 수 없을 것이라고 생각하여 옛 제남태수(濟南太守) 공손수(公孫遂)를 시켜 정벌하게 하면서 〔모든 일을〕편의대로 처리하도록 했다. 공손수가 와서 누선장군을 붙잡아 결박하고 누선장군의 군사를 합쳐서 좌장군과 함께 급히 조선을 쳤다. 조선(朝鮮)의 상(相) 노인(路人)과 한도(韓陶), 이계(尼谿)안사고는 이계는 지명이며 모두 네 명이라 했다.의 상 삼(參), 장군 왕협(王唊)이 서로 의논하여 항복하려고 했으나 왕이 허락하지 않았다. 이

에 한도와 왕협과 노인이 모두 달아나 한나라에 항복했는데,
노인은 길에서 죽었다.

원봉 3년[기원전 108년] 여름 이계의 상 삼이 사람을 시켜
왕 우거를 죽이고 와서 항복했다. [그러나] 왕검성이 함락되지
않았으므로 우거의 대신(大臣) 성기(成己)가 또 반란을 일으
켰다. 좌장군이 우거의 아들 장(長)7)과 노인의 아들 최(最)를
시켜 백성들을 달래고 성기를 죽였다. 이렇게 해서 마침내 조
선을 평정하고 진번, 임둔, 낙랑, 현도의 네 군으로 삼았다."

---

1) 이 부분은 『사기』의 제55편인 「조선열전」과 비슷하여 상당 부분 참조한
것으로 보인다. 『사기』의 조선은 '위만조선'을 말하는데, 위만이 서한(西漢)
의 신하였기 때문일 것이다. 이 부분은 『후한서』 「동이열전」, 『삼국지』 「오환
선비동이전(烏丸鮮卑東夷傳)」과 비교하며 읽어 보아야 한다.
2) 후한의 반고(班固)가 지은 전한 시대의 단대사(斷代史)로 120권으로
구성되어 있다. 『한서』, 『서한서』라고도 한다.
3) 한나라 고조 유방과 같은 고향 출신으로 유방을 도와 연나라 왕이 되었
다. 뒤에 진희의 반란으로 의심을 받자 흉노로 달아나 동호로왕으로 봉해졌
으나 1년 후 죽었다.
4) 삼한(마한, 진한, 변한)을 지칭한다는 주장도 있으나 한강 이남의 여러
부족 국가를 말한다.
5) 한나라 무제(武帝) 유철(劉徹)의 연호. 기원전 110~105년까지 사용했다.
6) 여기서는 조선 왕보다 지위가 낮은 왕을 말한다. 『후한서』에 흉노의 큰
부족을 이끄는 족장 가운데 비소왕(裨小王)이라는 명칭이 있어 위만조선
이 비왕이라는 작호를 내린 것 같다.
7) 『사기』 「조선열전」에는 '장항(長降)'으로 기록되었고 우리의 '태자'로 지
칭하였다.

마한

『삼국지(三國志)』 「위지(魏志)」[1]에 이른다.

"위만이 조선을 공격하자 조선 왕 준(準)은 궁중 사람들과 측근을 이끌고 바다를 건너 남쪽 한(韓)나라 땅에 나라를 세우고 마한(馬韓)이라 했다."

견훤(甄萱)[2]이 〔고려〕 태조에게 글을 올려 아뢰었다.

"옛날에 마한이 먼저 일어나고 혁거세(赫居世)가 일어나자, 이에 백제가 금마산(金馬山)[3]에서 나라를 세웠습니다."

최치원(崔致遠)이 말했다.

"마한은 고구려요, 진한은 신라다. 『삼국사기(三國史記)』 「본기(本紀)」에 의하면 신라가 먼저 갑자년에 일어났고 고구려는 그 뒤 갑신년에 일어났다고 했는데, 이것은 왕 준(準)을 말한 것이다. 이로써 동명왕(東明王)이 일어났을 때는 이미 마한을 합병했음을 알 수 있고, 이 때문에 고구려를 마한이라고 일컬은 것이다. 지금 사람들이 간혹 금마산을 마한으로 알고 백제라고 하는 것은 잘못되고 황당한 일이다. 고구려 땅에 본래 마읍산(馬邑山)이 있었기 때문에 마한이라 이름 지은 것이다."

사이(四夷)[4]는 구이(九夷)[5]와 구한(九韓), 예(穢), 맥(貊)이니,[6] 『주례(周禮)』에서 "직방씨(職方氏)[7]가 사이와 구맥(九貊)을 관장했다."라고 한 것은 동이족 즉 구이를 말한 것이다.

『삼국사(三國史)』에 이른다.

"명주(溟州)[8]는 옛날 예국(穢國)[9]이었는데, 농부가 밭을 갈다가 예왕의 인장(印章)을 얻어 바쳤다."

또 이렇게 말했다.

"춘주(春州)는 옛날 〔고구려의〕 우수주(牛首州)며 옛날의 맥국인데, 어떤 이는 지금의 삭주(朔州)가 맥국이라고 하고, 어떤 이는 평양성(平壤城)이 맥국이라고 한다."

『회남자(淮南子)』[10]의 주에 이른다.

"동방의 이(夷)는 아홉 종류나 있다."

『논어정의(論語正義)』[11]에 이른다.

"구이(九夷)란 첫째 현도, 둘째 낙랑, 셋째 고려, 넷째 만식(滿飾), 다섯째 부유(鳧臾), 여섯째 소가(素家), 일곱째 동도(東屠), 여덟째 왜(倭), 아홉째 천비(天鄙)다."

『해동안홍기(海東安弘記)』[12]에 이른다.

"구한(九韓)이란 첫째 일본, 둘째 중화(中華), 셋째 오월(吳越), 넷째 탁라(乇羅), 다섯째 응유(鷹遊), 여섯째 말갈(靺鞨), 일곱째 단국(丹國), 여덟째 여진(女眞), 아홉째 예맥(穢貊)이다."

1) 진(晉)나라 역사가 진수(陳壽)가 편찬한 위, 촉, 오 삼국의 정사 『삼국지』 중 위나라 부분으로 본래는 「위서(魏書)」가 정확한 말이며 이렇게도 일컫는다. 여기에 나한 50여 국의 이름이 있으며 백제도 그 가운데 하나였다.

2) 본성은 이씨(李氏)이며 후백제를 세운 인물로 말년에 태조에게 귀순했다. '진훤'으로 읽어야 한다는 견해도 있다.

3) 지금의 전라북도 익산에 있다.

4) 중국 주위에 있는 동이(東夷), 서융(西戎), 남만(南蠻), 북적(北狄)을 일컫는다.

5) 『후한서』 권85 「동이열전」에 의하면 구이란 동이의 9종, 즉 견이(畎夷), 어이(於夷), 방이(方夷), 황이(黃夷), 백이(白夷), 적이(赤夷), 현이(玄夷), 풍이(風夷), 양이(陽夷)다.

6) 일본 학자 미시나 아키히데(三品彰英)는 이 문장을 별도의 제목으로 보고 앞 단락과 나누었다.

7) 주나라 때의 관직명으로 천하의 지도와 토지에 관한 일을 했다.

8) 지금의 강릉이다.

9) 『삼국지』 「오환선비 동이전」에 '예(濊)'로 기록되어 있고, 이는 '동예(東濊)'를 말한다.

10) 한나라 회남왕 유안(劉安)이 빈객과 방술가를 모아 엮은 책으로 『회남홍렬해(淮南鴻烈解)』라고도 한다.

11) 당나라 태종이 유학자 공영달(孔穎達) 등에게 명하여 짓게 한 오경의 해석서로 오경정의(五經正義)의 하나다.

12) 안홍의 전기인지 안홍의 저술인 『동도성립기(東都成立記)』를 지칭하는 것인지 불분명하다.

두 외부

『전한서』에서는 "소제(昭帝) 시원(始元) 5년 기해년(기원전 82년)에 두 외부(外府)를 두었다."라고 했다. 조선의 옛 땅인 평나(平那)와 현도군 등을 평주도독부(平州都督府)로 삼고, 임둔과 낙랑 등 두 군의 땅에 동부도위부(東部都尉府)를 설치한 것을 말한다. 개인적으로 말하는데, 「조선전」에는 진번, 현도, 임둔, 낙랑등 네 군인데 지금 여기에는 평나가 있고 진번이 없으니 아마도 한 곳의 명칭이 두 가지인 것 같다.

일흔두 나라[1]

『통전(通典)』에 이른다.

"조선의 유민들은 일흔여 나라로 나뉘었는데, 이들은 모두
영토가 사방 백 리였다."

『후한서(後漢書)』[2]에 이른다.

"서한(西漢)이 조선의 옛 땅에 처음 네 군을 두었고 뒤에 두
외부를 두었다. 법령이 점점 번잡해져 이를 일흔여덟 나라로
나누었는데, 각각 1만 호(戶)였다. 마한은 서쪽에 있었는데 쉰네 개
의 작은 읍이 있어 모두 나라라고 불렀고, 진한은 동쪽에 있었는데 열두
개의 작은 읍이 있어 나라라고 불렀다. 〔또〕 변한은 남쪽에 있었는데 열두
개의 작은 읍이 있어 각기 나라라고 불렀다."

----

1) 삼한의 모든 나라를 의미하고 본문에도 일흔여덟 나라로 되어 있으니,

'이(二)'는 '팔(八)'의 오기일 것이다.

2) 남송의 범엽(范曄)이 지은 역사책으로 후한 열두 황제의 196년간의 사적을 기록했다.

낙랑국

전한 때 처음으로 낙랑군(樂浪郡)을 두었는데, 응소(應劭)[1]
는 "옛날 조선국"이라고 했다.

『신당서(新唐書)』[2]의 주에 이른다.

"평양성은 옛날 한(漢)나라의 낙랑군이다."

『국사(國史)』에 이른다.

"혁거세 30년(기원전 28년)에 낙랑 사람들이 와서 투항했
고, 또 제3대 노례왕(弩禮王) 4년[3]에 고구려 제3대 무휼왕(無
恤王)이 낙랑을 정벌하여 멸망시키니, 그 나라 사람들이 대방
(帶方)북대방이다.과 함께 신라에 투항했다. 또 무휼왕 27년(기
원후 44년)에 광무제(光武帝)[4]가 사신을 보내 낙랑을 정벌하
여 그 땅을 빼앗아 군현으로 삼으니, 살수(薩水) 이남이 한나
라에 예속되었다.이상의 여러 글에 의하면 낙랑은 바로 평양성이어야
마땅하다. 어떤 사람들은 낙랑은 중두산(中頭山) 아래 말갈과의 경계고 살

수는 지금의 대동강이라고 하는데, 어느 말이 옳은지는 알 수 없다."

또 백제 온조왕(溫祚王)이 말했다.

"동쪽에는 낙랑이 있고 북쪽에는 말갈이 있다. 이는 아마 옛날 한나라 때의 낙랑군 속현의 땅이었을 것이다."

신라 사람 역시 낙랑이라 불렀으므로 이로 말미암아 지금 고려에서도 낙랑군부인(樂浪郡夫人)이라 한다. 또 태조가 김부(金傅)[5]에게 딸을 시집보내면서 역시 낙랑공주라고 했다.

---

1) 후한 여남(汝南) 사람으로 원소(袁紹) 밑에서 벼슬을 했고 고대의 예의, 풍속, 관직 등에 밝았다.

2) 송나라 구양수(歐陽修)와 송기(宋祁) 등이 편찬한 당나라 역사서로서 모두 225권이며 춘추필법의 확고한 역사 의식이 있다. 『구당서』의 미흡함을 보완하려는 의도가 강하다.

3) 원본에는 노례왕 4년으로 되어 있다. 『삼국사기』에는 노례왕 14년으로 되어 있다.

4) 원문의 광호제(光虎帝)는 후한 광무제 유수(劉秀)를 말한다. 고려 혜종의 이름 '무(武)'를 피해서 쓴 것이다.

5) 신라의 마지막 왕인 경순왕이며 태조는 왕건(王建)을 말한다.

북대방

북대방(北帶方)은 본래 죽담성(竹覃城)이었다. 신라 노례왕 4년(기원후 27년)에 대방 사람들이 낙랑 사람들과 함께 신라에 투항했다. 이는 모두 전한에서 설치한 두 고을의 이름인데, 그 후에 분수에 맞지 않게 나라라고 말하다가 이제 와서 투항했다.

남대방[1]

조조(曹操)의 위(魏)나라 때 처음으로 남대방군(南帶方郡) 지금의 남원부(南原府)이다.을 두었기 때문에 [남대방이라고] 말한 것이다. 대방의 남쪽은 바닷물이 천 리나 되어 한해(瀚海)[2]라고 한다. 후한 건안(建安)[3] 때 마한의 남쪽 황무지를 대방군으로 삼아 왜(倭), 한(韓)이 드디어 여기에 예속된 일이 바로 이것이다.

---

1) 요동의 공손씨(公孫氏)에 의해 세워진 대방군으로 유추한다.
2) 대마도 남쪽 바다인 듯하다. 『삼국지』 「위서」 '왜인(倭人)' 조에 보인다.
3) 후한 말제인 헌제(獻帝) 유협(劉協)의 다섯 번째 연호. 196~220년까지 사용했다.

말갈[1] 물길(勿吉)이라고도 한다. 과 발해

『통전』에 이른다.

"발해(渤海)는 본래 속말말갈(粟末靺鞨)인데, 그 추장 조영 대조영(大祚榮)을 말한다. 때에 이르러 나라를 세우고[2] 스스로 진단(震旦)[3]이라 불렀다. 선천(先天) 연간현종(玄宗) 임자년(712년)이다.에 비로소 말갈이란 이름을 버리고 발해라고 했다. 개원(開元) 7년(719년)에 조영이 죽자 시호를 고왕(高王)이라 했다.

세자가 왕위를 이어받자 명황(明皇)[4]이 왕위 계승의 책분을 내리고 왕위를 잇게 했는데, 사사로이 연호를 고쳐 마침내 해동성국(海東盛國)이 되었다. 그 땅에는 5경(京) 15부(府) 62주(州)가 있었는데, 그 후 당나라 천성(天成) 당나라 명종의 연호로 926년에서 930년까지 사용했다. 초에 거란의 공격을 받아 격파된 뒤로 거란의 통제를 받았다.『삼국사』에 이른다. '의봉(儀鳳) 3년 고종(高宗) 무인년(戊寅年)(678년)에 고구려의 잔당들이 군사를 모아 북쪽으로

42

태백산 아래에 의지하여 국호를 발해라 했는데, 개원 20년경에 명황이 장수를 보내 발해를 토벌했다. 또 성덕왕(聖德王) 32년, 현종 갑술년에 발해와 말갈이 바다를 건너 당나라의 등주(登州)를 침략하니, 현종이 토벌했다.'라고 했다. 또 신라『고기(古記)』에 '고구려의 옛 장수 조영(祚榮)의 성은 대씨(大氏)인데, 남은 군사를 모아 태백산 남쪽에 나라를 세우고 국호를 발해라 했다.'라고 했다. 이상의 여러 글을 살펴보면 발해는 바로 말갈의 다른 종족으로서 다만 갈라지고 합함이 같지 않을 뿐이다.『지장도(指掌圖)』를 살펴보면 '발해는 장성(長城)의 동북쪽 모서리 밖에 있다.'고 했다.

〔당나라〕가탐(賈耽)의『군국지(郡國志)』에 이른다.

"발해국의 압록, 남해, 부여, 추성(橻城) 네 부는 모두 고구려의 옛 땅인데 신라의 천정군(泉井郡)『지리지』에는 삭주령현(朔州領縣)에 천정군이 있다고 했는데, 지금의 용주(湧州)다. 에서부터 추성부에 이르기까지는 39개의 역(驛)이 있다."

또『삼국사(三國史)』에 이른다.

"백제 말년에 발해, 말갈, 신라가 백제 땅을 나누었다. 이에 의하면 발해가 또 나뉘어 두 나라가 된 것이다."

신라 사람이 말했다.

"북쪽에는 말갈이 있고 남쪽에는 왜가 있고 서쪽에는 백제가 있어 나라에 폐해가 된다."

또 말갈 땅은 아슬라주(阿瑟羅州)[5]에 이어져 있다고 했다.

또『동명기(東明記)』[6]에 이른다.

"졸본성(卒本城)은 땅이 말갈혹은 지금의 동진(東眞)이다.과 이어져 있다. 신라 제6대 지마왕(祗摩王) 14년(125년)에 을축(乙丑)이다. 말갈 군사가 북쪽 국경으로 대거 들어와 대령(大嶺)의 목책(木柵)을 습격하고 이하(泥河)를 건너갔다."

『후위서(後魏書)』에는 말갈을 물길(勿吉)[7]로 썼다.

『지장도(指掌圖)』에 이른다.

"읍루(挹婁)와 물길은 모두 숙신(肅愼)이다."

흑수(黑水)와 옥저(沃沮)는 동파(東坡)의 『지장도』를 깊이 고찰해 보니, 진한의 북쪽에 남북 흑수가 있다.

살펴보면 동명제(東明帝)는 즉위한 지 10년(기원전 28년) 만에 북옥저를 멸망시켰고, 온조왕 42년에 남옥저 20여 호가 백제[8]에 투항했으며, 혁거세 52년에 동옥저가 와서 좋은 말을 바쳤으니 또 동옥저도 있었던 것이다. 『지장도』에 흑수는 장성 북쪽에 있고, 옥저는 장성 남쪽에 있다고 했다.

---

1) 중국 『북제서(北齊書)』 권7에 의하면 563년에 처음 역사에 등장하는데, 중국 동북방 이민족의 총칭이다. 7세기 이후 신라인들은 발해를 말갈의 나라로 폄하했다. 한편 정약용은 예(濊)와 같은 종족으로 보았다.
2) 이승휴의 『제왕운기』 하권 동국군왕 개국 연대에도 비슷한 내용이 있다.
3) 이재호는 진국(震國)의 오기라고 했고, 진국(振國)으로 보는 견해도 있다.
4) 당나라 현종(玄宗)으로 즉위 초기에는 정치를 잘했으나 만년에 양귀비 (楊貴妃)에 빠져 정사를 돌보지 않았다. 시문에 능했다.
5) 지금의 강릉 지방이다.
6) 고구려 시조 동명왕의 사적을 적은 것이다.
7) 주대(周代)에는 숙신(肅愼)으로, 한과 위 때는 읍루(挹婁)로, 후위(後魏) 때는 물길 또는 말갈로 불렸다.
8) 『삼국사기』 「백제본기」에는 43년이며, 신라가 아니라 백제로 귀순한 것으로 되어 있다. 그러므로 원문에는 '신라'로 되어 있으나 '백제'의 오기다.

이서국

노례왕 14년(37년)[1]에 이서국(伊西國) 사람이 금성(金城)을 침공해 왔다. 운문사(雲門寺)[2]에 예부터 전해 오는 『제사납전기(諸寺納田記)』에 이른다.

"정관(貞觀)[3] 6년 임진년(632년)에 이서군(伊西郡)의 금오촌(今郜村) 영미사(零味寺)에서 밭을 바쳤다."

금오촌은 지금의 청도(淸道) 땅이므로 청도군은 옛날의 이서군이다.

---

1) 『삼국사기』와 대조해 보면 유례왕(儒禮王) 14년(297년)의 일로 기록되어 있다. 두 왕의 이름이 혼용되었다는 설과 두 차례 침공했다는 설이 있다.
2) 경상북도 청도군 운문면에 있는 절로 일연도 72~76세에 주석한 바 있고, 현재는 승가 대학원이 개설돼 있다.
3) 당나라 태종(太宗) 이세민(李世民)의 연호. 627~649년까지 사용했으며 치세로 유명하여 '정관지치(貞觀之治)'라는 말이 있다.

다섯 가야[1]

『가락기(駕洛記)』찬(贊)에 따르면, 하늘에서 자주색 끈 한 가닥이 내려와 둥근 알 여섯 개를 내렸는데, 다섯 개는 각기 읍으로 돌아가고 하나가 이 성에 있게 되었다. (성에 남은) 하나는 수로왕(首露王)이 되었고 나머지 다섯 개는 각기 다섯 가야의 군주가 되었으니, 금관(金官)을 다섯의 숫자에 넣지 않은 것은 당연하다. 그런데 고려의 『사략(史略)』에는 금관까지 숫자에 넣고 창녕(昌寧)을 더 기록했으니 잘못된 것이다.

(다섯 가야는) 아라가야(阿羅伽耶) 라(羅)를 야(耶)로 쓰기도 한다. 지금의 함안이다., 고령가야(古寧伽耶) 지금의 함녕이다.,[2] 대가야(大伽耶) 지금의 고령(高靈)이다., 성산가야(星山伽耶) 지금의 경산으로 벽진이라고도 한다., 소가야(小伽耶) 지금의 고성이다. 다.

또 고려의 『사략』에 이른다.

"태조 천복(天福)[3] 5년 경자년(940년)에 다섯 가야의 이름을 고쳤는데, 첫째 금관(金官) 김해부(金海府)가 되었다., 둘째 고령(高寧) 가리현(加利縣)[4]이 되었다., 셋째 비화(非火) 지금의 창녕인데 아마 고령을 잘못 적은 것 같다.며, 나머지 둘은 아라와 성산앞의 주와 같이 성산은 벽진가야라고도 한다.이다."

1) 김태식 교수는 불교가 성행했던 고려 시대에는 가야를 불교와 밀접한 관

46

런이 있을 것으로 생각했다면서 '가야(伽耶)'를 '가야(加耶)'로 고쳐야 한다고 주장했다. 이 조는 「기이 제2」의 '가락국기'와 함께 읽어야 한다.

2) 함창(咸昌)의 다른 이름으로 지금의 상주(尙州)다.

3) 후진(後晉) 고조(高祖) 석경당(石敬瑭)의 연호. 936~942년까지 사용했다.

4) 일명 기성(岐城)이라고도 하며 경상북도 성주에 있다.

북부여

『고기(古記)』에 이른다.

"『전한서』에 선제(宣帝) 신작(神爵) 3년 임술년(기원전 59년) 4월 8일에 천제(天帝)가 흘승골성(訖升骨城)[1] 대요(大遼) 의주(醫州) 경계에 있다. 으로 내려와 오룡거(五龍車)[2]를 타고 도읍을 세우고 왕이라 하며 국호를 북부여(北扶餘)라고 했다. 스스로 이름을 해모수(解慕漱)라 하고 아들을 낳아 이름을 부루(夫婁)라 했는데, 해(解)를 성으로 삼았다. 왕은 이후에 상제의 명에 따라 동부여로 도읍을 옮겼다. 동명제가 북부여를 이어 일어나 졸본주(卒本州)에 도읍을 세우고 졸본부여라 했는데 바로 고구려의 시조다. 아래에 보인다."

---

1) 계루(桂婁) 또는 홀본(忽本)이라고도 하는 고구려의 첫 도읍지로 흘승

골은 '승홀골(升訖骨)'이 거꾸로 된 것으로 '수릿골'이라는 의미다.

2) 천제가 타는 용 다섯 마리가 모는 수레를 말하며, 5라는 숫자는 고구려의 성수(聖數)다.

동부여

북부여 왕 해부루의 재상 아란불(阿蘭弗)의 꿈에 천제가 내려와 일러 말했다.

"장차 내 자손에게 이곳에 나라를 세우도록 할 터이니, 너는 다른 데로 피해 가라. 동명왕이 장차 일어날 조짐을 말한 것이다. 동해 가에 가섭원(迦葉原)[1]이라는 곳이 있는데, 땅이 기름져 왕도로 삼기에 적당하다."

아란불은 왕에게 권하여 그곳으로 도읍을 옮기고 국호를 동부여(東扶餘)라고 했다.

해부루는 늙도록 아들이 없었다. 어느 날 산천에 제사를 지내 대를 잇게 해 달라고 빌었다. 이때 타고 가던 말이 큰 연못〔鯤淵〕[2]에 이르러 큰 돌을 마주보고는 눈물을 흘렸다. 왕이 괴이하게 여겨 사람을 시켜 그 돌을 옮기자 금빛 개구리 모양의 어린아이가 있었다. 왕이 기뻐하며 말했다.

"이것은 바로 하늘이 나에게 내려 주신 아들이로구나!"

곧 〔그 아이를〕 거두어 기르면서 이름을 금와(金蛙)라고 했다. 그가 성장하자 태자로 삼았다.

부루가 죽자 금와가 자리를 이어받아 왕이 되었고, 그다음에는 태자 대소(帶素)에게 왕위가 전해졌다. 지황(地皇)[3] 3년 임오년(22년)[4]에 고구려 왕 무휼(無恤)이 정벌하고 왕 대소를 죽이니 〔그 후로부터〕 나라가 망했다.

---

1) 갯벌〔邊地〕이라는 뜻이다. 이 지명에 대해 이동환 교수는 "상당히 불교적인 윤색의 흔적을 보여 준다."라고 했다. 가섭은 석가모니의 2대 제자 중에 나이 많은 노장 비구의 모습으로 그려진다. 진리를 깨우치기 위하여 용맹 정진하여 석가모니의 법을 첫 번째로 전수한 제자이다. 부처님과 인연이 깊은 땅임을 나타내기 위한 용어라 할 수 있다.

2) 백두산 천지를 가리킨다.

3) 한나라 효원황후(孝元皇后)의 조카로 평제(平帝)를 죽이고 신(新)나라를 세운 왕망(王莽)의 연호. 20~23년까지 사용했다.

4) 고구려 대무신왕 5년이다.

고구려[1]

　고구려는 곧 졸본부여(卒本扶餘)다. 어떤 사람은 지금의 화주(和州)라고도 하고 성주(成州)라고도 하나 모두 잘못된 것이다. 졸본주는 요동 경계에 있는데, 『국사(國史)』「고려본기(高麗本紀)」에는 이렇게 되어 있다.

　"시조 동명[2]성제(東明聖帝)는 성이 고씨(高氏)고 이름은 주몽(朱蒙)[3]이다. 이에 앞서 북부여의 왕 해부루가 동부여로 피해 가 살았는데, 부루가 죽자 금와가 자리를 이어받았다. [금와는] 그때 태백산[4] 남쪽 우발수(優渤水)에서 한 여자를 만났는데, 사정을 물으니 [그녀가] 이렇게 말했다.

　'저는 [물의 신] 하백(河伯)의 딸 유화(柳花)입니다. 동생들과 놀러 나왔을 때 한 남자가 나타나 자신이 천제(天帝)의 아들 해모수라고 하면서 웅신산(熊神山)[5] 아래 압록강 가에 있는 집으로 유혹하여 사통(私通)하고는 [저를 버리고] 떠나가서 돌아오지 않았습니다. 『단군기』에서 '단군이 서하(西河) 하백의 딸과 가까이 하여 아들을 낳으니 이름을 부루(夫婁)라 했다.'라고 했다. 지금 이 기록을 살펴보면, 해모수가 하백의 딸과 정을 통하여 낳은 아들의 이름을 주몽이라고 했다. 『단군기』에는 '아들을 낳아 이름을 부루라 했다.' 하니 부루와 주몽(朱蒙)은 이복 형제다. 부모는 제가 중매도 없이 다른 사람을 따라간 것을 꾸짖어 이곳으로 귀양을 보내 살도록 했습니다.'

금와는 괴이하게 여겨 [유화를] 방 안에 남몰래 가두었더니 햇빛이 비추었다. 그녀가 [몸을] 피하자 햇빛이 따라와 또 비추었다. 이로 인해 임신하여 알을 하나 낳았는데6) 크기가 다섯 되쯤 되었다. 왕이 알을 개와 돼지에게 던져 주었지만 모두 먹지 않았고, 길에다 버렸으나 말과 소가 피해 갔으며, 들판에 버리니 새와 짐승이 덮어 주었다.7) 왕은 알을 깨뜨리려고 했지만 깨지지 않았으므로 유화에게 돌려주었다. 유화가 천으로 알을 부드럽게 감싸 따뜻한 곳에 두자 아이가 껍데기를 깨고 나왔는데 골격과 겉모습이 영특하고 기이했다.

겨우 일곱 살에 용모와 재략이 비범했으며, 스스로 활과 화살을 만들어 백 번 쏘아 백 번 맞추었다.8) 나라의 풍속에 활잘 쏘는 사람을 주몽이라 했으므로 이로써 이름을 삼았다.

금와에게는 아들이 일곱 있었는데, 항상 주몽과 함께 놀았다. [그러나 그들의] 기예가 [주몽에게] 미치지 못하자 맏아들 대소가 왕에게 아뢰었다.

'주몽은 사람에게서 태어난 것이 아니니 일찍이 도모하지 않으면 후환이 있을까 두렵습니다.'

왕은 듣지 않고 〔주몽에게〕 말을 기르도록 했다. 주몽은 준마를 알아보고 먹이를 조금씩 주어 마르게 하고, 늙고 병든 말은 잘 먹여 살찌게 했다. 왕은 살찐 말을 타고 주몽에게 마른 말을 주었다. 왕의 아들들과 여러 신하들이 함께 주몽을 해치려 하자, 그 사실을 알게 된 주몽의 어머니가 아들에게 말했다.

'나라 사람들이 곧 너를 해치려고 하는데, 너의 재주와 지략이라면 어디 간들 살지 못하겠느냐? 빨리 떠나거라.'

그래서 주몽은 오이(烏伊) 등 세 사람과 벗을 삼아 떠나 엄수(淹水) 지금의 어느 곳인지 자세하지 않다.9)에 이르러 물〔水〕에게 말했다.

'나는 천제의 아들10)이자 하백의 손자다. 오늘 도망치는데 뒤쫓는 자들이 가까이 오고 있으니 어떻게 하면 좋겠는가?'

그러자 물고기와 자라가 다리를 만들어 주어 건너게 했다. 그러고는 다리를 풀었으므로 뒤쫓던 기병은 건너지 못했다. 〔주몽은〕 졸본주 현도군의 경계에 이르러 마침내 도읍을 정했으나, 미처 궁궐을 짓지 못하고 비류수(沸流水)11) 가에 초가집을 지어 살면서 국호를 고구려라고 했다. 이로 인해 고(高)를 성씨로 삼았다. 본래의 성은 해씨(解氏)였는데, 지금 스스로 천제의 아들로 햇빛을 받아 출생했다고 말했기 때문에 고씨를 성으로 삼은 것이다. 〔이때〕 주몽의 나이 열두 살12)이었는데, 한(漢)나라 효원제(孝元帝) 건소(建昭) 2년 갑신년(기원전 37년)에 즉위하여 왕이라고 일컬었다. 고구려는 전성기에 21만 508호(戶)13)였다."

『주림전(珠琳傳)』14) 제21권에 다음과 같은 내용이 실려 있

다.[15]

　"옛날 영품리왕(寧稟離王)의 계집종이 아이를 가졌는데, 관상쟁이가 점을 쳐 보더니 '귀하므로 왕이 될 것입니다.'라고 했다. 왕이 말했다. '내 아들이 아니니 마땅히 죽여야 한다.' 계집종이 '기운이 하늘로부터 왔기 때문에 제가 아이를 밴 것입니다.'라고 했다. 〔계집종이〕 아들을 낳자 상서롭지 못하다 하여 돼지우리에 버리니 돼지가 입김을 불어 주고, 마구간에 버리니 말이 젖을 주어 죽지 않았다. 마침내 부여의 왕이 되었다. 바로 동명제가 졸본부여의 왕이 된 것을 말한다. 졸본부여 역시 북부여의 다른 도읍이기 때문에 부여 왕이라고 한 것이다. 영품리란 바로 부루왕의 다른 명칭이다."

---

1) 이 부분은 『삼국사기』 「고구려본기」 제1에 나오며 단군신화의 후기적 형태로서, 단군신화의 웅녀가 여기서는 하백의 딸 유화라는 여인으로 부각되어 주몽 탄생 설화로 이어지는 개국 설화다.
2) '동명'은 부여 제족의 공동신을 나타내는 보통 명사로 이해된다.
3) 추모(鄒牟), 추몽(鄒蒙), 중모(中牟), 중모(仲牟)라고도 썼다.
4) 여기서는 백두산을 말한다.
5) '압록강 가'라는 표현을 볼 때 백두산일 것이다.
6) 알의 원형은 태양의 상징이므로 이 알에 상서로운 기운이 비쳤다는 것은 태양 신화에 속한다.
7) 이것은 후직(后稷)의 탄생 신화와 매우 유사하다. 『사기』 「주본기(周本紀)」에 후직의 신화가 있다.
8) 주몽의 활 쏘는 실력은 주몽 집단의 유목 생활을 보여 주는 중요한 단서다.
9) 『삼국사기』 「고구려본기」 제1에는 '엄체수(掩遞水)'라고 하면서 지금의 압록강 동북쪽에 있다고 했다.

10) 해모수가 천제의 아들이니 주몽은 손자여야 한다.

11) 『고려사』에 의하면 평양의 동북쪽에 있다고 한다.

12) 『삼국사기』에는 스물두 살로 나와 있다.

13) 고구려가 망할 때의 가호 수가 69만 7000호였다고 하므로 이 숫자는 의심스럽다.

14) 당나라 도세(道世)가 지은 불교책 『법원주림』을 가리키고 이 책은 모두 열두 권으로 되어 있다.

15) 앞에 서술한 동명왕 탄생 설화와 비슷하면서도 약간 다르다.

변한과 백제[1] 남부여라고도 하며 곧 사비성이다.

신라[2] 시조 혁거세가 자리에 오른 지 19년 임오년(기원전 39년)에 변한(卞韓)[3] 사람이 나라를 바쳐 투항했다.

『신당서(新唐書)』와 『구당서(舊唐書)』에 이른다.

"변한의 후예는 낙랑 땅에 있다."

『후한서』에 이른다.

"변한은 남쪽에 있고 마한은 서쪽에 있으며 진한은 동쪽에 있다."

최치원이 말했다.

"변한은 백제(百濟)다."

「본기」[4]에 의하면, 온조(溫祚)가 일어난 것은 홍가(鴻嘉)[5] 4년 갑진년(기원전 17년)이었으니, 혁거세나 동명왕의 세대보다 40여 년 뒤의 일이 된다.

『당서』에서 "변한의 후예는 낙랑 땅에 있다."라고 말한 까닭은 온조왕의 계통이 동명왕에게서 나왔기 때문일 뿐이다. 간혹 어떤 사람이 낙랑 땅에서 나와 변한에 나라를 세워 마한 등과 대치한 적이 있었다고 한 것은 온조 이전에 있었던 일로, 도읍이 낙랑의 북쪽에 있었다는 말은 아니다. 어떤 이는 구룡산(九龍山) 역시 변나산(卞那山)으로 불렸다는 이유로 함부로 고구려를 변한이라 하는데, 이는 아마도 잘못된 것이다. 마땅히 옛 현인[최치원]의 견해가 옳다고 할 수 있다. 백제 땅에 변산(卞山)이 있었기 때문에 변한이라 한 것이다. 백제는 전성기에 15만 2300호였다.

---

1) 이 부분에서 일연의 백제 서술은 매우 적어 「기이」 제2의 '남부여, 전백제, 북부여'와 함께 읽어야 한다.

2) 서라벌(徐羅伐) 또는 서벌(徐伐)이라고도 했으며 '서울'은 서벌(서블)에서 전래되었다.

3) 여기서 변한은 낙동강 하류 지방에 있는 가야 제국(諸國)을 뜻하니 투항했다는 말은 믿기 어렵다.

4) 『삼국사기』 「백제본기」를 말한다.

5) 서한 성제(成帝) 유경(劉驁)의 연호. 기원전 20~17년까지 사용했다. 『삼국사기』에는 홍가 3년으로 되어 있다.

진한(辰韓) 또는 진한(秦韓)이라고도 한다.

『후한서』에 이른다.

"진한(辰韓)의 노인들이 스스로 말하기를, 진(秦)나라에서 망명한 사람들이 한국(韓國)으로 오자 마한이 동쪽 경계의 땅을 떼어 주고 서로 불러 무리를 이루었는데, 진나라 말과 유사하여 간혹 진한(秦韓)이라 했다고 한다. 열두 개의 작은 나라가 있는데 모두 1만 호씩이고 각기 나라라 일컬었다."[1]

또 최치원은 말했다.

"진한은 본래 연나라 사람들이 피신해 온 곳이다. 때문에 탁수(涿水)의 이름을 취해 살고 있는 읍과 마을을 사탁(沙涿), 점탁(漸涿) 등으로 불렀다. 신라 사람들의 방언에 탁(涿)을 도(道)로 발음하기 때문에 지금은 때때로 사량(沙梁)이라 쓰고, 양(梁) 역시 '도'로 읽는다."

신라는 전성기에 서울이 17만 8936호(戸)[2]였고, 1360방

(坊), 55리(里), 35개의 금입택(金入宅) 부유하고 윤택한 큰 집을 말한다. 이 있었다. 〔그것은〕 남택(南宅), 북택(北宅), 우비소택(亏比所宅), 본피택(本彼宅), 양택(梁宅), 지상택(池上宅) 본피부(本彼部)이다., 재매정택(財買井宅) 김유신의 조상집, 북유택(北維宅), 남유택(南維宅) 반향사(反香寺)의 하방, 대택(隊宅), 빈지택(賓支宅) 반향사의 북쪽, 장사택(長沙宅), 상앵택(上櫻宅), 하앵택(下櫻宅), 수망택(水望宅), 천택(泉宅), 양상택(楊上宅) 양(梁)의 남쪽, 한기택(漢歧宅) 법류사(法流寺) 남쪽, 비혈택(鼻穴宅) 위와 같다., 판적택(板積宅) 분황사(芬皇寺) 상방, 별교택(別教宅) 개천 북쪽, 아남택(衙南宅), 김양종택(金楊宗宅) 양관사(梁官寺) 남쪽, 곡수택(曲水宅) 개천 북쪽, 유야택(柳也宅), 사하택(寺下宅), 사량택(沙梁宅), 정상택(井上宅), 이남택(里南宅) 우소택, 사내곡택(思內曲宅), 지택(池宅), 사상택(寺上宅) 대숙택, 임상택(林上宅) 청룡사(青龍寺) 동쪽에 못이 있다., 교남택(橋南宅), 항질택(巷叱宅) 본피부, 누상택(樓上宅), 이상택(里上宅), 명남택(榆南宅), 정하택(井下宅) 등이다.

---

1) 『삼국사기』 「신라본기」의 '시조 혁거세 거서간' 조에도 비슷한 내용이 있다. 진한은 지금의 경상북도 대구 지방이다.
2) 보통 한 가구를 의미한다.

또[1] 계절 따라 노니는 별장

봄에는 동야택(東野宅), 여름에는 곡량택(谷良宅), 가을에는 구지택(仇知宅), 겨울에는 가이택(加伊宅)이다.

제49대 헌강대왕(憲康大王)[2] 시대에는 성안에 초가집이 한 채도 없고 집의 처마와 담이 서로 닿아 있었으며, 노랫소리와 피리 부는 소리가 길에 가득하여 밤낮으로 끊이지 않았다.[3]

---

1) '또〔又〕'로 시작되는 조로, 앞 조의 금입택과 연결된 것으로 보기도 하고 '우(又)'를 연문(衍文)으로 보기도 한다.

2) 경문왕(景文王)의 태자로서 글읽기를 좋아하고 총명하여 문치(文治)를 펼쳤다.

3) 고운기는 이 문장이 '처용랑 망해사' 조에 있어야 한다고 주장하는데, 역자는 원본 그대로 둔다. 사절유택은 당시 귀족들의 생활상을 보여 주는 귀중한 자료가 되며 왕실의 행궁이나 이궁으로 보기도 한다.

신라 시조 혁거세왕[1]

진한 땅에는 예부터 여섯 마을이 있었다.[2]

첫째는 알천 양산촌(閼川楊山村)으로, 남쪽은 지금의 담엄사(曇嚴寺)며, 촌장은 알평(謁平)이라고 한다. 처음에 〔하늘에서〕 표암봉(瓢嵒峯)[3]으로 내려왔는데 이 사람이 급량부(及梁部) 이씨(李氏)의 조상이 되었다. 노례왕 9년(32년)에 부(部)를 설치하고 급량부라 했는데 고려 태조 천복(天福) 5년 경자년(940년)에 중흥부(中興部)로 고쳤다. 파잠(波潛), 동산(東山), 피상(彼上), 동촌(東村)이 이에 속한다.

둘째는 돌산 고허촌(突山高墟村)으로, 촌장은 소벌도리(蘇伐都利)라고 한다. 처음에 형산(兄山)으로 내려왔는데, 이 사람이 사량부(沙梁部) 양(梁)은 도(道)로 읽어야 하며, 간혹 탁(涿)으로 쓰는데 역시 음은 도다. 정씨(鄭氏)의 조상이 되었다. 지금은 남산부(南山部)라 하며, 구량벌(仇良伐), 마등오(麻等烏), 도북(道

62

北), 회덕(廻德) 등 남촌(南村)이 이에 속한다.'지금은'이라고 한 것은 고려 태조 때 설치한 것이며 아래의 예도 그렇다.

셋째는 무산 대수촌(茂山大樹村)으로, 촌장은 구례마(俱禮馬) 구(俱)를 구(仇)로 표기하기도 한다.라고 한다. 처음에 이산(伊山) 혹은 개비산(皆比山)이라 한다.으로 내려왔는데, 이 사람이 점량부(漸梁部) 양(梁)은 탁(涿)이라고도 한다. 또는 모량부(牟梁部) 손씨(孫氏)의 조상이 되었다. 지금은 장복부(長福部)라고 하며, 박곡촌(朴谷村) 등 서촌(西村)이 이에 속한다.

넷째는 자산 진지촌(觜山珍支村) 혹은 빈지(賓之), 빈자(賓子), 빙지(氷之)라고도 한다.으로, 촌장은 지백호(智伯虎)라고 한다. 처음에 화산(花山)으로 내려와서 본피부 최씨(崔氏)의 조상이 되었으며, 지금은 통선부(通仙部)라고 한다. 시파(柴巴) 등 동남촌(東南村)이 이에 속한다. 최치원은 본피부 사람이다. 지금의 황룡사(皇龍寺) 남쪽과 미탄사(味呑寺) 남쪽에 옛터가 있는데 여기가 최치원의 옛 집이라는 설이 거의 확실하다.

다섯째는 금산 가리촌(金山加利村) 지금의 금강산[4] 백률사(柏栗寺) 북쪽산으로 촌장은 지타(祗沱) 혹은 지타(只他)라고도 한다.라고 한다. 처음 명활산(明活山)으로 내려왔는데, 이 사람이 한기부(漢歧部) 또는 한기부(韓歧部) 배씨(裵氏)의 조상이 되었다. 지금은 가덕부(加德部)라고 하는데, 상서지(上西知), 하서지(下西知), 내아(乃兒) 등 동촌(東村)이 이에 속한다.

여섯째는 명활산 고야촌(明活山高耶村)으로, 촌장은 호진(虎珍)이라고 한다. 처음에 금강산으로 내려왔는데, 이 사람이 습비부(習比部) 설씨(薛氏)의 조상이 되었다. 지금은 임천부(臨

川部)로, 물이촌(勿伊村), 잉구미촌(仍仇彌村). 궐곡(闕谷) 혹은 갈곡(葛谷)이라고도 한다. 등 동북촌(東北村)이 이에 속한다.

위의 글을 살펴보면 여섯 부의 시조는 모두 하늘에서 내려온 듯하다. 노례왕 9년(32년)에 처음으로 여섯 부의 명칭을 고쳤고, 또 여섯 성(姓)을 주었다. 지금 풍속에 중흥부를 어머니, 장복부를 아버지, 임천부를 아들, 가덕부를 딸이라 하는데 그 실상은 자세하지 않다.

전한(前漢) 지절(地節)[5] 원년(기원전 69년) 임자년 고본(古本)에는 건무(建武) 원년이라고도 하고 건원(建元) 3년이라고도 했는데, 모두 잘못된 것이다. 3월 초하루에 여섯 부의 조상들은 각기 자제들을 거느리고 알천(閼川) 언덕 위에 모여 다음과 같이 의논했다.

"우리들은 위로 군주가 없이 백성들을 다스리기 때문에 백성들이 모두 방자하여 자기가 하고 싶은 대로 하고 있다. 덕 있는 사람을 찾아 군주로 삼아 나라를 세우고 도읍을 정하는 것이 어떻겠는가?"

그러고는 높은 곳으로 올라가 남쪽을 바라보니 양산(楊山) 아래 나정(蘿井)[6] 옆에 번갯불과 같은 이상한 기운이 땅을 뒤덮었고 백마[7] 한 마리가 꿇어앉아 절하는 모습이 보였다. 〔그래서〕 찾아가 보니 자주색 알혹은 푸른 큰 알이라고도 한다. 이 하나 있었다. 말은 사람들을 보더니 길게 울고는 하늘로 올라가 버렸다.[8] 그 알을 깨뜨려 사내아이를 얻었는데, 모습과 거동이 단정하고 아름다웠다. 〔사람들이〕 놀라고 이상히 여겨 동천(東泉) 동천사(東泉寺)는 사뇌야(詞腦野) 북쪽에 있다. 에서 목욕을 시키니, 몸에서 빛이 나고 새와 짐승들이 춤을 추며 천지가 진동하고 해와 달이 맑아졌다. 그래서 혁거세왕이 말은 향언(鄕言)이다. 혹은 불구내왕(弗矩內王)이라고도 하는데, 밝은 빛으로 세상을 다스린다는 뜻이다.9) 해설가들에 따르면 "이는 서술성모(西述聖母)10)가 낳은 것이다. 중국 사람들이 선도성모(仙桃聖母)를 찬양하는 말에 어진 사람을 낳아서 나라를 세웠다는 말이 그것이다. 그러기에 계룡이 상서로움을 나타내어 알영(閼英)을 낳은 것 역시 서술성모가 나타났음을 뜻함이 아니겠는가."라고 한다. 이라 이름하고 위호(位號)는 거슬한(居瑟邯) 또는 거서간(居西干)이라고도 한다. 처음 입을 열었을 때 스스로 "알지 거서간"이라고 말하고 한 번에 일어났다고 했으므로 그 말에 따라 일컬은 것인데, 이후부터 왕의 존칭이 되었다. 이라고 했다.

당시 사람들은 다투어 축하하며 말했다.

"이제 천자가 이미 내려왔으니, 덕이 있는 왕후를 찾아 짝을 맺어 드려야 한다."11)

이날 사량리(沙梁里) 알영정(閼12)英井) 아리영정(娥利英井)이라고도 한다. 가에 계룡이 나타나 왼쪽 옆구리에서 여자아이를 낳았다. 혹은 용이 나타나 죽었는데 그 배를 갈라 얻었다고도 한다. 여자아이의 얼굴과 용모는 매우 아름다웠으나 입술이 닭부리와 같았다.13) 아이를 월성(月城) 북천(北川)에서 목욕시키자 부리가 떨어져 나갔다. 그 때문에 시내 이름을 발천(撥川)이라 했다.

남산 서쪽 기슭지금의 창림사(昌林寺)이다.에 궁궐을 짓고 성스러운 두 아이를 받들어 길렀다. 남자아이는 알에서 태어났는데, 〔그〕 알이 박처럼 생겼다. 향인들이 바가지를 박(朴)이라 했기 때문에 성을 박씨로 했다. 여자아이는 태어난 우물 이름을 따서 이름을 지었다.

두 성인이 열세 살이 되는 오봉(五鳳)[14] 원년 갑자에 남자 아이를 왕으로 세우고, 여자아이를 왕후로 세웠다. 그리고 나라 이름을 서라벌(徐羅伐) 또는 서벌(徐伐) 지금의 풍속에 경(京) 자를 서벌이라 하는 것은 이 때문이다. 또는 사라(斯羅) 또는 사로 (斯盧)라고 했다.

처음에 왕이 계정(雞井)에서 태어났으므로 계림국(雞林國) 이라고도 했는데 이것은 계룡이 상서로움을 드러냈기 때문이다. 일설에는 탈해왕(脫解王) 때 김알지(金閼智)를 얻자, 숲속에서 닭이 울었으므로 국호를 고쳐 계림이라 했다고 한다. 후세에 이르러 국호가 신라로 정해졌다.

〔박혁거세는〕 61년 동안 나라를 다스리다가 하늘로 올라갔는데 이레 후 시신이 땅에 흩어져 떨어졌고 왕후도 세상을 떠났다.[15] 나라 사람들이 한곳에 장사를 지내려 하자 큰 뱀이 쫓아다니며 이를 방해했다. 그래서 머리와 사지〔五體〕를 제각기 장사 지내 오릉(五陵)으로 만들었는데 이를 사릉(蛇陵)이라고도 한다. 담엄사 북쪽의 능이 바로 이것이다. 그 후 태자 남해왕(南解王)이 왕위를 계승했다.

---

1) 신라의 개국 시조이면서 경주 박씨의 시조인 박혁거세의 출생에서 죽을 때까지의 과정을 서술했다. 혁거세란 명왕(明王), 성왕(聖王), 철왕(哲王) 의 뜻이며 존호다.
2) 다음 신화를 서대석 교수는 육촌장 신화라고 이름 지었다. 내용은 씨족 집단의 거주 지역과 족장의 이름을 이야기한 것으로서 천신 숭배 집단의 부계 혈연을 중심으로 집단 생활을 하던 사정을 말해 주는 것으로 보았다. 김

부식은 『삼국사기』에서 이 여섯 마을 사람들을 조선의 유민으로 보았다.

3) 경주시 동천동의 금강산에 있는 봉우리로 그 아래에 석탈해왕릉이 있다.

4) 지금의 경주 북쪽에 있는 산이다.

5) 서한 선제(宣帝) 유순(劉詢)의 연호. 기원전 69~66년까지 사용했다.

6) 2003년 11월 발굴 조사에서 우물지를 비롯한 팔각건물지 등이 확인되었다고 하나, 대부분의 연구자들은 나정을 박혁거세의 탄강지로 인정할 만한 증거가 없는 것으로 결론지었다.

7) 하늘을 나는 천마의 의미가 있으며 하늘의 사자다.

8) 태양신의 정기를 받아 고귀하게 태어난다는 의미가 내포되어 있다.

9) '박'은 우리말 '붉(光明)'에 대한 음차자(音借字)며, '혁(赫)'의 훈 '붉'에 대한 음차자인 '박'자로 성을 삼은 것이라는 견해가 설득력 있다.(양주동 설)

10) 선도성모와 같은 존재며, 중국 황실의 공주로서 선도산에 와서 깃들었다는 신모다.

11) 이하는 왕비 알영 부인을 맞이하는 이야기인데, 고운기의 고증에 의하면 부인이 태어난 해는 혁거세가 왕위에 오른 5년 뒤라고 기록하고 있어 여기와는 다르다.

12) 여기서 '알'은 사물의 핵심이나 근원을 말하며, '씨'의 대칭어로 여성에게만 쓰였다. 알영정을 나정에 대응되는 마을의 중심지로 보기도 한다.

13) 닭은 새로운 태양의 도래를 알리는 새다. 이러한 닭 토템은 신성 관념의 반영이며 신라 전체의 토템으로 확장된다.

14) 중국 전한(前漢) 선제(宣帝)의 연호. 기원전 57~54년까지 사용했다.

15) 왕후는 경주의 오릉(五陵)에 혁거세와 같이 묻혀 있다고 한다.

제2대 남해왕

　남해거서간(南解居西干)은 차차웅(次次雄)이라고도 한다.
이는 존장(尊長)을 일컫는 말인데 오직 이 왕만을 차차웅이라
고 불렀다. 아버지는 혁거세이고 어머니는 알영부인이다. 비는
운제부인(雲帝夫人) 운제(雲梯)라고도 하는데, 지금의 영일현(迎日縣)
서쪽에 운제산(雲梯山) 성모(聖母)가 있어 가뭄에 비를 빌면 응험이 있다
고 한다. 이다.

　전한 평제(平帝) 원시(元始) 4년 갑자년(4년)에 즉위하여
21년 동안 다스리고 지황(地皇) 4년 갑신년(24년)에 죽으니,
이 왕이 바로 삼황(三皇)[1]의 첫째라고 한다.

　『삼국사』를 살펴보면, 신라에서는 왕을 거서간이라 불렀는
데, 진한의 말로 왕을 뜻한다. 어떤 이는 귀한 사람을 일컫는
말이라고도 한다. 또한 차차웅이라고도 하고 자충(慈充)이라
고도 한다.

김대문(金大問)[2]이 말했다.

"차차웅은 무당을 말하는 방언이다. 세상 사람들은 무당이 귀신을 섬기고 제사를 숭상하기 때문에 두려워하고 공경한다. 그래서 존장인 자를 자충이라 한 것이다."

혹은 이사금(尼師今)이라고도 했는데, 잇금[齒理][3]을 말한다. 처음에 남해왕이 승하하자 아들 노례(弩禮)가 탈해(脫解)에게 왕위를 주려고 했다. 그러자 탈해가 말했다.

"내가 듣기에 성스럽고 지혜가 많은 사람은 치아가 많다고 합니다."

이에 떡을 물어 시험했다. 옛날부터 이렇게 전해 왔다.

혹은 왕을 마립간(麻立干) 립(立)을 수(袖)로 쓰기도 한다.이라고도 하는데, 김대문은 이렇게 말했다.

"마립이란 궐(橛)[4]을 말하는 방언이다. 궐표(橛標)는 자리에 따라 두는데, 왕궐(王橛)이 주가 되고 신궐(臣橛)은 아래에 두게 되어 있어 이렇게 이름 붙인 것이다."

사론(史論)[5]에는 이렇게 말했다.

"신라에는 거서간과 차차웅이라 부른 임금이 각각 한 명씩 있고, 이사금이라 부른 임금이 열여섯 명이고, 마립간이라 부른 임금이 넷 있다."

신라 말의 유명한 유학자 최치원은 『제왕연대력(帝王年代曆)』을 지으면서 모두 무슨 왕(某王)이라 칭하고 거서간이나 마립간 등의 칭호는 사용하지 않았으니, 그 말이 비루하고 거칠어서 일컬을 만하지 않았던 것일까? 〔그러나〕 지금 신라의 일을 기록하면서 방언을 그대로 두는 것 또한 옳은 일이다. 신

라 사람들은 추봉(追封)된 이를 갈문왕(葛文王)6)이라 했는데,
이에 대해서는 자세히 알 수 없다.

　이 남해왕 시대에 낙랑국 사람들이 금성(金城)을 침범했으
나 이기지 못하고 돌아갔고, 또 천봉(天鳳)7) 5년 무인년(18년)
에 고구려의 속국 일곱 나라가 투항해 왔다.

---

1) 혁거세왕, 남해왕, 노례왕을 말한다.
2) 신라 33대 성덕왕(聖德王) 시대의 명문장가로 『화랑세기』를 지었다. 『삼
국사기』에 열전이 있다.
3) 잇자국을 말한다.
4) 말뚝을 말하며, 서열을 나타내기 위한 표식을 뜻한다.
5) 『삼국사기』 「신라본기」 제4에 실린 지증마립간 끝에 붙인 것이다.
6) 신라 시대 임금의 존족(尊族)과 임금에 준하는 자에게 주던 칭호다.
7) 신(新)나라 왕망(王莽)의 연호. 14~19년까지 사용했다.

제3대 노례왕

박노례이질금[1](朴弩禮尼叱今) 유례왕(儒禮王)이라고도 한다. 이 처음에 매부 탈해에게 자리를 물려주려 하자 탈해가 말했다.

"무릇 덕이 있는 자는 치아가 많다고 하니, 마땅히 잇금으로 시험해 봅시다."

이에 떡을 깨물어 시험해 보니, 왕의 잇금이 많았기 때문에 먼저 즉위했다. 이런 연유로 왕을 이질금이라고 했다. 이질금이란 칭호는 노례왕에서 시작되었다. 유성공(劉聖公)[2] 경시(更始) 원년 계미년(23년)에 즉위하여 연표에는 갑신년에 즉위했다고 했다. 여섯 부의 호를 고쳐 정하고 여섯 성(姓)[3]을 하사했다. 처음으로 도솔가(兜率歌)[4]를 지었는데, 차사(嗟辭)[5]와 사뇌격(詞腦格)[6]이 있었다. 그때 처음으로 쟁기와 보습과 얼음 저장 창고와 수레를 만들었다. 건무(建武) 18년(42년)에는 이서국을 쳐서 멸망시켰다. 이해에 고구려 군사가 쳐들어왔다.

1) 『삼국사기』에는 유리이사금으로 기록되어 있고, '이질금'은 '이사금'이라고도 하며 윗사람, 족장, 우두머리라는 뜻이다. 나중에 임금이라는 의미로 확장되었다.

2) 후한 광무제(光武帝) 유수(劉秀)의 족형 유현(劉玄)이다.

3) 이씨(李氏), 최씨(崔氏), 손씨(孫氏), 정씨(鄭氏), 배씨(裵氏), 설씨(薛氏)다.

4) 민족 최초의 가악(歌樂)을 기록한 대목이다. '도솔(兜率)'에 대해 여러 선학들은 고유어의 음차로 보기도 하고 '즐겁고 편안하다'(歡康)는 뜻의 불교 용어로 보기도 한다.

5) '슬퍼하는 말'이나 '감탄의 말', 또는 '찬미(讚美)'의 뜻이다.

6) '사뇌(詞腦)'는 '동토(東土)', '시나위' 등의 의미로 보기도 하고, 고려인의 일상어로 '청(淸)', '찬(讚) 등의 의미로 보기도 한다. 즉 사뇌격은 찬미하는 맑고 높은 격조를 뜻한다.

제4대 탈해왕¹⁾

탈해치질금(脫解齒叱今)²⁾토해이사금(吐解尼師今)이라고도 한
다.은 남해왕 때에 고본(古本)에 임인년에 왔다고 했으나 잘못된 것이
다.³⁾ 가까운 임인년이면 노례왕이 즉위한 뒤일 것이므로 서로 왕위를 양
보하려고 다투는 일이 없었을 것이고, 앞의 임인년이라면 혁거세의 시대
다. 따라서 임인년이라 한 것은 틀렸음을 알 수 있다. 가락국(駕洛國)
바다 한가운데에 배가 와서 닿았다. 그 나라의 수로왕(首露王)
이 신하와 백성들과 함께 북을 시끄럽게 두드리며 맞이하여
그들을 머물게 하려고 했다. 그러나 배는 나는 듯 달아나 계
림 동쪽 하서지촌(下西知村) 아진포(阿珍浦)⁴⁾지금도 상서지촌
(上西知村)과 하서지촌이란 이름이 있다.에 이르렀다.

그때 마침 포구 가에 혁거세왕의 고기잡이 노파 아진의선
(阿珍義先)이 있었다.

〔노파가〕 배를 바라보면서 말했다.

"이 바다 가운데는 원래 바위가 없는데 무슨 일로 까치가 모여들어 우는가?"

배를 당겨 살펴보니 까치가 배 위에 모여 있었고 배 안에는 길이가 스무 자에 너비가 열세 자나 되는 상자가 하나 있었다. (아진의선이) 배를 끌어다가 나무 숲 아래 매어 두고는 길흉을 알 수가 없어 하늘을 향해 고했다. 잠시 후에 열어 보니 반듯한 모습의 남자아이가 있었고, 칠보(七寶)[5]와 노비가 그 안에 가득 차 있었다.

이레 동안 잘 대접하자 아이가 이렇게 말했다.

"나는 본래 용성국(龍城國)[6] 사람입니다. 또는 정명국(正明國) 사람이라고도 하고 완하국(琓夏國) 사람이라고도 하는데, 완하는 화하국(花夏國)이라고도 한다. 용성국은 왜(倭)의 동북쪽 1000리 지점에 있다. 우리나라에 일찍이 스물여덟 용왕이 있는데, 사람의 태(胎)에서 출생하여 대여섯 살 때부터 왕위를 이어받아 온 백성을 가르치고 성명(性命)을 바르게 닦았습니다. 8품의 성골(姓骨)이 있으나 차별을 두지 않고 모두 큰 자리(大位)[7]에 올랐습니다. 이때 우리 부왕 함달파(含達婆)가 적녀국왕(積女國王)의 딸을 맞아 왕비로 삼았는데, 오랫동안 아들이 없자 아들 구하기를 빌어 7년 만에 큰 알 한 개를 낳았습니다. 그러자 대왕이 군신을 모아 묻기를 '사람이 알을 낳은 일은 고금에 없으니 길상(吉祥)이 아닐 것이다.'라고 하고, 궤짝을 만들어 나를 넣고 또한 칠보와 노비까지 배에 싣고 띄워 보내면서, '아무 곳이나 인연 있는 곳에 닿아 나라를 세우고 집안을 이루어라.'라고 축원했습니다. (그러자) 문득 붉은 용이 나타나 배를 호위하여 이곳에 이른 것입니다."

말을 끝내자 아이는 지팡이를 짚고 노비 두 명을 데리고 토함산으로 올라가 돌무덤을 만들었다. 〔그곳에〕 이레 동안 머물면서 성안에 살 만한 곳을 살펴보니 초승달 모양의 봉우리 하나가 있는데 오래도록 살 만했다. 그래서 내려가 살펴보니 바로 호공(瓠公)[8]의 집이었다. 이에 곧 계책을 써서 몰래 그 옆에 숫돌과 숯을 묻고 다음 날 이른 아침에 그 집에 가서 말했다.

"여기는 우리 조상이 대대로 살던 집이오."

호공이 그렇지 않다고 하자 이들의 다툼이 결판이 나지 않아 관청에 고발했다. 관청에서 물었다.

"무슨 근거로 너의 집이라고 하느냐?"

아이가 말했다.

"우리 조상은 본래 대장장이였는데, 잠깐 이웃 고을에 간 사이에 그가 빼앗아 살고 있는 것입니다. 땅을 파서 조사해 보십시오."

탈해의 말대로 땅을 파 보니 과연 숫돌과 숯이 나왔으므로 〔그는〕 그 집을 빼앗아 살게 되었다. 이때 남해왕은 탈해가 지혜로운 사람임을 알아보고 맏공주를 아내로 삼게 하니, 이 사람이 아니부인(阿尼夫人)이다.

어느 날, 토해(吐解)[9]가 동악(東岳)에 올랐다가 돌아오는 길에 하인〔白衣〕에게 마실 물을 떠오게 했다. 〔그런데〕 하인이 물을 길어 오면서 도중에 먼저 맛보려 하자 입에 잔이 붙어 떨어지지 않았다. 이로 인해 탈해가 꾸짖자 하인이 맹세했다.

"이후로는 가깝든 멀든 감히 먼저 [물을] 맛보지 않겠습니다."

그제야 비로소 [입에서 잔이] 떨어졌다. 그 뒤로 하인은 두려워 복종하고 감히 속이지 못했다. 지금 동악에 우물 하나가 있는데 세속에서 요내정(遙乃井)이라 부르는 우물이 바로 그곳이다.

노례왕이 죽자 광무제(光武帝) 중원(中元) 2년 정사년(57년) 6월 탈해가 마침내 왕위에 올랐다. 옛날 내 집이었다고 하여 다른 사람의 집을 빼앗았기 때문에 성을 석씨(昔氏)라 했다. 어떤 사람은 까치로 인해 상자를 열었기 때문에 [작(鵲) 자에서] 조(鳥) 자를 버리고 성을 석(昔)씨로 했으며,[10] 상자 속에서 알을 깨고 출생했기 때문에 탈해라 이름 지었다고 한다. 왕위에 있은 지 23년째인 건초(建初)[11] 4년 기묘년 (79년)에 죽은 뒤 소천구(疏川丘)에 장사 지냈다. [그] 이후에 신(神)이 말했다.

"내 뼈를 조심해서 묻으라."

두개골의 둘레가 세 자 두 치, 몸통뼈의 길이는 아홉 자 일곱 치에 치아는 하나로 엉켜 있었으며, 뼈마디는 사슬처럼 이어져 있어 이른바 천하에 둘도 없는 장사의 골격이었다. [뼈를] 부수어 소상(塑像)을 만들어 대궐 안에 안치하니, 신이 또 말했다.

"내 뼈를 동악에 두라."[12]

그래서 그곳에 받들어 모셨다. 이런 말도 있다. [탈해왕이] 죽은 뒤 27대 문무왕 대 조로(調露) 2년 경신년(680년) 3월 15일 신유일(辛酉日)밤, 태종[13]의 꿈에 매우 위엄 있고 사나워 보이는 한 노인이 나타나 "나는 탈해왕이다. 내 뼈를 소천구에서 파내 소상을 〔만들어〕 토함산에 안치하라."
라고 했다. 왕이 그의 말대로 했기 때문에 지금까지 국사(國祀)가 끊이지
않았으니, 이를 동악신(東岳神)이라고도 한다.

---

1) 이 설화는 난생 설화형으로, 이동환 교수는 "탈해가 속한 종족이 남방
해양계의 용 토템족이라는 것을 말해 준다."라고 했다.
2) '탈'은 '토(吐)'와 동음이며 '치'는 '이', '니'의 훈차자로서 치질금은 이사
금, 이질금과 같은 뜻이다.
3) 여기서 일연은 『삼국사기』 「신라본기」의 기술이 잘못되었음을 비판한다
는 의미다.
4) 『삼국사기』 「신라본기」에도 나오며 대왕암에서 3~4킬로미터 떨어진 곳
이다.
5) 불가의 일곱 가지 보물로서 금, 은, 유리(琉璃), 마노(瑪瑙), 호박(琥珀),
산호(珊瑚), 차거(硨磲)인 듯하다.
6) 『삼국사기』에는 다파나국(多婆那國)이라고 했는데 일연의 주석처럼 일
본과 관련 있는 나라로 보기도 하지만, 기록과 지명이 불일치하며 상징적인
설명으로 보기도 한다.
7) 왕위를 말한다.
8) 『삼국사기』 「신라본기」에는 그의 혈족과 성씨가 자세하지 않고 왜국 출
신으로 박을 허리에 매고 있었기에 붙은 이름으로 보았다. 왕자 호공, 탈해
의 관계를 이주민 세력의 연맹으로 보기도 한다.
9) 여기서 '토해'는 '탈해'로 보아야 한다.
10) 까치는 길조요 예지(豫智)의 새이므로 이를 토템으로 삼은 것 같기도
하다.
11) 후한 장제(章帝) 유달(劉炟)의 연호. 76~83년까지 사용했다.
12) 탈해왕릉은 경주시 동천동 금강산의 길가에 큰 소나무를 배경으로 자
리 잡고 있다.
13) 문무왕으로 보아야 한다.

김알지 탈해왕 대[1]

영평(永平)[2] 3년 경신년(60년)중원(中元) 6년이라고도 하나 틀린 것이다. 중원은 2년에서 끝날 뿐이다. 8월 4일에 호공(瓠公)이 밤에 월성(月城) 서리(西里)를 지나다 시림(始林) 구림(鳩林)이라고도 한다.[3] 속에서 커다란 빛이 밝게 빛나는 것을 보았다. 하늘에서 땅까지 자줏빛 구름이 드리워지고 구름 속으로 보이는 나뭇가지에 황금 상자가 걸려 있었다. 상자 안에서 빛이 나오고 있었고 나무 밑에는 흰 닭이 울고 있었다. 호공이 이 사실을 왕에게 보고했다. 왕이 숲으로 가 상자를 열어 보니 사내아이가 누워 있다가 바로 일어났는데, 혁거세의 고사와 같았기 때문에 그 말에 따라 알지(閼智)라는 이름을 붙였다. 알지는 향언(鄕言)으로 어린아이라는 뜻이다. 〔왕이 알지를〕안아 수레에 싣고 대궐로 돌아오는데 새와 짐승이 서로 뒤따르면서 기뻐서 뛰며 춤을 추었다.

왕이 길일을 가려 태자로 책봉했으나 나중에 파사왕(婆娑王)에게 양보하고 왕위에 오르지 않았다. 그는 금궤에서 나왔다 하여 성을 김씨(金氏)로 했다. 알지가 열한(熱漢)⁴⁾을 낳고, 열한이 아도(阿都)를 낳고, 아도가 수류(首留)를 낳고, 수류가 욱부(郁部)를 낳고, 욱부가 구도(俱道) 혹은 구도(仇刀)라 한다.를 낳고, 구도가 미추(未鄒)를 낳았다. 미추가 왕위에 오르니 신라의 김씨는 알지로부터 시작되었다.

---

1) 이 조는 천강 신화와 난생 설화의 복합 형태인 동시에 개국 설화다. 그러나 황금 상자에서 나왔기 때문에 난생 신화에 대한 반론도 있다.
2) 후한 명제(明帝) 유장(劉莊)의 연호. 58~75년까지 사용했다.
3) 『삼국사기』「잡지(雜志)」에 의하면 탈해왕 9년(65년)에 시림에 닭의 신이한 변화가 있어 계림(鷄林)이라 고쳤다 한다. 지금의 경주시 교동 첨성대와 반월성 사이에 있다.
4) '세한(勢漢)', '성한(星漢)'과 동일 인물로 보기도 하는데, 이병도는 '성한'을 '알지'와 동일 인물로 보았다.

연오랑과 세오녀[1]

　제8대 아달라왕(阿達羅王)[2]이 즉위한 지 4년 정유년(157년)에 동해 가에 연오랑(延烏郎)과 세오녀(細烏女) 부부가 살았다. 하루는 연오랑이 바다에 가서 해조(海藻)를 따고 있는데, 갑자기 바위.혹은 물고기라고도 한다.가 하나 나타나더니 연오랑을 태우고 일본으로 갔다. 일본 사람들이 그를 보고 말했다.

　"이 사람은 예사로운 인물이 아니다."

　그래서 왕으로 삼았다.『일본제기(日本帝記)』[3]를 살펴볼 때, [이때를] 전후하여 신라 사람으로서 왕이 된 자가 없었다. 이는 변방 고을의 작은 왕이지 진짜 왕은 아니다.

　세오녀는 남편이 돌아오지 않자 이상하게 여겨 [바닷가에 가서] 찾다가 남편이 벗어 놓은 신발을 발견했다. [세오녀가 남편의 신발이 있는] 바위 위로 올라갔더니 바위는 또 이전처럼 그녀를 싣고 [일본으로] 갔다. 그 나라 사람들은 놀라고 이상하게 여겨 왕에게 알리고 세오녀를 왕께 바쳤다. 부부는 서로 만나게 되었고 [세오녀를] 귀비로 삼았다.

이때 신라에서는 해와 달이 빛을 잃었는데,[4] 일관(日官)이 [왕께] 아뢰었다.

"해와 달의 정기가 우리나라에 내렸었는데, 이제 일본으로 가 버렸기 때문에 이런 변괴가 생긴 것입니다."

왕이 사신을 보내 두 사람에게 돌아오기를 청하자 연오랑이 말했다.

"내가 이 나라에 오게 된 것은 하늘의 뜻인데 지금 어떻게 돌아가겠습니까? 그러나 짐의 비(妃)가 짜 놓은 비단이 있으니, 이것을 가지고 하늘에 제사를 지내면 될 것입니다."

그러고는 비단을 주었다.

사신이 돌아와서 아뢰고 그 말대로 제사를 지냈더니 그런 후에 해와 달이 예전처럼 빛을 되찾았다. [그리고 연오랑이 준] 비단을 임금의 곳간에 간직하여 국보로 삼고 그 창고의 이름을 귀비고(貴妃庫)라 했다. 하늘에 제사 지낸 곳은 영일현 (迎日縣) 또는 도기야(都祈野)라 했다.

---

1) 이 부분은 『삼국사기』에 전혀 내용이 없으나 고려 초기 박인량의 『수이 전(殊異傳)』과 조선 전기 서거정의 『필원잡기(筆苑雜記)』에 실려 있다.
2) 일성왕의 큰아들로 신라 제8대 왕이며 154년에서 183년까지 재위했다.
3) 이 책은 원성대왕 조에 『일본제기』로 인용되어 있는데 같은 책인지는 알 수 없다.
4) 일식과 월식의 자연 현상을 뜻한다.

미추왕과 죽엽군

제13대 미추이질금(未鄒尼叱今) 혹은 미조(未組) 또는 미고(未古)¹⁾라 한다.은 김알지의 7세손이다. 대대로 벼슬이 높았고 여전히 성현의 덕이 있어 이해(理解)²⁾로부터 자리를 이어받아 처음으로 왕위에 올랐다.지금 세상에서는 미추왕의 능을 시조당(始祖堂)이라고도 한다. 이것은 대개 김씨로는 처음으로 왕위에 올랐기 때문이며, 후대에 김씨의 여러 왕들이 모두 미추를 시조로 삼은 것은 당연한 일이다. 왕위에 오른 지 23년 만에 죽었는데, 왕릉은 흥륜사(興輪寺) 동쪽에 있다.

제14대 유리왕(儒理王) 대에 이서국 사람들이 금성을 공격해 왔다. 우리[신라]는 대대적으로 [군대를] 일으켜 막았으나 오랫동안 대항할 수가 없었다. 갑자기 모두 귀에 댓잎을 꽂은 군대[竹葉軍]가 있어 도우러 와서 우리 군대와 힘을 합쳐 적을 공격하여 무찔렀다. 적이 물러간 후에는 [그들이] 어디로 갔는지 알 수 없었다. 다만 미추왕의 능 앞에 댓잎이 쌓여 있는 것을 보고는 그제야 선왕이 음덕으로 도와 공을 세운 것임을 알게 되었다. 그래서 그의 능을 죽현릉(竹現陵)[3]이라 불렀다.

그 후 37대 혜공왕(惠恭王) 대인 대력(大曆) 14년 기미년(779년) 4월 김유신 공의 무덤에서 갑자기 회오리바람이 일어났다. 무덤 속에서 어떤 사람이 준마를 타고 나타났는데, 장군과 같은 위용을 갖추고 있었다. 또 갑옷 차림에 무기를 든 마흔 명가량의 군사가 뒤를 따라와 죽현릉으로 들어갔다. 잠시 후 능 안에서 진동하고 소리내어 우는 듯한 소리가 나고, 어떤 때는 호소하는 듯한 소리도 들렸다. 그 말은 이런 내용이었다.

"신은 평생을 시대의 환란을 구하는 데 힘을 보태어 통일을 이룩한 공이 있고, 이제는 혼백이 되어서까지 나라를 지키고 재앙을 물리쳐 환란을 구하려는 마음을 잠시도 고쳐먹은 적이 없습니다. 〔그런데〕 지난 경술년〔혜공왕 6년〕에는 신의 자손이 죄도 없이 죽임을 당했으니, 〔그것은〕 군주나 신하가 저의 공을 염두에 두지 않은 것입니다. 신은 〔이제〕 다른 곳으로 멀리 떠나 다시는 〔나라를 위해〕 힘쓰지 않으려 하니 원컨대 왕께서는 허락해 주십시오."

미추왕이 대답했다.

"오직 나와 공이 이 나라를 지키지 않으면 백성들은 어떻게 되겠는가? 공은 다시 예전처럼 힘써 노력해 주시오."

〔김유신의〕 세 차례 부탁에 세 차례 다 허락하지 않았으므로 회오리바람은 곧 돌아갔다.

혜공왕은 그 말을 듣고는 두려워 즉시 대신 김경신(金敬信)을 보내 김유신 공의 능에 가서 사과하고, 공덕보전(功德寶田) 서른 결(結)을 취선사(鷲仙寺)에 하사하여 명복을 빌게 했다.[4] 〔그〕 절은 김공이 평양을 토벌한 후에 복을 심기 위해 세운 절이다. 미추왕의 혼이 아니었다면 김유신의 노여움을 막지 못했을 것이니, 나라를 지키는 마음이 크다고 할 수 있다.[5] 그래서 나라 사람들이 그 덕을 기려 삼산(三山)[6]과 함께 제사 지내기를 게을리하지 않고, 제사 차례를 오릉(五陵)[7]보다 위에 두고 대묘(大廟)라고 불렀다.

---

1) 여기서 미조, 미고는 근저(根抵), 원본(元本)이라는 뜻인 '밑', '밑'의 사음(寫音)이라는 설이 있다.

2) 『삼국사기』에는 첨해(沾解)라고 되어 있다.

3) 여기서 '현(現)'이 '엽(葉)'과 음이 통하므로 '죽엽릉'이라고 주장하는 학자도 있다.

4) 취선사는 경상북도 경주에 있던 절이다. 『삼국사기』「김유신열전 하」에 이 내용이 있다.

5) 이러한 미추왕의 혼은 호국령에 속한다.

6) 삼산은 신라의 제전 중에서 대사(大祀)의 대상이 되며 나림(奈林), 골화(骨化), 혈례(穴禮)의 세 곳이다.

7) 경주시 탑동에 있는 신라 초기의 왕릉으로 혁거세를 비롯한 다섯 사람의 분묘다.

나물왕 혹은 나밀왕(那密王)이라고도 한다. 과 김제상¹⁾

제17대 나밀왕(那密王)이 왕위에 오른 지 36년 경인년(390년)에 왜왕이 사신을 보내 와서 조문하며 말했다.

"저희 임금은 대왕의 신성하심을 듣고 신 등에게 백제가 지은 죄를 대왕께 아뢰도록 하셨습니다. 대왕께서는 왕자 한 명을 보내 저희 임금께 성심을 보이시기 바랍니다."

그래서 왕이 셋째 아들 미해(美海) 미토희(未吐喜)²⁾라고도 되어 있다.를 왜국³⁾에 보냈다. 〔이때〕 미해의 나이는 열 살로 말과 행동이 아직 〔반듯하게〕 갖추어지지 않았으므로 내신 박사람(朴娑覽)을 부사(副使)로 삼아 〔딸려〕 보냈다. 〔그런데〕 왜왕이 30년 동안 그를 붙잡아 두고는 돌려보내지 않았다.

눌지왕(訥祗王)이 왕위에 오른 지 3년 기미년(419년)에 고구려 장수왕(長壽王)이 사신을 보내 와서 조문하며 말했다.

"저희 임금께서는 대왕의 아우 보해(寶海)⁴⁾가 지혜가 빼어나고 재능이 있다는 말을 듣고, 서로 친하게 지내기를 바라며 특별히 소신을 보내 간청하도록 했습니다."

왕은 그 말을 듣고 매우 다행스러워하면서 〔서로〕 화친을 맺어 왕래하기로 했다. 그래서 동생 보해에게 고구려로 가도록 명령하고 내신 김무알(金武謁)을 보좌로 삼아 보냈다. 〔그런데〕 장수왕 역시 〔그를〕 억류하고는 돌려보내지 않았다.

10년 을축년(425년)에 이르러 왕은 여러 신하들과 나라 안의 호걸들을 불러모아 직접 연회를 베풀었다. 술이 세 순배 돌고 다양한 음악이 울리기 시작하자 왕이 눈물을 떨구면서 신하들에게 말했다.

"과거 선친께서는 백성들의 일이라면 성심을 다했기 때문에 사랑하는 아들을 동쪽 왜국으로 보냈다가 보지 못한 채 돌아가셨다. 또 짐이 보위에 오른 이래 이웃 나라의 군사가 대단히 강성하여 전쟁이 그치지 않았는데, 고구려만이 화친을 맺자는 말을 하였으므로 짐이 그 말을 믿고 친아우를 고구려에 보냈다. 〔그런데〕 고구려 역시 〔그를〕 붙잡아 두고는 돌려보내지 않고 있다. 짐이 비록 부귀한 위치에 있지만 일찍이 하루 한순간이라도 〔아우들을〕 잊거나 〔생각하고〕 울지 않은 날이 없었다. 만약 두 아우를 만나 보고 함께 선왕의 묘를 뵙게 된다면 나라 사람들에게 은혜를 갚겠는데, 누가 이 계책을 이룰 수 있겠는가?"

이때 모든 관료들이 다 함께 아뢰었다.

"이 일은 진실로 쉽지 않습니다. 반드시 지혜와 용기가 있어야 가능한데, 신들의 생각으로는 삽라군 태수 박제상이라면

할 수 있을 것입니다."

그래서 왕이 [제상을] 불러 물었다. 제상은 두 번 절하고 대답했다.

"신이 듣건대 임금에게 근심이 있으면 신하가 욕되고, 임금이 욕되면 신하는 [그 일을 위해] 죽어야 한다고 합니다. 만약 어려운가 쉬운가를 따져 보고 나서 행동하면 충성스럽지 못한 것이고, 죽을지 살지를 따져 보고 나서 움직이면 용기가 없는 것이라고 합니다. 신이 비록 어리석지만 명을 받들어 가기를 원합니다."

왕은 그를 매우 가상히 여겨 [그와] 잔을 나누어 술을 마시고 손을 잡고는 헤어졌다.

제상은 왕 앞에서 명을 받들고 곧장 북해(北海)의 길을 달려 변복을 하고 고구려로 들어갔다. [그리고] 보해가 있는 곳으로 가 함께 탈출할 날짜를 의논하여 우선 5월 15일로 정하고, 고성(高城) 수구(水口)로 돌아와 묵으면서 기다렸다. 보해는 기일이 다가오자 병을 핑계로 며칠 동안 조회하지 않다가 밤중에 도망쳐서 고성 바닷가까지 이르렀다. 고구려 왕이 이를 알고는 수십 명을 보내 그를 뒤쫓아 고성에 이르러 따라잡게 되었다. 그러나 보해가 고구려에 머무는 동안 항상 주위 사람들에게 은혜를 베풀었기 때문에 군사들은 그를 불쌍히 여겨 모두 화살촉을 뽑고 활을 쏘았다. [그래서] 마침내 [죽음을] 면하고 돌아오게 되었다.

왕은 보해를 만나 보자 미해 생각이 더욱 간절해졌다. 그래서 한편으로는 기뻐하고 한편으로는 슬퍼하며 눈물을 머금고 주위 사람들에게 말했다.

"마치 몸 하나에 팔뚝이 하나뿐이고 얼굴 하나에 눈이 하나뿐인 것 같소. 비록 하나는 얻었으나 하나는 없으니 어찌 비통하지 않겠소?"

이때 제상이 이 말을 듣고는 두 번 절한 후 하직하고 말에 올랐다. 〔그는〕 집에도 들르지 않고 길을 떠나 곧바로 율포(栗浦) 바닷가에 도착했다.

제상의 아내가 이 일을 듣고는 말을 달려 뒤쫓아가 율포에 이르러 보니, 남편이 이미 배에 오른 것이 보였다. 아내가 간곡하게 불렀으나, 제상은 다만 손을 흔들어 보이고 머물지 않았다. 〔그러고는〕 왜국에 도착해서 거짓으로 말했다.

"계림의 왕이 무고한 내 아버지와 형을 죽였기 때문에 이곳까지 도망쳐 왔습니다."

왜왕은 그를 믿고서 집을 주고 편안히 살게 해 주었다.

제상은 항상 미해를 모시고 바닷가에 나가 노닐면서 물고기와 새를 잡았다. 잡은 것을 항상 왜왕에게 바치니, 왜왕이 매우 기뻐하여 〔그를〕 의심하지 않았다.

때마침 새벽 안개가 짙게 끼자 제상이 말했다.

"도망가실 만합니다."

미해가 말했다.

"그렇다면 함께 갑시다."

제상이 말했다.

"만약 신까지 달아난다면 아마도 왜인들에게 발각되어 추격을 받을 것입니다. 신이 남아서 추격을 막겠습니다."

미해가 말했다.

"지금 그대는 나에게 아버지나 형과 같은 존재인데, 어찌 그대를 버려 두고 혼자 돌아갈 수 있겠소?"

제상이 말했다.

"신은 공의 목숨을 구하여 대왕의 마음을 위로해 드릴 수만 있다면 만족할 따름입니다. 어찌 살기를 바라겠습니까?"

그리고 술을 가져다 미해에게 바쳤다. 이때 계림 사람 강구려(康仇麗)가 왜국에 있었으므로 그를 딸려 보냈다.

제상은 미해의 방에 들어가 있었다. 이튿날 날이 밝자 주변 사람들이 들어와 보려고 했으나 제상이 밖으로 나와서 저지하며 말했다.

"어제 말을 달려 사냥을 하느라 병이 깊어 아직 일어나지 않았소."

그러나 날이 저물자 주변 사람들이 이상하게 여겨 다시 묻자 대답했다.

"미해는 떠난 지 이미 오래되었소."

주변 사람들이 급히 왜왕에게 알렸다. 왜왕은 기병을 시켜 뒤쫓게 했으나 따라잡지 못했으므로 제상을 가두고 물었다.

"너는 어찌하여 몰래 너희 나라 왕자를 돌려보냈느냐?"

〔제상이〕 대답했다.

"나는 계림의 신하지 왜국의 신하가 아니다. 이제 우리 임금의 뜻을 이루어 드리려고 한 것뿐인데 어찌 감히 당신에게 말하겠는가?"

왜왕이 노하여 말했다.

"이제 너는 내 신하가 되었는데도 계림의 신하라고 말하니, 반드시 오형(五刑)⁵⁾에 처할 수밖에 없다. 〔그러나〕 만일 왜국의 신하라고 말하면 후한 녹을 주겠다."

〔제상이〕 대답했다.

"차라리 계림의 개나 돼지가 될지언정 왜국의 신하는 되지 않겠다. 차라리 계림 왕에게 볼기를 맞을지언정 왜국의 벼슬과 녹은 받지 않겠다."

왜왕은 노하여 제상의 발바닥 살갗을 도려낸 후 갈대를 베어다 놓고 그 위를 걷게 했다. 오늘날 갈대에 있는 핏자국을 세속에서는 제상의 피라고 말한다.

그러고는 다시 물었다.

"너는 어느 나라 신하인가?"

〔제상이〕 대답했다.

"계림의 신하다."

〔왜왕은〕 또 뜨거운 철판 위에 세우고 물었다.

"너는 어느 나라 신하인가?"

〔역시 제상이〕 대답했다.

"계림의 신하다."

〔그러자〕 왜왕은 〔제상을〕 굴복시킬 수 없음을 알고는 목도(木島) 가운데서 불태워 죽였다.

미해는 바다를 건너오자 강구려를 시켜 먼저 나라에 알리게 했다. 왕은 놀라고 기뻐하여 백관들에게 굴헐역(屈歇驛)에서 맞도록 명하고, 자신은 친동생 보해와 함께 남쪽 교외에서 맞았다. 〔그리고〕 대궐로 들어와서 잔치를 베풀고 나라 안에 대대적인 사면령을 내렸다. 제상의 아내는 국대부인(國大夫人)으로 봉하고 딸을 미해의 부인으로 삼았다.

식견 있는 사람들은 [이렇게] 말했다.

"옛날 한(漢)나라의 신하 주가(周苛)가 형양(滎陽)에 있을 때 초(楚)나라 군사의 포로가 되었다. 항우(項羽)가 주가에게 '네가 내 신하가 되면 만록후(萬祿侯)로 봉하겠다.'라고 했으나, 주가는 욕을 하며 굽히지 않다가 초왕에게 죽임을 당했다. 제상의 충렬(忠烈)이 주가에 비해 부끄러울 것이 없다."

처음에 제상이 떠나갈 때, 소식을 들은 부인이 뒤쫓았으나 만나지 못하자 망덕사(望德寺) 문 남쪽의 모래밭에 이르러 드러누워 오래도록 울부짖었는데, 이 때문에 그 모래밭을 장사(長沙)라 불렀다. 친척 두 사람이 부축하여 돌아오려는데 부인이 다리가 풀려 주저앉아 일어나지 못했으므로 그 땅을 벌지지(伐知旨)라 했다. 오랜 뒤에 부인은 [남편을] 사모하는 마음을 견디지 못해 세 딸을 데리고 치술령[6]에 올라 왜국을 바라보면서 통곡하다 삶을 마쳤다. 그 뒤 치술령의 신모(神母)가 되었으며, 지금도 사당이 남아 있다.

---

1) 『삼국사기』「신라본기」와 「열전」에는 박제상(朴堤上)으로 되어 있어 박제상으로 고쳐야 한다. '제상'은 '모말(毛末)'이라고도 했다.

2) 『삼국사기』「신라본기」에는 미사흔(未斯欣)으로 되어 있다. 『삼국사기』에 의하면 미해가 일본에 간 것은 실성왕 원년의 일이다. 미사흔과 박제상 이야기는 『일본서기』 권7에도 전한다.

3) 신라에게 위협을 주었던 왜국의 성립은 대체로 4세기 이후의 일이다.

4) 『삼국사기』「신라본기」에는 "복호(卜好)를 고구려에 볼모로 보냈다."라는 기록이 있다. 인질에서 귀환한 시기에 대해서는 『삼국사기』의 기록과 차이를 보인다.

5) 중국 고대의 다섯 가지 형벌로서 대체로 먹물로 얼굴에 글씨를 새기고〔墨〕, 코를 베고〔劓〕, 발뒤꿈치를 베고〔剕〕, 성기를 절단하고〔宮〕, 목을 베는〔斬〕 것을 말한다.

6) 경주시 외동읍과 울주군 두동면 경계에 있으며 해발 765미터다. 그 아래에 박제상 사당이 있다. 아직도 이곳 주민들은 치술령에 올라가 기우제를 지낸다고 한다.

제18대 실성왕

의희(義熙)[1] 9년 계축년(413년)에 평양주(平壤州)에 큰 다리를 만들었다. 아마도 남평양(南平壤)인 듯한데, 지금의 양주(楊州)다. 왕은 이전 왕의 태자인 눌지(訥祗)가 덕망이 있음이 못마땅하여 그를 해치려고 고구려 군사를 청해 거짓으로 눌지를 맞이했다. 〔그러나〕 고구려 사람들은 눌지에게 어진 행실이 있음을 보고는 창을 거꾸로 하여 〔자기 편인〕 왕을 죽이고 눌지를 세워 왕으로 삼은 뒤 떠났다.

---

1) 동진(東晉) 안제(安帝) 사마덕종(司馬德宗)의 연호. 405~418년까지 사용했다.

거문고 갑을 쏘다[1]

　제21대 비처왕(毗處王) 소지왕(炤智王)[2]이라고도 한다. 이 즉위한
지 10년 무진년(488년)에 천천정(天泉亭)에 행차했을 때 까마
귀와 쥐가 와서 울었는데 쥐가 사람의 말을 했다.

　"이 까마귀가 가는 곳을 찾아가라. 혹은 신덕왕(神德王)이 흥륜
사(興輪寺)에 가서 향을 피우려고(行香)[3] 하는데, 길에서 여러 마리 쥐가
서로 꼬리를 물고 가는 것을 보고는 이상하게 여겨 돌아와 점을 쳐 보니
내일 맨 먼저 우는 까마귀를 찾아가라고 하였다는데, 이 견해는 틀린 것
이다."

　왕은 기병에게 명령하여 뒤따르게 했다. 남쪽의 피촌(避
村) 지금의 양피사촌(壤避寺村)이니〔경주〕남산 동쪽 기슭에 있다. 에 이
르렀을 때 돼지 두 마리가 서로 싸우고 있었다. 〔기병들은〕멈
춰 서서 이 모습을 구경하다 문득 까마귀가 간 곳을 잃어버리
고 길에서 배회하고 있었다. 이때 한 노인이 연못에서 나와 글

을 바쳤다. 그 겉봉에 이렇게 씌어 있었다.

"뜯어보면 두 사람이 죽고 뜯어보지 않으면 한 사람이 죽을 것이다."[4]

사신이 와서 글을 바치니 왕이 말했다.

"두 사람이 죽는 것보다 뜯어보지 않고 한 사람이 죽는 것이 낫다."

일관(日官)이 아뢰었다.

"두 사람이란 일반 백성이요, 한 사람이란 왕을 말하는 것입니다."

왕이 그 말을 옳게 여겨 뜯어보니 이렇게 씌어 있었다.

"거문고 갑[琴匣]을 쏴라."

왕은 궁궐로 돌아와 거문고 갑을 쏘았다. 그 속에서는 내전에서 분향 수도(焚修)[5]하는 승려와 비빈이 은밀히 간통을 저지르고 있었다. 그래서 두 사람은 주살되었다. 이때부터 나라 풍속에 매년 정월 상해(上亥), 상자(上子), 상오(上午)[6]일에는 모든 일에 조심하여 함부로 행동하지 않게 되었다. 〔그리고〕 15일을 오기일(烏忌日)[7]로 하여 찰밥으로 제사 지냈는데, 〔이 풍속은〕 지금까지도 〔민간에서〕 행해지고 있다. 이것을 속어로는 달도(怛忉)[8]라고 하는데, 슬퍼하고 근심하면서 모든 일을 금한다는 말이다. 〔또한 노인이 나와 글을 바친〕 그 연못의 이름을 서출지(書出池)[9]라고 했다.

1) 신라에 불교가 공인되기 전에 신라인에게 불교는 상당한 거부감으로 다가왔다. 이 조는 그런 내용을 담고 있다.

2) 『삼국사기』「신라본기」 권3에는 소지마립간(炤知麻立干)이라고 하였고, 자비왕의 맏아들로 효성스럽고 겸손했다고 한다. 『삼국유사』「왕력」에서는 자비왕의 셋째 아들이라고 적혀 있다.

3) '행향'은 재(齋)를 베푸는 사람이 도량 안을 천천히 돌며 향을 사르는 의식이다.

4) 신라인들의 수수께끼 형식의 해학으로서 제유법의 일종이다.

5) 모든 불사를 맡아서 행하는 의식이다.

6) 이달의 첫 해일(亥日), 자일(子日), 오일(午日)이다. 즉 이 조에 등장하는 '돼지, 쥐, 까마귀'를 가리킨다.

7) '까마귀를 [공경하여] 제사 지내는 날'이란 뜻인데, 비처왕이 까마귀의 덕으로 죽을 위기를 넘긴 것을 기념한 것이며 까마귀에게 찰밥으로 제사 지내는 풍속은 지금까지도 전해 내려온다.

8) 양주동 박사에 의하면 우리말 '설, 슬'과 새해 첫날을 뜻하는 '설'의 음이 상통하는 데서 온 훈차라고 한다.

9) 경주시 남산동에 있는데 현지 사람들은 '양기못'이라고 한다.

지철로왕

제22대 지철로왕(智哲老王)의 성은 김씨고, 이름은 지대로 (智大路) 또는 지도로(智度路)며, 시호는 지증(智證)이라 했다. 이때부터 시호가 쓰이기 시작했고, 또 고을에서 왕을 마립간 (麻立干)[1]이라고 부른 것도 이 왕 때부터다.

왕은 영원(永元)[2] 2년 경진년(500년)에 즉위했다. 혹은 신사년 이라고도 하는데, 그렇다면 3년이다. 왕은 음경의 길이가 한 자 다 섯 치여서 좋은 짝을 찾기가 어려웠으므로 사신을 삼도(三道) 로 보내 구했다. 사신이 모량부(牟梁部) 동로수(冬老樹) 아래 에 이르렀을 때 개 두 마리가 북만큼 커다란 똥덩어리의 양쪽 끝을 다투어 먹고 있는 것을 보았다. 〔그래서〕마을 사람들에 게 묻자 한 소녀가 이렇게 말했다.

"모량부 상공(相公)의 딸이 이곳에서 빨래를 하다 숲속에 숨어서 눈 것입니다."

그 집을 찾아가 살펴보니〔상공 딸의〕키가 일곱 자 다섯 치나 되었다. 이런 사실을 왕에게 보고했다. 이에 왕이 수레를 보내〔그녀를〕궁궐로 맞아들여 황후로 봉하니[3] 신하들이 모두 축하했다.

또 아슬라주(阿瑟羅州) 지금의 명주(溟州)다.의 동쪽 바다로 바람을 타고 이틀 정도 가면 우릉도(于陵島) 지금의 우릉(羽陵)[4]가 있는데, 둘레가 2만 6730보(步)였다. 섬의 오랑캐들이 물이 깊은 것을 믿고 교만하게 굴면서 신하 노릇을 하지 않았다. 왕은 이찬(伊飡)[5] 박이종(朴伊宗)[6]에게 명하여 군대를 거느리고 가서 그들을 토벌하게 했다. 박이종은 나무로 만든 사자를 큰 배 위에 싣고 위협하며 말했다.

"항복하지 않으면 이 짐승을 풀어 놓겠다."

우릉도의 오랑캐는 두려워하여 항복했다.〔왕은〕박이종에게 상을 내려 주(州)의 우두머리로 삼았다.

---

1) '마립'은 두(頭), 상(上), 종(宗)의 의미고 '간'은 대(大), 장(長)의 뜻이니, '정상'을 뜻하는 존호로 왕에게 쓰였으며, '?른한', '마루한'으로 발음했다고 한다.
2) 남조 제나라 동혼후(東昏侯) 소보권(蕭寶卷)의 연호. 499~501년까지 사용했다.
3) 박씨 연제부인(延帝夫人)이다.
4) 지금의 경상북도 울릉군 울릉도다.
5) 신라 벼슬 이름으로 17관등에서 제2관등이다.
6) 『삼국사기』「신라본기」에는 이사부(異斯夫)라고 되어 있으며 김씨라고 했다.

진흥왕

　제24대 진흥왕은 즉위할 당시 열다섯 살[1]이었기 때문에 태후가 섭정을 했다. 태후는 법흥왕의 딸이며, 〔법흥왕의 아우인〕 입종갈문왕(立宗葛文王)의 왕비다. 임종 무렵 머리칼을 깎고 법복을 입고 세상을 떠났다.

　승성(承聖)[2] 3년(554년) 9월, 백제의 군사가 진성(珍城)을 침공해 와서 남녀 3만 9000명과 말 8000필을 빼앗아 갔다.

　이보다 앞서 백제가 신라와 군사를 합하여 고구려를 치고자 모의했다. 〔이때〕 진흥왕이 말했다.

　"나라의 흥망은 하늘에 달려 있다. 만약 하늘이 고구려를 싫어하지 않는다면 내가 어찌 감히 바랄 수 있겠는가."

　그리고 이 말을 고구려에 알렸더니, 고구려는 그 말에 감격하여 신라와 화친을 맺었다. 이 때문에 백제는 신라를 원망하여 〔침략해〕 온 것이다.

1) 『삼국사기』 「신라본기」에는 일곱 살로 되어 있다.
2) 남조 양(梁)나라 간문제(簡文帝) 소강(蕭綱)의 연호. 552~554년까지 사용했다.

도화녀와 비형랑[1]

제25대 사륜왕(舍輪王)의 시호는 진지대왕(眞智大王)이고 성은 김씨다. 왕비는 기오공(起烏公)의 딸인 지도부인(知刀夫人)이다. 태건(太建)[2] 8년 병신년(576년)에 즉위하여 고본(古本)에는 11년 기해년이라고 했으나 틀린 것이다. 4년 동안 나라를 다스렸는데, 정치가 어지러워지고 음란하여 나라 사람들이 왕을 폐위시켰다.

이보다 앞서 사량부(沙梁部)의 민가의 여인이 자태가 요염하고 얼굴이 고와 당시 도화랑(桃花娘)이라 불렸다. 왕이 이 소문을 듣고 궁중으로 불러 관계를 맺으려 했다. [그러자] 여인이 말했다.

"여자가 지켜야 할 것은 두 남편을 섬기지 않는 것입니다. 남편이 있는데 다른 마음을 갖게 하는 것은 비록 천자의 위엄이 있다 해도 끝내 빼앗지는 못할 것입니다."

왕이 말했다.

"너를 죽인다면 어떻게 하겠는가?"

여인이 말했다.

"차라리 저자에서 죽어 딴마음이 없기만을 바랍니다."

왕은 여인을 희롱하여 말했다.

"남편이 없으면 되겠는가?"

"됩니다."

그래서 왕은 여인을 놓아 보냈다.

이해에 왕이 폐위되어 죽고, 2년 뒤에 〔여인의〕 남편 역시 죽었다. 열흘 남짓 지난 어느 날 밤에 왕이 생시와 똑같은 모습으로 여인의 방에 와서 말했다.

"네가 지난번 약속한 바와 같이 이제 네 남편이 죽었으니 되겠는가?"

여인이 좀처럼 승낙하지 않고 부모에게 여쭙자 부모가 말했다.

"임금의 명령을 어떻게 피하겠는가?"

그리고 딸을 방으로 들여보냈다.

임금은 이레 동안 그곳에 머물렀는데, 항상 오색구름이 지붕을 감싸고 방 안에 향기가 가득했다. 그런데 이레 후 왕이 갑자기 종적을 감추었다. 여인이 이로 인해 임신하여 달이 차곧 해산하려고 하자 천지가 진동했다. 사내아이를 낳으니 이름을 비형(鼻荊)이라 했다.

진평대왕(眞平大王)[3]은 아이가 매우 특이하다는 말을 듣고는 거두어 궁중에서 길렀다. 열다섯 살이 되자 집사(執事) 벼슬을 주었다. 〔그런데 비형이〕 매일 밤 먼 곳으로 나가 놀자 왕이 날랜 병사 쉰 명에게 지키게 했다. 〔그러나 비형은〕 매일 월성을 넘어 서쪽 황천(荒川) 경성 서쪽에 있다.[4] 언덕 위로 가서 귀신들을 거느리고 놀았다. 날랜 병사들이 숲속에 숨어서 엿보니, 귀신들이 여러 절의 새벽 종소리를 듣고 각기 흩어지면 비형랑 역시 돌아오는 것이었다. 군사들이 〔와서〕 이런 일을 아뢰니 왕이 비형랑을 불러 물었다.

"네가 귀신들을 거느리고 논다는 것이 사실이냐?"

비형랑이 대답했다.

"그렇습니다."

왕이 말했다.

"그렇다면 네가 귀신들을 시켜 신원사(神元寺) 혹은 신중사(神衆寺)라고 하는데 이는 틀린 것이며, 또는 황천 동쪽의 깊은 시내〔渠〕라고도 한다.[5] 북쪽 시내에 다리를 놓아라."

비형은 왕의 명령을 받들어 귀신들에게 돌을 다듬게 하여 하룻밤 사이에 큰 다리를 놓았다. 그래서 〔그 다리를〕 귀교(鬼橋)라고 불렀다.

왕이 또 물었다.

"귀신들 중에서 인간 세상에 나와 정치를 도울 만한 자가 있느냐?"

비형이 대답했다.

"길달(吉達)이란 자가 있는데 나라의 정사를 도울 만합니다."

왕이 말했다.

"데려오너라."

이튿날 비형이 〔길달과〕 함께 나타나자, 〔왕은 그에게〕 집사의 벼슬을 내렸다. 〔길달은〕 과연 충직하기가 〔세상에〕 둘도 없었다.

이때 각간(角干)[6] 임종(林宗)에게 자식이 없었으므로 왕은 〔길달을〕 대를 이을 아들로 삼게 했다. 임종이 길달에게 흥륜사[7] 남쪽에 누문(樓門)을 짓게 하자, 〔길달은〕 매일 밤 그 문 위에 가서 잤다. 그래서 이름을 길달문(吉達門)이라 했다.

하루는 길달이 여우로 둔갑해 도망치자 비형은 귀신을 시켜 붙잡아 죽였다. 그래서 귀신들은 비형의 이름만 듣고도 무서워 도망쳤다. 그때 사람들이 노래를 지어 불렀다.

성스러운 임금의 넋이 아들을 낳았으니,

비형랑의 집이 여기로세.

날뛰는 온갖 귀신들이여,

이곳에는 함부로 머물지 마라.

민간에서는 이 가사를 써 붙여 귀신을 쫓곤 한다.[8]

---

1) 이 조의 내용을 야래자(夜來者) 설화라고도 하는데, 삼국 시대 신라인의 정조에 대한 개방된 정서를 통해 우리나라 고유의 정서를 엿볼 수 있다. '후백제와 견훤' 조에도 이런 유형의 설화가 있다. 또 혼백과 동침하여 시애설화(屍愛說話), 이물교구설화(異物交媾說話)로 보기도 한다.
2) 남조(南朝) 진(陳)나라 선제(宣帝)의 연호. 원문의 '대(大)'는 '태(太)'다.

3) 신라 제26대 왕(재위 579~632년)으로 경주 보문동에 능이 있다.

4) 지금의 경주 남천 하류인데 신원사 터가 보이는 곳이다.

5) 지금의 경주시 탑정동에 있다.

6) 신라 벼슬의 제1관등인 이벌찬(伊伐飡)의 별칭이다.

7) 신라 최초의 사찰로 7처가람 중의 하나이며, 진흥왕 5년(544년)에 창건 되었다.

8) '처용랑과 망해사' 조에도 처용의 얼굴을 붙여 귀신을 쫓았다는 내용이 있다.

하늘이 내려 준 옥대

청태(淸泰) 4년[1] 정유년(937년) 5월에 정승(政丞) 김부(金傅)가 금으로 새기고 옥으로 장식한 허리띠 하나를 바쳤는데 길이는 열 아름이요, 아로새긴 각띠가 예순두 개였다. 이것은 하늘이 진평왕에게 내린 허리띠라고 하여 고려 태조가 받아서 내고(內庫)에 보관했다.

제26대 백정왕(白淨王)은 시호가 진평대왕(眞平大王)이고 성은 김씨다. 〔그는〕 태건(太建) 11년 기해년(579년) 8월에 즉위했는데, 키가 열한 자나 되었다. 〔하루는〕 내제석궁(內帝釋宮) 천주사(天柱寺)라고도 하며, 왕이 지은 것이다. 에 행차하여 섬돌을 밟는 순간 돌 세 개가 한꺼번에 부서졌다. 왕이 곁에 있던 신하에게 말했다.

"이 돌을 옮기지 말고 후세 사람들에게 보여라."

〔이 돌이〕 바로 성안에 있는 다섯 개의 부동석(不動石) 중 하나다.

〔왕이〕 즉위한 원년에 천사가 궁궐 뜰에 내려와 왕에게 말했다.

"상황(上皇)께서 나에게 이 옥대를 전해 주라고 명하셨소."

왕이 친히 무릎을 꿇고 〔옥대를〕 받자 천사는 하늘로 올라갔다. 모든 교묘(郊廟)²⁾의 큰 제사에는 이 허리띠를 맸다.

훗날 고구려 왕이 신라 정벌을 꾀하다가 이렇게 말했다.

"신라에는 세 가지 보물이 있어 침범할 수가 없다고 하는데, 무엇을 말하는가?"

"황룡사³⁾의 장륙존상(丈六尊像)이 하나요, 그 절의 9층탑이 둘이요, 진평왕의 천사옥대(天賜玉帶)가 셋입니다."

〔고구려 왕은〕 이에 정벌 계획을 멈췄다.

°°° 다음과 같이 기린다

구름 밖 하늘에서 주신 옥대는
천자의 곤룡포와 잘 어울리네.
우리 임금의 몸 이로부터 더욱 무거우니
내일 아침에는 쇠로 섬돌을 만들어야지.

---

1) '청태'는 후당 폐제(廢帝)의 연호. 934~936년까지 3년간 사용했으니 4년은 잘못인 듯하다.
2) 천지에 제사 지내는 교사와 조상에 제사 지내는 종묘를 말한다.
3) 신라 진흥왕 14년(553년)에 처음 건립되기 시작하였으며, 황룡이 나타나 불사로 고쳐 황룡사라 하고, 17년 만인 569년에 완성하였다. 선덕여왕 때에는 구층목탑이 세워지기도 했다. 신라에서 가장 큰 사찰이었는데, 1238년 몽고 3차 침략 때 불타 버린 후 오늘날까지 터만 남아 있다. 1976년부터 수십 년간 발굴 조사가 진행되어 많은 유적과 유물이 나왔다.

선덕왕이 미리 안 세 가지 일

　제27대 덕만(德曼)〔만(曼)을 만(萬)으로 쓰기도 한다.의 시호는
선덕여대왕(善德女大王)[1]이고, 성은 김씨며 아버지는 진평왕이
다. 정관(貞觀) 6년 임진년(632년)에 즉위하여 16년 동안 나라
를 다스렸는데, 세 가지 일을 미리 알았다.

　첫째는 당 태종이 붉은색, 자주색, 흰색의 세 가지로 그린
모란꽃 그림과 씨앗 세 되를 보내 왔다.[2] 왕이 꽃 그림을 보고
말했다.

　"이 꽃은 정녕코 향기가 없을 것이다."

　명을 내려 씨를 뜰에 심도록 했더니 그 꽃이 피었다가 질
때까지 과연 그 말과 같았다.

　둘째는 영묘사(靈妙寺)[3] 옥문지(玉門池)에서 한겨울에 수
많은 개구리들이 모여 사나흘 동안 울어 댔다. 나라 사람들이
괴이하게 여겨 왕에게 물었다. 왕은 급히 각간(角干) 알천(閼

川)과 필탄(弼呑) 등에게 정예 병사 2000명을 이끌고 서둘러 서쪽 교외로 가서 여근곡(女根谷)[4]을 물어보면 그곳에 틀림없이 적병이 있을 테니 습격하여 죽이라고 말했다.

두 각간이 명을 받고 나서 각기 1000명을 거느리고 서쪽 교외로 가서 물었더니 부산(富山) 아래에 과연 여근곡이 있었고, 백제 군사 500명이 그곳에 숨어 있었으므로 그들을 에워싸서 죽였다. 백제 장군 우소(亐召)는 남산 고개 바위 위에 숨어 있었는데, 또 포위하여 활을 쏘아 죽였다. 또 [백제에서] 후원병 1200여 명이 왔지만 역시 공격하여 죽였는데 한 명도 남김이 없었다.

셋째는 왕이 병도 없을 때인데 모든 신하들에게 말했다.

"내가 어느 해 어느 달 어느 날이 되면 죽을 것이니, 나를 도리천(忉利天)[5] 가운데 장사 지내라."

신하들은 그곳이 어디인지 몰라 물었다.

"어디입니까?"

왕이 말했다.

"낭산(狼山)[6]의 남쪽이다."

과연 그달 그날에 이르러 왕이 죽었다. 신하들은 [왕을] 낭산 남쪽에 장사 지냈다. 10여 년이 지난 뒤 문무대왕(文武大王)이 왕의 무덤 아래에 사천왕사(四天王寺)[7]를 지었다. 불경에 말했다.

"사천왕천(四天王天)[8] 위에 도리천이 있다."

이에 대왕이 신령스럽고 성스러웠음을 알게 되었다.

[왕이 살아 있을] 당시 신하들이 왕에게 여쭈었다.

"모란꽃과 개구리의 두 가지 일을 어떻게 아셨습니까?"

왕이 말했다.

"꽃 그림에 나비가 없어 향기가 없는 것을 알았다. 이는 당나라 황제가 배필이 없는 나를 놀린 것이다. 개구리의 성난 모습은 군사의 형상이고, 옥문이란 여인의 음부로서 여인은 음이 되며 그 색깔이 흰데, 흰색은 서쪽을 나타내기 때문에⁴⁾ 군사가 서쪽에 있음을 알았다. 남근(男根)이 여근(女根)에 들어가면 반드시 죽게 된다. 따라서 쉽게 잡을 수 있음을 안 것이다."

신하들은 모두 여왕의 그 성스러운 지혜에 감탄했다.

세 가지 색의 꽃을 보낸 것은 아마도 신라에 세 여왕이 있으리라는 것을 알았던 것인가? 세 여왕은 선덕(善德), 진덕(眞德), 진성(眞聖)이니 당나라 황제의 놀라운 선견지명이 있었던 것이다. 선덕여왕이 영묘사를 세운 것은 양지(良志) 스님의 전기에 자세히 실려 있다. 별기(別記)에는 이 선덕여왕 시대에 돌을 다듬어 첨성대¹⁰⁾를 쌓았다고 한다.

---

1) 불교를 국교로 강력히 지지했던 왕으로 이름인 '덕만'과 시호인 '선덕'도 모두 불교적인 호칭이다. 경주 낭산 신유림에 능이 전하고 있다.
2) 『삼국사기』 「신라본기」 제5에는 진평왕(眞平王) 때의 일로 기록되어 있다.
3) 신라 7처가람 중의 하나로 선덕여왕 때(635년) 창건된 것으로 전하고 있다.
4) 여인의 생식기 모양의 골짜기라는 뜻으로 『삼국사기』에서는 '옥문곡(玉門谷)'이라고 하였다.
5) 불가에서 말하는 욕계육천(欲界六天)의 둘째 하늘이다.

6) 언덕처럼 낮지만 신라 사람들은 나라를 지켜 주는 호국의 산으로 인식하였다. 낭산 자락에는 선덕여왕릉을 비롯하여 사천왕사지와 능지탑지 등이 전해지고 있다.

7) 신라 문무왕이 명랑법사의 문두루비법으로 당나라 군사들을 물리치기 위하여 세운 절로 679년 완공하였다. 경주시 배반동 낭산 자락에 있는데, 당간지주와 귀부가 전해지고 있으며 발굴 조사를 통하여 탑지 등이 확인되었다.

8) 욕계육천의 하나로서, 동방은 지국천(持國天), 서방은 광목천(廣目天), 남방은 증장천(增長天), 북방은 다문천(多聞天)이라 한다.

9) 이런 해석은 그 당시 신라에 음양오행설이 보편화되었음을 뜻한다.

10) 경주시 인왕동에 있으며 반월성에서 바라보인다. 첨성대는 평지에 세워져 있어 실제 관측에는 부적당한 구조물이고 선덕여왕 시절에 천문 관측 기록이 없다는 점 등이 논란이 되고 있다.

진덕왕

    제28대 진덕여왕(眞德女王)은 즉위하자 직접 태평가(太平歌)[1]를 짓고 비단에 무늬를 짜서 사신[2]을 시켜 당나라에 바치게 했다. 어떤 책에는 춘추공(春秋公)을 사신으로 삼아 가서 군사를 요청하자, 당 태종이 가상히 여겨 소정방(蘇定方)을 보내기로 허락했다고 하는데, 이는 모두 잘못된 것이다. 현경(顯慶)[3] 이전에 춘추공은 이미 제위에 올랐고, 현경 경신년은 태종 시대가 아니라 바로 고종(高宗) 시대다. 소정방이 온 것이 현경 경신년이니 비단에 무늬를 짠 것이 군사를 청할 때가 아님은 확실하므로 진덕여왕 때가 맞다. 아마도 김흠순(金欽純)의 석방을 요청할 때였을 것이다. 당나라 황제는 이 점을 가상하게 여겨〔진덕여왕을〕 계림국왕(雞林國王)으로 고쳐 봉했다.

    그 가사는 다음과 같다.

위대한 당나라가 큰 왕업을 여니

높고 높은 황제의 계획 창성하여라.

전쟁이 그치니 위엄이 정해지고

문치를 닦으니 모든 임금을 잇는다.

하늘을 통솔하니 귀한 비가 내리고

만물을 다스리니 만물이 빛을 머금는다.

깊은 인(仁)은 해와 달을 짝할 만하고

운수가 요순 시대와 같다.

펄럭이는 깃발은 어찌 그토록 빛나며

울리는 북소리는 어찌 그리도 장엄한가.

나라 밖의 오랑캐로 명을 거스른 자는

칼날에 엎어져 죽임을 당하리라.

순후한 풍속은 어두운 곳이나 밝은 곳에 고루 어리고

먼 곳과 가까운 곳에서 다투어 상서를 바치네.

사계절은 옥촉(玉燭)처럼 화합하고⁴⁾

일월과 오행(七曜)은 만방을 순행한다.

산의 신령은 보필할 재보(宰輔)⁵⁾를 내리시고

황제는 충성스럽고 진실된 사람을 임명하였네.

삼황오제(三皇五帝)가 이룬 한결같은 덕이

우리 당나라 황실을 비추리라.

진덕왕 대에 알천공(閼川公), 임종공(林宗公), 술종공(述宗公), 호림공(虎林公) 자장(慈藏)의 아버지, 염장공(廉長公), 유신공(庾信公)이 있어 남산 우지암(亐知巖)에 모여 나랏일을 의논했다. 그때 〔몸집이〕 큰 호랑이가 그 자리로 달려들자 공들이 놀라 일어났다. 그러나 알천공만은 조금도 움직이지 않고 태연히 담소하며 호랑이 꼬리를 붙잡아 땅에 던져 죽였다. 알천공의 완력이 이와 같아 상석에 앉았지만, 공들은 모두 김유신의 위엄에 복종했다.

신라에는 신령스러운 땅이 네 군데 있었다. 큰일을 의논할 때마다 대신들은 반드시 그곳에 모여 의논했고, 그러면 그 일은 반드시 이루어졌다. 〔신령스러운 땅의〕 첫째는 동쪽의 청송산(靑松山)이요, 둘째는 남쪽의 우지산(亏知山)이요, 셋째는 서쪽의 피전(皮田)이요, 넷째는 북쪽의 금강산(金剛山)이다.

진덕왕 대에 처음으로 정월 초하룻날 아침 조례〔正旦禮〕를 행했고,[6] 처음으로 시랑(侍郞)이란 호칭을 사용했다.

---

1) 진덕여왕이 당나라의 태평성대를 노래한 것은 사대주의의 전형을 보여준다. 『삼국사기』 「신라본기」 제5 '진덕왕 조'에 실려 있는데, 당나라 고종은 이것을 읽고 법민을 대부경(大府卿)으로 임명해 돌려보냈다고 한다.
2) 『삼국사기』에는 진덕왕 4년에 김춘추의 아들 법민(法敏)을 사신으로 보냈다고 되어 있다.
3) 당나라 고종(高宗) 이치(李治)의 연호. 656~661년까지 사용했다.
4) 『시경』 「이아(爾雅)」 석천(釋天)의 "사시화위지옥촉(四時和謂之玉燭)"에서 인용했는데, 옥촉이란 〔군주의 덕이 옥같이 아름답고 촛불처럼 밝아〕 사계절의 기후가 조화를 이룬 것이니 태평한 시대를 말한다.
5) 『시경』 「대아(大雅)」 숭고(崧高)의 "유악강신 생보급신(維岳降神, 生甫及申)"에서 인용했는데, 보후(甫侯)와 신백(申伯) 두 사람으로 국가의 동량이 되는 신하를 가리킨다.
6) 『삼국사기』 「신라본기」에 의하면 진덕왕 즉위 5년의 일이다.

김유신[1] 선덕, 진덕, 태종, 문무왕을 섬기다.

무력(武力) 이간(伊干)의 아들인 서현(舒玄) 각간 김씨의 맏아들은 유신(庾信)이고 동생은 흠순(欽純)이다. 맏누이는 보희(寶姬)이며 어렸을 때 이름은 아해(阿海)고, 작은누이는 문희(文姬)이며 어렸을 때 이름은 아지(阿之)다.

유신공은 진평왕 17년 을묘년(595년) 생으로 북두칠성의 정기를 타고 태어났기 때문에 등에 북두칠성 무늬가 있었고, 또 신기하고 이상한 일이 많았다.

열여덟 살이 되던 임신년에 검술을 익혀 국선(國仙)[2]이 되었다. 그 당시 백석(白石)이란 자가 있었는데, 어디서 왔는지는 알 수 없으나 몇 해 동안 낭도(郎徒)에 속해 있었다. 김유신이 고구려와 백제를 정벌하려는 일로 밤낮으로 깊이 계획하고 있었는데, 백석이 그 계획을 알고는 김유신에게 말했다.

"제가 공과 먼저 그곳을 정탐한 뒤에 일을 도모하는 것이 어떻겠습니까?"

김유신은 기뻐하며 몸소 백석을 데리고 밤에 출발했다. 마침 고개 위에서 쉬고 있는데, 두 여인이 김유신을 따라왔다. 골화천(骨火川)에 이르러 머무를 때도 또 한 여인이 갑자기 나타났다.

김유신이 세 여인과 즐겁게 대화를 나누고 있을 때, 여인들이 맛있는 과일을 먹을거리로 주었다. 김유신은 받아먹고는 마음으로 응하고 서로 통하여 곧 속내를 말했다. 여인들이 김유신에게 말했다.

"공께서 하신 말씀은 잘 알았습니다. 공께서 백석을 남겨두고 우리와 함께 숲속으로 들어가신다면 다시 실정을 말씀드리겠습니다."

이에 그들은 함께 숲속으로 들어갔다. 〔그때〕 여인들이 갑자기 신의 모습으로 나타나[3] 말했다.

"우리는 나림(奈林),[4] 혈례(穴禮),[5] 골화(骨火)[6] 등 세 곳의 호국신입니다. 지금 적국 사람이 당신을 유인해 가고 있는데도 모르고 계속 가고 있으므로 우리가 당신을 가지 못하게 하려고 이곳에 온 것입니다."

말을 마치자 여인들은 모습을 감췄다.

공은 이 말을 듣고 깜짝 놀라 두 번 절하고 〔숲속을〕 빠져나왔다. 그는 골화관(骨火館)에서 머물며 백석에게 말했다.

"지금 다른 나라로 들어가면서 중요한 문서를 잊고 왔소. 당신과 함께 집으로 돌아가 가지고 왔으면 하오."

마침내 집으로 돌아와 백석을 포박하고 고문하여 실정을

물으니, 백석이 말했다.

"저는 본래 고구려 사람입니다. 고본(古本)에는 백제라고 했는데 잘못된 것이다. 추남(楸南)은 바로 고구려의 선비며, 또 음양(陰陽)을 거스르는 행동을 한 것은 보장왕 때의 일이다. 고구려 신하들이 말하기를, '신라의 김유신은 우리나라의 점쟁이 추남 고본에는 춘남(春南)이라 했으나 틀린 것이다. 이었다.'[7]라고 했습니다. 국경에 물이 역류하여 혹은 수컷과 암컷이 엎치락뒤치락하는 것을 말한다. 추남을 시켜 점을 치게 하니, '대왕의 부인이 음양의 도를 거스르는 행동을 하여 그 징조가 이와 같습니다.'라고 했습니다. 왕은 놀라고 괴이하게 여겼고, 왕비는 크게 화를 내며 이는 요사스러운 여우의 말이라 했습니다. 〔그리고 왕비는〕 왕에게 말하여 다시 다른 일로 시험하여 물어서 말이 틀리면 무거운 형벌을 내리도록 했습니다. 이에 쥐 한 마리를 상자 속에 넣고 '이 것이 어떤 물건이냐?'라고 물으니 추남은 '이것은 틀림없이 쥐인데 모두 여덟 마리입니다.'라고 아뢰었습니다. 이에 말이 틀렸다 하여 참형에 처하려 하자 추남은 '내가 죽은 후에 장군이 되어 반드시 고구려를 멸망시킬 것입니다.'라고 맹세했습니다. 그래서 즉시 그를 베고 쥐의 배를 갈라 보니 뱃속에 일곱 마리의 새끼가 있었으므로 그의 말이 맞았음을 알았습니다. 그날 밤 대왕의 꿈에 추남이 신라 서현공(舒玄公) 부인의 품으로 들어간 것을 보고는 신하들에게 말하자, 〔신하들은〕 모두 '추남이 맹세하고 죽더니 과연 그렇게 되었습니다.'라고 말했습니다. 그래서 결국 저를 보내 이런 모의를 하도록 한 것입니다."

공은 이에 백석을 죽이고 온갖 음식을 준비하여 세 신에게 제사를 지냈다. 〔그러자〕 모두 몸을 드러내 제사를 받았다.

김씨 집안의 재매부인(財買夫人)이 죽어, 청연(青淵) 상곡(上谷)에 장사 지내고 이를 재매곡(財買谷)이라 불렀다. 매년 봄이면 온 집안의 남녀들이 그 골짜기 남쪽 시내에 모여 잔치를 벌였다. 이때가 되면 온갖 꽃이 피어나고 송화(松花)가 온 골짜기 숲에 가득 날렸다. 〔그래서〕 골짜기 어귀에 암자를 짓고 이름을 송화방(松花房)이라 했는데, 원찰(願刹)[8]로 삼아 전해 내려온다.

제54대 경명왕(景明王) 대에 이르러 공을 흥무대왕(興武大王)[9]으로 추봉(追封)했다. 능은 서산(西山) 모지사(毛只寺) 북동쪽으로 뻗은 봉우리에 있다.[10]

---

1) 「기이」편 전체에서 이름만으로 제목을 삼은 보기 드문 경우다. 김부식도 『삼국사기』「김유신열전」에 세 권이나 할애하여 김유신의 일대기를 자세히 다루고 있다. 「왕력」 '태종무열왕' 조에는 유립(庾立)으로 잘못 새겨져 있지만, 파른본에는 유신(庾信)으로 판각돼 있다.
2) 화랑의 총지휘자를 일컬으며, 『화랑세기』에는 화랑을 풍월(風月), 화랑의 우두머리를 풍월주(風月主)라고 했다.
3) 이런 면모는 불교의 인과응보 사상에 의해 윤색된 설화의 모습이다.
4) 나림의 위치에 대하여 지금의 경주 낭산으로 보거나 명활산으로 추정하기도 한다.
5) 지금의 오산(鼇山)이나 단석산, 어래산 등으로 추정한다.
6) 지금의 경상북도 영천에 있는 금강산으로 보는 것이 일반적인 견해이다. 나림, 혈례, 골화 이 세 곳은 신라 대사(大祀)의 삼산으로 경주와 주변 지역에 위치하여 경주를 비호하는 역할을 담당했다.

7) 이하는 불교의 인과응보 및 전생(轉生) 사상에 의해 윤색된 설화로 보아야 한다.

8) 소원을 빌기 위해 세운 절이란 의미다.

9) 『삼국사기』「김유신열전 하」에는 흥덕대왕이 추봉했다고 되어 있다.

10) 경주시 충효동에 있는 그의 능은 탁월한 능력과 업적만큼이나 크고 화려하며 십이지신상 호석으로 둘러싸여 있다. 그러나 이 무덤이 다른 신라 왕의 것이라는 주장과 개수(改修)되었다는 견해가 있다.

태종 춘추공

　제29대 태종대왕(太宗大王)은 이름이 춘추(春秋)고 성은 김씨인데 용수(龍樹) 용춘(龍春)이라고도 한다. 각간, 〔즉〕 추봉된 문흥대왕(文興大王)의 아들이다. 어머니는 진평대왕(眞平大王)의 딸인 천명부인(天明夫人)이고, 왕비는 문명황후(文明皇后) 문희니, 바로 김유신 공의 막내누이다.[1]

　이전에 〔어느 날〕 문희의 언니 보희가 꿈에 서악(西岳)에 올라가 오줌을 누었더니 흘러서 경성에 가득 찼다. 아침에 동생에게 꿈 이야기를 했더니 문희가 그것을 듣고 말했다.

　"내가 이 꿈을 살게."

　언니가 말했다.

　"무슨 물건을 주겠니?"

　〔동생이〕 말했다.

　"비단 치마를 주면 되겠어?"

언니가 말했다.

"그래."

동생이 꿈을 받으려고 치마폭을 벌렸다.

언니가 말했다.

"어젯밤 꿈을 너에게 주겠다."

동생은 그 값으로 비단 치마를 주었다.

열흘 뒤 김유신은 정월 오기일(午忌日) 앞에서 기술한 거문고 갑을 쏜 일로 보아, 이는 최치원의 설이다. 에 춘추공과 함께 자기 집 앞에서 축국(蹴鞠) 신라 사람들은 축국을 농주희(弄珠戲)라고 했다. 을 하다가 일부러 춘추공의 옷을 밟아서 옷고름을 찢고는 말했다.

"우리 집에 들어가 꿰맵시다."

춘추공은 이에 따랐다.

김유신이 아해(阿海)에게 꿰매도록 하자 아해가 말했다.

"어찌 사소한 일 때문에 경솔히 귀공자를 가까이 하겠습니까?"

그리고 한사코 사양하였으므로 고본(古本)에는 병 때문에 나오지 못했다고 했다. 아지(阿之)에게 시켰다. 춘추공은 김유신의 뜻을 알아차리고 아지를 가까이하여 이후 자주 왕래했다.

그런데 [어느 날] 김유신은 누이가 임신한 것을 알고는 크게 꾸짖었다.

"네가 부모에게 알리지 않고 임신했으니, 어찌 된 일이냐?"

그러고는 자기 누이동생을 불태워 죽일 것이라고 온 나라에 소문을 퍼뜨렸다.[2] 어느 날 선덕여왕이 남산으로 행차하기를 기다렸다가 뜰에 장작을 쌓아 놓고 불을 붙여 연기가 일어나게 했다.

왕이 남산에서 내려다보고는 무슨 연기냐고 물으니 신하들이 말했다.

"김유신이 그의 누이를 불태워 죽이려는 것입니다."

왕이 그 까닭을 묻자 말했다.

"그 누이가 지아비 없이 임신을 했습니다."

왕이 물었다.

"누구의 소행인가?"

이때 춘추공이 앞에서 가까이 모시고 있다가 안색이 갑자기 변하자, 왕이 춘추공을 보며 말했다.

"이는 네 소행이구나. 빨리 가서 구하라."

그래서 공은 임금의 명을 받들어 말을 달려 왕명을 전하고 〔화형을〕 중지시켰다. 그 뒤에 혼례를 치렀다.

진덕왕이 죽은 뒤 〔춘추공은〕 영휘(永徽) 5년 갑인년(654년)에 즉위하여 8년 동안 나라를 다스리다가 용삭(龍朔) 원년 신유년(661년)에 죽으니, 이때가 쉰아홉 살이었다. 애공사(哀公寺)[3] 동쪽에 장사를 지내고 비석을 세웠다. 왕은 김유신과 함께 신통한 꾀와 힘을 합하여 삼한(三韓)을 통일했다. 〔그는〕 사직에 큰 공로를 세웠으므로 묘호(廟號)를 태종이라 했다.[4] 태자 법민(法敏), 각간 인문(仁問), 각간 문왕(文王), 각간 노차(老且), 각간 지경(智鏡), 각간 개원(愷元) 등은 모두 문희의 소생이니, 그 당시 꿈을 산 징험이 여기에서 나타난 것이다.

서자로는 개지문(皆知文) 급간(級干),[5] 차득(車得) 영공(令公),[6] 마득(馬得) 아간(阿干)[7]과 딸 다섯이 있다. 왕의 식사는 하루에 쌀 세 말과 수꿩 아홉 마리였는데, 경신년(660년)에 백제를 멸망시킨 이후로는 점심은 먹지 않고 아침과 저녁만 먹었다. 그러나 이것들을 계산해 보면 하루에 쌀 여섯 말, 술 여섯 말, 꿩 열 마리였다. 이때도 성안 저자의 물가는 베 한 필에 벼가 삼십 석 혹은 오십 석이었으므로 백성들이 성왕의 시대라고 했다.

그가 태자로 있을 때 고구려를 치기 위해 당나라에 군사를 청하러 갔었다. 당나라 황제는 그의 풍채를 보고 신성한 사람이라고 칭찬하며 굳이 머물러 [자기를] 모시게 하려 했으나 한사코 사양하고 본국으로 돌아왔다.

이때 백제의 마지막 왕인 의자왕(義慈王)은 무왕의 맏아들로서 용맹스럽고 담력이 있는 영웅일 뿐 아니라 어버이를 효성스럽게 섬기고 형제들과 우애가 좋아 당시 해동의 증자(曾子)[8]로 불렸다.

왕은 정관 15년 신축년(641년)에 즉위한 후 술과 여자에 빠져 정사가 어지러워지고 나라가 위태롭게 되었다. 좌평(佐平)[9] 백제 관직명이다. 성충(成忠)이 힘껏 간했으나 의자왕은 듣지 않고 [그를] 옥에 가두었다. [성충은] 여위고 지쳐 굶주려 죽음에 이르게 되자 글을 써서 [이렇게] 말했다.

"충신은 죽어도 임금을 잊지 않는다 하니, 한 말씀만 드리고 죽기를 원합니다. 신이 일찍이 시대의 변화를 보니 반드시 전쟁이 있을 것입니다. 무릇 용병은 그 땅을 잘 가려야 하니, 상류에서 적을 맞아야만 보전할 수 있습니다. 만약 적국의 군사가 오면 육로로는 탄현(炭峴) 또는 침현(沈峴)이라고도 하는데, 백제의 요해지(要害地)다.을 지나가지 못하게 하고, 수군으로는 기벌포(伎伐浦) 즉 장암(長嵓), 또는 손량(孫梁)이라고도 한다. 지화포(只火浦)로 된 곳도 있고, 또는 백강(白江)이라고도 한다.10)로 들어가지 못하게 한 후 험한 요충지에 의지하여 적을 막아야 합니다."

〔그러나〕왕은〔성충의 말을〕살피지 않았다.

현경 4년 기미년(659년) 백제 오회사(烏會寺) 또는 오합사(烏合寺)라고도 한다.에 몸집이 큰 붉은색 말이 나타나 밤낮으로 여섯 시간 동안 절돌이〔遶寺〕를 하면서 덕행을 닦았다. 2월에는 여러 마리의 여우가 의자왕의 궁궐로 들어왔는데 흰 여우 한 마리가 좌평의 책상 위에 앉아 있었다.

4월에는 태자궁의 암탉이 작은 참새와 교미했다. 5월에는 사비강(泗沘江) 부여강 이름이다. 가에 큰 물고기가 나와 죽었는데 길이가 서른 자〔三丈〕나 되고, 그것을 먹은 사람들은 모두 죽었다. 9월에는 궁중의 홰나무가 마치 사람이 곡을 하듯이 울었고, 밤에는 궁궐 남쪽 길에서 귀신이 울었다.

〔현경〕5년 경신년(660년) 봄 2월에는 서울의 우물물이 핏빛으로 변했고, 서해 가에서는 작은 물고기들이 나와 죽었는데, 백성들이 아무리 먹어도 없어지지 않았으며, 사비수가 핏빛으로 물들었다.

4월에는 나무 위에 청개구리가 수만 마리나 모였고, 서울의 저자 사람들 중에 이유도 없이 누가 붙잡기라도 하는 듯 놀라 달아나다가 넘어져 죽은 자가 백여 명이나 되었으며, 재물을 잃어버린 자 또한 무수히 많았다. 6월에는 왕흥사(王興寺)11)의 모든 승려들이 배가 큰 물결을 따라 절 문으로 들어오는 것을 보았다. 그리고 사슴만 한 큰 개가 서쪽으로부터 사비수 해안가에서 왕궁을 향해 짖었는데, 얼마 후 간 곳을 알 수 없었다. 성안의 개 여러 마리가 길가로 모여들어 더러는 짖고 더러는 곡을 하다가 시간이 흐르자 흩어졌다.

한 귀신이 궁중에 들어와 크게 부르짖었다.

"백제는 망한다, 백제는 망한다."

그러고는 곧바로 땅속으로 꺼졌다. 왕은 이를 괴이하게 여겨 땅을 파 보게 했더니 깊이가 세 자 남짓 되는 곳에 거북이 한 마리가 있었는데, 등에 이런 글이 씌어 있었다.

"백제는 보름달이고, 신라는 초승달과 같다."

이것을 점쟁이에게 물어보니 이렇게 말했다.

"보름달이란 가득 찬 것이고 가득 차면 기우는 법입니다. 초승달 같다고 함은 가득 차지 않은 것이고 차지 않으면 점차 차게 되는 것입니다."

왕은 노여워하며 그를 죽였다. 어떤 사람이 말했다.

"보름달은 성대한 것이며 초승달은 미약한 것입니다. 생각건대 우리나라는 강성하고 신라는 미약해진다는 뜻입니다."

왕이 기뻐했다.

〔한편 신라의〕 태종〔무열왕〕은 백제에 괴변이 많다는 말을 듣고는 〔현경〕 5년 경신년(660년)에 김인문(金仁問)을 당나라에 사신으로 보내 군사를 청하게 했다. 〔당나라〕 고종(高宗)은 좌무위대장군(左武衛大將軍) 형국공(荊國公) 소정방(蘇定方)에게 조서를 내려 신구도행군총관(神丘道行軍摠管)으로 삼고 자(字)가 인원(仁遠)인 좌무위장군(左武衛將軍) 유백영(劉

伯英)과 좌무위장군(左武衛將軍) 풍사귀(馮士貴), 좌효위장군(左驍衛將軍) 방효공(龐孝公) 등을 통솔하여 13만여 명의 군사를 이끌고 〔백제를〕 정벌하게 했다.「향기(鄕記)」에는 군사가 12만 2711명이요, 배가 1900척이라고 했는데,『당사(唐史)』에는 자세한 기록이 없다. 또한 신라 왕 춘추를 우이도행군총관(嵎夷道行軍摠管)으로 삼아 신라의 군사를 거느리고 〔이들과〕 합세하게 했다.

소정방이 군사를 이끌고 성산(城山)[12]으로부터 바다를 건너 신라의 서쪽 덕물도(德勿島)[13]에 이르렀다. 신라 왕은 장군 김유신을 보내 정예 병력 5만 명을 거느리고 나가게 했다.

의자왕이 이 소식을 듣고 여러 신하들을 모아 싸워서 지킬 계획을 물었다. 좌평 의직(義直)이 나아가 말했다.

"당나라 군사는 멀리 큰 바다를 건너왔으나 물에 익숙하지 못하고, 신라 사람들은 큰 나라의 원조만 믿고서 적을 가볍게 여기는 마음이 있습니다. 만약 당나라 군사가 불리한 것을 보면 반드시 의심하고 두려워하여 날카롭게 전진하지 못할 것입니다. 그러므로 먼저 당나라 군사와 싸우는 것이 옳을 듯싶습니다."

달솔(達率)[14] 상영(常永) 등이 말했다.

"그렇지 않습니다. 당나라 군사는 먼 곳에서 왔으므로 빨리 싸우려 할 것이니, 그 예봉(銳鋒)을 감당할 수 없을 것입니다. 신라 사람들은 여러 번 우리 군대에 패했으니, 이제 우리의 병력을 보면 두려워하지 않을 수 없습니다. 지금의 계책으로는 마땅히 당나라 군사의 길을 막아서 군사가 지치기를 기다리고, 먼저 한 군대로 신라 군사를 공격하여 그 예기를 꺾어야 합니다. 그런 연후에 형편을 틈타 싸우면 군사를 온전히 하고 나라를 지킬 수 있을 것입니다."

의자왕은 망설이면서 어떤 주장을 따라야 할지 결정하지 못했다.

이때 좌평 홍수(興首)는 죄를 짓고 고마미지현(古馬旀知縣)[15]에서 귀양살이하고 있었는데, 사람을 보내 그에게 물었다.

"일이 급박하니 어떻게 하면 좋은가?"

홍수가 대답했다.

"대체로 좌평 성충의 의견과 같습니다."

대신들은 그의 말을 믿지 않고서 말했다.

"홍수는 갇혀 있어서 임금을 원망하고 나라를 아끼지 않으니, 그의 말은 쓸 수 없습니다. 당나라 병사들을 백강(白江) 기벌포으로 들어오게 하여 흐름을 따라 내려오게 한 후 배가 빠져나가지 못하게 하고, 신라군을 탄현으로 올라와 지름길로 오게 하여 말이 나란히 지나지 못하게 하는 것보다 좋은 것은 없습니다. 이때 〔우리〕 군사를 놓아 공격한다면 닭장에 갇힌 닭과 같고 그물에 걸린 물고기와 같을 것입니다."

왕이 명령했다.

"그 말이 옳다."

〔의자왕은〕 또 당나라 군사와 신라 군사가 이미 백강과 탄현을 지났다는 말을 듣고는 장군 계백(階伯)을 보내 결사대 5000명을 이끌고 황산(黃山)[16]으로 나가 신라 군사와 싸우도록 했다. 백제군은 네 차례 싸워 모두 이겼으나 군사가 적고

힘이 다하여 결국에는 패했고, 계백은 죽었다.

〔신라는 당나라와〕 연합하여 군사를 합쳐 나루까지 진격해 와서 강가에 진을 쳤는데, 갑자기 새가 소정방의 진영 위를 맴돌았다. 사람을 시켜 점을 치게 하니 〔이렇게〕 말했다.

"반드시 원수(元帥)를 해칠 것입니다."

소정방은 두려워하여 군사를 물리고 싸움을 그만두려 했다. 김유신이 소정방에게 말했다.

"어찌 날아다니는 새의 괴이한 짓 때문에 하늘이 준 기회를 어길 수 있겠습니까? 하늘의 뜻에 응하고 백성의 뜻에 따라 어질지 못한 자를 치는데, 어찌 상서롭지 못한 일이 있겠습니까?"

〔김유신이〕 신검을 뽑아 새를 겨누니 찢어져 그들 앞에 떨어졌다. 그러자 소정방이 왼쪽 절벽으로 나가 산을 둘러 진을 치고 함께 싸워 백제군이 크게 패했다.

당나라 군사가 밀물을 타고 진격해 오는데, 전선은 꼬리를 물며 이어졌고 북소리가 요란하게 울리며 진격했다. 소정방이 보병과 기병을 거느리고 곧바로 도성 30리쯤 와서 멈추었다. 〔백제군은〕 성안에서 모든 군사가 〔힘을 합쳐〕 항거했으나, 결국 패하여 죽은 자가 1만여 명이나 되었다. 당나라 병사가 승승장구하여 성으로 공격해 오자, 의자왕은 죽음을 면치 못할 것을 알고 탄식했다.

"성충의 말을 듣지 않아 이 지경에 이른 것이 후회스럽도다!"

그러고는 마침내 태자 융(隆) 효(孝)라고도 하나 이는 틀린 것이다.과 북쪽 변방으로 달아났다. 소정방이 드디어 성을 포위하자, 의자왕의 둘째 아들 태(泰)가 스스로 왕이 되어 무리를 이끌고 성을 굳게 지켰다. 태자 융의 아들 문사(文思)가 왕 태에게 말했다.

"왕과 태자가 달아나자 숙부가 마음대로 왕이 되었으니, 만일 당나라 군사가 포위를 풀고 떠나면 우리가 어찌 무사할 수 있겠습니까?"

〔문사는〕 주위 사람들을 데리고 성을 떠났다. 이때 백성들이 모두 따라나섰으나 태는 막지 못했다.

소정방은 군사들에게 성채에 올라가 당나라 깃발을 세우도록 했다. 태는 궁지에 몰리자 문을 열고 항복을 청했다. 마침내 왕과 태자 융, 왕자 태, 대신 정복(貞福)이 여러 성과 함께 모두 항복했다. 소정방은 의자왕과 태자 융, 왕자 태, 왕자 연(演)과 대신, 그리고 장사 88명과 백성 1만 2807명을 〔당나라〕 서울로 보냈다.

백제는 원래 5부(部) 37군(郡), 200성(城) 76만 호였는데, 이때에 웅진(熊津), 마한(馬韓), 동명(東明), 금련(金漣), 덕안(德安) 등 5도독부(都督府)를 나누어 설치하고 우두머리〔渠長〕를 뽑아 도독과 자사로 삼아 다스리게 했다. 낭장(郎將) 유인원(劉仁願)에게 도성을 지키도록 명령하고, 또 좌위낭장(左衛郎將) 왕문도(王文度)를 웅진도독(熊津都督)으로 삼아 남은 백성들을 위로하게 했다.

소정방이 포로를 이끌고 황제를 뵈니, 황제는 이들을 꾸짖고 나서 용서했다. 의자왕이 질병으로 죽자 금자광록대부(金

紫光祿大夫) 위위경(衛尉卿)으로 추증하고 옛 신하들이 와서 조문하는 것을 허락했다. 또한 조서를 내려 손호(孫皓)[17]와 진숙보(陳叔寶)[18]의 묘 옆에 장사 지내고 비석을 세워 주었다.

7년 임술년(662년)에 황제는 명령하여 소정방을 요동도행군대총관(遼東道行軍大摠管)으로 삼았다가 얼마 뒤 평양도(平壤道)로 바꾸었는데, 패강(浿江)에서 고구려 군사를 격파하고 마읍산(馬邑山)을 빼앗아 진영으로 삼았다. 마침내 평양성을 포위했으나 큰눈이 내리자 포위를 풀고 돌아갔다. 〔소정방을〕 양주안집대사(凉州安集大使)로 제수하여 토번(吐蕃)[19]을 평정하게 했는데, 건봉(乾封) 2년(667년)에 죽었다. 당나라 황제는 그를 애도하여 좌효기대장군유주도독(左驍騎大將軍幽州都督)에 추증하고 시호를 장(莊)이라 했다. 이상은 『당사(唐史)』에 있는 글이다.

『신라별기(新羅別記)』에는 〔이렇게〕 말했다.

"문무왕(文武王)이 즉위한 지 5년 을축년(665년) 가을 8월 경자(庚子)에 왕이 직접 많은 병사를 통솔하고 웅진성으로 행차하여 가왕(假王)[20]부여융(扶餘隆)과 만나 단을 쌓고는 백마를 잡아 맹세하면서, 먼저 천신과 산천의 신령에게 제사를 지냈다. 그런 후에 입가에 피를 바르고〔歃血〕 글을 지어 맹세하기를 '지난번 백제의 선왕은 거역하고 순종하는 데에 어두워 이웃 나라와 사이좋게 지내지 못했고 친척 간에 화목하지 못했으며,[21] 고구려와 결탁하고 왜국과 내통하여 잔악하고 포악했다. 〔또〕 신라를 침략하여 고을을 파괴하고 성을 함락시켜 편할 날이 하루도 없었다. 〔중국의〕 천자는 물건 하나라도 잃은 것을 민망히 여기고 백성들이 해독을 입는 것을 불쌍하게 여겨 사신을 자주 보내 사이좋게 지내도록 회유했다. 〔그런데도〕 지세가 험하고 먼 것에 기대 중국〔天經〕을 업신여겼다. 천자가 이에 노하여 엄숙히 정벌했는데, 깃발이 가는 곳마다 단 한 번의 싸움으로 크게 안정시켰다. 마땅히 궁궐을 못으로 만들고 집을 허물어 후예들을 경계하고 발본색원(拔本塞源)하여 후세에 훈계를 보여야겠지만, 유순한 자를 품어 주고 배반한 자를 정벌하는 것이 선왕의 아름다운 전범이요, 망한 것을 일으켜 주고 끊어진 것을 이어 주는 것이 과거 성현들의 공통된 규범이니, 일은 반드시 옛 것을 본받아 역사책〔史册〕에 전해야 할 것이다. 그러므로 전 백제 왕 사가정경(司稼正卿) 부여융을 웅진도독으로 삼아 그 〔선대의〕 제사를 지키고 옛 땅을 보전하게 한다. 신라에 의지하여 길이 우방이 되어 각기 묵은 감정을 없애 화친을 맺고, 공손히 조서의 명을 받들어 영원히 속국이 되어라. 이에 사인(使人) 우위위장군(右威衛將軍) 노성현공(魯城縣公) 유인원을 보내 직접 가서 권유하게 하고 내 뜻을 성문화하여 선포한다. 〔서로〕 혼인을 약속하고 희생을 바쳐 그것을 맹세하여 입가에 피를 바르고, 처음과 끝을 함께 돈독히 하고, 재앙을 나누며 근심을 돌보아 은혜를 형제처럼 해라. 공손히 윤언(綸言)[22]을 받들어 감히 버리지 마라. 이미 맹세한 후에는 절의를 함께 지켜라. 만일 이를 어기거나 배반하여 덕을 한결같이 하지 않고 군사를 일으켜 변방을 침범한다면 신명(神明)이 이것을 보시고 백 가지 재앙을 내려 자손을 기르지 못하게 하고 사직에 주인이 없게 할 것이며, 제사가 끊어져 남은 사람이 없게 될 것이다. 그러므로 금서철계(金書鐵契)[23]를 만들어 종묘에 두니 자손만대에 이르기까지 혹시라도 어기거나 범하지 마라. 신이여, 들으시고 복을 내리십시오.'"

피를 바른 뒤에 폐백(幣帛)을 단의 북쪽에 묻고, 맹세하는 글을 대묘(大廟)에 간직했다. 맹세하는 글은 대방도독(帶方都督) 유인궤(劉仁軌)가 지은 것이다. 위의 『당사』에 있는 글을 살펴보면, 소정방이 의자왕과 태자 융 등을 〔당나라〕 서울로 보냈다고 했다. 그런데 이제 '부여 왕 융과 만나'라고 했으니, 당나라 황제가 융을 용서하고 그를 보내어 웅진도독으로 삼았음을 알 수 있다. 그러기에 「맹문(盟文)」에 분명히 말한 것으로써 증거로 삼았다.

또 『고기(古記)』에 〔이렇게〕 말했다.

"총장(總章) 원년 무진년(668년) 만약 총장 무진년이라고 한다면 이적(李勣)의 일이니, 아래 글의 소정방이라 한 것은 틀린 것이고, 만약 소정방이라 한다면 연호가 용삭 2년 임술년에 해당하니 평양성을 포위했을 때의 일이다.에 신라 사람들이 청한 당나라 구원병이 평양 교외에 주둔하고 편지를 보내어 군수 물자를 급히 보내라고 했다.

신라 왕〔문무왕〕이 여러 신하들을 모아 놓고 물었다.

'적국〔고구려〕으로 들어가 당나라 군사가 주둔한 곳에 이르기는 위태로운 형세요. 그러나 우리가 청한 당나라 군사가 식량이 떨어졌는데 보내 주지 않는다는 것도 도리가 아니니 어찌 해야 좋겠소?'

김유신이 아뢰었다.

'신들이 그 군사 물자를 수송할 수 있습니다. 대왕께서는 염

려하지 마십시오.'

그리고 김유신과 김인문 등이 수만 명을 거느리고 고구려 국경으로 들어가 식량 2만 곡(斛)을 수송하고 돌아왔다. 그러자 왕이 아주 기뻐했다.

또 군사를 일으켜 당나라 군사와 합세하고자 하니, 유신이 먼저 연기(然紀)와 병천(兵川) 등 두 사람을 보내 만날 날짜를 물었다. 이에 당나라 장수 소정방이 종이에 난새와 송아지 두 동물을 그려 보냈다. 나라 사람들이 그 뜻을 이해하지 못하여 사람을 시켜 원효법사(元曉法師)에게 물으니 이렇게 해석했다.

'속히 군사를 돌리라는[速還] 것이다. 화독(畫犢)과 화란(畫鸞) 두 개의 반절(反切)²⁴⁾이니라.'

그래서 김유신은 군사를 돌려 패강을 건너면서 명령했다.

'늦게 건너는 자는 베겠다.'

군사들이 앞다투어 반쯤 건넜을 때, 고구려 군사가 쳐들어와서 미처 다 건너지 못한 자들을 죽였다. 이튿날 김유신은 고구려 군사를 뒤쫓아 반격하여 수만 명을 붙잡아 죽였다.”

『백제고기(百濟古記)』에는 [이렇게] 말했다.

“부여성 북쪽 모퉁이에 강물을 굽어보는 바위가 있는데, 이렇게 전해 온다.

'의자왕이 후궁들과 함께 [죽음을] 피하지 못할 것을 깨닫고, 차라리 자결할지언정 다른 사람의 손에는 죽지 않겠다고 말했다. 서로 이끌어 이곳까지 와서 강물에 몸을 던져 죽었기 때문에 세속에서는 이곳을 타사암(墮死岩)²⁵⁾이라 한다.'

〔그러나〕이것은 항간의 말이 와전된 것이다. 궁인들만 떨어져 죽었으며 의자왕은 당나라에서 죽었다는 것이 『당사(唐史)』에 분명히 기록되어 있다."

또 『신라고전(新羅古傳)』에는 〔이렇게〕 말했다.

"소정방이 이미 고구려와 백제 두 나라를 치고, 다시 신라를 칠 목적으로 머물러 있었다. 그러자 김유신이 이 계획을 알아차리고는 당나라 군사에게 향응을 베풀고는 짐독[26]을 먹여 모두 죽게 한 후에 〔땅에〕 묻었다."

지금 상주(尙州) 경계에 당교(唐橋)가 있는데, 거기가 그들을 묻은 장소다. 『당사(唐史)』를 살펴보면 그들이 죽은 까닭은 말하지 않고, 단지 죽었다고만 쓴 것은 무슨 까닭인가? 뒤에 숨기려고 한 것인가? 아니면 향언(鄕言)이 근거가 없는 것인가? 만약 임술년에 고구려와의 싸움에서 신라 사람들이 소정방의 군사를 죽였다면, 그 후 총장 무진년에 어찌 군사를 청해 고구려를 멸망시킬 수 있었겠는가? 이로써 항간에 전하는 말은 근거가 없음을 알 수 있다. 다만 무진년에 고구려를 멸망시킨 후 〔당나라의〕 신하 노릇을 하지 않고 마음대로 그 땅을 소유한 일은 있었으나, 소정방과 이적 두 사람을 죽인 것은 아니다.

당나라 군사가 백제를 평정하고 돌아간 후에 신라 왕은 장수들에게 백제의 남은 적을 잡도록 명령하고는 한산성(漢山城)에 주둔했다. 그러자 고구려와 말갈 두 나라의 군사가 와서 포위하여 서로 싸웠으나 풀리지 않았다. 5월 11일부터 6월 22일까지 신라 군사는 매우 위태로웠다. 왕이 이 소식을 듣고 여러 신하들과 의논했다.

"어떤 계책이 있는가?"

〔왕은〕 망설이면서 결정하지 못했다. 〔이때〕 김유신이 달려와 아뢰었다.

"형세가 위급하여 사람의 힘으로는 미치지 못하고, 오직 신술(神術)로써만 구할 수 있습니다."

그러고는 성부산(星浮山)에 단을 쌓고 신술을 닦으니, 갑자기 큰 독만 한 빛이 단 위에서 나타나 별처럼 북쪽으로 날아갔다. 때문에 성부산이라 했다. 산 이름에 대해서는 간혹 다른 설이 있기도 하다. 산은 도림(都林)의 남쪽에 있는데, 빼어난 봉우리 하나가 그것이다. 서울의 어떤 사람이 벼슬을 얻으려고 자기 아들에게 높다란 횃불을 만들어 밤에 이 산에 올라가 들고 있도록 했다. 그날 밤 서울 사람이 횃불을 바라보고는 그곳에 괴상한 별이 나타났다고 했다. 왕이 듣고 걱정하고 두려워하여 사람을 모집하여 빌게 하니, 그 아비가 응모하려 했다. 일관이 아뢰기를, "이는 큰 변괴가 아니고 다만 한 집안의 아들이 죽어 그 아비가 울려는 징조입니다."라고 했으므로 결국 빌지 않았다. 그날 밤 그 아들이 산에서 내려오다 호랑이에게 물려 죽었다.

한산성 안의 병사들은 구원병이 이르지 않음을 원망하며 서로 바라보고 울 뿐이었다. 적들이 급히 그들을 공격하려고 하자 갑자기 남쪽 하늘에서 빛이 비치더니 벼락이 되어 30여 군데의 포석(砲石)²⁷⁾을 깨뜨렸다. 〔또한〕 적군의 활과 화살과 창이 부서지더니, 군사들이 모두 땅에 쓰러졌다가 한참 뒤에야 깨어나 달아나 돌아갔다. 이에 우리 군대도 돌아왔다.

태종이 처음 즉위했을 때, 머리 하나에 몸뚱이는 둘이고 발이 여덟 개인 돼지를 바친 자가 있었다. 논의하는 자들은 말했다.

"이는 반드시 천지 사방(六合)을 차지할 징조입니다."

태종 때에 처음으로 중국의 의관(衣冠)과 아홀(牙笏)[28]을 착용했다. 이는 자장법사(慈藏法師)가 당나라 황제에게 청하여 전해 온 것이다.

신문왕(神文王) 때에 당나라 고종이 신라에 사신을 보내 말했다.

"짐의 성고(聖考)이신 〔태종께서는〕 어진 신하 위징(魏徵)과 이순풍(李淳風) 등을 얻어 마음을 합치고 덕을 한결같이 하여 천하를 통일했기 때문에 태종 황제라고 일컬었소. 너의 신라는 해외의 작은 나라인데도 태종이란 칭호가 있어 참람되게 천자의 이름으로 충성을 다하지 않고 있소. 〔그러니〕 어서 그 칭호를 고치도록 하시오."

〔이에〕 신라 왕이 표(表)를 올려 말했다.

"신라가 비록 작은 나라이나 성신(聖臣) 김유신을 얻어 삼국을 통일했기 때문에 태종으로 봉한 것입니다."

〔당나라〕 황제는 이 표문을 보고 그가 태자로 있을 때 하늘에서 노래하던 것이 생각났다.

"33천(天)[29] 가운데 한 사람이 신라에 내려왔으니 바로 김유신이다."

〔이 말을〕 책에 기록해 두었다. 〔당나라 황제는〕 이 책을 꺼내 보고 매우 놀라고 두려워 마지않아 다시 사신을 보내어 태종이란 칭호를 고치지 말고 쓰도록 허락했다.

1) 이러한 결합으로 가야 출신 김유신의 직계는 몇 대에 걸쳐 정치적 황금기를 맞이한다.

2) 김대문의 『화랑세기』 '18세 춘추공' 조에 이 사실이 나온다.

3) 지금의 경상북도 경주시 효현동에 있는 절이다.

4) 그의 능은 지금의 경주시 서악동에 있다.

5) 신라 관등의 제9위인 급벌찬(級伐湌)의 별칭이다. 개지문이 보희의 소생이므로 서자라 한 것이다.

6) 신라 때 국상의 존칭이나 서출이 영공까지 된 예가 없을 듯하다.

7) 신라 관등의 제6위인 아찬(阿湌)의 별칭이다.

8) 춘추 시대 노나라 공자의 제자로 이름은 삼(參), 자는 자여(子輿)다. 효성이 지극한 것으로 유명하다.

9) 백제의 16관등 중 가장 높은 일품 관직이며, 여섯 명을 두었다.

10) 기벌포가 있었던 백강은 오늘날 금강 또는 동진강으로 추정된다.

11) 지금의 부여군 금강변에 있었던 절로 백제 위덕왕이 일찍 죽은 아들을 위하여 창건한 것으로 밝혀졌다.

12) 지금의 중국 산동성(山東省) 문등현(文登縣)이다.

13) 지금의 인천광역시 옹진군에 있는 덕적도다.

14) 백제의 16관등 중 2품 관직 이름이며 대솔(大率)이라고도 한다.

15) 지금의 전라남도 장흥군 장흥읍 일원이다.

16) 지금의 충청남도 논산시 연산(連山)의 옛 지명이다.

17) 삼국 시대 오나라의 마지막 제4대 왕(재위 264~280년)으로 손권의 손자다.

18) 중국 남조 진(陳)나라 마지막 왕(재위 583~586년)의 이름이다.

19) 당나라 서북쪽에 있던 거대한 제국으로 티베트를 지칭하며 서장(西藏)이라 한다.

20) 당나라가 백제 의자왕의 아들 융을 웅진도독으로 삼아 고국에 돌아와 유민을 안무하게 했기 때문에 '가왕'이라 한 것이다.

21) 백제 무왕(재위 600~641년)과 신라 선화공주(?~642년)가 결혼했다는 상황과 연관시켜 보아야 할 것이다. 전라북도 익산시 석왕동에 두 사람의 무덤이 있다.

22) 제왕(帝王)의 말을 뜻한다.

23) 한나라 고조가 천하를 평정하고 공신에게 봉토를 나누어 줄 때 사용한

것인데 철판에 글씨를 새기던 것을 시작으로 세습적으로 면죄권을 지니는 보편적인 증서가 되었다. 단서철권, 철계, 철권으로도 부른다.

24) 원문 '이절(二切)'의 의미가 꽤 불분명한데, '화독'의 반절음은 '혹'이고 '화란'의 반절음은 '한'이므로, 두 반절음이 어울리면 '혹한'이 되는 바 '혹한'은 속환(速還)의 의음(擬音)으로 당시 통용하던 한자음을 써서 '속환'을 수수께끼로 표현한 것이라고 볼 수 있다.

25) 충청남도 부여에 있으며 낙화암(落花巖)이란 이름으로 더 유명하다.

26) 중국 광동성에 사는 독조(毒鳥)인 짐새의 깃을 술에 담가 만든 독이다.

27) 큰 돌을 장치하여 성채를 부수는 데 쓰는 포차(砲車)다.

28) 조례할 때 대신들이 손에 쥐는 것으로서 조금 휘어진 형태의 판자다. 임금의 지시 내용을 적는 수첩의 용도에서 차츰 의례용으로 변모하였다.

29) 불교는 세상을 여러 세계로 구분하여 설명하고 있는데, 그중에 인간들이 살고 있는 사바세계의 중심인 수미산 정상부에 도리 33천이 위치하고 있다고 한다.

장춘랑과 파랑 비(羆)라고도 한다.

이전에 백제 군사와 황산에서 싸울 때, 장춘랑(長春郎)과 파랑(罷郎)이 진중(陣中)에서 죽었는데 후에 백제를 토벌할 때 태종의 꿈에 나타나 말했다.

"저희들은 옛날에 나라를 위해 죽었고, 백골이 되어서도 나라를 지키고자 하여 군대의 대열에 따라나서 게을리하지 않았을 뿐입니다. 그러나 당나라 장수 소정방의 위협에 눌려 남의 뒤만 따를 뿐입니다. 원컨대 왕께서는 저희들에게 약간의 세력을 주십시오."

대왕은 놀라고 괴이하게 여겨 두 넋을 위해 하루 동안 모산정(牟山亭)에서 불경을 설법하고, 또 한산주에 장의사(壯義寺)를 지어 그들의 명복을 빌었다.

권 제2

●

卷第二

기이 제2

◎

紀異 第二

「기이 제1」에 이어 문무왕 이후의 신라와 백제, 가락국의 기록을 싣고 있다. 주로 신라에 초점을 맞추어 특색이 강했던 호국 불교의 면모를 다루고 있다. 특히 이 편은 「기이 제1」에 비해서 자료의 인용 비중이 줄어든 조목이 많고 신기한 사건 중심의 설화집의 성격이 강하다.

여기서도 일연 특유의 주체적 시각이 두드러지는데, 지식인다운 고뇌는 그 당시 이승휴나 이규보와 같은 맥락이지만, 승려라는 특수한 신분에서 우러나오는 저자의 탈중국적이고 유연한 사고의 흔적이 곳곳에서 드러난다.

맨 마지막의 '가락국기' 조는 지금은 잊힌 왕조 가야에 대한 기록이라는 점에서 눈여겨볼 만하다. 12개의 작은 연맹 국가인 가야는 통일 왕국을 건립하지 못하고 신라에 흡수되었으나, 그 문화는 상당한 수준이었다.

문무왕[1] 법민

왕이 처음 즉위한 때는 용삭(龍朔) 신유년(661년)이었다.

사비 남쪽 바다에서 여자의 시체가 나왔는데, 키가 일흔세 자, 발 길이가 여섯 자, 음부의 길이가 세 자나 되었다. 어떤 사람은 키가 열여덟 자라고도 했다. 때는 건봉(乾封)[2] 2년 정묘년(667년)의 일이다.

총장(總章) 무진년(668년)에 왕이 군사를 거느리고 김인문, 김흠순 등과 함께 평양에 이르렀는데, 마침 당나라 군사가 고구려를 멸망시키고, 당나라 장수 이적(李勣)이 고장왕(高臧王)[3]을 사로잡아 당나라로 돌아갔다. 왕의 성이 고(高)이기 때문에 고장이라고 했다.『당서』「고종기(高宗記)」를 보면, 현경 5년 경신년(660년)에 소정방 등이 백제를 평정하고, 그 후 12월에 대장군 설여하(契如何)를 패강도행군대총관(浿江道行軍大摠管)으로 삼고 소정방을 요동도대총관(遼東道大摠管)으로 삼고, 유백영(劉伯英)을 평양도대총관(平壤道大摠管)으로 삼아 고구려(高麗)를 정벌했다. 또 이듬해인 신유년 정월에 소사업(蕭嗣業)을 부여도총관(扶餘道摠管)으로 삼고 임아상(任雅相)을 패강도총관(浿江道摠管)으로 삼아 35만의 군사를 거느리고 고구려를 쳤다. 8월 갑술일에는 소정방 등이 고구려와 패강에서 싸우다가 패해 달아났다. 건봉 원년 병인년(666년) 6월에 방동선(龐同善), □고림□(高臨),[4] 설인귀(薛仁貴), 이근행(李謹行) 등을 후원군으로 삼았다. 9월에 방동선이 고구려와 싸워 이를 패망시켰고, 12월 기유에 이적을 요동도행군대총관으로 삼아 여섯 총관의 군사를 거느리고 고구려를 정벌하게 했다. 총장 원년 무진년(668년) 9월 계사일에는 이적이 고장왕을 사로잡았고, 12월 정사일에는 황제에게 포로를 바쳤다. 상원(上元) 원년 갑술년(674년) 2월에 유인궤를 계림도총관(雞林道摠管)으로 삼아 신라를 치게 했다. 『향고기(鄕古記)』에서 "당나라가 육로로는 장군 공공(孔恭)을, 바닷길로는 장군 유상(有相)을 보내 신라의 김유신 등과 함께 멸망시켰다."라고 했는데 여기서는 김인문, 김흠순 등에 관한 것만 말하고 김유신이 없으니 알 수 없는 일이다.

이때 당나라 유병(游兵)[5]과 여러 장병들 가운데 진영에 머물면서 기회를 보아 신라를 습격하려고 꾀하는 자가 있었다. 왕이 이 계획을 눈치채고 군사를 일으켜 그를 쳤다. 이듬해 고종은 사신을 보내 김인문 등을 불러 꾸짖었다.

"너희가 우리 군사를 청하여 고구려를 멸망시키고, 이제는 오히려 우리를 해치려 하니 무엇 때문인가?"

그러고는 그를 옥에 가두고 군사 50만 명을 훈련시켜 설방(薛邦)을 장수로 삼아 신라를 치려고 했다.

이때 의상대사(義相大師)가 당나라로 유학 갔다가[6] 김인문을 찾아가 만났다. 김인문은 이 사실을 의상에게 알려 주었고, 이에 의상은 신라로 돌아와 왕에게 아뢰었다. 왕은 매우 두려워하며 신하들을 모아 놓고 당나라 군사를 막을 방법을 물었다. 각간(角干) 김천존(金天尊)이 아뢰었다.

"요즘 명랑법사(明朗法師)가 용궁(龍宮)에 들어가 비법을 전수받고 왔다고 하니, 조서로 그에게 물어보십시오."

명랑법사가 아뢰었다.

"낭산(狼山) 남쪽에 신유림(神遊林)이 있는데, 그곳에 사천왕사(四天王寺)를 세우고 도량(道場)⁷⁾을 열면 됩니다."

그때 정주(貞州)⁸⁾에서 사자가 달려와 보고했다.

"지금 수많은 당나라 군사들이 우리 국경에 이르러 바닷가를 맴돌고 있습니다."

왕이 명랑법사를 불러 말했다.

"일이 이렇게 다급해졌으니 어찌 하면 되겠소?"

명랑법사가 아뢰었다.

"곱게 물들인 비단으로 임시 절을 만들면 됩니다."

이에 곱게 물들인 비단으로 절을 짓고 풀로 다섯 방위[五方]를 맡은 신상(神像)을 만들었다. 그리고 유가종(瑜伽宗)의 명승(明僧) 열두 명에게 명랑법사를 우두머리로 하여 문두루(文豆婁)의 은밀한 비법[秘密之法]⁹⁾을 쓰도록 했다.

이때는 당나라 군대가 신라 군대와 전쟁을 하기 전이었는데, 바람과 파도가 거세게 일어 당나라 군대의 배가 모두 침몰되었다. 그 후에 절을 고쳐 짓고 이름을 사천왕사라고 했으며 지금까지도 단석(壇席)이 끊어지지 않고 있다.『국사(國史)』에서는 다시 [크게] 고쳐 지은 것이 조로(調露) 원년 기묘년(679년)이라고 한다.

그 후 신미년(671년)에 당나라는 다시 조헌(趙憲)을 장수로 삼아 5만 명의 군사를 보내 정벌하도록 했는데, 또 그 비법[10]을 썼더니 이전처럼 배가 침몰했다. 이때 한림랑(翰林郎) 박문준(朴文俊)이 김인문과 함께 옥중에 있었다. 고종이 박문준을 불러 말했다.

"너희 나라에는 무슨 비법이 있어 두 번이나 많은 병사를 보냈는데도 살아 돌아온 자가 없느냐?"

박문준이 아뢰었다.

"저희 속국의 신하들은 윗나라에 온 지 10여 년이나 되어 본국의 일을 알지 못합니다. 다만 멀리서 한 가지 들은 것은 있습니다. 우리나라가 상국의 두터운 은혜를 입어 삼국을 통일하였으므로 그 은덕을 갚기 위해서 새로 낭산 남쪽에 사천왕사를 짓고 황제의 만수무강을 빌며 오랫동안 법회를 열고 있다고 합니다."

고종은 이 말을 듣고 아주 기뻐하며, 신라에 예부시랑(禮部侍郎) 악붕귀(樂鵬龜)를 사신으로 보내 그 절을 살피게 했다. 왕은 미리 당나라 사신이 곧 올 것이라는 말을 듣고 절을 보여 주어서는 안 될 것으로 판단하여 남쪽에 따로 새 절을 짓고 사신을 기다렸다.

사신이 와서 말했다.

"반드시 먼저 황제의 만수를 비는 곳인 사천왕사에서 향을 올리겠습니다."

이에 인도하여 새 절을 보여 주었는데 사신이 문 앞에 서서 말했다.

"이것은 사천왕사가 아닙니다."

사신은 덕요산(德遙山)의 절을 바라보면서 끝내 들어가지 않았다. 그래서 나라 사람이 금 천 냥을 주었더니 사신이 돌아가 아뢰었다.

"신라는 사천왕사를 지어 새 절에서 황제의 만수를 빌고 있었을 뿐입니다."

이에 새 절은 당나라 사신의 말에 따라 망덕사(望德寺)[11]라 했다. 혹은 효소왕(孝昭王) 대(代)의 일이라고 하는데, 이는 틀린 것이다.

왕은 박문준이 잘 아뢰어 황제가 관대하게 용서해 주려는 뜻이 있다는 말을 듣고, 이에 강수(强首)[12] 선생에게 김인문을 석방해 달라는 표문[請放仁問表]을 짓게 하고 사인(舍人) 원우(遠禹)를 당나라로 보내 말했다. 황제는 표문을 보고 눈물을 흘리고는 김인문을 사면하고 위로하여 돌려보냈다.

김인문이 옥에 있을 때 나라 사람들이 그를 위해 절을 지어 이름을 인용사(仁容寺)라고 하고 관음도량(觀音道場)을 열었다. 그런데 김인문이 돌아오다가 바다에서 죽었으므로 미타도량(彌陀道場)으로 고쳤다. 지금까지 [이 절이] 남아 있다.

대왕은 나라를 21년 동안 다스리다가 영륭(永隆)[13] 2년 신사년(681년)에 죽었는데, 동해 가운데 있는 큰 바위 위에 장사지내라고 유조를 내렸다. 왕은 평소 늘 지의법사(智義法師)에게 말했다.

"짐은 죽은 뒤 나라를 지키는 큰 용이 되어[14] 불법을 높이 받들면서 나라를 지키고 싶소."

법사가 말했다.

"용은 짐승의 응보(應報)인데 어찌 용이 되려고 하십니까?"

왕이 말했다.

"짐은 세상의 영화에 염증을 느낀 지 오래되었소. 만약 좋지 않은 응보로 인해 짐승이 된다면 짐의 생각과 꼭 맞는 것이오."

왕은 처음 즉위했을 때, 남산에 큰 창고를 만들었다. 길이가 50보, 너비가 15보인데 그곳에 곡식과 무기를 쌓아 두었다. 이것이 우창(右倉)이다. 또한 천은사(天恩寺)¹⁵⁾ 서북쪽 산 위에 있는 것이 좌창(左倉)이다.

다른 책에는 이렇게 되어 있다.

"건복(建福)¹⁶⁾ 8년 신해년(591년)에 남산성을 쌓았는데, 둘레가 2850보였다."

이 성은 바로 진평왕¹⁷⁾ 때 처음 쌓기 시작했는데, 이때에 다시 지은 것이다. 또 부산성(富山城)을 쌓기 시작하여 3년 만에 완성했고, 안북하(安北河) 가에 철성(鐵城)을 쌓았다. 또 서울에 성곽을 쌓으려고 책임 관리[眞吏]에게 명령을 내렸는데, 이때 의상법사가 이 소식을 듣고 글을 올렸다.

"왕의 정치와 교화가 밝으면 비록 풀이 가득한 언덕에 땅을 그어 성을 만들더라도 백성들이 감히 넘지 못하고, 재앙을 없애고 복이 오게 할 수 있습니다. 그러나 정치와 교화가 밝지 못하면 비록 큰 성이 있다고 하더라도 재해가 사라지지 않을 것입니다."

이에 왕이 그 역사(役事)를 중지시켰다.

인덕(麟德)¹⁸⁾ 3년 병인년(666년) 3월 10일, 어떤 사람의 노비로 길이(吉伊)라는 이름을 가진 자가 있었는데, 한 번에 아들 셋을 낳았다. 또 총장 3년 경오년(670년) 정월 7일에는 한기부(漢歧部)의 일산급간(一山級干) 혹은 성산아간(成山阿干)이라 한다.의 노비가 한 번에 자식 넷을 낳았는데, 딸 하나에 아들 셋이었다. 그래서 나라에서는 곡식 200석을 상으로 주었다.

또 고구려를 정벌할 때 그 나라 왕손[19]이 귀화해 오자 진골의 지위를 내려 주었다.

왕은 어느 날 서제(庶弟) 차득공(車得公)을 불러 말했다.

"너를 재상으로 삼을 테니 백관을 고루 다스리고 온 천하를 평화롭게 해라."

공이 아뢰었다.

"만약 폐하께서 소신을 재상으로 임명하신다면 신은 은밀히 나라 안을 다니면서 민간의 요역이 수고로운가 편안한가, 세금이 무거운가 가벼운가, 관리가 깨끗한가 혼탁한가를 살펴본 후에 벼슬에 나가고 싶습니다."

왕이 허락해 주었다.

차득공은 검은 승복을 입고 비파를 들고 거사(居士)[20] 차림으로 서울을 나가서 아슬라주(阿瑟羅州) 지금의 명주(溟州), 우수주(牛首州) 지금의 춘주(春州), [21] 북원경(北原京) 지금의 충주[22]을 거쳐 무진주(武珍州) 지금의 해양(海陽)[23]에 이르러 마을을 두루 돌아다녔다.

무진주의 관리 안길(安吉)은 공을 특별한 사람으로 여겨 집으로 맞아들여 극진히 대접했다. 밤이 되자 안길이 처첩 셋을 불러 말했다.

"오늘 이 거사를 모시고 자는 사람은 죽을 때까지 해로할 것이다."

두 처가 말했다.

"차라리 함께 살지 못할지언정 어떻게 다른 사람과 자겠습니까?"

그런데 그중 한 처가 말했다.

"공께서 만약 죽을 때까지 함께 살겠다는 허락을 하신다면 명을 받들겠습니다."라고 하면서 그를 따랐다.

이튿날 아침 일찍 거사가 떠나면서 말했다.

"나는 서울 사람입니다. 우리 집은 황룡사(皇龍寺)와 황성사(皇聖寺) 사이에 있으며, 내 이름은 단오(端午) 지금 풍속에 이르기를 단오를 수레옷(車衣)이라고 한다. 라 합니다. 주인이 만약 서울에 오게 될 때 우리 집을 찾아 주시면 좋겠습니다."

마침내 그는 서울에 돌아와서 재상이 되었다.

나라 제도에는 매년 각 주에서 관리 한 사람을 불러올려 중앙의 여러 조(曹)를 지키게 했는데, 지금의 기인(其人) 제도[24] 안길이 올라와서 지킬 차례가 되었다. 서울에 와서 두 절 사이에 있다는 단오거사의 집을 물었으나 아는 사람이 한 명도 없었다. 안길이 한동안 길가에 서 있었는데, 어떤 노인이 지나가다가 그의 말을 듣고는 한참 생각하더니 말했다.

"두 절 사이에 있는 한 집이라면 아마 궁궐일 테고, 단오라면 바로 차득령 공(車得令公)인 것 같구려. 바깥 군(郡)을 잠행할 때 아마 그대와 인연이 있었던 것 같소."

안길이 사실대로 말하자 노인이 말했다.

"그대는 궁성 서쪽에 있는 귀정문(歸正門)으로 가서 드나드는 궁녀를 기다렸다가 이야기하시오."

안길은 그의 말을 따라 이렇게 알리도록 했다.

"무진주의 안길이 문에 와 있다."

공이 듣고서 달려나와 손을 잡아끌고 궁으로 데리고 들어가 공의 부인을 불러 안길과 함께 잔치를 베풀었는데, 음식이 쉰 가지나 됐다. 그러고 나서 왕에게 아뢰니 성부산(星浮山) 혹은 성손호산(星損乎山)이라 한다. 아래에 있는 땅을 무진주 상수리(上守里)의 소목전(燒木田)25)으로 주고, 벌목을 금하여 사람들의 접근을 막았으므로 궁 안팎의 사람들이 모두 부러워했다. 산 아래 전답 서른 이랑에 씨앗 세 섬을 뿌리는데, 이 전답에 풍년이 들면 무진주에도 풍년이 들고, 그렇지 않으면 무진주에도 흉년이 들었다.

---

1) 원문에는 문호왕(文虎王)이라 되어 있는데, 고려 혜종의 이름 무(武)를 피하기 위해서 이렇게 썼다. 신라 제30대 문무왕은 재위 21년 동안 당나라와 외교 관계를 유지하면서 심리적 갈등을 많이 겪었던 인물로, 삼국 통일을 이루어 냈다.

2) 당나라 고종(高宗) 이치(李治)의 연호. 666~668년까지 사용했다. 원문에는 '봉건(封乾)'으로 되어 있다.

3) 고구려 제28대 왕인 보장왕(寶藏王)을 가리킨다.

4) 고림은 인물로 보기도 하고, 성씨가 누락된 것으로 보기도 한다. 『삼국사기』와 중국 사서에는 고간(高侃)으로 기록되어 있다.

5) 유격하는 군대로 유군(游軍)과 같은 말이다.

6) 문화 개방주의가 강했던 당나라 수도 장안(長安)은 신라인뿐만 아니라 아랍인, 이란인, 일본인 등 수많은 유학생들로 늘 북적거렸다.

7) 원래 수행자들이 참선하는 곳이란 뜻이었으며 어원은 동그라미를 의미하는 만다라로서 부처가 깨달음을 얻은 장소 또는 진심을 말한다. 여기서는 절을 말한다.

8) 지금의 경기도 개풍 지역이다.

9) 신라와 고려 시대에 행했던 밀교 의식의 하나로 역사와 불교학계에서는 '문두루비법(文豆婁秘法)'이 고유명사처럼 쓰이고 있다.

10) 이 비법은 신빙성이 의심된다. 그래서인지 『삼국사기』 어디에도 관련된 내용을 찾아볼 수 없다. 이 당시 신라는 당나라와 외교적 갈등이 심했다.

11) 경주 사천왕사 맞은편에 있었으며, 지금은 절터에 당간지주와 목탑지 등이 남아 있다.

12) 신라의 문장가로 외교 문서를 작성하여 중국, 고구려, 백제와 교류하는 데 큰 공을 세웠다.

13) 당나라 고종의 11번째 연호. 680~681년까지 사용했다.

14) 이 때문에 그의 수중릉이 감포 바닷가에 있을 것이라고 추정했으나 능의 흔적은 아무 데도 없었다. 다만 경주시의 능지탑이 그를 화장한 곳이라고 한다.

15) 경주 탑동 남간마을 안쪽에 있었던 절로 전해지고 있다.

16) 신라 진평왕의 연호다.

17) 원문의 '진덕(眞德)'은 '진평(眞平)'의 오기다.

18) 당나라 고종 이치의 연호. 664~665년까지 사용했다. 원문의 인덕 3년은 건봉 원년의 오기다.

19) 고구려 대신 연정토(淵淨土)의 아들 안승(安勝)을 말한다. 신라는 안승을 보덕왕(報德王)으로 봉했다.

20) 정식으로 출가하여 계를 받지 않았지만 승려들처럼 생활하고 수행하는 사람을 말한다.

21) 지금의 강원도 춘천이다.

22) 지금의 강원도 원주다.

23) 지금의 전라도 광주다.

24) 지방 세력의 자제를 인질 삼아 중앙에 불러들여 머물게 하는 제도였으나, 조선 초기에는 궁중에 근무하는 천역이 되었다.

25) 궁궐이나 관청에 공출하는 땔감을 채취하는 땅이다. 원본에는 소(燒)가 요(繞)로 되어 있다.

만파식적[1]

제31대 신문대왕(神文大王)의 이름은 정명(政明)이고 〔성은〕 김씨며, 개요(開耀)[2] 원년 신사년(681년) 7월 7일에 즉위했다. 아버지 문무대왕을 위해 동해 가에 감은사(感恩寺)[3]를 지었다.『사중기(寺中記)』에는 이렇게 되어 있다. 문무왕이 왜병을 진압하기 위해 이 절을 처음 지었으나 완성하지 못하고 죽어 바다의 용이 되었다. 그 아들 신문왕이 즉위하여 개요 2년(682년)에 완성했다. 금당(金堂) 섬돌 아래를 파고 동쪽을 향해 구멍 하나를 뚫었는데, 바로 용이 절 안으로 들어와 서리도록 마련한 것이라 한다. 대개 유조에 따라 뼈를 묻은 곳을 대왕암(大王岩)[4]이라 하고, 절 이름을 감은사(感恩寺)라 했다. 후에 용이 나타난 모습을 본 곳을 이견대(利見臺)라 했다.

이듬해 임오년 5월 초하루어떤 본에는 천수(天授) 원년이라 했으나 잘못된 것이다.에 해관(海官) 파진찬(波珍湌)[5] 박숙청(朴夙淸)이 아뢰었다.

"동해 가운데 있던 작은 섬 하나가 감은사 쪽으로 떠내려와 파도를 따라 왔다 갔다 합니다."

왕이 이 말을 듣고 이상하게 여겨 일관 김춘질(金春質) 혹은 춘일(春日)이라고 했다.에게 점을 치도록 명령했다.

〔일관이 왕께〕 아뢰었다.

"돌아가신 임금께서 지금 바다의 용이 되어 삼한을 지키며, 또 김유신 공이 33천(天)의 한 아들이 되어 지금 내려와 대신 (大臣)이 되었습니다. 두 성인께서 덕을 같이하여 성을 지킬 보배를 내리려고 하시는 것입니다. 만약 폐하께서 바닷가로 나가시면 반드시 값을 매길 수 없는 큰 보배를 얻으실 것입니다."

왕은 기뻐하며 그달 7일에 이견대(利見臺)로 가서 그 산을 바라보고 사신을 보내 살펴보게 했다. 산의 형세는 거북이 머리처럼 생겼고 그 위에 대나무 한 그루가 있었는데, 낮에는 둘이 되고 밤에는 하나로 합쳐졌다.혹은 산 역시 대나무처럼 밤낮으로 합쳐졌다 떼어졌다 했다고 한다.

사신이 와서 아뢰자 왕은 감은사로 가서 묵었다. 이튿날 오시(午時)6)에 대나무가 하나로 합치자, 천지가 진동하고 이레 동안 폭풍우가 치면서 날이 어두워졌다가 그달 16일에야 바람이 멈추고 파도가 가라앉았다. 왕이 배를 타고 그 산으로 가니 용이 검은 옥대(玉帶)를 가져다 바쳤다. 왕은 용을 영접하여 함께 자리에 앉았다.

왕이 물었다.

"이 산과 대나무가 떨어졌다가 다시 합치는 것은 무슨 까닭인가?"

용이 말했다.

"한 손으로 치면 소리가 나지 않지만, 두 손으로 치면 소리가 나는 것과 같습니다. 이 대나무란 물건은 합친 후에야 소리가 나게 되어 있으니, 성왕께서 소리로써 천하를 다스릴 징조입니다. 왕께서 이 대나무를 얻어 피리를 만들어 불면 천하가 평화로울 것입니다. 지금 돌아가신 왕께서는 바닷속 큰 용이 되셨고 김유신은 또 천신이 되었습니다. 두 성인께서 한마음이 되어 값으로는 정할 수 없는 이런 큰 보물을 내려 저에게 바치도록 한 것입니다."

왕은 놀라고 기뻐하며 오색 비단과 금옥으로 답례하고는 사람을 시켜 대나무를 베어 가지고 바다에서 나오니, 산과 용이 갑자기 사라져 보이지 않았다. 왕은 감은사에서 묵었다. 17일에 기림사(祗林寺)[7] 서쪽 시냇가에 이르러 수레를 멈추고 점심을 먹었다. 태자 이공(理恭) 즉 효소대왕(孝昭大王)이다. 이 대궐을 지키다가 이 이야기를 듣고는 말을 달려와 축하하고 천천히 살펴본 다음 아뢰었다.

"이 옥대의 여러 쪽들은 모두 진짜 용입니다."

왕이 물었다.

"네가 그것을 어떻게 아느냐?"

태자가 아뢰었다.

"한 쪽을 떼서 물에 넣어 보십시오."

그래서 왼쪽에서 두 번째 쪽을 떼어 시냇물에 담갔더니 곧바로 용이 되어 하늘로 올라갔고 그 자리는 못이 되었다. 그래서 용연(龍淵)이라 불렸다.

왕은 궁궐로 돌아와 그 대나무로 피리를 만들어 월성(月城) 천존고(天尊庫)에 보관했는데 이 피리를 불면 적군이 물러가고, 병이 낫고, 가물 때는 비가 내리고, 장마 때는 비가 그치고, 바람이 그치고, 파도가 잠잠해졌으므로 만파식적(萬波息笛)이라 부르고 국보로 삼았다. 효소대왕 때 이르러 천수(天授)[8] 4년 계사년(693년)에 부례랑(夫禮郎)이 살아 돌아온 기이한 일이 있었으므로 다시 만만파파식적(萬萬波波息笛)이라 불렀다. 자세한 것은 그 전기(傳記)에 있다.

---

1) 『삼국사기』 「잡지(雜誌)」 편에 나오는데, 김부식은 "괴이쩍어 믿을 수 없다."라고 하면서 그 존재에 대해 부정적이었다. '만파식적'을 풀이하면 '거센 물결을 잠재우는 피리'라는 의미다.

2) 당나라 고종의 12번째 연호. 681~682년까지 사용했다.

3) 신문왕이 아버지 문무왕을 위하여 삼국 통일 직후 건립한 최대 규모의 호국 사찰이었다. 지금은 2기의 대형 삼층석탑과 금당지 등이 남아 있다.

4) 경주시 감포읍 대종천 앞바다에 있는 돌무더기 섬으로 신라 문무왕을 화장한 후 그 뼈를 바위 한가운데 묻은 것(장골(藏骨))으로 전해진다.

5) 신라 시대 17관등 중 제4위로 해간(海干), 파미간(波彌干)이라고도 한다.

6) 오전 11시에서 오후 1시까지다.

7) 경주시 양북면 호암리 함월산에 있다.

8) 주(周)나라 측천제(則天帝)의 연호. 천수라는 연호는 690~692년까지 사용했으므로 천수 4년은 그다음에 사용된 연호인 장수(長壽) 2년을 말한다. 측천제는 중국 최초의 여황제로 690~705년까지 재위했다.

효소왕 대의 죽지랑 죽만(竹曼), 지관(智官)이라고도 한다.

제32대 효소왕 대에 죽만랑(竹曼郎)의 무리 가운데 득오 (得烏) 혹은 득곡(得谷)이라고도 한다. 급간이 있었는데, 화랑의 명 부에 이름을 올려놓고 날마다 나오다가 열흘 동안 보이지 않 았다. 죽만랑이 그의 어머니를 불러 물었다.

"당신 아들은 지금 어디 있소?"

득오의 어머니가 말했다.

"당전(幢典)인 모량부(牟梁部)의 아간(阿干) 익선(益宣)이 제 아들을 부산성(富山城)[1]의 창고지기〔倉直〕로 보냈는데, 급 히 가느라 죽만랑께 말씀을 드릴 겨를이 없었습니다."

죽만랑이 말했다.

"네 아들이 만약 사사로운 일로 그곳에 갔다면 찾아볼 필 요가 없겠지만 공적인 일로 갔으니 내가 가서 대접해야겠다."

그러고 나서 떡 한 합과 술 한 동이를 갖고 좌인(左人) 향언에서 갯지(皆叱知)라고 하니, 노복을 말한다.들을 거느리고 떠나는데, 죽만랑의 무리 137명 역시 의장을 갖추어 따라갔다.

부산성에 도착하여 문지기에게 득오실(得烏失)²⁾의 행방을 물어보자 그가 말했다.

"지금 익선의 밭에서 관례에 따라 부역을 하고 있습니다."

죽만랑은 밭으로 가서 가지고 간 술과 떡으로 득오를 대접했다. 그리고 익선에게 휴가를 얻어 득오와 함께 돌아오려고 했으나, 익선이 완강히 반대하면서 허락하지 않았다.

그때 사리(使吏) 간진(侃珍)이 추화군(推火郡)의 세금 30석을 거두어 성안으로 수송하다가 선비를 귀중히 여기는 죽만랑의 풍모를 아름답게 여기고 융통성 없는 익선을 야비하게 여겨, 가지고 가던 30석을 익선에게 주고 도움을 요청했으나 여전히 허락하지 않았다. 그런데 사지(舍知)³⁾ 진절(珍節)이 기마와 말안장을 주니 그제야 허락했다.

조정의 화주(花主)⁴⁾가 그 소식을 듣고 사신을 보내어 익선을 잡아다가 그의 더럽고 추잡함을 씻어 주려 했는데, 익선이 달아나 숨었으므로 그의 맏아들을 잡아갔다. 이때는 한겨울로 몹시 추운 날이었는데, 성안에 있는 못 가운데서 [익선의 아들을] 목욕시키니 그대로 얼어 죽고 말았다.

대왕은 그 말을 듣고는 모량리 사람으로 벼슬에 종사하는 자는 모두 내쫓아 다시는 관공서에 발을 붙이지 못하게 하고 검은색 옷[승복]을 입지 못하게 했으며, 만약 승려가 된 자라면 종을 치고 북을 울리는 절에는 들어가지 못하도록 명령을 내렸다. 또 간진의 자손을 올려 평정호손(枰定戶孫)⁵⁾으로 삼아 표창했다. 이때 원측법사(圓測法師)[6]는 해동의 고승이었으나 모량리 사람이었기 때문에 승직을 받지 못했다.

이전에 술종공(述宗公)이 삭주도독사(朔州都督使)가 되어 임지로 부임하게 되었는데, 삼한에 전쟁이 있어 기병 3000명으로 그를 호송하게 했다. 가다가 죽지령(竹旨嶺)에 도착하니, 한 거사가 고갯길을 닦고 있었다. 공은 그것을 보고 감탄하고 칭찬했다. 거사 역시 공의 위세가 매우 큰 것을 좋게 보고 서로 마음속으로 감동하게 되었다.

술종공이 삭주에 부임하여 다스린 지 한 달이 되었을 때, 거사가 방 안으로 들어오는 꿈을 꾸었다. 그런데 아내도 같은 꿈을 꾸었다고 하여 매우 놀라고 괴상하게 여겼다. 이튿날 사람을 시켜 거사의 안부를 물으니 사람들이 말했다.

"거사는 죽은 지 며칠 되었습니다."

심부름 갔던 사람이 돌아와 보고하니, 거사가 죽은 날이 꿈을 꾼 날과 같은 날이었다. 공이 말했다.

"아마 거사가 우리 집에 태어날 것 같소."

다시 군사를 보내 고갯마루 북쪽 봉우리에 거사를 장사 지내게 하고 돌로 미륵 한 구(軀)를 만들어 무덤 앞에 세웠다.

아내가 꿈을 꾼 날로부터 태기가 있어 아이를 낳자 이름을 죽지(竹旨)라 했다. 그는 장성하여 벼슬길에 올라 김유신 공과 함께 부수(副帥)가 되어 삼한을 통일하고 진덕, 태종, 문무, 신문 등 4대에 걸쳐 재상이 되어 나라를 안정시켰다.

처음에 득오곡이 죽만랑을 사모하여 노래〔慕竹旨郞歌〕를 지었는데, 그 내용은 다음과 같다.

지나간 봄 그리매

모든 것이 시름이로다.

아름다운 모습에 주름이 지니

눈 돌릴 사이에 만나 보게 되리.

낭이여! 그리운 마음에 가는 길에

쑥 우거진 마을에 잘 밤 있으리.

---

1) 경주시 건천읍에 있으며, 문무왕이 외적의 침입에 대비해 쌓은 산성이다.

2) 죽지랑의 낭도로 여기서 실(失)은 골짜기[谷]나 고을을 뜻하는 향언 '실'의 음차라고 본다.

3) 신라 시대 17관등 중 제13위 관등이다.

4) 화랑을 관할하는 관직. 한편 풍월주(風月主)의 부인도 화주라고 한다.

5) '평정호'는 분명한 것은 아니나 당나라 때 한 마을의 사무를 맡아 보던 호(戶)고, '손'은 '장(長)'을 잘못 쓴 것 같다.

6) 신라 출신 승려로 중국 당나라에 유학한 후 현장법사(玄奘法師)의 제자가 되어 불경의 번역과 보급에 큰 역할을 하였다. 지금도 중국 서안시에 있는 흥교사(興敎寺)에 원측의 탑묘(塔廟)가 남아 있다.

성덕왕

제33대 성덕왕(聖德王) 신룡(神龍)[1] 2년 병오년(706년)에 흉년이 들어 백성들이 몹시 굶주렸다. 조정에서는 정미년(707년) 정월 초하루부터 7월 30일까지 백성을 구제하고자 벼를 나누어 주었는데, 한 사람당 하루 석 되를 기준으로 삼았다. 모두 나누어 주고 합계를 내 보니 30만 500석이었다.

왕이 태종대왕을 위해 봉덕사(奉德寺)[2]를 창건하여 인왕도량(仁王道場)[3]을 이레 동안 베풀고 대사면을 했으며, 처음으로 시중(侍中)[4]이란 직책을 두었다. 어떤 책에는 효성왕(孝成王) 대라 한다.

---

1) 당나라 중종(中宗) 이현(李顯)의 연호. 705~707년까지 사용했다.
2) 경주 북천(北川) 근처에 있던 절로, 지금은 모두 소실되고 절터만 남아

있다. 이 절에 있던 '성덕대왕신종'은 국보 제29호로 지정되어 현재 경주국립 박물관에 보관되어 있다.

3) 불교에서 『인왕경』을 수업하는 도량이다.

4) 신라 집사부(執事部) 관직으로, 『삼국사기』에 의하면 진덕여왕 5년에 '중시(中侍)'가 처음 설치되었고, 경덕왕 6년에 '시중으로 개칭되었다고 한다.

수로부인

성덕왕 대에 순정공(純貞公)[1]이 강릉(江陵) 지금의 명주(溟州)
태수로 부임해 가다가 바닷가에서 점심을 먹었다. 옆에는 바
위가 마치 병풍처럼 바다를 두르고 있었는데, 천 길이나 되는
높이에 철쭉이 활짝 피어 있었다. 순정공의 부인 수로(水路)가
그것을 보고 주위 사람들에게 말했다.

"누가 내게 저 꽃을 꺾어 바치겠소?"

따르던 사람이 말했다.

"사람이 오를 수 없는 곳입니다."

다들 나서지 못하고 있는데 옆에서 암소를 끌고 지나가던
노인이 부인의 말을 듣고 그 꽃을 꺾어 와서 가사(歌詞)도 지
어 부인에게 함께 바쳤다.

그 노인이 누구인지는 아무도 몰랐다. 다시 이틀째 길을 가
다가 또 임해정(臨海亭)[2]에서 점심을 먹는데, 바다의 용이 갑

자기 부인을 낚아채 바닷속으로 들어가 버렸다. 공이 넘어지면서 발을 굴렀으나 어쩔 도리가 없었다.

또다시 한 노인이 말했다.

"옛 사람이 말하기를 '여러 사람의 말은 무쇠도 녹인다.'라고 하니, 바닷속 짐승인들 어찌 여러 사람들의 입을 두려워하지 않겠습니까? 경내의 백성들을 모아 노래를 지어 부르면서 지팡이로 강 언덕을 두드리면 부인을 다시 볼 수 있을 것입니다."

공이 이 말을 따르니, 용이 부인을 모시고 바다에서 나와 그에게 바쳤다. 공이 부인에게 바닷속 일을 물었다. 부인은 이렇게 말했다.

"일곱 가지 보물로 꾸민 궁전에 음식들은 맛이 달고 매끄러우며 향기롭고 깨끗하여 인간 세상의 음식이 아니었습니다."

부인의 옷에도 색다른 향기가 스며 있었는데, 이 세상에서는 맡아 볼 수 없는 향이었다.

수로부인은 절세미인이어서 깊은 산이나 큰 못 가를 지날 때마다 자주 신물(神物)에게 빼앗겼으므로 여러 사람이 해가(海歌)[3]를 불렀다.

그 가사는 이렇다.

거북아, 거북아! 수로부인을 내놓아라.
남의 아내를 약탈해 간 죄 얼마나 큰가?
네가 만약 거역하고 내다 바치지 않으면
그물을 쳐 잡아서 구워 먹으리라.

노인이 바친 헌화가(獻花歌)는 이렇다.

자줏빛 바위 가에
암소 잡은 손 놓게 하시고,
나를 아니 부끄러워하시면
꽃을 꺾어 바치겠나이다.

---

1) 구체적인 정보는 없으나 고운기에 의하면 5급 이상의 진골 귀족으로 보아야 한다고 했다. 『삼국사기』의 경덕왕 비의 아버지 이찬(伊湌) 김순정(金順貞)과 동일 인물로 보기도 한다.

2) '바닷가에 닿아 있는 정자'라고 해석하기도 한다. 2003년 삼척시는 증산 해변에 '임해정'과 '해가사 터'를 복원하여 관리하고 있다.

3) 이야기의 맥락이 수로왕의 탄생 설화에 나오는 구지가(龜旨歌)와 비슷하다.

효성왕

개원(開元)[1] 10년 임술년[2](722년) 10월에 처음으로 모화군 (毛火郡)에 관문을 쌓았다. [이것은] 지금의 모화촌(毛火村)으 로 경주 동남쪽 경계에 속하며, 바로 일본을 막기 위한 요새였 다. 그 둘레는 6792보 다섯 자고 역사(役事)에 참가한 무리는 3만 9262명이었으며, 관장한 사람은 각간 원진(元眞)이었다.

개원 21년 계유년(733년)에 당나라 사람들이 북적(北狄)[3]을 정벌하려고 신라에 군사를 요청했다. 이때 객사(客使) 604명 이 왔다가 당나라로 돌아갔다.

---

1) 당나라 현종(玄宗) 이융기(李隆基)의 연호. 713~741년까지 사용했다.
2) 개원 10년 임술년은 효성왕 대가 아니며 본문의 내용이 『삼국사기』에도 성덕왕 32년 기사로 되어 있으니, 연월도 성덕왕 대가 옳다.
3) 여기서는 발해를 말한다.

경덕왕, 충담사, 표훈대덕

〔당나라에서〕『덕경(德經)』[1] 등을 보내오자 대왕은 예를 갖추어 받았다.[2]

왕이 나라를 다스린 지 24년이 되던 해에 오악삼산(五岳三山)[3]의 신들이 때때로 나타나 궁전 뜰에서 대왕을 모셨다.

3월 3일 왕은 귀정문(歸正門) 누각 위에 올라가 주위 사람들에게 말했다.

"누가 길거리에서 영복승(榮服僧) 한 명을 데려올 수 있겠는가?"

이때 마침 위엄과 풍모가 깨끗한 대덕(大德)[4]이 배회하며 가고 있었다. 신하들이 그를 데리고 와 뵙게 하니 왕이 말했다.

"내가 말한 위엄과 풍모가 있는 승려가 아니다."

그리고 돌려보냈다.

다시 한 승려가 가사를 걸치고 앵통(櫻筒)을 지고 삼태기를 메고 있었다고 한 곳도 있다. 남쪽에서 오고 있었다. 왕은 기뻐하며 그를 보고 누각 위로 맞아들였다. 통 안을 살펴보니 다구(茶具)가 가득 들어 있었다. 왕이 말했다.

"그대는 누구인가?"

승려가 아뢰었다.

"소승은 충담(忠談)이라 합니다."

왕이 말했다.

"어디서 오는 길인가?"

승려가 아뢰었다.

"소승은 매년 중삼일(重三日),[5] 중구일(重九日)[6]에 차를 끓여 남산 삼화령(三花嶺)[7]의 미륵세존(彌勒世尊)[8]께 올리는데, 지금도 차를 올리고 돌아오는 길입니다."

왕이 말했다.

"나에게도 차 한 잔 나누어 줄 수 있겠는가?"

승려는 이에 차를 끓여 바쳤는데, 차의 향기와 맛이 이상하고 찻잔 속에서 묘한 향내가 풍겼다. 왕이 말했다.

"짐은 일찍이 대사가 기파랑(耆婆郎)을 찬미한 사뇌가(詞腦歌)[9]의 뜻이 매우 높다고 들었는데 정말 그런가?"

승려가 대답했다.

"그렇습니다."

왕이 말했다.

"그렇다면 짐을 위해 안민가(安民歌)를 지어 보라."

충담은 곧바로 왕명을 받들어 노래를 지어 바쳤다. 왕이 아름답게 여겨 왕사(王師)[10]로 봉했으나, 그는 삼가 재배하며 간곡히 사양하고 받지 않았다.

「안민가」[11]는 다음과 같다.

　임금은 아버지요,

　신하는 사랑을 주는 어머니라.

　백성을 어리석은 아이로 여기면,

　모든 백성들이 사랑을 알리라.

　꾸물거리며 사는 중생,

　이들을 먹여 다스려라.

　이 땅을 버리고 어디로 가라고 하면

　이 나라가 보전될 줄 알리라.

　아아, 임금답게 신하답게 백성답게 하면

　나라는 태평을 지속하리.

「찬기파랑가(讚耆婆郎歌)」[12]는 다음과 같다.

　열어젖히자 벗어나는 달이

　흰구름 좇아 떠간 언저리

　백사장 펼친 물가에

　기파랑의 모습이 잠겼어라.

　일오천(逸烏川) 자갈벌에서

　낭의 지니신 마음 좇으려 하네,

　아! 잣나무 가지 높아

서리 모를 씩씩한 모습이여!

왕은 옥경(玉莖)의 길이가 여덟 치나 되었는데, 자식이 없어 왕비[13]를 폐하고 사량부인(沙梁夫人)으로 봉했다. 후비 만월부인(滿月夫人)은 시호가 경수태후(景垂太后)이며 각간 의충(依忠)의 딸이었다.

왕이 하루는 표훈대사[表訓大德]를 불러 명했다.

"내가 복이 없어 후사를 얻지 못했으니 원하건대 대사께서 하느님[上帝]에게 청하여 사내아이를 점지하게 해 주시오."

표훈대사가 하늘로 올라가 천제에게 말하고 돌아와 아뢰었다.

"천제께서는 '딸을 구하는 것은 되지만 사내아이는 마땅치 않다.'라고 하셨습니다."

왕이 말했다.

"딸을 아들로 바꿔 주시오."

표훈대사가 다시 하늘로 올라가 청했다.

천제가 말했다.

"할 수 있다. 그러나 만약 사내아이가 태어난다면 나라를 위태롭게 할 것이다."

표훈대사가 하늘에서 내려오려 할 때 천제가 다시 불러 말했다.

"하늘과 인간 사이를 어지럽혀서는 안 되는데 지금 대사는 이웃 마을처럼 오가면서 천기를 누설하고 있으니 지금 이후로는 오는 것을 금하노라."

표훈대사가 와서 천제의 말을 전하니 왕이 말했다.

"나라가 비록 위태롭게 되더라도 아들을 얻어 후사를 삼고 싶소."

달이 차서 왕후가 태자를 낳으니[14] 왕은 매우 기뻐했다.

태자가 여덟 살이 되었을 때 왕이 죽고 태자가 즉위했으니, 이 사람이 혜공대왕(惠恭大王)이다. [왕이] 어렸으므로 태후가 섭정에 나섰으나 정사가 다스려지지 않았고,[15] 도적이 벌 떼처럼 일어나도 막지 못했으니, 표훈대사의 말이 사실이었다. 태자는 원래 여자였다가 남자로 태어났기 때문에 돌 때부터 즉위하기까지 항상 부녀자들의 놀이를 일삼고 비단 주머니 차는 것을 좋아하며 도사(道士)들과 희롱했다. 그래서 나라가 크게 어지러워져 결국 선덕왕(宣德王) 김양상(金良相)[16]에게 시해되었다. 표훈대사 이후로 신라에 성인이 태어나지 않았다고 한다.

---

1) 도가의 창시자 노자(老子)의 『도덕경(道德經)』을 말하며 모두 5000여 자로 이루어져 있다.

2) 『삼국사기』 「신라본기」 '효성왕 2년' 조에도 비슷한 내용이 있어 경덕왕 대의 일이 아니라고도 하나, 리상호는 경덕왕 대의 일이 맞다고 했다.

3) 오악은 동악 토함산, 서악 계룡산, 남악 지리산, 북악 태백산, 중악 팔공산이며, 삼산은 경주 남산, 영천 금강산, 청도 부산이다. 윤영옥 교수는 오악이 통일 신라의 상징적 존재이자 전제 왕권의 상징이라고 했다.

4) 승려에게 부여하는 직위 명칭. 덕망이나 풍모가 높은 승려를 일컫는다.

5) 세시풍속에 액을 막는 제의(祭儀)가 있는 날로 3월 3일이다.

6) 중양일(重陽日)이라고도 하며 액을 막는 제의가 있는 날로 9월 9일이다.

7) 경주 남산에 있었던 고개로 이곳에서 석조 미륵삼존불상이 출토되어 현재 국립경주박물관에 소장 전시되고 있다.

8) 석가모니가 입멸한 후 56억 7000만 겁이 지난 다음 출현하여 그때까지 구제되지 못한 모든 중생들을 구제해 준다는 미래의 부처이다.

9) 향찰(鄕札)로 기록된 신라 때의 노래로, 10구체 형식의 향가만을 이르기도 한다. 「기이 제1」에는 사뇌격(詞腦格)이라는 기록이 있다.

10) 왕의 스승이라는 의미로 왕의 불교 정책을 돕고 자문하는 역할로 국사(國師) 아래에 있었던 최고의 법계(法階)였다.

11) 경덕왕 말년에 지은 것으로 「찬기파랑가」보다 후대의 작품이며 호국의 정성이 깃들어 있다. 조지훈 교수는 충담사의 신분이 단순한 승려가 아니고 화랑도의 양면을 띤 인물로 보았다.

12) 김상억 교수는 '찬(讚)'이 게송류(偈頌類)의 '찬'이 아니고 한시의 '송찬(頌讚)' 류와 맥이 같다고 했다. 양주동 박사는 이 작품의 기상천외한 시법에 감탄하면서 문답체의 구조로 보았다.

13) 「왕력」에는 삼모부인(三毛夫人)으로 되어 있다.

14) 『삼국사기』에는 경덕왕 17년 7월 23일의 일로 기록되어 있다.

15) 그는 16년 동안 왕위에 있었는데 반란이 다섯 번이나 일어났다.

16) 『삼국사기』에는 혜공왕 16년에 김지정의 반란을 김양상과 김경신이 진압하였다고 기록되어 있다. 김양상은 선덕왕의 이름으로 원성왕 김경신(金敬信)의 오기라는 설도 일리가 있다.

혜공왕

대력(大曆) 초년(766년)에 강주(康州) 관서 대당(大堂)의 동쪽 땅이 서서히 꺼져 연못이 되었는데어떤 책에는 대사 동쪽 작은 못이라 한다. 세로는 열세 자, 가로는 일곱 자였다. 갑자기 잉어 대여섯 마리가 나타나 점점 커지자 연못도 따라서 커졌다.

2년[1] 정미년(767년)에 이르러 또 천구성(天狗星)[2]이 동루(東樓) 남쪽에 떨어졌는데 머리가 항아리만 하고 꼬리는 세 자 남짓 되었다. 또 빛은 활활 타는 것 같고 천지가 진동했다.

또 이해에 금포현(今浦縣)의 논 다섯 경(頃)[3]에서 모두 새 이삭이 났다. 같은 해 7월에 북궁(北宮)의 뜰 가운데로 별 두 개가 떨어지더니 또 하나가 떨어졌는데, 세 별이 모두 땅속으로 꺼졌다.

이보다 앞서 궁궐 북쪽의 변소 안에 연꽃 두 줄기가 피어나고, 또 봉성사(奉聖寺) 밭 가운데에도 연꽃이 났으며, 호랑이가 금성(禁城) 가운데로 뛰어 들어가 쫓아가 잡으려고 했으나 놓쳤다. 각간 대공(大恭)의 집 배나무 위에도 참새가 무수히 모여들었다. 『안국병법(安國兵法)』[4] 하권에 의하면, 이것은 천하에 큰 전쟁이 있을 징조라고 했다. 이에 임금은 대사면을 실시하고 몸을 닦고 성찰했다.

〔4년〕 7월 3일, 각간 대공이 반란을 일으켜 서울 및 5도(道) 주군(州郡)의 96명의 각간이 서로 싸워 나라가 크게 어지러워졌다. 각간 대공의 집안이 망하자 그 집안의 보물과 비단을 왕궁으로 옮겼다. 신성(新城)의 장창(長倉)이 불타자 사량(沙梁)과 모량(牟梁) 등에 있는 역적 무리의 보물과 곡식도 왕궁으로 실어 날랐다. 난리는 세 달 만에 그쳤는데, 상을 받은 자가 아주 많았고 죽은 자도 헤아릴 수 없었다.[5] 표훈대사가 "나라가 위태롭게 될 것이다."라고 말한 것이 이것이다.

---

1) 『삼국사기』 「신라본기」 제9에 의거해 볼 때 3년의 잘못인 것 같다.
2) 유성이나 혜성을 말하고 소리를 낸다고 하며 병란의 징조로 여겼다.
3) 토지의 면적을 재는 단위로서 1경은 100무(畝)다.
4) 우리나라 병법서라고 알려져 있으나, 현재 전하지 않는다.
5) 『삼국사기』 「신라본기」에 "왕의 군대가 이들을 토벌하여 평정하고 9족을 처단했다."라는 기록이 있다.

원성대왕

이찬(伊飡) 김주원(金周元)이 처음에 상재(上宰)가 되었고 원성왕(元聖王)은 각간으로 상재의 다음 자리에 있었다. 〔원성왕은〕 꿈에 복두(幞頭)[1]를 벗고 흰 삿갓을 쓰고 12현의 가야금을 들고 천관사(天官寺) 우물 속으로 들어갔다. 왕이 꿈에서 깨어나 사람을 시켜 풀이하게 했더니 이렇게 말했다.

"복두를 벗은 것은 직책을 잃을 조짐이고, 가야금을 든 것은 칼집을 쓸 조짐입니다. 우물에 들어간 것은 옥에 갇힐 조짐입니다."

원성왕은 그 말을 듣고 매우 근심하여 문을 닫고는 나가지도 않았다. 이때 아찬 여삼(餘三) 혹은 여산(餘山)이라고도 한다.이 와서 뵙기를 청했다. 원성왕은 병 때문에 나갈 수 없다고 거절했다. 아찬이 다시 한번 만나기를 청하여 왕이 허락했다.

아찬이 말했다.

"공께서 꺼리는 일이 무엇입니까?"

원성왕은 꿈을 풀이한 일을 자세히 말했다. 그러자 아찬이 일어나 절을 하면서 말했다.

"이는 바로 길몽입니다. 공께서 만약 왕위에 올라 저를 버리시지 않는다면 공을 위해 해몽해 드리겠습니다."

왕은 주위 사람들을 물러가게 하고 풀이해 줄 것을 청했다. 아찬이 말했다.

"복두를 벗은 것은 그 위에는 사람이 없는 것이고, 흰 삿갓을 쓴 것은 면류관을 쓸 징조입니다. 또한 12현의 가야금을 지닌 것은 12손(孫)²이 왕위를 전해 받을 징조이고, 천관사 우물에 들어간 것은 궁궐로 들어갈 좋은 징조입니다."

왕이 말했다.

"위로는 김주원이 있는데 어떻게 임금 자리에 오를 수 있단 말인가?"

아찬이 말했다.

"청컨대 몰래 북천신(北川神)에게 제사를 지내십시오."

왕은 아찬의 말에 따랐다.

얼마 후 선덕왕이 죽자 나라 사람들이 김주원을 왕으로 삼아 궁궐로 맞아들이려고 했다. 그의 집은 시냇물 북쪽에 있었는데 갑자기 시냇물이 불어 건널 수가 없었다. 그래서 왕이 먼저 궁궐로 들어가 즉위하자 대신의 무리들이 모두 따라와서 새로 즉위한 임금에게 절을 하고 축하했다. 이 사람이 바로 원성대왕이다. 대왕의 이름은 경신(敬信)이고 성은 김씨인데, 꿈의 응험이 맞았던 것이다.

김주원은 물러나 명주(溟州)에서 살았다. 왕이 등극했을 때, 여산은 이미 죽었으므로 그의 자손을 불러 벼슬을 내렸다. 왕에게는 손자가 다섯이니 혜충태자(惠忠太子), 헌평태자(憲平太子), 예영잡간(禮英匝干), 대룡부인(大龍夫人), 소룡부인(小龍夫人) 등이다. 대왕은 참으로 인생의 곤궁하고 영화로운 이치를 알았기 때문에 신공사뇌가(身空詞腦歌) 노래는 없어져 자세하지 않다.를 지었다.

　왕의 아버지 대각간(大角干) 효양(孝讓)이 조종의 만파식적을 전해 받아 왕에게 전했다. 왕은 만파식적을 얻었기 때문에 하늘의 은혜를 받아 그 덕이 원대하게 빛났다. 정원(貞元)[3] 2년 병인년(786년) 10월 11일, 일본의 왕 문경(文慶)『일본제기』를 살펴보면, 제55대 문덕왕(文德王)이 이에 해당되는 듯하다. 그 이외에는 문경이 없는데, 어떤 책에는 왕의 태자라고 하기도 한다.이 군사를 일으켜 신라를 치려고 했는데, 신라에 만파식적이 있다는 말을 듣고는 군사를 돌리고 금 50냥과 함께 사신을 보내 그 피리를 청했다. 왕이 사신에게 말했다.

　"짐은 선대인 진평왕 대에는 있었다고 들었으나 지금은 어디에 있는지 알 수 없다."

　이듬해 7월 7일, 다시 사신을 보내 금 천 냥으로 만파식적을 청하며 말했다.

　"과인이 신물(神物)을 보고 난 후 다시 돌려드리겠소."

　왕은 역시 이전과 같은 대답으로 사양하고, 은 3000냥을 사신에게 주어 금과 함께 돌려보내고 받지 않았다. 8월에 사신이 돌아가자 피리를 내황전(內黃殿)에 보관했다.

왕이 즉위한 지 11년 을해년(795년)에 당나라 사신이 서울에 와서 한 달 동안 머물다가 돌아갔는데, 다음 날 두 여자가 내정(內庭)에 나와 아뢰었다.

"저희들은 바로 동지(東池)와 청지(靑池) 청지는 바로 동천사(東泉寺)의 샘이다. 그 절의 기록에, 그 샘은 바로 동해의 용이 왕래하면서 설법을 듣는 곳이라 했다. 이 절은 바로 진평왕이 만든 것으로 500성중(聖衆), 5층탑, 전민(田民)을 아울러 바쳤다고 한다.의 두 용의 아내입니다. 당나라 사신이 하서국(河西國) 사람 두 명을 데리고 와서 우리 남편인 두 용과 분황사 우물4)의 용 등 세 용을 저주하여 작은 물고기로 변하게 하여 통 속에 담아 가지고 돌아갔습니다. 원하옵건대 폐하께서는 두 사람에게 명령하여 저희 남편을 비롯하여 나라를 지키는 용을 돌려주게 하십시오."

왕은 뒤쫓아 하양관(河陽館)에 이르러 직접 연회를 열고 하서국 사람에게 명령했다.

"너희는 어찌하여 우리의 용 세 마리를 이곳까지 데리고 왔느냐? 만약 사실대로 말하지 않으면 반드시 극형에 처하겠다."

그러자 하서국 사람은 물고기 세 마리를 꺼내 바쳤다. 세 곳에 놓아 주자 제각각 한 길씩이나 뛰어오르고 기뻐하며 사라졌다. 당나라 사람들은 왕의 성스럽고 명철함에 감복했다.

어느 날 왕은 황룡사(皇龍寺) 어떤 책에는 화엄사(華嚴寺) 또는 금강사(金剛寺)라고 했는데, 절 이름과 경(經) 이름을 혼동한 것이다.의 승려 지해(智海)를 궁궐로 청하여 50일 동안 『화엄경(華嚴經)』을 강론하게 했다. 사미(沙彌) 묘정(妙正)은 항상 금광정(金光井) 대현법사(大賢法師)로 인해 얻은 이름이다. 가에서 그릇을 씻었는데, 자라 한 마리가 샘 가운데에서 떴다 잠겼다 했다. 사미는 늘 먹다 남은 밥을 자라에게 주면서 놀곤 했다. 법연이 끝나 돌아가게 되자 사미가 자라에게 말했다.

"내가 너에게 며칠 동안 덕을 베풀어 주었는데 어떻게 갚겠느냐?"

며칠 후 자라는 작은 구슬 하나를 토해 주었다. 사미는 그 구슬을 허리띠 끝에 매달았다.

이후부터 대왕은 사미를 보면 애지중지하여 내전으로 불러 들여 항상 곁에 두었다. 이때 한 잡간(匝干)[이 당나라에 사신으로 가게 되었는데, 역시 사미를 사랑하여 함께 데리고 가기를 청했다. 왕이 허락하여 〔잡간은 사미와〕 같이 당나라로 들어갔다.

당나라 황제 역시 사미를 보자 총애하고, 승상과 좌우 신하들이 모두 존경하고 신임했다.

그런데 관상을 보는 사람 하나가 황제에게 아뢰었다.

"사미를 살펴보건대, 길상(吉相)이 하나도 없는데 다른 사람에게 존경과 신임을 받으니 반드시 특별한 물건을 지니고 있을 것입니다."

그래서 사람을 시켜 조사해 보니 사미의 허리띠 끝에서 작은 구슬이 나왔다.

황제가 말했다.

"짐에게는 여의주 네 개가 있었는데 지난해에 한 개를 잃어버렸다. 지금 이 구슬을 보니 바로 내가 잃어버린 것이다."

황제가 사미에게 묻자 사미는 그 일을 사실대로 아뢰었다.

황제가 말했다.

"구슬을 잃어버린 날과 사미가 구슬을 얻은 날이 같다."

황제는 그 구슬을 빼앗고 사미를 쫓아냈는데 그 뒤로는 아무도 사미를 사랑하거나 신임하지 않았다.

왕의 능은 토함산 서쪽 마을 곡사(鵠寺) 지금의 숭복사(崇福寺)다.에 있는데[6] 최치원이 지은 비문이 있다. 또한 왕은 보은사(報恩寺)를 창건하고, 망덕루(望德樓)를 세웠다. 조부 훈입(訓入) 잡간을 추봉하여 흥평대왕(興平大王)으로, 증조부 의관(義官) 잡간을 신영대왕(神英大王)으로, 고조부 법선대아간(法宣大阿干)을 현성대왕(玄聖大王)으로 삼았는데, 현성대왕의 아버지가 곧 마질차(摩叱次) 잡간이다.

---

1) 두건의 일종으로 후주(後周)의 무제(武帝)가 처음 만들었으며, 귀인이 쓰는 모자의 하나다.

2) 『삼국사기』에 의거하면 원성왕이 나물왕의 12세손이 된다는 뜻이다.

3) 당나라 덕종(德宗) 이적(李適)의 연호. 785~805년까지 사용했다.

4) 이 우물은 지금도 분황사에 남아 있다.

5) 신라 17관등 중 제3위 관등으로 잡찬(匝湌)이라고도 하며 진골만 오를 수 있었다.

6) 이 능은 물이 차 있어 관을 땅에 묻지 못하고 걸어 놓았다고 하여 괘릉(掛陵)이라고 부른다.

때 이른 눈[1]

제40대 애장왕(哀莊王) 말년인 무자년(808년) 8월 15일에 눈이 내렸다.

제41대 헌덕왕(憲德王) 원화(元和)[2] 13년 무술년(818년) 3월 14일에 큰눈이 왔다. 어떤 책에는 병인년으로 되어 있으나 잘못된 것이다. 원화는 15년에서 끝나며 병인년이 없다.

제46대 문성왕(文聖王) 기미년(839년) 5월 19일에 큰눈이 내리고 8월 1일에 온 세상이 어두컴컴했다.

------

1) 눈 내린 사실만 기록한 이 조는 「기이」 편 전체에서 특이한 제목이다. 그 당시 이상 징후의 상징적 표현으로 보인다.
2) 당나라 헌종(憲宗) 이순(李純)의 연호. 806~820년까지 사용했다.

흥덕왕과 앵무새

제42대 흥덕대왕(興德大王)은 보력(寶曆)[1] 2년 병오년(826년)에 즉위했다. 얼마 후 어떤 사람이 당나라에 사신으로 갔다가 앵무새(鸚鵡) 한 쌍을 가지고 왔는데, 오래지 않아 암컷이 죽자 외로운 수컷이 구슬프게 울었다. 왕이 사람을 시켜 그 앞에다 거울을 달아 주었다. 앵무새는 거울 속에 비친 모습을 보고는 자기 짝으로 여겨 거울을 쪼았는데, 그것이 자기 모습인 줄 알고는 슬피 울다 죽었다. 왕이 이를 노래로 지었다 하는데 자세하지는 않다.

---

1) 당나라 경종(敬宗) 이감(李湛)의 연호. 825~827년까지 사용했다.

신무대왕, 염장, 궁파

제45대 신무대왕(神武大王)[1]은 왕위에 오르기 전에 협사(俠士) 궁파(弓巴)[2]에게 말했다.

"나에게는 같은 하늘 밑에서 살 수 없는 원수[3]가 있소. 그대가 나를 위해 그를 제거해 주면 왕위를 차지한 후 그대의 딸을 왕비로 삼겠소."

궁파는 응낙하고 마음과 힘을 합쳐 군사를 일으켜 수도를 침범해 그 일을 이루었다.

왕이 왕위를 찬탈하고 궁파의 딸을 왕비로 삼으려 하자 신하들이 옆에서 힘껏 간했다.

"궁파는 비천하니 왕께서 그의 딸을 왕비로 삼아서는 안 됩니다."

왕은 신하들의 말에 따랐다. 이때 궁파는 청해진(淸海鎭)[4]에서 국경을 지키고 있었는데, 왕이 약속을 어긴 것을 원망하여 반란을 꾀하고자 했다. 이때 장군 염장(閻長)이 그 말을 듣고는 왕에게 아뢰었다.

"궁파가 장차 불충을 저지르려 하니 소신이 제거하겠습니다."

그러자 왕이 기꺼이 허락했다.

염장은 왕명을 받고 청해진으로 가서 연락하는 사람을 통해〔궁파에게〕전했다.

"왕에게 작은 원망이 있어 현명한 공께 몸을 의탁하여 목숨을 보존하려고 합니다."

궁파는 그 말을 듣고 크게 노하여 말했다.

"너희 무리가 왕에게 간하여 내 딸을 왕비로 삼지 못하게 했는데, 어찌하여 나를 만나려 하는가?"

염장이 다시〔사람을〕통해 전했다.

"이는 백관들이 간언한 것이지, 저는 그 모의에 관여하지 않았습니다. 현명한 공께서는 의심하지 마십시오."

궁파는 그 말을 듣고 청사(廳事)로 불러들여 물었다.

"그대는 무슨 일로 이곳에 왔소?"

염장이 말했다.

"왕의 뜻을 거스른 일이 있어 막하(幕下)에 기대어 해를 모면하고자 합니다."

궁파가 말했다.

"다행한 일이오."

그들은 술자리를 마련하고 매우 기뻐했다.〔그 사이 갑자기〕염장이 궁파의 장검을 가져다 그를 죽였다.〔그러자〕휘하의 군사들이 놀라고 두려워하면서 모두 땅에 엎드렸다. 염장은 그들을 이끌고 서울로 돌아와 결과를 보고했다.

"궁파를 죽였습니다."

왕은 기뻐하며 염장에게 상을 주고 아간(阿干)의 벼슬을 내렸다.

---

1) 원성왕의 손자로서 『삼국사기』 「신라본기」에 의하면 등에 화살을 맞는 꿈을 꾼 후 등에 종기가 나 죽었다고 한다.

2) 『삼국사기』 「열전」에는 '궁복(弓福)'이라 되어 있다. 장보고(張保皐)를 말하는 것으로 유추된다. '보고(保皐)'는 '보고(寶高)'로 표기된 곳도 있다.

3) 신무왕의 원수란 아버지 균정과 왕위를 다투었던 희강왕, 그리고 장보고와 신무왕에게 죽임을 당한 민애왕 이렇게 두 사람을 가리킨다.

4) 신라 바닷길의 요충지로 지금의 전라남도 완도군 장좌리에 있는데, 이 섬의 남쪽에 방어용 목책이 있었다.

제48대 경문대왕

경문대왕(景文大王)의 휘는 응렴(膺廉)이고 열여덟 살에 국선(國仙)[1]이 되었다. 약관의 나이가 되자 헌안대왕(憲安大王)은 낭(郎)을 불러 궁중에서 연회를 베풀고 물었다.[2]

"낭은 국선이 되어 사방을 유람했는데 무슨 특별한 것이라도 보았는가?"

낭이 아뢰었다.

"신은 아름다운 행실을 가진 사람 셋을 보았습니다."

왕이 말했다.

"그 이야기를 들려주게."

낭이 말했다.

"다른 사람의 윗자리에 있을 만한데도 겸손하게 다른 사람의 아래에 앉아 있는 사람이 그 하나요, 세력 있고 부유한데도 의복이 검소한 사람이 그 둘이요, 본래 귀한 세력이 있는데

도 위세를 펼치지 않는 사람이 그 셋입니다."

왕은 이 말을 듣고 그가 어진 것을 알고는 자기도 모르게 눈물을 흘리며 말했다.

"짐에게는 두 딸이 있는데 그대에게 시집 보내 시중을 들게[3] 하고자 한다."

낭은 자리를 피해 절하고 머리를 조아린 후 물러났다. 그리고 이 사실을 부모에게 말하니 부모가 놀라고 기뻐하며 자제들을 모아 의논했다.

"왕의 맏공주는 외모가 아주 보잘것없지만, 둘째는 매우 아름다우니 그녀에게 장가를 드는 것이 좋겠다."

낭의 무리 중에 우두머리인 범교사(範敎師)[4]란 자가 이 말을 듣고는 집으로 찾아와 낭에게 물었다.

"대왕께서 공주를 공에게 시집 보낸다는 것이 사실이오?"

낭이 그렇다고 대답했다. 그러자 그가 물었다.

"그럼 둘 중에서 누구를 선택하겠소?"

낭이 말했다.

"부모님께서는 나에게 동생을 선택하라고 명하셨소."

범교사가 말했다.

"낭이 만약 동생을 선택한다면 나는 반드시 낭의 눈앞에서 죽을 것이오. 하지만 맏공주에게 장가를 든다면 반드시 세 가지 좋은 일이 있을 것이니 잘 살펴 결정하시오."

낭이 말했다.

"가르쳐 준 대로 하겠소."

얼마 후 왕이 날을 잡고 사람을 보내 낭에게 말했다.

"두 딸 가운데 누구를 선택할 것인지는 오직 공의 뜻에 따르겠다."

심부름 갔던 사람이 돌아와 낭의 뜻을 아뢰었다.

"맏공주를 받들겠다고 합니다."

그리고 석 달이 지나자 왕의 병이 위독해져 여러 신하들을 불러 말했다.

"짐에게는 아들이 없으니 죽은 뒤의 일은 맏딸의 남편인 응렴이 이어받도록 하라."

이튿날 왕이 죽자 낭은 유조를 받들어 즉위했다. 그러자 범교사가 왕에게 와서 아뢰었다.

"제가 아뢴 세 가지 좋은 일이 이제 모두 이루어졌습니다. 맏공주를 선택하였기 때문에 지금 왕위에 오르신 것이 그 한 가지고, 이제 쉽게 아름다운 둘째 공주를 취할 수 있게 된 것이 그 두 가지며, 맏공주를 선택했기 때문에 왕과 부인이 매우 기뻐하신 것이 그 세 가지입니다."

왕은 그 말을 고맙게 여겨 대덕(大德)5)이란 벼슬을 주고 금 130냥을 내렸다.

왕이 죽으니6) 시호를 경문(景文)이라 했다. 왕의 침전에는 매일 저녁 수많은 뱀들이 모여들었는데, 대궐에서 알아보는 사람들이 놀라고 무서워 몰아내려 하니 왕이 말했다.

"나는 뱀이 없으면 편히 잠들 수가 없으니 몰아내지 마라."

그래서 매일 잠잘 때면 뱀이 혀를 내밀어 왕의 가슴을 덮었다.

왕은 즉위한 후 귀가 갑자기 당나귀 귀처럼 자랐다. 왕후와 궁인들은 모두 이 사실을 알지 못하고 오직 복두장 한 사람만 알고 있었다. 그러나 평생토록 다른 사람에게 말하지 않았다. 어느 날 복두장이 죽을 때가 되자 도림사(道林寺) 옛날 입도림(入都林) 가에 있었다. 대숲 가운데로 들어가 사람이 없는 곳에서 대나무를 향해 외쳤다.

"우리 임금님 귀는 당나귀 귀다."

그 후 바람이 불면 대나무 숲에서 이런 소리가 났다.

"우리 임금님 귀는 당나귀 귀다."

왕이 그것을 싫어하여 대나무를 모두 베어 버리고는 산수유를 심었는데 바람이 불면 이런 소리가 났다.

"우리 임금님 귀는 길다."

화랑 요원랑(邀元郎), 예흔랑(譽昕郎), 계원(桂元), 숙종랑(叔宗郎) 등이 금란(金蘭)[7]을 유람하면서 임금을 위해 나라를 다스릴 뜻을 은근히 품었다. 그래서 가사 세 수를 짓고, 다시 사지(舍知)[8] 심필(心弼)에게 공책(針卷)을 주고 대거화상(大炬和尙)[9]에게 보내어 노래 세 수를 짓게 했는데, 첫째는 현금포곡(玄琴抱曲)이고, 둘째는 대도곡(大道曲)이며, 셋째는 문군곡(問羣曲)이다.

이것을 왕에게 아뢰니 왕이 아주 기뻐하여 상을 내렸다 하는데 가사는 자세하지 않다.

---

1) 화랑도 가운데 국왕에 의해 특별히 임명된 자다.
2) 『삼국사기』「신라본기」에 의하면 헌안왕 4년 9월에 임해전에서 연회를

베풀었는데 응렴은 그때 나이 열다섯 살이었다. 내용은 이와 비슷하다.

3) 원문 '건즐(巾櫛)'은 수건과 빗이란 뜻으로, 얼굴을 씻고 머리를 빗는 것을 뜻하기도 하고 이러한 일을 곁에서 도와주는 처첩을 지칭하기도 한다.

4) 『삼국사기』「신라본기」 제11에 의하면 헌안왕 4년에 흥륜사의 승려에게 물었다는 말이 있다.

5) 범어인 바단타(Bhadanta)의 역어로 본래 부처를 가리켰으나 덕망이 높은 승려에 대한 존칭으로도 사용되었으며, 고려 시대와 조선 시대 승려의 법계(法階) 가운데 하나이다.

6) 『삼국사기』「신라본기」 제11에 의하면 즉위 15년 7월 8일이다.

7) 지금의 강원도 통천이다.

8) 신라 시대 17관등 중 제13위 관등이다.

9) 향가에 뛰어났던 신라의 승려로서 진성여왕의 명에 의해 향가집 『삼대목(三代目)』을 편찬했다. 『삼국사기』에는 대구화상(大矩和尙)이라고 기록되어 있다.

처용랑과 망해사[1]

제49대 헌강대왕(憲康大王) 대에는 서울에서 동해 어귀에
이르기까지 집들이 즐비하게 늘어서 있고 담장이 서로 맞닿았
는데, 초가집은 한 채도 없었다. 길에는 음악과 노랫소리가 끊
이지 않았으며 바람과 비는 사철 순조로웠다. 이때 대왕이 개
운포(開雲浦) 학성(鶴城) 서남쪽에 위치하므로 지금의 울주(蔚州)다. 로
놀러 갔다 돌아오려 했다. 낮에 물가에서 쉬고 있는데, 갑자기
구름과 안개가 캄캄하게 덮여 길을 잃었다. 왕이 괴이하게 여
겨 주위 사람들에게 물으니 일관이 아뢰었다.

"이는 동해에 있는 용의 변괴니, 마땅히 좋은 일을 하여 풀
어야 합니다."

그래서 용을 위해 근처에 절을 짓도록 유사(有司)[2]에게 명
령했다. 명령을 내리자마자 구름이 걷히고 안개가 흩어졌다.
이 때문에 그곳의 이름을 [구름이 걷힌 포구라는 뜻의] 개운

포라고 한 것이다.

동해의 용은 기뻐하여 일곱 아들을 거느리고 왕의 수레 앞에 나타나 덕을 찬양하며 춤을 추고 음악을 연주했다. 그중 한 아들이 왕의 수레를 따라 서울로 들어와 왕의 정사를 보필했는데, 이름을 처용(處容)³⁾이라 했다. 왕은 미녀를 주어 아내로 삼아 그의 마음을 잡아 머물도록 하면서 또 급간(級干)이란 직책을 주었다. 그의 아내가 매우 아름다웠으므로 역신(疫神)이 흠모하여 밤이 되면 사람으로 변해 그 집에 와 몰래 자곤 했다.

처용이 밖에서 집에 돌아와 두 사람이 자고 있는 것을 보고는 노래를 지어 부르고 춤을 추다가 물러났는데, 그 노래는 다음과 같다.

동경(東京) 밝은 달에 밤새도록 노닐다가
들어와 자리를 보니 다리가 넷이구나.
둘은 내 것이지만 둘은 누구의 것인가.
본래 내 것이지만 빼앗긴 것을 어찌 하리.

이때 역신이 형체를 드러내 처용 앞에 꿇어앉아 말했다.
"제가 공의 처를 탐내어 범했는데도 공이 노여워하지 않으니 감탄스럽고 아름답게 생각됩니다. 맹세코 오늘 이후로는 공의 형상을 그린 그림만 보아도 그 문에는 절대로 들어가지 않겠습니다."

이로 인해 나라 사람들이 문에 처용의 형상을 붙여 사악함

을 물리치고 경사스러운 일을 맞이하려고 했다.[4]

왕은 돌아오자 곧 영취산(靈鷲山) 동쪽 기슭의 좋은 땅을 가려 절을 세우고 망덕사(望德寺)라 했다. 또 신방사(新房寺)라고도 했는데, 이는 처용을 위해 세운 절이다. 또 왕이 포석정(鮑石亭)[5]으로 행차하니, 남산의 신(神)이 나타나 어전에서 춤을 추었는데,[6] 옆에 있는 신하들에게는 보이지 않고 왕에게만 보였다. 그래서 왕이 몸소 춤을 추어 형상을 보였다. 그 신의 이름은 혹 상심(祥審)이라고 했기 때문에 지금까지도 나라 사람들이 이 춤을 전하여 어무상심(御舞祥審) 또는 어무산신(御舞山神)이라고 한다. 어떤 이는 이미 신이 나와 춤을 추었으므로 그 모습을 살펴 왕이 공장(工匠)에게 본떠 새기도록 하여 후대에 보이게 했으므로 상심(象審)이라고 했다고 한다. 혹은 상염무(霜髥舞)라고도 하는데, 이는 그 형상을 일컫는 말이다.

또 금강령(金剛嶺)에 행차했을 때 북악(北岳)의 신이 춤을 추자 이름을 옥도금(玉刀鈐)이라 했고, 동례전(同禮殿)에서 연회를 할 때 지신(地神)이 나와서 춤을 추어 지백급간(地伯級干)이라 불렀다.

『어법집(語法集)』에서는 이렇게 말했다.

"그때 산신이 춤을 추고 노래 부르기를 '지리다도파(智理多都波)'라고 했다. '도파'란 말은 아마도 지혜(智)로써 나라를 다스리는(理) 사람이 (미리 사태를) 알아채고 모두(多) 달아나(逃) 도읍(都)이 곧 파괴된다(破)는 뜻이다."

이는 바로 지신과 산신이 장차 나라가 망할 것을 알았기 때

문에 춤을 추어 경계한 것이다. 그런데 나라 사람들이 이를 깨
닫지 못하고 상서로움이 나타난 것이라고 하면서 즐거움에만
점점 더 탐닉하여 결국 나라가 망하고 만 것이다.

---

1) 경상남도 울주군 문수산에 있는 절로 신방사(新房寺)라고도 불렀다. 현
존하는 건물은 대웅전과 삼성각, 요사채 등이 있고, 보물로 지정된 부도 2기
가 있다.
2) 벼슬아치, 즉 담당하는 관리를 말한다.
3) 양주동 박사는 '처용'의 원뜻에 대해 "한자의가 아닌 제웅 혹은 치용이란
말에서 그 원뜻을 찾아야 한다."라고 했다.
4) 이러한 미신은 불교 최전성기인 고려에 와서 궁중 의식으로서 처용무와
처용희로 발전되었다.
5) 경주시 배동에 있는 신라 왕족의 연회터로, 지금은 흐르는 물에 술잔을
띄웠다는 석구만 남아 있다. 포석정에 대한 기록은 여기에 처음 보이지만
만들어진 것은 7세기 이전으로 추측한다.
6) 『삼국사기』 「신라본기」 제11에는 "어디서 왔는지 알 수 없는 네 사람이
어가(御駕) 앞에서 가무를 하였는데"라고 했다.

진성여대왕과 거타지

제51대 진성여왕(眞聖女王)이 즉위한 지 몇 년 만에 유모 부호부인(鳧好夫人)과 그의 남편 잡간 위홍(魏弘)[1] 등 서너 명의 총애하는 신하가 정권을 쥐고 정사를 마음대로 휘둘렀다. 도적이 벌 떼처럼 일어나 나라 사람들이 모두 근심스러워하자〔어떤 사람이〕다라니(陀羅尼)[2]의 은어(隱語)를 지어 길 위에 던졌다.

왕과 권력을 잡은 신하들이 이것을 손에 넣고 말했다.

"왕거인(王居仁)이 아니면 누가 이런 글을 짓겠는가?"

왕거인을 옥에 가두자 왕거인이 시를 지어 하늘에 호소했다. 그러자 하늘이 곧 그 옥에 벼락을 내려 모면하게 해 주었다.

그 시는 다음과 같다.

연단(燕丹)의 피울음은 무지개와 해를 꿰뚫고,[3]

추연(鄒衍)[4]이 머금은 비애는 여름에도 서리를 내렸네.

지금 내가 길 잃은 것은 옛 일과 비슷한데,

아! 황천은 어찌하여 상서로움을 내리지 않나?

다라니에서 〔이렇게〕 말했다.

"나무망국 찰니나제 판니판니소판니 우우삼아간 부이사바
하. (南無亡國, 利尼那帝, 判尼判尼蘇判尼, 于于三阿干, 鳧伊娑婆
訶)."

풀이하는 자들이 말했다.

"'찰니나제'란 여왕을 말하며, '판니판니소판니'란 두 명의
소판(蘇判)[5]을 말하는데, 소판이란 벼슬 이름이다. '우우삼아
간'은 서너 명의 아간(阿干)[6]을 말한 것이고, '부이'란 부호부
인을 말한다."

이때 아찬 양패(良貝)는 왕의 막내아들이었다. 그는 당나라
에 사신으로 갈 때 백제의 해적이 진도(津島)[7]를 막고 있다는
말을 듣고 궁사(弓士) 50명을 뽑아 따르게 했다.

배가 곡도(鵠島) 지방에서는 골대도(骨大島)라 한다.[8]에 도착했을
때, 바람과 파도가 크게 일어 열흘 넘게 꼼짝없이 머물렀다.
공이 이를 걱정하여 사람을 시켜 점을 치게 했더니, 그는 이렇
게 말했다.

"섬에 신지(神池)가 있으니 제사를 지내야 합니다."

그래서 못에 제물을 차려 놓자, 못의 물이 한 길 남짓이나
솟구쳤다. 그날 밤 꿈에 한 노인이 나타나 공에게 말했다.

"활 잘 쏘는 사람을 이곳에 남겨 두면 순풍을 만날 것이다."

공은 꿈에서 깨어나 그 일을 주위 사람들에게 알리고 물었다.

"누구를 남겨 두어야 하는가?"

사람들이 말했다.

"마땅히 나무 조각 쉰 개를 만들어 우리들의 이름을 써서 바다에 던진 후 가라앉은 자의 이름으로 제비를 뽑아야 합니다."

공은 그렇게 했다. 군사 가운데 거타지(居陀知)⁹⁾란 사람의 이름이 물속으로 가라앉았으므로 그를 남게 했다. 그러자 갑자기 순풍이 불어 배가 거침없이 나아갔다.

거타지는 수심에 잠겨 섬에 서 있는데 갑자기 노인이 못에서 나와 말했다.

"나는 서해의 신(神) 약(若)인데 날마다 승려 하나가 해가 뜰 무렵 하늘에서 내려와 다라니를 외면서 이 못을 세 바퀴 돌면, 우리 부부와 자손들이 모두 물 위로 떠오른다오. 그러면 그는 내 자손의 간장(肝腸)을 모조리 먹어치운다오. 이제 우리 부부와 딸 하나만 남았소. 내일 아침이면 반드시 또 그가 올 테니 그대가 쏘아 주시오."

거타지가 말했다.

"활 쏘는 일이라면 내 특기니 명령대로 하겠습니다."

그러자 노인이 고마워하고는 사라졌다.

거타지가 숨어 엎드려 기다렸다. 이튿날 동쪽이 밝아 오자 과연 승려가 나타나 이전처럼 주문을 외면서 늙은 용의 간을 빼려 했다. 이때 거타지가 활을 쏘아 맞히니, 즉시 늙은 여우로 변해서 땅에 떨어져 죽었다. 그러자 노인이 나와 감사해하며 말했다.

"공의 은혜를 입어 내 목숨을 보존하게 되었으니 내 딸을 그대의 아내로 주겠소."

거타지가 말했다.

"제게 주신다면 평생을 저버리지 않고 사랑하겠습니다."

노인은 자신의 딸을 한 송이 꽃으로 바뀌게 해 거타지의 품속에 넣어 주고는, 두 용에게 거타지를 데리고 사신의 배를 뒤쫓아가 그 배를 호위하여 당나라로 들어가도록 명령했다.

당나라 사람들은 신라의 배가 용 두 마리의 호위를 받으며 들어오는 것을 보자 그 사실을 위에 보고했다.

황제가 말했다.

"신라 사신은 반드시 비범한 사람일 것이다."

그래서 연회를 열어 신하들의 위에 앉히고 금과 비단을 후하게 주었다. 나라로 돌아와서 거타지가 품에서 꽃송이를 꺼내자 〔꽃이〕 여인으로 바뀌었으므로 함께 살았다.

---

1) 『삼국사기』 「신라본기」에 "즉위 2년에 위홍이 죽으니 시호를 추존해 혜성 대왕(惠成大王)이라 했다."라는 기록이 있다.
2) 원래는 석가 가르침의 정요(精要)로 정신을 통일하고 한곳에 집중하여 모든 불법(佛法)을 기억하고 지닌다는 의미로 억지(憶持) 또는 총지(總持) 라고 했다. 점차 경전을 기억하거나 신비한 힘이 있는 주문으로 확대되었다.
3) 연단은 전국 시대 연나라 태자 단을 말한다. 6국(國)이 진나라에게 망하 자 자객 형가(荊軻)를 보내 진시황을 죽이려 했으나, 실패하여 죽임을 당했

다. 이 구절은 추양(鄒陽)의 「어옥상서자명(於獄上書自明)」에 있다. 『사기열전(史記列傳)』「자객열전」에 상세한 내용이 있다.

4) 전국 시대 제나라 사람으로 연나라 소왕(昭王)의 스승이 되었지만, 혜왕(惠王)이 즉위하자 참소를 받아 옥에 갇혔는데 한여름에 서리가 내렸다고 한다.

5) 신라 17관등 중 제3위인 잡찬의 별칭이다.

6) 신라 17관등 중 제6위인 아찬의 별칭이다.

7) 나루터와 섬이라고 해석하기도 하고, 고유 지명으로 추측하기도 한다.

8) 지금의 인천광역시 옹진군 백령도다.

9) 고려 태조 왕건의 할아버지인 작제건(作帝建)이 용녀(龍女)를 아내로 맞이하는 설화와 비슷하다. 또 이 설화의 인신공희 의식은 「심청전」과 유사하다.

효공왕

제52대 효공왕(孝恭王)¹⁾ 대인 광화(光化)²⁾ 15년 임신년(912년) 실제로는 주온(朱溫)의 후량(後梁) 건화(乾化) 2년이다. 에 봉성사(奉聖寺) 외문(外門) 동서쪽 스물한 칸 사이에 까치가 집을 지었다. 또 신덕왕(神德王) 즉위 4년 을해년(915년) 고본(古本)에는 천우(天祐) 12년이라 했는데, 정명(貞明) 원년으로 해야 한다. 에 영묘사(靈妙寺) 안의 행랑에 까치집이 서른네 개, 까마귀집이 마흔 개 있었다. 또 3월에는 서리가 두 번 내렸고, 6월에는 참포(斬浦)³⁾의 물이 바다의 파도와 사흘 동안 다투었다.

---

1) 성은 김씨, 이름은 요(嶢)다. 헌강왕의 서자며 어머니는 의명왕태후 김씨다.
2) 당나라 소종(昭宗) 이엽(李曄)의 연호. 898~901년까지 사용했다.
3) 『삼국사기』「신라본기」에는 참포(槧浦)라고 했으며, 신라의 4독(瀆) 중에서 동독(東瀆)으로 중사(中祀)의 제전(祭典)에 속한다.

경명왕

제54대 경명왕(景明王)[1] 대인 정명(貞明)[2] 5년 무인년(918년)에 사천왕사 벽화 속에 있는 개가 짖어 사흘 동안 경을 읽어 쫓아 버렸는데 반나절이 지나자 또 짖었다.

7년 경진년(920년) 2월에는 황룡사의 탑 그림자가 사지(舍知) 금모(今毛)의 집 뜰에 한 달 동안이나 거꾸로 비쳤고, 또 10월에는 사천왕사에 있는 오방신(五方神)[3]의 활줄이 모두 끊어지고 벽화 속에 있는 개가 뛰쳐나와 뜰을 달리고는 다시 벽화 속으로 들어갔다.

---

1) 신덕왕(神德王)의 태자며 어머니는 의성왕후(義成王后)다.
2) 후량(後梁) 말제(末帝) 주우정(朱友貞)의 연호. 915~921년까지 사용했다.
3) 동서남북 사방과 중앙을 수호하는 신이다.

경애왕

제55대 경애왕(景哀王)이 즉위한 동광(同光)[1] 2년 갑신년
(924년) 2월 19일, 황룡사에 백좌(百座)[2]를 열어 불경을 풀이
했다. 아울러 선승(禪僧) 300명에게 공양한 다음 대왕이 직접
향을 피워 불공을 올렸다. 이것이 백좌로서 선(禪)과 교(敎)[3]
가 함께한 시초가 된다.

---

1) 후당 장종(莊宗) 이존조(李存勗)의 연호. 923~926년까지 사용했다.
2) '백고좌강법회(百高座講法會)'의 줄임말로 100명의 법사를 모시고 경
을 읽는 불교 설법 행사다. 신라뿐 아니라 동아시아 불교 전통에서 중요한
위치를 차지한다. 호국 경전인 『인왕경』이 이 의례에 사용된다.
3) 참선하는 것을 '선'이라고 하고 불교 교리의 설법과 강독을 '교'라고 한다.

김부대왕[1]

제56대 김부대왕(金傅大王)은 시호가 경순(敬順)이다.

천성(天成) 2년 정해년(927년) 9월, 백제의 견훤(甄萱)이 신라를 침범하여 고울부(高鬱府)[2]에 도착했다. 경애왕은 고려 태조에게 구원을 요청했다. 〔태조는〕 장수에게 명령하여 날랜 병사 1만 명을 거느리고 가서 구원하게 했는데, 구원병이 이르기도 전인 11월 겨울에 견훤이 서울로 엄습해 왔다. 왕은 비빈 및 종척(宗戚)과 포석정에서 연회를 즐기느라 적병이 오는 것을 깨닫지 못했다. 〔모든 일이〕 순식간에 벌어져 〔왕은〕 어찌할 바를 몰랐다. 왕과 비는 달아나 후궁(後宮)으로 들어가고, 종척과 공경대부와 사녀(士女)들은 사방으로 흩어져 달아나다가 적에게 사로잡혔다. 사람들은 귀천을 막론하고 〔견훤에게〕 모두 엎드려 노비로 삼아 줄 것을 애원했다.

견훤은 군사를 풀어 조정과 민간의 재물을 노략질하고, 왕궁으로 들어가 거처하면서 주위 사람들에게 왕을 찾게 했다. 왕과 왕비 및 빈첩 여러 명이 후궁에 숨어 있다가 붙잡혀 군중(軍中)으로 끌려나왔다. 견훤은 왕에게는 자진하도록 핍박하고 왕비를 욕보였으며 부하들을 풀어 빈첩들을 겁탈하게 했다. 그리고 왕의 족제(族弟)인 부(傅)를 왕으로 세웠으니, 왕은 견훤에 의해 즉위하게 된 것이다. 왕은 전왕의 시신을 서당(西堂)에 안치하고 신하들과 통곡했다. 우리 태조는 사신을 보내 조상했다.

이듬해 무자년(928년) 봄 3월에 태조가 50여 기병을 거느리고 서울 근교에 도착했다. 왕은 백관과 함께 교외에서 태조를 영접하여 궁궐로 들어가 서로 마주하면서 마음과 예의를 다했다. 임해전(臨海殿)에서 연회를 열었는데 술이 거나해지자 왕이 말했다.

"과인이 부덕하여 환란을 불러들이고 견훤이 불의를 자행하여 국가를 잃게 되었으니, 얼마나 원통한 일입니까?"

그리고 눈물을 흘리자 주위 사람들이 모두 목메어 울었으며, 태조 역시 눈물을 흘렸다.

태조는 수십 일 동안 머물다가 돌아갔는데, 부하 군사들이 정숙하여 추호도 〔법을〕 범한 일이 없었다. 도성 사람과 사녀들이 서로 축하하면서 말했다.

"지난번 견훤이 왔을 때는 이리와 호랑이를 만난 것 같더니, 지금 왕공이 온 것은 부모를 만난 것 같다."

8월에 태조가 사신을 보내 왕에게 비단 저고리와 말안장을 선물하고, 여러 신하와 장사(將士)들에게도 차등을 두어 내려 주었다.

청태(清泰)³⁾ 2년 을미년(935년) 10월에 사방의 국토가 전부 다른 사람의 소유가 되고, 국력이 쇠약하고 형세가 고립되어 스스로 버틸 수 없다는 이유를 들어, 왕은 신하들과 국토를 내어〔고려〕태조에게 항복할 것을 의논했다. 신하들의 가부(可否)가 분분해지자 태자가 말했다.

"나라의 존망(存亡)에는 반드시 천명이 있는 것입니다. 마땅히 충신과 의사(義士)와 함께 민심을 수습하여 힘써 본 뒤에〔할 수 없으면〕그만두어야지, 어찌 천 년의 사직을 경솔히 남에게 넘길 수 있겠습니까?"

왕이 말했다.

"고립되고 위태롭기가 이와 같아 이미 보전할 수 없는 형세다. 이미 강성해질 수도 없고 더 약해질 수도 없는데, 나로서는 차마 무고한 백성들에게 더 이상 도탄의 괴로움을 맛보게 할 수 없다."

그래서 시랑(侍郎) 김봉휴(金封休) 편에 편지를 보내어 태조에게 항복을 요청했다. 태자는 울면서 왕을 하직하고 곧장 개골산(皆骨山)⁴⁾으로 들어가 삼베옷을 입고 풀뿌리를 캐어 먹으며 일생을 마쳤다. 막내아들은 머리를 깎고 화엄종(華嚴宗)⁵⁾에 귀속해 승려가 되었는데, 이름을 범공(梵空)이라고 했다. 범공은 후에 법수사(法水寺)와 해인사(海印寺)에 머물렀다고도 한다.

태조는 편지를 받아 보고 태상(太相) 왕철(王鐵)을 보내 맞이했다. 왕은 백관을 거느리고 우리 태조에게 귀순했는데, 아름다운 수레와 훌륭한 말이 30여 리를 연달아 뻗쳐 도로의 길목이 막히고 구경꾼들로 담을 이루었다. 태조는 교외로 나가 그를 맞아 위로하고 궁궐 동쪽의 한 구역지금의 정승원(政丞院)이다.을 내리고, 맏딸 낙랑공주(樂浪公主)를 아내로 주었다. 경순왕은 자기 나라를 떠나 다른 나라에 살게 되었기 때문에, 〔어미와 떨어져 사는〕 난새에 비유하여 낙랑공주의 호칭을 신란공주(神鸞公主)로 고쳤다. 시호는 효목(孝穆)이다. 김부를 정승(政丞)에 봉하니 지위는 태자 위에 있었으며, 녹봉 1000석을 주고 시종과 관원과 장수들도 모두 임용했다. 그리고 신라를 고쳐 경주(慶州)라 하고 공의 식읍(食邑)6)으로 삼았다.

처음에 왕이 국토를 바치고 와서 항복하자 태조는 매우 기뻐하여 후한 예로 대접하고 사신을 보내 말했다.

"이제 왕이 나라를 과인에게 주셨으니 그것은 큰 것을 주신 것입니다. 바라건대 종실과 결혼하여 영원히 장인과 사위 같은 좋은 관계를 맺고자 합니다."

왕이 대답했다.

"나의 백부 억렴(億廉) 왕의 아버지인 각간 효종은 추봉된 신흥대왕(新興大王)의 아우다.에게 딸이 있는데 덕과 용모가 모두 아름다우니 이 사람이 아니면 내정(內政)을 다스릴 수 없을 것입니다."

태조는 억렴의 딸을 아내로 삼았다. 이 여인이 신성왕후(神成王后) 김씨다. 우리 왕조 등사랑(登仕郎) 김관의(金寬毅)가 엮은 『왕대종록(王代宗錄)』에는 이렇게 말했다. "신성왕후 이씨의 본은 경주다. 대위(大尉) 이정언(李正言)이 협주(陜州)7)의 군수로 있을 때 태조가 이 주에 행차했다가 비(妃)로 맞아들였기 때문에 이곳을 협주군(陜州郡)이라고도 한다. 원당(願堂)은 현화사(玄化寺)며, 3월 25일을 기일(忌日)로 하여 정릉(貞陵)에 장사 지냈는데, 아들 하나를 낳았으니 바로 안종(安宗)8)이다." 이 밖에 25명의 비와 주(主) 가운데 김씨의 일을 기록하지 않았으니 자세히 알수 없다. 그러나 사신(史臣)의 논의 역시 안종을 신라의 외손이라 했으니, 사전(史傳)이 옳다고 해야 할 것이다.

태조의 손자 경종(景宗) 주(伷)는 정승공의 딸을 왕비로 맞이했으니, 바로 헌승황후(憲承皇后)다. 이리하여 정승을 봉하여 상보(尚父)9)로 삼았는데, 태평흥국(太平興國)10) 3년 무인년(978년)에 죽으니, 시호를 경순(敬順)이라 했다. 상보를 책봉하는 고문(誥文)에 이렇게 말했다.

"칙(勅)하노니, 희씨(姬氏)의 주(周)나라가 나라를 세운 처음에는 먼저 여망(呂望)11)을 봉했고, 유씨(劉氏)의 한(漢)나라가 왕업을 일으켜 시작될 때는 먼저 소하(蕭何)12)를 책봉했다. 이로부터 천하가 크게 평정되고 기업(基業)이 널리 열렸다. 용도(龍圖)13)는 30대를 세웠으며 인지(麟趾)14)는 400년을 이었으니 해와 달이 아주 밝고 천지가 평안했다. 비록 무위(無爲)15)의 군주로부터 시작되었으나 보좌하는 신하로 말미암아 대업을 이루었던 것이다.

관광순화위국공신 상주국 낙랑왕 정승 식읍 8000호(觀光順化衛國功臣上柱國樂浪王政丞食邑八千戶) 김부는 대대로 계림에 살고 관직은 왕의 작위를 나누어 받았다. 그 영특한 기상은 하늘에 닿고 문장의 재능은 땅을 흔들 만하다. 풍요로움은 춘추에 있고 귀함은 봉토에 누렸으며, 가슴속에는 육도(六

韜)와 삼략(三略)[16]이 들어 있고 칠종오신(七縱五申)[17]을 손바닥에서 움직였다.

우리 태조가 처음으로 우호를 맺어 일찍부터 그 풍도를 알아 때를 가려 부마의 혼인을 맺어 안으로 큰 절의에 순응했다. 국가가 통일되고 군신이 완연히 삼한으로 합쳤으니, 아름다운 이름은 널리 퍼지고 아름다운 법은 빛나고 높았다. 상보(尙父) 도성령(都省令)의 칭호를 더하고, 추충신의숭덕수절공신(推忠愼義崇德守節功臣)의 칭호를 주니, 훈봉(勳封)은 과거와 같고 식읍은 이전의 것과 합쳐 모두 1만 호다. 유사는 날을 택하여 예를 갖추어 책명하고 맡은 사람은 시행하라. 개보(開寶)[18] 8년(975년) 10월 어느 날."

"대광내의령(大匡內議令)[19] 겸 총한림(摠翰林) 신(臣) 핵선(翮宣)은 위와 같이 칙명을 받들어 직첩(職牒)이 도착하는 대로 받들어 시행하라. 개보 8년 10월 어느 날."

"시중(侍中)[20] 서명(署名), 내봉령(內奉令)[21] 서명, 군부령(軍部令) 서명, 군부령 무서(無署),[22] 병부령(兵部令) 무서, 병부령 서명, 광평시랑(廣評侍郎) 서명, 광평시랑 무서, 내봉시랑(內奉侍郎) 무서, 내봉시랑 서명, 군부경(軍部卿) 무서, 군부경 서명, 병부경(兵部卿) 무서, 병부경 서명, 추충신의숭덕수절공신 상보도성령 상주국 낙랑군왕(推忠愼義崇德守節功臣尙父都省令上柱國樂浪郡王) 식읍 1만 호 김부에게 고하노니 위와 같이 칙서를 받들고 부(符)가 이르거든 받들어 시행하라.

주사(主事) 무명(無名),[23] 낭중(郎中) 무명, 서령사(書令史) 무명, 공목(孔目)[24] 무명, 개보 8년 10월 어느 날 내림."

사론(史論)에는 이렇게 말했다.

"신라의 박씨(朴氏)와 석씨(昔氏)는 모두 알에서 태어났고, 김씨는 금궤에 담겨 하늘에서 내려왔다고 하고 혹은 금수레를 타고 내려왔다고 하니, 이는 더욱 믿을 수 없는 괴이한 일이다. 그러나 세상에서는 서로 전하여 실제로 있었던 일로 여기고 있다. 다만 그 처음에는 위에 있는 자가 자신을 위해서는 검소하고 다른 사람을 위해서는 관대했으며, 관직의 설치는 간략했고, 일을 간단하게 시행했으며, 지성으로 중국을 섬겨 배를 타고 조공하는 사신이 끊임없이 이어졌다. 항상 자제들을 보내 중국 조정[宋]에 숙위(宿衛)[25]하게 하고, 공부하게 했다. 성현의 풍토를 이어받고 거친 풍속을 고침으로써 예의의 나라가 되게 했다. 또 당나라 군사의 위엄을 빌려 백제와 고구려를 평정하여 영토를 취해 군현으로 삼았으니 [진실로 그 시절에는] 성대했다고 일컬을 만하다. 그러나 불법을 숭상하면서도 그 폐단을 알지 못했고, 심지어는 여염 마을에까지 탑과 절을 즐비하게 세우고, 백성들은 달아나 승려가 되어 군사나 농민이 점점 줄어들고 나날이 쇠미해졌으니, 어찌 나라가 어지럽지 않겠으며 또 망하지 않겠는가?

이러할 때, 경애왕은 더욱 못되고 음탕하여 궁인 및 신하들과 포석정에 놀이를 나가 술자리를 마련하여 연회를 열면서 견훤이 쳐들어온 것을 알지 못했으니, 문밖의 한금호(韓擒虎)[26]와 누각 위의 장려화(張麗華)[27]의 일과 차이가 없었다. 경순왕이 태조에게 투항한 것은 어쩔 수 없어서였지만 잘한 일이었다. 그때 만약 힘써 싸워 죽을 각오로 왕사(王師)[28]에게 대항하다 힘이 미치지 못하고 형세가 곤궁하게 됐다면, 반드시 그 가족은 멸망했을 것이고 무고한 백성에게 해를 끼쳤을 것이다. 그런데 명령을 기다리지 않고 궁궐 창고를 봉쇄하고 군현의 문서를 기록해 귀의했으니, 고려 조정에 공이 있고 백성들에게 덕을 크게 베푼 것이다.

옛날 전씨(錢氏)[29]가 오월(吳越)을 가지고 송나라로 들어가자 소자첨(蘇子瞻)[30]이 그를 충신이라고 일컬었는데, 지금 신라 왕의 공덕은 그보다 더욱 크다. 우리 태조는 비빈이 아주 많아 자손도 번창했다. 현종(顯宗)은 신라의 외손자로 보위에 올랐고, 이후로 왕위를 계승한 사람은 모두 그 자손이니 어찌 음덕이 아니겠는가?"

신라가 국토를 바치고 멸망한 후에 아간 신회(神會)가 외직(外職)을 그만두고 돌아와 황폐해진 도성을 보고는 서리리(黍離離)의 탄식[31]이 있어 노래를 지었지만, 그 노래는 유실되어 알 수 없다.

---

1) 경순왕으로 해야 하는데 시호를 쓰지 않았다. 「왕력」 편에는 경순왕이라고 되어 있다. 김부는 경순왕의 성과 이름이다. 『삼국사기』에도 경순왕의 즉위가 견훤이 경애왕을 자살하게 하고 경애왕의 족제(族弟)를 내세워 나랏일을 대리하게 했다고 나와 있다. 이하의 맨 마지막 사론(史論)을 비롯하여 그 내용도 『삼국사기』와 비슷하다.
2) 지금의 경상북도 영천군이다.
3) 청태 2년은 태조 18년에 해당한다.
4) 금강산을 말한다.
5) 『화엄경』을 받드는 불교 종파로서 두순(杜順), 지엄(智儼), 법장(法藏)

의 순서로 계승되었다.

6) 국가에 공을 세운 사람에게 조세 수입을 독점하도록 한 고을이다.

7) 지금의 경상남도 합천이다.

8) 태조의 여덟째 아들인 욱(郁)으로 그의 아들이 고려 제8대 왕인 현종이다.

9) 아보(亞父)와 같은 말로 아버지에 버금간다는 의미이고 임금이 원로 신하를 특별히 우대하여 내리는 칭호이다.

10) 북송 태종(太宗) 조경(趙炅)의 연호. 976~984년까지 사용했다.

11) 주나라의 어진 신하 강태공(姜太公)으로 무왕이 상보로 정한 인물이다.

12) 한나라 고조를 도와 승상이 되었던 공신으로 한신을 고조에게 추천한 일화가 유명하다.

13) 복희(伏羲)때 황하(黃河)에서 용마(龍馬)가 가지고 나온 그림으로, 낙서(洛書)와 함께 고대 중국의 예언이나 수리의 기본이 되었다.

14) 본래 『시경』 「주남(周南)」의 편명으로 한나라 왕실의 국운이 계승됨을 말한다.

15) 노자는 '무위이치(無爲而治)'라고 말하며 덕으로써 나라를 다스려야지 작위나 형벌 등으로 백성들을 다스려서는 안 된다고 했다.

16) 병서(兵書)로, 『육도』는 강태공이 지었고 『삼략』은 황석공(黃石公)이 지었다고 한다.

17) 칠종은 제갈량이 남만의 맹획을 일곱 번 잡아 일곱 번 놓아 주었다는 고사로 전략의 탁월함을 비유한 것이다. 오신은 삼령오신(三令五申)의 준말로 군령이 엄한 것을 말한다.

18) 북송 태조 조광윤(趙匡胤)의 연호. 968~976년까지 사용했다.

19) 내의성(內議省)의 최고직으로 조선의 영의정에 해당한다.

20) 문하성(門下省)의 최고직이다.

21) 내봉성의 최고직이다.

22) 서명이 없다는 뜻이다.

23) 이름이 없다는 뜻이다.

24) 회계와 공문서를 맡은 아전으로 '서령사'도 마찬가지다.

25) 황제를 숙직하면서 호위하는 직무를 말하며, 그 명목으로 속국의 왕족들이 볼모로 가서 머물던 일이나 지위를 뜻한다.

26) 수나라 노주총관(盧州摠管)으로 날랜 기마 500명을 이끌고 진나라 공

격의 선봉에 섰으며 진나라 후주(叔寶)와 장려화를 사로잡았다.

27) 진나라 후주(後主)의 귀비(貴妃)로 지혜로워 후주에게 총애를 받았다. 후주가 그녀에게 빠져 수나라 문제의 공격을 받아 망하게 된 것이 신라 경애왕의 경우와 다를 바 없다는 의미다.

28) 고려 태조의 군사를 말한다.

29) 오월왕 전숙(錢俶)으로, 자기가 다스리던 13개 주를 송나라에 바쳤다.

30) 자첨은 소식(蘇軾)의 자(字)다. 소식은 당송팔대가 중 한 명으로 송대의 정치가이자 대문호다.

31) 주나라 대부가 주나라 왕실의 몰락을 보고 탄식하여 지은 시로 『시경』「왕풍(王風)」의 편명이다.

남부여, 전백제, 북부여 북부여는 이미 앞에 나와 있다.

부여군(扶餘郡)은 전백제의 수도인데, 혹은 소부리군(所夫里郡)이라고 부르기도 한다. 『삼국사기』를 살펴보면, 백제 성왕(聖王) 26년[1] 무오년(538년) 봄에 사비(泗泚)로 도읍을 옮기고 국호를 남부여라 했다. 그 지명은 소부리인데, 사비란 지금의 고성진(古省津)이고 소부리란 부여의 별칭이다. 또 『양전장적(良田帳籍)』[2]에는 이렇게 말했다.

"소부리군 농부의 주첩(柱貼)[3]이다."

그러므로 지금 부여군이라 말하는 것은 아주 옛날의 이름을 회복한 것이며 이는 백제 왕의 성이 부씨(扶氏)였기 때문에 그렇게 부른 것이다. 혹은 여주(餘州)라고도 하는데 군의 서쪽 자복사(資福寺) 고좌(高座)[4] 위에 수놓은 휘장이 있는데, 거기에는 이렇게 말했다.

"통화(統和)[5] 15년 정유년(997년) 5월 어느 날 여주 공덕대사수장(功德大寺繡帳)."

또 옛날 하남(河南)에 임주 자사(林州刺史)를 두었는데, 그때 지도책 안에 여주라는 두 글자가 있으니, 임주는 지금의 가림군(佳林郡)이고 여주는 지금의 부여군이다.

『백제지리지』에는 『후한서』의 말을 인용하여 "삼한은 모두 78국인데 백제는 그 가운데 한 나라다."라고 했고, 『북사(北史)』[6]에는 "백제의 동쪽 끝은 신라고 서남쪽은 큰 바다와 닿아 있으며, 북쪽 끝은 한강(漢江)인데 그 도읍은 거발성(居拔城) 또는 고마성(固麻城)이라고 하며, 그 밖에 또 오방성(五方城)이 있다."라고 했다.

『통전(通典)』에는 "백제는 남쪽으로는 신라와 접하고 북쪽으로는 고구려가 위치하고 서쪽으로 큰 바다와 경계해 있다."라고 했고, 『구당서(舊唐書)』에는 "백제는 부여의 다른 종족으로 그 동북쪽은 신라고 서쪽으로 바다를 건너면 월주(越州)며, 남쪽으로 바다를 건너면 왜(倭)에 이르고 북쪽은 고구려다. 그 왕이 거처하는 곳에는 동성(東城)과 서성(西城)이 있다."라고 했으며, 『신당서(新唐書)』에는 "백제의 서쪽 경계는 월주고 남쪽은 왜인데 모두 바다 건너편이고, 북쪽은 고구려다."라고 했다.

『삼국사』[7] 「본기(本記)」에는 이렇게 말했다.

"백제의 시조 온조(溫祚)의 아버지는 추모왕(雛牟王)인데, 혹은 주몽이라 부르기도 한다. 그는 북부여에서 난리를 피해 달아나 졸본부여에 이르렀다. 부여주(扶餘州)의 왕에게는 아들이 없고 단지 세 딸만 있었다. 왕은 주몽이 비상한 사람인 것을 알아보고 둘째 딸을 아내로 주었다. 얼마 되지 않아 부여주의 왕이 죽자 주몽이 왕위를 계승하여 두 아들을 낳았는데, 큰아들은 비류(沸流)라고 하고 둘째는 온조라고 했다. 두왕자가 후에 태자(太子)[8]에게 인정을 받지 못할까 두려워하여마침내 오간(烏干)과 마려(馬黎) 등 10여 명의 신하와 함께 남쪽으로 떠나니, 많은 백성들이 따라갔다. 마침내 한산(漢山)에도착하여 부아악(負兒岳)에 올라가서 살 만한 곳을 찾았다.비류가 바닷가에 살려고 하니, 10명의 신하가 말했다.

'오직 하남의 땅만이 북쪽으로는 한수를 끼고 있고, 동쪽으로는 높은 산을 의지하고 남쪽으로는 비옥한 들판을 바라보고 서쪽으로는 큰 바다로 막혀 있습니다. 그 천연의 요새와 이로운 땅은 또다시 얻기 어려운 형세입니다. 그러니 이곳에 도읍을 정하는 것이 마땅하지 않습니까?'

그러나 비류는 듣지 않고 백성을 나누어 미추홀(彌雛忽)[9]로 돌아가 살았다.

온조는 하남의 위례성(慰禮城)에 도읍을 정하고 10명의 신하를 보필로 삼아 국호를 십제(十濟)라 했으니, 이때가 한(漢)나라 성제(成帝) 홍가(鴻嘉) 3년(기원전 18년)이다.

비류는 미추홀의 땅이 습하고 물이 짜서 편히 살 수 없게되자 위례성으로 돌아와 도읍이 안정되고 백성들이 편안한것을 보고는 부끄러워 후회하다가 죽었다. 그의 신하와 백성들도 모두 위례성으로 돌아왔다. 그 후 백성들이 즐겁게 따랐다 하여 국호를 백제(百濟)로 고쳤다. 그 조상의 계보가 고구려와 똑같이 부여에서 나왔다 하여 해(解)를 성으로 삼았다.

성왕 때에 도읍을 사비로 옮겼으니, 지금의 부여군이다. 미추홀은 인주(仁州)며 위례성은 지금의 직산(稷山)이다."

『고전기(古典記)』를 살펴보면 이렇게 말했다.

"동명왕의 셋째 아들 온조가 전한(前漢) 홍가 3년 계묘년(기원전 18년)에 졸본부여로부터 위례성에 이르러 도읍을 세우고 왕이라 일컬었다. 14년 병진년(기원전 5년)에 한산(漢山) 지금의 광주(廣州)으로 도읍을 옮기고 389년을 지나 13대 근초고왕(近肖古王) 함안(咸安)¹⁰⁾ 원년(371년)에 이르러 고구려의 남평양(南平壤)을 취하고 북한성(北漢城) 지금의 양주(楊州)으로 도읍을 옮겼다. 105년이 지나 22대 문주왕(文周王)이 즉위하고 원휘(元徽)¹¹⁾ 3년 을묘년(475년)에 이르러 웅천(熊川) 지금의 공주(公州)으로 도읍을 옮겼고, 63년이 지나 26대 성왕에 이르러 소부리로 도읍을 옮기고 국호를 남부여라고 했다. 31대 의자왕에 이르기까지 120년이 지났으니, 당나라 현경 5년(660년)이었다. 이때는 의자왕이 즉위한 지 20년으로, 신라의 김유신과 소정방이 백제를 정벌하여 평정했다.

백제국에는 옛날부터 다섯 부(部)가 있어 37군, 200여 성, 76만 호를 나누어 다스렸는데, 당나라에서 그 땅에 웅진, 마한, 동명(東明), 금련(金蓮), 덕안(德安) 등 다섯 도독부를 나누어 두고, 그 추장을 도독부 자사(都督府刺史)로 삼았다. 얼마 후 신라가 그 땅을 모두 병합하여 웅(熊), 전(全), 무(武)의 세 개 주 및 여러 군현을 설치했다.

또 호암사(虎嵓寺)¹²⁾에는 정사암(政事嵓)¹³⁾이 있었다. 국가에서 장차 재상을 선출할 때 뽑힐 사람 서너 명의 이름을 적어서 상자에 넣고 바위 위에 둔다. 얼마 후 상자를 가져다 보고는 이름 위에 인(印)이 찍힌 흔적이 있는 사람을 재상으로 임명했기 때문에 정사암이라 한 것이다.[14]

사비하 가에는 바위가 하나 있었는데, 소정방이 일찍이 이 바위에 앉아 물고기와 용을 낚았기 때문에 바위에 용이 꿇어 앉았던 자취가 남아 있어서 용암(龍嵒)이라 한다. 또 고을 안에는 일산(日山), 오산(吳山), 부산(浮山) 등 세 개의 산이 있는데 나라가 흥성하던 시기에는 각기 신인(神人)이 있어 그 위에 살면서 서로 날아서 왕래하는 것이 아침저녁으로 끊이지 않았다.

그리고 사비하 절벽에는 바위가 하나 있었는데, 열 명이 앉을 정도로 컸다. 백제 왕이 왕흥사(王興寺)에 행차하여 예불하려면 먼저 이 바위에서 부처를 바라보며 절을 했는데, 그 바위가 저절로 따뜻해졌으므로 이름을 온돌석(㷼石)[15]이라 했다.

또 사비하 양쪽 절벽이 마치 병풍을 드리운 듯했는데, 백제 왕이 매일 유희하고 잔치를 베풀어 노래와 춤을 추었기 때문에 지금도 이곳을 대왕포(大王浦)라고 부른다. 또 시조인 온조는 바로 동명왕의 셋째 아들로서 몸집이 크고 효성스럽고 우애가 있었으며 말타기와 활쏘기에 뛰어났다. 또 다루왕(多婁王)은 너그럽고 후했으며 위엄과 인망이 있었다. 사비왕(沙沸王) 혹은 사이왕(沙伊王)이라고도 한다.은 구수왕(仇首王)이 죽자 왕위를 이어받았는데, 나이가 어려서 정사를 보살피지 못했기 때문에 즉시 폐하고 고이왕(古爾王)을 세웠다. 간혹 지락(至樂)[16] 3년 기미년(239년)에 사비왕이 죽어 고이왕이 즉위했다고도 한다."

1) 『삼국사기』 「백제본기」 제4에는 16년으로 되어 있다. 도읍을 사비로 옮긴 이유는 고구려의 압박 때문이 아니라 비좁은 웅진(熊津)보다는 넓은 평지에 기틀을 다지려는 의도로 보아야 한다.

2) 고려 때 토지 측량의 결과를 기록한 대장이다.

3) 농사 짓는 일꾼의 대장이다.

4) 승려가 대중에게 설법할 때 앉는 대좌를 말한다.

5) 거란족이 세운 요나라 성종(聖宗) 야율융서(耶律隆緖)의 연호. 983~1012년까지 사용했다.

6) 당나라 이연수(李延壽)가 지은 역사서로 위(魏)나라부터 수나라까지의 역사를 기록했다.

7) 『삼국사기』를 말한다. 원문에는 '사(史)'자 위에 '국(國)'자가 빠져 있는데 아래 글은 「백제본기」 제1에서 인용한 것이다. 시조 온조설은 온조를 우두머리로 한 위례(慰禮) 부락 계통의 전설로 시조 비류설(沸流說)과 대비된다.

8) 주몽의 아들로 나중에 유리왕이 되었다.

9) 지금의 인천 지역이다.

10) 동진 간문제(簡文帝) 사마욱(司馬昱)의 연호. 371~372년까지 사용했다.

11) 유송(劉宋) 후폐제(後廢帝) 유욱(劉昱)의 연호. 473~477년까지 사용했다.

12) 충청남도 부여군 규암면에 있는 백제 시대 절터로 호랑이와 관련된 임씨(林氏)의 설화가 전한다.

13) 지금은 천정대(天政臺)라고 부른다.

14) 이는 귀족 연합적인 삼국 시대의 정치 성격을 나타내는 실례로서 오늘날의 선거 방식과 비슷하여 주목할 만하다.

15) 원문의 '돌석(燉石)'을 번역한 것으로 학자들 중에는 '돌(燉)'자를 '화돌(火燉)'로 나누어서 보기도 한다. 부여에서 보령 쪽으로 가다 보면 큰 다리를 지나 왼쪽에 있다.

16) 경초(景初)의 오기다. 경초는 위(魏)나라 명제(明帝) 조예(曹叡)의 연호로 237~239년까지 사용했다.

무왕

옛 책에는 무강(武康)이라고 했으나 잘못이다. 백제에는 무강왕이 없다.

제30대 무왕(武王)[1]의 이름은 장(璋)이다. 그의 어머니가 홀로 수도 남쪽 못 가〔南池〕[2]에 집을 짓고 살면서 못 속의 용과 관계를 맺어 장을 낳았다. 어릴 때 이름은 서동(薯童)[3]이며, 재주와 도량이 헤아릴 수 없을 정도로 많았다. 항상 마〔薯蕷〕를 캐다가 파는 것을 생업으로 삼았으므로 나라 사람들은 이것으로 이름을 삼았다. 신라 진평왕(眞平王)의 셋째 공주 선화(善花) 혹은 선화(善化)라고 쓴다.가 매우 아름답다는 말을 듣고는 머리를 깎고 신라의 수도로 가서 동네 아이들에게 마를 나누어 주면서 아이들과 친하게 지냈다. 그러고는 노래를 지어 아이들을 꾀어 부르게 했는데 그 노래는 다음과 같다.[4]

선화 공주님은 남몰래 짝지어 두고
서동(薯童) 서방을 밤에 몰래 안고 간다네.

동요는 수도에 가득 퍼져 궁궐에까지 알려지게 되었다. 백관들은 힘껏 간하여 공주를 먼 곳으로 유배 보내게 했다. 공주가 떠날 때 왕후는 순금 한 말을 여비로 주었다. 공주가 유배지에 도착할 즈음, 가는 길에 서동이 나와 절을 하고 모시고 가겠다고 했다. 공주는 비록 그가 어디서 온 사람인지는 몰랐으나, 우연한 만남을 기뻐하며 그를 믿고 따라가 몰래 정을 통했다. 그런 후에야 서동의 이름을 알고 동요의 징험을 믿게 되었다. 그러고는 함께 백제에 도착하여, 어머니가 준 금을 꺼내며 앞으로 살아갈 계책을 세우자고 했다. 서동이 크게 웃으며 말했다.

"이것이 무슨 물건이오?"

공주가 말했다.

"이것은 황금인데, 한평생의 부를 이룰 수 있습니다."

서동이 말했다.

"내가 어려서부터 마를 캐던 곳에는 이런 것이 흙덩이처럼 쌓여 있소."

공주가 이 말을 듣고는 매우 놀라며 말했다.

"이것은 천하의 지극한 보물입니다. 당신이 지금 금이 있는 곳을 아신다면 보물을 부모님의 궁궐로 옮기는 것이 어떻겠습니까?"

서동이 말했다.

"좋소."

그래서 금을 모았는데, 마치 구릉처럼 쌓였으므로 용화산(龍華山) 지금의 익산(益山) 미륵산 사자사(師子寺)[5]의 지명법사

(知命法師)가 있는 곳으로 가서 금을 운반할 방법을 물었다.

법사가 말했다.

"내가 신통력으로 옮겨 줄 수 있으니 금을 가져오시오."

공주가 편지를 써서 금과 함께 사자사 앞에 갖다 놓으니 법사는 신통력으로 하룻밤 사이에 신라의 궁궐에다 금을 날라다 놓았다. 진평왕은 그 신비스러운 변화를 이상하게 여겨 서동을 더욱 존경했고, 항상 글을 보내 안부를 물었다. 서동은 이 일로 인해 인심을 얻어 왕위에 올랐다.

어느 날 무왕이 부인과 함께 사자사에 행차하려고 용화산 아래 큰 못 가에 도착했는데 미륵삼존(彌勒三尊)이 못 속에서 나와 수레를 멈추고 경의를 표했다. 왕비가 왕에게 말했다.

"이곳에 큰 절을 세우는 것이 제 간곡한 소원입니다."

왕이 절을 세우는 일을 허락하고 지명법사에게 가서 못 메우는 일을 물으니, 신통력으로 하룻밤 사이에 산을 허물어 못을 메워 평지로 만들었다. 이에 미륵삼존을 법상(法像)으로 삼아[6] 전(殿)과 탑(塔)과 낭무(廊無)를 각각 세 곳에 세우고 절 이름을 미륵사[7]라고 했다. 『국사』에는 왕흥사라고 했다. 진평왕이 여러 공인들을 보내 돕게 했는데, 지금까지 그 절이 남아 있다. 『삼국사』에 "이는 법왕(法王)의 아들이다."라고 했는데, 이 전기에서는 과부의 아들이라고 했으니 알 수 없는 일이다.

---

1) 이 무왕은 제30대 무왕이 아니라는 설이 있다. 이병도 박사는 무녕(武寧)의 동의이사(同義異寫)임을 모르고 쓴 것이라 하여 제25대 무녕왕을

말하는 듯하다고 했다. 한편 『삼국사기』 「백제본기」 '무왕(武王)' 조에는 이름이 장(璋)이고 법왕(法王)의 아들이며 법왕이 죽자 왕위에 올랐다고 했다.

2) 부여군 동남리에 있으며 궁남지라고 한다. 여기서 무왕이 태어났다는 것은 『삼국사기』 「백제본기」의 내용과는 사뭇 다르다.

3) 이병도 박사는 "서동은 내가 아는 바로는 무왕의 아명이 아니라 훨씬 이전의 동성왕의 이름이다."라고 했다. 서동이 마를 팔며 살았던 이유를 왕위 계승과 관련된 권력 투쟁 때문이라고 보기도 한다.

4) 이재선 교수는 이 동요가 서동이 지은 것이라기보다는 백제에 퍼져 있던 구전 설화를 의도적으로 개작하여 경주 지역에 전파한 것이라고 보았다.

5) 익산 용화산 자락에 있는 사찰로 백제 때 창건된 것으로 전해지고 있다.

6) 미륵불이 먼 미래에 불법과 불상으로 나타나 세 번의 설법을 통하여 모든 중생들을 구제하기 위하여 전, 탑, 낭무를 각기 갖춘 세 개의 구역으로 나누어진 미륵사를 창건하였다는 의미이다.

7) 전라북도 익산시 금마면에 미륵사 터가 있는데 4미터 높이의 당간지주가 남아 있어 그 규모를 유추할 수 있다. 전, 탑, 낭무를 갖춘 사찰을 1사(寺)라고 할 때, 미륵사는 총 세 개의 사찰이 하나의 사찰로 조명된 특이한 사찰이다. 미륵사의 창건은 백제 불교가 미륵 신앙임을 입증하는 것이다.

후백제와 견훤

『삼국사』[1]「본전(本傳)」에는 이렇게 말했다.

"견훤(甄萱)은 상주(尙州) 가은현(加恩縣) 사람으로 함통
(咸通)[2] 8년 정해년(867년)에 태어났다. 본래의 성은 이씨(李
氏)인데 나중에 견(甄)을 성으로 삼았다.

아버지 아자개(阿慈介)는 농사를 짓고 살다가 광계(光啓)
연간에 사불성(沙弗城) 지금의 상주(尙州)을 차지하고 스스로 장
군이라 했다. 그에게는 네 아들이 있어 모두 세상에 이름이 알
려졌는데, 견훤이 남보다 뛰어나고 지략이 많았다."

『이제가기(李磾家記)』[3]에는 이렇게 말했다.

"진흥대왕(眞興大王)의 비 사도(思刀)의 시호는 백숭부인
(白䱋夫人)이다. 그의 셋째 아들 구륜공(仇輪公)의 아들인 파
진간(波珍干) 선품(善品)의 아들 각간 작진(酌珍)이 왕교파리
(王咬巴里)를 아내로 맞이하여 각간 원선(元善)을 낳았는데

이 사람이 바로 아자개다. 아자개의 첫째 아내는 상원부인(上院夫人)이고, 둘째 아내는 남원부인(南院夫人)으로 아들 다섯과 딸 하나를 낳았다. 그의 맏아들은 상보(尙父) 견훤이고, 둘째 아들은 장군 능애(能哀)며, 셋째 아들은 장군 용개(龍蓋)고, 넷째 아들은 보개(寶蓋)며, 다섯째 아들은 장군 소개(小蓋)고, 딸은 대주도금(大主刀金)이다."

또 『고기(古記)』에는 이렇게 말했다.

"옛날 한 부자가 광주(光州)[4] 북쪽 마을에 살고 있었다. 그에게는 딸 하나가 있었는데, 용모가 매우 단아했다. 어느 날 딸이 아버지에게 말했다.

'매일 자주색 옷을 입은 남자가 침실로 와서 관계를 맺곤 합니다.'

그러자 아버지가 말했다.

'네가 바늘에 실을 꿰어 그 사람의 옷에다 꽂아 놓아라.'

딸이 그렇게 했다. 날이 밝자 북쪽 담장 아래에서 풀려 나간 실을 찾았는데, 실은 큰 지렁이의 허리에 꿰어 있었다. 그 후 딸이 임신을 하여 사내아이를 낳았다. 아이는 열다섯 살이 되자 스스로 견훤이라 일컬었다.

경복(景福)[5] 원년 임자년(892년)에 견훤은 자신을 왕이라 하고, 완산군(完山郡)에 도읍을 세웠다. 43년 동안 다스리다가 청태(淸泰) 원년 갑오년(934년)에 자신의 세 아들이 자리를 빼앗으려 반역하자, 견훤은 고려 태조에게 투항했다. 그러자 그의 아들 금강(金剛)[6]이 자리에 올랐다.

천복(天福) 원년 병신(936년)에 고려의 군사와 일선군(一善

郡)에서 전쟁을 했는데, 백제가 패하여 나라가 망했다."

처음에 견훤이 태어나 포대기에 싸여 있을 때, 그의 아버지
가 들에서 농사일을 하였으므로 어머니가 밥을 갖다 주려고
아이를 숲 아래에다 뉘어 놓았다. 그랬더니 호랑이가 와서 젖
을 먹여 주었다. 마을 사람들이 이 소식을 듣고 이상하게 여겼
다. 견훤이 장성하자 씩씩하고 뜻이 크며 기개가 있는 모습이
평범하지 않았다. 그는 군인이 되어 수도로 들어가 서남쪽 바
닷가를 지키면서 창을 베고 누워 적을 기다렸다. 그의 기개는
항상 사졸을 앞섰으며, 공을 세워 비장(裨將)이 되었다.

당나라 소종(昭宗) 경복 원년(892년)은 신라 진성왕이 재위
한 지 6년째 되던 해인데, 총애받는 측근 신하가 나라의 권세
를 휘둘러 기강이 문란해졌다. 게다가 흉년이 들어 백성들은
떠돌아다니고 도적들이 벌 떼처럼 일어났다. 그래서 견훤은
몰래 모반하려는 마음을 품고 무리를 불러모아 행군하여 서
울 서남쪽의 주현(州縣)을 공격했는데, 도달하는 곳마다 빨
리 호응하여 한 달 사이에 무리가 5000명에 이르렀다. 드디
어 무진주(武珍州)를 습격해 스스로 왕이 되었으나, 감히 왕
이라 일컫지 못하고 스스로 신라서면 도통행 전주자사 겸 어
사중승상주국 한남군개국공(新羅西面都統行全州刺史兼御史中
承上柱國漢南郡開國公)이라 서명하니, 용기(龍紀)[7] 원년 기유
년(889년)의 일이다. 혹은 경복 원년 임자년(892년)이라 하기도
한다.

이때 북원(北原)의 도적 양길(良吉)이 걸출하고 굳세었으므
로 궁예(弓裔)는 스스로 투항해 그의 부하가 되었다. 견훤은

이 말을 듣고는 멀리서 양길에게 비장직(裨將職)을 제수했다. 견훤이 서쪽을 순시하여 완산주에 이르자, 주(州)의 백성들이 위로하고 맞이하니, 〔견훤은〕 인심을 얻은 것을 기뻐하여 주위 사람들에게 말했다.

"백제가 개국한 지 600여 년 만에 당나라 고종은 신라의 요청으로 장군 소정방을 파견하여 수군〔舡兵〕 13만을 거느리고 바다를 건너게 했고, 신라의 김유신은 황산을 거쳐 당나라 군사와 함께 백제를 공격하여 멸망시켰다. 그러니 내 어찌 오늘 도읍을 세워 옛날의 원한을 씻지 않을 수 있겠는가?"

그리하여 마침내 스스로 후백제 왕이라 일컫고 관직을 설치해 나누니, 이때가 당나라 광화(光化) 3년(900년)이요, 신라 효공왕(孝恭王) 4년이었다.

정명(貞明)[8] 4년 무인년(918년)에 철원경(鐵原京)의 민심이 갑자기 바뀌어 우리 태조를 떠받들어 자리에 앉혔다. 견훤이 이 소식을 듣고 사신을 보내 축하하고, 공작 부채와 지리산의 큰 화살 등을 바쳤다. 그러고는 우리 태조와 겉으로는 잘 지내는 척하고 속으로는 시기하면서도 태조에게 총마(驄馬)[9]를 바쳤다. 〔후당 장종(莊宗) 3년(925년) 겨울 10월, 견훤은 3000명의 기병을 거느리고 조물성(曹物城) 지금은 알 수 없다.에 도착했고, 태조 역시 정예 병력을 거느리고 와서 서로 승부를 겨루었으나, 견훤의 군사가 정예하여 승부를 결정하지 못했다. 태조가 임시방편으로 화친하여 견훤의 병사들이 피로해지기를 기다리려고 글을 보내 화친을 청하면서 당제(堂弟) 왕신(王信)을 볼모로 보냈다. 견훤 또한 사위 진호(眞虎)를 볼모로 교환

해 왔다.

12월에 〔견훤은〕 거서(居西) 지금은 알 수 없다. 등 20여 성을 공격하여 빼앗고 사신을 후당에 들여보내 속국이라 일컬으니, 당에서 검교태위 겸 시중판 백제군사(檢校太尉兼侍中判百濟軍事)로 책봉하여 제수하고, 예전대로 도독행 전주자사 해동 사면도통 지휘병마판치 등사 백제 왕(都督行全州刺史海東四面都統指揮兵馬判置等事百濟王)이라 인정하고 식읍을 2500호로 했다.

〔동광〕 4년(926년)에 진호가 갑자기 죽자 견훤은 고의로 죽인 것이 아닌가 의심하여 즉시 왕신을 가두었다. 견훤이 사람을 보내 지난해에 보낸 총마를 돌려주기를 청하자 태조가 웃으면서 돌려보냈다.

천성(天成) 2년 정해(927년) 9월 견훤이 근암성(近嵒城) 지금의 산양현(山陽縣)을 공격해 빼앗고 불태웠다. 이에 신라 왕은 태조에게 구원을 청했다. 태조가 군사를 출발시키려 하는데 견훤이 고울부(高鬱府) 지금의 울주(蔚州)를 습격해 빼앗고, 시림(始林) 혹은 계림의 서쪽 교외라 한다.[10]으로 진군했다가 갑자기 신라 왕도로 들어갔다. 이때 신라 왕은 왕비와 함께 포석정에 나가 놀이를 하고 있었다. 그래서 신라는 크게 패했다. 견훤은 강제로 〔경애왕의〕 부인을 끌어다가 욕보이고 왕의 족제(族弟) 김부에게 왕위를 잇게 했다. 그런 후에 왕의 아우 효렴(孝廉)과 재상 영경(英景)을 사로잡고, 또 신라의 보배와 병기와 자녀, 기술이 좋은 모든 장인을 잡아 직접 데리고 돌아왔다.

태조는 잘 훈련된 기병 5000명으로 공산(公山)[11]아래에서 견훤을 맞아 크게 싸웠으나, 그의 장수 김락(金樂)과 신숭겸(申崇謙)[12]이 죽고 모든 군사가 패배했다. 태조는 간신히 죽음을 모면했으며, 대항하지도 못하고 그 죄악을 범하도록 내버려 두었다. 견훤은 이긴 여세를 몰아 방향을 돌려 대목성(大木城) 지금의 약목(若木)과 경산부(京山府)와 강주(康州)를 약탈하고 부곡성(缶谷城)을 공격했다. 한편 의성부(義成府)의 태수 홍술(洪述)이 견훤을 막아 싸우다 죽었다. 태조가 이 소식을 듣고 말했다.

"내 오른손을 잃었구나."

42년[13] 경인년(930년)에 견훤은 고창군(古昌郡) 지금의 안동(安東)을 공격하려고 군사를 크게 일으키고 석산(石山)에 영채를 세웠다. 태조는 100보가량 떨어진 군의 북쪽 병산(甁山)에 영채를 세우고 몇 차례 싸워 견훤을 패배시키고 시랑(侍郞) 김악(金渥)을 사로잡았다. 이튿날 견훤이 군사를 거두어 순주성(順州城)을 습격하여 격파하자, 성의 주인인 원봉(元逢)은 막을 수 없어서 밤에 성을 버리고 달아났다. 이에 태조가 매우 노하여 순주성을 하지현(下枝縣) 지금의 풍산현(豊山縣)인데, 원봉이 본래 순주성 사람이었기 때문이다.으로 삼았다.

신라의 임금과 신하들은 나라가 쇠락하였으므로 다시 일어나기 어렵다고 판단하고 우리 태조를 끌어들여 우호 관계를 맺고 후원을 삼으려고 했다. 견훤이 이 소식을 듣고는 또 서울에 들어가 악행을 저지르려고 했으나, 태조가 먼저 들어갈까 걱정되어 태조에게 편지를 보냈다. 내용은 다음과 같다.[14]

"지난번 나라[신라]의 재상 김웅렴(金雄廉) 등이 그대[고려 태조)를 서울로 불러들이고자 했던 것은 마치 작은 자라〔고려〕가 큰 자라〔신라〕의 소리에 호응하고 메추라기〔태조〕가 매〔견훤〕의 날개를 찢는 듯하여, 반드시 백성들을 도탄에 빠지게 하고 종묘 사직을 잿더미로 만들 것이오. 그러므로 내가 먼저 조적(祖逖)의 채찍[15]을 잡고 혼자서 한금호(韓擒虎)의 도끼를 휘둘러 백관들에게 밝은 해같이 맹세하고, 6부(部)를 의리 있는 풍도로 설득했소. 뜻밖에도 간신은 도망가고 나라의 임금 경애왕은 죽었으므로 할 수 없이 경명왕의 외종제〔表弟〕[16]인 헌강왕의 외손을 받들어 높은 지위에 오르게 했소. 그래서 위태로운 나라가 다시 세워지고 없던 임금이 다시 있게 되었소. 그런데도 그대는 충고를 자세히 살피지 않고 한갓 떠도는 말을 듣고서 모든 계책으로 몰래 엿보고 갖은 방법으로 침략하여 소란스럽게 했으나, 아직까지도 내 말〔馬〕의 머리를 보지 못했고 내 털 하나도 뽑지 못했소. 초겨울에는 도(都)의 우두머리인 색상(索湘)이 성산(星山)의 진(陣) 아래에서 항복했고, 이달 안에는 좌장군(左將軍) 김락(金樂)이 미리사(美利寺)[17] 앞에서 해골을 드러냈으며, 죽인 사람이 많고 뒤쫓아 사로잡은 자도 적지 않소. 강하고 약한 것이 이러하므로 이기고 지는 것은 알 만한 일이니, 내가 바라는 일은 활을 평양의 누각에 걸고 말에게 대동강의 물을 마시게 하는 것일 뿐이오.

그러나 지난달 7일에 오월국(吳越國)의 사신 반상서(班尙書)가 와서 왕의 조지(詔旨)를 전하여 '경(卿)은 고려와 오랫동안 통하여 화해롭고 함께 이웃 나라로서의 맹약을 맺을 줄 알았는데, 요즈음 쌍방의 볼모가 둘 다 죽은 일로 인해 화친의 옛정을 저버리고 서로 국경을 침범하여 전쟁이 그치지 않고 있으므로, 이번에 사신을 경의 본도(本道)로 보내고 또 고려에도 글을 보내니, 이것은 마땅히 각기 서로 친하게 지내 영원히 아름답게 하려는 것이다.'라고 했소. 나는 왕을 존경하는 뜻을 깊게 하고 마음을 다하여 큰 나라를 섬기기 때문에 서로 타이르는 것을 듣고 즉시 공손히 받들고자 하오. 다만 염려되는 것은 당신께서 그만두고 싶어도 그만둘 수 없고, 곤궁하면서도 오히려 싸우고자 할까 하는 점이오. 이제 조서를 적어 보내니 바라건대 마음으로써 자세히 살피기를 바라오. 토끼와 사냥개가 모두 지쳐 피곤하면 마침내는 비웃음을 사게 되고, 조개와 황새가 서로 버텨도[18] 역시 웃음거리가 되는 것이오. 그러니 마땅히 잘못을 거듭하지 말라는 경계로 삼아 후회하는 일은 스스로 초래하지 말아야 할 것이오."

〔천성〕 2년(927년) 정월, 태조가 답장했다.[19]

"삼가 오월국의 통화사(通和使) 반상서가 전한 조지의 글 한 통과, 그대가 보내 주신 장문의 편지를 받아 보았소. 화려한 수레를 타고 온 선량한 사신[20]이 조서를 받들고 와 좋은 소식을 듣고 가르침도 받았소. 조서를 받고서 감격이 더했으나, 편지를 뜯어보니 의혹을 떨쳐 버릴 수가 없었소. 지금 돌아가는 사신 편에 나의 심정을 글로 펴고자 하오.

나는 위로 천명을 받들고 아래로 사람들의 추대에 못 이겨 외람되게 장수의 권한을 갖고 천하를 경영할 기회를 얻었소. 지난번 삼한에 액운이 들어 모든 영토에 흉년이 들어 황폐해졌으며, 백성들 가운데 황건적(黃巾賊)[21]에 들어간 사람이 많왔고 전답은 적토(赤土)²²)가 되지 않은 것이 없었소. 전란의 소란스러움을 늦추고 나라의 재앙을 구하려고 스스로 좋은 이웃으로서 우호를 맺었더니, 수천 리가 농사의 일을 즐기고 군사들은 칠팔 년 동안 한가로이 잠을 자게 되었소. 그러다가 계유년 10월에 갑자기 일이 생겨 전쟁을 하게 되었는데, 그대가 적을 가볍게 보고 마치 버마재비가 팔을 벌리고 수레를 막는 것처럼 곧바로 전진하더니 마침내 어려움을 알고는 용감하게 물러남은 마치 모기가 산을 짊어진 것과 같았소. 손을 맞잡고 공손하게 하늘을 가리켜 맹세하기를 '오늘 이후로는 영원토록 좋게 지내고 혹시라도 맹세를 어기면 신이 죽일 것입니다.'라고 했소.

이에 나 역시 싸움을 하지 않는 무(武)를 숭상하고, 죽이지 않는 어짊(仁)을 기약하여 드디어 겹겹의 에움을 풀고서 지친 군사를 쉬게 하고, 볼모를 사양하지 않으면서 다만 백성을 편안하게 하려 했소. 이것은 바로 내가 남방(후백제) 백성들에게 큰 덕을 베푼 것이오. 그런데 입술에 바른 피가 마르기도 전에 흉악한 세력이 다시 일어나 벌과 전갈의 독처럼 백성을 해치고 호랑이와 이리의 광기처럼 서울 땅을 가로막아 금성이 군색하게 되고 궁궐을 몹시 놀라게 할 줄 어찌 알았겠소? 의리를 지키며 주(周)나라 왕조를 높이는 데에 누가 환공(桓公),²³) 문공(文公)²⁴)의 패업(霸業)과 같겠소? 기회를 틈타 한(漢)나라를 도모한 것은 오직 왕망(王莽), 동탁(董卓)²⁵)의 간계가 아닌가 생각하오. 그러므로 지존한 왕으로서 그릇되게 족하(足下)를 자(子)라고 일컫게 하여 높고 낮은 차례를 잃어

상하가 함께 근심하여 말하기를 '원보(元輔)의 충순(忠純)이 아니면 어떻게 다시 사직을 편안케 하겠는가.'라고 했소. 나의 마음에는 악한 것이 없고 왕을 높이려는 뜻만이 간절하여 앞으로 조정을 구원하여 나라를 위태로운 데서 짊어지고 나와 보호하려고 했소. 그런데 그대는 하찮은 이익을 보고 천지 같은 두터운 은혜를 잊고서 군주를 무참히 살해하고 궁궐을 불태웠으며, 대신들과 사민(士民)들을 죽이고 궁녀들을 빼앗아 수레에 가득 싣고 진기한 보물을 약탈해 서로 실었으니, 흉악함은 걸(桀)이나 주(紂)보다 더하고 어질지 못함은 [자기 어미를 잡아먹는다는 짐승과 새인] 경(獍)과 올빼미보다 심하오. 나는 하늘이 무너진[26] 원통함이 극에 이르렀소. 해를 뒤로 돌린 깊은 정성[27]으로 매가 참새를 쫓듯이 국가에 대해 견마(犬馬)의 수고로움을 펴서 다시 무기를 잡은 지 두 해가 지났소. 육로로 진격하면 천둥과 번개처럼 빨리 달렸고, 수로로 공격하면 범과 용처럼 용맹스러워, 움직이면 반드시 성공했고 일어나면 헛되이 하는 일이 없었소.

윤경(尹卿)을 해안에서 쫓으니 무기가 산처럼 쌓이고, 추조(雛造)를 성 주위에서 사로잡을 때에는 엎어진 시체가 들판을 덮었소. 연산군(燕山郡)에서는 길환(吉奐)을 진지 앞에서 베고, 마리성(馬利城) 이산군(伊山郡)인 듯하다. 가에서는 수오(隨晤)를 깃발 아래에서 죽였소. 임존(任存) 지금의 대흥군(大興郡)을 빼앗던 날에는 형적(刑積) 등 수백 명이 목숨을 잃었고, 청천현(淸川縣) 상주령(尙州領) 내의 현명(顯名)을 말한다. 을 격파할 때에는 직심(直心) 등 네다섯 명의 무리가 머리를 바쳤으며, 동수

(桐藪)[28] 지금의 동화사(桐華寺)에서는 깃발만 바라보고도 도망쳐 흩어졌고, 경산(京山)은 구슬을 머금고[29] 투항했소. 강주(康州)는 남쪽에서 와서 항복했고, 나부(羅府)는 서쪽에서 와서 소속됐소. 공략한 것이 이와 같은데, 다시 수복할 날이 어찌 멀다 하겠소? 기필코 저수의 군영에서 장이(張耳)[30]의 천년 한을 씻고, 오강(烏江)[31] 기슭에서 한왕(漢王)이 한 차례 승리한 마음을 이룩하여, 마침내 풍파가 그치고 영원히 천하를 맑게 할 것이오. 이는 하늘이 도울 것이니 천명이 어디로 돌아가겠소? 더구나 오월왕 전하의 덕은 먼 지역에 있는 사람들을 포섭하기에 충분하고, 그 어짊은 작은 나라까지 깊이 감싸 주어 특히 대궐(丹禁)에서 명령하여 청구(靑丘)[32]에서 난리를 그치라고 조서를 내렸으니, 가르침을 받고 나서 어찌 감히 받들지 않겠소? 만약 그대가 공손히 조서를 받들어 무기를 모두 버린다면 비단 오월국의 어진 은혜에 부응하는 것일 뿐만 아니라 해동의 끊어진 실마리를 잇게 될 것이오. 만일 허물을 고치지 못한다면 그때 가서 후회해도 소용없을 것이오. 이 글은 바로 최치원이 지은 것이다.[33]"

장흥(長興)[34] 3년(932년)에 견훤의 신하 공직(龔直)은 용기와 지략이 있었는데 태조에게 와 투항했다. 그러자 견훤은 공직의 두 아들과 딸을 붙잡아 다리의 힘줄을 불에 지져 끊었다. 가을 9월, 견훤은 일길(一吉)을 보내 수군으로 고려의 예성강(禮成江)으로 들어와 사흘 동안 머물면서 염주(鹽州), 백주(白州), 진주(眞州) 세 주의 배 백 척을 불태우고 갔다.고 한다. 청태 원년 갑오년(934년)에 견훤은 태조가 운주(運州) 자세하지 않다.35)에 주둔했다는 말을 듣고는 갑옷 입은 군사를 뽑아 새벽밥을 먹이고 빨리 가게 했는데, 진영에 닿기도 전에 장군 유금필(庾黔弼)이 강한 기병으로 공격하여 3000여 명의 목을 베니, 웅진 이북의 30여 성이 이 소문을 듣고는 자진해서 항복했다.

견훤의 휘하에 있던 술사(術士) 종훈(宗訓), 의원 지겸(之謙), 날랜 장수 상달(尙達)과 최필(崔弼) 등도 태조에게 항복했다. 병신년(936년) 정월에 견훤이 아들에게 말했다.

"늙은 아비가 신라 말년에 후백제를 세운 지 여러 해가 되었는데, 군사가 북쪽의 고려군보다 배나 많은데도 오히려 불리하니, 이는 아마 하늘이 고려를 돕는 것 같다. 그러니 어떻게 북쪽 왕〔왕건〕에게 귀순하여 목숨을 건지지 않겠는가?"

〔그러나〕 아들인 신검(神劍), 용검(龍劍), 양검(良劍) 등 세 명은 모두 응하지 않았다.

『이제가기』에는 이렇게 나와 있다.

"견훤은 자식을 아홉 명 두었으니, 맏아들은 신검(神劍) 혹은 견성(甄成)이라 한다. 이고, 둘째 아들은 태사(太師) 겸뇌(謙腦), 셋째 아들은 좌승(佐承) 용술(龍述), 넷째 아들은 태사 총지(聰智), 다섯째 아들은 대아간(大阿干) 종우(宗祐), 여섯째 아들은 알려지지 않았고, 일곱째 아들은 좌승 위흥(位興), 여덟째 아들은 태사 청구(靑丘)며, 한 딸은 국대부인(國大夫人)이니 모두 상원부인(上院夫人)의 소생이다."

견훤은 아내와 첩이 많아 아들이 열 명이나 있었는데, 넷째 아들 금강(金剛)은 키가 크고 지략이 많아 견훤이 특별히 총애하여 왕위를 물려주려 마음먹고 있었다. 그의 형 신검과 양검과 용검이 그것을 알고 근심하고 번민했는데, 이때 양검은 강주도독(康州都督), 용검은 무주도독(武州都督)으로 있었고, 신검만이 견훤의 곁에 있었다.

이찬 능환(能奐)이 강주와 무주에 사람을 보내 양검과 함께 반란을 모의했다.[36] 청태 2년 을미년(935년) 봄 3월이 되어 영순(英順) 등과 함께 신검에게 권하여 견훤을 금산사(金山寺)[37]에 가두고 사람을 보내 금강을 죽였다. 그 후 신검이 자신을 대왕이라 부르고 경내(境內)에 사면령을 내렸다,고 한다.

이전에 견훤이 아직 잠자리에서 일어나지 않았을 때 멀리 궁정에서 떠들썩한 소리가 들려왔다. 견훤이 무슨 일이냐고 물었더니 신검이 아버지(견훤)에게 아뢰었다.

"왕께서 늙어 군국(軍國)의 정사에 어두우시기에 맏아들 신검이 부왕을 대신해 정사를 돌보게 되니 장수들이 기뻐 축하한다는 외침 소리입니다."

얼마 후 아버지를 금산사로 옮기고, 파달(巴達) 등 장사 30명을 시켜서 지키도록 했다.

동요에 말했다.

"가련한 완산(完山) 아이는, 아버지를 잃고 눈물 흘리네."

견훤은 후궁과 나이 어린 남녀 두 명, 시비(侍婢) 고비녀(古比女), 나인(內人) 능예남(能乂男) 등과 함께 갇혀 있었다. 4월이 되자, 견훤은 술을 빚어 지키는 군사 30명에게 먹여 취하게 했고,[38] (태조는) 소원보(小元甫) 향예(香乂), 오염(吳琰), 충질(忠質) 등에게 바닷길로 가서 그를 맞이하게 했다. 고려에 도착하자 〔태조는〕 극진히 대접하고 견훤이 10년 연상이라 하여 상보(尙父)라 존호(尊號)한 후 남궁(南宮)에 머물도록 했다. 양주(楊州)의 식읍과 전장(田莊), 노비 40명, 말 9필을 내리고 후백제에서 먼저 투항해 와 있는 신강(信康)을 아전으로 삼았다.

견훤의 사위인 장군 영규(英規)가 아내에게 몰래 말했다.

"대왕께서 40여 년 동안 수고하여 공적을 이루었는데, 하루 아침에 집안의 불화로 말미암아 나라를 잃고 고려로 가셨소. 정숙한 여인은 두 남편을 섬겨서는 안 되고, 충신은 두 임금을 섬겨서는 안 되는 것이오. 만약 자기 임금을 버리고 반역한 아들 신검을 섬기면 무슨 낯으로 천하의 의로운 선비를 보겠소? 더구나 고려의 왕공(王公)은 지극히 어질고 근검하여 민심을 얻었으니, 이는 아마도 하늘이 계시를 준 것으로 반드시 삼한의 주군이 될 것이오. 그러니 어찌 글을 보내 우리 왕을 위안하고 또한 왕공에게 은근히 하여 후일을 도모하지 않을 수 있겠소?"

그러자 아내가 말했다.

"당신의 말씀이 저의 뜻입니다."

그래서 천복(天福) 원년 병신년(936년) 2월에 사람을 보내 태조에게 뜻을 전했다.

"청컨대 임금께서 의로운 깃발을 들면 성안에서 호응하여 왕의 군대를 맞이하겠습니다."

태조는 기뻐하며 그 사신에게 후한 물건을 내려보내고 영규에게 감사를 표했다.

"만약 장군의 은혜를 입어 한 번 합세하여 길이 가로막히지 않게 되면 먼저 장군을 뵌 다음 당(堂)에 올라가 부인에게 절하여, 형님으로 섬기고 누님으로 받들어 반드시 후히 보답할 것입니다. 천지 귀신이 모두 이 말을 들었을 것입니다."

6월에 견훤이 태조에게 말했다.

"노신(老臣)이 전하께 몸을 바친 것은 전하의 위엄으로써 반역한 아들을 제거하고자 해서였습니다. 삼가 바라건대 대왕께서 신병(神兵)을 빌려주시어 모반한 아들과 신하들을 섬멸하게 해 주시면 신은 비록 죽더라도 한이 없을 것입니다."

태조가 말했다.

"토벌하지 않으려는 것이 아니라 때를 기다리는 것이오."

이에 먼저 태자 무(武)와 장군 술희(述希)를 보내어 보병과 기마병 10만을 거느리고 천안부(天安府)로 달려가게 했다.

가을 9월에 태조가 삼군(三軍) 상군·중군·하군을 거느리고 천안에 이르러 군사를 합하여 일선군(一善郡)으로 진군해 주둔하니, 신검이 군사로써 막았다. 갑오일에 일리천(一利川)을 사이에 두고 서로 대치했는데, 왕의 군사는 동북쪽을 등지고 서남쪽을 향해 진을 쳤다. 태조가 견훤과 함께 군사를 사열하는데 갑자기 칼과 창 같은 흰구름이 우리 군대 쪽에서 적군 쪽으로 갔다. 이에 북을 치고 행진하니 후백제의 장군 효봉(孝奉), 덕술(德述), 애술(哀述), 명길(明吉) 등이 고려 군사의 형세가 크고 정연한 것을 바라보고는 무기를 버리고 진지 앞에 와서 항복했다. 태조가 그들을 위로하고 장수의 소재를 물으니 효봉 등이 말했다.

"원수(元帥) 신검은 중군(中軍)에 있습니다."

태조가 장군 공훤(公萱) 등에게 명령하여 삼군이 일제히 나아가 양쪽을 끼고 공격하니, 백제 군은 무너져 쫓겨났다. 황산(黃山)의 탄현(炭峴)에 도착하자 신검이 두 동생과 장군 부달(富達), 능환(能奐) 등 40여 명과 함께 항복했다. 태조는 항복을 받아들이고 나머지는 모두 위로한 후 처자와 함께 서울로 돌아가는 것을 허락했다. 그러고는 능환에게 물었다.

　"처음에 양검 등과 밀모하여 대왕을 가두고 그 아들을 세운 것은 너의 계책이었는데, 신하 된 의리로 보아 그렇게 할 수 있는가?"

　능환은 머리를 숙이고 대답하지 못했다. 태조는 마침내 명령을 내려 능환을 주살했다. 그러나 신검이 왕의 자리를 빼앗은 일은 제 본마음이 아니라 다른 사람의 협박에 의한 것이며 또 항복하고 죄를 빌었다 하여 〔태조는〕 특별히 그 죽음을 용서했다. 그러자 견훤은 분통해하며 근심한 나머지 등에 종기가 나서 며칠 후 황산 절간에서 9월 8일에 죽으니, 그때 나이 일흔이었다.

　태조의 군령(軍令)은 엄하고 분명하여 군사들이 추호도 범하지 못하니 주현(州縣)이 편안하고 늙은이와 어린이가 모두 만세를 불렀다.

　태조가 영규에게 말했다.

　"전왕(前王)이 나라를 잃은 후 그의 신하로서 한 사람도 위로한 자가 없었는데, 유독 경 부부만이 천 리 먼 곳에서 글을 보내 성의를 보이고, 또한 과인에게 귀순하는 아름다움이 있었으니, 그 의리는 잊을 수 없다."

태조는 영규에게 좌승의 직책을 주고 밭 1000경(頃)을 내렸으며, 역마 35필을 빌려주어 가족을 데려오게 하고 그의 두 아들에게 벼슬을 내렸다.

견훤은 당나라 경복(景福) 원년(892년)에 나라를 일으켜 진(晉)나라 천복 원년(936년)에 이르니, 45년 만인 병신년에 멸망했다.

사론에는 이렇게 말했다.

"신라는 운수가 다하고 도를 잃어 하늘이 돕지 않았으므로 백성들이 돌아갈 곳이 없었다. 그래서 여러 도적이 틈을 타 일어나 마치 고슴도치의 털처럼 되었다. 그 가운데 강한 자가 궁예와 견훤 두 사람뿐이었다. 궁예는 본래 신라의 왕자였는데, 반란을 일으켜 국가의 원수가 되어 심지어 선조의 화상(畫像)을 베기까지 했으니, 그 어질지 못함이 심했다.

견훤은 신라의 신하로서 신라의 녹을 먹었는데, 나쁜 마음을 품고 나라가 위태로운 것을 기회로 삼아 수도를 침략해 임금과 신하를 짐승처럼 여겼으니, 실로 천하의 원흉이었다.

그래서 궁예는 신하들에게 버림을 받았고, 견훤은 그 아들에게서 화가 생겼으니, 모두 자신이 취한 것으로 누구를 원망할 것인가! 항우(項羽)나 이밀(李密)[39] 같은 뛰어난 재주로도 한(漢)나라와 당(唐)나라가 일어나는 것에 대적하지 못했는데, 하물며 궁예나 견훤 같은 흉악한 인간이 어찌 우리 태조에 대항할 수 있었겠는가?"

1) 이 조의 내용은 『삼국사기』 「열전」 제10의 '견훤' 조와 매우 비슷하다. 한

편 이병도 박사는 견훤의 '견'의 본음이 중국 남방 오나라 음(音)의 영향을 받은 것으로 보아 '진'으로 읽어야 한다고 주장했다.

2) 당나라 의종(懿宗) 이최(李漼)의 연호. 860~874년까지 사용했다.

3) 이제의 사가(私家) 기록으로 견훤가의 왕통을 체계화한 일종의 '송속기 (宗族記)'인 듯하나 신빙성은 부족하다.

4) 『삼국사기』에는 '상주(尙州)'라고 했다. 상주는 아자개가 왕건에게 투항한 918년 당시 전략 요충지였다.

5) 당(唐)나라 소종(昭宗) 이엽(李曄)의 연호. 892~893년까지 사용했다.

6) 신검(神劍)의 잘못이다. 금강은 태자로 지명됐으나 935년 3월 신검 일파에게 피살되어 즉위하지 못했다.

7) 당나라 소종 이엽의 연호. 889~890년까지 사용했다. 원문에는 '기(紀)'가 '화(化)'로 되어 있다.

8) 후량(後粱) 마지막 황제 주우정(朱友貞)의 연호. 915~921년까지 사용했다.

9) 푸르고 흰 빛이 나는 좋은 말을 뜻한다.

10) 원문에는 족시림(族始林)이라고 되어 있는데 족(族)은 '어(於)'의 오기로 본다.

11) 지금의 대구 팔공산이다.

12) 두 사람 모두 고려의 개국 공신이며, 신숭겸은 왕건과 외모가 비슷하여 왕건과 옷을 바꿔 입고 견훤에게 돌진하다가 전사했다.

13) 진성여왕 3년(889년)에 각지에서 도적이 일어났을 때부터 계산한 것이다. 경인년은 견훤 39년이 된다.

14) 견훤의 북방 평정 의지가 담겨 있는 이 글은 공격적인 말투로 일관되어 있다.

15) 진나라 사람 조적의 말채찍을 말하며 먼저 일을 착수한다는 뜻이다.

16) 경순왕을 말한다.

17) 대구 팔공산 자락에 있었던 신라의 사찰로 추정되고 있다. 의상이 창건한 화엄 10찰 중의 하나였다.

18) 어부지리(漁夫之利)의 고사에서 나온 것으로 두 사람이 다투는 사이에 다른 사람이 이득을 본다는 뜻이다.

19) 견훤의 공격적 어투에 비해 부드럽게 자신을 합리화하는 태조의 글솜씨가 돋보인다.

20) 오월국의 사신을 말한다.

21) 후한 말 장각(張角)을 우두머리로 하여 머리에 누런 두건을 두른 도적 떼다.

22) 흉년으로 추수할 곡식이 없는 황량한 땅을 말한다.

23) 중국 춘추 시대 제(齊)나라의 왕으로 춘추오패 중 한 명이다.

24) 중국 춘추 시대 진(晉)나라의 왕으로 춘추오패 중 한 명이다.

25) 왕망과 동탁은 전한 말과 후한 말에 임금을 갈아 반역을 꾀한 자들이다.

26) 임금의 죽음을 뜻한다.

27) 노양공(魯陽公)이 전쟁할 때 창을 휘둘러 해를 뒤로 돌렸다고 한다.

28) 대구 팔공산 자락에 있었던 신라의 사찰로 헌덕왕의 아들이자 출가하여 승려가 된 심지(心地)가 창건한 것으로 전한다.

29) 전쟁에서 패하면 구슬을 물고 항복했다고 한다.

30) 초한(楚漢) 때 사람으로 처음에는 조(趙)나라 정승을 역임했지만, 진여(陳餘)와 갈등으로 한나라로 달아났다. 후에 한신(韓信)과 조나라를 공격하고 진여를 저수 위에서 참수시켰다.

31) 유방에게 패하여 사면초가에 몰린 항우가 이 강을 건너려다가 자결했다.

32) 『산해경』「해외동경(海外東經)」에 나오며 동방을 말하는데, 중국에서는 우리나라를 가리킨다.

33) 이재호는 최치원 설을 믿기 어렵다고 했다.

34) 후당 명종 이사원의 연호. 930~933년까지 사용했다.

35) 지금의 충청남도 홍성이다.

36) 능환을 비롯한 40여 명의 반란 주도 세력은 완산의 호족 출신이었고, 신검은 반란 후 8개월 만에 자리에 올랐다.

37) 전라북도 김제에 있는 절이다.

38) 문맥상 뒷부분에 달아나는 장면이 있을 법도 하다.

39) 중국 수나라 말의 영웅으로 이연(李淵)이 당나라를 일으켰을 때 최대의 반란 집단으로 부상했다. 왕세충(王世充)을 공격했지만 실패했고, 618년 당나라 왕조에 항복했으나 그 대우에 불만을 품고 모반을 꾀하다가 살해되었다.

가락국기[1]

문종[2]조(文宗朝) 대강(大康)[3] 연간에 금관지주사(金官知州事)였던 문인이 지었는데, 여기에 그 개략적인 것을 싣는다.

천지가 개벽한 이후로 이 땅에 아직 나라의 칭호가 없었고, 군신의 칭호도 없었다. 이때 아도간(我刀干), 여도간(汝刀干), 피도간(彼刀干), 오도간(五刀干), 유수간(留水干), 유천간(留天干), 신천간(神天干), 오천간(五天干), 신귀간(神鬼干) 등 구간(九干)이 있었다. 이 추장들이 백성을 아울러 다스렸으니, 모두 100호[4]에 7만 5000명이었다. 대부분이 저마다 산과 들에 모여 살았고 우물을 파서 마시고 밭을 갈아서 먹었다.

후한의 세조(世祖) 광무제(光武帝) 건무(建武) 18년 임인년 (42년) 3월 계욕일(禊浴日)[5]에 그들이 살고 있는 북쪽 구지봉 (龜旨峯) 이는 산봉우리의 이름인데, 마치 십붕(十朋)이 엎드려 있는 형상 이므로 이렇게 부른다.[6]에서 사람들을 부르는 것 같은 이상한 소리가 났다. 그래서 무리 이삼백 명이 그곳으로 모여들었다. 사람의 소리 같았지만 형체는 보이지 않고 소리만 들렸다.

"여기에 사람이 있는가?"

구간들이 말했다.

"우리들이 있습니다."

또 소리가 들려왔다.

"내가 있는 곳이 어디인가?"

구간들이 다시 대답했다.

"구지봉입니다."

또 소리가 들려왔다.

"하늘이 나에게 이곳에 내려와 새로운 나라를 세워 임금이 되라고 명하셨기 때문에 내가 일부러 온 것이다. 너희들이 모름지기 봉우리 꼭대기의 흙을 파내면서 '거북아, 거북아, 네 목을 내밀어라. 만약 내밀지 않으면 구워 먹겠다.'7)라고 노래 부르고 춤을 추면, 대왕을 맞이하여 〔너희들은〕 기뻐 춤추게 되리라."

구간들은 그 말대로 하면서 모두 기쁘게 노래하고 춤을 추었다. 얼마 후 하늘을 우러러보니 자줏빛 새끼줄이 하늘에서 내려와 땅에 닿았다. 줄 끝을 살펴보니 붉은색 보자기로 싼 금합(金合)8)이 있었다. 그것을 열어 보니 해처럼 둥근 황금알 6개가 들어 있었다.

사람들은 모두 놀라고 기뻐서 허리를 굽혀 백 번 절하고, 얼마 후 다시 금합을 싸안고 아도간의 집으로 가져와 상 위에 두고 제각기 흩어졌다.

12일9)이 지나고 이튿날 새벽에 여러 사람들이 다시 모여 합을 열어 보니 6개의 알은 어린아이로 변해 있었는데, 용모가 매우 빼어났다. 그들을 평상에 앉혀 절하며 축하하고 지극히 공경했다. 그들은 나날이 자라서 열흘 남짓 되자 키가 아홉 자나 되어 은(殷)나라의 탕왕(湯王) 같았고, 얼굴은 용과 같아 한(漢)나라의 고조(高祖)와 같았고, 눈썹의 여덟 색채가 요(堯)임금과 같았고, 눈동자가 겹으로 된 것이 순(舜)임금과 같았다.[10)

그달 보름에 즉위했는데 세상에 처음으로 나타났다고 하여 이름을 수로(首露) 혹은 수릉(首陵) 죽은 후의 시호이라 했다. 나라를 대가락(大駕洛) 또는 가야국(伽耶國)이라 부르니, 바로 여섯 가야 중 하나다. 나머지 다섯 사람도 각각 다섯 가야의 임금이 되었다.

동쪽은 황산강(黃山江), 서남쪽은 창해(滄海), 서북쪽은 지리산, 동북쪽은 가야산(伽耶山), 남쪽은 나라의 끝이 되었다. 그는 임시로 궁궐을 짓게 하고 들어가 다스렸는데, 질박하고 검소하여 지붕의 이엉을 자르지 않았고, 흙으로 쌓은 계단은 석 자를 넘지 않았다.

즉위 2년 계묘년(43년) 봄 정월에 왕이 이렇게 말했다.

"내가 도읍을 정하고자 한다."

이에 임시로 지은 궁궐 남쪽 신답평(新畓坪) 이곳은 옛날부터 한전(閑田)이었는데 새로 경작한다고 하여 붙인 이름이다. 답(畓)이란 글자는 속자(俗字)다.에 행차하여 사방의 산악을 바라보다가 주위 사람들을 돌아보고는 말했다.

"이곳은 마치 여뀌잎처럼 좁지만, 빼어나게 아름다워 열여섯 나한(羅漢)[11)이 머물 만하다. 더군다나 하나에서 셋을 만들고 셋에서 일곱을 만드니 일곱 성(七聖)[12]이 머물 만하여, 정말로 알맞은 곳이다. 그러니 이곳에 의탁하여 강토를 개척하면 참으로 좋지 않겠는가?"

그래서 1500보 둘레의 외성(外城)과 궁궐, 전당(殿堂) 및 여러 관청의 청사와 무기 창고, 곡식 창고 지을 곳을 두루 정하고 궁궐로 돌아왔다. 국내의 장정과 공장(工匠)을 두루 불러모아 그달 20일[2년 봄 정월]에 튼튼한 성곽을 쌓기 시작하여 3월 10일에 역사(役事)를 마쳤다. 궁궐과 옥사(屋舍)는 농한기를 기다려 그해 10월 안에 짓기 시작하여 갑진년(44년) 2월에 이르러 완성했다. 좋은 날을 가려 새 궁궐로 옮겨 가서 모든 정치의 큰 기틀을 살피고 여러 가지 일을 신속히 처리했다.

이때 갑자기 완하국(琓夏國) 함달왕(含達王)의 부인이 임신을 하여 달이 차서 알을 낳았는데, 알이 변하여 사람이 되니 이름을 탈해(脫解)라고 했다. 탈해는 바다를 따라 가락국에 왔는데, 키가 석 자고 머리둘레가 한 자나 되었다. 탈해는 기뻐하며 궁궐로 들어가 수로왕에게 말했다.

"나는 왕위를 빼앗으려고 왔소."

수로왕이 대답했다.

"하늘이 나에게 왕위에 올라 나라와 백성을 편안하게 하도록 명했으니 감히 하늘의 명령을 어기고 너에게 왕위를 넘겨줄 수 없고, 또 감히 우리나라와 백성을 너에게 맡길 수도 없다."

탈해가 말했다.

"그대는 나와 술법을 겨룰 수가 있겠소?"

수로왕이 말했다.

"좋다."

그래서 잠깐 사이에 탈해가 매로 변하자 왕은 독수리가 되고, 또 탈해가 참새로 변하니 왕은 새매로 변했는데, 그 사이에 아주 짧은 시간도 지나지 않았다. 탈해가 본래의 모습으로 돌아오니 왕도 원래의 모습으로 돌아왔다.[13] 탈해가 이에 항복하여 말했다.

"술법을 겨루는 마당에서 제가 매가 되자 독수리가 되었고, 참새가 되자 새매가 되었는데도 죽임을 면할 수 있었던 것은 모두 성인께서 저의 죽음을 원치 않는 인(仁) 때문이 아니겠습니까? 제가 왕과 왕위를 다투는 것은 참으로 어려운 일입니다."

탈해는 곧 절을 하고 나갔다. 그러고는 서울 변두리의 나루터로 가서 중국 배가 오가는 물길을 따라 떠났다. 왕은 탈해가 머물면서 모반을 꾸밀까 걱정하여 급히 수군 500척을 내어 추격했으나, 탈해가 계림 땅 경계로 도망쳐 들어갔으므로 수군이 모두 돌아왔다. 그러나 이 일에 관한 기록은 신라의 기록과 많은 차이가 있다.

건무 24년 무신년(48년) 7월 27일에 구간들이 조회(朝會) 때 왕께 아뢰었다.

"대왕께서 내려오신 이래로 아직도 좋은 짝을 얻지 못했으니, 신들의 딸들 중에서 제일 훌륭한 처자를 뽑아 궁궐로 들여 배필로 삼으십시오."

왕이 말했다.

"짐이 이곳에 내려온 것은 하늘의 명이었다. 왕후를 맞는 것 역시 하늘의 명이 있을 것이니 그대들은 염려하지 마라."

그리고 유천간에게 가벼운 배와 날랜 말을 주어 망산도(望山島)에 가서 기다리도록 명하고, 또 신귀간에게는 승점(乘岾) 망산도는 서울 남쪽의 섬이며, 승점은 연하(輦下)의 나라다.으로 가도록 명했다. 그때 갑자기 바다 서남쪽 모퉁이에서 붉은 돛을 단 배 한 척이 붉은 깃발을 나부끼며 북쪽으로 다가오고 있었다. 유천간 등이 먼저 섬 위에서 횃불을 들자 배는 재빨리 육지 쪽으로 달려왔다. 신귀간 등이 이를 보고는 대궐로 달려 들어와 아뢰었다. 수로왕은 이 말을 듣고서 기뻐했다. 얼마 후 구간들을 보내 목련(木蓮)으로 만든 키를 바로잡고 좋은 계수나무로 만든 아름다운 노를 저으며 그들을 맞이하여 대궐 안으로 모셔오게 했다.

〔배에서 내린〕 왕후가 말했다.

"나는 그대들과 평소에 알지 못하는 사이인데 어찌 감히 경솔하게 따라가겠는가?"

유천간 등이 돌아가서 왕후의 말을 아뢰니, 왕은 그녀의 말이 옳다고 여겨 유사(有司)를 데리고 행차했다. 그리고 대궐 아래 서남쪽 60보쯤 되는 곳의 산언저리에 장막을 치고 기다렸다. 이에 왕후가 산 밖의 별포(別浦) 나루터 입구에 배를 대고 육지로 올라와 높은 언덕에서 쉬면서 입고 있던 비단 바지를 벗어 산신령에게 폐백으로 바쳤다. 이때 모시던 잉신(媵臣)[14] 두 명이 있었는데 이름은 신보(申輔)와 조광(趙匡)이고, 그들의 아내 두 사람은 모정(慕貞)과 모량(慕良)이었으며, 노비까지 합치면 모두 20여 명이었다. 가지고 온 수놓은 비단〔錦繡〕과 두꺼운 비단과 얇은 비단〔綾羅〕, 의상(衣裳), 필로 된 비단〔疋段〕, 금은, 구슬과 옥, 아름다운 옥〔瓊玖〕, 장신구 등은 이루 다 기록할 수가 없을 정도였다.

왕후가 수로왕이 있는 곳으로 가까이 오자 왕이 나가 맞이하여 장막 궁전으로 함께 들어왔다. 잉신 이하 여러 사람들은 계단 아래서 왕을 뵙고 즉시 물러갔다. 임금은 유사에게 잉신 부부를 데려오도록 명하고 이렇게 말했다.

"사람마다 방 하나씩을 주어 편안히 머무르게 하고 노비들은 각기 한 방에 대여섯 명씩 들게 하라."

그리고 좋은 음료와 향이 좋은 술을 주고 무늬 있는 자리에서 재웠다. 또 의복과 비단과 보화를 주었고 많은 수의 군사에게 지키게 했다.

그래서 왕과 왕후가 함께 침전에 들게 되었는데, 왕후가 조용히 왕에게 말했다.

"저는 아유타국(阿踰陀國)[15]의 공주인데, 성은 허씨(許氏)고 이름은 황옥(黃玉)이며 나이는 열여섯 살입니다. 본국에 있던 금년 5월에 부왕과 왕후가 저를 보고 말하기를 '아비와 어미가 어젯밤 똑같이 꿈 속에서 상제(上帝)를 보았다. 상제께서 가락국의 임금 수로는 하늘이 내려 왕이 되게 한 신성한 사람으로, 새로 나라를 세웠으나 아직 짝을 정하지 못했으니, 그대들은 모름지기 공주를 가락국으로 보내 수로왕의 짝이 되게 하라고 말을 마치자 하늘로 올라가셨다. 그런데 꿈에서 깨고 난 후에도 상제의 말이 귀에 남아 있으니 너는 여기서 빨리 우리와 작별하고 그곳으로 향해 가거라.'라고 하셨습니다. 그래서 저는 배를 타고 멀리 신선이 먹는 대추[蒸棗]를 구하고, 하늘로 가서 선계(仙界)의 복숭아[蟠桃]를 좇으며[16] 반듯한 이마[蠆首]를 갖추어 이제야 감히 임금의 얼굴[龍顔]을 뵙게 된 것입니다."

왕이 대답했다.

"나는 태어나면서부터 자못 신성하여 공주가 먼 곳에서 올 것을 미리 알았으므로 왕비를 맞이하자는 신하들의 간청을 구태여 따르지 않았소. 그런데 이제 현숙한 당신이 몸소 내게 오셨으니, 못난 나에게는 다행이오."

드디어 혼인을 하고 이틀 밤을 지낸 뒤 또 하루 낮을 지냈다. 그러고는 마침내 타고 온 배를 돌려보냈는데, 뱃사공이 모두 15명이었다. 이들에게 각기 양식으로 쌀 열 석과 베 30필씩을 주어 본국으로 돌아가게 했다.

8월 1일에 왕은 왕후와 한 수레를 타고, 잉신 부부도 모두 수레를 나란히 하고 궁궐로 돌아왔다. 외국의 갖가지 진기한 물건을 모두 싣고 천천히 돌아오니 시간은 정오에 가까웠다. 왕후는 중궁(中宮)에 거처하게 하고, 잉신 부부와 노비에게는 빈집 두 채를 주어 나누어 살게 했으며, 나머지 따라온 자들은 20여 칸의 빈관(賓館) 한 채에 사람 수를 정하여 나누어 살게 하고 일용품을 넉넉히 주었다. 또한 싣고 온 진기한 물건들은 내고(內庫)에 저장하여 왕후가 사철 쓰도록 했다.

어느 날 왕이 신하들에게 말했다.

"구간들은 모두 여러 벼슬아치의 우두머리인데, 그 지위와 이름이 모두 소인(宵人)이나 농부의 호칭이지 결코 고관 직위의 호칭이라고는 할 수 없소. 혹시라도 나라 밖 사람들이 들으면 반드시 웃음거리가 될 것이오."

마침내 아도(我刀)를 아궁(我躬)으로 고치고, 여도(汝刀)를 여해(汝諧)로, 피도(彼刀)를 피장(彼藏)으로, 오도(五刀)를 오상(五常)으로 고쳤으며, 유수(留水)와 유천(留天)이란 명칭은 윗글자는 고치지 않고 아랫글자만 고쳐 유공(留功)과 유덕(留德)으로 했다. 또 신천(神天)은 신도(神道)로 고치고 오천(五天)은 오능(五能)으로 고쳤으며, 신귀(神鬼)는 음을 고치지 않고 훈만 고쳐 신귀(臣貴)로 했다. 계림의 직의(職儀)를 취해 각간(角干), 아질간(阿叱干), 급간(級干)의 품계를 두고, 그 아래 관료는 주(周)의 제도와 한(漢)의 제도를 나누어 정했으니, 이는 옛것을 고쳐 새것을 취하여 관직을 설치하고 직책을 나누는 방법이 아니겠는가.

이에 수로왕은 국가를 다스리는 집을 정돈하여 백성들을 아들처럼 사랑했다. 그 교화는 엄숙하지 않아도 위엄이 있고, 그 정사는 엄하지 않아도 잘 다스려졌다. 더구나 왕이 왕후와 함께 사는 것은 마치 하늘에 땅이 있고 해에 달이 있으며, 양에 음이 있는 것과 비유할 수 있었다. 그 공(功)은 도산씨(塗山氏)가 하(夏)나라를 보필하고,[17] 요임금의 딸들[唐媛][18]이 요씨(嬀氏)를 일으킨 것과 같았다. 그해에 곰 얻는 꿈을 꾸어 징조가 있더니 태자 거등공(居登公)을 낳았다. [후한] 영제(靈帝) 중평(中平) 6년 기사년(189년) 3월 1일에 왕후가 세상을 떠나니 나이가 157세였다.

나라 사람들은 마치 땅이 무너진 듯 탄식하며 구지봉 동북쪽 언덕에 장사 지냈다. 그리고 백성을 아들처럼 사랑하던 은혜를 잊지 않고자, 왕후가 가락국에 처음 와서 닿은 도두촌(渡頭村)을 주포촌(主浦村)이라 부르고, 비단 바지를 벗은 높은 언덕을 능현(綾峴)이라 했으며, 붉은 깃발이 들어온 바닷가를 기출변(旗出邊)이라 했다.

잉신이던 천부경(泉府卿) 신보와 종정감(宗正監) 조광 등은 가락국에 도착한 지 30년 만에 각자 두 딸을 낳았는데, 그들 부부는 12년 뒤에 모두 세상을 떠났다. 그 밖의 하인들은 온 지 칠팔 년 사이에 자식을 두지 못하고 오직 고국을 그리워하는 슬픔을 지닌 채 고향을 향하고 죽으니, 살던 빈관이 텅 비어 아무도 없게 되었다.

왕은 매일 외로운 베개에 의지하여 슬픔에 젖곤 하다가 25년이 지난 건안 헌제(獻帝) 입안(立安)[19] 4년 기묘년(199년) 3월 23일에 죽었으니, 나이는 158세였다. 나라 사람들은 마치 부모가 죽은 것처럼 비통해했는데, 왕후가 죽던 때보다 더욱 심했다. 마침내 대궐 동북쪽 평지에 빈궁(殯宮)을 세웠는데, 높이는 한 발[丈]이고 둘레는 300보로 하여 장사를 지내고 수릉왕묘(首陵王廟)라고 불렀다. 대를 이은 아들 거등왕으로부터 9대손 구형(仇衡)까지 이 묘에 배향하고, 매년 맹춘정월 3일과 7일, 5월[仲夏] 5일, 8월[仲秋] 5일과 15일에 정결한 제사를 지냈는데 대대로 끊어지지 않았다.

신라 제30대 법민왕(法敏王) 용삭(龍朔)[20] 원년 신유년(661년) 3월 어느 날 왕은 조서를 내렸다.

"가야국 시조왕의 9대손 구형왕이 우리나라에 항복할 때 데리고 온 아들 세종(世宗)[21]의 아들인 솔우공(率友公)[22] 아들 잡간 서운(庶云)의 딸 문명황후(文明皇后)가 나를 낳았기 때문에 원군은 나에게 바로 15대 시조다. 그 나라는 이미 망했으나 장례를 지내는 묘는 아직까지 남아 있으니, 종묘에 합하여 계속 제사를 지내도록 해라."

이에 사자를 옛터로 보내 사당에 가까운 상전(上田) 30경(頃)을 공양 밑천으로 삼아 왕위전(王位田)이라 불렀으며 본토에 귀속시켰다. 수로왕의 17대손인 급간 갱세(賡世)가 조정의 뜻을 받들어 그 제전(祭田)을 관리하며 해마다 술과 단술을 빚고 떡과 밥, 다과 등 여러 가지 음식으로 제사를 지냈다. 제삿날도 거등왕이 정한 연중 다섯 날을 그대로 지켜 정성 어린 제사가 지금 우리에게 있게 된 것이다.

거등왕이 즉위한 기묘년(199년)에 편방(便房)[23]을 설치한 후부터 구형왕 말까지 330년 동안에 종묘의 제사는 항상 변함이 없었는데, 구형왕이 왕위를 잃고 나라를 떠난 뒤부터 용삭 원년 신유년(661년)까지의 60년[24] 사이에는 사당에 지내는 제사를 간혹 거르기도 했다. 아! 아름답구나, 문무왕(文武王) 법민왕의 시호이여! 선조를 받들어 끊어졌던 제사를 효로써 이어 다시 지내게 되다니…….

신라 말년에 잡간 충지(忠至)란 사람이 있었는데, 금관성(金官城)을 공격하여 빼앗아 성주장군(城主將軍)[25]이 되었다. 또 아간 영규(英規)라는 사람이 장군의 위엄을 빌려 종묘의 제사를 빼앗고 함부로 제사를 지냈다. 그가 단옷날을 맞아 제사를 지내는데 사당의 대들보가 까닭 없이 무너져 깔려 죽고 말았다.

이에 성주장군이 혼잣말을 했다.

"다행히 전세의 인연으로 성왕(聖王)이 계시던 국성(國城)의 제사를 받들게 되었다. 그러니 마땅히 내가 영정〔眞影〕을 그리고 향과 등을 바쳐 신하 된 은혜를 갚겠다."

그리고 석 자 크기의 교견(鮫絹)26)에 영정을 그려 벽에 모셔 두고 아침저녁으로 촛불을 켜 놓고 경건하게 받들었다. 이렇게 한 지 사흘도 채 못 되어 영정의 두 눈에서 피눈물이 흘러내려 땅바닥에 거의 한 말이나 흥건히 괴었다. 이에 장군은 두려워하여 그 진영을 받들어 사당으로 가서 불태운 다음 즉시 수로왕의 직계 자손 규림(圭林)을 불러 말했다.

"어제 불상사가 있었는데, 어찌하여 이런 일이 거듭 일어나는가? 이는 정녕 내가 영정을 그려서 공양하는 것이 공손치 못하여 사당의 위령(威靈)이 진노한 것이다. 영규가 이미 죽었고 나도 매우 두려워 영정을 불태웠으니, 반드시 신의 노여움을 살 것이다. 그대는 왕의 직계 자손이니 옛날대로 제사를 지내는 것이 옳겠다."

이리하여 규림이 대를 이어 제사를 받들었는데 여든여덟 살이 되어 죽은 뒤 그 아들 간원경(間元卿)이 이어서 제사를 지냈다. 사당을 배알하는 단오일 제사에 영규의 아들 준필(俊必)이 또 미친 증세로 인해 사당에 와 간원이 차려 놓은 제수를 치우고 자기의 제수를 차려 제사 지냈다. 준필은 술잔을 세 번 올리는〔三獻〕일을 마치기도 전에 갑자기 병이 나서 집으로 돌아가서 죽고 말았다. 그러기에 옛 사람들이 말했다.

"분수 넘게 지내는 제사는 복을 받지 못하고 도리어 재앙을 낳는다."

이런 일은 이전에는 영규가 있었고 후에는 준필이 있었으니, 이들 부자를 두고 한 말이 아니겠는가?

또 사당 가운데 금옥이 많으니 도적들이 언젠가 와서 훔쳐 가려 했다. 도적들이 사당에 처음 왔을 때, 몸에 갑옷을 입고 투구를 쓰고 활과 화살을 가지고 있는 한 용사가 사당 안에서 나와 사면으로 비 오듯 활을 쏘아 도적 칠팔 명을 맞히자 도적들이 달아났다. 며칠 후 도적들이 다시 왔을 때는 길이가 30여 자나 되고 눈빛이 번개 같은 큰 구렁이가 사당 옆에서 나와 팔구 명을 물어 죽였다. 이때 겨우 죽음을 면한 도적들은 모두 엎어지고 흩어졌다. 때문에 능원(陵園)의 안팎에는 반드시 신물(神物)이 있어 지켜 준다는 것을 알게 되었다.

건안 4년 기묘년(199년)에 처음으로 이 사당을 세운 이후로 지금 임금이 즉위한 31년인 대강(大康) 2년 병진년(1076년)까지 모두 878년이 되었으나, 쌓아 올린 깨끗한 흙은 허물어지지 않았고 심어 놓은 아름다운 나무도 시들거나 죽지 않았으며 배열해 놓은 여러 옥 조각도 무너지지 않았다. 이것으로 보면, 〔당나라 사람〕신체부(辛替否)가 "예부터 지금까지 어찌 망하지 않은 나라가 있으며, 허물어지지 않은 무덤이 있겠는가?"라고 말했는데, 오직 이 가락국이 옛날에 일찍이 망한 것은 신체부의 말이 영험이 있는 것이지만, 수로왕의 사당이 지금까지 무너지지 않은 것은 신체부의 말이 다 믿을 만하지는 않음을 알 수 있다.

여기에 또 수로왕을 사모하여 하는 놀이가 있다. 매년 7월 29일이 되면 향토의 백성과 관리와 병사들이 승점(乘岾)에 올라가서 장막을 치고 술과 음식을 먹으면서 즐겁게 논다. 이들은 동서쪽으로 바라보고, 건장한 인부들은 좌우로 나누어 망산도로부터 용맹한 말을 타고 육지로 다투어 달리고, 뱃머리를 둥실 띄워 서로 물에서 밀며 북쪽의 고포(古浦)를 향해 내달린다. 이는 대개 옛날 유천간, 신귀간 등이 허 왕후가 오는 것을 바라보다가 급히 임금께 알렸던 유적이다.

가락국이 멸망한 후 대대로 이곳에 대한 칭호가 같지 않았다. 신라 제31대 정명왕(政明王) 신문왕이 즉위한 개요(開耀) 원년 신사년(681년)에는 금관경(金官京)이라 부르고 태수를 두었다. 그 후 259년이 지나 우리 태조가 통합한 후로는 대대로 임해현(臨海縣)이라 하고 배안사(排岸使)를 설치하여 48년을 지냈다. 다음에는 임해군이라 하기도 하고 혹은 김해부(金海府)라고 하여 도호부(都護府)를 두어 27년을 지냈고 또 방어사(防禦使)를 두어 64년을 지냈다.

순화(淳化)[27] 2년(991년)에 김해부의 양전사(量田使)[28]인 중대부(中大夫) 조문선(趙文善)이 조사하여 보고했다.

"수로왕릉에 딸려 있는 밭의 면적이 많으니, 마땅히 옛 제도대로 15결로 하고, 그 나머지는 부(府)의 역정(役丁)[29]에게 나누어 주는 것이 좋겠습니다."

담당한 관서에게 그 장계를 전하니 조정에서 명을 내렸다.

"하늘에서 알을 내려 변해 성스러운 임금이 된 후, 수명이 길어 158세에 이르렀으니, 저 삼황(三皇) 이후 비견될 만한 사람이 없다. 죽은 후 선대로부터 능묘에 딸려 있던 전답을 지금 줄여야 한다는 것은 참으로 두려운 일이다."

왕은 허락하지 않았다. 양전사가 또 아뢰니, 조정에서도 그렇게 여겨 절반은 능묘에 두어 옮기지 않고 절반은 향리의 역정에게 주도록 했다. 절사(節使) 양전사의 호칭는 조정의 뜻을 받들어 이에 반은 능원에 소속시키고, 반은 부에서 부역하는 호정(戶丁)에게 주도록 했다. 일이 거의 끝나갈 무렵 양전사는 매우 피곤했다. 어느 날 저녁 꿈속에서 갑자기 칠팔 명의 귀신이 나타나 밧줄을 쥐고 칼을 잡고 와서 말했다.

"네가 큰 죄를 지었으므로 베어 죽이겠다."

양전사는 형을 받고 몹시 아파하다가 놀라고 두려워하며 깨어났는데 이내 병에 걸리고 말았다. 그는 다른 사람에게 알리지도 못하고 밤에 도망쳤는데, 병이 조금도 낫지 않아 관문을 지나다가 죽었다. 그래서 양전사는 『양전도장(量田都帳)』에 도장을 찍지 못했다.

이후에 봉사(奉使) 하는 사람이 와서 그 전답을 조사해 보니 겨우 11결(結) 12부(負) 9속(束)일 뿐이고 3결 87부 1속이 부족했다.[30] 그래서 가로챈 것을 추적하여 중앙과 지방의 관서에 보고하고 왕명으로 다시 넉넉히 지급했으니 고금에 탄식할 일이다.

시조 수로왕[元君]의 8대손 김질왕(金銍王)은 부지런하게 다스리고 정성스럽게 도를 숭상했는데, 세조의 어머니 허 황후의 명복을 빌기 위해 원가(元嘉)[31] 29년 임진년(452년)에 원군과 황후가 합혼하던 곳에 절을 세우고 왕후사(王后寺)라 했으며, 사신을 보내 그 근처의 평전(平田) 10결을 측량하여 삼보(三寶)[32]를 공양하는 비용으로 삼게 했다.

이 절이 생긴 지 500년이 지나자 장유사(長遊寺)를 지었는데, 이 절에 바친 전시(田柴)가 모두 300결이었다. 그러자 장유사의 삼강(三剛)[33]은 왕후사가 장유사 시지(柴地)의 동남쪽 지경 안에 있다고 하여 왕후사를 없애 전장(田莊)으로 만들고, 추수한 것을 겨울에 저장하는 장소와 말과 소를 기르는 마구간으로 만들었으니 슬픈 일이다. 세조 이하 9대손의 역수(曆數)를 아래에 기록하니, 그 명(銘)은 이렇다.

태초가 열리니 해와 달이 비로소 밝았고,
인륜은 비록 있었으나 임금의 자리가 이루어지지 않았다.
중국은 여러 대를 거듭했지만, 동방의 나라들은 서울을 나누었다.[34]
신라가 먼저 정해지고 가락국은 뒤에 세워졌다.
세상을 다스릴 사람이 없으니 누가 백성을 돌보랴.
드디어 상제께서 저 창생을 돌보아 주셨다.
이에 부명(符命)을 주어 특별히 정령을 보냈다.
산속에 알을 내려보내고 안개 속에 그 모습을 감추었다.
안은 아득한 듯하고 바깥도 컴컴했다.
바라보면 형상이 없는 것 같은데, 들으니 소리가 났다.
여러 사람이 노래를 불러 아뢰고 춤을 추어 바쳤다.
이레가 지난 후에야 한때 고요해졌다.

바람이 불어 구름이 걷히니 푸른 하늘에서 여섯 개의 둥근 알이 내려오며 자색 끈 하나를 드리웠다.

다른 지방 낯선 땅에 집들은 잇달아 있었다.

구경꾼이 줄지었고, 바라보는 사람이 우글거렸다.

다섯 분은 각 고을로 돌아가고 하나만 이 성에 남았다.

같은 시각 같은 모습은 형제 같았다.

참으로 하늘이 덕인(德人)을 내어 세상을 위해 질서를 만들었다.

왕위에 처음 오르니 천하가 맑아지려 했다.

화려한 제도는 옛 제도를 모방하고, 흙 계단은 오히려 평평했다.

온갖 정사에 힘쓰니 모든 정치가 시행되고, 기울지도 치우치지도 않으니 오직 정일(精一)했다.

길 가는 사람은 길을 양보하고, 농부는 밭갈이를 서로 양보했다.

사방에 사건이 없어 베개를 편히 받치고, 만백성이 태평을 맞이했다.

갑자기 햇볕에 드러난 풀잎 위의 이슬처럼 문득 대춘(大椿)35)을 보전하지 못했다.

천지의 기운이 변하고 조야(朝野)가 통곡했다.

금 같은 그 자취 빛나고 옥 같은 소리를 울렸다.

후손이 끊어지지 않으니 제사는 향기롭기만 했다.

세월은 비록 흘러갔으나 규범은 기울어지지 않았다.

◉ 거등왕(居登王) ｜ 아버지는 수로왕이고 어머니는 허 왕후다. 건안 4년 기묘년(199) 3월 13일에 즉위하여 39년을 다스리고, 가평(嘉平)[36] 5년 계유년(253년) 9월 17일에 세상을 떠났다. 왕비는 천부경(泉府卿) 신보(申輔)의 딸 모정(慕貞)으로 태자 마품(麻品)을 낳았다. 『개황력(開皇曆)』에 이렇게 말했다.

"성은 김씨(金氏)라고 하니, 아마도 가야국의 세조가 금빛 알에서 나왔기 때문에 김으로 성을 삼았을 뿐이다."

◉ 마품왕(麻品王) ｜ 마품(馬品)이라고도 하며 김씨다. 가평 5년 계유년(253년)에 즉위해 39년을 다스리고 영평(永平) 원년 신해년(291년) 1월 29일에 세상을 떠났다. 왕비는 종정감(宗正監) 조광(趙匡)의 손녀 호구(好仇)로 태자 거질미(居叱彌)를 낳았다.

◉ 거질미왕(居叱彌王) ｜ 금물(今勿)이라고도 하며 김씨다. 영평 원년(291년)에 즉위하여 56년을 다스리고, 영화(永和) 2년 병오년(346년) 7월 8일에 세상을 떠났다. 왕비는 아간 아궁(阿躬)의 손녀 아지(阿志)로 왕자 이시품(伊尸品)을 낳았다.

◉ 이시품왕(伊尸品王) ｜ 김씨다. 영화 2년에 즉위하여 62년을 다스리고, 의희(義熙) 3년 정미년(407년) 4월 10일에 세상을 떠났다. 왕비는 사농경(司農卿)의 딸인 정신(貞信)이며, 왕자 좌지(坐知)를 낳았다.

◉ 좌지왕(坐知王) ｜ 김질(金叱)이라고도 한다. 의희 3년(407년)에 즉위하여 용녀(傭女)와 결혼한 후 외척의 무리를 관리로 등용하여 나라 안이 소란스러워졌다. 신라가 꾀를 써서

〔가락국을〕 정벌하고자 했다. 가락국의 신하 박원도(朴元道)가 좌지왕에게 간했다.

"〔이런 일은〕 유초(遺草)를 싹고 깎아도 또한 털이 나는 법이거늘, 하물며 사람이야 어떻겠습니까? 하늘이 무너지고 땅이 꺼지면 사람이 어느 곳인들 보전할 수 있겠습니까? 또 복사(卜士)가 점을 쳐서 해괘(解卦)를 얻었는데, 그 괘사에 '소인을 없애면 군자인 벗이 와서 도울 것이다.'라고 했으니, 임금께서는 주역의 괘를 살펴보십시오."

왕이 "옳다."라고 사례하고는 용녀를 내쳐 하산도(荷山島)로 귀양 보내고 정치를 고쳐 오랫동안 백성을 편안하게 했다.

15년 동안 다스리고 영초(永初)[37] 2년 신유년(421년) 5월 12일에 죽었다. 왕비는 대아간 도령(道寧)의 딸 복수(福壽)이며 아들 취희(吹希)를 낳았다.

◉ 취희왕(吹希王) │ 질가(叱嘉)라고도 하며 김씨다. 영초 2년(421년)에 즉위하여 31년 동안 다스리고 원가(元嘉) 28년 신묘년(451년) 2월 3일에 죽었다. 왕비는 각간 진사(進思)의 딸 인덕(仁德)으로 왕자 질지(銍知)를 낳았다.

◉ 질지왕(銍知王) │ 김질왕(金銍王)이라고도 한다. 원가 28년(451년)에 즉위했으며 이듬해 세조와 허황옥(許黃玉) 왕후를 위해 명복을 빌고자 처음 세조와 왕후가 결혼하던 자리에 절을 지어 왕후사(王后寺)라 하고, 전답 10결을 내어 보탰다. 42년 동안 다스리고 영명(永明)[38] 10년 임신년(492년) 10월 4일에 죽었다. 왕비는 사간(沙干) 김상(金相)의 딸 방원(邦媛)이며, 왕자 겸지(鉗知)를 낳았다.

◉ 겸지왕(鉗知王) │ 김겸왕(金鉗王)이라고도 한다. 영명 10년에 즉위하여 30년을 다스리고 정광(正光)[39] 2년 신축년 (521) 4월 7일에 죽었다. 왕비는 출충(出忠)의 딸 숙(淑)이 며 왕자 구형(仇衡)을 낳았다.

◉ 구형왕(仇衡王)[40] │ 김씨다. 정광 2년에 즉위하여 42년 을 다스렸다. 보정(保定)[41] 2년 임오년(562년) 9월에 신라 제 24대 진흥왕이 군사를 일으켜 침공하자 왕이 직접 군졸을 거 느리고 싸웠으나, 적은 많고 아군은 적어 대항하여 싸울 수 없 었다. 이에 동기(同氣) 탈지이질금(脫知爾叱今)을 보내 국내에 머물게 하고, 왕자 및 상손(上孫) 졸지공(卒支公) 등은 신라에 들어가 항복했다.

왕비는 분질수이질(分叱水爾叱)의 딸 계화(桂花)로서 아들 셋을 낳았는데, 첫째는 세종 각간(世宗角干)이고 둘째는 무도 각간(茂刀角干)이며 셋째는 무득 각간(茂得角干)이다.

『개황록(開皇錄)』에 말했다.

"양(梁)나라 중대통(中大通)[42] 4년 임자년(532년)에 신라 에 항복했다."

다음과 같이 논한다.[43]

"『삼국사』를 살펴보면, 구형왕이 양나라 중대통 4년 임자년 에 땅을 신라에 바치고 항복했다고 했다. 그러기에 수로왕이 처음 즉위한 동한(東漢) 건무 18년 임인년(42년)에서 구형왕 말 임자년(532년)까지를 계산하면 490년이 된다. 이 기록으로 미루어 보면 땅을 바친 것이 위(魏)나라 보정(保定) 2년 임오

년(562년)이 되므로 30년이 더 있게 되니 모두 520년이 되는
데, 지금 두 가지 설을 다 기록한다."

---

1) 김태식 교수는 '가락국기' 조는 원래 고려 문종(文宗) 후반의 문인이 편
찬한 것을 일연이 줄여 쓴 것이라고 했다. 이 조는 수로왕 신화를 시작으로
400년 정도 지속된 가야에 관한 내용으로 단편적인 『삼국사기』 기록에 비
해 상세하게 밝혀 나가고 있어 가야 연구에 중요한 자료이다. '가락'은 가야
(伽耶), 가야(加耶), 가라(加羅)라고도 하며, 북방의 부여(扶餘)계 언어에
속한다.
2) 고려 제11대 왕이다.
3) 요나라 도종(道宗) 야율홍기(耶律洪基)의 연호. 1075~1084년까지 사
용하였다.
4) '호(戶)'는 하나의 고을과 비슷한 규모로, 마을이나 씨족 집단을 뜻한다.
5) 액땜을 하는 날로 목욕하고 물가에서 술을 마신다. 대부분 3월 상사일
(上巳日)에 한다. 이 시기는 파종기로 풍요를 기원하는 대대적인 행사가 있
었다.
6) 지금의 경상남도 김해시에 있다. 구지봉 꼭대기에는 1976년에 아홉 마리
돌거북과 알 여섯 개로 구성된 천강육란석조상(天降六卵石造像)을 조성했
다가 수로왕릉으로 옮겼다. 근처에 거북 모양의 고인돌을 몇 개의 돌 무더기
가 떠받치고 있다.
7) 고운기는 구지가를 제정 일치 시대에 신을 맞이하는 데 사용된 무가(巫
歌)라고 보았다.
8) 생산한 곡식을 다음 수확기까지 보관하는 상자다.
9) 협진(浹辰)을 번역한 것으로 12간지를 가리킨다. 협(浹)은 일주(一周)
를 뜻하고, 진(辰)은 십이지를 뜻한다.
10) 요임금은 유가가 꿈꾸었던 이상적 군주요, 순임금은 요임금과 더불어
중국을 가장 잘 다스린 명군이었다.
11) 불법을 전파하는 부처님의 주요 제자 열여섯 명을 의미하며, 나한은 아
라한의 준말로 일체 번뇌를 끊고 최고의 경지인 깨달음을 얻어 존경을 받을
만한 성자를 말한다.

12) '성'이란 정지(正智)로써 진리를 조견(照見)한 사람으로, '칠성'이란 성자를 일곱으로 나누어 수신행(隨信行), 수법행(隨法行), 신해(信解), 견지(見至), 신증(身證), 혜해탈(慧解脫), 구해탈(俱解脫)을 말한다. 한편 고운기는 앞 구절의 셋(3)이란 숫자와 연계시켜 단군 신화에 나오는 삼칠일의 숫자와 연관된다고 보았고 일곱 명의 부처로 보는 견해도 있다.

13) 서대석 교수는 이러한 탈해의 태도를 "해상을 통해 가락국을 침략한 집단과 수로의 집단이 전쟁을 한 사연을 신화적으로 표현한 것이다."라고 보았다.

14) 왕비를 따라온 신하들이다. 시집갈 때 따라가는 시신(侍臣)인데 이들은 중국계 이름으로 보인다.

15) 중인도(中印度)에 있던 고대 왕국으로 해석해 왔으나 중국이나 태국이라는 의견도 있다. 『대당서역기(大唐西域記)』에 의하면 그곳은 먹을 것이 풍족하고 풍속이 아름다우며 백여 곳의 사찰에 3000여 명의 승려가 있었다고 한다. 한편 실재했던 나라가 아니라 불교적 상징성을 띤 관념적인 용어로 보는 견해도 있다.

16) 신선들이 먹는 대추와 3000년에 한 번씩 열매가 열린다는 선도(仙桃)를 좇았다는 것은 수로왕을 찾아왔다는 의미다.

17) 도산씨의 딸로 하나라 우임금에게 시집가 도왔다. 도산은 우임금이 제후들과 맹세한 땅이다.

18) 요임금의 딸 아황(娥皇)과 여영(女英)으로 순임금에게 시집가 교씨의 시조가 되었다.

19) 후한 말제 유협(劉協)의 연호인 건안(建安)이 옳다.

20) 당나라 고종의 연호. 661~663년까지 사용했다. 그 원년은 신라 문무왕 원년에 해당한다.

21) 아마도 노종(奴宗)인 듯하다.

22) 졸지공(卒支公)으로 되어 있기도 하다.

23) 임시로 제사 지내는 방을 말한다.

24) 구형왕 항복부터 문무왕 즉위년까지는 120년의 차이가 있으니, 아마도 시기가 잘못된 듯하다.

25) 신라 말, 지방 호족들이 그 지방을 무력으로 점령하고 일컫던 칭호다.

26) 남해에서 생산되는 비단이다.

27) 북송 태종(太宗)의 연호. 고려 성종 2년에 해당한다.

28) 전답의 측량을 조사하는 관리다.

29) 부역을 맡은 장정을 말한다.

30) 이것을 결부제(結負制)라고 하며, 신라 이래 토지 면적에 따른 수확량 산출의 독특한 계량법이다. 대체로 농부의 손에 쥔 벼 한 줌이 기준인데, 열 줌을 1파(把), 10파를 1속, 10속을 1부, 100부를 1결로 한다.

31) 송나라 문제(文帝) 유의륭(劉義隆)의 연호. 424~453년까지 사용했다.

32) 불교의 핵심 요소인 불법승(佛法僧) 세 가지를 의미하는데, 불보는 부처와 사리, 법보는 부처의 설법과 경전, 승보는 교리에 따라 수행하는 승려이다. 우리나라 삼보사찰은 불보는 양산 통도사, 법보는 합천 해인사, 승보는 순천 송광사를 일컫는다.

33) 삼강(三剛)은 삼강(三綱)이 옳다. 사찰의 세 가지 직책, 즉 상좌(上座), 사주(寺主), 유나(維那)를 말한다.

34) 신라가 가야를 병합하기 이전의 상황을 말한다.

35) 『장자』「소요유(逍遙遊)」편에 보면, 상고(上古)시대에 8000세를 봄으로 삼고 8000세를 가을로 삼아 3만 2000년을 1년으로 사는 나무인데 여기에서 유래하여 오래 사는 것을 비유하며, 장수를 축원하는 말로 사용한다.

36) 삼국 위(魏)나라 제왕(齊王) 조방(曹芳)의 연호. 249~254년까지 사용했다.

37) 송나라 무제(武帝) 유유(劉裕)의 연호. 420~422년까지 사용했다.

38) 남조 제(齊)나라 무제(武帝) 소적(蕭賾)의 연호. 483~493년까지 사용했다.

39) 북위(北魏) 효명제(孝明帝) 원후(元詡)의 연호. 520~525년까지 사용했다.

40) 그의 능은 경남 산청군 금서면에 있는데 겉으로 보면 돌무더기 같다.

41) 북조(北朝) 북주(北周) 무제(武帝) 우문옹(宇文邕)의 연호. 561~565년까지 사용했다.

42) 양(梁)나라 무제(武帝) 소연(蕭衍)의 연호. 529~534년까지 사용했다.

43) 이 글을 쓴 이가 일연인지 아니면 가락국기에 붙여진 글인지는 확실치 않으나 아무래도 일연이 쓴 것 같다.

권 제3

●

卷第三

흥법 제3

興法 第三

「기이」편이 『삼국유사』의 전반부라면 「흥법」편부터는 후반부에 해당한다. 이 편은 모두 여섯 조목으로 중국과 지리적으로 가까워 불교의 도입이 유리했던 고구려, 백제, 신라의 순서로 전개된다. 불교가 전래된 초기에는 고구려가 훨씬 적극적이었고 백제도 활발했으며, 오히려 신라는 오랜 세월 불교를 거부했다.

불교가 우리나라와 중국을 문화적으로 연결해 주는 중요한 고리 역할을 했던 것은 사실이다. 삼국은 대조적인 역사로 인해 문화적 친근성보다는 이질성이 두드러졌다. 이 편은 황룡사 탑의 심초석 크기에서도 짐작되듯 불교가 가장 발달한 신라를 중심으로 기술하고 있다. 일연은 불교를 받아들이는 태도에 따라 삼국의 흥망성쇠가 결정되었다고 생각했다. 특히 도교에 탐닉하여 불교를 외면한 고구려가 멸망한 것은 결코 우연이 아니라고 보았다.

이 편에서 일연은 중국의 『승전(僧傳)』을 많이 모방하고 있어 어느 부분은 매우 비슷하지만, 불교 문화사적 관점에서 고승들의 전기와 이적(異迹)들을 서술한 것은 중국의 분위기와 사뭇 다르다. 또 후반부의 거의 모든 조에 실려 있는 '다음과 같이 기린다(讚)'는 칠언절구의 시로서 새로운 멋과 맛을 전해 준다.

순도가 처음으로 고구려에 불교를 전하다

순도공 다음으로는 법심(法深), 의연(義淵), 담엄(曇嚴) 등이 잇따라 불교를 일으켰으나 고전(古傳)에는 글이 없으므로 감히 그 사실을 순서에 넣어 엮지 못한다. 자세한 것은 『승전(僧傳)』에서 볼 수 있다.

〔『삼국사기』〕「고구려본기」에 이른다.

"소수림왕(小獸林王)[1]이 즉위한 2년 임신년(372년)은 곧 동진(東晉) 함안(咸安) 2년으로, 효무제(孝武帝)가 제위에 오른 해다. 전진(前秦)의 부견(符堅)[2]이 사신과 승려 순도(順道)를 보내 불상과 경문(經文)을 전해 왔다. 이때 부견은 관중, 즉 장안을 도읍으로 삼았다. 또 4년 갑술년(374년)에 아도(阿道)가 진(晉)나라에서 왔다. 이듬해 을해년(375년) 2월에 초문사(肖門寺)를 지어 순도를 있게 하고, 또 이불란사(伊弗蘭寺)를 지어 아도를 머물게 했다. 이것이 고구려 불법(佛法)의 시초다."

『승전』에서 순도와 아도가 위(魏)나라에서 왔다고 한 것은 잘못된 것이다. 실제로는 전진에서 왔다. 또 초문사가 지금의 흥국사(興國寺)이고, 이불란사는 지금의 흥복사(興福寺)라고 한 것 역시 틀린 말이다.

살펴보면 고구려는 안시성(安市城), 일명 안정홀(安丁忽)³⁾에 도읍을 정했는데 요수(遼水)의 북쪽에 있었다. 요수는 일명 압록(鴨綠)이라고도 하며 지금은 안민강(安民江)이라 부른다. 어떻게 송경(松京)⁴⁾ 홍국사의 이름이 〔여기에 있을 수〕 있겠는가?

°°° 다음과 같이 기린다

압록강에는 봄이 깊어 물풀이 선명한데,
백사장 갈매기들이 한가롭게 조는구나.
문득 멀리서 노 젓는 소리에 놀라니,
어느 곳 고깃배인지, 나그네는 안개 속에 왔구나.

---

1) 고구려 제17대 왕으로, 「고구려본기」 '제6 소수림왕' 조에 불교를 들여온 기록이 있다.
2) 전진의 제3대 왕 세조(재위 357~385년)의 이름이다.
3) 『삼국사기』에는 안촌홀(安寸忽)로 기록되어 있다.
4) 송악산(松嶽山)의 서울이란 뜻이며, 송도(松都)라고도 한다. 지금의 개성이다.

마라난타가 백제의 불교를 열다

「백제본기」에 이른다.

"제15대『승전』에는 14대라고 했으나 잘못된 것이다. 침류왕(枕流王)이 즉위한 갑신년(384년)동진 효무제 태원(太元) 9년에 서역(西域)의 승려〔胡僧〕 마라난타(摩羅難陀)¹⁾가 진(晉)나라에서 오자,〔그를〕 맞아 궁중에 머물게 하고 예를 갖춰 공경했다.²⁾ 이듬해인 을유년(385년)에 새 도읍 한산주(漢山州)에 절을 지어 도첩(度牒)³⁾을 받은 승려 10명을 두었다. 이것이 백제 불법의 시초다. 또 아신왕(阿莘王)이 즉위한 태원(太元)⁴⁾ 17년(392년) 2월에 불법을 숭상하고 믿어서 복을 구하라는 영을 내렸다."

마라난타를 우리말로 하면 동학(童學) 그의 괴이한 행적은 『승전』에 자세히 보인다. 이다.

°°° 다음과 같이 기린다

하늘의 조화는 아득한 옛날로부터 전해 오니,

대체로 잔재주 부리기 어려워라.

나이 먹은 사람들은 절로 터득하여 노래 부르고 춤추며,

옆 사람을 이끌어 눈을 뜨게 하네.

---

1) 본래 인도에서 중국으로 갔다가 다시 지금의 전라남도 영광군으로 입국
했으며 갑사(甲寺)를 지었다고 한다.
2) 중국 남부 지역인 진나라 불교가 전해졌다는 것은 고구려의 불교 유입
과정과 대비된다.
3) 관에서 승려가 되는 것을 허가하는 증서로서 불교를 국가 통제 아래에
둔다는 의미다.
4) 동진 효무제(孝武帝) 사마요(司馬曜)의 연호. 376~396년까지 사용했다.

아도(阿道) 아도(我道) 또는 아두(阿頭)라고도 한다. 가
신라 불교의 초석을 다지다

「신라본기」 제4권에 이른다.

"제19대 눌지왕(訥祇王) 때 사문(沙門)¹⁾ 묵호자(墨胡子)가
고구려에서 일선군(一善郡)²⁾에 이르자, 그 군에 사는 모례(毛
禮) 혹은 모록(毛祿)으로 쓴다. 가 집 안에 굴을 파고 그를 편안히
지내게 했다. 이때 양(梁)나라에서 사신을 통해 의복과 향을
보내 왔는데 고득상(高得相)의 영사시(詠史詩)에는 양나라에서 원표(元
表)라는 승려 편에 명단(溟檀)과 불경과 불상을 보냈다고 씌어 있다. 군
신들이 향의 이름과 사용법을 알지 못해서 향을 가지고 온 나
라에 사람을 보내 두루 묻도록 했다. 묵호자가 그것을 보고는
말했다.

'이것은 향이라는 것입니다. 태우면 향기가 아름답게 나는
데, 그 향이 신성한 곳까지 미칩니다. 신성한 것 가운데 삼보
(三寶)보다 나은 것이 없으니, 만약 이것을 태우면서 원하는

바를 빌면 반드시 영험이 있을 것입니다. 눌지왕은 진송(晉宋) 시대에 재위했으니, 양나라에서 사신을 보냈다고 한 것은 잘못이다.'

이때 왕의 딸이 병이 위독하여 묵호자를 불러 향을 태워 빌게 하니 왕의 딸의 병이 곧 나았다. 왕이 기뻐하여 많은 상을 내리려 했으나 잠깐 사이에 돌아간 곳을 알지 못했다.

또 21대 비처왕(毗處王) 때에 승려 아도가 시자(侍者) 세 사람과 함께 모례의 집에 왔는데 거동과 모습이 묵호자와 비슷했다. 〔그는 이곳에서〕 몇 년을 살다가 병도 없이 세상을 떠났다. 시자 세 명은 머물면서 불경과 율법을 강독했는데, 가끔 신봉하는 사람들이 있었다. 주석에는 「본비(本碑)」와 여러 전기(傳記)가 다르다.'라고 했다. 또 『고승전(高僧傳)』에 '서축(西쯕) 사람'이라고 했고, 또 '오나라에서 왔다.'라고도 했다.”

「아도본비(我道本碑)」에 따르면 다음과 같다.

“아도는 고구려 사람으로 어머니는 고도녕(高道寧)이다. 정시(正始)³⁾ 연간에 조위(曹魏) 사람 아굴마(我崛摩) 아(我)는 성이다. 가 고구려에 사신으로 왔다가 고도녕과 사통(私通)하고 돌아갔는데, 이 때문에 〔아도를〕 임신하게 되었다. 어머니는 아도가 다섯 살이 되었을 때 출가시켰다. 아도는 열여섯 살 때, 위(魏)나라로 가서 아굴마를 만나고 승려 현창(玄彰)의 문하에서 불법을 배웠다. 열아홉 살이 되어 어머니에게 돌아와 문안하자 어머니가 말했다.

'이 나라는 지금 불법(佛法)을 모르지만, 앞으로 3000여 달이 지나면 계림에 성왕(聖王)이 나타나 불교를 크게 일으킬 것이다. 그곳 도읍에는 가람을 세울 자리가 일곱 군데 있다.

첫째는 금교(金橋) 동쪽 천경림(天鏡林) 지금의 흥륜사(興輪寺)다. 금교는 서천(西川)의 다리를 말하는데 세속에서는 송교(松橋)라고 일컫는다. 절의 기초는 아도가 세웠으나 중간에 허물어졌다가 법흥왕(法興王) 정미년에 착수하고 을묘년에 크게 공사를 벌여 진흥왕이 완성했다. 이고, 둘째는 삼천기(三川歧) 지금의 영흥사(永興寺)로 흥륜사와 동시에 개설했다. 고, 셋째는 용궁(龍宮) 남쪽 지금의 황룡사(皇龍寺)인데 진흥왕 계유년에 처음으로 개창했다. 이고, 넷째는 용궁 북쪽 지금의 분황사(芬皇寺)로 선덕왕 갑오년에 처음 개창했다. 이고, 다섯째는 사천미(沙川尾) 지금의 영묘사(靈妙寺)로 선덕왕 을미년에 처음으로 개창했다. 고, 여섯째는 신유림(神遊林) 지금의 천왕사(天王寺)로 문무왕 기묘년에 개창했다. 이고, 일곱째는 서청전(婿請田) 지금의 담엄사(曇嚴寺)다. 이니, 모두 전불(前佛) 때의 절 터4)며 법수(法水)가 오래 흐르는 땅이다. 네가 그곳에 돌아가 대교(大敎)를 전파하면 마땅히 이 땅에서 불교의 개조가 되리라.'

아도가 가르침을 받고 계림에 도착하여 왕성 서쪽에 머물렀는데, 그곳이 지금의 엄장사(嚴莊寺)다. 이때가 미추왕 즉위 2년인 계미년(263년)이다.

〔아도가〕 대궐에 나가 불법을 전하려 했으나, 세상에서 이전에 들어 보지 못한 것이라고 의심하면서 심지어 그를 죽이려는 사람까지 있었다. 그래서 아도는 달아나 속림(續林) 지금의 일선현(一善縣)이다. 모록(毛祿)의 집에 숨었다. 록(祿)과 예(禮)의 모양이 비슷하여 생긴 잘못이다. 『고기(古記)』에 따르면 법사가 처음으로 모록의 집에 오자 천지가 진동했다고 한다. 당시 사람들이 승명(僧名)을 몰라 아두삼마(阿頭彡麼)라 했는데, 삼마란 우리말로 승려를 말하며 사미(沙

彌)란 말과 같다.

〔미추왕〕 3년에 성국공주(成國公主)가 병이 났는데, 주술과 의약이 효험이 없어 칙사가 사방으로 의원을 구했다. 아도가 서둘러 대궐로 들어가자 공주의 병이 나았으므로 왕이 매우 기뻐하여 그에게 소원을 물었다. 아도가 대답했다.

'소승에게는 바라는 것이 없고, 다만 천경림에 절을 짓고 불교를 크게 일으켜 나라의 복을 빌고자 합니다.'

왕이 이를 허락하여 공사를 시작했다. 〔이때의〕 풍속은 질박하고 검소하여 띠를 엮어 〔지붕으로 덮은〕 집을 짓고 머무르며 가르치니, 이따금 하늘꽃〔天花〕이 땅에 떨어지기도 했다. 그래서 〔절의〕 이름을 흥륜사(興輪寺)라 했다.

모록의 누이동생 사씨(史氏)가 법사에게 의탁해 여승이 되어 역시 삼천기에 절을 짓고 살았는데, 이름을 영흥사(永興寺)라 했다. 얼마 후 미추왕이 승하하자 나라 사람들이 법사를 해치려 했다. 그러자 법사는 모록의 집으로 돌아와 스스로 무덤을 만들어 놓고 문을 닫고 목숨을 끊어 다시는 나타나지 않았다. 이렇게 해서 불교도 없어졌다.

제23대 법흥대왕(法興大王)이 소량(蕭梁) 천감(天監)[5] 13년 갑오년(514년)에 제위에 오르자 불교가 흥성하게 되었는데, 미추왕 계미년(263년)으로부터 252년이나 된다. 〔이로 본다면〕 고도녕이 말한 3000여 달이 입증된 것이다."

이렇게 보면 「본기」와 「본비」의 두 가지 설이 서로 어긋나 이처럼 다르다. 시험 삼아 논하면 이렇다.

양나라와 당나라의 두 『승전(僧傳)』과 『삼국본사』에는 모두 고구려와 백제 두 나라의 불교의 시초를 진(晉)나라 말기인 태원(太元) 연간(376~396년)으로 기록하고 있다. 따라서 순도와 아도 두 법사가 소수림왕 갑술년(374년)에 고구려에 도착한 것이 분명하니, 이 전기는 잘못되지 않았다. 만일 비처왕 때에 처음 신라에 도착했다고 한다면 이는 아도가 고구려에 백여 년간 머물다가 온 것이 된다. 비록 위대한 성인의 행동이란 나타나고 사라지는 것이 평범하지 않지만 반드시 모두 다 그런 것은 아니다. 또 신라에서 부처를 받든 것이 그렇게 늦지는 않았을 것이다. 그리고 만약 미추왕 시대에 있었다고 하면 이것은 고구려에 들어온 갑술년보다 백여 년 앞서게 된다. 이때 계림에는 문물과 예교(禮敎)가 없었고 국호도 정해지지 않았는데 어느 겨를에 아도가 와서 부처를 받드는 일을 청했겠는가? 또 고구려에 이르지 않고 건너뛰어 신라로 왔다는 말은 맞지 않다.

설령 불교가 잠시 일어났다가 사라졌다 하더라도, 어찌 그 사이에 소문도 없이 잠잠해져서 향의 이름조차도 몰랐겠는가? 하나는 어찌 그리 늦고 또 다른 하나는 어찌 그리 빠른가?

생각건대 불교가 동방으로 점점 퍼지는 형세는 반드시 고구려와 백제에서 시작되어 신라에서 그쳤을 것이다. 〔신라의〕 눌지왕과 소수림왕 시대가 서로 가까우니 아도가 고구려를 떠나 신라에 온 것은 눌지왕 시대가 합당하다.

또 공주의 병을 낫게 한 것이 모두 아도의 사적이라고 전하고 있으니, 이른바 묵호는 진짜 이름이 아니라 그저 지목하여 부른 말일 것이다. 양나라 사람들이 달마⁶를 가리켜 벽안호

(碧眼胡)라 하고, 진(晉)나라 사람이 승려 도안(道安)[7]을 조롱하여 칠도인(漆道人)이라 부르는 것과 같다. 즉, 아도는 여행하면서 위험한 길을 피하기 위해 본래 이름을 말하지 않았던 것이다. 아마도 나라 사람들이 들은 대로 묵호나 아도라고 두 가지 이름으로 불렀기 때문에 한 사람이 두 사람인 것처럼 전한 것이다. 더구나 "아도의 겉모습이 묵호와 비슷하다."라고 했으니, 이것만으로도 한 사람이라는 것을 알 수 있다.

고도녕이 〔절터〕 일곱 군데를 차례로 지목한 것은 바로 절을 처음 세운 선후를 가지고 예언한 것인데, 두 전기가 모두 그것을 빠뜨렸으므로 여기서는 사천미를 다섯 번째에 넣었다. 3000여 달이란 반드시 믿을 것은 못 된다. 눌지왕 대에서 법흥왕 정미년(527년)에 이르기까지는 무려 백여 년이니, 만일 1000여 달이라고 했다면 비슷하게 맞을 것이다. 성이 아(我)고 이름이 외자인 것은 잘못된 것인 듯하나 확실하지 않다.

또 원위(元魏)[8] 시대 승려 담시(曇始) 어떤 사람은 혜시(惠始)라고도 한다.의 전기를 살펴보면, 담시는 관중(關中) 오늘날의 장안 사람으로서 출가한 이후 기이한 사적이 많았다. 진(晉)나라 효무제 태원(太元) 말에 경률(經律) 수십 부를 가지고 요동으로 가서 불교를 전파했다. 여기서 삼승(三乘)[9]을 가르쳐 그 자리에서 불계(佛戒)에 귀의하게 했으니, 이것이 아마 고구려에서 불교를 듣게 된 시초일 것이다.

의희(義熙) 초년(405년)에 담시는 다시 관중으로 돌아와 삼보(三輔)[10]에서 불교를 전파했다. 담시는 발이 얼굴보다 희고 흙탕물을 건너도 젖지 않았으므로 세상 사람들이 모두 그를 백

족화상(白足和尙)이라 불렀다.

진나라 말년 북방의 흉노 혁련발발(赫連勃勃)[11]이 관중을 쳐부수고 수없이 많은 사람을 죽였다. 이때 담시 역시 화를 당했으나 칼로도 그를 상하게 할 수 없었다. 발발은 탄식하여 널리 승려를 용서해 주고 모두 죽이지 않았다. 담시는 몰래 산골로 숨어 동냥중〔頭陁行〕 노릇을 했다. 탁발도(拓拔燾)[12]가 다시 장안을 쳐서 수복하고 관중과 낙양까지 위엄을 떨치게 되었다. 이때 박릉(博陵)의 최호(崔皓)가 좌도(左道)[13]를 조금 익혀 불교를 시기하고 미워했는데, 재상의 자리에 올라 탁발도의 신임을 받게 되었다. 그러자 그는 천사(天師)[14] 구겸지(寇謙之)와 함께 탁발도를 설득했다.

"불교는 무익하여 백성들의 이익을 해칠 뿐입니다."

최호는 불교를 없애도록 권했다고 한다.

태평(太平)[15] 말기에 담시는 탁발도를 귀화시킬 때가 왔음을 알고 정월 초하룻날에 갑자기 지팡이를 짚고 궁문에 이르렀다. 탁발도가 〔이 말을〕 듣고 담시의 목을 베라고 명령했으나 아무리 해도 베어지지 않았다. 탁발도가 직접 나서도 목이 베어지지 않자, 북원(北園)에서 기르는 범에게 먹이로 주었으나 역시 가까이하지 않았다. 탁발도는 크게 부끄러워하고 두려워하다가 마침내 병에 걸렸고, 최호와 구겸지 두 사람도 잇달아 나쁜 병에 걸렸다. 탁발도는 그들 때문에 허물이 생긴 것이라 생각하여 두 집안을 없앤 뒤 나라 안에 불교를 선포하여 불법을 크게 펼쳤다. 담시는 그 후에 죽은 곳이 어딘지 알지 못했다.

다음과 같이 논평한다.

담시는 태원 말년에 해동(海東)에 왔다가 의희 초년에 관중으로 돌아갔으니 이곳에 10여 년 동안 머무른 것인데, 어찌 동국(東國) 역사에 실리지 않았는가? 담시는 이미 괴이하고 속이며 예측할 수 없는 사람으로, 아도, 묵호, 마라난타와 연대와 사적이 같은 것으로 보아 분명 세 사람 가운데 한 사람이 이름을 바꾼 것으로 보인다.

　°°° 다음과 같이 기린다[6]

　금교에 덮인 눈은 아직 녹지 않았고,
　계림의 봄빛은 아직 완연하게 돌아오지 않았다.
　봄의 신 재주 많아 아름다우니,
　모랑(毛郎)의 집 매화를 먼저 꽃피웠네.

---

1) 머리를 깎고 불문에 귀의하여 도를 닦는 승려를 말한다.
2) 지금의 경상북도 선산이며 『삼국사기』 「신라본기」에 의하면 묵호자가 이곳으로 온 때는 법흥왕 15년(528년)이다.
3) 위(魏)나라 제왕(齊王) 조방(曹芳)의 연호. 240~248년까지 사용했다.
4) 부처가 과거, 현재, 미래에 존재한다고 믿는 것을 삼세신앙이라고 한다. 과거불은 연등불, 현재불은 석가모니불, 미래불은 미륵불이다. 전불은 과거불로 불교와 인연이 깊은 곳임을 강조할 때 사용되는 용어이다.
5) 소량은 중국 육조(六朝)의 하나인 양나라로, 왕실의 성이 소씨(蕭氏)라서 이렇게 불렀다. 천감은 양무제(梁武帝) 소연(蕭衍)의 연호. 502~519년까지 사용했다.
6) 중국 선종(禪宗)의 시조인 달마대사로 보리달마(菩提達磨)를 말한다. 본래 남인도 향지국(香至國)의 왕자였으나, 526년 위(魏)나라 숭산(嵩山)

에 있는 소림사로 들어가 9년 동안 참선하여 도를 체득했다고 한다.

7) 전진의 고승으로 불도징(佛道澄)의 제자로 들어갔는데, 그 당시 모습이 너무 누추하여 칠도인(漆道人)이라 불렸다.

8) 북조(北朝) 탁발씨의 왕조로서, 조위(曹魏)와 구별하기 위해 이렇게 부른다.

9) 성문승(聲聞乘), 연각승(緣覺乘), 보살승(菩薩乘)으로 열반에 이르는 세 가지 교법을 말한다.

10) 한나라 때 장안 부근을 일컫는 말이다.

11) 5호 16국의 하나인 하(夏)나라의 세조(世祖) 무열제(武烈帝)(재위 407~425년)다.

12) 북조(北朝) 북위(北魏)의 제3대 왕 태무제(太武帝)(재위 423~452년)다.

13) 불교를 정도(正道) 또는 우도(右道)라고 볼 때, 좌도란 도교를 말하는 것이다.

14) 도교의 교주를 일컫는 말이다. 후한의 장도릉(張道陵)은 스스로 천사라고 일컬으면서 그 교를 천사도라고 불렀다.

15) 양나라 경제(敬帝) 소방지(蕭方智)의 연호. 556~557년까지 사용했다.

16) 언젠가는 신라에서 불교를 꽃피우게 되리라는 암시가 깃들어 있다.

원종이 불법을 일으키고 눌지왕 대로부터 백여 년이 된다.
염촉이 몸을 바치다[1]

「신라본기」에 "법흥대왕이 즉위한 지 14년[2](527년) 되던 해에 하급 신하인 이차돈(異次頓)이 불법을 위해 몸을 바쳤다."라고 했다.

바로 소량(蕭梁) 보통(普通)[3] 8년 정미년(527년)은 서천축(西天竺)〔인도〕의 달마가 금릉(金陵)[4]에 온 해이기도 하다. 이해 낭지법사(朗智法師) 역시 처음으로 영취산(靈鷲山)에 머물면서 설법했으니, 이로써 불교의 흥성과 쇠퇴는 반드시 멀든 가깝든 같은 시기에 서로 감응했다는 것을 여기서 믿을 수 있다.

원화(元和) 연간에 남간사(南澗寺)의 승려 일념(一念)이 「촉향분례불결사문(髑香墳禮佛結社文)」을 지었는데, 여기에 이런 일이 매우 자세히 실려 있다. 그 대략은 다음과 같다.

옛날 법흥대왕이 자극전(紫極殿)에서 느긋하게 있을 때, 동방(扶桑)을 굽어 살피고 말했다.

"옛날에 한(漢)나라 명제(明帝)가 꿈에 감응하여 불법이 동쪽으로 흘러 들어왔다. 과인이 제위에 오르면 백성을 위해 복을 빌고 죄를 없애는 장소를 만들고자 한다."

그러나 조정 신하들『향전(鄕傳)』5)에는 공목(工目), 알공(謁恭) 등이라 한다.은 그 깊은 뜻을 헤아리지 못한 채 오직 나라를 다스리는 대의만을 지키려 하고 절을 세우려는 신성한 생각을 따르지 않았다. 대왕이 탄식하며 말했다.

"아아! 과인이 부덕하여 대업을 크게 이어받지 못하고, 위로는 음양의 조화를 어그러뜨리고 아래로는 뭇 백성들의 즐거움을 없게 하였네. 나랏일을 보는 틈틈이 석가의 교화(釋風)에 마음을 두고 있으나 누구와 더불어 일을 하리오?"

이때 마음을 닦은 사람으로서 성은 박씨, 자는 염촉(厭髑) 이차(異次) 또는 이처(伊處)라고도 하는데, 이는 방언음이 다르기 때문이다. 한자로 번역하면 싫다(厭)는 뜻이 된다. 촉(髑), 돈(頓), 도(道), 도(覩), 독(獨) 등은 조사(助辭)로 모두 기록하는 사람들이 편의에 따라 쓴 것이다. 지금은 윗글자는 번역하고, 아랫글자는 번역하지 않았기 때문에 염촉 또는 염도(厭覩) 등으로 쓴 것이다.인 자가 있었다. 그의 아버지는 확실하지 않고, 할아버지는 아진(阿珍) 종(宗), 즉 습보갈문왕(習寶葛文王)의 아들이다.신라 관작은 모두 17등급으로, 그 네 번째가 파진찬(波珍湌) 또는 아진찬(阿珍湌)이라고 한다. 종(宗)과 습보는 그 이름이다. 신라 사람들은 추봉한 왕을 모두 갈문왕이라고 했는데, 사실은 역사를 담당한 관원들도 상세히 모른다고 했다. 또 김용행(金用行)이 지은 「아도비문(阿道碑文)」에 따르면, "사인(舍人)은 이때 나이 스물여섯 살이며, 아버지는 길승(吉升)이요, 조부는 공한(功漢)이며, 증조부는 걸해대왕(乞解大王)이다."라고 했다.

그는 대나무와 잣나무 같은 질개로 자질을 삼고 물과 기울 같은 지조에 뜻을 두었으며, 선행을 쌓은 가문의 증손으로 궁궐 안 임금의 보좌(爪牙)[6]가 될 것을 바라고 거룩한 조정의 충신으로 태평한 시절에 등용되어 보좌할 것을 원했다. 이때 스물두 살로 사인(舍人) 신라 관작에 대사(大舍)와 소사(小舍) 등이 있었는데 아마도 하사(下士)의 등급이다.의 벼슬을 담당하고 있었는데, 임금의 얼굴을 보고는 눈치로 속내를 알아차리고 아뢰었다.

"신이 듣건대 옛날 사람은 꼴을 베는 나무꾼에게도 계책을 물었다고 했습니다. 큰 죄를 무릅쓰고라도 여쭙고자 합니다."

왕이 말했다.

"네가 할 만한 일이 아니다."

사인이 말했다.

"나라를 위해 몸을 바치는 것은 신하의 큰 절개고, 임금을 위해 목숨을 다하는 것은 백성의 곧은 의리입니다. 거짓된 말을 전한 죄로 신을 형벌에 처하여 목을 베시면 만백성이 모두 복종하여 감히 하교를 어기지 못할 것입니다."

왕이 말했다.

"살을 베이고 몸이 고문당해도 새 한 마리를 살리려 했고,[7] 피를 뿌리며 스스로 목숨을 끊어도 짐승 일곱 마리를 불쌍하게 여겨야 할 것이다.[8] 과인의 뜻은 백성들을 이롭게 하고자 함인데 어찌 죄 없는 자를 죽이겠는가? 너는 비록 공덕을 쌓으려 하지만 죄를 피하는 것만 못하다."

사인이 말했다.

"버리기 어려운 모든 것들 중에 목숨보다 더한 것은 없을 것입니다. 그러나 소신이 저녁에 죽어 아침에 큰 가르침이 행해진다면, 부처님의 해〔佛日〕는 다시 중천에 떠오르고 성스러운 임금께서는 영원토록 편안할 것입니다."

왕이 말했다.

"난새와 봉황의 새끼는 어려서부터 하늘 높은 곳에 뜻을 두고, 기러기와 고니의 새끼는 나면서부터 물결을 헤칠 기세를 품는다 하는데, 네가 그렇게 한다면 가히 보살〔大士〕[9]의 행동이라 할 수 있겠구나!"

그래서 왕은 짐짓 위풍을 차려 바람 같은 칼〔風刀〕을 동서로 늘어놓고 서슬 퍼런 형구〔霜仗〕를 남북으로 벌려 놓은 다음 여러 신하들을 불러서 물었다.

"과인이 절을 지으려 하는데 그대들이 일부러 늦추려는 이유는 무엇인가? 『향전』에서는 '염촉이 거짓 왕명으로 절을 세우라는 뜻을 전하니, 여러 신하들이 와서 간했다. 왕이 노여워하면서 왕명을 거짓으로 전한 것을 꾸짖고 염촉을 처형했다.'라고 한다."

그러자 여러 신하들이 두려움에 벌벌 떨며 〔그런 일이 없다고〕 정성을 다해 맹세하고 손가락으로 동서쪽을 가리켰다. 왕이 사인을 불러 문책하자 사인은 낯빛을 잃어 대답도 하지 못했다. 왕이 분노하여 목을 베라고 명령하자 관원들이 〔그를〕 묶어 관아 아래로 데려갔다. 사인이 맹세하고 옥사정이 그를 베자 흰 젖이 한 길이나 솟구치고[10] 『향전』[11]에 따르면 사인이 맹세하기를 "큰 성인이신 법왕(法王)께서 불교를 일으키려고 자신의 목숨을 돌보지 않고 세상 인연을 버리니, 하늘은 상서로움을 내리시어 사람들에게 두루 보이십시오."라고 하자 그 머리가 날아가 금강산 꼭대기에 떨어졌다고 한다. 하늘이 어두워지면서 석양이 그 빛을 감추고 땅이 진동하고 비가 후두둑 떨어졌다. 임금이 슬퍼하여 흘린 구슬픈 눈물은 용포를 적시고, 여러 재상들도 근심하고 슬퍼하여 땀이 머리에 쓴 사모에 배었다. 샘물이 갑자기 말라 물고기와 자라가 다투어 뛰어오르고, 곧은 나무가 부러지니 원숭이들이 떼지어 울었다. 동쪽 궁궐에서 말고삐를 나란히 하던 사인의 동료들은 서로 마주 보며 피눈물을 흘렸다. 대궐 뜰에서 소매를 잡고 놀던 친구들은 애끓는 석별을 하여 관(棺)을 바라보며 우는 소리가 마치 부모의 상을 당한 것 같았다.

〔그들은〕 모두 말했다.

"개자추(介子推)[12]가 허벅지 살을 벤 것도 염촉의 뼈아픈 절개에는 비할 수 없고, 홍연(弘演)[13]이 배를 가른 것도 어찌 그의 장렬함에 견줄 수 있겠는가? 이것은 바로 단지 〔법흥〕왕의 신심(信心)을 붙들어 아도의 본심을 이룬 것이니 참으로 성스러운 분이다."

그러고는 마침내 북산 서쪽 고개에 장사 지냈는데, 바로 금강산이다. 『향전』에서 "머리가 날아가 떨어진 곳이기 때문에 그곳에서 장사 지냈다."라고 했는데, 지금 〔그곳이 어디인지는〕 말하지 않았으니 무슨 까닭인가? 아내가 이를 슬퍼하여 좋은 터를 점쳐서 난야(蘭若)[14]를 짓고 이름을 자추사(刺楸寺)라 했다. 따라서 집집마다 이 절에서 예를 올리면 반드시 대대로 영화를 누리고, 사람마다 도를 행하면 불교의 이로움을 깨닫게 되었다.

진흥대왕이 제위에 오른 5년 갑자년(544년)에 대흥륜사(大興輪寺)를 지었다. 『국사(國史)』와 『향전』을 살펴보면, 실제로는 법흥왕 14년 정미년(527년)에 비로소 터를 닦고 그 후 21년 을묘년(535년)에 천경(天鏡) 숲을 베고 처음 공사를 시작했는데, 서까래와 들보에 쓸 나무는 모두 이 숲에서 취하기에 충분했고, 주춧돌과 돌함들도 모두 거기에 있었다는데, 진흥왕 5년 갑자년에 절이 낙성되었기 때문에 갑자년이라고 한 것이다. 『승전(僧傳)』에 7년이라 한 것은 잘못된 것이다. 태청(太淸)[15] 초(547년)에 양나라 사신 심호(沈湖)가 석가의 사리를 가져오고, 천가(天嘉)[16] 6년(565년)에는 진(陳)나라 사신 유사(劉思)가 승려 명관(明觀)과 불경을 받들고 오니 절은 별처럼 늘어서 있고 탑은 기러기처럼 줄을 서 있었다. 그래서 법당(法幢)[17]을 세우고 범종을 달자 고명한 승려(龍象)들은 천하의 복전(福田)[18]이 되고, 대승(大乘)과 소승(小乘)[19]의 불법은 서울의 자비로운 구름처럼 온 나라를 덮었다. 다른 지방의 보살이 세상에 나타나고, 분황사의 진나(陳那)와 부석사(浮石寺)의 보개(寶蓋), 낙산사(洛山寺)의 오대(五臺) 등이 이것이다. 서역(西域)의 명승이 이 땅에 오니, 이로 인하여 삼한이 병합되어 한 나라가 되고 온 세상을 감싸 한 집안을 이루었다. 그러므로 그의 공덕을 천구(天鋂)[20]의 계수나무에 쓰고, 신성한 행적을 은하수에 비추었으니, 어찌 세 성인의 위덕이 이루어진 것이 아니겠는가? 아도, 법흥, 염촉을 말한다.

그 뒤에 국통(國統)[21] 혜륭(惠隆), 법주(法主)[22] 효원(孝圓)과 김상랑(金相郎), 대통(大統)[23] 녹풍(鹿風), 대서성(大書省)[24] 진서(眞恕), 파진찬 김억(金嶷) 등이 옛 무덤을 수축하

고 큰 비석을 세웠으니, 원화 12년 정유년(817년) 8월 5일이요, 바로 제41대 헌덕대왕(憲德大王) 9년이다. 흥륜사의 영수선사(永秀禪師) 이때 유가(瑜伽)의 여러 승려를 모두 선사라 불렀다. 가 이 무덤에 예불할 향도(香徒)들을 모아 매월 5일에 영혼의 묘원(妙願)을 위하여 단을 쌓고 분향했다.

또 『향전』에는 이렇게 말한다.

"고을의 장로들이 매번 제삿날 아침이면 흥륜사에서 모임을 가졌다."

이때는 바로 이달 초닷새로 사인이 불법을 위해 목숨을 바친 날 새벽이다. 아, 이런 임금이 없었으면 이런 신하가 없었을 것이고 이런 신하가 없었으면 이런 공덕이 없었을 것이니, 바로 유비라는 물고기가 제갈량이라는 물을 만난 것과 같으며 구름과 용이 서로 감응하는 아름다운 일이다.

법흥왕은 피폐해진 불교를 일으키고 절을 세웠으며, 절이 완성되자 면류관을 벗어 버리고 가사를 입고 궁궐의 종친들을 절의 노복으로 삼아 절의 노복은 지금까지도 왕손이라 부른다. 나중에 태종왕 때 재상 김양도(金良圖)가 불법을 믿었는데, 화보(花寶)와 연보(蓮寶)라는 두 딸을 바쳐 이 절의 종으로 삼았다. 또 역적 신하인 모척(毛尺)의 가족을 적몰(籍沒)해서 절의 노비로 삼았으므로 두 집안 후손들은 지금까지도 대가 끊어지지 않고 있다. 그 절의 주지가 되어 몸소 널리 교화시켰다.

진흥왕은 이로 인해 선왕의 성덕을 이어받아 왕위(九五)[25]에 올라 위엄으로 백관을 거느리고 호령을 갖추었으며, 절에 대왕흥륜사(大王興輪寺)라는 이름을 내렸다. 법흥왕의 성은 김씨고 법명은 법운(法雲)이며 자는 법공(法空)『승전』과 여러 설에는 왕비도 출가하여 이름을 법운이라 했고, 진흥왕도 법운이라 했고 또 진흥왕의 왕비도 이름을 법운이라 했다 하니 상당히 혼동되고 의심스럽다.이다.

『책부원귀(册府元龜)』[26]에 법흥왕의 성은 모씨(募氏)고 이름은 진(秦)이라 했다. 처음 절 공사를 시작하던 을묘년(535년)에 왕비도 영흥사(永興寺)를 세우고 사씨(史氏) 모록(毛祿)의 누이동생의 유풍을 사모하여 왕과 함께 머리를 깎고 여승이 되었는데, 이름을 묘법(妙法)이라 하고 영흥사에 머물다가 몇 년 후에 죽었다고 한다.

『국사』에는 건복(建福)[27] 31년(614년)에 영흥사의 소상(塑像)이 저절로 무너지더니, 얼마 후 진흥왕비인 여승이 죽었다고 했다. 살펴보면 진흥왕은 바로 법흥왕의 조카고, 왕비 사도부인(思刀夫人) 박씨는 모량리(牟梁里) 영실 각간(英失角干)의 딸이다. 또한 출가하여 여승이 되었지만 영흥사를 세운 주인은 아니니 그렇다면 아마도 진(眞) 자를 법(法) 자로 고치는 것이 마땅하다. 이것은 법흥왕의 왕비 파조부인이 여승이 되어 죽은 사건을 말하는 것이다. 그가 절을 짓고 소상을 세운 주인이기 때문이다. 법흥왕과 진흥왕이 왕위를 버리고 출가한 것을 사관이 기록하지 않은 것은 세상을 다스리는 교훈이 아니기 때문이다.

또 대통(大通)[28] 원년 정미년(527년)에 양나라의 무제를 위해 웅천주(熊川州)에 절을 세우고 이름을 대통사(大通寺)라 했다. 웅천은 바로 공주인데, 이때는 신라에 속했기 때문이다. 그러나 정미년이 아니라 바로 대통 원년 기유년(529년)에 세운 것이다. 흥륜사를 세운 정미년에는 다른 군에 절을 세울 틈이 없었다.

　°°° 다음과 같이 기린다

　성인의 지혜는 여태까지 만세의 계책이며,
　구구한 여론은 가을 터럭 끝 같은 비방뿐이다.
　법륜(法輪)[29]이 풀려 금륜(金輪)[30]을 따라 구르니,
　요순이 다스리던 시절에 부처의 광명이 높구나.

이것은 원종을 위한 것이다.

　의로움을 좇아 삶을 가볍게 여긴 것은 놀라운 일이니,
　하늘꽃[天花]과 흰 젖의 이적(異蹟)이 더욱 다정하구나.
　갑자기 단칼에 몸은 죽었지만,
　은은한 종소리가 서울을 뒤흔드네.

이것은 염촉을 위한 것이다.

───────────

1) 원종은 법흥왕이고 염촉은 이차돈이다. 이 조는 주로 이차돈의 순교를 다루고 있는데 정연한 짜임새가 일품이다.
2) 『삼국사기』「신라본기」에는 법흥왕 15년이라고 했다. 신라에 불교가 들어와 공인되는 과정이 『해동고승전』 '법공(法空)' 조에도 나와 있다.
3) 양나라 무제(武帝) 소연(蕭衍)의 연호. 520~527년까지 사용했다.

4) 지금의 남경(南京)이다.

5) 중국의 문헌에 대비되는 것으로 '우리나라만의 전래 문헌'이라는 뜻이며, 책 이름이거나 일반 용어일 것이다.

6) 조아(爪牙)는 발톱과 어금니라는 뜻으로 짐승이나 새가 자신의 몸을 지키는 무기다. 따라서 임금의 발톱과 어금니가 된다는 것은 임금을 지켜 주는 신하가 된다는 뜻이다.

7) 시비왕(尸毗王)이 고행할 때의 고사로, 제석천황은 매로 변하고 제석환인은 메추라기로 변했는데 메추라기가 매를 피해 시비왕의 품속으로 들어왔다. 그는 자신의 살을 메추라기의 몸뚱이만큼 잘라 저울에 달아 매에게 먹였다고 한다.

8) 제 목숨을 바쳐 짐승 일곱 마리를 살렸다는 뜻이니 생명을 고귀하게 여기라는 의미다.

9) 대사(大士)는 승려의 존칭으로 불법에 귀의하여 믿음이 두터운 사람을 말한다.

10) 경주 백률사에 있는 종에 그 당시 순교하던 이차돈의 모습이 생생하게 새겨져 있다.

11) 『향전』은 삼국유사에서 출처가 불분명한 자료로 수차례 나오는데, 설화적 성격이 강하며 「기이」 편 이하에 고루 등장하는 『고기』와 달리 『향전』은 「흥법」 편 이하부터 주로 나온다.

12) 춘추 시대 진(晉)나라 문공(文公)의 망명길에 동행하며, 굶주리던 문공에게 자기 허벅지 살을 베어 먹게 했다. 그러나 후에 귀국하여 문공에게 괄시를 받자 면산(綿山)에서 은둔했다. 문공이 잘못을 뉘우치고 산에 불을 질러 나오도록 했으나 끝내 나오지 않았다.

13) 춘추 시대 위(衛)나라 사람이다. 적인(狄人)들이 위나라를 공격하여 의공을 죽이고 살을 다 파먹은 후에 간만 남겨 놓았는데, 외국에서 돌아오던 길에 이 모습을 보고 자신의 배를 갈라 의공의 간을 자기 뱃속에 넣고 죽었다.

14) 아란야(阿蘭若)의 준말로 한가하고 조용하여 수행에 적절한 곳, 즉 절을 말한다.

15) 양나라 무제(武帝) 소연(蕭衍)의 연호. 547~549년까지 사용했다.

16) 진나라 문제(文帝) 진천(陳蒨)의 연호. 560~566년까지 사용했다.

17) 사찰의 입구에 깃발 형태로 제작된 당(幢)을 달기 위하여 세운 당간과

당간지주를 통칭한 것이다.

18) 복을 낳게 하는 밭이란 뜻으로, 공양을 받을 만한 법력(法力)이 있는 자에게 공양하는 것이 농부가 씨를 뿌려 수확하는 것과 같기 때문에 이렇게 말한다.

19) 대승은 중생들을 구제하는 사회적 실천을 중요시하는 불교이고, 소승은 부처의 가르침에 따라 수행하여 깨달음을 얻는 것을 중요시하는 불교다.

20) 원문 '구(銶)'는 '구(衢)'로 보아 '하늘의 큰 통로'로 번역했다. 한편 일본 도쿄 대학교의 배인본에서는 '구(銶)'를 '진(鎭)'의 오자로 보았다. 또 '구(銶)'를 '패(鋧)'로 보면, 불서(佛書)를 지칭하는 뜻으로 해석할 수 있다. '패(鋧)'는 '정(鋌)'과 같다.(『광운(廣韻)』) 일본의 『국역 일체경』에서는 '구(銶)'를 '정(鋌)'으로 보았는데, '하늘의 정원'으로 번역한 것으로 보아 '정(鋌)'을 '정(庭)'의 의미로 풀이한 것이다.

21) 신라 때 승려에게 주어진 제일 높은 승직이다.

22) 불법을 잘 아는 고승이다.

23) 한 나라의 비구를 다스리는 벼슬이다.

24) 승려에 관련된 행정을 주관하던 관청이다.

25) '구오(九五)'란 『주역』 건괘의 95효(爻)가 임금 자리의 상이므로 왕위라는 뜻이다.

26) 송대 왕흠약(王欽若)과 양억(楊億) 등이 지은 역대 군신의 사적을 모은 책이다.

27) 신라 진평왕의 연호. 584~633년까지 사용했다.

28) 양나라 무제 소연(蕭衍)의 연호. 527~529년까지 사용했다.

29) 석가모니의 가르침〔教法〕을 말한다. 법을 수레바퀴 모양의 고대 인도의 무기인 윤보(輪寶)에 비유한 것으로, 전륜왕(轉輪王)이 윤보를 돌려 천하를 통일하는 것과 같이 석가는 법륜을 돌려 삼계(三界)를 구제한다는 것이다.

30) 금륜은 우주의 밑바탕을 이룬다는 금강으로 된 바퀴, 곧 왕권을 상징한다.

법왕이 살생을 금하다

백제 제29대 법왕(法王)의 이름은 선(宣)인데 효순(孝順)이라고도 한다. 개황(開皇)[1] 10년[2] 기미년(599년)에 즉위하여, 이해 겨울 조서를 내려 살생을 금하고 민가에서 기르는 매 같은 새들을 놓아 주게 하고 또 고기 잡는 도구를 불태워 모두 금지시켰다.

이듬해 경신년에는 30명에게 승려가 되는 것을 허락하고, 당시의 수도 사비성지금의 부여에 왕흥사(王興寺)를 세우게 했지만 겨우 터를 닦고는 죽었다. 무왕(武王)이 왕위를 계승하여 선왕의 사업을 이어받아 몇 기(紀)[3]를 지나 완성하고 절 이름도 미륵사라 했다. 산을 등지고 물에 가까웠으며, 꽃과 나무가 아름다워 사계절의 수려함을 갖추었기에 왕은 매번 배를 타고 강을 따라 절로 들어가 그 장려한 경치를 감상했다. 『고기(古記)』에 실린 것과는 약간 차이가 있다. 무왕은 가난한 어머니가 못의 용과 교합하여 태어났는데 어릴 때 이름은 서동이고 제위에 오른 후 시호를 무왕이라 했다. 이 절은 처음 왕비와 함께 세운 것이다.

°°° 다음과 같이 기린다

짐승들에게도 관대하게 베푸니 온 산이 은혜롭고
은택이 돼지와 물고기까지 흡족하니 온 세상이 어질구나.
성군이 덧없이 세상을 떠났음을 말하지 마오.
상계(上界) 도솔천에는 이제 꽃다운 봄이 한창일지니.

---

1) 수나라 문제(文帝) 양견(楊堅)의 연호. 581~600년까지 사용했다.
2) 이 부분의 연대는 19년의 오기로 보아야 한다.
3) 1기는 12년을 뜻한다.

보장왕이 노자를 받들고 보덕이 암자를 옮기다

「고구려본기」에 이렇게 말했다.

"고구려 말기인 무덕(武德)[1]·정관(貞觀) 연간에 나라 사람들은 오두미교(五斗米敎)[2]를 다투어 받들었다. 당나라 고조가 이 말을 듣고는 도사(道士)를 파견해 천존상(天尊像)[3]을 보내고 『도덕경(道德經)』을 강론하게 하여 왕과 나라 사람들이 들으니, 이때가 제27대 영류왕(榮留王) 즉위 7년째인 무덕 7년 갑신년(624년)이다. 이듬해〔고구려에서〕당나라에 사신을 보내 불교와 도교를 배울 것을 청하니, 당나라 황제 고조를 일컫는다.가 허락했다. 보장왕이 즉위할 때 정관 16년 임인년(642년)이다.도 삼교(三敎)[4]를 모두 일으키고자 했다. 당시 총애받던 재상 개소문(蓋蘇文)[5]이 왕을 설득하여 말했다.

"지금 유교와 불교는 모두 강성하지만 도교는 왕성하지 못하니, 특별히 당나라에 사신을 보내 도교를 구해야 합니다."

그때 보덕화상(普德和尙)이 반룡사(盤龍寺)에 머물고 있었는데, 도교가 불교에 맞서게 되면 나라의 운명이 위태로워질 것을 염려하여 여러 차례 간했으나 〔왕은〕 듣지 않았다. 이리하여 신력(神力)으로 방장(方丈)⁶⁾을 날려 남쪽에 있는 완산주(完山州) 지금의 전주의 고대산(孤大山)으로 옮겨 살았다. 이때가 바로 영휘(永徽)⁷⁾ 원년 경술년(650년) 6월로또 본전(本傳)에는 건봉(乾封) 2년 정묘(667년) 3월 3일이라 했다. 얼마 후 나라가 망했다.총장(總章) 원년 무진년(668년)에 나라가 망했으니 계산해 보면 경술년에서 19년 떨어져 있다. 지금의 경복사(景福寺)에 있는 비래방장(飛來方丈)이 그때의 방장이라 한다.이상은『국사』에 있는 말이다. 진락공(眞樂公)⁸⁾은 그를 위해 시를 써서 당(堂)에 남겨 두었고, 문렬공(文烈公)⁹⁾은 전(傳)을 지어 세상에 전했다."

또『당서』를 살펴보면, 이보다 앞서 수나라 양제가 요동을 정벌할 때 양명(羊皿)이라는 비장(裨將)이 전세가 불리해져 죽음에 이르자 맹세하여 말했다.

"반드시 〔고구려에서〕 신임받는 신하가 되어 저 나라를 멸망시키고야 말 것이다."

그런데 개소문이 조정의 정권을 잡게 되자 개(蓋)를 성씨로 삼았으니, 이는 바로 양명(羊皿)이라는 두 글자가 개(蓋)라는 글자와 맞아떨어진 것이다.

또 고구려의『고기(古記)』를 살펴보면, 수나라 양제가 대업(大業)¹⁰⁾ 8년 임신년(612년)에 30만 명의 군사를 이끌고 바다를 건너와 정벌하니, 10년 갑술년(614년) 10월에 고구려의 왕이때는 제36대 영양왕(嬰陽王)이 즉위한 25년이다.이 표문을 올려 항복을 청했다. 이때 한 사람이 몰래 품속에 작은 활을 숨기고 표문을 지닌 사신을 따라 양제가 탄 배 안으로 들어갔다. 그리고 양제가 표문을 받아 읽는 동안 활을 쏘아 양제의 가슴을 맞혔다. 양제는 곧 군사를 돌리려고 주위에 있는 사람들에게 말했다.

"내가 천하의 주인이 되어 이 작은 나라를 친히 정벌하다가 불이익을 당하니 만대의 웃음거리가 되겠구나."

이때 우상(右相) 양명이 아뢰었다.

"신이 죽으면 고구려의 대신이 되어 반드시 나라를 멸망시켜 대왕의 원수를 갚겠습니다."

양명은 양제가 죽은 후 고구려에서 태어났는데, 열다섯 살에 총명하고 신기에 가까운 무용이 있었다. 이때 무양왕(武陽王) 『국사』에는 영류왕의 이름이 건무(建武) 또는 건성(建成)이라 했는데, 여기서 무양(武陽)이라고 한 것은 확실하지 않다. 이 그의 현명함을 듣고 불러들여 신하로 삼았다. 〔그는〕 스스로 성을 개(盖), 이름을 금(金)이라 불렀는데, 지위가 소문(蘇文)에 이르렀으니 바로 지금의 시중과 같은 직책이다. 『당서』에서 "개소문이 자신을 막리지(莫離支)라 했는데, 중서령(中書令)과 같다."라고 했다. 또 『신지비사(神誌秘詞)』의 서문에 '소문대영홍서병주(蘇文大英弘序幷注)'라고 한 것은 소문이 바로 직책명이라는 증거다. 그러나 이전에는 '문인소영홍서(文人蘇英弘序)'라 했으니, 어느 것이 옳은지 알 수 없다.

개금이 아뢰었다.

"솥은 세 발이 있어야 하고 나라에는 세 가지 종교가 있어야 합니다. 〔그런데〕 신이 나라 안을 보니 오직 유교와 불교만 있고 도교가 없기 때문에 나라가 위태롭습니다."

왕이 이를 옳다고 생각하여 당나라에 도교를 청하자, 〔당나라〕 태종은 서달(敍達) 등 도사 여덟 명을 보냈다. 『국사』에는 무덕 8년 을유년(625년)에 사신을 당나라에 보내 불교와 도교를 요구하니 당나라 황제가 허락했다고 했다. 이에 의하면 양명이 갑술년(614년)에 죽어 이곳에 태어났다고 할 경우 나이가 겨우 열 살 남짓한데, 총애 받는 재상이 되고 또 왕을 설득하여 사신 보내기를 청했다고 하니, 그 연월 중 분명히 하나는 잘못된 것이다. 그러므로 지금 여기에 둘 다 그대로 기록해 둔다. 왕이 기뻐하여 절을 도관(道舘)으로 삼고 도사를 높여 유가 선비의 윗자리에 두었다. 도사들은 국내의 유명한 산천을 돌아다니며 〔기운을〕 진압시키는데, 옛 평양성의 형세가 〔반달형의〕 신월성(新月城)이라며, 도사들은 남하(南河)의 용에게 주문을 읽어 만월성(滿月城)으로 더 쌓게 하고 성 이름을 용언성(龍堰城)이라 했다. 참서(讖書)[11]를 지어 용언도(龍堰堵) 또는 천년보장도(千年寶藏堵)라고 하고, 영석(靈石) 세속에서는 도제암(都帝嵓) 또는 조천석(朝天石)이라 하는데, 옛날 성제(聖帝)가 이 바위를 타고 올라가 상제를 뵈었기 때문이다. 을 파서 깨뜨리기도 했다. 개금은 또 왕에게 아뢰어 동북쪽과 서남쪽에 장성을 쌓게 했다. 이때 남자는 부역을 하고 여자들은 농사를 지어 16년 만에야 공사가 끝났다.

보장왕 때 당나라 태종이 친히 천자의 친위대〔六軍〕를 거느리고 쳐들어왔으나 또 〔형세가〕 불리하여 돌아갔다. 〔당나라〕 고종 총장 원년 무진년(668년)에 우상 유인궤(劉仁軌), 대장군 이적(李勣), 신라의 김인문 등이 고구려를 쳐서 멸망시키고 보장왕을 사로잡아 당나라로 돌아가니, 보장왕의 서자¹²⁾가 4000여 가구를 거느리고 신라에 항복했다. 『국사』와 조금 차이가 있기 때문에 함께 기록해 둔다.

대안(大安)¹³⁾ 8년 신미년(1091년)에 우세(祐世) 승통(僧統)¹⁴⁾이 고대산 경복사의 비래방장에 이르러 보덕성사의 진영(眞影)에 예를 올리고 시를 지었다.

> 열반의 평등한 가르침은
> 우리 스님이 전했다고 한다.
> 슬프구나, 방장이 날아온 후에
> 동명왕의 옛 나라가 위태롭게 되었네.

그 발문(跋文)에는 이렇게 썼다.

"고구려 보장왕이 도교에 미혹되어 불법을 믿지 않았으므로 법사가 방장을 날려 남쪽 이 산으로 옮겨 왔다. 후에 신령스러운 사람이 고구려 마령(馬嶺)에 나타나 사람들에게 '너희 나라가 망할 날이 얼마 남지 않았다.'라고 했다."

이런 것은 『국사』와 같으며, 그 나머지는 본전(本傳)과 『승전』에 모두 실려 있다.

보덕성사에게는 11명의 고명한 제자가 있었다. 그 가운데 무상화상(無上和尙)은 제자 김취(金趣) 등과 함께 금동사(金洞寺)를 세우고, 적멸(寂滅)과 의융(義融) 두 스님은 진구사(珍丘寺)를, 지수(智藪)는 대승사(大乘寺)를, 일승(一乘)은 심정(心正)과 대원(大原) 등과 함께 대원사(大原寺)를, 수정(水淨)

은 유마사(維摩寺)를, 사대(四大)는 계육(契育) 등과 중대사(中臺寺)를, 개원화상(開原和尚)은 개원사(開原寺)를, 명덕(明德)은 연구사(燕口寺)를 세웠다. 개심(開心)과 보명(普明) 역시 전(傳)이 있는데, 모두 본전과 같다.

　°°° 다음과 같이 기린다

　불교는 넓디넓은 바다처럼 끝이 없어,
　백 갈래 유교, 도교를 모두 받아들이네.
　우습구나, 고구려 왕은 웅덩이를 막았지만,
　와룡(臥龍)[15]이 바다로 옮겨 간 것을 알지 못하네.

---

1) 당나라 고조 이연(李淵)의 연호. 618~626년까지 사용했다.
2) 후한 말 장도릉(張道陵)이 세운 종교로, 가르침을 받은 자에게는 다섯 말의 쌀을 준다는 데서 붙은 명칭이다. 황건적 난의 종교적 근거가 된다. 도교를 믿으면서 고구려가 쇠퇴했다는 것이 일연의 생각이다.
3) 도교에서 모시는 최고의 신이다.
4) 유교, 불교, 도교를 말한다.
5) 연개소문. 보장왕 3년에 당나라에 사람을 보내 도교를 들여오게 했다.
6) 본래는 사방 크기가 1장(丈)인 방을 말하는데, 승려가 거처하는 곳을 이른다.
7) 당나라 고종 이치(李治)의 연호. 650~656년까지 사용했다.
8) 이자현(李資玄)을 말한다.
9) 김부식(金富軾)을 말한다.
10) 수나라 양제 양광(楊廣)의 연호. 605~618년까지 사용했다.
11) 미래의 예언을 적은 책으로 미신적 경향이 강하다.
12) 안승(安勝)을 말하는 것으로 보인다.

13) 요(遼)나라 도종(道宗) 야율홍기(耶律洪基)의 연호. 1085~1094년까지 사용했다.

14) 대각국사 의천(1055~1101년)을 말한다. 우세는 의천의 호다.

15) 재야에 묻혀 있으나 세상을 경륜할 만한 능력이 있는 사람을 말한다. 제갈량을 와룡선생이라 했다.

탑상 제4

塔像 第四

   이 편은 탑과 불상을 만든 이야기가 실려 있어 「흥법」의 후속편으로 볼 수 있다. 이 편에서 일연은 전국 각지에 흩어져 남아 있는 탑과 절을 소개하고 그 가치를 서술하여 삼국 불교의 성격을 살펴볼 수 있게 했다. 특히 일연은 삼국을 통일한 신라의 불교에 대해 나름대로의 자부심을 갖고 있었는데 이것은 무려 3조 이상에서 황룡사를 자세하게 서술하고 있는 점에서 짐작할 수 있다.

   전체 30조 중에서 탑상의 건립 사실만을 다루고 있는 것은 4~5조뿐이고 대부분은 탑상의 인연에 중점을 두고 있다. 특히 일연은 재래 신앙을 포섭하면서 불교 신앙의 차원을 높여 나가는 과정을 서술하고 있는데, 그중에서 신라인들이 가장 적극적이었음을 실례로 보여 준다. 이는 국론을 한군데로 집약시키는 수단으로 불교보다 나은 것이 없다는 점을 인식했기 때문일 것이다. 그리고 밀교의 비법을 도입하면서 거대한 불사(佛事)를 이루게 되는 과정도 잘 나타나 있다.

동경 흥륜사 금당의 10성

동쪽 벽에 앉아서 서쪽을 향한 진흙 상〔泥塑〕은 아도(我道), 염촉(厭髑), 혜숙(惠宿), 안함(安含), 의상(義湘)이며, 서쪽 벽에 앉아서 동쪽을 향한 진흙 상은 표훈(表訓), 사파(蛇巴), 원효(元曉), 혜공(惠空), 자장(慈藏)이다.

가섭불의 연좌석

『옥룡집(玉龍集)』,『자장전(慈藏傳)』과 여러 사람의 전기에 모두 [다음과 같이] 이른다.

"신라 월성 동쪽 용궁(龍宮) 남쪽에 가섭불(迦葉佛)[1]의 연좌석(宴坐石)[2]이 있다. 그 터는 전 세상 부처님[前佛] 때의 절터로서, 지금의 황룡사 터가 곧 일곱 절 가운데 하나다."

『국사(國史)』를 살펴보면 진흥왕 즉위 14년인 개국(開國)[3] 3년 계유년(553년) 2월에 월성 동쪽에 궁궐을 새로 지었는데, 황룡이 그 터에 나타나자 왕은 의아하게 여겨 황룡사로 고쳤다. 연좌석은 불전(佛殿) 뒷면에 있었다. 일찍이 한 번 가 본 적이 있는데 돌의 높이는 대여섯 자나 되지만 둘레는 겨우 세 주[三肘][4]였다. 응장하게 마련되는데 위는 평평했다. 진흥왕이 절을 세운 뒤 두 번이나 화재가 나서 돌이 갈라진 곳이 생겼기 때문에 절의 승려들이 쇠를 끼워 보호했다.

°°° 다음과 같이 기린다

부처님의 빛이 가려지고 드러남을 다 기억할 수 없는데
오직 연좌석만이 그대로 남아 있구나.
뽕나무밭이 〔변하여〕 몇 번이나 푸른 바다를 이루었건만
애석하구나, 우뚝한 모습 아직도 옮기지 않았네.

얼마 후 서산(西山)의 큰 병란[5]이 있고 나서 불전과 탑은 불에 타 버리고, 이 돌 또한 파묻혀 겨우 땅과 함께 평평하게 되었다.

『아함경(阿含經)』을 살펴보면 가섭불은 현겁(賢劫)[6]의 세 번째 부처니, 사람의 나이로 치면 2만 세일 때 세상에 나타났다고 한다. 이에 의거하여 증감법(增減法)으로 계산하면, 언제나 성겁(成劫)[7]의 초에는 모두 한없는 수명〔無量歲〕을 누리다가 점차 수명이 줄어서 8만 세에 이르면 바로 주겁(住劫)[8]의 시초가 된다. 이로부터 또 백 년에 한 살씩을 감하여 나이가 열 살이 되었을 때 1감(減)이 된다. 다시 증가하여 사람의 나이로 8만 세에 이르면 1증(增)이 된다. 이렇게 하여 스무 번 감하고 스무 번 증가하면 1주겁이 된다. 이 1주겁 가운데 천불(千佛)이 세상에 나오니, 현생에 성인이 된 석가는 네 번째 부처다. 네 번째 부처는 모두 아홉 번째 감 중에 나타난다. 석가 세존이 백여 세 때부터 가섭불의 2만 세까지는 이미 200만여 세가 된다.

만약 현겁 시초의 첫째 부처였던 구류손불(拘留孫佛)[9] 때

에 이른다면 또 몇만 세가 된다. 구류손불 때부터 위로 겁초(劫初)[10] 무량세의 수명에 이를 때까지는 또 얼마나 될 것인가? 석가세존 때부터 내려와 지금 지원(至元)[11] 18년 신사년(1281년)에 이르기까지가 이미 2230년이 되고, 구류손불 때부터 가섭불을 거쳐 지금에 이르기까지는 몇만 년이 된다.

고려의 명사(名士)인 오세문(吳世文)이 지은 『역대가(歷代歌)』에는 금(金)나라 정우(貞祐)[12] 7년 기묘년(1219년)으로부터 거슬러 올라가 계산하여 4만 9600여 세에 이르면, 반고씨(盤古氏)[13]가 천지를 개벽한 무인년이 된다고 했다. 또 연희궁(延禧宮) 녹사(綠事) 김희녕(金希寧)이 편찬한 『대일역법(大一歷法)』에 의하면, 개벽한 상원갑자(上元甲子)[14]로부터 원풍(元豊)[15] 갑자년(1084년)에 이르기까지가 193만 7641세라 했다. 또 『찬고도(纂古圖)』에는 개벽한 때부터 획린(獲麟)[16]할 때(기원전 477년)까지가 276만 세라고 했다. 여러 경전을 살펴보면, 또 가섭불로부터 지금에 이르기까지가 이 돌의 수명이라 했으니, 겁초 개벽 때와는 거리가 있는 어린아이 정도의 나이이다. 이 세 사람의 설이 오히려 이 어린 돌의 나이에도 미치지 못하니, 개벽의 설에 있어서는 무척 소홀했던 것이다.

---

1) 석가모니의 10대 제자 중에서도 최고의 2대 제자로 가섭불과 아난불이 있었는데, 가섭불은 석가모니의 법을 첫 번째로 전수한 제자이다. 황룡사가 불교와 인연이 깊은 곳임을 상징적으로 나타내기 위한 것이다.
2) 좌선하는 돌이다.
3) 신라 진흥왕의 연호. 551~567년까지 사용했다.

4) 고대 인도에서 길이를 재는 단위로 보통 팔꿈치에서 손가락 끝까지의 길이로 1척 8촌을 의미한다.

5) 고려 고종 때 몽골 대군이 침략한 것을 말한다.

6) 겁(劫)은 무한(無限)한 시간을 나타낸다. 현겁은 삼겁(三劫) 중 하나로 현재의 겁을 말한다.

7) 불교에서 말하는 가장 긴 시간의 하나. 불교에서는 세계가 성립과 파괴를 거듭하는 시기를 성겁(成劫), 주겁(住劫), 괴겁(壞劫), 공겁(空劫)의 4겁으로 구분했다.

8) 세계가 성립된 후부터 머물러 있는 20중겁(中劫)을 말한다.

9) 과거 7불(佛)의 하나로서 성불하여 최초 설법에서 4만 명의 비구니를 교화시켰다고 한다.

10) 태초와 같은 뜻이다.

11) 원나라 세조(世祖) 기악온홀필렬(奇渥溫忽必烈)의 연호. 1264~1294년까지 사용했다,

12) 금나라 선종(宣宗) 완안순(完顔珣)의 연호. 1213~1217년까지 사용했다.

13) 중국에서 천지가 개벽하고 맨 처음에 나왔다고 하는 제왕이다.

14) 음양가가 말하는 최초의 갑자다.

15) 송나라 신종(神宗) 조항(趙恆)의 연호. 1078~1085년까지 사용했다.

16) 춘추 시대 노나라 애공 14년 봄에 서쪽으로 사냥 갔다가 기린을 잡은 일을 말한다. 공자가 『춘추』를 지을 때 여기까지 서술했다.

요동성의 육왕탑

『삼보감통록(三寶感通錄)』에 고구려 요동성(遼東城) 옆에 있는 탑 이야기가 실려 있는데, 옛 노인들이 전하는 말에 의하면 이렇다.

"옛날 고구려 성왕(聖王)이 국경을 순행하다가 이 성에 이르러 오색구름이 땅에 드리워진 것을 보고는 구름 속으로 찾아 들어가 보았더니 어떤 승려가 지팡이를 짚고 서 있었다. 그런데 가까이 가면 갑자기 사라지고 멀리서 보면 다시 나타났다. 그 옆에는 3층으로 된 탑이 있었는데, 위에 솥을 엎어 놓은 듯하여 무엇인지 알 수가 없었다. 그래서 다시 가서 승려를 찾아보니 다만 거친 풀만 있었다. 그곳을 한 길가량 파 보았더니 지팡이와 신발이 나왔고, 더 깊이 파자 글자가 새겨진 물건이 나왔다. 그 위에 범서(梵書)[1]가 있었는데 모시고 있던 신하가 이 글을 알아보고는 불탑이라 했다. 왕이 자세히 물으니 대답했다.

'이것은 한(漢)나라 때 있었던 것으로 그 이름은 포도왕(蒲圖王) 원래는 휴도왕(休屠王)으로 쓰는데 하늘에 제사 지내는 금부처다.이라 합니다.'

이로 인하여 〔성왕은 불교를〕 믿을 마음이 생겨 7층 목탑을 세웠고, 그 이후에 불법이 처음으로 전래되자 탑과 불도의 인연을 자세히 알게 되었다. 지금은 탑의 높이가 줄어들고 본래의 탑은 썩어 무너졌다. 아육왕(阿育王)[2]이 통일한 염부제주(閻浮提洲)[3]에는 곳곳마다 탑을 세웠으니 이상할 것이 없다.

또 당나라 용삭(龍朔) 연간(661~663년)에 요동에서 전쟁이 있었다. 행군(行軍) 설인귀(薛仁貴)는 수양제가 정벌했던 요동의 옛 땅에 가서 산에 있는 불상을 보았는데, 모두 텅 비어 있고 적막하며 행인의 왕래조차 끊어져 있었다. 한 노인에게 묻자 이렇게 말했다.

'이 불상은 선대에 나타났던 것이오.'

그래서 이것을 그려서 서울로 돌아왔다.모두 약함(若函)[4]에 기록되어 있다.”

『서한(西漢)』과 『삼국지리지』를 살펴보면, 요동성은 압록강 밖에 있으며 한나라 유주(幽州)에 속해 있다고 했다.

고구려 성왕이 어떤 임금인지는 알 수 없다. 어떤 이는 동명성제(東明聖帝)라고 하지만, 그렇지 않을 것으로 생각된다. 동명왕은 전한 원제(元帝) 건소(建昭) 2년(기원전 37년)에 제위에 올라 성제(成帝) 홍가(鴻嘉) 임인년(기원전 19년)에 돌아가셨는데, 그 당시에는 한나라도 불경을 보지 못했으니 어떻게 해외의 변방 신하가 범서(梵書)를 알아볼 수 있었겠는가? 그러나 부처를 포도왕이라고 불렀으니, 서한 시대에도 필시 서역 문자를 아는 사람이 있어 범서라고 했을 것이다.

고전(古傳)을 살펴보면, 아육왕이 귀신의 무리에게 명하여 9억 명이 사는 곳마다 탑을 하나씩 세우게 했다고 한다. 그리고 이렇게 해서 세워진 염부계(閻浮界)⁵⁾ 안의 8만 4000개 탑을 큰 바위 속에 숨겨 두었다고 한다. 지금 곳곳마다 상서로움이 나타난 것이 하나둘이 아닌데, 아마도 진신사리(眞身舍利)는 그 감응을 헤아리기 어렵다.

°°° 다음과 같이 기린다

아육왕의 보탑(寶塔)은 온 속세에 세워져,
비에 젖고 구름에 묻혀 이끼가 끼었구나.
그 당시 길 가던 사람들 눈길을 생각해 보면
몇 명이나 신의 무덤을 가리키며 제사 지냈을까?

---

1) 인도 문자인 산스크리트어로 기록된 글이다.
2) 인도 마우리아 왕조의 제3대 왕 아소카. 불교를 굳게 믿었으며 불교의 자취를 따라 곳곳에 탑을 세웠다.
3) 옛 인도의 별칭인데 여기서는 인간 사회로 볼 수도 있다.
4) 『대장경』을 함에 넣고 함의 차례를 천자문의 차례로 표시한 것이다.
5) 인도를 말한다.

금관성의 파사석탑

금관(金官)[1]에 있는 호계사(虎溪寺)의 파사석탑(婆娑石塔)[2]은 옛날 이 고을이 금관국으로 있을 때 세조(世祖) 수로왕의 왕비 허 황후 황옥(黃玉)이 동한(東漢) 건무(建武) 24년 무신년(48년)에 서역 아유타국에서 배에 싣고 온 것이다. 처음에 공주가 양친의 명을 받고 바다에 배를 띄워 동쪽으로 향하려 하다가 수신(水神)의 노여움을 사 건너지 못하고 돌아와 부왕에게 아뢰자, 부왕이 이 탑을 배에 싣고 가라고 했다. 그래서 무사히 바다를 건너 남쪽 언덕에 정박했다. 이 배에는 붉은 돛대와 붉은 깃발을 달았고, 아름다운 주옥을 실었기에 지금은 주포(主浦)라 이름했다. 처음 공주가 비단 바지를 벗던 언덕을 능현(綾峴), 붉은 깃발이 처음으로 들어오던 해안을 기출변(旗出邊)이라 했다.

수로왕은 그녀를 아내로 맞이하여 함께 150여 년 동안 나라를 다스렸다. 그러나 그 당시 해동에는 아직 절을 지어 불법을 받드는 사례가 없었다. 아마도 상교(像敎)[3]가 아직 전해지지 않아서 이 땅 사람들이 믿고 받들지 않았기 때문으로 「가락국본기」에는 절을 지었다는 기록이 없다.

제8대 질지왕 2년 임진년(452년)에 이르러, 그 땅에다 절을 짓고 또 왕후사(王后寺)를 지어 이 일은 아도와 눌지왕 시대에 있었는데, 법흥왕 이전 시대다. 지금까지 〔여기서〕 복을 빌고 겸하여 남쪽 왜를 진압했다. 〔이것은〕 「가락국본기」에 자세히 보인다.

탑은 사각형에 5층인데, 그 조각이 매우 기묘하다. 돌은 약간 붉은 반점 무늬를 띠고 있는데 질이 매우 연하여 이 땅에서 나는 것은 아니다. 『본초(本草)』[4]에서 닭 벼슬의 피를 떨어뜨려 시험했다는 돌이 바로 이 돌이다. 금관국은 또한 가락국이라고도 하는데, 자세한 것은 「가락국본기」에 실려 있다.

　　°°° 다음과 같이 기린다

　　석탑 실은 붉은 돛단배의 깃발이 가벼우니
　　신령에게 빌어 파도에 막히지 않도록 했네.
　　어찌 한갓 황옥만을 도우려 해안에 닿았으리.
　　천 년 이래 남쪽 왜인의 성난 고래〔怒鯨〕를 막았네.

---

1) 지금의 경상남도 김해시다.
2) 본래 김해시 호계사에 있었는데, 1873년에 허 왕후릉 곁으로 옮겼으며 지금은 전각을 둘러쳐 놓았다.

3) 불교의 다른 명칭이다.

4) 후한 때 장중경(張仲景)이 편찬한 『신농본초경(神農本草經)』을 말한다. 365종의 약 이름을 분류하여 지은 책이다.

고구려의 영탑사

『승전』에 "승려 보덕(普德)의 자는 지법(智法)이며, 이전 고구려 용강현(龍岡縣) 사람이다."라고 했다. 자세한 것은 다음 본전에 보인다.

〔그는〕 늘 평양성에서 살았는데, 산골 노승이 찾아와 불경을 강론해 달라고 부탁했다. 그는 굳이 사양하고 받아 주지 않다가 마지못해 가서 『열반경(涅槃經)』[1] 40여 권을 강론했다. 강론을 마친 후에 성의 서쪽 대보산(大寶山)의 바위굴 아래 이르러 참선을 하는데, 어떤 신령한 사람이 와 이곳에 머물러 달라고 청했다. 그러고는 그의 앞에 지팡이〔錫杖〕를 놓고 땅을 가리키며 말했다.

"이 아래에 여덟 면(面)으로 된 7층 석탑이 있을 것이다."

〔이리하여〕 땅을 파 보았더니 정말로 탑이 나왔기 때문에 절〔精舍〕을 세워 영탑사(靈塔寺)라 하고 그곳에서 살았다.

1) 석존의 입멸(入滅)에 관한 경전이다. 열반은 모든 번뇌를 해탈하여 불생
불멸의 법을 체득한 경지며 범어 니르바나(nirvana)의 음역이다.

황룡사의 장륙존상¹⁾

신라 제24대 진흥왕 즉위 14년 계유년(553년) 2월, 용궁 남쪽에 대궐을 지으려고 하는데 그 땅에서 황룡이 나타났다. 그래서 대신 절을 짓고 황룡사(皇龍寺)라 했다. 기축년(569년)에 담장을 둘러쌓아 17년 만에 공사를 끝마쳤다.

얼마 후 바다 남쪽에 큰 배 한 척이 나타나 하곡현(河曲縣) 사포(絲浦) 지금의 울주 곡포(谷浦)다.에 정박했다. 조사해 보았더니 공문에 이렇게 씌어 있었다.

"서축(西쪽) 아육왕이 황철(黃鐵) 5만 7000근, 황금 3만 푼다른 전에는 철이 40만 7000근, 금이 1000냥이라고 했으나 아마도 잘못된 것 같다. 또는 3만 7000근이라고도 한다.을 가지고 장차 석가의 존상(尊像) 세 개를 주조하려 했으나, 이루지 못하여 배에 실어 바다에 띄워 보내며 '인연이 있는 땅에 도착해 여섯 길의 존용(尊容)을 이루어 주소서.'라고 축원하고, 아울러 견본으로 부처 한 개와 보살상 두 개를 실었다."

현의 관리가 장계를 올려 보고했더니, 사자에게 명을 내려 그 현의 성 동쪽 높고 깨끗한 곳에 동축사(東竺寺)[2]를 세우고 세 존상을 맞이해 모시도록 했다. 금과 철은 서울로 옮겨 대건(大建) 6년 갑오년(574년) 3月『사중기(寺中記)』에는 계사년 10월 17일이라 했다.에 장륙존상을 주조했는데, 공사는 바로 이루어졌으며 무게는 3만 5007근으로 황금 1만 198푼이 들었다. 두 보살에는 철이 1만 2000근, 황금 1만 136푼이 들었으며 황룡사에 모셨다. 이듬해 불상이 발꿈치에 닿도록 눈물을 흘려 바닥이 한 자나 젖었는데〔이는〕대왕이 승하할 조짐이었다.

더러는 불상이 진평왕 때 다 만들어졌다고 하지만 이는 잘못된 것이다. 다른 책에 의하면, 아육왕은 서축 대향화국(大香華國)[3]의 왕인데 부처님이 세상을 떠난 후 백 년 만에 태어났다고 한다. 생전에 부처님께 공양하지 못함을 한탄하여 금과 철을 조금씩 거두어 세 번이나 주조했으나 만들지 못했다. 이때 왕의 태자만이 혼자 이 일에 관여하지 않아 왕이 사람을 보내 꾸짖자 태자가 아뢰었다.

"혼자 힘으로는 이루지 못할 것입니다. 일찍이 이를 알았기 때문에 가 보지 않은 것입니다."

왕은 태자의 말을 옳게 여기고 배에 실어 바다에 띄워 보냈다.〔이에〕남염부제[4] 16개의 큰 나라와 500개의 중간 나라, 1만 개의 작은 나라와 8만의 촌락을 두루 돌아다녔으나 모두 주조하지 못했다. 마지막으로 신라국에 이르러 진흥왕이 문잉림(文仍林)에서 주조하여 불상을 완성했는데 모습이 아주 잘 갖추어졌다. 비로소 아육왕은 시름이 없어지게 되었다.

훗날 대덕(大德) 자장(慈藏)이 서방에 유학하여 오대산(五臺山)⁵⁾에 이르자 문수(文殊)보살⁶⁾이 현신(現身)해서 감응하여 비결을 주면서 부탁했다.

"너희 나라의 황룡사는 바로 석가와 가섭불이 강연하던 자리로, 연좌석이 아직도 남아 있다. 그렇기 때문에 천축의 무우왕(無憂王)⁷⁾이 금과 철을 조금씩 모아 바다에 띄워 보냈는데, 1300여 년이 지난 후에야 너희 나라에 당도하여 완성해 그 절에 봉안했으니 아마 위덕(威德)의 인연이 그렇게 한 것이다. 별기(別記)에 실린 것과 똑같다."

불상이 완성된 후 동축사의 삼존 역시 황룡사 안으로 옮겨 모셨다. 『사기(寺記)』⁸⁾에는 진평왕 6년 갑진년에 금당을 만들었으며, 선덕왕 대에 절의 제1대 주지는 진골 환희사(歡喜師)였고, 제2대 주지는 국통 자장(慈藏)이었다. 그다음은 국통 혜훈(惠訓)이었고, 그다음은 상률사(廂律師)였다고 한다. 지금은 병란(몽골 침입) 이래로 큰 불상과 두 보살이 모두 녹아 없어지고 작은 석가상만 남아 있다.

°°° 다음과 같이 기린다

이 세상 어느 곳인들 참 고향이 아니련만
향화(香火) 모시는 인연은 우리나라가 으뜸이네.
이것은 아육왕이 손대지 못할 일이 아니라,
월성(月城) 옛 터를 찾아오느라고 그랬던 것이네.

1) 1장 6척 크기의 불상으로 이상적인 군주의 모습을 갖추고 있는 상이라는 의미도 있다.
2) 정확한 위치는 알 수 없지만 오늘날 바다에서 가까운 울산 일대에 있었던 것으로 추정되고 있다.
3) 옛날 인도에 있던 나라 이름이다.
4) 수미산의 사방에 있는 섬 중에서 인간들이 살고 있다는 남쪽 섬을 말한다.
5) 중국 산서성에 있는 명산이다.
6) 보현보살과 짝하여 석가모니 왼쪽에 앉은 부처로서 지혜를 맡은 보살이다.
7) 아육왕을 말한다.
8) 『사중기(寺中記)』를 말한다.

황룡사의 9층탑

신라 제27대 선덕왕 즉위 5년인 정관 10년 병신년(636년)에 자장법사가 서쪽[중국]으로 유학을 갔는데, 바로 오대산에서 문수보살에게 감화되어 불법을 전수받았다. 자세한 것은 본전에 보인다.

문수보살은 [자장법사에게] 또 일렀다.

"너희 나라 왕은 천축 찰리종(刹利種)[1]의 왕으로 이미 불기 (佛記)[2]를 받았기 때문에 특별한 인연이 있어 동이(東夷)[3] 공공(共工)[4]의 종족과는 다르다. 산천이 험준한 탓에 사람의 성품이 거칠고 사나워 사교(邪敎)를 믿어 때때로 천신이 재앙을 내리기도 한다. 그러나 법문(法文)을 많이 들어 알고 있는 승려들이 나라 안에 있기 때문에 군신이 편안하고 모든 백성이 평화롭다."

말을 마치자 [문수보살은] 이내 보이지 않았다. 자장법사는 이것이 보살의 변화임을 알고 눈물을 흘리며 물러갔다.

그가 중국의 태화지(太和池) 둑을 지나가는데, 갑자기 신령한 사람이 나타나 물었다.

"어찌하여 이곳까지 왔는가?"

자장법사가 대답했다.

"보리(菩提)⁵⁾를 구하기 위해서입니다."

신령한 사람이 그에게 절하고서 다시 물었다.

"너희 나라에는 어떤 어려움이 있는가?"

자장법사가 대답했다.

"우리나라는 북쪽으로는 말갈과 닿아 있고 남쪽으로는 왜와 접하고 있으며, 고구려와 백제 두 나라가 번갈아 가며 국경을 침범하여 이웃의 침입이 잦으니, 이것이 백성의 고통입니다."

신령한 사람이 말했다.

"지금 너희 나라는 여자를 왕으로 삼아 덕은 있으나 위엄이 없으므로 이웃 나라에서 침략을 하려는 것이다. 그러니 빨리 본국으로 돌아가거라."

자장법사가 물었다.

"고국으로 돌아가 무슨 일을 해야 이롭겠습니까?"

신령한 사람이 말했다.

"황룡사의 호법룡(護法龍)⁶⁾은 바로 내 큰아들인데, 범왕(梵王)⁷⁾의 명령을 받고 가서 절을 보호하고 있는 것이다. 본국으로 돌아가서 절 안에 9층탑을 세우면, 이웃 나라들이 항복하고 동방의 아홉 나라(九韓)가 와서 조공을 바치며 왕 없이

도 영원히 편안할 것이다. 그리고 탑을 세운 후에 팔관회(八關會)[8]를 열고 죄인을 풀어 주면 밖의 적이 해를 끼치지 못할 것이다. 다시 나를 위해 서울 남쪽 언덕에 정사를 하나 짓고 함께 나의 복을 빌어 주면 나 역시 덕을 갚을 것이다."

말을 마치자마자 신령한 사람은 자장법사에게 옥(玉)을 바치고는 갑자기 사라져 보이지 않았다. 절 기록에는 종남산(終南山) 원향선사(圓香禪師)의 처소에 탑을 세워야 할 이유를 받았다고 했다.

정관 17년 계묘년(643년) 16일에 〔자장법사는〕 당나라 황제가 내려 준 불경, 불상, 가사, 폐백을 갖고 본국으로 돌아와 왕에게 탑을 세울 것을 권했다.

선덕왕이 여러 신하들과 의논하자 신하들이 말했다.

"백제에 부탁해 공장(工匠)을 데려와야 가능합니다."

이에 〔선덕왕은〕 보물과 비단을 가지고 백제로 가서 〔공장을〕 청하게 했다. 아비지(阿非知)라는 공장이 명을 받고 와서 재목과 돌을 다듬고, 이간(伊干) 용춘(龍春) 혹은 용수(龍樹)라고 한다.[9] 이 수하 공장 200명을 거느리고 일을 주관했다.

처음 이 탑의 기둥을 세우던 날 아비지는 본국인 백제가 망하는 형상을 꿈꾸었다. 그래서 마음속으로 의심이 되어 손을 떼려 했다. 〔그러자〕 갑자기 대지가 진동하고 사방이 캄캄해지더니 한 노승과 장사가 금전문(金殿門)에서 나와 그 기둥을 세우고는 노승과 장사가 모두 사라져 버렸다. 공장은 이에 뉘우치고 그 탑을 완성했다.

『찰주기(刹柱記)』에 이렇게 말했다.

"철반(鐵盤) 이상의 높이는 42자, 그 이하는 183자다."[10]

자장법사는 오대산에서 받은 사리 백 과(粒)를 기둥 아래와 통도사[11] 계단(戒壇)[12] 및 태화사(太和寺)[13] 탑에 나누어 모셔, 못에 있는 용의 청원을 들어주었다. 태화사는 아곡현(阿曲縣) 남쪽에 있으니 지금의 울주며 역시 자장법사가 세운 것이다.

탑을 세운 이후에 천지가 태평하고 삼한이 통일되었으니, 어찌 탑의 영험이 아니겠는가?

그 뒤 고구려 왕이 장차 신라를 정벌하고자 계책을 세우고 이렇게 말했다.

"신라에는 세 가지 보물이 있어 침범할 수가 없다고 하는데 무엇을 말하는가?"

"황룡사의 장륙존상과 9층탑, 그리고 진평왕의 천사옥대(天賜玉帶)입니다."

[이 말을 듣고 고구려 왕은] 신라를 치려는 계획을 그만두었다. 주(周)나라에 구정(九鼎)[14]이 있어서 초(楚)나라 사람들이 감히 북쪽[周]을 엿보지 못했던 것과 마찬가지다.

°°° 다음과 같이 기린다

귀신이 받치는 힘으로 수도 장안을 누르니,
휘황찬란한 금벽색이 기왓장을 움직이네.
올라가 굽어보니 어찌 구한(九韓)만 복종하랴.
천하가 특히 태평함을 비로소 깨달았네.

또 해동(海東) 명현(名賢) 안홍(安弘)이 지은 『동도성립기

(東都成立記)』에는 이렇게 말했다.

"신라 제27대에는 여자가 임금이 되니 비록 도는 있으나 위엄이 없어 구한이 침략했다. 용궁(龍宮)[대궐] 남쪽 황룡사에 9층탑을 세운다면 이웃 나라의 침략을 억누를 수 있을 것이다. 1층은 일본, 2층은 중화(中華), 3층은 오월(吳越), 4층은 탁라(托羅), 5층은 응유(鷹遊), 6층은 말갈(靺鞨), 7층은 거란[丹國], 8층은 여적(女狄), 9층은 예맥(穢貊)을 억누른다."

또 『국사』와 『사중고기(寺中古記)』를 살펴보면, 진흥왕 14년 계유년(553년)에 절을 세운 뒤 선덕왕 때인 정관 19년 을사년(645년)에 탑을 처음 세웠다. 32대 효소왕(孝昭王)이 즉위한 7년 성력(聖曆) 원년 무술년(698년) 6월에 벼락을 맞았다. 『사중고기』에 성덕왕(聖德王) 때라고 했으나, 이는 잘못된 것이다. 성덕왕 때에는 무술년이 없다. 제33대 성덕왕 경신년(720년)에 다시 지었고, 제48대 경문왕(景文王) 무자년(868년) 6월에 두 번째 벼락을 맞아 같은 시대에 세 번째로 다시 지었다. 고려 광종(光宗) 즉위 5년 계축년(1021년) 10월에 세 번째 벼락을 맞았고 현종(顯宗) 13년 신유년에 네 번째로 다시 지었다. 또 정종(靖宗) 2년 을해년(1035년)에 네 번째 벼락을 맞아 문종(文宗) 갑진년(1064년)에 다섯 번째로 다시 지었다. 또 헌종(獻宗) 말년 을해년(1095년)에 다섯 번째로 벼락을 맞은 뒤 숙종(肅宗) 병자년(1096년)에 여섯 번째로 다시 지었다. 또 고종 16년 무술년(1238년) 겨울에 몽골이 침입하여 탑과 절, 장륙전 등 건물들이 모두 불에 타 버렸다.

1) 고대 인도에서 네 계급 중 두 번째에 해당하는 크샤트리아를 말한다.
2) 불교 이치를 깨달은 이에게 주는 본인의 미래에 관한 기록이다.
3) 황하 문명을 중심으로 하고 동서남북 사방의 변방을 하급의 문화로 폄하하는 데서 나온 관념으로 제나라 산동성도 동이의 범위에 포함되었다.
4) 중국 요순 시대에 흉포하기로 이름난 종족으로 중국 강회(江淮) 지방에 살았다.
5) 보디(bodhi)의 음역으로 불교 최고의 이상인 불타 정각(正覺)의 지혜, 즉 불타에 이르는 길을 말한다.
6) 불교 또는 불법을 보호하거나 옹호하는 용이다.
7) 범천왕(梵天王)의 준말로 인도 바라문교(婆羅門敎)의 최고 신이다.
8) 호국 사상에서 생겨난 팔관회는 우리나라의 고유 민속과 불교가 접목된 것이다. 윤등을 설치하고 향등을 달아 밤새도록 광명과 향기가 가득하도록 연화대를 설치해 가무를 즐기는 축제로 신라 시대에 시작되어 고려 시대에 가장 많이 개최되었던 불교 의례다.
9) 신라 태종 무열왕의 아버지다.
10) 66미터 정도 되며 속리산 법주사 팔상전(21미터)의 세 배다.
11) 경상남도 양산시 영축산 자락에 위치하고 있는 사찰로 자장이 가져온 사리를 모셨으며 승려들이 계를 받았던 금강계단(金剛戒壇)이 지금도 남아 있다.
12) 사리를 모신 단으로 승려들에게 계(戒)를 주는 의식이 행해지는 신성한 곳이다.
13) 울산광역시를 가로질러 흐르는 태화강변에 있었던 사찰로 지금은 폐허가 되었지만 '태화사지 십이지상 부도' 등이 전해지고 있다.
14) 중국 하나라 우임금 때 전국의 쇠를 모아 아홉 주(州)를 상징하는 솥을 만들었다.

황룡사의 종, 분황사의 약사여래불, 봉덕사의 종

신라 제35대 경덕대왕(景德大王)이 천보(天寶)[1] 13년 갑오년(754년)에 황룡사의 종을 주조했는데, 길이가 열 자 세 치고 두께는 아홉 치며 무게는 49만 7581근이었다. 시주(施主)는 효정이왕(孝貞伊王) 삼모부인(三毛夫人)이며, 공장은 이상택(里上宅) 노복이었다. [당나라] 숙종(肅宗) 때 다시 종을 만들었는데 길이가 여섯 자 여덟 치였다. 또 다음 해인 을미년(755년)에 분황사의 약사여래불(藥師如來佛) 동상을 주조했는데, 무게는 30만 6700근이고 공장은 본피부(本彼部) 강고내말(强古乃末)이었다.

또 [경덕왕은] 황동(黃銅) 12만 근을 들여 선친 성덕왕을 위해 큰 종 하나를 주조하려 했으나 완성하지 못하고 죽었다. 그의 아들 혜공대왕(惠恭大王) 건운(乾運)이 대력(大曆) 경술년(770년) 12월에 유사(有司)에게 명하여 공장을 모아 종을 완성한 뒤 봉덕사에 모셨다. 이 절은 바로 효성왕(孝成王)이 개원(開元) 26년 무인년(738년)에 선친 성덕대왕의 복을 빌기 위해 세운 것이다. 그래서 종의 이름을 '성덕대왕신종지명(聖德大王神鍾之銘)'이라 했다. 성덕대왕은 바로 경덕왕의 아버지 흥광대왕(興光大王)이다. 종은 본래 경덕왕이 아버지 성덕대왕을 위해 시주한 금으로 주조했기 때문에 성덕대왕의 종이라 한 것이다. 조산대부(朝散大夫) 전태자사의랑(前太子司議郎) 한림랑(翰林郎) 김필해(金弼奚)가 왕명을 받들어 종의 이름을 지었는데 글이 번잡하여 신지 않는다.

---

1) 당나라 현종(玄宗) 이융기(李隆基)의 연호. 766~779년까지 사용했다.

영묘사의 장륙존상

선덕왕이 절을 짓고 불상을 만든 인연은 모두 『양지법사전
(良志法師傳)』에 실려 있다. 경덕왕 즉위 23년(764년), 장륙존
상에 금칠을 다시 했는데 조(租) 2만 3700석의 비용이 들었
다. 『양지전』에는 불상을 처음 만들 당시의 비용이라고 했으나, 지금은 두
설을 모두 기록한다.

사불산, 굴불산, 만불산

죽령(竹嶺) 동쪽 백여 리 남짓 되는 곳에 우뚝 솟은 높은 산이 있는데, 진평왕 9년 정미년(587년)에 갑자기 네 면이 한 길이나 되는 큰 돌이 하나 나타났다. [그 돌에는] 사방여래의 불상이 조각되어 있었으며, 모두 붉은 비단으로 싸여 하늘에서 산꼭대기로 떨어진 것이었다. 왕이 이 소식을 듣고 행차하여 공경히 절하고 바위 옆에다 절을 짓고는 대승사(大乘寺)라 했다. 이름은 전해지지 않으나 『연경(蓮經)』[1]을 외는 승려를 청하여 주지로 삼아 공양돌[供石]을 깨끗이 하게 하고 분향이 끊어지지 않게 했다. 이 산을 역덕산(亦德山) 또는 사불산(四佛山)이라 했는데, 주지가 죽어 장사를 지내자 무덤 위에서 연꽃이 피어났다.

또 경덕왕이 백률사(栢栗寺)로 놀이를 가는 길에 산 아래에 도착하니 땅속에서 염불하는 소리가 들리므로 그곳을 파 보라고 명령하여 큰 돌을 얻었는데, 네 면에 사방불(四方佛)²⁾이 새겨져 있었다. 그래서 절을 세워 굴불사(掘佛寺)라 불렀으나 지금은 잘못 전해져 굴석사(掘石寺)라 한다.

왕은 또 당나라 대종황제가 불교를 특별히 숭상한다는 말을 듣고는 공장에게 명하여 오색 빛깔의 담요를 만들고, 또 침단목(沈檀木)을 조각하여 명주와 아름다운 옥으로 꾸며 높이가 열 자 남짓 되는 가산(假山)을 만들어 담요 위에 놓도록 했다. 가산에는 우뚝 솟은 바위와 괴이한 돌과 물이 솟는 구멍〔澗穴〕이 있어서 구역이 나뉘었고, 각 구역 안에는 노래하고 춤추고 노는 모습과 여러 나라 산천의 형상이 있었다. 미풍이 불어오면 벌과 나비가 나풀거리고 제비나 참새가 춤을 추었으므로 얼핏 보아서는 진짜인지 가짜인지 구분하지 못할 정도였다. 한가운데에는 만불(萬佛)을 모셨는데, 큰 것은 넓이가 한 치가 넘고 작은 것은 팔구 푼이 되었다. 머리는 어떤 것은 큰 기장만 하고 어떤 것은 콩 반쪽만 했으며, 나발(螺髮)·육계(肉髻)·백호(白毫)와 눈썹과 눈이 또렷하여 서로 알맞게 갖추어져 있으니, 단지 비슷하게 표현할 수는 있어도 자세히 설명할 수는 없었다. 그러므로 이 산을 만불산(萬佛山)이라 했다.

다시 금과 옥을 새겨 수술과 깃발이 달린 일산〔流蘇幡蓋〕, 망과〔菴羅〕, 치자〔舊蒚〕, 꽃열매〔花果〕가 장엄하였고 일백 보 누각과 대전, 당사〔堂榭〕가 비록 작기는 하나 대부분 살아 움직이는 기세가 있었다. 앞에는 비구상 1000여 구(軀)가 둘러 서 있고, 아래에는 자금종(紫金鍾) 셋이 배열되어 있는데, 모두 종각과 고리쇠가 있고 고래 모양으로 종치는 방망이를 만들었다. 바람이 불어 종이 울리면 둘러서 있던 승려들이 모두 엎드려 머리를 땅에 대고 절했다. 은은하게 염불하는 소리가 나는 듯했는데 이것은 종과 관련이 있었다. 비록 만불이라고는 하지만 이것을 모두 기록할 수는 없다. 만불이 완성되자 사신을 보내 당나라에 바치니, 당나라 대종은 보고 감탄하여 말했다.

"신라의 기교는 하늘이 만든 것이지 사람의 솜씨가 아니다."

이에 구광선(九光扇)³⁾을 그 바위 사이에 두고 불광(佛光)이라고 했다.

4월 8일에 두 거리의 승려에게 명령하여 내도량(內道場)⁴⁾에서 만불산에 예불 드리게 하고, 삼장불공(三藏不空)⁵⁾에게 명령하여 밀부진전(密部眞詮)⁶⁾을 1000번 외워 경하하게 하니, 보는 사람마다 모두 그 기묘함에 탄복했다.

　°°° 다음과 같이 기린다

　하늘은 〔부처의〕 얼굴〔滿月〕을 단장시켜 사방불을 마름질하고,
　땅은 〔부처의〕 흰 눈썹〔明毫〕을 솟구쳐 하룻밤에 피었구나.
　교묘한 솜씨로 다시 만불을 새기니,
　부처님의 풍도를 하늘과 땅과 인간〔三才〕에 두루 펴리라.

---

1) 『법화경(法華經)』을 말한다. 원효대사가 지었으며 삼국 통일에 지대한 영향을 끼쳤다.
2) 사방의 각 면에 신앙에 따라 서로 다른 불상을 새긴 조형물을 일컫는다.

지금도 경주 백률사에는 사방불이 남아 있다.

3) 빛을 내뿜는 부채다.

4) 궁궐 안에서 불도를 닦는 곳이다.

5 북인도 출신이었던 삼장법사 불공(705~774년)으로 당나라 장안에 들어와 많은 밀교 경전을 번역 보급하였다.

6) 밀부는 밀교로 교법이 그윽하여 여래의 신력을 입어야만 터득할 수 있다. 진전은 진리라는 뜻이다.

생의사의 돌미륵

선덕왕 때 승려 생의(生義)는 언제나 도중사(道中寺)에 머물렀다. 꿈에 어떤 승려가 그를 데리고 남산으로 올라가서 풀을 매어 표시하게 하고, 산의 남쪽 골짜기에 이르러 말했다.

"내가 이곳에 묻혔으니, 대사께서 꺼내어 고갯마루에 묻어주시오."

[생의는] 꿈에서 깨자 친구와 함께 표시해 둔 곳을 찾아갔다. 그 골짜기에 이르러 땅을 파 보니 돌미륵이 나와서 삼화령(三花嶺) 위에 모셨다. 선덕왕 13년 갑진년(644년)에 절을 지어 살았는데, 후에 생의사(生義寺)라고 이름 지었다. 지금은 와전되어 성의사(性義寺)라고 한다. 충담사(忠談師)가 매년 3월 3일과 9월 9일에 차를 끓여 바친 분이 바로 이 부처였다.

흥륜사 벽에 그린 보현보살

　제54대 경명왕 때 흥륜사(興輪寺) 남문과 좌우 행랑채(廊廡)가 불에 탔는데 미처 수리하지 못하다가 정화(靖和)와 홍계(弘繼)라는 두 승려가 인연 있는 자를 끌어 모아 수리하려 했다. 정명(貞明) 7년 신사년(921년) 5월 15일, 제석(帝釋)[1]이 절 왼쪽에 불경을 쌓아 둔 누각(經樓)으로 내려와서 열흘쯤 머물자 전탑(殿塔)과 풀, 나무, 흙, 돌에서 모두 이상한 향기가 풍기며 오색구름이 절을 덮고 남쪽 못의 고기와 용이 기뻐 날뛰며 솟구쳐 올랐다. 나라 사람들이 모여 구경하면서 일찍이 없었던 일이라고 감탄하며 옥과 비단과 곡식 등을 시주하니 산처럼 쌓였다. 공장들도 스스로 와서 일을 하니 하루도 지나지 않아 완성되었다.

　공사를 마치고 천제(天帝)가 돌아가려 하니 두 승려가 아뢰었다.

"천제께서 만약 환궁하고자 하신다면, 천제의 성스러운 얼굴을 그려 지성으로 공양해서 하늘의 은혜에 보답하게 하고, 또한 이로써 영정을 여기에 남겨 영원히 세상을 보호하게 하십시오."

천제가 말했다.

"나의 염력(願力)은 저 보현(普賢)보살[2]이 기묘한 조화〔玄化〕를 두루 펴는 것만 못하니, 보현보살상을 그려 경건히 공양하여 끊이지 않도록 하는 것이 옳을 것이다."

따라서 두 승려는 가르침을 받들어 벽에 보현보살상을 공손히 그렸는데, 지금까지도 그 화상이 그대로 남아 있다.

---

1) 불교의 천왕(天王)으로 선행을 한 이들은 수명을 늘려 주고 불효한 이들은 수명을 짧게 한다고 한다. 고려 사회에서 인간의 수명을 좌우하는 절대적인 신으로 추앙받았다.
2) 석가모니와 함께 삼존불 형식으로 불상이 모셔질 때 문수보살과 보현보살이 각각 좌우에 배치된다. 보현보살은 자비를 상징한다.

삼소관음과 중생사

『신라고전』에는 이렇게 나와 있다.

"중국 천자에게 총애하는 여인이 있었는데 아름답기 그지없었다.

천자가 말했다.

'고금의 그림에도 이처럼 절묘한 사람은 없었다.'

이에 그림 잘 그리는 사람을 시켜서 그 모습을 그리게 했다. 화공의 이름은 전기에 기록되어 있지 않은데, 어떤 사람은 장승요(張僧繇)[1]라고 한다. 그는 오나라 사람으로 양나라 천감 연간에 무릉왕국(武陵王國)의 시랑직비각지화사(侍郞直秘閣知畫事)가 되었고 우장군과 오흥태수(吳興太守)를 지냈으니, 여기서 〔말하는 천자는〕 중국 양(梁)나라, 진(陳)나라 사이의 천자일 것이다. 그런데도 전(傳)에서 당제(唐帝)라고 한 것은 해동 사람들이 모든 중국을 당이라고 하기 때문이다. 사실은 어느 때 제왕인지 확실하지 않으므로 두 가지 설을 모두 기록한다.

그가 명을 받들어 그림을 완성했는데, 실수로 붓을 떨어뜨려 배꼽 밑을 붉게 더럽혔으나 고치려 해도 고쳐지지 않았다. 그는 마음속으로 붉은 점은 틀림없이 날 때부터 있었던 것이라고 생각하고 그림이 다 되자 바쳤다. 황제는 그림을 보고 나서 말했다.

'겉모습은 아주 똑같으나 배꼽 밑의 점은 속에 감추어진 비밀이거늘 어떻게 알고서 그것을 그렸느냐?'

황제는 매우 화가 나서 그를 감옥에 가두고 형벌을 주려 했다. 승상이 아뢰었다.

'그 사람은 마음이 곧은 사람이니 풀어 주십시오.'

황제가 말했다.

'그가 어질고 곧다면 짐이 어젯밤에 꿈에서 본 형상을 그려 바치게 해라. 그림이 꿈에서 본 형상과 같다면 용서하겠다.'

이에 그가 11면 관음상²⁾을 그려 바쳤는데, 꿈에서 본 형상과 들어맞았다. 황제는 마음이 풀려 그를 용서해 주었다.

그는 사면되자 박사(博士) 분절(芬節)에게 약속했다.

'제가 듣건대 신라국에서는 불법을 존중해 믿는다고 합니다. 당신과 함께 배를 타고 바다를 건너 그곳에 가서 함께 불사(佛事)를 닦아 동방을 널리 이롭게 하는 것도 좋지 않겠습니까?'

드디어 함께 신라국에 가서 중생사(衆生寺)³⁾의 보살화상〔大悲像〕을 만들었는데, 신라 사람들이 우러러 모시며 기도하여 복을 얻은 것이 이루 기록할 수 없을 정도다."

신라 말엽 천성(天成) 연간에 정보(正甫) 최은함(崔殷誠)은 나이가 들어도 자식이 없자, 중생사 보살화상 앞에 와서 기도하여 임신하여 아들을 낳았다. 세 달이 채 못 되어 후백제의 견훤이 서울을 습격해 성안이 크게 어지러워지자 최은함은 아들을 안고 와서 부처에게 말했다.

"이웃 나라의 군사가 갑자기 쳐들어와 일이 다급해졌습니다. 이 어린아이가 매우 귀중하오나 함께 피할 수가 없습니다. 정말로 대성(大聖)께서 점지해 주신 아이라면 큰 자비의 힘을 빌려 덮어 주고 길러 주시어 우리 부자가 다시 만나게 해 주십시오."

눈물을 흘리며 비통하게 세 번 울면서 세 번 아뢰고 난 후 〔아이를〕 포대기에 싸 관음상의 사자좌(獅子座)[4] 아래에 숨기고 몇 번이나 뒤돌아보다가 떠났다.

반달이 지나 적이 물러간 후에 와서 찾아보니, 아이의 피부는 갓 목욕을 시킨 것과 같고 얼굴도 더 좋아 보였으며 입에서는 아직도 젖 냄새가 남아 있었다. 〔그는 아이를〕 안고 돌아와서 길렀다. 장년이 되자 총명함이 남보다 뛰어났다. 이 사람이 바로 최승로(崔承老)인데, 벼슬은 정광(正匡)에까지 올랐다. 최승로가 낭중(郎中) 최숙(崔肅)을 낳고, 최숙은 낭중 최제안(崔齊顔)을 낳았다. 이때부터 자손이 끊이지 않았다. 최은함은 경순왕(敬順王)을 따라 고려에 들어와 큰 가문을 이루었다.

또 통화(統和) 10년(992년) 3월에 주지 성태(性泰)가 보살 앞에 꿇어앉아 말했다.

"저는 이 절에서 오랫동안 살면서 향을 부지런히 올리고 밤낮으로 게을리하지 않았습니다. 그러나 절 밭에서 나는 것이 없어 향 올리는 것을 이어 나갈 수 없으므로 다른 곳으로 옮기려고 하여 미리 와서 말씀드리는 것입니다."

그는 이날 깜박 졸다가 꿈을 꾸었는데, 대성(大聖)이 말했다.

"그대는 이곳에 머물면서 멀리 떠나지 마라. 내가 시주를 모아 향 피울 비용으로 쓰게 하리라."

성태는 기쁜 마음으로 잠에서 깨어 그대로 머무르고 떠나지 않았다. 그 후 13일이 지났을 때, 갑자기 어떤 사람 둘이 말과 소에 짐을 싣고 문 앞에 도착했다. 성태가 나가서 〔그들에게〕 어디서 왔느냐고 물었다.

"우리들은 바로 금주(金州)⁵⁾ 경계에 사는 사람들인데, 지난번에 한 스님이 우리에게 와서 말하기를, '내가 동경(東京) 중생사에 머무른 지 오래되었는데 사사(四事)⁶⁾가 곤란하여 시주를 받으려고 여기에 왔다.'라고 했습니다. 그래서 이웃 마을에 가서 시주를 거두어 쌀 여섯 섬과 소금 네 섬을 얻어 싣고 왔습니다."

성태가 말했다.

"이 절에는 시주를 받으러 나간 사람이 없으니 당신들이 잘못 온 것 같습니다."

그들이 말했다.

"그때 스님이 우리를 인솔하여 왔는데, 이곳 신견정(神見井) 가에 도착하자 '절이 여기서 멀지 않으니 내가 먼저 가서 기다리겠다.'라고 했기 때문에 우리가 뒤따라온 것입니다."

스님이 그들을 인도하여 법당 앞으로 가니, 그 사람들은 대성을 우러러보고 절하면서 말했다.

"이 부처님이 시주를 구하러 왔던 바로 그 스님의 모습입니다."

그들은 놀라고 삼탄해 마지않았다. 이 일로 인해 쌀과 소금을 바치는 것이 해마다 끊이지 않았다.

또 어느 날 저녁에는 절의 문간에 불이 나서 이웃 마을 사람들이 달려와 불을 끄게 되었다.〔그런데〕 법당에 올라가 보니 관음상이 없어져서 두루 살펴보니 뜰 가운데 서 있었다. 누가 밖으로 옮겨 놓았는지 물었으나 아무도 알지 못했다. 그제야 대성의 신령스러운 힘을 알았다.

또 대정(大定)⁷⁾ 13년 계사(1173년) 연간에 점숭(占崇)이란 승려가 이 절에 와서 살았다. 그는 글을 깨우치지는 못했으나 성품이 본래 순수하여 부지런히 향을 올렸다. 어떤 승려가 그의 거처를 빼앗아 살려고 친의천사(襯衣天使)⁸⁾에게 호소하여 말했다.

"이 절은 나라에서 은덕과 복을 비는 장소니, 글을 읽는 자를 가려 뽑아 주지로 삼는 것이 마땅합니다."

천사는 이 말을 옳게 여기고 점숭을 시험하려고 불교 의식 문〔疏文〕을 거꾸로 주었다. 점숭은 글을 받아 들고 즉시 물 흐르듯 읽었다. 천사는 마음속으로 탄복하고 방 가운데로 물러나 앉아 다시 읽어 보게 했다. 그런데 점숭은 입을 다물고 읽지 못했다.

천사가 말했다.

"대사〔上人〕는 정말로 대성께서 보살펴 주는 사람이다."

절을 끝내 빼앗지 않았다. 그 당시 점숭과 함께 살던 처사

(處士) 김인부(金仁夫)가 마을 노인들에게 전해 기록으로 남
게 되었다.

---

1) 중국 양나라 무제 때의 궁정 화가로 도교와 불교의 인물화에 뛰어났으며
사원의 벽화를 많이 그렸다.
2) 머리 위에 10개, 그 뒤에 1개의 얼굴을 표현한 보살상으로 신통력을 의미
한다. 정면 3구는 자비롭게 웃는 자비상(慈悲像), 오른쪽 3구는 흰 치아가
드러나게 활짝 웃고 있는 백아상출상(白牙上出像), 왼쪽 3구는 성난 얼굴
의 진노상(瞋怒像), 맨 위의 1구는 진리를 설법하는 부처의 얼굴 모습인 불
면(佛面), 뒤에 1구는 크게 웃는 모습으로 폭대소상(暴大笑像)이라 한다.
3) 경주 낭산 자락에 있었던 신라 사찰로 지금은 능지탑 안쪽 골짜기에 위
치하고 있다. 이곳에서 대형 석조관음보살상이 출토되어 지금은 국립경주
박물관에 옮겨져 있다.
4) 부처가 앉은 자리로 인간 세상에서 부처의 지위는 동물 세계에서 사자의
지위와 같다는 점에서 이렇게 부른다.
5) 지금의 김해다.
6) 공양에 필요한 북, 침구, 탕약, 음식 등 네 가지 물건을 말한다.
7) 금나라 세종(世宗) 완안옹(完顔雍)의 연호. 1161~1189년까지 사용했다.
8) 불교에서 옷을 시주하는 천사다.

백률사

계림의 북쪽 산을 금강령(金剛嶺)이라 하는데, 산 남쪽에 백률사(栢栗寺)[1]가 있다. 그 절에는 대비상(大悲像)〔관음보살상〕이 하나 있는데, 언제 만들어졌는지는 알 수 없지만 기이한 영험이 꽤 알려져 있었다. 어떤 사람은 이것을 중국의 뛰어난 장인(神匠)이 중생사(衆生寺)의 관음소상을 만들 때 같이 만든 것이라 했다. 세속에서는 이렇게 말했다.

"이 부처님이 일찍이 도리천(忉利天)[2]에 올라갔다가 돌아와 법당으로 들어갈 때 밟은 돌 위의 발자국이 지금까지 없어지지 않고 남아 있다."

어떤 사람은 부처님이 부례랑(夫禮郎)을 구출하여 돌아올 때 남긴 발자국이라고도 한다.

천수(天授) 3년 임진년(692년) 9월 7일, 효소왕(孝昭王)은 대현살찬(大玄薩湌)[3]의 아들 부례랑을 받들어 국선(國仙)으로 삼으니 화려한 차림의 무리가 1000명이었는데, 그 가운데에서도 안상(安常)과 유독 친했다. 천수 4년 곧 장수(長壽) 2년이다. 계사년(693년) 늦봄에 무리를 이끌고 금란(金蘭)[4]에 놀이를 가서 북명(北溟)[5] 경계에 이르렀다가 부례랑이 그만 오랑캐(말갈족)에게 붙잡혔다. 무리들은 모두 어쩔 줄 모르고 그대로 돌아왔는데 안상이 혼자서 추적해 갔다. 이때가 3월 11일이었다.

대왕은 그 소식을 듣고는 놀라움을 금치 못하여 말했다.

"선대 임금께서 신령스러운 피리를 얻어 나에게 전해 주었는데, 지금 현묘한 가야금(玄琴)과 함께 궁궐 창고에 보관되어 있다. 어째서 화랑이 갑자기 적에게 붙잡혔는지 모르지만 어찌 하면 좋겠는가? 가야금과 피리의 일은 다른 전에 모두 기록되어 있다."

이때 상서로운 구름이 천존고(天尊庫)를 뒤덮었다. 왕이 놀라고 두려워 조사하게 하니, 창고 안의 거문고와 피리가 없어졌다. 이에 왕이 말했다.

"내게는 어찌 복이 없는가? 지난번에는 화랑을 잃더니 또다시 거문고와 피리를 잃었구나."

왕은 즉시 창고 담당 관리 김정고(金貞高) 등 다섯 사람을 옥에 가두었다.

4월에 나라에 사람을 모집하는 방을 붙였다.

"거문고와 피리를 찾아낸 사람에게는 1년치 세금을 상으로 주겠다."

5월 15일에 부례랑의 부모가 백률사 대비상 앞에 나아가

며칠 동안 저녁 기도를 올리니, 갑자기 향탁(香卓) 위에 거문
고와 피리 두 가지 보물이 나타나고, 부례랑과 안상 두 사람
이 대비상 뒤에 와 있었다. 〔부례랑의〕 부모가 매우 기뻐하며
어찌 된 일인지를 물어보니 부례랑이 말했다.

"저는 붙잡혀 간 뒤 그 나라 대도구라(大都仇羅) 집의 목자
(牧子)가 되어 대오라니(大烏羅尼)의 들에서 짐승을 치고 있
었는데, 어떤 책에서는 도구(都仇)의 집 종이 되어 대마(大麿)의 들에서
짐승을 쳤다고 한다. 갑자기 용모가 단정한 승려가 손에 거문고
와 피리를 들고 와서 저를 위로하며 '고향 생각이 나는가?'라
고 묻기에 저도 모르는 사이에 그 앞에 꿇어앉아 '임금님과 부
모를 그리워하는 마음을 어찌 말로 다하겠습니까?'라고 말했
습니다. 승려가 '그렇다면 나를 따라오너라.' 하여 마침내 바닷
가까지 쫓아갔는데, 거기에서 다시 안상과 만났습니다. 승려
가 피리를 둘로 쪼개어 우리 두 사람에게 주면서 각각 한 조
각씩 타게 하고 자신은 거문고를 타고 바다를 건넜는데 잠깐
동안에 이곳에 이르렀습니다."

이런 사실을 왕에게 급히 알리자 왕이 매우 놀라 사신을
보내 맞이했다. 부례랑은 거문고와 피리를 가지고 대궐로 들
어갔다. 왕은 50냥의 금은으로 만든 다섯 가지 그릇 두 벌과
누비 가사 다섯 벌, 비단〔大絹〕 3000필, 밭 1만 경을 절에 시
주해 부처님의 은덕에 보답하고, 나라 안에 대사면령을 내렸
다. 또 관리들은 작위를 3급씩 높이고, 백성들에게 3년간 세
금을 면제했다. 절 주지를 봉성사(奉聖寺)로 옮기고, 부례랑을
대각간(大角干) 신라의 총재 작위으로 봉했으며, 아버지 대현아

찬(大玄阿飡)을 태대각간(太大角干)으로, 어머니 용보부인(龍寶夫人)을 사량부(沙梁部) 경정궁주(鏡井宮主)로, 안상을 대통(大統)으로 삼았다. 또 창고지기 다섯 사람을 풀어 주면서 각기 5급의 벼슬을 하사했다.

6월 12일에 혜성이 동쪽 하늘에 나타나고 17일에는 또다시 서쪽에 나타나니 일관(日官)이 아뢰었다.

"이는 거문고와 피리를 벼슬에 봉하지 않았기 때문입니다."

그리하여 피리를 만만파파식(萬萬波波息)이라고 불렀더니, 혜성이 그제야 사라졌다. 이후에도 영험이 많았으나 글이 번거로워 싣지 않는다.

세상에서는 안상을 준영랑(俊永郎)의 무리라고 했으나, 이는 제대로 살피지 않은 것이다. 준영랑의 무리는 다만 진재(眞才)와 번완(繁完)만의 이름이 알려졌는데, 이들 또한 알 수 없는 사람들이다. 상세한 것은 다른 전에 있다.

---

1) 경주의 소금강산에 있는 절이다.
2) 육욕천(六慾天)의 둘째 하늘로 제석천의 큰 성이 있다고 한다.
3) 살찬은 신라 벼슬의 제8관등으로 사찬(沙飡)이다.
4) 지금의 강원도 통천이다.
5) 지금의 원산만 일대다.

민장사

우금리(禺金里)에 사는 가난한 여자 보개(寶開)에게는 장춘(長春)이라는 아들이 있었다. 그는 바다의 장사꾼들을 따라다녀 오랫동안 소식이 없었다. 그의 어머니가 민장사(敏藏寺) 이 절은 민장 각간(敏藏角干)이 자기 집을 내놓아 세운 것이다.[1] 관음보살 앞에 나아가 이레 동안 기도를 드리니, 갑자기 장춘이 돌아왔다. 그동안의 일을 묻자 장춘이 말했다.

"바다 한가운데서 큰 바람을 만나 배가 부서져 함께 탄 사람들은 빠져나오지 못하고, 저는 판자 조각을 타고 떠내려가 오(吳)나라 바닷가에 이르렀습니다. 오나라 사람들이 저를 거두어서 들에서 밭을 갈도록 해 주었습니다. 그런데 이상한 스님이 마치 고향에서 온 것처럼 은근히 위로하더니 저를 데리고 함께 떠났습니다. 앞에 깊은 시내가 나타나자 그가 저의 겨드랑이를 끼고 건너뛰었는데, 어렴풋이 우리 마을의 말 소리와 우는 소리가 들리기에 보니 바로 여기였습니다. 해 질 무렵에 오나라를 떠났는데, 여기에 도착한 것은 겨우 술시(戌時)[2]쯤이었습니다."

이때가 바로 천보(天寶) 4년 을유년(745년) 4월 8일이었다. 경덕왕이 그 말을 듣고 절에 전답을 시주하고 또 재물과 폐물을 바쳤다.

---

1) 경주에 있던 절이다.
2) 오후 7시에서 9시 사이로 저녁이다.

앞뒤에서 가져온 사리

『국사』에 이른다.

"진흥왕 때인 태청(太淸) 3년 기사년(549년)에 양나라 사신 심호(沈湖)가 사리 몇 알을 가져왔고, 선덕왕 때인 정관(貞觀) 17년 계묘년(643년)에 자장법사가 부처의 두개골과 부처의 어금니와 부처의 사리 백 개, 부처가 입던 자줏빛 비단에 금색 점이 있는 가사 한 벌을 가지고 왔다. 그 사리를 셋으로 나누어 하나는 황룡사 탑에 보관하고, 하나는 태화탑(太和塔)에 보관하고, 하나는 가사와 함께 통도사 계단(戒壇)에 보관했다. 그 나머지는 어디에 있는지 알 수 없다. 통도사 계단은 2층으로 되어 있으며, 위층 가운데에 돌 뚜껑을 모셔 두었는데, 마치 가마 솥을 엎어 놓은 것 같았다."

세속에서는 이렇게 말한다.

"옛날 고려 때 전후로, 안염사(按廉使)[1] 두 사람이 와서 계단에 예를 올리면서 공손히 돌 뚜껑을 들었는데, 처음에는 구렁이가 돌 상자 속에 있는 것을 보았고, 다음에는 큰 두꺼비가 웅크리고 있는 것을 보았으므로, 이때부터 감히 뚜껑을 열지 못했다. 요즈음 상장군 김이생(金利生)[2] 공과 시랑 유석(庾碩)이 고종의 명령을 받고 강동(江東)[3]을 지휘할 때 부절을 갖추어 절에 도착하여 돌을 들고 예를 올리려 했다. 절의 승려는 지난 일을 생각해 난처하게 여겼으나 두 공이 군사들을 시켜서 굳이 돌을 들어내게 했다. 안에는 작은 돌 상자가 있었고 돌 상자 속에 유리통이 있었는데, 통 안에는 사리 네 개만이 들어 있었다. 서로 돌려보며 경의를 표했는데, 통에는 깨진 흠집이 약간 있었다. 그래서 유공이 마침 가지고 있던 수정 상자 하나를 시주하여 함께 보관하게 하고, 그 사실을 기록해 두었다. 이때가 강화로 서울을 옮긴 지 4년이 되는 을미년(1235년)이었다."

『고기(古記)』에는 이렇게 적혀 있다.

"사리 백 개를 세 곳에 나누어 보관했는데, 지금 여기에는 네 개뿐이다. 이것은 보는 사람에 따라 숨겨지기도 하고 나타나기도 하여 많고 적고 할 뿐이니 이상하게 생각할 것이 못된다."

또 세속에서는 이렇게 말한다.

"황룡사 탑에 불이 나던 날 돌솥 동쪽 면에 큰 얼룩 점이 처음 나타났는데 지금까지 그대로 있다."

그때가 바로 대요(大遼) 응력(應曆)[4] 3년 계축년(953년)이며, 고려 광종 5년으로 탑이 세 번째로 불탄 때였다. 조계(曹

溪) 무의자(無衣子)⁵⁾가 남긴 시에 "듣건대 황룡사 탑이 불타던 날에 연달아 타 버린 한쪽 면에도 틈이 없었네."라고 한 것이 바로 이것이다.

지원(至元) 갑자년(1264년) 이래로 원나라의 사신과 본국의 사신이 다투어 와서 절하고 사방의 행각승(行脚僧)⁶⁾들도 몰려와 참배했는데, 어떤 사람은 돌 상자를 들어내어 보기도 하고 어떤 사람은 들어내지 않기도 했다. 진신사리 네 개 이외에 변신사리(變身舍利)⁷⁾는 모래와 같이 부서져서 돌솥 밖으로 나왔는데, 이상한 향기가 강렬히 풍기며 며칠 동안이나 없어지지 않는 일이 종종 있었다. 이는 말세에 있는 한 지방에서 생긴 기이한 일이었다.

당나라 대중(大中)⁸⁾ 5년 신미년(851년)에 당나라에 갔던 사신 원홍(元弘)이 부처의 어금니를 가지고 왔고지금은 그 소재를 알 수 없는데, 신라 문성왕(文聖王) 대의 일이다. 후당(後唐) 동광(同光) 원년 계미년(923년), 고려 태조 즉위 6년에 당나라로 갔던 사신 윤질(尹質)이 오백나한상(五百羅漢像)⁹⁾을 가지고 왔는데, 지금 북숭산(北崇山) 신광사(神光寺)에 있다. 또 송나라 선화(宣和)¹⁰⁾원년 기해년(1119년)예종(睿宗) 15년이다.에 입공사(入貢使) 정극영(鄭克永)과 이지미(李之美) 등이 부처의 어금니를 가져왔는데, 지금 내전(內殿)에 받들어 모신 것이 이것이다.

전해 오는 말에 의하면, 옛날 의상법사(義湘法師)가 당나라에 들어가 종남산(終南山) 지상사(至相寺)의 지엄¹¹⁾존자(智儼尊者)가 있는 곳에 이르렀다고 한다. 이웃에 선율사(宣律師)¹²⁾가 있어 언제나 하늘로부터 공양을 받았는데 매일 재(齋)를 올릴 때마다 하늘의 주방에서 음식을 보내 왔다. 하루는 선율 대사가 의상법사에게 재를 올리기를 청했다. 의상법사가 도착하여 자리 잡고 앉은 지 오래 지났으나 하늘에서 보내는 음식이 때가 지나도록 이르지 않았다. 의상법사가 빈 바리때만 가지고 돌아가자 비로소 하늘의 사자가 내려왔다.

선율이 물었다.

"오늘은 어찌하여 늦었습니까?"

하늘의 사자가 말했다.

"온 고을에 가득히 신병(神兵)이 가로막고 있어 들어올 수가 없었습니다."

그러자 선율은 의상법사에게 귀신의 호위가 있음을 알고는, 그의 뛰어난 도에 감복하여 하늘에서 보내는 음식을 그대로 남겨 두었다. 이튿날 또 지엄존자와 의상법사를 맞이하여 재를 올린 후 그 까닭을 말했다. 의상법사가 조용히 선율에게 말했다.

"율사께서는 이미 천제의 존경을 받고 계십니다. 저는 일찍이 제석궁(帝釋宮)[13]에는 부처의 치아 40개 중 어금니 하나가 있다고 들었습니다. 우리들을 위해 천제께 청하여 인간 세상으로 내려 보내 복을 받게 하는 것이 어떻겠습니까?"

선율이 이후에 하늘의 사자와 함께 그 뜻을 상제에게 전하니, 천제가 이레 동안을 기한으로 하여 보내 주었으므로 의상법사가 경배를 마치고 대궐에 맞이하여 모셨다.

그 후 송나라 휘종(徽宗) 때에 이르러 좌도(左道)〔도교〕를 받들었는데, 이때 나라 사람들은 도참설을 전해 말했다.

"금인(金人)이 이 나라를 멸망시킬 것이다."

누런 두건(黃巾)[14]을 쓴 무리들이 일관(日官)[15]을 충동질하여 임금에게 아뢰었다.

"금인이란 불교를 말하는 것으로 앞으로 국가에 이롭지 못할 것입니다."

그래서 불교를 없애기로 의논하고 승려들을 묻어 버리고 경전을 불태웠으며, 별도로 작은 배를 만들어 부처의 어금니를 실어 큰 바다에 띄워 인연이 있는 곳으로 보내려 했다. 그때 마침 고려 사신이 송나라에 이르러 이 일을 듣고는 그 배를 책임진 관리에게 천화용(天花茸)[16] 50령(領)과 저포(紵布) 300필을 뇌물로 주고 몰래 부처의 어금니를 받고는 빈 배만 띄워 보냈다.

사신들이 부처의 어금니를 얻어 가지고 와서 아뢰자, 예종(睿宗)이 몹시 기뻐하며 십원전(十員殿) 왼쪽에 있는 작은 전각(小殿)에 모셨다. 전각에는 언제나 자물쇠를 채우고 밖에는 향을 피우고 등불을 달아 왕이 친히 행차하는 날에만 전각의 문을 열고 예를 올렸다.

임진년(1232년)에 왕이 서울을 강화로 옮길 때, 내관은 급한 나머지 부처의 어금니를 잊어버리고 챙기지 못했다. 병신년 4월에 왕의 원당(願堂)인 신효사(神孝寺)의 승려 온광(蘊光)이 부처의 어금니에 예불 드리기를 청하므로 왕에게 보고하니 내신에게 명령하여 궁중을 두루 찾아보도록 했으나 찾지 못했다. 그때 백대(栢臺)[17]의 시어사(侍御史)인 최충(崔冲)[18]이 설신(薛伸)에게 명령하여 급히 여러 알자(謁者)[19]의 방을 수색하도록 하니 모두 둔 곳을 알지 못했다. 내신 김승로(金承老)가 아뢰었다.

"임진년 서울을 옮길 때의 궁중 일기를 살펴보십시오."

그의 말에 따라 일기를 살펴보니 이렇게 씌어 있었다.

"입내시(入內侍) 대부경(大府卿) 이백전(李白全)이 부처의 어금니가 있는 상자를 받았다."

그래서 이백전을 불러 물어보니 이렇게 대답했다.

"집에 돌아가 다시 제 개인 일기를 찾아보도록 해 주십시오."

집에 돌아가 찾아보고 좌번알자(左番謁者) 김서룡(金瑞龍)이 부처의 어금니가 있는 상자를 받았다는 기록을 가져다가 바쳤다. 그래서 김서룡을 불러 물었으나 그는 대답하지 못했다. 다시 김승로가 아뢰었다.

"임진년부터 지금 병신년에 이르기까지 5년간 어불당(御佛堂)과 경령전(景靈殿)에 수직한 자들을 잡아 가두고 심문하십시오."

그러나 이렇다 할 결말이 나지 않았다. 그 후 사흘이 지나 밤중에 김서룡의 집 담장 안에서 물건을 던지는 소리가 들려 불을 켜 들고 조사해 보니 부처의 어금니가 든 상자였다. 상자는 본래 가장 안쪽이 침향합(沈香合), 다음 겹은 순금합, 다음 겹은 백은함, 다음 겹은 유리함, 다음 겹은 나전함으로 각 폭은 서로 꼭 맞게 되어 있었으나, 남아 있는 것은 유리함뿐이었다. 김서룡은 찾은 것을 기뻐하여 궁궐 안으로 들어가 아뢰었다.

담당 관리들이 의논했다.

"김서룡과 어불당과 경령전을 지킨 사람은 모두 죽여야 합니다."

신앙부(晉陽府)[20]에서 아뢰었다.

"부처의 일 때문에 많은 사람을 죽이는 것은 옳지 못합니다."

그래서 모두 죽음을 면했다. 다시 명령하여 십원전 뜰 가운데에 특별히 부처의 어금니를 모실 전각(佛牙殿)을 지어 모셔 놓고 장사를 두어 지키게 했다. 〔그리고〕좋은 날을 가려 신효사 주지 온광(蘊光)을 청하여 승도 서른 명을 데리고 궁궐에 재를 올려 예불을 하게 했다. 그날 숙직하던 승선(承宣) 최홍(崔弘), 상장군 최공연(崔公衍)과 이영장(李令長), 내시와 다방(茶房)[21] 등이 궁궐 뜰에서 왕을 모시고 차례로 불아함(佛牙函)을 머리에 이고 예불했는데, 불아함 속에 사리가 무수히 많았다. 진양부에서는 그것을 백은함에 담아 모셨다.

이때 왕이 신하들에게 말했다.

"짐은 부처의 어금니를 잃어버린 이래 네 가지 의심이 생겼었소. 첫째는 하늘나라(天宮)에서 정해 준 7일의 기한이 찼기 때문에 하늘로 올라갔는가 하는 것이고, 둘째는 나라가 이와 같이 어렵기 때문에 신성한 물건인 부처의 어금니가 인연이 있는 안전한 나라로 갔는가 하는 것이고, 셋째는 재물을 탐낸 소인이 훔쳐 가 상자만 갖고 부처 어금니는 시궁창에 버렸는가 하는 것이고, 넷째는 도둑이 보물을 훔쳐 가기는 했으나 드러낼 수가 없어서 집 안에 감추어 두었는가 하는 것이었는데, 지금 네 번째 의심이 들어맞았소."

그리고 왕이 소리 내어 크게 우니 뜰에 가득 모여 선 신하들이 모두 눈물을 흘리면서 만수를 빌었다. 심지어 이마를 태우고 팔뚝을 태운 사람의 수를 헤아릴 수가 없었다. 이런 사실은 당시 대궐 안에서 향을 피우며 기도하던 기림사(祇林寺)의 대선사 각유(覺猷)에게서 얻었는데, 그가 직접 본 것을 나에게 기록하게 한 것이다. 또 경오년(1270년)에 〔강화에서 개경으로〕 환도할 때의 난리는 임진년보다 더 허둥지둥한 모습이었다. 십원전의 감주(監主)로 있던 〔고려의〕 선사 심감(心鑑)은 죽음을 무릅쓰고 부처 어금니 상자를 몸에 지니고 나와 삼별초의 난을 피했다. 이 사실이 대궐에 알려지자 그 공로를 인정하여 크게 상을 주고 이름 있는 절로 옮겨 살게 했는데, 지금은 빙산사(氷山寺)에 살고 있다. 이 이야기도 각유에게 직접 들은 것이다.

진흥왕 대인 천가(天嘉) 6년 을유년(565년)에 진(陳)나라에서 사신 유사(劉思)와 승려 명관(明觀)을 시켜 불교의 경(經)과 논(論) 1700여 권을 보내 왔고, 정관 17년(643년)에는 자장법사가 삼장(三藏)²²) 400여 상자를 싣고 와 통도사에 모셔 두었다.

흥덕왕 대인 태화(太和)²³) 원년 정미년(827년)에 유학 갔던 고구려의 승려 구덕(丘德)이 불경 몇 상자를 싣고 오니, 왕과 여러 절의 승려들이 흥륜사 앞길에 나가 맞이했다. 대중(大中) 5년(851년)에는 당나라에 보낸 사신 원홍이 불경 몇 축(軸)을 가지고 왔고, 신라 말에는 보요선사(普耀禪師)가 다시 오월(吳越)에 가서 대장경을 싣고 왔는데 바로 해룡왕사(海龍王寺)를 처음으로 세운 사람이다.

송나라 원우(元祐) 갑술년(1094년)에 어떤 사람이 보요선사의 초상에 대해 이렇게 기렸다.

거룩하도다, 시조 스님이여!
우뚝하도다, 참모습이여!
두 번씩이나 오월국에 가서
대장경을 무사히 가져왔네.
보요라는 이름을 내리고,
조서(鳳詔)도 네 번이나 내렸네.
만일 그 덕을 물으면
밝은 달과 맑은 바람과 같구나.

또 대정(大定) 연간에 한남의 관기(管記)[24] 팽조적(彭祖逖)이 시를 남겼다.

물과 구름 조용한 절간(水雲蘭若)[25]에 부처님이 계시는데
더구나 이곳은 신룡(神龍)이 있어 도량을 보호하네.
마침내 이 좋은 절을 누가 이어받을까.
처음에 불교를 남쪽에서 전해 왔네.

그 발문(跋文)은 이렇다.

"옛날 보요선사가 처음으로 남월(南越)에서 대장경을 구해 가지고 돌아오는데, 바다에 갑자기 바람이 일어나 작은 배가 파도 속으로 사라졌다 나타났다 하는 것이 뒤집힐 것 같았다.

보요선사가 말했다.

'아마도 신룡(神龍)이 대장경을 여기에 머물게 하려는 것인가?'

드디어 선사가 주문을 정성껏 외워 신룡까지 함께 받들고 돌아왔다. 그러자 바람이 잠잠해지고 파도가 멎었다. 본국으로 돌아오고 나서 산천을 두루 살피면서 대장경을 모실 곳을 찾았다. 이 산에 이르자 갑자기 상서로운 구름이 산 위에서 일어나는 것을 보고는 수제자 홍경(弘慶)과 함께 절을 짓고 지냈다. 그러니 불교가 동쪽으로 전래된 것은 실로 이때에 시작된 것이었다. 한남의 관기 팽조적이 서술한다."

이 절에는 용왕당(龍王堂)이 있었는데, 아주 신령스럽고 이상한 기적이 많았다. 당시 [용왕은] 대장경을 따라와 머물러 있었으며 지금까지도 [용왕당이] 남아 있다.

또 천성(天成) 3년 무자년(928년)에 묵화상(默和尚)이 당나라에 들어갔다가 또 대장경을 싣고 돌아왔다. 고려 예종 때에는 혜조국사(慧照國師)가 조서를 받들고 서쪽[당나라]으로 유학 가 요(遼)나라에서 간행된 대장경 세 부를 싣고 돌아왔는데, 한 부는 지금 정혜사(定惠寺)에 있다. 해인사(海印寺)에 한 권이 있고, 허참정(許參政)의 집에 또 한 권이 있다. 대안(大安) 2년 (1086년)은 고려 선종(宣宗) 시대다. 우세승통(祐世僧統) 의천 (義天)이 송나라에 들어가 천태종의 교관(敎觀)[26]을 많이 가지고 왔다. 이 밖에도 서책[方册]에 실리지 않았으나 고승과 거사들이 오가면서 가지고 온 것은 자세히 기록하지 못한다. 불교가 동쪽으로 전해 오는 데는 그 앞길이 양양하였으므로 경사스러운 일이다.

　°°° 다음과 같이 기린다

　　중국과 동방은 아득히 떨어졌는데

　　녹원(鹿園)[27]의 학수(鶴樹)[28]가 2000년이나 되었네.

　　동방으로 전해 오니 참으로 경사스러운 일이라.

　　동방[東震][29]과 인도[西乾]가 한세상 되었네.

　여기에 기록되어 있는 『의상전(義湘傳)』을 살펴보면 이렇다.
"영휘 초년(650년)에 당나라에 들어가서 지엄선사를 뵈었다."
　그러나 부석사(浮石寺)[30] 본비(本碑)에 의하면 이렇다.

　"의상은 무덕(武德) 8년(625년)에 태어나 어린 나이에 출가
했다. 영휘 원년 경술년(650년)에 원효와 함께 당나라로 들어
가려고 고구려에 이르렀으나 어려움이 있자 되돌아왔다. 용삭
원년 신유년(661년)에 당나라에 들어가 지엄의 문하에서 배우
고, 총장 원년(668년)에 지엄이 죽자 함형(咸亨)[31] 2년(671년)
에 신라로 돌아와서 장안 2년 임인년(702년)에 죽으니 그때가
일흔여덟 살이었다."

　그렇다면 아마도 지엄과 함께 선율사가 있는 곳에서 재를
올리며 하늘나라[天宮]에 부처의 어금니를 청하던 때는 신유
년에서 무진년에 이르는 칠팔년 동안이 될 것이다. [고려] 고
종이 강화도로 들어가던 임진년(1232년)에 하늘나라에서 한
정한 7일이 되었다고 의심한 것은 잘못된 것이다. [아마도] 도

리천의 하루는 인간 세상의 백 년에 해당할 것이다. 또 의상이 처음 당나라로 들어가던 신유년(661년)으로부터 고종 임진년(1232년)까지 계산하면 693년이 되며, 경자년(1240년)에 이르러서야 겨우 700년째가 되어 7일의 기한이 차는 것이다. 강화도로 돌아오던 지원(至元) 7년 경오년(1270년)에 이르면 730년이 된다. 만약 하늘의 말과 같이 7일 후에 하늘나라로 돌아갔다면 선사 심감이 강화도로 돌아올 때 몸에 지니고 가서 바친 것은 아마 진짜 부처의 어금니가 아닐 것이다. 이해 봄, 왕은 수도로 돌아오기 전에 대궐 안에 제종(諸宗)의 유명한 승려(明德)들을 모아 놓고 정성스럽고 부지런하게 부처의 어금니와 사리를 빌고 구했으나 하나도 얻지 못했다. 아마도 7일의 기한이 차서 하늘로 올라간 것이 맞는 것 같다.

지원 21년 갑신년(1284년)에 국청사(國淸寺)[32] 금탑을 보수했는데, 국왕과 장목왕후(莊穆王后)가 묘각사(妙覺寺)[33]에 행차하여 신도들을 모아 놓고 축원독경을 했다. 이것이 끝나자 부처의 어금니와 낙산의 수정 염주와 여의주를 군신과 사람들이 모두 머리에 이고 예불한 후 함께 금탑 안에 넣었다. 나 역시 이 모임에 참여하여 이른바 부처의 어금니라는 것을 직접 보았는데, 길이는 세 치 남짓 되고 사리는 없었다.

이상은 무극(無極)[34]이 기록한다.

---

1) 고려의 지방 장관으로 순시를 담당한다.
2) 고려 고종 때의 장군이다.

3) 낙동강 동쪽을 말한다.

4) 요나라 목종(穆宗) 야율경(耶律璟)의 연호. 951~969년까지 사용했다.

5) 고려 시대 송광사 출신 16국사 중에 2세로 보조국사 지눌의 법을 이었던 진각국사 혜심(1178~1234년)의 호이다.

6) 원문은 '운수(雲水)'인데 선승이 구름이나 비처럼 떠돌아다니는 것을 말한다.

7) 사리의 부족으로 대용품으로 봉안한 깨끗한 모래나 수정, 보석류 등의 광석을 지칭하는 것으로 추정된다.

8) 당(唐)나라 선종(宣宗) 이침(李忱)의 연호. 847~860년까지 사용했다.

9) 석가가 세상을 떠난 후 남긴 가르침을 모으기 위해 모였던 500명의 비구로 오백상수(五百上首)라고도 한다.

10) 송나라 휘종(徽宗) 조길(趙佶)의 연호. 1119~1125년까지 사용했다.

11) 당나라 승려로 화엄종의 2대조다.

12) 당나라 때 남산율종(南山律宗)의 개조 도선율사(道宣律師)다.

13) 범왕과 더불어 불법을 지키며 불교의 33천을 주재하는 신이 있는 곳이다.

14) 여기서는 도교를 말한다.

15) 천문에 관한 일을 맡아 보던 관리다.

16) 상급(上級)의 녹용이다.

17) 어사대(御史臺)의 별칭이다.

18) 고려 목종 때부터 문종 때까지 활동하던 유학자로서 해동공자(海東孔子)로 칭송되었다.

19) 임금 곁에서 응접을 맡은 관리로서 내시부의 종 7품이다.

20) 고려 고종 때 무신 정권의 수장 최충헌이 만든 도당이다.

21) 임금의 사생활을 시중 드는 관리다.

22) 석가모니의 설법을 모은 경장(經藏), 교단이 지켜야 할 계율을 모은 율장(律藏), 교리를 연구하고 논의한 논장(論藏)이다.

23) 당나라 문종(文宗) 이앙(李昂)의 연호. 827~835년까지 사용했다.

24) 문독(文牘)을 관장하던 직책이다.

25) 해룡왕사를 말한다.

26) 교상(教相)과 관심(觀心)을 담은 책이다.

27) 녹야원(鹿野園)으로 석가모니가 도를 이룬 뒤 처음으로 비구를 위해

설법한 곳이다.

28) 학림(鶴林)이다. 이 숲속에서 석가모니가 죽었으므로 뒷날 석가모니의 열반을 상징한다.

29) 동국(東國)으로 우리나라를 말한다.

30) 경상북도 영풍군 부석면에 있는 절로 신라 문무왕 16년(676년)에 의상대사가 세웠으며 화엄종을 처음 열었다.

31) 당나라 고종 이치의 연호. 670~674년까지 사용했다.

32) 경기도 개풍군에 있던 절이다.

33) 개성 연평문 밖에 있던 절이다.

34) 고려 승려 보감국사 혼구(寶鑑國師混丘)(1251~1322년)의 호다. 일연의 제자로 충렬왕 때 대선사가 되었고 충숙왕 때 왕사가 되었다. 이러한 기록은 『삼국유사』가 제자 무극에 의해 간행되었다는 설을 뒷받침한다.

미륵선화 미시랑과 진자스님

제24대 진흥왕의 성은 김씨고, 이름은 삼맥종(乡麥宗), 또는 심맥종(深麥宗)이라고 한다. 양(梁)나라 대동(大同)¹⁾ 6년 경신 년(540년)에 즉위했다. 백부 법흥왕의 뜻을 사모하여 부처를 한 결같은 마음으로 섬겨 널리 절을 세우고, 사람들을 이끌어 승 려가 되게 했다. 또 천성이 풍류를 좋아하고 신선(神仙)²⁾을 매 우 숭상하여 백성들 집안의 아름다운 처녀들을 뽑아 원화(原 花)³⁾로 삼았다. 이것은 무리를 모으고 선비를 뽑아 효도, 우애, 충성, 신의를 가르치고자 함이었고, 또한 나라를 다스리는 큰 요체이기도 했다. 이에 남모랑(南毛娘)과 교정랑(姣貞娘)⁴⁾ 두 원화를 뽑고, 무리 300~400명을 모았다. 그런데 교정랑이 남 모랑을 질투하여 술을 준비해 남모랑에게 먹여 취하게 한 후, 몰래 북천으로 데리고 가서 큰 돌을 들고 묻어 죽였다. 남모랑 의 무리들은 남모랑의 소재를 몰라 슬피 울면서 흩어졌다. 어떤 사람이 교정랑의 음모를 알아차리고는 노래를 지어 골목거리 어린아이들을 꾀어 거리에서 부르게 했다. 남모랑의 추종자들이 노래를 듣고 그의 시체를 북천 가운데서 찾아낸 후 교정랑을 죽였다. 그러자 대왕이 명령을 내려 원화를 폐지했다.

여러 해가 지나자 왕은 또 나라를 흥성하게 하려면 반드시 먼저 풍월도(風月道)[5]를 해야 한다고 생각하여, 다시 명령을 내려 좋은 집안의 남자 가운데 덕행이 있는 올바른 사람을 뽑아 화랑(花郎)이라 고치고, 맨 먼저 설원랑(薛原郎)을 받들어 국선(國仙)으로 삼았다. 이것이 화랑 국선의 시초다. 그래서 명주(溟州)에 비를 세웠는데, 이로부터 사람들에게 악행을 고쳐 다시 선행을 하게 하고 윗사람을 공경하며 아랫사람에게는 순하게 하니, 오상(五常)[6]과 육예(六藝)[7]와 삼사(三師)[8]와 육정(六正)[9]이 이 시대에 널리 행해졌다.『국사』에는 진지왕(眞智王) 대건(大建) 8년 병신년에 처음으로 화랑을 두었다고 했으나, 사전(史傳)이 잘못된 것 같다.

진지왕 대에 이르러 흥륜사의 승려 진자(眞慈) 정자(貞慈)라고도 한다.가 매일 법당의 주인인 미륵상 앞에 나아가 소원을 빌어 맹세하며 말했다.

"우리 부처님께서 화랑으로 변하여 세상에 나타나신다면, 제가 언제나 미륵의 얼굴(晬容)을 가까이 대하고 받들어 시중을 들겠습니다."

그는 정성스럽고 간절하게 기원하는 마음이 날로 커졌다. 어느 날 저녁 꿈에 승려가 나타나 말했다.

"네가 웅천(熊川) 지금의 공주 수원사(水源寺)[10]로 가면 미륵선화(彌勒仙花)를 보게 될 것이다."

진자는 꿈에서 깨어나 놀라고 기쁜 마음으로 그 절을 찾아 갔는데, 열흘 동안 길을 가면서 한 걸음에 한 번씩 예를 올렸 다. 그 절에 도착하여 문 앞에 이르자, 잘생긴 소년 하나가 반 갑게 맞아들여 작은 문으로 데리고 들어가 손님이 묵는 방으 로 안내했다. 진자가 올라가면서 읍을 하며 말했다.

"그대와 나는 평소 안면이 없는데 어찌 이와 같이 친절하고 정중하게 대접하시오?"

소년이 말했다.

"저 역시 서울 사람입니다. 덕이 높은 스님께서 멀리서 오는 것을 보고 위로해 맞이한 것일 뿐입니다."

얼마 후 소년이 문을 열고 나갔는데, 어디로 갔는지 알 수 가 없었다.

진자는 속으로 우연한 일일 것이라 생각하고 그다지 이상 하게 여기지 않았다. 다만 절의 승려에게 지난번 꿈과 오게 된 뜻만 이야기했다.

"잠시 이곳에 머물면서 미륵선화를 기다리려는데 어떻겠습 니까?"

절의 승려는 그의 감정이 흔들리고 있는 것을 알아 속이려 하였지만 그 정성이 근실한 것을 보고는 곧 말했다.

"이곳에서 남쪽으로 가면 천산(千山)이 있는데, 예부터 현인 (賢人)과 철인(哲人)들이 살고 있어 은밀한 감응이 많다고 합 니다. 어찌 그곳으로 가 보지 않으십니까?"

그 말에 따라 진자가 산 아래에 이르자 산신령이 노인으로 변해 나와 맞으면서 말했다.

"이곳에는 무엇 하러 왔는가?"

진자가 대답했다.

"미륵선화를 만나 보려고 합니다."

노인이 말했다.

"지난번에 수원사 문밖에서 이미 미륵선화를 보지 않았던 가? 또 무엇을 구하러 왔는가?"

진자는 이 말을 듣고 놀라 땀을 흘리며 본사(本寺)로 달려 돌아왔다. 한 달 남짓 지나자 진지왕이 이 일을 듣고는 불러들 여 그 까닭을 물었다.

"그 소년이 스스로 서울 사람이라고 했고, 성인은 거짓말을 하지 않는 법이니, 성안에서 찾아보는 것이 어떻소?"

진자는 왕명을 받들어 무리들을 모아 마을을 두루 돌면서 찾았다. 단장한 모습이 수려한 소년이 영묘사 동북쪽 길 옆의 나무 아래를 거닐면서 놀고 있었다. 진자는 그를 마주하자 깜 짝 놀라서 말했다.

"이분이 미륵선화시다."

소년에게 가까이 다가가 물었다.

"당신의 집은 어디입니까? 성이 무엇인지 듣고자 합니다."

소년이 대답했다.

"제 이름은 미시(未尸)입니다. 어릴 때 부모를 모두 여의어 성은 모릅니다."

그래서 진자는 그를 가마에 태우고 왕에게 데려갔다. 왕은 그 소년을 경애하고 받들어 국선으로 삼았다. 그는 무리들과 화목하게 지내고 예의와 풍속의 교화[風教]가 예사롭지 않았으며 풍류가 세상에 빛났다. 그렇게 거의 7년을 지내다가 갑자기 간 곳을 모르게 되었다. 진자는 매우 슬퍼하고 그리워했다. 그러나 낭의 자비로운 은택을 흠뻑 입고 맑은 가르침을 받아 스스로 회개하여 정성껏 도를 닦았다. 그러나 그 역시 만년에는 간 곳을 몰랐다.

해설하는 자는 이렇게 말한다.

"미(未)와 미(彌)는 음이 서로 비슷하고 시(尸)와 역(力)은 그 모양이 서로 비슷하여 그 비슷한 것을 취해서 서로 바꾸어 쓴 것이다. 부처님이 오직 진자의 정성에만 감동한 것이 아니라 이 땅에 인연이 있었기 때문에 자주 나타난 것이다. 지금도 사람들이 신선을 일컬어 미륵선화라 하고, 남에게 중매하는 사람을 미시(未尸)라고 하는 것은 모두 진자가 남긴 풍습이다. 길 옆의 나무는 지금까지도 견랑수(見郎樹)라 불리며, 우리말로는 사여수(似如樹) 또는 인여수(印如樹)라 한다.라 한다."

○○○ 다음과 같이 기린다

꽃다운 자취 찾아 한 걸음마다 그의 모습 바라보고
이르는 곳마다 심은 한결같은 공이여!
문득 봄은 되돌아가고 찾을 곳 없으니,
누가 알았겠는가, 상림원(上林苑)[11] 한때의 봄을.

1) 양나라 무제 소연(蕭衍)의 연호. 535~546년까지 사용했다.

2) 여기서는 풍류를 가리키는데 신라 국풍인 화랑의 도를 비유한 것이다.

3) 화랑의 전신으로 진흥왕 37년(576년)에 세운 청소년 수련 단체다.

4) 『삼국사기』 「신라본기」에는 준정랑(俊貞娘)으로 나와 있다.

5) 화랑도와 같은 의미다.

6) 떳떳한 윤리란 뜻으로 인(仁), 의(義), 예(禮), 지(智), 신(信)을 말한다.

7) 고대 중국의 교육 과목으로 예(禮), 악(樂), 사(射), 어(御), 서(書), 수(數)를 말한다.

8) 천자를 보필하는 관직인 태사(太師), 태부(太傅), 태보(太保)를 말한다.

9) 성신(聖臣), 충신(忠臣), 양신(良臣), 지신(智臣), 정신(貞臣), 직신(直臣)을 말한다.

10) 충청남도 공주시에 소재하고 있으며, 백제 시대 창건된 사찰로 전해지는데 미륵 신앙의 중심지였다.

11) 중국 진한대 장안 서쪽에 있던 동산으로 황제가 이곳에서 사냥을 했다.

남백월의 두 성인 노힐부득과 달달박박[1]

『백월산양성성도기(白月山兩聖成道記)』[2]에서 이렇게 말했다.

"백월산은 신라 구사군(仇史郡) 옛날의 굴자군(屈自郡)으로 지금의 의안군(義安郡)[3]이다. 북쪽에 있는데, 산봉우리들이 기이하고 빼어난 모습으로 수백 리까지 뻗쳐 있어 정말로 큰 진산(鎭山)이었다."

옛 노인들이 서로 전하여 말했다.

"옛날 당나라 황제가 일찍이 연못을 하나 팠는데, 매월 보름 전날이면 달빛이 밝아지고 못 가운데 산이 하나 있어 사자처럼 생긴 바위의 그림자가 은은하게 꽃 사이에 비쳐 연못 속에 나타났지. 황제는 화공에게 명령하여 그 모습을 그리게 한 다음 사신을 보내 천하에서 찾도록 했어. 해동에 도착해서 이 산을 보니, 큰 사자암(師子嵓)이 있고 산의 서남쪽 2보(步)쯤 되는 곳에 삼산(三山)이 있어 그 이름을 화산(花山) 그 산은 몸체 하나에 봉우리가 셋이므로 삼산이라고 한다.이라 했어. 그림과 서로 비슷했으나 진짜 그 산인지 알 수 없어 사신이 신발 한 짝을 사자암 정상에 매달아 놓고 돌아와 아뢰었는데, 신발의 그림자 역시 연못에 나타나므로 황제가 이상하게 여겨 백월산(白月山)이라는 이름을 내렸어.보름 전에 흰 달의 그림자가 못에 나타나기 때문에 이름 붙인 것이다. 그 후로는 연못의 그림자가 사라졌지."

이 산의 동남쪽 3000보쯤 되는 곳에 선천촌(仙川村)이 있는데, 이 마을에 두 사람이 살고 있었다. 한 사람은 노힐부득(努肹夫得)득 자가 등(等)으로 된 곳도 있다.으로 아버지의 이름은 월장(月藏)이고 어머니의 이름은 미승(味勝)이었다. 또 한 사람은 달달박박(怛怛朴朴)인데, 아버지의 이름은 수범(修梵)이고 어머니의 이름은 범마(梵摩)『향전』에는 치산촌(雉山村)이라 했으나, 이는 잘못된 것이다. 두 사람의 이름은 방언인데, 두 집에서 각각 두 사람이 마음과 행동이 뛰어나고 대단한 절개가 있다는 두 가지 의미에서 이름 붙인 것이다.였다. 이들은 풍채와 골격이 평범하지 않고 속세를 벗어난 높은 사상이 있어 서로 벗이 되어 사이좋게 지냈다. 스무 살이 되자 마을 동북쪽 고개 밖의 법적방(法積房)으로 가 의지하여 머리를 깎고 승려가 되었다. 얼마 후에 서남쪽 치산촌 법종곡(法宗谷)의 승도촌(僧道村)에 있는 오래된 절이 머물며 수양할 만하다는 말을 듣고는 함께 가서 대불전(大佛田), 소불전(小佛田)이라는 두 마을에 각각 살았다. 노힐부득은 회진암(懷眞庵) 또는 양사(壤寺)에 머물렀고,지금의 회진동(懷眞洞)에 있는 옛 절터가 그것이다. 달달박박은 유리광사(瑠璃

光寺) 지금 이산(梨山) 위에 있는 절터가 그것이다.에 머물렀는데, 〔그들〕 모두 처자를 데리고 가 살면서 생계를 꾸리는 일을 하며 서로 오갔다. 〔그러면서도〕 정신을 수양하며 속세를 떠날 생각을 잠시도 버리지 않았다. 그들은 몸과 세상살이의 무상함을 보고는 서로 말했다.

"기름진 땅과 풍년 든 해가 참으로 좋기는 하지만 옷과 음식이 마음대로 생기고 절로 배부르고 따뜻함을 얻는 것만 못하며, 부녀와 집이 좋기는 하지만 연지화장(蓮池花藏)⁴⁾에서 여러 부처와 앵무새, 공작과 함께 즐기는 것만 못하다. 더구나 불교를 배우면 부처가 되어야 하고, 참된 마음을 닦으면 반드시 진리를 얻어야 한다. 지금 우리가 이미 머리 깎고 승려가 되었으니, 속세에 얽매인 것을 벗어 버리고 무상(無上)의 도를 이루는 것이 당연한 노릇이거늘, 어찌 계속 티끌 같은 세상에 파묻혀 세속의 무리들과 다를 바 없이 지내려 하는가?"

〔이들은〕 드디어 인간 세상을 버리고 깊은 산골로 숨으려 했다. 어느 날 밤 꿈에 백호광(白毫光)⁵⁾이 서쪽으로부터 오더니 그 빛 속에서 금색 팔이 내려와 두 사람의 이마를 쓰다듬었다. 깨어나 꿈 이야기를 하니, 두 사람의 꿈이 똑같아 함께 오랫동안 감탄했다. 마침내 백월산 무등곡(無等谷) 지금의 남동(南洞)이다.으로 들어갔는데, 박박사(朴朴師)는 북쪽 고개 사자암에 터를 잡아 여덟 자의 판잣집을 짓고 살았으므로 판방(板房)이라 했고, 부득사(夫得師)는 동쪽 고개 돌무더기 아래의 물이 있는 곳에 방장(方丈)으로 살았기 때문에 뇌방(磊房)이라 했다.『향전』에 말하기를 "부득은 산 북쪽의 유리동에 살았으니 지

금의 판방이고, 박박은 산 남쪽의 법정동 뇌방에 살았다."라고 하여 이와 상반되는데, 지금 조사해 보니 『향전』이 잘못된 것이다. 각기 암자에 살면서 부득은 부지런히 미륵불(彌勒佛)을 구하고, 박박은 미타불(彌陁佛)⁶⁾을 염불했다.

3년이 못 되어 경룡(景龍)⁷⁾ 3년 기유년(709년) 4월 8일, 성덕왕이 즉위한 지 8년이 되던 해의 일이었다.

해가 저물어 갈 무렵, 스무 살가량 되어 보이는 아주 아름다운 모습의 낭자가 난초와 사향 냄새를 풍기며 갑자기 북쪽 암자(北庵)『향전』에는 남암(南庵)이라 했다.에 당도하여 자고 가기를 간청하면서 시를 지어 바쳤는데, 그 내용은 다음과 같다.

나그네 걸음 늦어 해가 지니 온 산은 저물고,

길 막히고 성(城)은 먼데 사방이 고요하네.

오늘밤은 이 암자에서 머물고자 하니,

자비로운 스님께서는 화내지 마십시오.

박박이 말했다.

"절은 깨끗함을 지키는 데 힘써야 하므로 그대가 가까이 올 수 있는 곳이 아니오. 이곳에 머물지 말고 빨리 떠나시오."

박박은 문을 닫고 들어갔다. 기(記)에는 "나에게는 온갖 잡념이 재처럼 식었으니 지금 혈낭(血囊)⁸⁾으로 시험하지 마시오."라고 했다.

낭자가 남암(南庵)『향전』에는 북암(北庵)이라 했다.으로 가 또 이전과 같이 간청하니 부득이 말했다.

"그대는 어디에서 밤을 거슬러 왔소?"

낭자가 대답했다.

"고요하고 맑은 모습이 태허(太虛)⁹⁾와 같은 몸인데, 어디를 오고 가겠습니까? 다만 어진 선비의 뜻과 소원이 깊고 덕행이 높고 견고하다는 말을 듣고 장차 보리(菩提)를 이루도록 도와주려는 것입니다."

그러고는 게(偈)¹⁰⁾를 하나 올렸는데, 다음과 같다.

해 저문 깊은 산길에
가도 가도 인가가 보이지 않네.
대나무와 소나무의 그늘은 더욱 깊건만,
골짜기의 시냇물 소리가 오히려 새롭네.
자고 가기 애원함은 길을 잃어서가 아니라
높은 스님〔尊師〕을 인도하기 위함이네.
바라건대 내 청만 들어주고,
또 누구냐고 묻지 마시오.

부득사가 듣고 놀라면서 말했다.

"이곳은 부인과 함께 있을 곳이 아니지만, 중생의 뜻에 따르는 것 또한 보살행(菩薩行)¹¹⁾의 하나지요. 더구나 깊은 골짜기에 밤이 어두웠으니, 어찌 소홀히 대접할 수 있겠소."

그러고는 그녀를 맞이하여 절하고 암자에 머물게 했다. 밤이 되자 〔부득은〕 마음을 맑게 하고 몸가짐을 가다듬고 반벽(半壁)에 희미한 등불을 켜고 고요히 염불을 했다. 새벽이 다가올 무렵에 낭자가 불러 말했다.

"내게 불행하게도 산기(産氣)가 있으니, 스님께서는 짚자리를 깔아 주십시오."

부득은 그 모습에 측은한 생각이 들어 거절하지 못하고 촛불을 은은하게 밝혔다. 낭자는 해산을 마치자 또 목욕시켜 주기를 간청했다. 노힐부득은 부끄러운 마음과 두려움이 엇갈렸으나, 애처로운 마음이 더해져 거절하지 못하고 목욕통을 준비하여 낭자를 통 속에 앉히고 더운물로 목욕을 시켰다.

그러자 얼마 후 통 속의 물에서 향기가 풍기며 물이 금색으로 변했다. 노힐부득이 몹시 놀라니, 낭자가 말했다.

"우리 스님께서도 물에 목욕을 하십시오."

노힐부득이 마지못해 그의 말에 따르자 문득 정신이 맑아지더니 피부가 금빛으로 변하고 그 옆을 보니 갑자기 하나의 연화대(蓮花臺)가 생겼다. 낭자가 거기에 앉기를 권하면서 말했다.

"나는 관음보살인데 이곳에 와서 대사를 도와 대보리(大菩提)를 이루도록 한 것이오."

말을 마치고 낭자는 사라졌다.

한편 박박은 이렇게 생각했다.

"오늘밤 노힐부득이 반드시 계를 더럽혔을 것이니 가서 실컷 비웃어 주리라."

박박이 가서 보았더니 노힐부득은 연화대에 앉아서 미륵존상이 되어 광채를 발하고 몸은 아름다운 금빛으로 빛나고 있었다. 〔그래서〕 자신도 모르게 머리를 조아리고 예를 갖추어 말했다.

"어떻게 이렇게 되셨습니까?"

노힐부득이 그 연유를 모두 자세하게 말하니, 박박이 탄식하며 말했다.

"나는 마음이 막혀서 요행히 부처님을 만났는데도 도리어 예우하지 못했습니다. 큰 덕이 있고 지극히 어진 스님께서 나보다 먼저 성불했으니 옛날의 교분을 잊지 마시고 함께 도와주십시오."

노힐부득이 말했다.

"통 안에 아직도 남은 물이 있으니 목욕을 할 수 있을 것이오."

박박도 몸을 씻자 부득처럼 무량수(無量壽) 부처가 되어, 두 부처가 엄연히 마주 대하게 되었다. 산 아래 마을 사람들이 이 일을 듣고는 다투어 와서 우러러보고 감탄하면서 "참으로 희귀한 일이다."라고 했다.

두 부처는 사람들에게 설법을 하고 나서 구름을 타고 가 버렸다.

천보(天寶) 14년 을미년(755년)에 신라 경덕왕이 제위에 올라『고기(古記)』에는 천감(天監) 24년 을미년에 법흥왕이 즉위할 때라고 했으니, 앞뒤가 뒤바뀐 것이 어찌 이처럼 심한가? 이 사실을 듣고는 정유년(757년)에 사신을 보내 큰 절을 짓게 하고 백월산남사(白月山南寺)라고 했다. 광덕(廣德)12) 2년『고기』에는 대력(大曆) 원년(766년)이라고 했으나, 역시 잘못된 것이다. 갑진년(764년) 7월 15일에 절이 완성되자 다시 미륵존상을 빚어 금당(金堂)에 모시고 현신성도미륵지전(現身成道彌勒之殿)이라고 했다. 다시 아미타 불상을 주조하여 강당에 모셨는데, 남은 금색 물이 부족하여 몸에 골고루 바르지 못했다. 이 때문에 아미타 불상에는 얼룩진 흔적이 남아 있다. 그리고 현신성도무량수전(現身成道無量壽殿)이라고 했다.

논의하여 말한다.

"낭자는 부녀의 몸으로 섭화(攝化)한 것이라 할 수 있다. 『화엄경』에 마야부인(摩耶夫人)[13] 선지식(善知識)[14]이 열한 군데에 살면서 부처를 낳아 해탈문(解脫門)[15]을 환상한 것과 같은데, 지금 낭자가 해산한 뜻이 여기에 있다 하겠다. 그가 (박박에게) 준 글을 보면 슬프고도 간곡하고 사랑스러워 하늘에서 온 선녀의 분위기가 있다.

아, 만일 낭자가 중생을 따라서 다라니(陀羅尼) 언어를 몰랐다면, 어찌 이렇게 할 수 있었겠는가? 그 글 마지막 구절에 '(마땅히) 맑은 바람이 한 자리함을 꾸짖지 마라.(淸風一榻莫予嗔).'라고 했어야 할 것이나, 그렇게 하지 않은 것은 속세의 말과 같게 하고 싶지 않았던 것이다."

°°° 다음과 같이 기린다

푸른빛 떨어지는 바위 앞, 문 두드리는 소리,
해 저무는데 누가 구름 속 빗장 문을 두드리나.
남쪽 암자가 가까우니 거길 찾아갈 것이지,
푸른 이끼 낀 내 뜰을 밟아 더럽히지 마시오.

이것은 북쪽 암자를 기린 것이다.[16]

골짜기에 날도 어두운데 어디로 가리.

남창(南窓)에 자리 있으니 쉬어 가시오.

밤이 깊으니 백팔 염주 굴리고 또 굴리며

단지 시끄러워 길손의 잠 방해할까 걱정했네.

이것은 남쪽 암자를 기린 것이다.[17]

십 리 소나무 그늘에 길을 잃어

한밤에 초제(招提)[18] 찾아가 시험했네.

세 통의 목욕 끝내자 날이 새려고 하는데,

두 아이 낳아 놓고 서쪽으로 갔구나.

이것은 관음보살 낭자(聖郎)를 기린 것이다.

---

1) 이 조는 노힐부득과 달달박박이 각기 미타불과 미륵불을 근실히 구하다 함께 왕생하는 이야기로 일연의 문학관과 『삼국사기』를 이해하는 주요 자료이다.

2) 성도란 불교 이치를 터득한다는 뜻이다.

3) 지금의 경상남도 창원이다.

4) 비로사나불(毘盧舍那佛)이 있는 공덕무량(功德無量)하고 광대장엄(廣大莊嚴)한 세계.

5) 부처 12상(相) 가운데 하나로 '백호'는 부처님의 두 눈썹 사이에 있는 희고 빛나는 가는 터럭을 말한다.

6) 아미타불의 준말로 중생을 제도하는 부처다.

7) 당나라 중종(中宗) 이현(李顯)의 연호. 707~710년까지 사용했다.

8) 육욕(肉慾)과 같은 말이다.

9) 공허 또는 정적의 경지로 우주의 근원을 말한다.

10) 가타(伽陁)와 같은 말로 시의 형식을 빌려 불덕(佛德)을 찬미하고 교리를 서술한 것이다.

11) 부처가 되려고 수행하는 자비로운 덕행을 말한다.

12) 당나라 대종(代宗) 이예(李豫)의 연호. 763~764년까지 사용했다.

13) 석가의 어머니로서 왕자 싯다르타를 낳고 7일 만에 죽었다.

14) 다른 이로 하여금 고통 세계를 벗어나 이상의 경지에 이르게 하는 사람을 말한다.

15) 부처님의 교법으로 모든 중생이 고통에서 벗어나는 열반의 문이다.

16) 달달박박을 염두에 두고 쓴 것이다.

17) 노힐부득을 염두에 두고 쓴 것이다.

18) 관부(官府)에서 이름을 지어 준 절로서 사방에서 모여든 승려들이 이곳을 찾아와 쉰다.

분황사의 천수대비가
눈먼 아이의 눈을 뜨게 하다

경덕왕 대 한기리에 사는 여인 희명(希明)의 아이는 태어난 지 5년 만에 갑자기 눈이 멀었다. 하루는 어머니가 아이를 안고 분황사(芬皇寺) 왼쪽 전각(左殿) 북쪽 벽에 그려진 천수대비(千手大悲)[1] 앞으로 갔다. 거기서 아이에게 노래를 지어 빌게 했더니 멀었던 눈이 떠졌다.

그 노래는 다음과 같다.

무릎 꿇으며
두 손바닥을 모아
천수관음 앞에
축원의 말씀 올리나이다.
천 개의 손과 천 개의 눈을 가졌으니
하나를 내놓아 하나를 덜기를

눈이 둘 다 없는 저에게
하나만 주어 고쳐 주시옵소서.
아아, 저에게 끼쳐 주시면
그 자비심 얼마나 크시나이까.

°°° 다음과 같이 기린다

대나무 말 타고 파피리 불며 거리에서 놀더니
하루아침에 푸른 두 눈이 멀었네.
보살님이 자비로운 눈을 돌려주지 않았다면
헛되이 버들꽃을 보냄이 몇 번의 봄 제사(社春)[2]나 될까.

---

1) 본디 천수천안대비보살(千手千眼大悲菩薩)로 천 개의 팔과 천 개의 눈을 가진 관세음보살의 한 모습으로 모든 중생들의 고통과 소원을 들어주고 성취시켜 준다고 한다.
2) 입춘 이후의 다섯 번째 무일(戊日)로 봄 제사를 말한다.

낙산의 두 성인 관음과 정취, 그리고 조신

옛날에 의상법사가 처음 당나라에서 돌아와 관음보살의 진신(眞身)이 이 바닷가 동굴 안에 머물고 있다는 말을 듣고는 이름을 낙산(洛山)이라 했다. 이는 아마도 서역에 보타락가산(寶陁洛伽山)[1]이 있기 때문일 것이다. 이곳을 소백화(小白華)라고도 하는데 백의대사(白衣大士)[2]의 진신이 머무른 곳이라서 그 이름을 빌린 것이다.

〔의상이〕 재계한 지 7일 만에 깔고 앉은 자리〔座具〕를 새벽 물위에 띄웠더니, 〔불법을 수호하는〕 용천팔부(龍天八部)[3]의 시종들이 〔그를〕 동굴 안으로 인도해 들어가 허공에 예를 올렸다. 물에서 수정 염주 한 꾸러미를 내주자, 의상이 받아 가지고 나왔는데, 동해 용이 또 여의보주 한 과(顆)를 바치니, 법사가 받들어 나왔다. 다시 7일 동안 재계하자 진신의 모습을 보았는데, 진신이 말했다.

"(네가) 앉아 있는 산꼭대기에 대나무 한 쌍이 솟아날 것이다. 반드시 그곳에 불전을 지어야 한다."[4]

법사가 그 말을 듣고 동굴에서 나오자, 과연 땅에서 대나무가 솟아났다. 그래서 금당(金堂)을 짓고 불상을 모시니, 둥근 얼굴과 고운 모습이 장엄하고 엄숙하여 하늘이 내려 준 것 같았다. 대나무가 없어지고 나서야 바로 관음의 진신이 머무른 곳임을 알았다. 그래서 절 이름을 낙산사라 하고, 법사는 자기가 받은 두 개의 구슬을 성전(聖殿)에 모셔 놓고 떠났다.

그 후에 원효법사가 발자취를 찾아 이곳에 와서 예를 올리려고 했다. 처음에 남쪽 교외에 이르자, 논에 흰옷을 입은 한 여인이 벼를 베고 있었다. 법사가 장난 삼아 그 벼를 달라고 하자, 여인도 장난조로 벼가 잘 영글지 않았다고 대답했다. 또 가다가 다리 아래에 도착하니 한 여인이 월경개짐을 빨고 있었다. 법사가 물을 달라고 부탁하니까 여인은 그 더러운 물을 떠 바쳤다.

법사는 그 물을 쏟아 버리고 다시 물을 떠서 마셨다. 그때 들 가운데 있는 소나무 위에서 파랑새 한 마리가 그를 불러 말했다.

"제호(醍醐) 스님은 그만두시게."[5]

그러고는 갑자기 사라져 보이지 않고 소나무 아래에 신발 한 짝만이 남아 있었다. 법사가 절에 도착해 보니 관음보살의 자리 아래에 앞서 보았던 신발의 나머지 한 짝이 있었으므로 아까 만났던 여인이 관음보살의 진신임을 깨달았다. 그 때문에 당시 사람들은 그 소나무를 관음송(觀音松)이라 했다. 또

법사가 성굴(聖崛)로 들어가 진신의 모습을 보려고 했으나 풍랑이 크게 일어 들어가지 못하고 〔그대로〕 떠났다.

그 후에 굴산조사(崛山祖師) 범일(梵日)[6]이 태화(太和) 연간에 당나라에 들어가 명주(明州) 개국사(開國寺)에 이르렀다.

왼쪽 귀가 없어진 한 승려가 여러 승려들의 끝자리에 있다가 법사에게 말했다.

"나 또한 신라 사람인데, 〔우리〕 집은 명주(溟州)의 경계인 익령현(翼嶺縣) 덕기방(德耆坊)에 있습니다. 법사께서 이 다음에 본국으로 돌아가시면 반드시 제 절을 지어 주셔야 합니다."

법사는 여러 사찰〔叢席〕을 두루 유람하다가 염관(鹽官)[7]에게서 불법을 받고 이 일은 모두 본전에 실려 있다. 회창(會昌)[8] 7년 정묘년(847년)에 본국으로 돌아와 먼저 굴산사[9]를 짓고 불교를 전파했다. 대중(大中) 12년 무인년(858년) 2월 15일 밤 꿈에 전에 보았던 승려가 창 아래로 와서 말했다.

"옛날 명주 개국사에 있을 때 법사와 약속하여 이미 허락을 받았는데, 어찌 그리 늦는 것입니까?"

법사는 놀라 꿈에서 깨어나 수십 명을 데리고 익령현 경계에 가서 그가 사는 곳을 찾았다. 낙산 아랫마을에 살고 있는 한 여인의 이름을 물으니 덕기(德耆)라고 했다. 그 여인에게는 여덟 살 된 아들이 하나 있었는데, 언제나 마을 남쪽의 돌다리 아래에 나가 놀곤 했다. 그런데 하루는 놀다가 돌아와 어머니에게 말했다.

"나와 함께 노는 아이 가운데 몸에서 금빛이 나는 아이가 있어요."

어머니가 이 사실을 법사에게 알렸다. 법사는 놀라고 기뻐하면서 아이와 함께 놀던 다리 밑을 찾아보니 물 한가운데 석불이 하나 있었다. 끌어내 보니 왼쪽 귀가 떨어져 있는 것이 예전에 보았던 승려의 모습이었다. 이것이 바로 정취보살상(正趣菩薩像)이었다. 따라서 간자(簡子)¹⁰)를 만들어 절 지을 자리를 점치자 낙산사의 위쪽이 좋다고 했으므로 여기에 세 칸짜리 불전을 짓고 불상을 모셨다. 옛 책에는 범일의 일이 앞에 실려 있고 의상, 원효의 일이 뒤에 있다. 그러나 의상과 원효 두 승려는 당나라 고종 때의 일이고, 범일은 회창 이후에 있었으니 서로 170여 년이나 차이가 난다. 그러므로 여기서는 앞뒤를 바꾸어서 책을 꾸몄다. 어떤 사람은 범일이 의상의 문인이라고 하는데, 잘못된 말이다.

백여 년 후에 들불이 잇달아 나더니 이 산까지 번졌으나, 〔관음과 정취를 모신〕 두 성전만이 재앙을 피하고 나머지는 모두 불에 타 버렸다. 서산의 큰 전쟁¹¹)이 있은 이후 계축년과 갑인년 사이〔1253~1254년〕에 두 성인의 참모습과 두 개의 보물 구슬〔寶珠〕을 양주성(襄州城)¹²)으로 옮겼다. 몽골의 군사가 갑자기 공격해 와 성이 곧 함락당할 지경에 이르렀다. 이때 주지 선사 아행(阿行) 옛 이름은 희현(希玄)이다. 이 구슬 두 개를 은합(銀合)에 넣어 몸에 지니고 달아나려고 했으나 절의 노비인 걸승(乞升)이 빼앗아 땅속 깊이 묻고 맹세했다.

"내가 만약 적병에게 죽임을 당한다면 두 개의 보물 구슬도 끝내 인간 세상에 〔모습을〕 드러낼 수 없어 다른 사람들이 알지 못하게 될 것이고, 내가 만약 죽지 않으면 마땅히 두 보물 구슬을 받들어 나라에 바칠 것이다."

갑인년(1254년) 10월 22일에 성이 함락되어 야행은 〔죽음을〕 피하지 못했으나, 걸승은 모면하여 적들이 물러간 후 보물 구슬을 파내 명주도(溟州道)의 감창사(監倉使)에게 바쳤다. 그 당시 낭중(郎中) 이녹수(李祿綏)가 감창사로 있었는데, 이것을 받아 감창고 안에 보관하고 교대할 때마다 전해 주었다.

무오년(1258년) 10월에 이르러 우리 불교계〔本業〕의 원로인 기림사(祇林寺)의 주지 대선사 각유(覺猷)가 임금에게 아뢰었다.

"낙산사의 두 구슬은 나라의 신령스러운 보물인데 양주성이 함락될 때 절의 노비 걸승이 성안에 묻었다가 적병이 물러가자 감창사가 거두어서 명주 관아의 창고 안에 보관했습니다. 이제 명주성도 지키기 어려워졌으니 마땅히 궁중〔御府〕으로 옮겨 보관해야 합니다."

임금은 허락하고 야별초(夜別抄)[13] 열 명을 시켜 걸승을 데리고 명주성에서 〔두 보물 구슬을〕 가져다가 궁궐 안에 모시고, 사신 열 명에게 각기 은 한 근과 쌀 다섯 석씩 내렸다.

옛날 신라가 서울이었을 때, 세달사(世達寺) 지금의 흥교사(興教寺)다.의 장원이 명주 날리군(捺李郡)에 있었다.『지리지』를 살펴보면, 명주에 날리군은 없고 다만 날성군(捺城郡)이 있는데, 본래 날생군(捺生郡)으로 지금의 영월(寧越)이다. 또 우수주(牛首州) 영현(領縣)에 날령군(捺靈郡)이 있는데, 본래는 날이군(捺已郡)으로 지금의 강주(剛州)다. 우수주는 지금의 춘주(春州)다. 그러므로 여기서 말한 날리군이 어느 것인지 알 수 없다. 본사(本寺)에서는 승려 조신(調信)을 보내 장원을 맡아 관리하게 했다.

조신은 장원에 이르러 태수 김흔(金昕)의 딸을 깊이 연모하게 되었다. 여러 번 낙산사의 관음보살 앞에 나가 남몰래 인연을 맺게 해 달라고 빌었으나 몇 년 뒤 그 여자에게 배필이 생겼다. 조신은 다시 관음 앞에 나아가 관음보살이 자기의 뜻을 이루어 주지 않았다고 원망하며 날이 저물도록 슬피 울었다. 그렇게 그리워하다 지쳐 얼마 뒤 선잠이 들었다. 꿈에 갑자기 김씨의 딸이 기쁜 모습으로 문으로 들어오더니, 활짝 웃으면서 말했다.

"저는 일찍이 스님의 얼굴을 본 뒤로 사모하게 되어 한순간도 잊은 적이 없었습니다. 부모의 명을 어기지 못해 억지로 다른 사람의 아내가 되었지만, 이제 [죽어도] 같은 무덤에 묻힐 벗이 되고 싶어서 왔습니다."

조신은 기뻐서 어쩔 줄을 모르며 함께 고향으로 돌아가 40여 년을 살면서 자식 다섯을 두었다. 그러나 집이라곤 네 벽뿐이요 콩잎이나 명아주국 같은 변변한 끼니도 댈 수 없어 마침내 실의에 찬 나머지 가족들을 이끌고 사방으로 다니면서 입에 풀칠을 하게 되었다. 이렇게 10년 동안 초야를 떠돌아다니다 보니 [옷은] 메추라기가 매달린 것처럼 너덜너덜해지고 백 번이나 기워 입어 몸도 가리지 못할 정도였다. 강릉(溟州) 해현령(蟹縣嶺)을 지날 때 열다섯 살 된 큰아들이 굶주려 그만 죽고 말았다. 조신은 통곡하며 길가에다 묻고, 남은 네 자식을 데리고 우곡현(羽曲縣) 지금의 우현(羽縣)에 도착하여 길가에 띠풀로 엮은 집을 짓고 살았다. 부부가 늙고 병들고 굶주려 일어날 수 없게 되자, 열 살 난 딸아이가 돌아다니며 구걸을 했다. 그러다가 마을의 개에 물려 부모 앞에서 아프다고 울며 드러눕자 부모는 탄식하며 하염없이 눈물을 흘렸다. 부인은 눈물을 씻더니 갑자기 말했다.

"내가 처음 당신을 만났을 때는 얼굴도 아름답고 꽃다운 나이에 옷차림도 깨끗했습니다. 한 가지 맛있는 음식이라도 당신과 나누어 먹었고, 몇 자 되는 따뜻한 옷감이 있으면 당신과 함께 해 입었습니다. (집을) 나와 함께 산 50년 동안 정분은 가까워졌고 은혜와 사랑이 깊었으니 두터운 인연이라고 할 수 있습니다. 그러나 몇 년 이래로 쇠약해져 병이 날로 더욱 심해지고 굶주림과 추위도 날로 더해 오는데, 곁방살이에 하찮은 음식조차 빌어먹지 못하여 이 집 저 집에서 구걸하며 다니는 부끄러움은 산과 같이 무겁습니다. 아이들이 추위에 떨고 굶주려도 돌봐 줄 수가 없는데, 어느 겨울에 사랑의 싹을 틔워 부부의 정을 즐기겠습니까? 젊은 날의 고왔던 얼굴과 아름다운 웃음도 풀잎 위의 이슬이 되었고, 지초와 난초 같은 약속도 회오리바람에 날리는 버들솜이 되었습니다. 당신은 내가 있어서 근심만 쌓이고, 나는 당신 때문에 근심거리만 많아지니, 곰곰이 생각해 보면 옛날의 기쁨이 바로 근심의 시작이었던 것입니다. 당신이나 나나 어째서 이 지경이 되었는지요. 여러 마리의 새가 함께 굶주리는 것보다는 짝 잃은 난새가 거울을 보면서 짝을 그리워하는 것이 낫지 않겠습니까? 힘들면 버리고 편안하면 친해지는 것은 인정상 차마 할 수 없는 일입니다만 가고 멈추는 것 역시 사람의 마음대로 되는 것이 아니고, 헤어지고 만나는 데도 운명이 있는 것입니다. 이 말에 따라 이만 헤어지기로 합시다."

조신이 이 말을 듣고 기뻐하여 각기 아이를 둘씩 나누어 데리고 떠나려 하는데 아내가 말했다.

"저는 고향으로 향할 것이니 당신은 남쪽으로 가십시오."

그리하여 조신은 이별을 하고 길을 가다가 꿈에서 깨어났는데 희미한 등불이 어른거리고 밤이 깊어만 가고 있었다.

아침이 되자 수염과 머리카락이 모두 하얗게 세어 있었다. 조신은 망연자실하여 세상일에 전혀 뜻이 없어졌다. 고달프게 사는 것도 이미 싫어졌고 마치 백 년 동안의 괴로움을 맛본 것 같아 세속을 탐하는 마음도 얼음 녹듯 사라졌다. 그는 부끄러운 마음으로 부처님의 얼굴〔聖容〕을 바라보며 깊이 참회하는 마음이 끝이 없었다. 돌아오는 길에 해현으로 가서 아이를 묻었던 곳을 파 보았더니 돌미륵이 나왔다. 물로 깨끗이 씻어서 가까운 절에 모시고 서울로 돌아와 장원을 관리하는 직책을 사임하고 개인 재산을 털어 정토사(淨土寺)를 짓고서 수행했다. 그 후에 아무도 조신의 종적을 알지 못했다.

다음과 같이 논평한다.

"이 전을 읽고 나서 책을 덮고 지난 일을 곰곰이 돌이켜 보니, 어찌 반드시 조신의 꿈만 그러하겠는가? 지금 모든 사람이 인간 세상의 즐거움을 알아 기뻐하면서 애를 쓰지만 특별히 깨닫지 못할 뿐이다."

따라서 노래를 지어 경계한다.

즐거운 시간은 잠시뿐 마음은 어느새 시들어

남모르는 근심 속에 젊던 얼굴 늙었네.

다시는 좁쌀밥 익기를 기다리지 말지니,¹⁴⁾

바야흐로 힘든 삶 한순간의 꿈인 걸 깨달았네.

몸을 닦을지 말지는 먼저 뜻을 성실하게 해야 하거늘

홀아비는 미인을 꿈꾸고 도적은 장물을 꿈꾸네.

어찌 가을날 맑은 밤의 꿈으로

때때로 눈을 감아 청량(淸凉)의 세계에 이르는가.

---

1) 관세음보살이 산다는 전설의 산으로 인도 남쪽 바다 건너에 있다고 전해진다.

2) 백의보살이다.

3) 용신팔부(龍神八部)라고도 하며 불법을 지키는 여덟 신장(神將)을 말한다.

4) 낙산사에는 원통보전(圓統寶展)이 있던 자리가 있는데 담장으로 둘러싸여 있다.

5) 원문은 '休醒「醐」和尚'으로 휴제화상(休醍和尚)이라고 해석하기도 한다.

6) 신라 말기 구산선문의 하나인 굴산선문을 개창한 통효대사 범일(810~889년)로 명주도독을 역임한 김술원의 손자이며 당시 왕위에서 밀려난 김주원계와 밀접한 관계를 유지하였다.

7) 제안(齊安) 선사를 말한다.

8) 당나라 무종(武宗) 이염(李炎)의 연호. 841~846년까지 사용했다.

9) 굴산사는 신라 말기 창건되어 고려 시대까지 이 지역의 중심적인 사찰이었고, 범일 등 유력한 여러 고승들이 머물렀던 것으로 전해지며, 발굴 조사 결과 규모가 상당한 것으로 밝혀졌다.

10) 대나무를 깎아 만든 점치는 패쪽이다.

11) 몽골의 병란이다.

12) 지금의 강원도 양양이다.

13) 삼별초(三別抄)를 말한다.

14) 황량몽(黃粱夢) 고사를 말한다. 노생(盧生)이란 젊은이가 낮잠을 잤는데, 꿈속에서 온갖 부귀와 영화를 누리면서 여든 살까지 살다 죽었다. 그러나 깨어나 보니 아까 주인이 짓던 좁쌀밥이 아직 익지도 않은 짧은 시간이었다.

어산의 부처 그림자

『고기(古記)』에는 이렇게 되어 있다.

"만어산(萬魚山)[1]은 옛날의 자성산(慈成山) 또는 아야사산
(阿耶斯山) 마땅히 마야사(摩耶斯)라고 해야 하는데 여기서는 물고기
를 말한다.이니, 부근에 가라국이 있었다. 옛날에 하늘에서 알
이 해변으로 내려와 사람이 되어 나라를 다스렸으니, 바로 수
로왕(首露王)이다. 당시 나라 안에 옥지(玉池)가 있었는데, 연
못에는 독룡이 살고 있었다. 만어산에는 나찰녀(羅刹女)[2] 다
섯 명이 독룡과 오가면서 사귀었기 때문에 이따금 번개가 치
고 비가 와서 4년이 지나도록 오곡이 영글지 않았다. 왕은 주
술로 막고자 했으나 하지 못하고 머리를 조아려 부처님에게
설법을 청한 연후에야 나찰녀가 오계(五戒)[3]를 받아 이후로
는 폐해가 없게 되었다. 그러자 동해의 물고기와 용이 바위로
변하여 골짜기에 가득 찼는데, 각기 쇠북과 경쇠 소리가 났다.

이상은 『고기』에 있다."

또 살펴보면 대정(大定) 20년 경자년(1180년), 즉 명종 11년이다. 처음으로 만어사를 세웠다. 동량(棟梁)⁴⁾ 보림(寶林)이 장계를 올려 말했다.

"이 산중의 기이한 흔적으로 북천축(北天竺) 가라국의 부처 그림자와 같은 것이 세 가지 있습니다. 첫째는 산 부근 양주(梁州) 경계에 있는 옥지에도 독룡이 살고 있다는 것이고, 둘째는 가끔씩 강가에서 구름 기운이 나와 산봉우리에 와 닿는데, 구름 속에서 음악 소리가 난다는 것이며, 셋째는 부처 그림자 서북쪽에 반석이 있어 언제나 물이 고여 마르지 않았는데, 이것은 부처가 가사를 빨던 곳이라는 것입니다."

이상은 모두 보림의 말이다. 지금 직접 와서 예불을 하면서 살펴보니 또한 분명 공경하여 믿을 만한 두 가지가 있다. 골짜기 바위의 대략 3분의 2는 모두 금과 옥의 소리를 내는 것이 그 한 가지고, 멀리서 바라보면 보이고 가까이서 바라보면 보이지 않아 어떤 때는 보이고 어떤 때는 보이지 않는 것이 그 한 가지다. 북천축의 글은 모두 뒤에 실었다.

가자함(可字函)의 『관불삼매경(觀佛三昧經)』⁵⁾ 제7권에 말했다.

"부처가 야건가라국(耶乾訶羅國) 고선산(古仙山) 담복화림(薝蔔花林) 독룡의 옆이요, 청련화천(青蓮花泉)의 북쪽인 악귀굴(羅刹穴) 가운데 있는 아나사산(阿那斯山) 남쪽에 이르렀다. 이때 그 굴 안에 있는 다섯 악귀가 암룡으로 변신하여 독룡과 사통했다. 용이 다시 우박을 내리고 악귀가 난행을 저질렀으므로 기근과 역질이 4년 동안이나 계속됐다. 왕은 놀라고 두려워하여 천지신명에게 기도를 드렸으나 아무 소용이 없었다. 이 당시에 범지라는 사람이 총명하고 매우 지혜로웠는데, 대왕에게 아뢰었다.

'가비라국(伽毗羅國)⁶⁾ 정반왕(淨飯王)의 왕자가 지금 도를 이루어 석가문(釋迦文)이라 부른다 합니다.'

왕은 이 말을 듣고 마음속으로 매우 기뻐하며 부처에게 예를 올리면서 말했다.

'오늘날 불교가 이미 일어났다고 하는데 어찌하여 이 나라에는 아직 이르지 않고 있습니까?'

이때 석가여래는 여러 비구에게 명하여 여섯 가지 신통력〔六神通〕을 얻은 사람에게 부처의 뒤를 따르게 하고, 나건가라왕(那乾訶羅王)의 불파부제(弗婆浮提)의 청을 들어주었다. 이때 세존(世尊)의 정수리에서 빛이 나와 여러 대화불(大化佛)⁷⁾ 1만 개로 변화시켜 그 나라로 가게 했다. 이때 용왕과 나찰녀는 오체투지로 예를 올리고 부처의 계를 받기를 원했다. 부처는 즉시 삼귀(三歸)⁸⁾와 오계(五戒)로써 설법했다. 용왕은 설법을 듣고 나서 꿇어앉아 합장하고 세존이 그곳에 항상 머물러 있기를 청하며 말했다.

'부처님께서 만약 이곳에 계시지 않는다면, 저에게 악한 마음이 있어 아뇩보리(阿耨菩提)⁹⁾가 될 수 없습니다.'

이때 범천왕(梵天王)¹⁰⁾이 또 와서 부처에게 예를 올리고 청했다.

'파가파(婆伽婆)¹¹⁾는 미래 세상의 모든 중생을 위해야 합니

다. 유독 이곳의 작은 용만을 위해서는 안 됩니다.'

백천(百千)의 범왕(梵王)[12]들도 모두 이와 같이 청했다. 용왕이 칠보대(七寶臺)를 내어 여래에게 바치니, 부처가 용왕에게 말했다.

'나에게는 이 보대가 필요 없으니, 너는 이제 악귀가 있는 석굴을 가져다 나에게 시주하라.'

용왕은 이 말을 듣고 기뻐했다.고 한다. 이때 석가여래가 용왕을 위로하여 말했다.

'내가 네 부탁을 받아들여 네 석굴 속에 앉아 1500년을 지내겠다.'

말을 마치고 부처가 몸을 솟구쳐 석굴 속으로 들어가자 바위는 맑은 거울처럼 사람들의 얼굴 모습을 비춰 주었는데 여러 용들도 모두 나타났다. 부처는 바위 안에 있으면서도 형상이 밖으로 내비쳤다. 이때 여러 용들이 합장하고 기뻐했으며 그곳에서 떠나지 않고 부처의 얼굴을 언제나 보게 되었다. 석가세존이 석벽 안에서 발을 포개고 도사려 앉으니[13] 중생들의 눈에 멀리서는 보이고 가까이서는 보이지 않았다. 여러 하늘 세계[諸天]에서 부처의 그림자에 공양하면 부처의 그림자 역시 설법을 했다고 한다."

또 말했다.

"부처님이 바위 위를 밟으니 문득 금과 옥의 소리가 난다."

『고승전(高僧傳)』에 이른다.

"혜원(惠遠)[14]이 천축국에 부처 그림자가 있다는 말을 들었는데, 〔그것은〕 옛날 용을 위해 남겨 두었던 그림자로서, 북천축 월지국(月支國) 나갈가성(那竭呵城)의 남쪽 고선인(古仙人)의 석실 속에 있었다.고 한다."

또 법현(法現)[15]의 『서역전(西域傳)』에 이른다.

"나갈국 국경에 도착하면 나갈성 남쪽으로 15리쯤 되는 곳에 석실이 있는데, 박산(博山) 서남쪽으로 부처가 이 가운데에 그림자를 남겼다. 10여 걸음을 가서 보면 부처의 진짜 형상처럼 빛이 환하게 비치지만 점차 멀어질수록 희미하게 보였다. 여러 나라의 왕들이 화공을 보내서 이것을 흉내 내어 그리려 했지만 비슷하게도 그리지 못했다. 사람들이 전하는 말로는 '현겁(賢劫)의 1000부처가 모두 이곳에 그림자를 남겼는데, 그림자의 서쪽 100여 걸음 정도 되는 곳이 바로 부처가 있을 때 머리를 깎고 손톱을 자르던 곳이다.'라고 한다."

성자함(星字函)의 『서역기(西域記)』 제2권에 이른다.

"옛날 석가여래가 세상에 있을 때, 용이 소를 치는 소년이 되어 왕에게 소의 젖을 바쳤는데, 진상 시기가 늦어 꾸지람을 받자 마음속으로 분노와 원한을 품었다. 그래서 돈을 주고 꽃을 사서 공양하면서, 솔도파(率堵婆)[16] 탑에 수기(授記)[17]하여 '독룡[惡龍]이 되어 나라를 멸망시키고 왕을 해치기를 원합니다.'라고 했다. 그러고는 석벽으로 달려가 몸을 던져 죽은 후 이 굴에 살면서 대용왕(大龍王)이 되어 마침내 악한 마음을 일으켰다. 여래가 이것을 알고는 몸을 바꾸어 신통력을 발휘하여 이곳에 이르렀다. 이 용은 부처를 보자 독한 마음이 사라져 살생 않는 계[不殺戒]를 받고는 여래에게 말했다.

'부처께서 언제나 이 석굴 안에 있으면서 제 공양을 받아

주십시오.'

이에 부처가 말했다.

'나는 장차 적멸(寂滅)[18]할 것이나 너를 위해 내 그림자를 남겨 두겠다. 네가 만약 독한 마음이 생긴다면 그때마다 언제나 내 그림자를 보아라. 그러면 그 마음이 사라질 것이다.'

그리고 부처는 신통력으로 혼자 석실로 들어갔는데, 멀리서 바라보면 나타나고 가까이 다가가 보면 보이지 않았다. 또한 바위 위의 발자국을 칠보(七寶)로 삼았다.고 한다."

이상은 모두 경문(經文)으로서 〔그 내용은〕 대략 이와 같았다.

해동 사람들은 이 산을 아나사(阿那斯)라고 이름 지었는데, 마땅히 마나사(摩那斯)라고 해야 할 것이다. 이것을 번역하면 물고기〔魚〕니, 북천축의 일을 가져다가 산 이름을 부른 것이다.

---

1) 경상남도 밀양시 삼랑진읍에 있는 산으로 큰 바위가 많은 것으로 유명하다.
2) 범어로서 사람을 잡아먹는 악귀를 말한다.
3) 살생(殺生), 도둑질, 음행(淫行), 거짓말, 음주의 다섯 가지 금기 사항이다.
4) 승려를 의미하는 관용어 또는 불교와 관련된 일을 하는 사람을 말한다.
5) 『관불삼매해경(觀佛三昧海經)』이라고도 하며 이 삼매에 들어서서 부처를 보면 십방(十方)의 부처님도 볼 수 있다고 한다.
6) 석가모니가 태어난 나라로 지금의 네팔과 인도의 국경 부근이다.
7) 신통력으로 변해 나타난 부처.
8) 불(佛), 법(法), 승(僧)의 삼보(三寶)에 귀의하는 일을 말한다.
9) 본래는 아뇩다라삼먁삼보리(阿耨多羅三藐三菩提)로 부처가 깨달은 최상의 도다.

10) 대범천왕(大梵天王)이라고도 하며 사바세계를 주관한다.

11) 박가범(薄伽梵)이라고도 하며 대공덕, 지성(至聖)인 부처님의 다른 이름이다.

12) 색계(色界)의 여러 신이다.

13) 원문의 '결가부좌(結跏趺坐)'를 번역한 것이다. 결가부좌란 오른쪽 발을 왼쪽 넓적다리 위에 놓고 앉는 법이다.

14) 혜원(慧遠)이라고도 하며 중국 동진 때의 고승이다.

15) 법현(法顯)이라고도 하며 중국 동진 때의 고승이다.

16) 부처의 사리를 모셔 두는 탑으로 'stupa'를 음차한 것이다.

17) 불타가 제자들에게 미래의 증과(證果)에 대해 설교하거나 예언하는 말이다.

18) 생멸(生滅)이 없는 절대 적정(寂靜)의 경지로, 해탈 또는 열반이라 한다.

오대산[1]의 5만 진신

    예부터 산속에서 전해 오는 이야기로 이 산은 자장법사 때부터 진성(眞聖) 문수보살(文殊菩薩)이 살던 곳이라 불리기 시작했다. 이전에 법사가 중국 오대산의 문수진신을 보려고 선덕왕 시대인 정관 10년 병신년(636년)『당승전(唐僧傳)』에는 12년이라고 했으나, 여기서는『삼국본사(三國本史)』를 따른다.에 당나라에 들어갔다. 처음에 중국 태화지(太和池) 가에 있는 돌부처 문수보살에 도착하여 경건하게 7일 동안 기도를 드렸더니 갑자기 부처로부터 네 구(句)로 된 게(偈)를 받는 꿈을 꾸었다. 꿈에서 깨어나〔네 구의〕글을 기억할 수는 있었으나, 모두 범어여서 도무지 그 뜻을 풀 수가 없었다.

    다음 날 아침 갑자기 어떤 승려가 붉은 비단으로 된 금색 가사 한 벌과 부처의 바리때 한 개, 부처 머리뼈 한 조각을 가지고 법사 옆으로 와서 물었다.

"왜 그리 멍하니 있으시오?"

법사가 대답했다.

"꿈에 네 구로 된 게를 받았는데 범어로 되어 있어 풀 수가 없기 때문입니다."

승려가 게를 듣고는 번역하여 말했다.

"가라파좌낭(呵囉婆佐曩)은 '일체의 불교 이치를 깨달았다.'라는 뜻이고, 달예치거야(達嚇哆佉野)는 '본래의 성품은 가진 바 없다.'라는 뜻이고, 낭가사가낭(曩伽呬伽曩)은 '불교 이치를 깨달았다.'라는 뜻이고, 달예노사나(達嚇盧舍那)는 바로 '노사나 부처를 곧 본다.'라는 뜻입니다."

그러고는 가져온 가사 등을 주면서 부탁했다.

"이것은 우리 스승 석가모니께서 쓰시던 물건이니 그대가 잘 보관하십시오."

이어서 또 말했다.

"그대의 나라 동북쪽 명주 경계에 오대산(五臺山)이 있는데 1만의 문수보살이 언제나 그곳에 머물러 있으니 가서 뵙도록 하시오."

말을 마치자 승려는 보이지 않았다. 법사는 신령스러운 유적[靈迹]을 두루 찾아보고는 동쪽으로 돌아오려 했다. [그런데] 태화지의 용이 모습을 나타내고 재(齋)를 부탁하여 7일 동안 공양했다.

그러자 용이 법사에게 말했다.

"지난번 게를 전한 노승이 참 문수보살입니다."

이렇게 말하며 또 절을 짓고 탑을 세울 것을 간곡하게 부탁했다.

이 일은 별전(別傳)에 모두 기록되어 있다.

법사는 정관 17년(643년), 오대산에 이르러 문수보살의 진신을 보려고 했으나 사흘 동안이나 계속 날이 어두워서 보지 못하고 돌아갔다. 다시 원녕사(元寧寺)에 머물면서 문수보살을 보았다. 그 후 칡덩굴이 서려 있는 곳으로 갔는데, 바로 지금의 정암사(淨嵓寺)다. 역시 별전에 기록되어 있다.

그 후에 범일(梵日)의 제자 신의(信義) 승려가 이곳을 찾아와 자장법사가 쉬었던 곳에 절을 짓고 살았다. 신의가 죽은 뒤 암자 또한 오랫동안 버려져 있었는데, 수다사(水多寺)[2]의 장로 유연(有緣)이 다시 암자를 짓고 살았으니 바로 지금의 월정사(月精寺)다.

자장법사가 신라로 돌아오자 정신대왕(淨神大王)의 태자 보천(寶川)과 효명(孝明) 두 형제『국사』를 보면 신라에는 정신, 보천, 효명 세 부자에 대한 명확한 글이 없다. 그러나 이 기록의 다음 기록에 신룡(神龍) 원년(705년)에 터를 닦아 절을 지었다고 했으니, 신룡 원년은 바로 성덕왕 즉위 4년 을사년이다. 왕의 이름은 흥광(興光)이고 본명은 융기(隆基)며 신문왕의 둘째 아들이다. 성덕왕의 형 효조(孝照)의 이름은 이공(理恭) 또는 홍(洪)이라고 하며 역시 신문왕의 아들이다. 신문왕의 이름은 정명(政明)이고 자는 일조(日照)다. 따라서 정신은 정명 신문왕의 와전인 것 같으며, 효명은 효조 또는 소(昭)의 잘못인 듯하다. 이 기록에는 효명이 제위에 오른 것만 말하고, 신룡 연간에 터를 닦아 절을 지었다는 것은 자세하게 말하지 않았다. 그러나 신룡 연간에 절을 세운 사람은 바로 성덕왕이다.가 〔각기 1000명의 무리를 이끌고〕 하서부(河西府) 지금의 명주에도 하서군(河西郡)이 있으니 바로 그곳이다. 또는 하곡현(河曲縣)이라고도 하는데, 지금의 울주(蔚州)니 옳지 않다. 에 도착하여 세헌 각간(世獻角干)의 집에서 하룻밤을 묵었다. 다음 날 큰 고개를 넘어 각각 1000명을 거느리고 성오평(省烏坪)에 도착하여 며칠 동안 유람했다. 문득 어느 날 저녁에 형제 두 사람이 속세를 벗어날 뜻을 남몰래 약속하고 사람들 모르게 달아나 오대산으로 들어가 숨었는데 『고기』에 이르기를 태화(太和) 원년 정미년(647년) 8월 초에 왕이 산속으로 숨었다고 했으나, 아마도 이 글은 매우 잘못된 듯하다. 살펴보면, 효조(孝照) 또는 효소왕(孝昭王)은 천수(天授) 3년 임진년(692년)에 열여섯 살로 즉위했는데, 장안(長安) 2년 임인년(702년)에 죽었으니 스물여섯 살이었다. 성덕왕이 이해에 즉위하니 스물두 살이었다. 만약 태화 원년 정미년이라고 한다면 효조가 제위에 오른 임진년보다 45년이나 앞선 태종 무열왕과 문무왕의 시대다. 이것으로 이 글이 틀렸음을 알 수 있다. 따라서 여기서는 이것을 취하지 않았다. 호위하던 자들은 간 곳을 알지 못하여 서울로 돌아왔다.

두 태자가 산속에 이르자 갑자기 푸른색 연꽃이 땅을 뚫고 올라왔으므로 이곳에 형이 되는 태자가 암자를 지어 살았는데, 이를 보천암(寶川庵)이라 했다. 여기에서 동북쪽으로 600보 가량 가니, 북쪽 대의 남쪽 기슭에도 푸른색 연꽃이 핀 곳이 있었으므로 동생 효명 또한 암자를 짓고 머물면서 각각 부지런히 업(業)을 닦았다.

하루는 형제가 함께 다섯 봉우리에 예불하기 위해서 올라갔는데, 동쪽 대인 만월산(滿月山)에 1만의 관음진신이 나타나고, 남쪽 대인 기린산(麒麟山)에는 여덟 분의 보살[八大菩薩]

을 우두머리로 하여 1만의 지장보살이 나타나고, 서쪽 대인 장령산(長嶺山)에는 무량수여래를 우두머리로 하는 1만의 대세지(大勢至) 보살³⁾이 나타나고, 북쪽 대인 상왕산(象王山)에는 석가여래를 우두머리로 하여 500의 대아라한(大阿羅漢)이 나타나고, 지로산(地盧山)이라고도 하는 중앙의 대 풍로산(風盧山)에는 비로자나불을 우두머리로 하여 1만의 문수보살이 나타났다. 〔그들은〕 이와 같은 5만의 진신들에게 하나하나 경배했다.

매일 새벽에 문수대성이 진여원(眞如院), 즉 지금의 상원(上院)에 이르러 서른여섯 가지 형상으로 변하여 나타났다. 어떤 때는 부처의 얼굴 형상으로, 어떤 때는 보배 구슬 형상〔寶珠形〕으로, 어떤 때는 부처의 눈 형상으로, 어떤 때는 부처의 손 형상으로, 어떤 때는 보탑 형상〔寶塔形〕으로, 어떤 때는 만 가지 부처 머리 형상〔萬佛頭形〕으로, 어떤 때는 만 가지 등 형상〔萬燈形〕으로, 어떤 때는 금 다리 형상〔金橋形〕으로, 어떤 때는 금 북 형상〔金鼓形〕으로, 어떤 때는 금 종 형상〔金鐘形〕으로, 어떤 때는 신통 형상〔神通形〕으로, 어떤 때는 금 누각 형상〔金樓形〕으로, 어떤 때는 금 바퀴 형상〔金輪形〕으로, 어떤 때는 금강으로 된 방앗공이 형상〔金剛杵形〕으로, 어떤 때는 금 항아리 형상〔金甕形〕으로, 어떤 때는 금비녀 형상〔金鈿形〕으로, 어떤 때는 다섯 가지 색이 밝게 빛나는 형상〔五色光明形〕으로, 어떤 때는 다섯 가지 색이 둥글게 빛나는 형상〔五色圓光形〕으로, 어떤 때는 길상초 형상〔吉祥草形〕으로, 어떤 때는 푸른 연꽃 형상〔靑蓮花形〕으로, 어떤 때는 절 형상〔金田形〕

으로, 어떤 때는 불각(佛閣) 도량 형상〔銀田形〕으로, 어떤 때는 부처의 발 형상으로, 어떤 때는 번개 형상〔雷電形〕으로, 어떤 때는 석가가 솟아 나오는 형상으로, 어떤 때는 땅 귀신이 솟아 나오는 형상으로, 어떤 때는 금 봉황 형상〔金鳳形〕으로, 어떤 때는 금 까마귀 형상〔金烏形〕으로, 어떤 때는 말이 사자를 낳는 형상으로, 어떤 때는 닭이 봉황을 낳는 형상으로, 어떤 때는 푸른 용 형상〔靑龍形〕으로, 어떤 때는 흰 코끼리 형상〔白象形〕으로, 어떤 때는 까치 형상으로, 어떤 때는 소가 낳은 사자 형상으로, 어떤 때는 노는 돼지 형상〔遊猪形〕으로, 어떤 때는 푸른 뱀 형상〔靑蛇形〕으로 나타났다. 두 태자는 매일 골짜기 속 물을 길어다 차를 끓여 바치고 밤이 되면 각자의 암자에서 도를 닦았다.

그때 정신왕의 아우가 왕과 임금 자리를 다투자, 나라 사람들은 왕을 쫓아내고 장군 네 사람을 산으로 보내 두 태자를 맞아 오게 했다. 먼저 효명의 암자 앞에 도착하여 만세를 부르자 때마침 오색구름이 일어나 7일 동안 그곳을 덮었다. 나라 사람들이 구름을 쫓아 모두 모여 왕의 행차를 갖추어 놓고 장차 두 태자를 맞이하여 돌아가려고 했다. 그러나 보천이 울면서 사양했으므로 효명을 받들어 돌아와서 즉위시켰다. 그는 여러 해 동안 나라를 다스렸다. 기록에 말하기를 재위 20여 년이라 했으나 죽을 당시의 나이가 스물여섯 살이라고 한 말이 잘못 전해진 것으로 보인다. 그가 재위에 있었던 것은 다만 10여 년뿐이었다. 또 신문왕의 동생이 왕위를 다투었다고 했는데, 『국사』에는 나와 있지 않아 자세한 것은 알 수 없다. 신룡 원년 바로 당나라 중종이 복위한 해이자 성덕왕 즉위 4년이다. 을사 3월 초나흘에 처음으로 진여원을 고쳐 세웠다. 이때 성덕왕은 직접 모든 관료를 거느리고 산에 도착하여 불전과 법당(殿堂)을 짓고 또 문수대성의 형상을 진흙으로 만들어 법당 안에 모시고 나서, 지식을 갖춘 영변(靈卞) 등 다섯 명에게 돌려 가면서 『화엄경』을 오랜 시간 읽게 하고, 화엄 모임(華嚴社)을 조직하도록 했다. 오랫동안 (공양) 비용을 대기 위해 매년 봄과 가을이면 그 산과 가까운 주(州)나 현(縣)에서 창고의 곡식 백 석과 맑은 기름 한 섬씩 바치게 하고 이것을 일정한 규칙으로 삼았다. 진여원에서 서쪽으로 6000보 떨어진 곳에 이르러 모니점(牟尼岾)과 고이현(古伊峴) 밖에 시지(柴地)[4] 15결(結), 밤나무 밭 6결, 좌위(坐位)[5] 2결을 내어 주고 장사(莊舍)를 세웠다.

보천은 언제나 영험 있는 골짜기의 물을 길어 먹었기 때문에 늘그막에는 육신이 허공을 날아 유사강(流沙江) 밖의 울진국(蔚珍國) 장천굴(掌天窟)에 이르러 머물면서 수구다라니(隨求陀羅尼) 외우는 것을 하루의 일로 삼았다. (그러자) 장천굴의 신이 현신하여 말했다.

"내가 이 굴의 신이 된 지 벌써 2000년이나 되었지만, 오늘에야 비로소 수구다라니의 진리를 들었습니다. 청컨대 보살의 계(戒)를 받고자 합니다."

계를 받고 난 다음 날 굴의 형체가 없어져, 보천이 놀랍고 이상하게 생각하여 머문 지 20일 만에 오대산 신성굴(神聖窟)로 돌아왔다. 다시 50년 동안 수도를 하니 도리천의 신이 하루 세 번 와서 설법을 듣고, 정거천(淨居天)[6]의 무리들이 차를 끓여 바쳤다. 또 마흔 명의 성인이 언제나 열 자 높이의 공중을 날면서 호위하고, 가지고 다니던 지팡이는 하루에 세 번씩 소리를 내며 방을 세 바퀴씩 돌아다녔으므로, 이것을 쇠북과 경쇠 소리로 삼아 시간에 맞추어 수업했다.

문수가 가끔 보천의 이마에 물을 붓고 성도기별(成道記莂)[7]을 주기도 했다.

보천이 입적하는 날, 훗날 이 산속에서 시행하여 나라에 이익이 될 만한 일들을 기록해 두었는데, 그 내용은 다음과 같다.

"이 산은 곧 백두산의 큰 줄기로 각 대는 진신이 상주하는 곳이니, 푸른색〔青〕은 동쪽 대 북쪽 모퉁이 아래와 북쪽 대 남쪽 기슭 끝이므로 마땅히 관음방(觀音房)을 설치하여 원상관음(圓像觀音)과 푸른 바탕에 1만 관음상을 그려 모시고, 복전승(福田僧) 다섯 명이 낮에는 여덟 권의 『금경(金經)』[8]과 『인왕반야(仁王般若)』와 『반야(般若)』, 『천수주(千手呪)』를 읽고, 밤에는 『관음경(觀音經)』 예참(禮懺)을 외우게 하여 이곳을 원통사(圓通社)라 부르라. 붉은색〔赤〕은 남쪽 대 남쪽에 있으니 지장방(地藏房)을 두어 원상(圓像) 지장과 붉은 바탕에 8대 보살을 우두머리로 하여 1만 지장상을 그려 모시고, 복전승 다섯 명을 두어 낮에는 『지장경(地藏經)』과 『금강반야(金剛般若)』를 읽고 밤에는 『점찰경(占察經)』 예참을 외우게 하여 금강사(金剛社)라 부르라. 흰색〔白〕은 서쪽 대 남쪽에 있으니, 미타방(彌陁房)을 두고 원상 무량수불과 흰 바탕에 그린 무량수여래를 우두머리로 한 1만 대세지보살을 모시고, 복전승 다섯 명을 두어 낮에는 여덟 권의 『법화경(法華經)』을 읽고 밤에는 미타불 예참을 외우게 하여 수정사(水精社)라 부르라. 검은색(黑)은 북쪽 대 남쪽에 있으니, 나한당(羅漢堂)을 설치하여 원상 석가불과 검은 바탕에 석가여래를 우두머리로 하여 500나한을 그려 모시고 복전승 다섯 명을 두어 낮에는 『불보은경(佛報恩經)』과 『열반경(涅槃經)』을 읽고 밤에는 『열반경』 예참을 외우게 하여 백련사(白蓮社)라 부르라. 노란색〔黃〕은 중앙 대 진여원(眞如院)에 있으니, 중앙에는 진흙으로 만든 문수보살의 부동상(不動像)을 모시고, 뒷벽에는 누런 바탕에 비로자나불을 우두머리로 하여 서른여섯 화형(化形)을 그려 모시고, 복전승 다섯 명을 두어 낮에는 『화엄경』과 『육백반야경(六百般若經)』을 읽고 밤에는 문수 예참을 외우게 하여 화엄사(華嚴社)라 부르라. 보천암(寶川庵)은 화장사(華藏寺)로 고쳐 세워 원상 비로자나 삼존과 『대장경』을 모시고, 복전승 다섯 명을 두어 〔낮에는〕 『장문장경(長門藏經)』을 읽고 밤에는 화엄신중(華嚴神衆)을 외우게 하며 매년 백 일 동안 화엄회(華嚴會)를 설치하여 법륜사(法輪社)라 부르라. 이렇게 하여 화장사를 오대사(五臺社)의 절로 삼아 튼튼하게 지키고, 정행복전(淨行福田)에게 명하여 길이 향화(香火)를 받들게 하면, 국왕이 천추(千秋)를 누리고 백성들이 평안하고 태평하며, 문무가 모두 화평하고 온갖 곡식이 풍년 들게 될 것이다. 또 하원(下院)에 문수갑사(文殊岬寺)를 배치하여 모임〔社〕의 도회(都會)로 삼고, 복전승 일곱 명을 두고 밤낮으로 언제나 화엄신중 예참을 시행하게 하라. 하서부(河西府) 도내(道內) 8주(州)의 세금으로 위의 37명의 재(齋) 비용, 옷 비용, 공양하는데 필요한 네 가지 물건의 비용을 충당하라. 군왕이 대대로 이 것을 잊지 말고 받들어 행한다면 다행한 일이겠다."

---

1) 오대산은 문수 신앙의 근거지로, 『삼국유사』의 4개 조에서 이 산을 배경 으로 한 이야기가 나온다.
2) 경작지로 변한 수다사지가 강원도 평창군 진부면에 있는데, 지금은 초석 과 파손된 석탑 등이 남아 있다.
3) 아미타불의 오른쪽에 있는 보살로서 중생에게 지혜의 빛을 비춰 준다.
4) 땔나무를 채취하는 땅이다.
5) 여러 경비를 마련하기 위한 땅으로 위토(位土)라고도 한다.
6) 오정거천(五淨居天)이라고도 한다. 성인이 사는 다섯 천국인 무번천(無 煩天), 무열천(無熱天), 선현천(善現天), 선견천(善見天), 색구경천(色究竟 天)을 말한다.
7) 부처가 제자에게 미래에 성불할 것을 구별하여 예언한 것으로 '기별'이라 줄여 부르기도 한다.
8) 옛날부터 나라를 수호하는 경전으로 받들어진 『금광명경(金光明經)』을 말한다.

명주옛날의 하서부 오대산 보질도태자 전기

신라 정신태자 보질도(寶叱徒)가 동생 효명태자(孝明太子)와 함께 하서부 세헌 각간의 집에 도착하여 하룻밤을 묵고, 이튿날 큰 고개를 넘어 각각 1000명씩 거느리고 성오평(省烏坪)에 도착하여 며칠 동안 유람했다. 태화(太和)[1] 원년(647년) 8월 5일에 형제는 함께 오대산으로 들어가 숨었다. 무리 가운데 호위하는 자들이 샅샅이 뒤졌으나 찾지 못하고 모두 서울로 돌아갔다.

형 태자는 〔오대산〕 중앙 대〔中臺〕 남쪽 진여원의 터 아래 산 끝에 푸른색 연꽃이 핀 것을 보고는, 그 땅에 풀을 엮어 암자를 짓고 살았다. 동생 효명태자는 북쪽 대〔北臺〕 남쪽 산 끝에 푸른색 연꽃이 핀 것을 보고는, 또한 풀을 엮어 암자를 짓고 살았다. 두 형제는 부처님에게 예불하면서 수행하고 오대(五臺)〔동, 서, 남, 북, 중앙〕로 나가 경건하게 예배드렸다.

푸른색〔靑〕은 동쪽 대인 만월형(滿月形)으로 이루어진 산에 항상 관음진신 1만이 머물고 있고, 붉은색〔赤〕은 남쪽 대인 기린산에 8대 보살을 우두머리로 하여 1만의 지장보살이 언제나 있으며, 흰색〔白〕은 서쪽 대인 장령산(長嶺山)에 무량수여래를 우두머리로 하여 1만의 대세지보살이 상주했고, 검은색〔黑〕은 북쪽 대인 상왕산(相王山)에 석가여래를 우두머리로 하여 500의 대아라한(大阿羅漢)이 상주했으며, 노란색〔黃〕은 중앙 대인 풍로산(風爐山) 또는 지로산(地爐山)에 비로자나불을 우두머리로 하여 1만의 문수보살이 상주했고, 진여원에는 문수보살이 매일 이른 아침이면 서른여섯 가지 모습으로 변화하여 나타났다. 서른여섯 가지 모습은 '오대산 5만 진신' 전(傳)에 보인다.

두 태자는 함께 예배를 드렸고, 매일 이른 아침이면 골짜기의 물을 길어다 차를 끓여 1만의 진신 문수보살에게 공양했다. 이때 정신태자의 동생 부군(副君)이 신라에 있으면서 왕위를 다투다 죽임을 당했다. 나라 사람들이 장군 네 사람을 보내니 오대산에 도착하여 효명태자 앞에서 만세를 불렀다. 그러자 오색구름이 오대산에서부터 신라까지 뻗쳐 7일 밤낮 동안 광채를 뿜었다. 나라 사람들은 빛을 찾아 오대산에 도착하여 두 태자를 모시고 나라로 돌아가려 했다. 보질도태자가 눈물을 흘리며 돌아가지 않겠다고 했으므로 효명태자만을 모시고 귀국하여 즉위하도록 하니, 태자의 재위 기간은 20여 년이다.[2] 신룡(神龍) 원년(705년) 3월 8일에 처음으로 진여원을 세웠다.고 한다.

보질도태자는 늘 골짜기의 신령스러운 물을 마셨으므로 육신이 허공으로 떠서 유사강(流沙江)에 이르러 울진대국의 장천굴로 들어가 수도하다가, 오대산 신성굴로 돌아와 50년 동안 수도했다.고 한다. 오대산은 바로 백두산의 큰 줄기로 각 대에는 늘 진신이 머물렀다.고 한다.

---

1) 이 연대는 잘못된 것이다. 앞 편에 나타나 있다.
2) '오대산 5만 진신' 조에 근거해 보면, 원문의 '이십(二十)' 년은 '십(十)' 년의 오기라고 보는 것이 옳다.

오대산 월정사[1]의 다섯 성중[2]

절에 전해 오는 고기(古記)를 살펴보면 이렇다.

"자장법사가 처음 오대산에 와서 〔부처의〕 진신을 보려고 산기슭에 띠를 엮어 〔집을 짓고〕 살았으나, 7일 동안이나 나타나지 않았다. 그래서 묘범산(妙梵山)에 이르러 정암사(淨岩寺)를 세웠다.

그 뒤에 신효거사(信孝居士)[3]라는 사람이 있었는데, 어떤 사람은 그를 유동보살(幼童菩薩)[4]의 화신(化身)이라고 한다. 그의 집은 공주에 있었고 어머니를 극진히 모셨다. 어머니가 고기가 아니면 밥을 먹지 않았으므로, 거사는 고기를 구하기 위해 산과 들을 돌아다니다 길에서 학 다섯 마리를 보고 쏘았는데, 그중 한 마리가 깃털 하나를 떨어뜨리고 날아갔다.

거사가 깃털을 주워 눈을 가리고 보았더니 사람들이 모두 짐승으로 보였으므로 고기를 얻지 못하고 돌아와 자신의 허벅지 살을 잘라 어머니에게 드렸다. 그러고는 후에 출가하여 그 집을 내놓아 절을 지었으니, 지금의 효가원(孝家院)이다. 거사는 경주 경계부터 하솔(河率)⁵⁾까지 이르면서 [깃털로 눈을 가리고] 사람들을 보았더니 대부분 사람의 모습으로 보였으므로 이곳에서 살려고 마음먹었다. 길에서 나이 많은 아낙을 만나 살 만한 곳을 물어보니 아낙이 대답했다.

'서쪽 고개를 넘으면 북쪽으로 향한 골짜기가 있는데 살 만합니다.'

말을 마치자 아낙은 사라져 버렸다. 거사는 이것이 관음보살의 가르침이라는 것을 깨닫고 곧 성오평(省烏坪)을 지나 자장법사가 처음에 지은 띠집으로 들어가 살았다.

갑자기 승려 다섯 명이 와서 말했다.

'당신이 가지고 온 가사 한 폭은 지금 어디 있습니까?'

거사가 어떻게 대답해야 할지 몰라 하자 승려가 말했다.

'당신이 주워 사람들을 본 깃털이 바로 그 가사입니다.'

거사가 깃털을 꺼내 바쳤다. 승려가 그것을 떨어진 가사 폭에 갖다 대니 서로 꼭 들어맞았는데, 깃털이 아니라 베였다. 거사는 다섯 승려와 헤어진 뒤에야 비로소 그들이 다섯 성중(聖衆)의 화신임을 알았다."

이 월정사는 자장이 처음 띠를 엮어 지었고, 그다음에 신효거사가 와 살았으며, 그다음에는 범일의 제자 신의(信義)가 와서 암자를 짓고 살았다. 뒤에 수다사(水多寺)의 장로 유연(有緣)이 와서 살게 되면서 점점 큰 절이 되었다. 절의 다섯 성중과 9층 석탑은 모두 성자(聖者)의 자취다.

지관〔相地者〕이 이렇게 말했다.

"국내의 명산 가운데 이곳이 가장 좋으니 불교가 오랫동안 흥성할 곳이다. 라고 한다."

---

1) 자장이 세웠다고 하며, 강원도 평창군 오대산 입구에 있다.
2) 성중이란 부처를 따라다니는 성자를 말한다.
3) 거사란 출가하지 않았지만 불교를 굳게 믿으며 법명을 가진 사람을 말한다.
4) 석가모니가 전세에 보살이었을 때의 이름으로 여기서는 정행(淨行)을 닦은 보살을 말한다.
5) 강릉의 옛 이름이다.

남월산 감산사[1]라고도 한다.

이 절은 서울에서 동남쪽으로 20리 남짓한 곳에 있다. 금당
(金堂)의 주불인 미륵존상 화광(火光) 후기에 이렇게 말했다.

"개원(開元) 7년 기미년(719년) 2월 15일에 중아찬(重阿湌)
김지성(金志誠)이 돌아가신 아버지 인장일길간(仁章一吉干)과
어머니 관초리(觀肖里) 부인을 위하여 감산사 한 채와 돌미륵
한 개를 공경스러운 마음으로 세우고, 또 개원(愷元) 이찬, 아
우 양성소사(良誠小舍)와 현도사(玄度師), 맏누이 고파리(古
巴里), 전 부인 고로리(古老里), 후처 아호리(阿好里), 그리고
서형(庶兄) 급막일길찬(及漠一吉湌), 일당살찬(一幢薩湌), 총민
대사(聰敏大舍), 누이동생 수힐매(首肹買) 등을 위해 이런 착
한 일을 함께 하게 되었다. 어머니 초리 부인이 고인이 되자, 동
해 유우(攸友) 가에서 뼈를 뿌렸다. 고인성지(古人成之) 이하의 글은
그 뜻을 알 수 없어 다만 옛글[古文]을 그대로 적어 둔다. 아래도 같다."

미타불 화광 후기에 이렇게 말했다.

"중아찬 김지성은 일찍이 상의봉어(尙衣奉御)와 집사시랑
(執事侍郎)을 지내다가 예순일곱의 나이로 벼슬을 그만두고
한가롭게 지내면서 나라의 대왕, 이찬 개원, 죽은 아버지 인장
일길간, 죽은 어머니, 죽은 아우 소사 양성, 승려 현도, 죽은
아내 고로리, 누이 고파리를 위해 받들고, 또 아내 아호리 등
을 위해 감산(甘山)의 농장 밭을 내놓아 절을 세웠으며, 이어
서 돌로 된 미타 한 개를 만들어 죽은 아버지 인장일길간을
받들어 모셨다. 그가 고인이 되자 동해 유우 가에 뼈를 뿌렸
다. 임금 족보(帝系)를 살펴보면 김개원은 바로 태종 김춘추의 [여섯째] 아
들인 개원 각간(愷元角干)으로 어머니는 문희다. 김지성은 인장일길간의 아
들이며 '동해 유우'란 아마 법민(法敏)을 동해에 장사 지냈다는 말인 듯하
다."

---

1) 신라 시대 감산사에 돌로 조각된 두 석불(국보 제81호, 제82호)이 오늘
날까지 보존되어 국립중앙박물관에 전해지고 있다.

천룡사

경주〔東都〕의 남산 남쪽으로 산봉우리 하나가 우뚝 솟아 있는데 세속에서는 고위산(高位山)이라 한다. 이 산의 남쪽에 절이 있으니 세속에서는 고사(高寺)라고 하고 더러는 천룡사 (天龍寺)[1]라고도 한다.

『토론삼한집(討論三韓集)』에서는 이렇게 말했다.

"계림 땅 안에는 다른 곳에서 흘러 들어온 물〔客水〕두 줄기와 거슬러서 흘러온 물〔逆水〕한 줄기가 있는데, 거슬러서 흘러온 물과 다른 곳에서 흘러 들어온 물의 두 근원이 천재 (天災)를 진압하지 못하면 천룡사가 휩쓸리는 재앙이 생긴다."

속전(俗傳)에 말했다.

"거슬러서 흘러 들어온 물이란 이 고을의 남쪽인 마등오촌 (馬等烏村) 남쪽으로 흐르는 시냇물이다. 이 물의 근원은 천룡 사에서 비롯된다."

중국 사신 악붕귀(樂鵬龜)가 와서 보고 말했다.

"이 절이 파괴되면 얼마 못 가 나라가 망할 것이다."

또 서로 전해 오는 말은 이렇다.

"옛날에 단월(檀越)²⁾에게는 천녀(天女)와 용녀(龍女)라는 두 딸이 있었다. 부모가 두 딸을 위해 절을 지으니, 절 이름이 여기서 연유한 것이다."

이곳은 경지(境地)가 특이하여 불도를 닦는 데 도움이 될 만한 곳이었으나, 신라 말년에 허물어져 버린 지 오래되었다.

중생사(衆生寺)의 관음보살이 최은함의 아들 승로(承魯)를 젖 먹여 길렀고, 승로가 숙(肅)을 낳았으며, 숙이 시중 제안(齊顔)을 낳았다. 제안이 허물어진 이 절을 고쳐 지어 석가만일도량(釋迦萬日道場)을 설치해 조정의 뜻을 받들었다. 아울러 신서(信書)와 발원문(發願文)을 절에 남겨 두었다. 그는 죽어서 절을 지키는 귀신이 되었는데, 신비롭고 괴이한 일이 아주 많았다. 그 신서는 대략 다음과 같다.

"단월인 내사시랑(內史侍郞) 동내사(同內史) 문하평장사(門下平章事) 주국(柱國) 최제안은 쓴다. 경주〔東京〕 고위산의 천룡사가 허물어진 지 여러 해가 지났다. 제자〔최제안〕는 임금께서 오래 사시고, 백성과 나라가 태평하기를 특별히 기원하여 전당과 회랑, 방, 부엌, 창고 등을 모두 완공하고, 돌과 흙으로 불상 몇 개를 만들고 석가만일도량을 개설한다. 이미 나라를 위해 고쳐 세웠으니 관가에서 절의 주지를 정해 보내 주는 것 또한 좋겠지만 주지가 바뀔 때마다 도량의 승려들이 마음 편히 지낼 수 없을 것이다.

시주 받은 논밭으로 절의 경비를 대는 경우를 예로 들면, 공산(公山)의 지장사(地藏寺)는 시주 받은 밭이 200결이고, 비슬산(毗瑟山) 도선사(道仙寺)도 시주 받은 밭이 20결이며, 평양[西京]의 사방에 있는 산사(山寺)가 시주 받은 밭만도 각각 20결이다.

이 절들은 직책이 있든 없든 모두 반드시 계(戒)를 지키고 재주가 빼어난 사람을 뽑아 절 안의 모든 바람에 따라 차례를 따져 주지로 삼아 분향하고 수도하는 것을 일정한 관례로 삼았다.

내[제자]가 이 풍문을 듣고 기뻐하여 우리 천룡사도 절의 모든 이 가운데서 재주와 덕이 높은 스님[大德]으로 기둥이 될 만한 사람을 뽑아 주지로 임명하여 오랫동안 향을 피워 수도하게 하고자 한다. 따라서 글로 상세하게 기록하여 강사(剛司)[3]에 맡기고, 당시 주지를 시초로 하여 유수관(留守官)의 문통(文通)을 받아 도량의 모든 승려들에게 보이니, 마땅히 각자 잘 알아서 해야 한다. 중희(重熙) 9년 6월 어느 날 관함(官銜)을 앞에 쓴 대로 갖추어 서명한다."

살펴보면 중희는 바로 거란 흥종(興宗)의 연호이며, 고려 정종(靖宗) 7년[4] 경진년(1040년)이다.

---

1) 경주시 내남면 남산 자락에 있는 사찰로 신라 시대 건립된 삼층석탑 등이 남아 있다.
2) 사찰이나 스님들에게 시주하는 사람들을 뜻한다.
3) 절의 간부격 직명이다.
4) 6년의 오기로 보는 학자도 있다.

무장사의 미타전

서울에서 동북쪽으로 20리쯤 떨어진 암곡촌(暗谷村) 북쪽
에 무장사(鍪藏寺)[1]가 있는데 신라 제38대 원성대왕(元聖大
王)의 아버지, 명덕대왕(明德大王)으로 추봉된 대아간(大阿
干) 효양(孝讓)이 숙부 파진찬(波珍湌)을 기려 세운 절이다.
〔그곳의〕 그윽한 골짜기는 마치 산을 깎아 놓은 듯 몹시 가파
르고, 어둡고 깊어 저절로 텅 비고 순박한〔虛白〕 마음이 생겨
마음을 쉬고 도를 즐길 만한 신령스러운 곳이다.

절의 위쪽에 아미타〔彌陁〕의 옛 전각이 있다. 소성(昭成) 또
는 소성(昭聖)이라고도 한다. 대왕의 왕비 계화왕후(桂花王后)는
대왕이 먼저 죽자 허둥대며 어쩔 줄 몰라 하고 매우 슬퍼하여
피눈물을 흘리며 상심했다. 왕후는 왕의 밝고 아름다운 일을
기리고 명복을 빌기로 마음먹었다. 이때 서방에 아미타라는
큰 성인이 있어 지극한 정성으로 믿으면 잘 구원하여 맞이한

다는 말을 듣고 왕후가 이렇게 말했다.

"이것이 사실이라면 어찌 나를 속이겠는가?"

왕후는 여섯 가지 화려한 옷[六衣][2]을 내놓고 창고[九府]에 쌓아 둔 재물을 다 털어서 이름난 장인들을 불러 모아 아미타 불상 하나를 만들게 한 다음 다시 여러 신들을 만들어 모셨다.

이보다 앞서 이 절에는 나이 든 승려가 한 명 있었는데, 어느 날 꿈에서 홀연 진인(眞人)이 석탑 동남쪽 언덕 위에 앉아서 서쪽을 향한 다음 대중을 위해 설법하는 것을 보고 마음속으로 이렇게 생각했다.

"이곳에 반드시 불법이 머무르게 될 것이다."

노승은 이것을 마음속에 감추어 두고 사람들에게 말하지 않았다.

그곳은 바위가 우뚝 솟아 있고 냇물이 거세게 흘러서 장인들이 거들떠보지 않았고, 다른 사람들도 모두 좋지 못한 터라고 했다. 그런데 터를 닦아 고른 땅을 얻자 불당을 세울 만했고 확실히 신령스러운 터와 같았으므로 보는 사람마다 놀라면서 좋다고 칭찬했다. 지금 미타전은 허물어지고 절만 남아 있다.

세간에서는 태종 무열왕이 삼국을 통일한 후 병기와 투구를 골짜기 가운데 갈무리하였으므로 무장사라 이름 지었다고 한다.

1) 경주시 암곡동 무장산의 골짜기에 절터가 있다. 비신을 세울 때 활용된 쌍신두(雙身頭) 귀부와 이수 등이 남아 있는데, 삼층석탑과 함께 소성왕을 위하여 조성한 아미타불의 내력 등을 새겨 놓았다.
2) 주나라 때 황후가 입던 여섯 가지 옷인데 여기서는 황후가 입는 화려한 옷을 말한다.

백엄사의 석탑사리

개운(開運)[1] 3년 병오년(946년) 10월 29일, 강주(康州) 땅 임도대감주첩(任道大監柱貼)에 "〔선종(禪宗)의〕 백엄선사(伯嚴 禪寺)[2]는 초팔현(草八縣) 지금의 초계(草溪)에 있는데, 절의 승려 간유상좌(侃遊上座)는 나이가 서른아홉 살이다."라고 했다.

절이 처음 지어진 때는 알 수 없다. 다만 예부터 전하는 바에 따르면 이전 시대인 신라 때 북택청(北宅廳) 터를 내놓아이 절을 지었는데, 그 뒤 오랫동안 폐허가 되었다. 지난 병인년(906년)에 사목곡(沙木谷)의 양부(陽孚) 스님[3]이 개조하여 주지로 있다가 정축년(917년)에 입적하였다. 을유년(925년)에 희양산(曦陽山)의 긍양 스님[4]이 와서 10년 동안 머물다가, 을미년(935년)에 다시 희양산으로 돌아갔다. 이때에 신탁(神卓) 스님이 남원(南原) 백암수(白嵓藪)에서 이 사원으로 들어와 이전에 정한 법대로 주지가 되었다.

또 함옹(咸雍)[5] 원년(1065년) 11월에는 이 절의 주지인 득오미정대사(得奧微定大師)와 승려 수립(秀立)이 절의 일상 규범〔常規〕 10여 조목을 정하고 새로 5층 석탑을 세워 진신부처사리 마흔두 과(稞)를 맞이해 모셨다. 또 사재를 털어 경비〔寶〕를 모아 해마다 공양할 조항, 특히 이 절에서 불법을 수호하던 엄흔(嚴欣)과 백흔(伯欣) 두 명신(明神)[6] 그리고 근악(近岳) 등 세 분 앞에 제사 모실 경비를 모아 공양할 것이며 세속에는 엄흔과 백흔 두 사람이 집을 내놓았기 때문에 백엄사라 불렸으며, 따라서 호법신(護法神)을 삼았다고 전한다. 금당 약사여래(藥師如來) 앞의 나무주발에 매달 초하룻날 공양미를 갈아 놓는 조항을 정했다. 이하 조목은 기록하지 않는다.

---

1) 오대 후진(後晉) 출제(出帝) 석중귀(石重貴)의 연호. 944~946년까지 사용하였다.
2) 경상남도 합천군 대양면에 있었던 사찰로 백암사 또는 대동사로도 불렸으며, 지금은 폐허가 되었고 신라 시대 조성된 석등과 석불 등이 남아 있다.
3) 신라 말기 희양산문을 개창하였던 지증대사(智證大師) 도헌(道憲) (824~882년)의 제자로 백엄사로 하산하여 주석하다가 입적하였다.
4) 양부선사의 법을 이어 고려 초기 희양산 봉암사(鳳巖寺)를 중심으로 크게 활약했던 정진대사 긍양(878~956년)이다.
5) 요(遼)나라 도종(道宗) 야율홍기(耶律洪基)의 연호. 1065~1074년까지 사용했다.
6) 여러 천신과 귀신을 공경해 부른 말이다.

영취사

절에 전해 오는 고기(古記)에 말한다.

"신라 진골 제31대 신문왕 대인 영순(永淳)¹⁾ 2년 계미년 (683년) 본문에는 원년이라고 했으나 잘못된 것이다.에 재상 충원공 (忠元公)이 장산국(萇山國) 바로 동래현이니 내산국(萊山國)이라고도 한다. 온천에서 목욕을 하고 성으로 돌아오는 길에 굴정역(屈 井驛) 동지야(桐旨野)에 이르러 머물게 되었다. 문득 어떤 사 람이 매를 놓아 꿩을 쫓는 것을 보았는데, 꿩이 금악(金岳)을 지나 자취가 영영 사라져 버렸다. 그래서 방울 소리를 듣고 찾 아가니 굴정현 관청 북쪽의 우물가에 이르렀다. 매는 나무 위 에 앉아 있고 꿩은 우물 속에 있는데, 물이 핏빛을 띤 것 같았 다. 꿩은 양쪽 날개를 펴서 새끼 두 마리를 품고 있었고, 매 역 시 그것을 어여삐 여기는지 함부로 덮치지 않고 있었다.

공이 이것을 보고 불쌍히 여기고 감동하여 그 땅을 점쳐

보니 절을 세울 만했다. 서울로 돌아와 이 사실을 왕에게 아뢰어 그 현의 관청을 다른 곳으로 옮기게 하고 그곳에다 절을 세운 뒤 영취사라고 이름 지었다."

---

1) 당나라 고종 이치(李治)의 연호. 682~683년까지 사용했다.

유덕사

신라 태대각간(太大角干) 최유덕(崔有德)이 자기 집을 내놓아 절을 세우고 유덕사(有德寺)라 이름 지었다. 먼 후손인 삼한(三韓)의 공신 최언위(崔彦撝)가 유덕의 진영(眞影)을 이곳에 모셔 두고 다시 비(碑)를 세웠다고 한다.

오대산 문수사[1]의 석탑기

뜰 가에 있는 석탑은 신라 사람이 세운 것 같다. 모양이 순박하고 정교하지는 않지만 이루 다 기록할 수 없을 만큼 영험이 많았다. 그 가운데 옛 노인들에게서 들은 한 가지 일만 기록하면 다음과 같다.

"옛날 연곡현(連谷縣) 사람이 배를 타고 바닷가에서 물고기를 잡는데, 갑자기 탑 하나가 나타나더니 배를 따라오는 것이었다. 그러자 모든 물고기가 그 그림자를 보고서 사방으로 흩어졌으므로 어부들은 한 마리도 잡지 못했다. 화가 난 어부들이 그림자를 찾아가 보았더니 바로 이 탑이었다. 그래서 도끼를 휘둘러 부수어 버리고 떠났다. 지금 이 탑의 네 귀퉁이가 모두 떨어져 나가고 없는 것은 이 때문이다."

나는 놀라 탄식해 마지않았다. 게다가 탑의 위치가 약간 동쪽으로 치우쳐 중앙에 있지 않은 것이 이상하게 여겨졌다. 현판이 하나 있어 올려다보니 거기에는 이렇게 적혀 있었다.

"승려 처현(處玄)이 일찍이 이 절에 머물다가 탑을 뜰 가운데로 옮겼더니 20여 년 동안 고요하여 영험이 없었다. 풍수[日官]가 절터를 찾다가 이곳에 이르러 '이 뜰의 중앙은 탑을 세울 만한 곳이 아닌데 왜 동쪽으로 옮기지 않는가.'라고 했다. 그래서 여러 승려들이 깨닫고서 다시 옛터로 옮겼다. 지금 서 있는 곳이 그곳이다."

나는 괴이한 것을 좋아하는 사람은 아니지만, 부처의 위엄과 신령함이 현세에 이처럼 빨리 나타나 만물을 이롭게 하는 것을 보았으니, 부처의 제자가 된 자로서 어찌 묵묵히 있을 수 있겠는가? 정풍(正豊)[2] 원년 병자(1156년) 10월 어느 날, 백운자(白雲子)가 기록한다.

---

1) 지금의 강릉시에 있는 한송사지가 절 이름을 바꾸기 전에는 문수사였다.
2) 금나라 연호인 '정륭(正隆)'에서 '륭(隆)'이 태조 왕건의 부친 이름이었기 때문에 고려는 '륭(隆)'을 '풍(豊)'으로 대체한 '정풍(正豊)'을 피휘 연호로 썼다. 정륭(正隆)은 금나라 해릉왕 왕안량의 연호. 1156~1161년까지 사용했다.

권 제4

●

卷第四

의해 제5

◎

義解 第五

『삼국사기』의 「열전」에는 승려들에 관한 편명이 없다.

그러나 일연은 이 편에서 신라 최초의 중국 유학생 원광을 필두로 자장, 원효 등 여러 승려들의 이야기를 14조에 걸쳐 수록하고 있어 인용된 자료로 승전의 비중이 높다.

특히 해동 불교의 자랑인 성승(聖僧) 원효에 대해서는 역사적 자료뿐만 아니라 직접 느끼고 전해 들은 이야기를 두루 섭렵하여 내용을 더욱 풍성하게 했으며, 개울가에서 혜공과 주고받은 대화에서는 원효의 인간미마저 느끼게 해 준다.

백제 미륵 신앙의 토대를 확립하는 데 기여했던 진표의 이야기를 수록한 점은 주목할 만하다.

일연이 청도의 운문사에 머물면서 기록한 이 편은 애써 꾸미거나 과장하지 않은 깔끔한 문체로 써 내려감으로써 『삼국유사』의 문학적 가치를 더욱 높여 주었다. 또한 일연의 사상적인 성숙과 체험적인 지혜가 물씬 느껴진다.

원광이 서쪽으로 유학 가다 [1]

당나라 『속고승전(續高僧傳)』 제13권에는 이렇게 실려 있다.

"신라 황륭사(皇隆寺) [2]의 승려 원광(圓光)은 세속의 성이 박씨(朴氏)다. 본래는 변한과 진한, 마한의 삼한에 살았는데 원광은 진한 사람이다. 원광은 집안 대대로 해동에서 살았고 조상의 풍습이 오래도록 이어져 왔다. 그는 도량이 넓고 크며, 글을 좋아하여 현학(玄學) [3]과 유학을 폭넓게 섭렵하였을 뿐만 아니라 제자서(諸子書)와 역사서를 검토하여 바로잡아 문명(文名)을 삼한에 떨쳤다. 〔그러나〕 오히려 넓고 풍부한 지식이 중국에 〔미치지 못한 것을〕 부끄럽게 생각하여 드디어 부모와 친구와 헤어져 해외로 나갈 것을 결심했다. 스물다섯 살에 배를 타고 금릉(金陵) [4]에 도착했다. 진(陳)나라는 문교(文敎)의 나라로 알려져 있었기 때문에, 〔원광은〕 이전에 의심했던 것과 도를 물어서 그 의미를 알게 되었다.

처음에는 장엄사(莊嚴寺) 민공(旻公)의 제자의 강의를 들었다. [원광은] 본래 속세의 경전(世傳)을 잘 알아 이치를 끝까지 연구하는 데 신통하다고 알려졌지만, 불교의 강론을 듣고는 오히려 [자신이] 썩은 지푸라기 같았다. [그리고] 헛되이 명교(名敎)[5]를 공부하다가는 진실로 삶이 걱정되어 진나라 왕에게 글을 올려 불법에 귀의할 것을 간청하니 왕이 칙명으로 허락했다.

[그는] 비로소 승려가 되어 계(戒)를 받고는 강설하는 모임(講肆)을 두루 찾아다니면서 훌륭한 도리를 다하고 미묘한 말을 깨달아 세월을 헛되이 보내지 않았다. 그리하여 『성실론(成實論)』과 『열반경(涅槃經)』을 얻어 마음속에 쌓아 간직하고, 삼장(三藏)과 석론(釋論)을 두루 탐구했다. 마침내 오(吳)나라의 호구산(虎丘山)에 들어가 정념(正念)[6]과 정정(正定)[7]을 서로 따랐고 각관(覺觀)[8]을 경계하여 잊지 않으니, 마음의 위안을 얻으려는 무리들이 임천(林泉)[9]에 구름처럼 몰려들었다. 아울러 『사아함경(四阿含經)』[10]을 널리 읽어 공덕이 팔정(八定)[11]으로 흘러들게 되고, 선(善)을 밝히고 의심나는 것을 바로잡으니 곧음을 무너뜨리기는 어려웠다. 본래부터 마음먹었던 것과 꼭 들어맞았기 때문에 이곳에서 일생을 마칠 생각을 했다. 즉시 인간 세상의 일을 끊고 성인의 유적을 유람하면서 생각을 세상 밖(靑霄)에 두고 속세를 버리려 했다. 그때 한 남자 신도(信士)가 산 아래에 살고 있었는데, 원광에게 강의해 달라고 청했다. 원광은 끝내 사양하고 허락하지 않았으나, 귀찮을 정도로 청했기 때문에 드디어 그의 뜻에 따라 처음에는

『성실론』을 강의하고, 나중에는 『반야경』을 강의했다. 그의 해석은 모두 훌륭하고 명철했으며, 좋은 질문에는 거침없이 답하고 매끄러운 말을 덧붙여 글의 깊은 뜻을 풀어내니, 듣는 사람들이 흡족해하고 마음에 들어했다.

이때부터 옛 규칙에 따라 중생을 인도하는 것을 임무로 삼으니, 법륜(法輪)을 한 번 움직일 때마다 강물을 기울여 쏟듯〔세상 사람들을 불법(佛法)으로 기울게〕했다. 비록 이국 땅이었지만 설법이 통하여 도에 젖어 싫어하거나 틈이 생기는 일이 없게 되었다. 그리하여 〔원광의〕 명망은 널리 퍼져 중국의 남방〔영표(嶺表)〕[12]까지 전파되었다. 〔그래서〕 험한 길을 헤치며 바랑을 지고 〔배우러〕 찾아오는 사람들이 줄을 이어 고기 비늘 같았다.

수(隋)나라 임금이 천하를 다스리니, 그 위엄이 남국〔진나라〕까지 퍼져 진(陳)나라의 운수가 다하게 되었다. 〔수나라〕 군대가 양도(揚都)[13]에 들어오자 〔원광은〕 난병(亂兵)들에게 잡혀 죽게 될 참이었다. 〔수나라의〕 대주장(大主將)이 사탑이 불에 타는 것을 멀리서 보고 불을 끄려고 달려갔다. 〔그런데〕 불에 탄 흔적은 전혀 없고 다만 원광이 탑 앞에 묶인 채 죽임을 당하려 하고 있었다. 이를 기이하게 여겨 즉시 묶인 것을 풀어 주고 원광을 방면했다. 위기에 직면하여 영험을 나타낸 것이 이와 같았다.

원광의 학문이 오월(吳越)[14]에서 통했으나 다시 주진(周秦)[15]의 교화를 보려고 개황(開皇) 9년(589년)에 장안으로 유람하러 갔다. 그런데 마침 불법의 개최를 맞아 섭론종(攝論

宗)¹⁶)이 처음으로 일어나니 〔원광은〕 경전의 아름다운 말을 마음속으로 받들고 〔경전의〕 미묘한 실마리를 일으켜 세웠으며, 또한 지혜로운 해석으로 장안에 명예를 드날렸다. 공적이 이루어지고 나서 도를 동쪽으로 전하려 했다. 멀리 신라에서 이 소문을 듣고는 〔수나라 황제에게〕 아뢰는 글을 올려 〔원광을 돌려보내 줄 것을〕 여러 번 청했다. 따라서 칙명을 내려 노고를 크게 위로하고 자기 나라로 돌려보냈다.

원광이 수십 년 만에 돌아오니 늙은이 젊은이 할 것 없이 서로 기뻐했다. 신라 왕 김씨¹⁷)는 〔원광을〕 만나 보고는 공경하여 성인처럼 우러러 모셨다. 원광은 성품이 겸허하고 여유롭고 정이 많아 모든 사람에게 두루 사랑을 베풀었고 말할 때는 항상 웃음을 머금으며 노여움을 나타내지 않았다. 외교 문서나 계서(啓書), 오가는 국서가 모두 그의 머릿속에서 나왔다. 온 나라가 받들어 원광에게 나라를 다스리는 방법을 맡기고 도의로써 교화하는 방법을 물었다. 〔원광은〕 화려한 옷을 차려입은 고위 관리는 아니었지만 실제로는 나라의 정사를 돌보는 사람과 같아 시기 적절하게 교훈을 펴서 지금까지도 모범이 되고 있다.

〔원광이〕 나이가 들어 수레를 타고 대궐로 들어가자, 왕이 손수 의복과 약과 음식을 마련하여 다른 사람이 돕는 것을 허락하지 않아 오로지 혼자만 복을 받으려고 했으니, 감동하고 공경하는 모습이 이 정도였다.

원광이 임종하려 할 때 왕이 직접 손을 잡고 위로하며 백성들을 구제할 수 있는 법을 남겨 달라고 부탁하니, 상서로운 징조를 설명하여 온 나라 구석구석에 미치게 했다. 건복(建福)[18] 58년(636년)에 원광은 몸이 좋지 않은 것을 조금씩 느끼다가 이레가 지나 해맑고 절실한 계를 남기고 자신이 살던 황룡사에 단정히 앉아 임종했다. 이때가 아흔아홉 살로 당나라 정관 4년의 일이다.마땅히 14년이 옳을 것이다.[19] 임종할 때, 절의 동북쪽 허공에는 음악 소리가 가득하고 이상한 향기가 절에 충만하여 승려와 속세 사람들이 모두 슬퍼하면서도 그의 영감을 알고 경사로 여겼다. 마침내 〔그를〕 서울 외곽에 장사 지냈는데, 나라에서 우의(羽儀)[20]와 장례용품을 내려 마치 왕의 장례와 같이 치렀다.

그 후 속세 사람 가운데 죽은 태아를 낳은 사람이 있었는데 세속에서 말했다.

"복이 있는 사람 무덤 옆에 묻으면 자손이 끊이지 않는다."

그래서 몰래 원광의 무덤 옆에 태아를 묻었다. 그러자 그날로 죽은 태아에게 벼락이 쳐서 무덤 밖으로 내쳐졌다. 이 일로 불손한 마음을 품었던 사람들은 모두 그를 우러르게 되었다.

그의 제자 원안(圓安)은 정신과 기개가 지혜롭고 기민했으며 유람을 좋아하는 성품이라 그윽한 것을 구하면서 스승을 앙모했다. 마침내 북쪽으로 환도(丸都)[21]를 돌아보고, 동쪽으로 불내(不耐)[22]를 보았으며, 또 서쪽으로 연(燕)나라와 위(魏)나라에 가고, 나중에 황제가 사는 장안까지 이르렀다. 〔이렇게 하여〕 지방의 풍속에 두루 통달하고 여러 경론(經論)을 탐구해서 큰 줄기를 꿰뚫고 미묘한 뜻까지도 훤히 통달하게 되었다. 만년에 이르러서는 마음의 학문(心學)으로 돌아가 원광의 뜻을 높이 따랐다. 처음에는 장안의 절에 머물렀는데 도가 높은 것으로 알려지자, 특진(特進) 소우(蕭瑀)가 왕에게 아뢰어 남전(藍田)에 지은 진량사(津梁寺)에 머물게 했는데 사사(四事)[23]의 공양에 온종일[24] 변함이 없었다.

원안이 일찍이 원광에 대하여 서술했다.

"우리 신라의 왕이 병이 들었는데 의원이 치료해도 낫지 않았다. 원광을 궁궐로 요청하여 옆에 따로 모시고 매일 밤 두 차례씩 심오한 법을 말하도록 하고, 계를 받아 참회하게 하니 왕이 그를 몹시 신봉했다. 한번은 초저녁에 왕이 원광의 머리를 보니 금빛이 찬란하게 빛나고 햇무리(日輪) 같은 형상이 (그의) 몸이 가는 대로 따라다녔다. (이것을) 왕후와 궁녀들이 모두 보았다. 그러므로 뛰어난 마음을 거듭 내어 병실에 머물게 하니, 오래지 않아 왕의 병이 나았다. 원광은 진한과 마한 사이에서 부처의 교법을 크게 폈으며, 해마다 두 차례의 강론을 통해 후학을 기르고, 시주 받은 재물은 모두 절을 운영하는 데 보태니 남은 것은 단지 가사와 바리때뿐이었다. 달자함(達字函)에 실려 있다."

또 경주(東京) 안일호장(安逸戶長) 정효(貞孝)의 집에 있는 고본 『수이전(殊異傳)』[25]에 「원광법사전」이 실려 있는데, 그 내용은 다음과 같다.

"법사가 세속에서 얻은 성은 설씨(薛氏)로서 경주(王京) 사람이다. 처음에 승려가 되어 불교를 배웠는데 서른 살에 조용히 살면서 수도할 생각을 품고는 혼자서 삼기산(三岐山)에서

442

살았다. 그 후 4년이 지나 한 승려가 와서 멀지 않은 곳에 따로 절을 짓고 2년을 살았는데, 사람됨이 강인하고 매우 사나워 주술 배우기를 좋아했다.

법사가 밤에 혼자 앉아 경을 외우고 있는데, 갑자기 신의 목소리가 그의 이름을 부르며 말했다.

'좋구나, 좋구나, 그대의 수행이여! 대개 수행하는 사람이 많다고는 하지만 법사 같은 사람은 드물구나. 지금 이웃에 어떤 승려가 있는데 그를 보면 곧잘 주술을 닦지만 얻는 것은 없고, 지껄이는 소리는 다른 사람의 조용한 마음을 뒤흔들고, 머무는 곳이 내가 다니는 길을 막고 있어 항상 오갈 때마다 몇 번이나 미운 생각이 드니, 법사는 나를 위해 그에게 말하여 다른 장소로 옮기도록 하라. 만약 오래 머문다면 아마도 내가 문득 죄업(罪業)을 저지를 것 같다.'

이튿날 법사가 가서 알려 주었다.

'내가 어젯밤에 신의 말을 들었으니 비구는 제발 다른 장소로 옮기시오. 그렇지 않으면 재앙이 따를 것이오.'

비구가 대답했다.

'수행이 지극한 사람도 마귀에게 미혹되는군요. 법사는 어찌 여우 귀신의 말을 걱정합니까?'

그날 밤, 신이 또 와서 말했다.

'지난번 내가 말한 일에 대해 비구가 무어라고 답하던가?'

법사는 신이 몹시 화를 낼까 두려워하며 대답했다.

'아직 말을 다 하지 못했습니다만 강하게 말한다면 어찌 감히 듣지 않겠습니까?'

신이 말했다.

'이미 내가 다 들었는데 법사는 어찌하여 말을 덧붙이는가? 잠자코 내가 하는 일을 보시게.'

말을 마치고 갔는데 그날 밤 우레와 같은 소리가 들렸다. 이튿날 살펴보니 산이 무너져 비구가 살던 절을 덮어 버렸다. 신이 또 와서 말했다.

'법사가 보니 어떠한가?'

법사가 대답했다.

'매우 놀랍고 두려웠습니다.'

신이 말했다.

'내 나이는 거의 3000세로서 신령스러운 술법이 가장 뛰어나니 이 정도는 작은 일인데 어찌 놀랄 것이 있겠는가? 나는 앞으로 다가올 일을 알지 못하는 것이 없으며 천하의 일에 통달하지 않은 것이 없다. 지금 생각해 보니 법사가 이곳에만 살면 비록 자신에게는 이로운 행실이 있겠으나 다른 사람을 이롭게 하는 공은 없을 것이다. 지금도 높은 명성을 드날리지 못하고 미래에도 뛰어난 성과를 드날리지 못할 것인데 왜 중국에 가서 불법을 가져와 이 나라의 미혹한 무리들을 인도하지 않는가?'

법사가 대답했다.

'중국에 가서 도를 배우는 것이 본래 제가 바라던 바이나, 바다와 육지가 막혀 있어 가지 못할 따름입니다.'

신이 중국에 갈 수 있는 계책을 자세히 일러 주었으므로, 법사는 그 말에 따라 중국에 가서 11년 동안 머물면서 삼장

(三藏)에 널리 통달하고, 유학〔儒〕도 배웠다.

진평왕 22년 경신년(600년)『삼국사』에는 이듬해 신유년(601년)에 왔다고 했다.에 법사는 행장을 꾸려 본국으로 돌아가려는데 이에 중국에 왔던 조빙사(朝聘使)를 따라 본국 신라〔東〕로 돌아왔다. 법사가 신에게 감사를 드리기 위해 전에 거주하던 삼기산의 절에 도착하니, 밤중에 신이 또 와서 그의 이름을 부르며 말했다.

‘바다와 육지 길을 다녀오는 것이 어떻던가?’

법사가 대답했다.

‘신의 커다란 은혜를 입어 편안히 다녀왔습니다.’

신이 말했다.

‘나 또한 법사에게 계를 주겠다!’

그리고 윤회[26]하는 세상에서 서로 구제해 주자는〔生生相濟〕약속을 맺었다.

또〔법사가〕요청했다.

‘신의 참모습을 볼 수 있겠습니까?’

신이 말했다.

‘법사가 만일 내 모습을 보고 싶다면 아침에 동쪽 하늘 끝을 보면 된다.’

법사가 이튿날 아침에 그곳을 바라보니, 큰 팔뚝이 구름을 뚫고 하늘 끝에 닿아 있었다. 그날 밤, 신이 또 와서 말했다.

‘법사는 내 팔뚝을 보았는가?’

법사가 대답했다.

‘매우 기이하고 절묘했습니다.’

그래서 세속에서는 〔삼기산을〕 비장산(臂長山)이라고 불렀다.

신이 말했다.

'비록 이런 몸을 가졌다 해도 무상(無常)의 고통을 면하지는 못한다. 나는 어느 달 어느 날에 그 고개에 나를 버릴 것이다. 법사가 와서 영원히 가는 내 혼을 송별해 주시게.'

약속한 날을 기다렸다가 가서 보니 검게 옻칠한 것 같은 늙은 여우 한 마리가 헐떡거리며 숨도 쉬지 못하다가 조금 뒤에 죽었다.

법사가 처음 중국에서 돌아왔을 때, 신라 조정의 임금과 신하들은 그를 존경하여 스승으로 삼아 〔법사는〕 항상 대승경전(大乘經典)을 강론했다. 이때 고구려와 백제가 항상 변방을 침범해 왔다. 왕은 매우 근심하면서 법사에게 수나라마땅히 당나라로 해야 한다.에 군사를 요청하는 표문〔乞兵表〕을 짓도록 했다. 황제가 그 표문을 보고 30만 명의 군사를 직접 이끌고 고구려를 치니, 이로부터 법사가 유학에도 두루 통한다는 것이 세상에 알려졌다. 〔법사가〕 향년 여든네 살에 입적하자 명활성(明活城) 서쪽에 장사 지냈다."

또 『삼국사』 「열전」에는 이렇게 되어 있다.

"어진 선비 귀산(貴山)은 사량부(沙梁部) 사람으로 한동네에 사는 추항(箒項)과 친구였다. 두 사람이 만나서 말했다.

'우리들이 덕망 있는 선비와 교유하길 기약하면서 먼저 마음을 바르게 하고 몸을 닦지 않는다면 아마도 욕을 초래할 것이다. 그러니 어찌 어진 사람의 곁을 찾아가 도를 묻지 않을

수 있겠는가?'

이때 원광법사가 수나라[27)]에 들어갔다가 돌아와서 가슬갑(嘉瑟岬) 가서갑(加西岬) 또는 가서갑(嘉栖岬)이라고도 쓰는데 모두 방언이다. 갑(岬)은 세속에서 곳(古尸)이라고 하기 때문에 혹은 곳사(古尸寺)라고도 하니, 갑사(岬寺)란 말과 같다. 지금 운문사(雲門寺) 동쪽 9000보쯤 되는 곳에 가서현(加西峴)이 있으니 어떤 사람은 가슬현(嘉瑟峴)이라고도 한다.[28)] 현의 북쪽 골짜기에 절터가 있으니 바로 이것이다. 에 머무르고 있다는 말을 듣고 두 사람이 문으로 들어가 아뢰었다.

'속된 선비들은 무지몽매하여 아는 것이 없으니, 한 말씀만 해 주시면 평생토록 경계로 삼겠습니다.'

원광법사가 말했다.

'불교에는 보살계(菩薩戒)가 있고 거기에 따로 열 가지가 있으나, 너희들이 다른 사람의 신하 된 몸으로는 아마도 감당할 수 없을 것 같다. 지금 세속에는 다섯 가지 계(世俗五戒)가 있다. 첫째는 충성으로 임금을 섬기는 것이고, 둘째는 효도로 어버이를 섬기는 것이고, 셋째는 믿음으로 벗과 사귀는 것이고, 넷째는 싸움터에 나가서는 물러남이 없는 것이고, 다섯째는 살생을 가려서 하는 것이다. 너희들은 이를 실행하는 데 소홀함이 없어야 한다.'

귀산 등이 말했다.

'다른 것은 잘 알겠습니다만, 이른바 살생을 가려서 하라는 것만은 잘 알지 못하겠습니다.'

원광법사가 말했다.

'육재일(六齋日)[29)]과 봄 여름에는 살생을 하지 말아야 하니,

이는 시기를 가리라는 것이다. 부리는 가축을 죽이지 말라고
하는 것은 말, 소, 닭, 개를 말하는 것이다. 미물을 죽이지 말
라고 하는 것은 그 고기가 한 점도 되지 못하는 것을 말하니,
이는 바로 대상을 가리라는 것이다. 또한 죽일 수 있는 것도
꼭 필요한 양만큼만 죽이고 많이 죽이지는 마라. 이것이 곧 세
속의 좋은 계다.'

　귀산 등이 말했다.

　'지금부터 이를 받들어 두루 행하여 감히 실수하는 일이
없도록 하겠습니다.'

　이후에 두 사람은 전쟁터에 나가 모두 나라에 뛰어난 공을
세웠다.

　또 건복 30년 계유년(613년) 바로 진평왕 즉위 35년이다. 가을에
수나라 사신 왕세의(王世儀)가 와서 황룡사에 백좌도량(百座道
場)을 열고 여러 고승을 불러 불경을 강의했는데, 원광법사가
최고 윗자리에 있었다."

　다음과 같이 논평한다.

　"원종(原宗)이 불교를 부흥시킨 이래로 나루터와 다리〔津
梁〕[30]는 이미 설치되었으나 당오(堂奧)[31]에 도달할 겨를이 없
었다. 그래서 마땅히 귀계멸참(歸戒滅懺)[32]의 법으로써 우매
함을 깨우쳤던 것이다.

　그래서 원광이 머물던 가서갑에 점찰보(占察寶)를 두어 영
원한 규범으로 삼았다. 이때 한 시주하는 비구니가 점찰보에
전답을 바쳤으니, 지금 동평군(東平郡)의 전답 100결이 그것
이며 옛 자료가 아직도 남아 있다.

원광은 성품이 텅 비고 고요한 것을 좋아했으며, 말할 때는 언제나 얼굴에 미소를 머금고, 성난 안색을 보이지 않았다. 그가 나이가 들어 수레를 타고 궁궐에 드나들었는데, 당시 덕망과 인의(仁義)를 모두 갖춘 선비가 많았지만 감히 그보다 나은 사람이 없었으며, 뛰어난 문장력은 한 나라를 기울일 만했다. 80여 세로 정관 연간에 세상을 떠났는데, 부도(浮圖)는 삼기산 금곡사(金谷寺)에 있다. 지금의 안강(安康) 서남쪽 골짜기며 또 명활(明活)의 서쪽이다.”

　　『당전(唐傳)』에는 황륭사에서 입적했다고 했는데, 그곳은 자세히 알 수는 없으나 황룡사의 잘못인 듯싶다. 이는 마치 분황사(芬皇寺)를 왕분사(王芬寺)로 적은 예와 유사하다. 위의 당나라와 우리나라의 두 전기 글을 살펴보면 성씨가 박(朴)과 설(薛)로 다르고, 출가한 곳도 우리나라와 중국으로 나와 마치 두 사람인 듯하므로, 감히 명확하게 결정할 수 없어 전기를 둘 다 그대로 실었다. 그러나 여러 전기를 살펴보면, 모두 작갑(鵲岬)과 이목(璃目)과 운문사(雲門寺)의 사실이 없다. 그러나 우리나라 사람 김척명(金陟明)이 항간의 말을 가지고 그릇되게 글을 꾸며 원광법사의 전기를 지으면서 함부로 운문사의 창건자인 보양사(寶壤師)의 사적을 합하여 하나의 전기로 만들었다. 후에 『해동승전(海東僧傳)』을 지은 사람이 잘못된 것을 그대로 기록했기 때문에 사람들이 대부분 잘못 알고 있다. 그래서 여기에서 구별하고자 하여 한 글자도 더하거나 빼지 않고 두 전기의 문장을 자세히 실었다. 진(陳)나라와 수(隋)나라 시대에는 우리나라 사람으로서 바다를 건너가 불교를 공부한 사람이 드물었고, 설사 있었다 해도 크게 이름을 떨치지는 못했다. 그러나 원광 이후로 계속해서 중국으로 유학 가는 사람이 끊이지 않았으니, 원광이 바로 유학의 길을 연 것이다.

　°°° 다음과 같이 기린다

　　바다 건너 처음으로 한나라 땅의 구름 헤치고,
　　몇 사람이나 왕래하면서 맑고 향기 나는 덕[불교]을 배웠던가.
　　옛날의 발자취가 청산(靑山)에 있었기에
　　금곡(金谷)과 가서(嘉西)의 일을 들을 수 있네.

---

1) 여기서 서쪽은 중국이다. 이 조는 고본(古本) 『수이전(殊異傳)』에 많은 부분을 의존하고 있는데 일연이 운문사의 솔길을 따라 거닐며 서로 교류한 느낌도 미묘하게 전달하면서 불교의 토착화 과정을 다루고 있다.
2) 황룡사(皇龍寺)의 와전으로 보기도 하는데, 지금은 터만 남아 있다.
3) 중국 위진(魏晉) 시대 노자와 장자를 위시한 도가학을 위주로 유학을 합친 철학을 말한다.
4) 지금의 남경(南京)이며 건강(建康)으로 더 알려진 중국의 천년 고도(古都)였다.
5) 명분과 교화로 여기서는 유학을 일컫는다.
6) 참 지혜로 정도를 생각하여 사념이 없는 것을 말한다.
7) 참 지혜로 흔들리는 마음을 고요하게 하는 것이다.
8) '각(覺)'은 총체적 사고, '관(觀)'은 분석적 사고다.
9) 여기서는 승려가 있는 곳을 말한다.
10) 아함부(阿含部)에 속하는 소승경(小乘經)의 총칭이다.
11) 색계(色界)의 사선정(四禪定)과 사공정(四空定)을 합해서 말한 것으

로 팔선정(八禪定)이라고도 한다. 선정이란 마음으로 사물을 생각하는 것과 어떤 한 경지로 생각을 가라앉히는 일을 뜻한다.

12) 중국의 오령(五嶺) 이남 지역으로 광동과 광서의 남쪽이다.

13) 진나라의 수도다.

14) 춘추 시대 중국의 양자강을 사이에 두고 오나라는 북쪽, 월나라는 남쪽에서 서로 대립했다.

15) 중국 중원의 주나라와 중원 서쪽의 진나라를 말한다.

16) 중국의 불교 13종의 하나로서 양(梁)나라 무착(無着)이 지은 『섭대승론(攝大乘論)』을 근본 성전으로 한다.

17) 진평왕을 말한다.

18) 신라 진평왕의 연호. 50년으로 끝났으니 이 연대는 착오가 있는 듯하다.

19) 고본 『수이전』에는 여든네 살이며 명활성(明活城) 서쪽에 묻었다고 했다.

20) 의식에서 장식으로 사용하는 새의 깃털이다.

21) 지금의 평양을 가리킨다. 원문에는 구도(九都)라고 되어 있다.

22) 함경남도 안변으로 동예의 옛 땅이었다.

23) 네 가지 공양거리로 사방(舍房)과 의복, 음식과 탕약을 말한다.

24) '온종일'은 원문의 '육시(六時)'를 번역한 것이다. '육시'란 새벽, 아침, 낮, 해 질 녘, 초저녁, 한밤중을 말한다.

25) 신라의 이야기 책으로 일연이 『삼국유사』를 집필할 때 많이 참조한 책으로 손꼽힌다.

26) 생명이 있는 개체는 모두 해탈이 있기 전에는 반드시 인과율에 따라 생사가 영원하다는 것을 뜻한다.

27) 수나라 때는 제왕들이 불교의 부흥을 도모했던 시기다.

28) 운문사와 가슬갑 이야기는 다음 조인 '보양과 배나무'에 상세하다.

29) 몸조심하고 마음을 깨끗이 재계하는 날로 매월 8일, 14일, 15일, 23일, 29일, 30일이다.

30) 부처가 인간을 구제하는 방법을 말한다.

31) 진리가 깊은 경지를 말한다.

32) 불교에 귀의하여 괴로움을 없애고 참회하는 것을 말한다.

보양과 배나무

　승려 보양의 전(傳)에는 그의 고향과 성씨의 유래가 실려
있지 않다.[1] 청도군(淸道郡) 사적에 의거해 보면 다음과 같다.
　천복(天福) 8년 계묘년(943년) 즉 태조(太祖) 즉위 제26년이다.
정월 어느 날, 청도군 계리심사(界里審使) 순영(順英) 대내말
(大乃末)과 수문(水文) 등의 주첩공문(柱貼公文)에 실려 있는
데,〔거기에는〕"운문산(雲門山) 선원(禪院) 경계표〔長生〕는 남
쪽은 아니점(阿尼岾)이고 동쪽은 가서현(嘉西峴)이라 했다.고
한다." 이곳 본사 삼강전(三剛典)의 주인은 보양화상(寶壤和尙)
이며, 원주(院主)는 현회장로(玄會長老)고, 정좌(貞座)는 현량
상좌(玄両上座)며, 직세(直歲)[2]는 신원선사(信元禪師)라고 했
다.위의 공문은 청도군 도전장전(都田帳傳)에 따른 것이다.
　또 개운(開運) 3년 병진년(946년)의 운문산 선원의 장생표
탑(長生標塔)[3] 공문 한 통에는 "장생이 열한 군데 있으니, 아

니점, 가서현, 묘현(畝峴), 서북매현(西北買峴) 혹은 면지촌(面知村)이다. 북저족문(北猪足門) 등이다."라고 했다.

또 경인년(1230년) 진양부첩(晉陽府貼)에는 5도 안찰사가 각 도에서 선교사원(禪敎寺院)이 처음 세워진 해와 달과 내력을 조사하여 문서를 만들었는데 차사원(差使員)이던 동경장(東京掌)의 서기 이선(李僐)이 조사한 기록에는 "정풍(正豊) 6년 신사년(1161년) 정풍은 대금(大金)의 연호인데 고려 의종(毅宗) 즉위 16년이다. 9월의 『군중고적비보기(郡中古籍裨補記)』에 따르면 청도군의 전 부호장(前副戶長) 어모부위(禦侮副尉) 이칙정(李則楨)의 집에 옛 사람들의 소식과 우리말로 전해 오는 기록이 있으니, 벼슬을 지낸 상호장(上戶長) 김양신(金亮辛)과 벼슬을 지낸 호장 민육(旻育), 호장 동정(同正) 윤응전(尹應前), 기인(其人) 진기(珍奇) 등과 당시 상호장 용성(用成) 등의 말이 기록되어 있다. 그 당시 태수 이사로(李思老)와 호장 양신은 여든아홉 살이었고, 다른 사람들은 모두 일흔 살이 넘었으며, 용성은 예순 살이 넘었다."라고 했다. 운운(云云)이라고 한 것은 다음부터는 쓰지 않는다.

신라 시대 이래 청도군의 절로는 작갑사(鵲岬寺) 외에 크고 작은 사원들이 있었지만 세 나라(후삼국)가 싸우는 사이에 대작갑(大鵲岬), 소작갑(小鵲岬), 소보갑(所寶岬), 천문갑(天門岬), 가서갑(嘉西岬) 등 다섯 갑이 모두 무너져 사라져서 다섯 갑사의 기둥을 모두 모아 대작갑에 두었다.

시조 승려(祖師) 지식(知識) 윗글에서는 보양(寶壤)이라고 했다. 이 중국(大國)에서 불법(弗法)을 전수받고 돌아오는 길에서해 가운데 이르렀을 때, 용이 궁궐로 맞아들여 불경을 외게 하고 금실로 수놓은 비단 가사 한 벌을 시주하고 아울러 이무기(璃目)란 아들을 시봉으로 주어 그에게 딸려 보내면서 부탁했다.

"지금 세 나라가 소란하여[4] 불법에 귀의한 군주가 없지만, 만약 내 아들과 함께 본국의 작갑에 가서 절을 세우고 살면 도적을 피할 수 있을 것이오. 또한 몇 년 안에 반드시 불교를 보호하는 어진 임금이 나와 삼국을 안정시킬 것이오."

말을 마치자 서로 이별하고 돌아와 이 골짜기에 도착했을 때 갑자기 노승이 나타나 스스로 원광이라 하면서 도장이 든 상자를 안고 나와 이를 건네주고는 사라졌다. 살펴보면 원광은 진(陳)나라 말기에 중국으로 들어갔다가, 개황(開皇) 연간에 자기 나라로 돌아와 가서갑에 머물다 황룡사에서 죽었으니, 헤아려 보면 청태(淸泰) 초에 이르기까지 무려 300년에 달한다. 이제 여러 갑사가 모두 황폐해진 것을 슬퍼하고 탄식하다가 보양이 와서 절을 일으켜 세우려 한 것을 기뻐하여 그것을 아뢴 것일 뿐이다.

이에 따라 보양법사가 황폐해진 절을 부흥시키려고 북쪽 고개에 올라가 바라보니 뜰에 5층으로 된 누런 탑이 있었다. 그러나 내려와 찾아보니 자취가 없어서 다시 올라가 바라보자 까치들이 땅을 쪼고 있었다. 바다의 용이 작갑이라고 말했던 것이 생각나서 찾아가 파 보니, 과연 이전의 벽돌이 무수히 많았다. 이것들을 모아서 높은 탑을 쌓았는데, 탑이 완성되자 남은 벽돌이 하나도 없었다. 이로써 이곳이 이전 시대의 절터였음을 깨닫고는 절을 세우고 살면서 이곳을 작갑사라고 불렀다.

얼마 지나지 않아 태조(太祖)가 삼국을 통일하여 〔보양〕법사가 이곳에 절을 짓고 산다는 말을 듣고는 곧 다섯 갑의 전답 500결을 합하여 이 절에 바치고, 청태(淸泰) 4년 정유년(937년)에 운문선사(雲門禪寺)라는 현판을 내려 가사의 신령스러운 음덕을 받들게 했다.

이무기는 항상 절 옆의 작은 못에 살면서 〔보양의〕 불법 교화를 남몰래 도왔다. 어느 해 갑자기 가뭄으로 밭의 채소가 타 들어가므로 보양이 이무기에게 명하여 비를 내리도록 하니 한 고을에 충분할 정도로 비가 내렸다. 천제는 자신이 모르게 비를 내리게 했다 하여 이무기를 죽이려 했다. 이무기가 법사에게 위급함을 알리자 법사는 이무기를 마루 밑에 숨겼다. 얼마 후 하늘의 사자가 뜰에 와서 이무기를 내놓으라고 하자 법사가 뜰 앞에 있는 배나무〔梨木〕를 가리켰다. 〔하늘의 사자는 배나무에〕 벼락을 내리고는 하늘로 올라갔다. 〔벼락을 맞은〕 배나무는 시들어 꺾였으나, 용이 어루만지니 즉시 살아났다. 어떤 사람은 법사가 주술로써 살렸다고 한다. 그 나무가 몇 해 전에 땅에 쓰러져 어떤 사람이 빗장 방망이를 만들어 선법당(善法堂)과 식당에 두었는데, 그 방망이 자루에 글이 있었다.

처음 법사는 당나라에 들어갔다가 돌아와 먼저 추화군(推火郡)[5]의 봉성사(奉聖寺)에 머물렀다. 때마침 태조가 동쪽을 정벌하는 길에 청도 땅에 이르렀는데, 산적이 견성(犬城) 산봉우리가 물에 임하여 뾰족하게 서 있으니 오늘날 세상 사람들이 그것을 미워하여 견성이라고 했다.에 모여 교만하고 오만하게 굴면서 항복하지 않았다. 태조가 산 아래에 이르러 법사에게 쉽게 제압할 방법을 묻자, 법사가 대답했다.

"대체로 개라는 동물은 밤에만 지키고 낮에는 지키지 않으며, 또 앞쪽만 지키고 뒤쪽은 잊어버리니, 낮에 견성의 북쪽을 공격해야 합니다."

과연 태조는 그의 말에 따라 산적을 패배시키고 항복을 받아 냈다. 태조는 그의 신기한 계책을 가상히 여겨 해마다 가까운 현의 세금 50석을 주어 향을 피우는 데 쓰게 했다. 이로써 그 절에 [태조와 보양] 두 성인의 초상을 모시고 봉성사라 했다. 이후에 법사는 작갑사로 와서 불법을 크게 이루고 그곳에서 일생을 마쳤다.

법사의 행장은 고전(古傳)에 실려 있지 않다. 세상에서는 석굴사(石崛寺)의 비허사(備虛師) 또는 비허사(毗虛師)라고 한다. 와 형제가 되고 봉성사, 석굴사, 운문사 세 절이 봉우리를 맞대고 빗살처럼 늘어서 있어 서로 왕래했다고 한다.

후세 사람들이 『신라이전(新羅異傳)』을 고쳐 지으면서 작탑(鵲塔)과 이무기의 일을 『원광법사전』에 기록하고 견성에 관계된 것을 『비허전(毗虛傳)』에 실은 것은 잘못된 일이다. 또 『해동승전』을 지은 사람이 여기에 따라 글을 다듬고 보양의 전(傳)을 없애 후세 사람이 의혹을 품고 잘못 알게 했으니, 얼마나 무망(誣妄)[6]한 일인가?

---

1) 따라서 일연은 운문사 주위의 나이 많은 노인들의 구전에 의거하여 보

양을 이야기한다. 운문사는 일연이 속한 가지산파의 절로 그는 일흔한 살에 이 절에 왔다.

2) 고려 초에 설치된 승관(僧官)으로 절의 살림을 하는 임무 중의 하나다.

3) 신라와 고려 시대에 사령(寺領)을 표시하기 위하여 사찰 주변에 세웠던 표지물이다.

4) 여기서는 후삼국이 난리를 일으킨 것을 말한다.

5) 지금의 경상남도 밀양이다.

6) 없는 것을 있다고 말해서 터무니없이 속이는 것을 말한다.

양지가 지팡이를 부리다

　승려 양지(良志)의 조상과 고향은 자세히 알 수 없고, 단지 선덕왕(善德王) 대에 자취를 나타냈을 뿐이다.

　지팡이 끝에 포대 하나를 걸어 두면 지팡이가 저절로 날아서 시주하는 집으로 가 흔들면서 소리를 냈다. 그러면 그 집에서 알고 재를 올릴 비용을 담아 주었고 포대가 차면 날아서 되돌아왔다. 그래서 그가 머물고 있는 절을 석장사(錫杖寺)라고 했다.

　[양지는] 신기하고 괴이하여 다른 사람이 헤아리기 어려운 것이 대개 이와 같았다. 그 밖에 그는 잡다한 기예에도 두루 통달하여 신묘함이 비할 데가 없었다. [양지는] 또 글씨에도 뛰어났고, 영묘사의 장륙삼존과 천왕상 및 전탑(殿塔)의 기와 천왕사 탑 아래의 팔부신장(八部神將), 법림사(法林寺)¹)의 주불(主佛)인 삼존(三尊)과 좌우 금강신(金剛神) 등은 모두 그

가 흙으로 빚어낸 것이다. 또한 영묘사와 법림사 두 절의 현판을 썼으며, 또 일찍이 벽돌을 조각하여 하나의 작은 탑을 만들고 이와 함께 3000개의 불상을 만들어 그 탑을 절 가운데 모시고 예를 올렸다. 그가 영묘사의 장륙을 빚어 만들 때 스스로 선정(禪定)²⁾에 들어가〔入定〕 잡념 없는 상태〔正受〕에서 진흙을 주물러 만들었기 때문에 온 성안의 남녀〔士女〕들이 다투어 진흙을 날라 쌓으면서 이러한 풍요(風謠)³⁾를 불렀다.

오라, 오라, 오라.
오라, 슬프구나.
서럽구나, 우리들은!
공덕 닦으러 오라.

지금까지도 그곳 사람들이 방아를 찧거나 다른 일을 할 때 이 노래를 부르는 것은 아마도 여기에서 비롯된 것으로 보인다. 불상을 처음에 만드는 비용으로 곡식 2만 3700석이 들었다.어떤 사람은 이 비용이 금칠을 다시 할 때의 비용이라고 한다.

논평해서 말한다.

"법사는 재주가 완벽하고 덕을 갖춘 큰 인물〔大方〕로서, 하찮은 기술에 숨어 지낸 자라고 할 수 있다."

°°° 다음과 같이 기린다

재를 마치니 북당 앞에 지팡이 한가롭고,

고요한 몸가짐으로 향불 살피며 스스로 단향을 피우네.

못다 읽은 불경을 읽고 나면 할 일이 없어져,

부처님 모습을 빚어 놓고 합장하여 뵌다네.

---

1) 경주에 있었던 절이다.
2) 마음을 경계에 두고 고요히 생각하는 것을 말한다.
3) 넌지시 말하여 깨우치는 노래를 말한다.

천축으로 돌아간[1] 여러 스님

광함(廣函)[2]의 『구법고승전(求法高僧傳)』[3]에는 다음과 같이 말한다.

승려 아리나(阿離那) 혹은 아리야(阿離耶)라고도 쓴다. 발마(跋摩) 마(摩)는 마(磨)로도 쓴다.는 신라 사람이다. 처음에 〔그는〕 바른 불교에 뜻을 두고 일찍이 중국에 들어가 성인의 자취를 순례하다가 그 용기가 더욱 솟아올랐다. 정관 연간(627~649년)에 장안을 떠나 오천축(五天竺)[4]에 도착하여 나란타(那蘭陁) 절[5]에 머물면서 율(律)과 논(論)을 많이 보고 패다라 잎에 베껴 썼다. 〔고국으로〕 돌아오려는 마음이 간절했으나 기약한 바를 이루지 못한 채 갑자기 절에서 세상을 떠났는데 그때 나이가 70여 세였다.

그의 뒤를 이어 혜업(惠業), 현태(玄泰), 구본(求本), 현각(玄恪), 혜륜(惠輪), 현유(玄遊)와 이름이 알려지지 않은 두 명의 승려가 모두 자신을 잊고 불법을 따라 중천축국(中天竺國)에 와서 부처의 가르침을 배웠다. 그러나 어떤 사람은 중도에서 요절하고 어떤 사람은 살아남아 그곳 절에 머물렀지만 끝내 해동이나 당나라로 돌아온 사람이 없었다. 오직 현태 스님만이 당나라로 돌아왔으나 역시 죽은 곳은 알지 못한다. 천축국 사람들은 해동을 불러서 '구구탁예설라(矩矩吒礐說羅)'나고 하는데, '구구탁'은 닭을 말하는 것이고, '예설라'는 존귀함을 말하는 것이다.

그 나라 사람들이 전해 말했다.

"그곳에서는 계신(雞神)을 받들어 존경하기 때문에 그 깃털을 꽂아서 장식한다."

°°° 다음과 같이 기린다[6]

천축 땅은 하늘 끝이라 산이 만 겹이나 가려 있는데,
가련하게도 유학하는 스님들이 힘써 기어오르려 하는구나.
몇 번이나 저 달은 외로운 배를 띄워 보냈던가,
구름 따라 지팡이 짚고 돌아오는 것을 보지 못하였구나.

---

1) 원문의 '귀(歸)'는 '갔다가 다시 오지 못했지만 결국 그곳이 진정으로 돌아갈 곳'이라는 의미가 담겨져 있다.
2) 해인사 『팔만대장경』의 책 분류에 따른 번호표다.
3) 당나라 의정(義淨)이 지은 책으로, 인도에 가서 불법을 익힌 중국 고승 쉰여섯 명의 전기인데, 신라인도 아홉 명이 수록되어 있다.

4) 다섯 인도를 뜻한다. 인도를 북부 지방을 비롯한 동, 서, 남, 북, 중앙으로 나누어 본 것이다.

5) 중인도 마갈타국의 절이며 승려 현장도 이 절에 머물렀다.

6) 다음 추도시는 천축행의 험난한 과정을 묘사하면서 불굴의 정신에 경의를 표한 것이다.

혜숙과 혜공이 여러 모습을 나타내다[1]

승려 혜숙(惠宿)이 화랑 호세랑(好世郞)의 무리에서 자취를 감추자, 호세랑이 화랑의 명부(黃卷)에서 이름을 지워 버렸다. 혜숙은 적선촌(赤善村)지금 안강현(安康縣)에 적곡촌(赤谷村)이 있다.에서 20여 년이나 숨어 살았다.

그때 국선(國仙) 구참공(瞿呂公)[2]이 일찍이 그 교외에 나가 사냥을 하고 있었는데, 어느 날 혜숙이 길가에 나가 말고삐를 잡으며 부탁했다.

"소승도 따라가고 싶은데 괜찮겠습니까?"

공이 허락하자 혜숙은 이리저리 내달리며 옷을 벗어젖히고 앞으로 나섰다. 그러자 공이 매우 기뻐했다. 〔그들은〕 앉아서 피로를 풀며 고기를 삶고 구워서 먹기를 권했다. 혜숙도 같이 먹으면서 조금도 꺼려하는 기색이 없더니 이윽고 앞으로 나와 말했다.

"여기에 맛있는 고기가 있는데 좀 더 드시는 것이 어떻겠습니까?"

공이 말했다.

"좋다."

혜숙이 사람을 물리치고 자신의 허벅지 살을 베어 쟁반에 담아 올리는데 옷에 피가 줄줄 흘러내렸다. 공이 깜짝 놀라 말했다.

"어째서 이렇게 하는가?"

혜숙이 말했다.

"처음에 저는 공이 어진 사람이라서 자신의 경우를 미루어 만물에까지 통한다고 여겼기 때문에 공을 따라온 것입니다. 그런데 지금 공이 좋아하는 것을 보니, 살육만 탐하고 남을 해쳐 자신을 봉양할 뿐이니, 어찌 이것이 어진 사람이나 군자가 할 일이겠습니까? 〔공은〕 우리와 같은 무리가 아닙니다."

마침내 혜숙은 옷을 털고 가 버렸다. 공이 몹시 부끄러워하며 그가 먹던 쟁반을 보니 신선한 고기가 그대로였다.

공이 매우 이상하게 생각하여 조정에 돌아와 아뢰었다. 진평왕이 그 말을 듣고 사신을 보내 〔혜숙을〕 맞이하려 하자 혜숙은 일부러 여자의 침상에 누워 자는 척했다. 사신은 이를 더럽게 생각하고 칠팔 리를 되돌아오다가 길에서 혜숙을 만났다. 어디서 오느냐고 묻자 혜숙이 말했다.

"성안에 있는 시주하는 집에서 칠일재(七日齋)를 끝마치고 오는 길이오."

사신이 그 말을 왕에게 아뢰자 사람을 보내 시주하는 집을 조사하게 했는데, 그것 또한 사실이었다. 얼마 후에 혜숙이 갑자기 죽자 마을 사람들이 이현(耳峴) 형현(硎峴)이라고도 한다. 동쪽에 장사 지냈다. 〔그런데〕 마을 사람 중에 이현 서쪽에서 오는 이가 길에서 혜숙을 만나 어디 가느냐고 물었다.

"오랫동안 이곳에서 살았으므로 다른 곳을 유람하고자 하오."

이들은 서로 인사하고 헤어졌다. 〔혜숙은〕 반 리쯤 가다가 구름을 타고 가 버렸다. 그 사람이 이현 동쪽에 도착하여 혜숙을 장사 지낸 사람들이 아직 흩어지지 않은 것을 보고는 혜숙을 만난 일을 말했다. 그래서 무덤을 파 보니 〔혜숙 대신〕 짚신 한 짝만이 있을 뿐이었다. 지금 안강현의 북쪽에 혜숙사라는 절이 있는데 그가 살던 곳으로 알려졌으며 부도도 남아 있다.

승려 혜공(惠空)은 천진공(天眞公)의 집에서 품을 파는 노파의 아들인데, 어릴 적 이름은 우조(憂助) 아마도 방언일 것이다. 다. 천진공이 일찍이 몹쓸 종기가 나서 거의 죽을 지경에 이르자 문병하는 사람들이 길을 메웠다. 일곱 살이던 우조가 어머니에게 말했다.

"집에 무슨 일이 있기에 이처럼 손님이 많습니까?"

어머니가 말했다.

"주인이 나쁜 병에 걸려 곧 죽게 되었는데, 너는 어찌 그것을 모르느냐?"

우조가 말했다.

"제가 그분을 낫게 할 수 있습니다."

어머니가 이 말을 이상하게 여겨 공에게 알리자 공이 우조를 불러오게 했다. 그는 침상 아래에 앉아서 한마디도 하지 않았는데 얼마 후 종기가 터졌다. 공은 우연일 뿐이라 생각하고 그다지 이상하게 여기지 않았다.

우조는 장성해서 공을 위해 매를 길렀는데, 이것이 공의 마음을 매우 흡족하게 했다. 처음에 공의 아우가 관직을 얻어 외지에 부임했는데, 공에게 요청해 좋은 매를 골라 가지고 임지로 갔다. 어느 날 저녁, 공은 문득 그 매가 생각나서 새벽이 되면 우조를 보내 가져오게 하려고 했다. 우조가 이를 먼저 알고 잠깐 사이에 매를 찾아 가지고 와 새벽에 공에게 바쳤다. 그제야 공이 크게 놀라 과거에 종기를 낫게 해 준 것이 모두 상상하기 어려운 일이었다는 것을 깨닫고는 말했다.

"저는 지극한 성인이 저희 집에 의탁해 있는 줄도 모르고 망령된 말과 예의에 어긋난 행동으로 더럽히고 욕되게 했으니, 그 죄를 어찌 씻을 수 있겠습니까? 이제부터는 도사(導師)[3]가 되어 저를 인도해 주십시오."

마침내 공이 내려가 우조에게 절을 했다.

〔우조는〕 신령스럽고 기이함이 드러나자 드디어 출가하여 승려가 되어 이름을 혜공으로 바꿨다. 〔그는〕 항상 작은 절에 머물면서 날마다 미친 듯이 만취하여 삼태기를 지고 거리에서 춤을 추었으므로 사람들이 그를 부궤화상(負簣和尙)이라 불렀다. 〔그가〕 머무는 절을 부개사(夫蓋寺)라 불렀는데 부개는 삼태기의 향언〔신라 말〕이다. 〔또〕 종종 절의 우물 속에 들어가 몇 달 동안 나오지 않자 스님의 이름으로 우물 이름을 삼았다. 항상 우물에서 나올 때면 푸른 옷을 입은 신동이 먼

저 솟아올랐기에 절의 승려들은 이를 우조가 나올 징조로 보았다. 〔우조는 우물에서〕 나온 후에도 옷이 물에 젖어 있지 않았다.

그는 늘그막에 항사사(恒沙寺) 지금의 영일현(迎日縣) 오어사(吾魚寺)다. 세간에서는 항사(恒沙) 사람이 세상에 나왔기 때문에 항사동이라 이름한다고 했다.로 옮겨 살았다.

이때 원효는 여러 불경의 소(疏)를 지으면서 항상 혜공을 찾아가 의심나는 것을 물었는데, 가끔씩 서로 말장난을 하기도 했다. 어느 날 원효와 혜공이 시냇가에서 물고기와 새우를 잡아먹고 돌 위에 대변을 보았는데, 혜공이 그것을 가리키며 장난스럽게 말했다.

"자네가 눈 똥은 내 물고기다."[4]

그래서 오어사(吾魚寺)라고 이름 지었다. 어떤 사람은 이 말이 원효법사가 한 말이라고 하는데 이것은 황당한 이야기이다. 민간에서는 그 시냇물을 잘못 불러 모의천(芼矣川)이라고 한다.

구참공이 일찍이 산에 유람을 갔다가 혜공이 산길에서 죽은 채로 쓰러져 있는데 시체가 부어올라 구더기가 생긴 것을 보고는 한참 동안 비탄에 잠겨 있었다. 그러다가 말고삐를 돌려 성으로 들어가자, 혜공이 크게 취하여 저자에서 춤을 추고 있었다. 또 하루는 풀로 새끼줄을 꼬아 영묘사로 들어가서 금당과 좌우의 경루(經樓) 및 남문의 낭무(廊廡)를 둘러 묶고는 강사(剛司)에게 말하였다.

"이 새끼줄을 반드시 사흘 뒤에 풀어라."

강사가 이상하게 여기면서 그대로 따랐더니 정말로 사흘 만에 선덕여왕의 가마가 행차하여 절에 들어왔는데, 지귀(志鬼)가 불을 질러서 그 탑을 태웠지만 새끼줄을 맨 곳만은 화재를 피했다.

또 신인종(神印宗)[5]의 조사(祖師) 명랑(明朗)이 금강사(金剛寺)를 새로 짓고 낙성회를 베풀었는데 고승들이 다 모였는데 혜공만은 오지 않았다. 명랑이 향을 피우고 경건하게 기도하자 잠시 후 혜공이 도착했는데, 그때 마침 큰비가 내리고 있었으나 공의 바지와 저고리는 젖지 않았고 발에는 진흙이 묻지 않았다. 혜공이 명랑에게 말했다.

"황공하게도 부르심이 간절하여 이렇게 왔습니다."

〔그에게는〕 신비스러운 자취가 꽤 많았다. 죽을 때는 공중에 떠 있는 채로 입적했는데, 사리는 수를 셀 수 없을 정도로 많았다. 〔그가〕 일찍이 『조론(肇論)』[6]을 보고서 말했다.

"이것은 내가 예전에 지은 것이다."

이로써 혜공이 승조(僧肇)[7]의 후신(後身)임을 알았다.

　　°°° 다음과 같이 기린다

　　벌판에서 쫓아다니며 사냥하고 침상 머리에 누웠으며,
　　술집에서 미친 듯이 노래하고 우물 속에서 잠잤네.
　　짚신 한 짝만 남기고 공중에 떠 어디로 갔는가,
　　한 쌍의 보배로운 불 속의 연꽃이구나.

1) 이 조는 정토 신앙의 확립 과정과 그것이 밀교 신앙과 어떤 연관성이 있는가를 다루고 있다.

2) 신라 진평왕 때의 화랑으로 구강공(瞿康公)이라고도 한다.

3) 어리석은 중생을 깨우쳐 깨달음의 경지에 들어서게 하는 스님이다.

4) 원문 '여시오어(汝屎吾魚)'의 번역인데 의미는 "너는 똥을 누고 나는 고기를 누었다."라는 것으로 보면 된다.

5) 신인(神印)은 범어 문두루(文豆婁)로 밀교의 비법을 의미한다. 신인종은 진언종의 한 갈래로 명랑이 당나라에 가서 밀법을 배워 와 세운 종파였다.

6) 후진(後秦)의 승려 승조가 지은 책이다.

7) 후진의 학승으로 구마라습(鳩摩羅什)의 제자며 교리에 밝았다.

자장이 계율을 정하다

　대덕(大德) 자장(慈藏)은 성이 김씨고 본래 진한의 진골인 소판(蘇判) 3급 벼슬 이름이다. 무림(茂林)의 아들이다. 그의 아버지는 청렴한 관리로서 요직을 두루 거쳤으나, 뒤를 이을 아들이 없었다. 그래서 삼보(三寶)에 귀의하여 천부관음(千部觀音)[1]을 만들어 자식 하나 낳기를 바라고는 이렇게 축원했다.

　"만일 사내아이를 낳으면 시주하여 불법의 바다〔法海〕에 나루터로 삼겠습니다."

　그의 어머니가 갑자기 별이 떨어져 품안으로 들어오는 꿈을 꾸고는 임신하여 아이를 낳았는데, 석가세존〔釋尊〕과 생일이 같았기에 이름을 선종랑(善宗郎)이라고 했다. 그는 정신과 의지가 맑고 슬기로우며 문학적 사고가 날로 풍부하여 세속의 정취에 물들지 않았다.

　일찍이 부모를 잃고 속세의 시끄러움을 혐오하여 처자식을 버리고 전원을 모두 내놓아 원녕사(元寧寺)를 세웠다. 그러고는 깊숙한 곳에 혼자 살며 이리와 호랑이도 피하지 않았다. 그는 고골관(枯骨觀)[2]을 닦으면서 조금이라도 피곤하면 작은 집을 짓고 주변에 가시 울타리를 둘러친 다음 그 가운데 알몸으로 앉아 조금만 움직여도 가시에 찔리도록 했으며, 머리는 들보에 매달아 혼미한 정신을 쫓았다. 때마침 재상 자리가 비었는데 문벌로 보아 (후임자로) 마땅하여 조정에서 여러 차례 불렀으나 나아가지 않았다.

왕이 곧 명했다.

"나오지 않으면 목을 베겠다."

자장이 이 말을 듣고 말했다.

"저는 차라리 하루 동안 계율을 지키다가 죽을지언정 백년 동안 계율을 어기면서 살기를 원하지 않습니다."

그러자 이 일을 듣고 왕은 그의 출가를 허락했다.

그는 바위 사이에 깊숙이 숨어 살았으므로 아무도 양식을 대 주지 않았는데, 이때 이상한 새가 과실을 물어 와 공양하니 손으로 받아먹었다. 얼마 후 꿈에 하늘의 사람(天人)이 와서 오계(五戒)를 주었다. 그제야 골짜기에서 나오니 마을의 남녀들이 다투어 와서 계를 받아 갔다.

자장은 변방에서 태어난 것을 스스로 한탄하며 중국으로 유학하여 큰 가르침(불교)을 받기를 원했다. 그래서 인평(仁平)[3] 3년 병신년(636년) 곧 정관 10년이다.에 칙명을 받아 제자 승려 실(實) 등 10여 명과 함께 서쪽 당나라로 들어가 청량산(淸涼山)을 찾아갔다. 산에는 만수대성(曼殊大聖)[4]의 소상(塑

相)이 있었는데, 그 나라에서 서로 전하여 말했다.

"제석천(帝釋天)이 공장을 데리고 와서 조각하여 만든 것이다."

자장이 소상 앞에서 기도하고 명상을 하는데, 꿈에 소상이 그의 머리를 어루만지며 범어로 된 게〔梵偈〕를 주었으나 깨어나서도 그 의미를 알지 못했다. 이튿날 아침에 이상한 스님이 와서 해석해 주고 이미 황룡사탑 편에 나와 있다. 이렇게 말했다.

"비록 만 가지의 가르침을 배우더라도 이 게(偈)보다 더 나은 것이 없다."

그러고는 가사와 사리 등을 그에게 주고 사라졌다. 자장이 처음에는 이것들을 숨겼기 때문에 『당승전(唐僧傳)』에는 실려 있지 않다.

자장은 이미 자신이 문수대성의 기별(記莂)을 받았음을 알고 북대(北臺)에서 내려와 태화지(太和池)에 도착하여 서울로 들어갔다. 그러자 〔당나라〕 태종(太宗)은 사신을 보내 위로하고 승광별원(勝光別院)에서 편하게 지내도록 하면서, 총애하여 물건을 자주 후하게 내려 주었다. 자장은 그 번거로움이 싫어 표문(表文)으로 아뢰고 종남산(終南山) 운제사(雲際寺)의 동쪽 낭떠러지로 가서 바위에 기대어 집을 만들었다. 3년 동안 살면서 사람과 신의 계를 받으니 영험이 날로 늘었다. 그 내용은 번거로워 여기에는 싣지 않는다. 얼마 후 다시 서울로 들어가 또 황제의 위로를 받았는데, 황제는 비단 200필을 내려 의복 비용으로 쓰도록 했다.

정관 17년 계묘년(643년)에 신라의 선덕왕이 표문을 올려〔자장을〕돌려보내 주기를 요청하자, 〔태종은〕조서로 허락하고 〔자장을〕 궁궐로 불러들여 비단 가사 한 벌〔領〕과 좋은 비단〔雜綵〕 500단〔端〕을 내려 주고, 태자〔東宮〕 역시 비단 200단을 내려 주었으며, 그 밖에도 예물을 많이 주었다. 자장은 본국의 불경과 불상이 갖추어지지 못하였으므로, 대장경(藏經) 한 부와 여러 번당(幡幢), 화개(花蓋)에 이르기까지 복과 이로움〔福利〕이 될 만한 것을 청하여 모두 싣게 했다.

그가 돌아오자 온 나라가 기뻐하며 환영하고 분황사(芬皇寺)『당전(唐傳)』에는 왕분사(王芬寺)로 되어 있다.에 머물게 하면서 쓸 물건과 시중 드는 사람을 주어 극진히 대했다. 어느 해 여름에 궁중으로 청해 대승론(大乘論)을 강론하게 하고, 또 황룡사에서 7일 밤낮으로 『보살계본(菩薩戒本)』을 강연하게 하니, 하늘에서 단비가 내리고 구름 안개가 자욱하게 강당을 덮었다. 〔그러자〕 사방 청중의 중들이 모두 그 신기함에 탄복했다.

조정에서 의논하여 말했다.

"불교가 동방으로 들어온 지 비록 오래되었으나, 불법을 유지하고 받드는 규범이 없으니 잘 만들어진 이치가 아니면 바로잡을 수가 없다."

〔왕이〕 칙서를 내려 자장을 대국통(大國統)으로 삼고 승려의 모든 규범을 승통(僧統)에게 위임하여 주관하게 했다.살펴보면 북제(北齊)는 천보 연간에 나라에 10통(統)을 두었는데, 담당 관리〔有司〕가 마땅히 직위를 구별해야만 한다고 아뢰었다. 그래서 선제(宣帝)가 법상(法上)과 법사(法師)로 대통(大統)을 삼고 나머지는 통통(通統)으로 삼았다. 또 양(梁), 진(陳)의 시대에는 국통(國統), 주통(州統), 국도(國都), 주

도(州都), 승도(僧都), 승정(僧正), 도유내(都維乃) 등의 이름이 있었는데, 모두 소현조(昭玄曹)에 속했다. 소현조는 바로 승니를 거느리는 관직 이름이다. 당나라 초기에는 또 열 명이나 되는 대덕(大德)이 나올 만큼 성행했고, 신라 진흥왕 11년 경오년(550년)에는 안장법사(安藏法師) 한 사람으로 대서성(大書省)을 삼았고, 또 소서성(小書省) 두 사람이 있었다. 이듬해인 신미년(551년)에는 고구려의 혜량법사(惠亮法師)를 국통으로 삼았는데 역시 사주(寺主)라 했으며, 보량법사(寶良法師) 한 사람으로 대도유나(大都維那)를 삼았고 주통 아홉 명과 군통 열여덟 명 등을 두었다. 자장에 이르러 다시 대국통 한 사람을 두었는데, 아마도 상근직이 아니다. 또한 부례랑이 대각간이 되었는데, 이는 김유신이 태대각간이 된 것과 같다. 그 이후 원성대왕 원년에 이르러 또 승관(僧官)을 두어 이름을 정법전(政法典)이라 하고 대사(大舍) 한 명과 사(史) 두 명을 사(司)로 삼아 승려 가운데 재주와 덕행(才行)이 있는 사람을 뽑아 시키고 그가 죽으면 즉시 바꾸어 정해진 연한은 없었다. 지금 자주색 가사를 입은 무리들은 역시 율종(律宗)의 다른 파벌이다.『향전』에는 자장이 당나라에 들어가자 태종이 무건전(武乾殿)으로 맞아들여『화엄경』강론을 부탁했는데, 하늘에서 단 이슬을 내렸으므로 비로소 국사(國師)로 삼았다고 했지만, 이는 잘못된 것이다.『당전』과『국사』에는 모두 그런 글이 없다.

자장은 이런 좋은 기회를 얻자 용기가 솟아나 〔불교를〕 널리 전파하고자 했다. 〔그는〕 비구와 비구니의 5부(部)에 각기 구학(舊學)을 더하게 하여 보름마다 계율을 설법했으며, 겨울과 봄에는 이들을 모아 시험을 실시하여 지계(持戒)와 범계(犯戒)를 알게 하고 인원을 두어 유지하도록 했다. 또 순사(巡使)를 보내 두루 서울 바깥의 사찰을 조사하여 승려의 과실을 경계하게 하고 불경과 불상을 잘 관리하는 것을 영원한 법식으로 삼으니, 한 시대에 불법을 보호함〔護法〕이 이때에 성대해졌다. 이것은 마치 공자가 위(衛)나라에서 노(魯)나라로 돌아와 악(樂)을 바로잡아 〔『시경』의〕 아(雅)와 송(頌)이 각기 마땅함을 얻은 것과 같다.

이때 나라 안의 사람들이 계를 받고 불법을 받드는 이가 열 집 가운데 여덟아홉 집은 되었다. 또한 머리 깎고 승려가 되기를 청하는 자가 날이 갈수록 늘어났다. 따라서 통도사(通度寺)를 세우고 계단(戒壇)을 쌓아 사방에서 오는 사람들을 받아들였다. 계단에 대한 일은 이미 위에서 나왔다. 또 그가 출생한 마을의 집을 고쳐 원녕사로 삼은 후 낙성회를 베풀어 『화엄경〔雜花〕』1만 게(偈)를 강론하니 52명의 여인[5]이 감동을 받아 현신(現身)하여 깨닫고 설법을 들었다. 그래서 문인을 시켜 그들의 수대로 나무를 심어 특이한 자취를 표시하게 하고 나무를 지식수(知識樹)라고 불렀다.

〔자장은〕 일찍이 〔우리〕나라의 복장이 중국과 같지 않아 이에 대해 조정에 건의하니 조정에서 중국 복장을 입는 것을 허락했다. 그래서 진덕왕 3년 기유년(649년)에 처음으로 중국의 의관을 입고, 이듬해 경술년(650년) 초하루를 받들어 처음으로 영휘(永徽)란 연호를 썼다. 이후부터는 항상 중국에 조회하면 번국(蕃國)의 제일 위에 반열하게 되었는데 이는 자장의 공이었다.

만년에는 서울을 떠나 강릉군(江陵郡) 지금의 명주(溟州)에 수다사(水多寺)를 세우고 머물렀는데, 꿈에 지난번 북대에서 본 것과 같은 형상을 한 기이한 승려가 나타나 말했다.

"내일 너를 대송정(大松汀)에서 만나게 되리라."

그가 놀라 일어나 일찍 출발하여 송정에 도착하니 과연 문수보살이 감응하여 와 있었다. 〔그에게〕 법요(法要)를 물어보니 말했다.

"다시 태백산 갈반지(葛蟠地)에서 만나기를 기약하자."

그리고 자취를 감추고 사라져 버렸다. 송정에는 지금도 가시나무가 나지 않으며, 새매 같은 종류도 깃들지 않는다고 한다.

자장이 태백산에 가서 찾아보니 큰 구렁이가 나무 아래에 똬리를 틀고 있는 것이 보였는데, 따라나선 사람에게 말했다.

"이곳이 이른바 갈반지다."

따라서 석남원(石南院) 지금의 정암사(淨岩寺)6)을 창건하고 성인이 내려오기를 기다렸다. 그러자 한 늙은 거사가 남루한 옷을 입고 칡으로 만든 삼태기에 죽은 강아지를 담아 메고 와서 자장을 모시는 사람에게 말했다.

"자장을 보려고 왔다."

그가 말했다.

"〔내가〕 스승을 시봉하면서부터 아직까지 우리 스승의 이름을 부른 사람을 보지 못했는데, 당신은 누구기에 이처럼 미친 말을 하는가?"

거사가 말했다.

"네 스승에게 알리기나 해라."

그가 들어가 자장에게 알렸으나, 자장도 이를 깨닫지 못하고 말했다.

"아마도 미친 사람일 것이다."

자장을 모시는 사람은 [다시] 나와 거사를 꾸짖어 내쫓으려 했다.

거사가 말했다.

"돌아가야겠다, 돌아가야겠다. 남을 업신여기려는 마음[我相]이 있는 자가 어찌 나를 알아보겠는가?"

거사가 삼태기를 거꾸로 하여 터니 강아지가 사자보좌(師子寶座)로 변했고 거기에 올라앉아 빛을 발하고는 가 버렸다. 자장이 그 말을 듣고는 그제야 위의(威儀)를 갖추고 빛을 찾아 서둘러 남쪽 고개에 올랐으나 이미 까마득하여 따라가지 못했다. 자장이 그곳에서 쓰러져 입적하자 화장하여 석혈(石穴) 가운데 유골을 모셨다.

자장이 사탑(寺塔)을 지은 것이 모두 열 군데가 넘었는데, 매번 하나를 지을 때마다 반드시 이상한 상서로움이 있어 공양하려는 사람들이 끊이지 않아 며칠 만에 사탑이 완성되곤 했다. 자장의 도구(道具)와 옷감, 버선, 태화지의 용이 바친 오리 모양의 목침[木鴨枕], 석존의 가사 등과 함께 모두 통도사에 있다. 또 헌양현지금의 언양(彦陽)에 압유사(鴨遊寺)가 있는데 목침 오리가 일찍이 이곳에서 괴이한 행적을 나타냈기 때문에 압유사라고 이름 붙였다.

또 원승(圓勝)이란 승려가 있는데, 자장보다 앞서 중국으로 유학을 갔다가 함께 고향으로 돌아와 율부(律部)를 넓히는 일을 도왔다고 한다.

ᵒᵒᵒ 다음과 같이 기린다

일찍이 청량산으로 가서 꿈을 깨고 돌아오니
칠편삼취(七篇三聚)⁷⁾가 한꺼번에 열렸네.
검은 옷과 흰옷[승려와 속인]을 부끄럽게 여겨
신라[東國]의 의관을 중국처럼 마름질했네.

---

1) 천 개의 손과 천 개의 눈을 가진 관세음보살로서 중생들의 소원을 이루어 준다고 한다.
2) 고골은 죽은 사람의 뼈를 말하는데 시체가 썩어서 백골이 되는 모습을 보면서 인생의 덧없음을 깨닫는 수행법이다.
3) 신라 선덕여왕의 연호. 634~647년까지 사용했다.
4) 문수보살의 별칭이다.
5) 석가가 세상을 떠나려 할 때 모여든 쉰두 종류의 중생들이다.
6) 지금의 강원도 정선군 고한읍에 있는 절로 자장이 당나라에서 가지고 온 마노석으로 쌓았다는 탑이 있다.
7) 칠편(七篇)은 칠중(七衆)이니 부처의 제자를 일곱으로 나눈 것이고, 삼취(三聚)는 대승보살의 계법인 삼취정계(三聚淨戒)를 말한다.

원효는 얽매이지 않는다

성사(聖師) 원효(元曉)는 세속의 성이 설씨(薛氏)고, 할아
버지는 잉피공(仍皮公)이며 적대공(赤大公)이라고도 한다. 지
금 적대연(赤大淵) 옆에 잉피공의 사당이 있다. 〔원효의〕 아버
지는 담날(談捺)내말(乃末)이다. 원효는 처음에 압량군(押梁
郡)[1] 남쪽지금의 장산군(章山郡) 불지촌(佛地村)의 북쪽 밤골 사
라수(裟羅樹) 아래에서 태어났는데, 불지촌은 간혹 발지촌(發
智村) 세속에서는 불등을촌(弗等乙村)이라고 한다.이라고도 한다. 사
라수라는 것을 세간에서는 이렇게 말했다.

"법사의 집은 본래 이 골짜기 서남쪽에 있었다. 어머니가
아이를 배어 달이 찼는데 마침 이 골짜기의 밤나무 아래를 지
나다가 갑자기 해산을 하게 되었다. 급한 나머지 집으로 돌아
가지도 못하고 남편의 옷을 나무에 걸어 놓고 그 안에 누워
아기를 낳았기 때문에 그 나무를 사라수라고 불렀다. 그 나무

의 열매 또한 보통 것과는 달라서 지금까지도 사라율(裟羅栗)이라고 부른다."

오래전부터 전해 오는 이야기에 의하면, 옛날 어떤 절의 주지가 종에게 저녁 끼니로 밤 두 알씩을 주자 종이 적다고 관아에 소송했다. 관리가 괴이하게 여겨 밤을 가져다가 조사해 보니 한 알이 사발 하나에 가득 찼으므로 도리어 한 개씩만 주라고 판결했다. 그래서 밤나무골이라 불리게 된 것이라 한다.

법사가 출가하고서 그 집을 내놓아 초개사(初開寺)라 이름 짓고, 나무 옆에 절을 세우고 이름을 사라사(裟羅寺)라 했다.

법사의 행장에는 "서울 사람이라고 했으나 이는 할아버지의 사적을 좇은 것이다."라고 했으나 『당승전(唐僧傳)』에는 "본래 하상주(下湘州) 사람"이라고 했다.

이를 살펴보면, 인덕(麟德) 2년(665년) 사이에 문무왕이 상주(上州)와 하주(下州)의 땅을 나누어 삽량주(歃良州)를 설치했는데, 하주는 바로 지금의 창녕군(昌寧郡)이다. 압량군은 본래 하주에 속한 현이며, 상주는 지금의 상주(尙州)로 간혹 상주(湘州)라 쓰기도 한다. 불지촌은 지금의 자인현(慈仁縣)에 속하니, 바로 압량군에서 나뉘어 연 것이다.

법사의 어릴 때 이름은 서당(誓幢)이고 또 다른 이름은 신당(新幢) 당(幢)이란 것은 세속에서 털(毛)이라고 한다.이었다. 어느 날 어머니가 별똥별이 품속으로 들어오는 꿈을 꾸고 임신했는데, 출산을 하게 되자 오색구름이 땅을 덮었다. 이때가 진평왕 39년인 대업(大業) 13년(617년) 정축년이었다. 그는 나면서부터 총명하고 특이하여 스승을 좇지 않고 [혼자] 배웠는데, 그가 사

방을 떠돌던 시말(始末)과 성대하게 편 포교의 자취들은 모두
『당전(唐傳)』과 그의 행장에 실려 있으므로 여기서 다 기록하
지 않고, 다만『향전』에 실린 한두 가지 이상한 일만 기록한
다.

대사가 어느 날 일찍이 상례를 벗어난 행동을 하며 거리에
서 노래를 불렀다.

그 누가 내게 자루 없는 도끼[2]를 주려는가.
내가 하늘을 떠받칠 기둥을 찍어 보련다.

사람들은 모두 그 의미를 알지 못했다. 이때 태종(太宗) 무
열왕이 이 말을 듣고는 말했다.

"이 대사가 아마 귀한 부인을 얻어 어진 아들을 낳고 싶어
하는 것 같구나. 나라에 위대한 현인이 있으면 이로움이 막대
할 것이다."

이때 요석궁(瑤石宮) 지금의 학원(學院)이 이곳이다.에 과부 공주
가 있었다. 왕은 궁리(宮吏)를 시켜 원효를 불러 오게 했다. 궁
리가 왕명을 받들어 원효를 찾아보니, 이미 남산을 거쳐 문천
교(蚊川橋)[3]사천(沙川)인데 세속에서는 모천(牟川) 또는 문천(蚊川)이라
고 한다. 또 다른 이름은 유교(榆橋)라고 한다.를 지나고 있었다. 〔원효
는〕 궁리를 만나자 일부러 물속에 빠져 옷을 적셨다. 궁리는
원효를 요석궁으로 인도하여 옷을 갈아입혀 말리고 이 때문
에 그곳에서 머물다 가게 했다. 공주는 과연 태기가 있어 설총
(薛聰)을 낳았다. 설총은 태어나면서부터 지혜롭고 영민하여

경서와 역사책〔經史〕에 널리 통달했으니, 신라의 10현(賢) 중한 사람이다. 방음(方音)⁴⁾으로 중국과 신라의 풍속과 물건 이름에도 통달하여 육경(六經)과 문학에 토를 달고 풀이〔訓解〕했으니, 지금도 신라에서 경을 공부하는 사람들이 전수하여끊이지 않고 있다.

원효는 계율을 어기고 설총을 낳은 후부터 속인의 의복으로 바꿔 입고 스스로 소성거사(小姓居士)⁵⁾라 불렀다. 우연히광대들이 굴리는 큰 박〔瓠〕을 얻었는데, 그 모양이 기괴하였으므로 그 형상을 따라 도구(道具)를 만들었다. 『화엄경』의"일체 무애인(無㝵人)⁶⁾은 한 번에 생사를 벗어난다."라는 구절을 따서 무애(無㝵)라 이름 짓고, 노래를 지어 세상에 퍼뜨렸다.

일찍이 〔원효는〕 이것을 지니고 여러 마을을 돌아다니면서노래하고 춤을 추며 교화시키고 읊다가 돌아왔다. 그래서 뽕나무 농사 짓는 늙은이나 옹기장이, 무지몽매한 원숭이 같은무리에게도 모두 불타의 이름을 알리고 나무아미타불을 부르게 했으니, 원효의 교화가 컸다고 할 수 있다.

그가 태어나 인연 맺은 마을 이름을 불지촌이라 하고, 절의 이름을 초개사라 했으며, 스스로 원효라 부른 것은 아마도불교를 처음으로 빛나게 했다는 의미다. '원효'라는 이름 역시방언인데, 당시 사람들은 향언으로 '새벽'이라고 했다.

〔원효는〕 일찍이 분황사에 머물면서 『화엄경소(華嚴經疏)』를 지었는데, 제40 「회향품(廻向品)」에 이르러 마침내 붓을 꺾었다. 또 송사 때문에 몸을 백 그루의 소나무로 나누니 모두이를 위계(位階)의 초지(初地)⁷⁾라고 했다. 또 바다 용의 권유

로 길가에서 조서를 받들고 『삼매경소(三昧經疏)』를 지었는데, 붓과 벼루를 소의 두 뿔 사이에 놓았으므로 각승(角乘)[8]이라고도 했다. 그것은 또 본각(本覺)[9]과 시각(始覺)[10]의 숨은 뜻을 나타낸 것이기도 하다. 대안법사(大安法師)가 헤치고 와서 종이를 붙였으니, 이 또한 음을 알아 화답하여 부른[和昌] 것이었다.

그가 입적하자 설총이 유해를 잘게 부수어 참 얼굴[眞容]을 빚어 분황사에 모시고, 공경하고 사모하여 슬픔의 뜻을 표했다. 그때 설총이 옆에서 예를 올리자 소상이 갑자기 돌아보았는데, 지금까지도 돌아본 채 그대로 있다. 일찍이 원효가 거주하던 혈사(穴寺) 옆에 설총의 집터가 있다고 한다.

　　°°° 다음과 같이 기린다

　　각승(角乘)은 처음 『삼매경(三昧經)』의 축(軸)을 열었고,
　　무호(舞壺)는 마침내 온 거리의 풍습이 되었네.
　　달 밝은 요석궁에 봄 잠이 깊더니,
　　문 닫힌 분황사[11]엔 돌아다보는 그림자 비었다.

　　회고지(廻顧至) 잘못 들어간 글이다.

---

1) 지금의 경상북도 경산시 압량면으로 설총과 일연이 태어난 곳이기도 하다.
2) 여성의 생식기를 상징하며 여기서는 괴승(怪僧)의 면모를 드러내 파계승

임을 암시한다.

3) 남천을 건너 요석궁으로 가던 다리로 지금도 경주에 그 터가 남아 있다.

4) 이두나 향찰식 언어로 『삼국사기』 「신라열전」 '설총' 조에는 '방언'이라
했다.

5) 『삼국사기』에는 '소성거사(小性居士)'라고 되어 있다.

6) 외부의 어떤 장애도 받지 않는 사람을 일컫는 말로 부처를 이렇게 불렀다.

7) 보살이 수행하는 오십이 계위 가운데 십 지위의 첫 단계인 환락지(歡樂
地)를 말한다.

8) 원효는 『금강삼매경』에 이각이 있다는 것을 알고는 소 한 마리를 청하여
벼루를 그 뿔 사이에 놓았다고 한다.

9) 근본 각체(覺體)로서 우주 법계의 근본 본체인 진여(眞如)의 이체(異
體)를 말한다.

10) 본각, 즉 그 자성 본체로서 갖추어 있는 여래장 진여를 수행의 공력에
의하여 각증한 것이다. 청정한 마음의 근원을 가리고 있던 번뇌를 없애고
깨닫기 시작하는 것을 말한다.

11) 경주에 있는 이 절은 돌로 쌓아 만든 3층 모전석탑이 유명하며 원효 사
상 연구소가 있다.

의상이 화엄종을 전하다

법사 의상(義湘)의 아버지는 한신(韓信)이고 김씨다. 스물 아홉 살에 서울 황복사(皇福寺)[1]에 몸을 맡겨 머리를 깎고 승려가 되었다. 얼마 후 중국으로 가 부처의 교화를 보고자 하여 마침내 원효와 함께 길을 나서 요동 변방으로 가던 길에 국경을 지키는 군사에게 첩자로 의심받아 갇힌 지 수십 일 만에 겨우 풀려나 죽음을 면하고 돌아왔다. 이 일은 최치원이 지은 의상의 본전(本傳)과 원효법사의 행장 등에 적혀 있다.

영휘(永徽) 원년(650년)에 마침 귀국하는 당나라 사신의 배를 함께 타고 중국으로 들어갔다. 처음에 양주(揚州)에 머물렀는데, 주장(州將) 유지인(劉至仁)이 〔의상에게〕 관아 안에 머물기를 요청하며 융숭하게 공양했다. 얼마 후 종남산(終南山)[2] 지상사(至相寺)에 도착하여 지엄(智儼)[3]을 뵈었다.

지엄은 전날 저녁 꿈에 큰 나무 한 그루가 해동(海東)에서 생겨나 가지와 잎이 널리 우거지고 그늘이 생겨 중국[神州]까지 와서 덮었다. 나무 위에는 봉황의 둥지가 있었는데 올라가 보니 마니보주(摩尼寶珠)4)가 하나 있어 빛이 멀리까지 뻗치고 있었다. 꿈에서 깨어 놀랍고 이상하게 여기며 청소를 깨끗이 하고 기다리는데 의상이 왔다. [지엄은] 그를 극진한 예로 맞이하여 조용히 말했다.

"내가 어젯밤에 꾼 꿈은 자네가 나에게 의탁할 징조였다."

그는 의상을 방으로 들어오게 했다.5) 의상은 『화엄경(華嚴經)』의 오묘한 뜻을 세밀한 부분까지 분석했다. 지엄은 뛰어난 자질을 지닌 의상을 만난 것을 기뻐하며, 새로운 이치를 가르쳤다. 깊이 숨어 있는 것을 찾아내어 쪽빛과 꼭두서니 빛[제자]이 그 본색[스승]을 뛰어넘는6) 경지에까지 이르렀다.

그때 신라의 재상 김흠순(金欽純) 혹은 김인문(金仁問)이라고도 하는데, 김양도(金良圖) 등이 당나라에 갇혀 있었다. 당나라 고종이 군대를 크게 일으켜 동쪽을 치려 하자, 김흠순 등은 넌지시 의상에게 신라로 앞질러 돌아갈 것을 권유했다. [의상은] 함형(咸亨) 원년 경오년(670년)에 신라로 돌아와 조정에 그런 사실을 보고했다. [그러자] 조정에서 신인종(神印宗)의 대덕 명랑(明朗)에게 명령하여 은밀히 단법(壇法)을 임시로 세우고 기도하니 나라가 곧 위기에서 벗어났다.

의봉(儀鳳) 원년(676년)에 의상이 태백산으로 돌아가 조정의 명령을 받들어 부석사(浮石寺)를 짓고 대승(大乘)의 교법을 포교하니 영감이 많이 드러났다.

종남산의 문인이었던 현수(賢首)가 『수현소(搜玄疏)』7)를 지어 그 부본을 의상에게 보내고 아울러 은미한 뜻이 담긴 글을 이렇게 보냈다.

"서경(西京) 숭복사(崇福寺)의 승려 법장(法藏)[8]은 해동 신라의 화엄법사의 시중을 드는 자[侍者]에게 글을 보냅니다. 한 번 헤어진 지 20여 년이 되었으나 존경하는 정성이 어찌 마음과 머리에서 떠나겠습니까? 더욱이 연기와 구름이 만 리나 가로막고 있고 바다와 육지가 천 겹이나 쌓였으니, 이 한 몸이 다시 얼굴을 마주하지 못하는 것을 한스럽게 여깁니다. 〔그러나〕 그리운 회포를 어찌 다 말하겠습니까? 그러므로 전생에서는 인연을 같이하였고 금세에서는 학업을 같이 닦았기 때문에 이런 과보(果報)를 얻어 함께 『화엄경』에 목욕을 하며, 특별히 〔지엄〕 선사에게 심오한 경전의 가르침을 받은 것입니다. 우러러 들으니 상인(上人)께서는 고향으로 돌아가신 후, 『화엄경』을 강연하여 법계무진연기(法界無盡緣起)[9]를 선양하며 겹겹의 제망(帝網)으로 부처님의 나라를 새롭게 하여 중생을 널리 이롭게 하신다고 하니 기쁨이 뛸 듯이 깊어집니다. 그러므로 여래께서 돌아가신 후 불교를 빛내고 법륜(法輪)을 다시 굴려 불법에 오래 머무르게 한 사람은 다만 법사뿐임을 알겠습니다. 저는 나아가려는 취지가 있어도 이루는 것이 없고 두루 갖춘 것도 적은 상황이라 이 경전을 받들면 오히려 선사께 부끄러울 따름입니다. 분수에 따라 받는 바를 잠시도 놓칠 수 없으니, 이 업(業)에 기대어 내세에 인연을 맺고자 합니다. 다만 스님의 장소(章疏)는 뜻은 풍부하지만 글이 간결하여 후세 사람이 이해하기가 어려울 것 같습니다. 그러므로 스님의 은미한 말과 미묘한 뜻을 기록하여 겨우 주석한 기록〔義記〕을 완성했습니다. 근래에 승전법사(勝詮法師)가 베껴서 고향으로 돌아가 그곳에 전할 것입니다. 청컨대 상인께서는 잘잘못을 자세히 검토하셔서 가르쳐 주시면 다행이겠습니다. 엎드려 바라옵건대 마땅히 내세에서는 제 몸을 버리고 다른 사람에게 주고 또 다른 사람의 몸을 받아서 태어나 노사나불(盧舍那佛)[10]의 무궁한 묘법(妙法)을 받고, 이렇듯 무량한 보현행원(普賢行願)을 닦고 싶습니다. 그러나 저에게 남은 악업(惡業)이 하루아침에 미계(迷界)[11]에 떨어지더라도 상인께서는 지난날의 교분을 잊지 마시고 어디를 가나 정도(正道)를 일러 주시고, 인편과 서신이 있거든 때때로 생사를 물어 주십시오. 이만 줄입니다. 이 글은 『대문류(大文類)』에 실려 있다.”

의상은 곧 열 곳의 사찰에 가르침을 전했다. 태백산의 부석사(浮石寺), 원주의 비마라사(毗摩羅寺), 가야산(伽耶山)의 해인사(海印寺), 비슬산(毗瑟山)[12]의 옥천사(玉泉寺), 금정산(金井山)[13]의 범어사(梵魚寺), 지리산〔南嶽〕의 화엄사(華嚴寺) 등이 그곳이다.

또 『법계도서인(法界圖書印)』과 그 간략한 주석〔略疏〕을 지어 일승(一乘)[14]의 요점을 모두 기록하여 천 년의 모범이 되게 하자, 여러 사람들이 다투어 소중히 지녔다. 그 밖에는 지은 것이 없지만, 한 솥의 국 맛을 아는 데 고기 한 점이면 충분하다.

법계도(法界圖)는 총장 원년 무진년(668년)에 완성되었는데, 이해에 지엄 또한 입적했다. 이것은 마치 공자가 “기린을 잡았다.”[15]라는 구절에서 붓을 꺾은 것과 같다.

세상에서는 의상을 금산보개(金山寶蓋)[16]의 화신이라 한다. 그의 제자로는 오진(悟眞), 지통(智通), 표훈(表訓), 진정(眞定), 진장(眞藏), 도융(道融), 양원(良圓), 상원(相源), 능인(能仁), 의적(義寂) 등 열 명의 대덕(大德)이 우두머리가 되었으니, 모두 버금가는 성인이기 때문에 각각 전기(傳記)가 있다.

오진은 일찍이 하가산(下柯山) 골암사에 살았는데, 매일 밤이면 팔을 뻗쳐 부석사의 석등(石燈)에 불을 켰다. 지통은 『추동기(錐洞記)』를 지었는데, 대개 직접 의상의 가르침을 받았으므로 글이 대부분 조예 있고 오묘했으며, 표훈은 일찍이 불국사(佛國寺)에 머물면서 항상 천궁(天宮)을 오갔다. 의상이 황복사(皇福寺)에 머물러 제자들과 함께 탑돌이할 때, 항상 허공을 딛고 올라가 계단을 밟지 않았기 때문에 그 탑에는 돌사다리를 설치하지 않았다. 제자들이 계단에서 세 자나 떨어져 공중을 밟고 돌았는데, 의상은 그것을 돌아다보면서 말했다.

"세상 사람들이 이것을 보면 반드시 괴이하게 여길 것이므로 세상에는 가르칠 수 없다."

그 나머지는 최치원이 지은 본전(本傳)과 같다.

ㅇㅇㅇ 다음과 같이 기린다

험한 덤불 헤치고 연기와 티끌을 무릅쓰고 바다를 건너
지상사에 이르니 문 열려 귀한 손님 맞이하네.
무성한 꽃들〔화엄〕을 우리나라에 심으니,[17]
종남산과 태백산이 한결같은 봄이구나.

1) 경주시 낭산 기슭에 있으며, 사지에는 삼층석탑과 당간지주 등이 남아 있다.

2) 당나라의 수도 장안의 남산으로 사찰이 많았던 곳이다.

3) 당나라 고승이며 화엄종의 2대조로서 화엄종의 기반을 닦았다.

4) 여의주(如意珠)라고도 하는데 용의 뇌 속에서 나오며 악을 없애고 재난을 막는 공덕이 있다고 한다.

5) 스승의 방에 들어오게 하여 제자로서 법(法)을 잇는 것이다.

6) 청출어람(靑出於藍)을 말한다.

7) 『화엄경탐현기』를 말한다.

8) 중국 화엄종의 제3조이며 이 편지에서 의상을 주로 '법사'라고 부른다.

9) 만물이 서로 인연을 맺고 상호 의존하고 있으므로 조화와 통일을 이루고 있어 한없이 교류함을 말한다.

10) 광명불이라고도 하며 온 세상을 비추는 광명으로 얻은 부처를 말한다.

11) 번뇌에 매여 3계에 유전하는 중생계다.

12) 경상남도 창녕에 있는 산이다.

13) 부산광역시 금정구에 있는 산이다.

14) 중생을 구제하는 교법을 말한다.

15) 공자가 『춘추』를 지을 때 '애공십사년춘 서수획린(哀公十四年春, 西狩獲麟)'의 글귀에 이르자, 붓을 끊고 죽은 고사에서 나온 말로 절필(絶筆)을 뜻한다.

16) 금산은 부처의 몸, 보개는 보석으로 꾸민 우산으로 곧 부처님을 말한다.

17) 부석사의 비문과 일연의 제자 무극의 기록을 참고하면 이때를 서른일곱 살(661년)로 볼 수 있으니, 바로 원효와 의상이 동행하던 나이다.

사복이 말을 못 하다

서울의 만선북리(萬善北里)에 사는 한 과부가 남편 없이 임신을 하여 아이를 낳았는데, 열두 살이 되도록 말도 못 하고 일어서지도 못 해 사동(蛇童)이라 불렀다. 아래에는 사복(蛇卜) 혹은 사파(蛇巴) 또는 사복(蛇伏) 등으로 쓰기도 하는데, 이는 모두 사동을 말한다.

어느 날 그의 어머니가 죽었다. 그때 원효는 고선사(高仙寺)[1]에 머물고 있었다. 원효가 사복(蛇福)을 보고 맞이하여 예를 올렸으나, 사복은 답례를 하지 않고 말했다.

"옛날 그대와 내가 함께 불경을 싣고 다니던 암소[2]가 지금 죽었는데 나와 함께 장사 지내는 것이 어떻겠는가?"

"좋다."

그래서 함께 〔사복의〕 집에 갔다. 사복은 원효에게 포살[3]수계(布薩授戒)를 해 달라고 했다. 원효는 시신 앞으로 가서 빌었다.

"태어나지 말지니, 죽는 것이 괴롭구나. 죽지 말지니, 태어나는 것이 괴롭구나."

사복이 말했다.

"말이 번거롭다."

그래서 원효가 다시 말했다.

"죽고 사는 것이 괴롭구나."

두 사람은 상여를 메고 활리산(活里山) 동쪽 기슭으로 갔다. 원효가 말했다.

"지혜로운 호랑이를 지혜의 숲속에 장사 지내는 것이 마땅하지 않은가?"

사복이 곧 게(偈)를 지어 말했다.

"옛날 석가모니 부처님께서 사라수 사이에서 열반에 드셨도다. 지금 또한 그러한 자가 있어, 연화장(蓮花藏)의 세계로 들어가고자 하네."

말을 마치고 띠풀의 줄기를 뽑으니, 아래에 밝고 청허(淸虛)한 세계가 있었는데, 칠보난간에 누각이 장엄하여 아마도 인간 세상이 아니었다. 사복이 시체를 업고 땅속으로 함께 들어가니 땅이 다시 합쳐졌다. 원효는 곧 돌아왔다. 후세 사람들이 그를 위해서 금강산 동남쪽에 절을 짓고 도량사(道場寺)라 했으며, 매년 3월 14일이면 점찰회(占察會)[4]를 행하는 것을 일반 규정으로 여겼다. 사복이 세상에 영험을 드러낸 것은 오직 이것뿐이었다. 그런데 항간에서는 황당한 것을 덧붙이고 있으니 우스운 일이다.

°°° 다음과 같이 기린다

깊은 못처럼 잠자는 용이 어찌 등한하랴.
떠나면서 읊은 한 곡 간단하기도 하다.
고달프구나, 생사는 본래 고통만은 아니니
연화장 떠도는 [극락] 세계는 넓기도 하네.

---

1) 경주시 보덕동에 원효가 주석했던 신라 시대 사찰이었는데, 1975년 덕동 댐 공사로 사지는 수몰되고 삼층석탑과 귀부 등이 국립경주박물관에 옮겨져 있다.
2) 사복의 어머니를 말한다.
3) 불교에서 동일 지역의 승려들이 정기적으로 모여 계율을 범한 자가 다른 승려들에게 고백하고 참회하는 의식을 말한다.
4) 법회의 일종으로 『점찰경(占察經)』에 의한 법회인데 원광법사가 시조다.

진표가 간자를 전하다

승려 진표(眞表)는 완산주(完山州) 지금의 전주목(全州牧) 만경현(萬頃縣) 사람이다. 더러는 두내산현(豆乃山縣)이라 하고, 더러는 나산현(那山縣)이라고도 한다. 지금 만경의 옛 이름은 두내산현이다. 관녕전(貫寧傳)에서는 진표의 고향을 '금산현(金山縣) 사람'이라고 했으니, 절 이름과 현 이름을 혼동한 것이다. 아버지는 진내말(眞乃末)이고 어머니는 길보랑(吉寶娘)이며 성은 정씨(井氏)다.

열두 살에 금산사(金山寺) 숭제법사(崇濟法師)의 문하에 들어가 머리 깎고 승려가 되어 배우기를 간청하니 스승이 일찍이 일러 말했다.

"나는 일찍이 당나라에 들어가 삼장(三藏)에 능숙한 선도(善導)[1]에게 배운 적이 있었는데, 그 후 오대산(五臺山)에 들어가 문수보살의 현신에게 감응되어 오계를 받았다."

진표가 아뢰었다.

"얼마나 부지런히 닦아야 계를 받게 됩니까?"

숭제법사가 말했다.

"정성만 극진하다면 1년이면 된다."

진표는 스승의 말을 듣고 이름난 산을 두루 돌아다니다가 선계산(仙溪山) 불사의암(不思議庵)에 머물면서 몸과 마음과 뜻〔三業〕을 닦아 망신참법(亡身懺法)²⁾으로 계를 얻었다.³⁾ 처음에는 7일 밤을 기약하고 온몸〔五體〕을 바위에 부딪혀 무릎과 팔뚝이 모두 부서지고 바위 언덕이 피로 물들었다. 그래도 부처의 감응이 없자 몸을 버리기로 결심하고 다시 7일을 예정하여 14일이 지났을 때, 마침내 지장보살을 뵙고 정계(淨戒)를 받으니, 바로 개원(開元) 28년 경진년(740년) 3월 15일 진시(辰時)였다. 당시 진표의 나이 스물세 살 남짓했다. 그러나 미륵보살에 뜻을 두었으므로 감히 중간에 그만두려 하지 않고 영산사(靈山寺) 일명 변산(邊山) 또는 능가산(楞伽山)이다. 로 옮겨 가서 처음과 같이 부지런하고 용감하게 수행했다. 과연 미륵보살이 나타나 『점찰경』 두 권이 경은 바로 진(陳)나라와 수(隋)나라 사이에 외국에서 번역된 것으로, 지금 처음으로 나온 것이 아니라 미륵보살이 이 경을 진표에게 주었을 뿐이다. 과 증과(證果)⁴⁾의 점치는 패쪽(簡子) 189개를 주면서 말했다.

"이 가운데 제8간자는 새로 얻은 묘계(妙戒)를 비유한 것이고, 제9간자는 구계(具戒)를 더 얻은 것을 비유한 것이다. 이 두 간자는 내 손가락 뼈며, 나머지는 모두 침단목(沈檀木)으로 만들었는데, 여러 번뇌를 비유하는 것이다. 너는 이것으로써 세상에 불법을 전하여 다른 사람을 구제하는 뗏목으로 삼아라."

　진표는 미륵보살의 글〔記莂〕을 받고 난 다음에 금산사에
가서 살면서 해마다 단석(壇席)을 열어 불교의 가르침〔法施〕
을 널리 베푸니, 그 단석이 엄정하여 말세〔末季〕에는 없었던
일이었다. 가르침〔風化〕이 두루 미친 후에 유람을 떠나 아슬
라주(阿瑟羅州)에 도착했을 때, 섬 사이의 물고기들이 모여 다
리를 만들어 물속으로 인도하므로 불법을 강론하고 계(戒)를
주었으니, 바로 천보(天寶) 11년 임진년(752년) 2월 보름이었
다. 어떤 책에는 원화(元和) 6년(811년)이라고 했으나 이것은
잘못된 것으로, 원화는 헌덕왕(憲德王) 때다. 성덕왕 때와는 거의
70년이나 차이가 난다. 경덕왕(景德王)이 이 말을 듣고 그를 궁궐
로 맞아들여 보살계를 받고 곡식 7만 7000석을 주었으며, 왕
후의 궁궐〔椒庭〕과 왕의 외척〔列岳〕들이 모두 계품(戒品)을
받고 비단 500단과 황금 50냥을 시주했다. 〔진표는〕 이것을
모두 받아 여러 산에 나누어 주어 불사(佛事)를 널리 일으켰
다. 그 사리〔骨石〕는 지금 발연사(鉢淵寺)에 있으니, 여기가 바
로 바다의 물고기에게 계를 베풀던 곳이다. 법을 받은 제자 중
에 영수(領袖)로는 영심(永深), 보종(寶宗), 신방(信芳), 체진(體
珍), 진해(珍海), 진선(眞善), 석충(釋忠) 등이 있으며, 모두 사
원의 창시자〔開祖〕가 되었다.

　영심은 진표에게서 간자를 전해 받고 속리산에 머물면서 법
통을 이어 갔는데, 단(壇)을 만드는 방법이 점찰(占察) 육륜(六
輪)과는 조금 다르지만 수행하는 방법은 산속에서 전해 오던
본래 법규와 같았다.

『당승전(唐僧傳)』을 살펴보면 이렇다.[5]

개황(開皇) 13년(593년), 광주(廣州)[6]에 어떤 승려가 참법(懺法)을 행했는데, 가죽으로 첩자(帖子) 두 매를 만들어 선(善)과 악(惡)이란 두 글자를 써서 사람에게 던지게 하여 선이란 글자를 얻은 사람은 길하다고 했다. 또 스스로 박참법(撲懺法)[7]을 행하여 죄를 없앨 수 있다고 하니, 남녀가 뒤섞여 함부로 받아들여 몰래 행했는데, 그 영향이 청주(靑州)까지 미쳤다. 함께 갔던 관사(官司)가 이 일을 조사해 보고는 요망한 일이라 하자, 그들이 말했다.

"이 탑참법(搭懺法)은 『점찰경』에 의거한 것이고, 박참법도 여러 불경 중에서 오체(五體)를 땅에 던져 마치 큰 산이 무너지듯 하는 것과 같음을 따른 것이다."

이때 이러한 사실을 위에 알리자, 내사시랑(內史侍郎) 이원찬(李元撰)에게 명령하여 대흥사(大興寺)에 가서 대덕(大德)들에게 묻도록 했다. 그러자 대사문(大沙門) 법경(法經)과 언종(彦琮) 등이 대답했다.

"『점찰경』은 두 권이 현존하는데, 책머리에 보리등(菩提燈)이 외국에서 국역(國譯)한 글이라 했으니 최근에 나온 것 같습니다. 또 사본으로 전하는 것이 있는데, 여러 기록을 조사해 보아도 모두 정확한 이름과 역자와 시간과 장소가 없고, 탑참은 여러 가지 경과가 다르므로 여기에 의거하여 행해서는 안 됩니다."

그래서 칙명으로 금지시켰다.

지금 시험 삼아 논의해 보면, 청주의 거사(居士)들이 한 탑참 등의 일은 큰 선비가 시서(詩書)까지 읽고도 남의 무덤을 파내는 것[8]과 같아서, 이른바 "호랑이를 그리려다가 이루지 못하고 개를 그렸다."라고 할 수 있다. 부처가 미리 예방한 것은 바로 이 때문이다. 만약 『점찰경』에 번역자와 그 시간과 장소가 없어 의심스럽다고 한다면, 이것 또한 〔천한〕 삼〔麻〕을 취하고 〔귀한〕 금(金)을 버리는 것이다. 왜냐하면 그 경문을 자세히 살펴보면, 부처가 중생을 교화하는 설법〔悉壇〕이 깊고 빈틈없고, 더러운 것을 깨끗이 씻어 주고 게으른 사람을 깨우쳐 주는 데 이 경전만 한 것이 없기 때문에 대승참(大乘懺)이란 명칭도 붙인 것이다. 또한 육관(六官)[9]의 근원〔六根〕이 모아진 가운데서 나왔다고 한다. 개원(開元)과 정원(貞元) 연간에 나온 두 『석교록(釋敎錄)』 가운데는 정장(正藏)으로 편입되어 있으니, 비록 성종(性宗)은 아니지만 그 상교대승(相敎大乘)으로는 자못 훌륭한 것이다. 그러기에 어찌 탑참과 박참, 두 참(懺)을 동일하게 말할 수 있겠는가? 『사리불문경(舍利佛問經)』[10]에는 부처가 장자(長者)의 아들 빈야다라(邠若多羅)에게 말했다.

"너는 7일 밤낮으로 네 전죄(前罪)를 뉘우치고 모두 깨끗하게 해라."

빈야다라가 가르침을 받들어 밤낮으로 정성을 다해 도를 닦았다. 5일째 되던 날 저녁에 그 방 안에 갖가지 물건이 비 오듯 쏟아져 내렸는데, 수건, 복두, 총채, 칼, 송곳, 도끼 같은 것들이 그의 눈앞에 떨어졌다. 빈야다라가 기뻐하면서 부처에게 물어보니, 부처가 말했다.

"이는 네가 속세를 벗어날 징조니, 베어 내고 털어 내는 물건이다."

이 말에 의하면 『점찰경』에서 윤(輪)을 던져 상(相)을 얻는 것과 무엇이 다르겠는가? 여기에서 진표가 참법(懺法)을 일으켜 간자를 얻고, 법문을 듣고 부처를 본 것이 거짓이 아님을 알 수 있다. 하물며 만약 이 경이 거짓되고 망령된 것이라면 미륵보살이 어찌하여 직접 진표법사에게 주었겠는가? 또 만일 이 경을 금지한다면 『사리불문경』도 금지해야 할 것인가? 언종의 무리는 금을 움켜쥐면 다른 사람이 보이지 않는 것[11]과 같다고 할 수 있으니, 글을 읽는 사람들은 이것을 자세히 알아야 한다.

°°° 다음과 같이 기린다

말세에 현신하여 게으르고 귀먹은 자 깨우치니,
영악(靈岳)과 선계(仙溪)가 감응해서 통했네.
성의껏 탑참을 전하였다고 말하지 말지니,
다리 놓아 준 동해의 물고기와 용들도 감화되었네.

1) 경(經), 율(律), 논(論) 등 삼장을 잘 아는 스님이다.
2) 자신의 몸을 희생하는 참회법이다.
3) "계를 얻었다."는 원문에는 없으나 문맥상 첨가한 말이다.
4) 『점찰경』은 『점찰선악업보경(占察善惡業報經)』이며 지장보살과 관련된다. '증과'란 불가에서 수행을 통해 얻은 과(果)를 말한다.
5) 이하의 내용은 중국의 점찰 신앙에 대해 말하고 있다.

6) 지금의 광동(廣東)이다.

7) 자신의 육신을 학대하는 참회 방법이다.

8) 원문에 '시서발총(詩書發冢)'이라고 했다. 시서를 읽은 유학자가 학문을 악용하여 악행을 저지른다는 말로 『장자』에 나오는 구절이다.

9) 눈, 코, 귀, 혀, 몸, 뜻의 여섯 가지 감각 기관이다.

10) 부처에게 계율을 물은 경(經)을 말한다.

11) 남의 금을 훔칠 때 금만 보이고 사람은 보이지 않는다는 고사에서 나온 것이다.

관동풍악의 발연수 비석의 기록

이 기록은 바로 사주 영잠(瑩岑)이 지은 것으로 승안(承安) 4년 기미년 (1199년)에 돌을 세웠다.

진표율사(眞表律師)는 전주(全州) 벽골군(碧骨郡) 도나산 촌(都那山村) 대정리(大井里) 사람이다. 열두 살에 출가할 뜻을 품으니 아버지가 이를 허락했다. 율사는 금산수(金山藪)의 순제법사(順濟法師)에게 가서 머리 깎고 승려가 되었다. 순제 법사는 사미계법(沙彌戒法)을 주고 『공양차제비법(供養次第秘 法)』한 권과 『점찰선악업보경(占察善惡業報經)』두 권을 전해 주면서 말했다.

"너는 이 계법을 가지고 미륵(彌勒)과 지장(地藏) 두 성인 앞에서 간절히 참회하여 직접 계를 받아 세상에 펴도록 하라."

율사는 가르침을 받들고 물러나와 명산을 두루 구경했는 데, 벌써 스물일곱 살이었다. 상원(上元)[1] 원년 경자년(760년) 에 스무 말의 쌀을 쪄서 말려 양식을 만들어 〔부안의〕 보안현 (保安縣)[2]으로 가서 변산(邊山)의 불사의방(不思議房)으로 들어갔다. 다섯 홉의 쌀을 하루 양식으로 삼고 한 홉의 쌀을 덜어 쥐를 길렀다. 율사가 부지런히 미륵상 앞에서 계법을 구하여 3년이 되었으나 수기(授記)[3]를 얻지 못하자 발분(發憤)하여 바위 아래로 몸을 던졌는데, 갑자기 푸른 옷을 입은 어린 아이가 나와 그를 손으로 받들어 바위 위에 올려놓았다. 율사가 다시 소원하여 삼칠일을 기약하고 밤낮으로 부지런히 수도하면서 돌로 〔몸을〕 두드리며 참회하자, 사흘 만에 손과 팔이 부러져 땅에 떨어졌다. 이레째 밤이 되자 지장보살이 손으로 금석장(金錫杖)을 흔들며 와서 보호해 주니 손과 팔이 예전처럼 되었다. 보살이 드디어 가사와 바리때를 주니 율사가 그 영험에 감동하여 더욱 〔수도에〕 정진했다.

삼칠일을 다 채우자, 세상을 보는 눈〔天眼〕을 얻어 도솔천의 여러 성인들이 와서 의식을 행하는 모습을 보게 되었다. 이에 지장보살과 자씨(慈氏)보살〔미륵보살〕이 앞에 나타났는데, 자씨보살이 율사의 이마를 어루만지며 말했다.

"잘하는구나. 대장부여! 이처럼 계를 구하기 위하여 목숨을 아끼지 않고 간절히 참회하였구나."

그러고는 지장보살이 『계본(戒本)』[4]을 주고 자씨보살이 다시 두 개의 나무 간자〔木簡〕를 주었는데, 하나에는 9라고 씌어 있고, 하나에는 8이라고 씌어 있었다. 율사에게 말했다.

"이 두 간자는 내 손가락 뼈다. 이것은 처음과 근본의 두 깨달음을 비유한다. 또 9는 법(法)이며, 8은 새로 만들어질〔新熏〕 성불(成佛)을 위한 종자(種子)[5]니, 이것으로써 인과응보〔果報〕를 마땅히 알 수 있다. 너는 현세의 육신을 버리고 대국왕(大國王)의 몸을 받아 나중에 도솔천에 태어날 것이다."

이 말을 마치자 두 성인은 바로 모습을 감추었는데, 이때가 임인년(762년) 4월 27일이다.

율사가 교법(敎法)을 다 받고 금산사(金山寺)를 지으려고 산에서 내려와 대연진(大淵津)에 이르자, 갑자기 용왕이 나타나 옥가사(玉袈裟)를 바쳤다. 그러고는 8만의 무리를 거느리고 [그를] 금산수로 모시고 가니, 사방에서 사람들이 와 며칠 만에 절이 완성됐다. 또 자씨보살이 감응하여 도솔천으로부터 구름을 타고 내려와서 율사에게 계법을 주자, 율사가 시주[檀綠]를 권유하여 미륵장륙상을 만들게 했다. 다시 금당(金堂) 남쪽 벽에 미륵이 내려와 계법을 주던 위의(威儀) 있는 모습을 그렸다. 불상은 갑진년(764년) 6월 9일에 만들어 병오년(766년) 5월 1일에 금당에 모셨다. 이해가 대력(代曆)[6] 원년이다.

율사는 금산수를 나와 속리산을 향해 가다가 길에서 소달구지를 탄 사람을 만났다. 그 소들이 율사 앞으로 와서 무릎을 꿇고 눈물을 흘리자, 달구지를 탄 사람이 내려와 물었다.

"무슨 까닭으로 이 소들이 스님을 보고 우는 것입니까? 스님은 어디에서 오는 길입니까?"

율사가 말했다.

"나는 금산수의 진표라고 합니다. 나는 일찍이 변산의 불사의방에 들어가 미륵보살과 지장보살 두 성인 앞에서 직접 계법진생(戒法眞牲)[7]을 받고 길이 수도할 절을 지을 만한 곳을 찾으러 온 것입니다. 이 소들이 겉은 어리석으나 속은 현명하

여 내가 계법을 받은 것을 알고 불법을 소중하게 여겨 무릎을
꿇고 우는 것입니다."

그 사람은 말을 다 듣고는 말했다.

"짐승도 오히려 이처럼 믿는 마음이 있는데, 하물며 사람으
로서 어찌 믿는 마음이 없겠습니까?"

그는 즉시 낫을 집어 스스로 자신의 머리털을 잘랐다. 율사
는 자비심으로 다시 머리를 잘 깎아 주고 계법을 준 다음 떠
났다. 속리산 골짜기에 이르러 길상초(吉祥草)가 난 곳을 보고
는 표시해 두고, 다시 명주(溟州) 해변으로 향했다. 율사가 천
천히 가는데 물고기와 자라 등이 바다에서 나와 율사 앞에서
몸을 이어 붙여 육지처럼 만드니, 율사가 그것을 밟고 바다로
들어가 계법을 외워 주고 다시 나왔다. 그러고는 고성군(高城
郡)에 당도하여 개골산(皆骨山)[8]으로 들어가 처음으로 발연
수(鉢淵藪)[9]를 세워 점찰법회(占察法會)를 열고 그곳에서 7년
동안 머물렀다.

이때 명주 경계에 흉년이 들어 백성들이 굶주렸는데, 율사
가 그들을 위하여 계로써 설법하니 사람마다 받들어 지키고
삼보(三寶)에 공손스럽게 절을 올렸다. 얼마 후 갑자기 고성
바닷가에 무수한 물고기가 저절로 죽어 나왔으므로 백성들
이 이 고기를 팔아 양식을 마련하여 죽음에서 벗어날 수 있
었다.

율사는 발연수에서 나와 다시 불사의방으로 갔다. 그러고
는 고향으로 가 부친을 만나 보고, 어떤 때는 대덕 진문(眞門)
의 방에 가서 머물기도 했다. 그때 속리산의 대덕 영심(永深)

이 대덕 융종(融宗), 불타 등과 함께 율사의 처소에 와서 소원을 청했다.

"우리들은 천 리를 멀다 하지 않고 와서 계법을 구하니, 법문(法門)을 주시기 바랍니다."

율사가 묵묵히 대답하지 않자, 세 사람은 복숭아나무 위로 올라가 거꾸로 땅에 떨어져 용맹스럽게 참회했다. 율사는 그제야 교(敎)를 전하고 이마에 물을 뿌리고는〔灌頂〕 마침내 가사와 바리때, 『공양차제비법(供養次第秘法)』한 권, 『점찰선악업보경(占察善惡業報經)』두 권과 간자 189개를 주었다. 아울러 다시 미륵진생 9와 8을 주면서 경계하며 말했다.

"9란 법(法)이며, 8이란 새로 만들어질 불종자(佛種子)다. 내 이미 너희에게 부탁했으니, 이것을 가지고 속리산으로 돌아가 길상초가 난 곳을 찾아 절〔精舍〕을 세우고 이 교법에 의거하여 널리 인간 세상을 구제하고 후세에 널리 펴도록 하라."

영심 등은 가르침을 받들어 즉시 속리산으로 가서 길상초가 난 곳을 찾아 절을 짓고는 길상사(吉祥寺)라 했다. 영심은 이곳에서 처음으로 점찰법회를 열었다. 율사는 아버지와 함께 다시 발연수로 돌아와 함께 수도하고 효도하면서 일생을 마쳤다. 율사는 임종할 즈음에 절의 동쪽 큰 바위 위로 올라가 입적했는데, 제자들이 그의 시신을 옮기지 않고 그대로 공양하다가 유골이 흩어진 이후에야 흙으로 덮어 무덤을 만들었다. 얼마 후 그곳에서 푸른 소나무가 나왔는데 오랜 세월이 흘러 말라 죽고 다시 한 그루가 자라났다. 그 후 다시 한 그루가 자라났는데, 그 뿌리는〔두 그루가〕하나였다.

지금도 두 그루의 나무가 남아 있는데, 공손히 절하는 사람이 소나무 아래에서 뼈를 찾으면 어떤 때는 얻기도 하고, 어떤 때는 얻지 못하기도 했다. 나는 스님의 뼈〔聖骨〕가 다 없어질까 염려되어 정사년(1197년) 9월에 특별히 소나무 아래로 가서 뼈를 주워 모아 통에 담으니 세 홉 남짓 되었으므로 큰 바위 위의 두 나무 아래 비석을 세우고 뼈를 안치했다고 했다.

이 기록에 실린 진표율사의 사적과 발연수 비석의 기록은 서로 다르다. 그래서 영잠의 기록만을 추려서 실었으니, 후세의 현자들은 당연히 잘 살펴야 한다.

무극(無極)이 적는다.[10]

---

1) 당나라 숙종(肅宗) 이형(李亨)의 연호. 760~762년까지 사용했다.

2) 지금의 전라북도 부안이다.

3) 부처가 중생에게 장래에 반드시 부처가 되리라고 알리는 것을 말한다.

4) 비구와 비구니가 지켜야 할 계율의 조목을 뽑은 책이다.

5) 신훈종자란 여러 수도로써 새로 만들어지는 근기를 가진 종자로 본유종자(本有種子)와 대비된다.

6) 당나라 대종(代宗) 이예(李豫)의 연호. 766~779년까지 사용했다.

7) 증과간자(證果簡子)를 말한다.

8) 금강산의 다른 이름이다.

9) 강원도 고성군 금강산에 있던 신라 시대의 절. 지금은 남아 있지 않다.

10) 무극은 일연의 제자 보감국사인데, 그가 "적는다."라고 부기함으로써 이 글 전체의 집필자에 대한 혼돈을 불러일으켰다. 이는 일연의 직함에 보각이라는 시호가 아닌 인각사 주지로 되어 있다는 점을 참고하면 생존 시에 초간이 있었고, 그 후 무극에 의해 속간이 이루어졌다고 볼 수 있다.

승전의 석촉루

승려 승전(勝詮)의 내력은 상세히 알 수 없다. 일찍이 배를 타고 중국으로 건너가 현수국사(賢首國師)의 문하에 들어갔다. 현묘한 말[불법]을 받고 미묘한 것을 연구하여 사색을 쌓고 지혜와 보는 것이 뛰어나 깊은 것과 숨은 뜻을 찾아 오묘함을 다했다. 그는 인연 있는 곳으로 가서 감응을 얻고자 고국에 돌아오려고 했다.

처음에 현수는 의상과 함께 배웠으며 둘 다 지엄스님의 인자한 가르침을 받았다. 현수가 스승의 말씀에 대해 뜻을 풀고 과목을 설명했는데, 승전법사가 고향으로 돌아갈 즈음 글을 보내 보여 주니, 이에 의상이 글을 보냈다고 한다. 그 덧붙인 서신[別幅]은 이렇다.

"『탐현기(探玄記)』 스무 권 가운데 두 권은 완성되지 않았고, 『교분기(敎分記)』 세 권, 『현의장(玄義章)』 등 잡의(雜義)

한 권, 『화엄범어(華嚴梵語)』 한 권, 『기신소(起信疏)』 두 권, 『십이문소(十二門疏)』 한 권, 『법계무차별론소(法界無差別論疏)』 한 권을 승전법사가 뽑아 베껴 고향으로 돌아갔습니다. 지난번 신라의 승려 효충(孝忠)이 금 아홉 푼을 주면서 이것은 '상인(上人)[1]이 보내는 것이다.'라고 했습니다. 비록 편지는 받지 못했으나 그 은혜가 끝이 없습니다. 이제 서국(西國)의 병(軍持)[2]과 대야(澡灌)[3] 한 구(口)를 올려 작은 정성을 표시하니 받아 주시기 바랍니다. 삼가 아룁니다."

법사는 돌아와 편지를 의상에게 보냈다. 의상이 그 장문(藏文)을 펴 보니 마치 지엄의 가르침을 귀로 듣는 듯하여 수십 일 동안 연구하고 토론하여 제자들에게 전해 주어 이 글을 널리 풀이하게 했는데, 그 내용은 「의상전」에 실려 있다.

살펴보면, 이 원만하고 융화하는 가르침이 동방(靑丘)에 두루 미치게 된 것은 오로지 법사의 공적이다. 그 후에 승려 범수(梵修)가 멀리 당나라에 가서 새로 번역한 『후분화엄경관해의소(後分華嚴經觀解義疏)』를 구해 가지고 돌아와 펴뜨리고 가르쳤다. 이때가 정원(貞元) 기묘년(799년)이었는데, 이것 역시 불법을 구하여 널리 펴뜨린 예라고 할 수 있다.

승전은 곧 상주(尙州) 영내의 개령군(開寧郡) 경계에 정사(精舍)를 짓고 석촉루(石髑髏)[4]를 부하로 삼고는 『화엄경』을 강의했다. 신라의 승려 가귀(可歸)는 매우 총명하고 도리를 깨우쳐서 불법(傳燈)을 계승하여 『심원장(心源章)』을 지었다. 그 대략은 이렇다.

"승전법사가 돌(石)의 무리를 거느리고 불경을 논의하고 강연하니, 지금의 갈항사(葛項寺)[5]다. 그 석촉루 80여 개는 지금까지 강사(綱司)가 전해 오고 있는데, 자못 영험이 있다."

그 밖의 사적은 비문에 모두 실려 있는데, 대각국사(大覺國師)의 실록에 있는 것과 같다.

---

1) 여기서는 의상을 가리킨다.
2) 관음보살이 손에 쥐고 있는 병으로 소원을 성취시켜 준다는 의미가 있다.
3) 씻는 물그릇이라는 의미로 준제관음보살의 작은 지물이나 관정(灌頂)할 때 사용하는 관반(灌盤)을 지칭하기도 한다.
4) 돌로 만든 해골, 즉 사람의 형상을 만들었다는 의미다.
5) 경상북도 김천시 금오산 서쪽 기슭에 있었던 신라 시대 사찰로 석불과 쌍탑 등이 남아 있는데, 이 중에서 쌍탑은 758년 건립되었다는 명문이 새겨져 있으며 현재는 국립중앙박물관에 소장 전시되어 있다.

심지가 진표조사를 잇다

    승려 심지(心地)는 신라〔辰韓〕의 제41대 왕인 헌덕대왕(憲德大王) 김씨의 아들이다. 태어나면서부터 효성스럽고 우애가 있었으며 타고난 품성이 맑고 지혜로웠다. 열다섯 살에 머리를 깎고 스승을 따라 부지런히 불도를 닦으며 중악(中岳) 지금의 공산(公山)이다.에 머물렀다. 마침 속리산에 있는 영심(永深)이 진표율사의 간자를 전해 받아 과증법회(果證法會)[1]를 연다는 말을 듣고 뜻을 결심하고 찾아갔으나, 이미 기일이 지나 법회에 참여하는 것을 허락받지 못했다. 그래서 자리를 깔고 뜰에 엎드려 대중과 함께 예불하고 참회했는데, 7일이 지나자 하늘에서 큰눈이 내렸으나 그가 서 있는 땅 사방 10여 자 남짓에는 눈발이 흩날리기만 하고 내리지는 않았다. 사람들이 신기하고 괴이하다고 여겨 그가 불당으로 들어오는 것을 허락했다. 〔그러나〕 그는 병이 있다며 사양하고 방으로 가서 불당을 향해 깊이 예를 올리니, 팔뚝과 이마에서 피가 흐르는데 진표율사가 선계산에서 한 것과 같았다. 이에 지장보살이 날마다 와서 위문했다. 그는 법회가 끝나고 산으로 돌아가는 도중에 두개의 간자가 옷깃 사이에 끼여 있는 것을 발견했다. 그것을 가지고 돌아가 영심에게 아뢰자, 영심이 말했다.

"간자는 함 속에 들어 있는데 어떻게 여기에 이를 수가 있겠는가."

조사해 보니 함은 봉해져 옛 모양 그대로 있었지만, 열어 보니 간자가 없어졌다. 영심이 심히 이상하게 여기고 간자를 겹겹으로 싸서 간직해 두었다. [심지가] 다시 길을 가는데 처음처럼 [간자가 옷깃에 있으므로] 다시 돌아가 보고하자 영심이 말했다.

"부처님의 뜻이 그대에게 있으니, 그대가 받들고 가시게."

그리고 간자를 [심지에게] 주었다.

심지가 그것을 머리에 이고 산으로 돌아오니, 중악의 산신이 두 선자(仙子)를 거느리고 맞이하여 산기슭에 이르렀다. 심지를 산꼭대기로 인도하여 어떤 바위 위에 앉히고는, 바위 아래로 내려가 엎드려 공손히 정계(正戒)를 받았다.

심지가 말했다.

"이제 적당한 땅을 가려 부처님의 간자[聖簡]를 모시려 하는데 우리들만이 정할 수 없으니 세 분과 함께 높은 곳으로 올라가 간자를 던져 점을 쳐 봅시다."

산신들과 함께 산꼭대기에 올라가 서쪽을 향해 간자를 던지자 간자가 바람에 날려 갔다.

이때 산신이 이렇게 노래를 지어 불렀다.

막혔던 바위가 멀리 물러가니 〔땅이〕 숫돌처럼 평탄해지고,
낙엽이 날아 흩어지니 앞이 밝아진다.
부처님 뼈의 간자를 구해 얻어,
정결한 곳에 맞이하여 정성스레 바친다.

노래를 마치고 간자를 숲속 샘에서 찾아 즉시 그 땅에 불
당을 지어 모셨다. 지금 동화사(桐華寺)²⁾ 첨당(籤堂) 북쪽에
있는 작은 우물이 바로 그곳이다.

고려의 예종(睿宗)이 일찍이 부처님의 간자를 가져다가 대
궐 안에 두고 공경히 예불을 올리는데, 갑자기 9간자 하나를
잃어버려 상아로 대신 만들어 본 절로 돌려보냈다. 그런데 지
금은 색이 변하여 같은 색이 되어 버렸기 때문에 새것과 옛것
을 구분하기 어려우며, 그 질이 상아도 아니고 옥도 아니다.

살펴보면,『점찰경』상권에 189개나 되는 간자의 이름을 서
술해 놓았는데 이렇다.

1은 상승(上乘)³⁾을 구하여 물러서지 않음이고, 2는 구하는
과(果)가 마땅히 증명됨〔證〕을 나타내고 3과 4는 중승(中乘)⁴⁾
과 하승(下乘)⁵⁾을 구하여 물러서지 않음을 얻은 것이고, 5는
신통력을 구하여 성취하는 것이고, 6은 사범(四梵)⁶⁾을 닦아
성취하는 것이고, 7은 세선(世禪)⁷⁾을 닦아 성취하는 것이고, 8
은 받고자 하는 묘계(妙戒)⁸⁾를 다시 얻는 것이고, 9는 일찍이
받은 계구(戒具)를 얻는 것이고, 이 글에 의해 정정해 보면, 미륵보

살이 말한 '새로 얻은 계(戒)'란 금생(今生)에서 새로 얻은 계를 일컫는 것이며, 예전에 얻은 계란 과거세에 일찍이 받았다가 금생에 또 더 받은 것을 말하는 것이다. 그러므로 수행한 공덕에 따라 본래의 신계, 구계가 있다는 말이 아니다. 10은 아직 신심(信心)에 주력하지 못하면서 하승을 구하려는 것이고, 그다음은 아직 신심에 주력하지 못하면서 중승을 구하려는 것이다. 이렇게 하여 제172까지는 모두 과거 세상이나 현세 속의 선함과 악함, 얻음과 잃음에 대한 일이고, 173은 몸을 버리고 이미 지옥에 들어간 것이고, 이상은 모두 미래에 대한 과보다. 174는 죽어서 이미 짐승이 되는 것이다. 이와 같이 하여 아귀(餓鬼)에 이르고, 수라(修羅), 인(人), 인왕(人王),[9] 천(天), 천왕(天王),[10] 문법(聞法), 출가(出家), 성승(聖僧)을 만남, 도솔천에서 태어남[生兜率], 정토(淨土)에 태어남, 부처를 찾아냄, 하승에 삶, 중승에 삶, 상승에 삶, 해탈을 얻음의 제189 등이 이것이다. 이상은 하승에 머무는 것에서 상승에서 물러나지 않음을 얻는 것까지를 말한 것이고, 지금 상승에서 해탈 등을 말한 것은 이것으로써 구별된다. [이들은] 모두 삼세(三世)의 선악과 과보에 대한 차별의 모습이다. 이것을 가지고 점을 쳐 봐서 마음과 소행이 서로 일치되면 감응하게 되고, 그렇지 않으면 마음에 이르지 않으니 허류(虛謬)라고 한다. 그렇다면 8과 9의 두 간자는 다만 189개의 간자 가운데서 온 것인데,『송전(宋傳)』에는 다만 108첨자(籤子)라고만 한 것은 무슨 까닭인가? 아마도 이것을 108번뇌의 명칭으로 알고서 경문(經文)을 자세히 살피지 않았기 때문일 것이다.

또 고려의 문인 김관의(金寬毅)가 엮은『왕대종록(王代宗

錄)』2권에는 다음과 같이 말했다.

"신라 말에 대덕 석충(釋冲)이 태조에게 진표율사의 가사 한 벌과 계간자(戒簡子) 189개를 바쳤다."

지금 동화사에 전해 오는 간자와 같은 것인지 다른 것인지는 자세히 알 수 없다.

　°°° 다음과 같이 기린다

　　궁궐에서 자랐건만 일찍 속박을 벗어나 출가하였고,
　　근검함과 총명함은 하늘이 주었다네.
　　눈 쌓인 뜰에서 간자를 뽑아내어
　　동화산 가장 높은 봉우리에 놓았네.

---

1) 점찰법회를 말한다.
2) 지금의 대구시 팔공산에 있으며 역대 스님의 영정이 모셔져 있다.
3) 불교에서 가장 심오한 교리며 대승이라고도 한다.
4) 삼승(三乘)의 중간인 연각승(緣覺乘)이다.
5) 삼승의 맨 아래인 성문승(聲聞乘)으로 소승이라고도 한다.
6) 자비희사(慈悲喜捨)의 네 가지 마음에서 행동이 나오는 사무량심(四無量心)이다.
7) 속세의 보통 사람들이 닦는 선이다.
8) 보살의 대계를 말한다.
9) 불법을 수호하는 금강신(金剛神)이다.
10) 욕계(欲界)와 색계(色界)의 천주(天主)다.

유가종의 대현과 화엄종의 법해

유가종(瑜伽宗)의 시조인 대덕 대현(大賢)이 〔경주〕 남산 (南山) 용장사(茸長寺)에 머물렀다. 절에는 돌로 된 미륵불의 장륙상(丈六像)이 있었는데, 대현이 항상 주위를 돌면 장륙상 도 대현을 따라 얼굴을 돌렸다. 대현은 지혜롭고 분별력 있고 정밀하고 민첩하며 판단이 분명했다. 대개 법상종(法相宗)[1]의 경론(經論)은 주된 뜻과 이치가 그윽하고 깊어 해석하기가 어 려운데, 중국의 명사 백거이(白居易)는 일찍이 이치를 연구했 으나 알지 못하고 말했다.

"유식(唯識)[2]은 뜻이 그윽하여 깨치기 어렵고, 인명(因明)[3] 은 분석해도 통하지 않는다."

따라서 학자들이 계속해서 배우고 깨우치기가 어려웠다. 그 러나 대현은 잘못된 것을 바로잡고 짧은 시간에 깊고 오묘한 뜻을 터득하고 알아내 사리에 통달했다. 그래서 우리나라의 후학들이 모두 그의 가르침을 따랐고, 중국의 학사들도 종종 이것을 안목으로 삼았다.

경덕대왕 때인 천보 12년 계사년(753년) 여름에 심한 가뭄이 들자, 조서를 내려 대현을 궁궐 안으로 불러들여 『금광경(金光經)』을 강의하여 단비를 기원하게 했다. 어느 날 재를 올리려고 바리때를 한참 동안 열어 놓았는데, 공양하는 이가 정한수(淨水)를 늦게 올렸다. 맡은 관리(監吏)가 꾸짖자, 공양을 올리는 사람이 말했다.

"궁궐 우물이 말라 멀리서 길어 오느라 늦었습니다."

대현이 이 말을 듣고는 말했다.

"어째서 일찍 말하지 않았느냐?"

그러고 나서 낮 강론 때 향로를 붙들고 묵묵히 있자 우물 물의 높이가 일곱 길 남짓 솟아올라 절의 당간(幢竿)과 나란할 정도였으므로 온 궁궐이 깜짝 놀라 그 이름을 금광정(金光井)이라 했다. 대현은 일찍이 자신을 청구사문(靑丘沙門)이라 했다.

　　°°° 다음과 같이 기린다

　　남산의 불상을 도니 불상도 따라 돌고,
　　신라의 불교가 다시 하늘 한가운데 걸려 있네.
　　궁정의 우물에 맑은 물이 용솟음쳤으니,
　　금색 향로의 한 줄기 연기임을 그 누가 알리오.

이듬해 갑오년(754년) 여름에 왕은 또 대덕 법해(法海)를 황룡사로 청하여 『화엄경』을 강론하게 하고 자신도 행차하여 향을 피우면서 조용히 말했다.

"지난여름 대현법사가 『금광경』을 강론하자 우물물이 일곱 길이나 솟았는데, 당신의 법도는 어떠한가?"

법해가 말했다.

"그것은 단지 작은 일에 불과한데, 어찌 일컬을 만한 것이겠습니까? 이제 바닷물을 기울여 동악(東岳)을 잠기게 하고 서울을 떠내려가게 하는 것도 어렵지 않습니다."

왕은 믿지 않고 농담이라고 했다.

오시(午時)의 강론 때 법해가 향로를 안고 가만히 있으니 잠시 후 궁궐에서 갑자기 울부짖는 소리가 났다. 궁궐 관리가 달려와 보고했다.

"동쪽 연못이 넘쳐 내전 50여 칸이 떠내려갔습니다."

왕이 망연자실했다. 법해가 웃으면서 말했다.

"동해물을 기울이고자 하여 수맥(水脈)을 먼저 불린 것뿐입니다."

왕은 자기도 모르는 사이에 일어나 절을 했다. 이튿날 감은사(感恩寺)에서 아뢰었다.

"어제 오시에 바닷물이 넘쳐 불전 계단 앞까지 밀려왔다가 포시(晡時)⁴⁾에 빠졌습니다."

이 일로 인해 왕은 더욱 그를 존경했다.

°°° 다음과 같이 기린다

법해(法海)의 물결이 법제에 충만하여,

사해(四海)를 줄였다 가득 차게 하는 것도 어렵지 않네.

백억의 수미산(須彌山)이 크다고 말하지 마라.

모두 우리 법사의 손가락 하나에 달렸네. 석해石海가 말했다.

---

1) 645년 현장에 의해 중국에 전래되었으며, 유식사상(唯識思想)과 미륵
신앙을 기반으로 통일 신라 때 성립된 불교 종파다.
2) 유식학(唯識學)은 인도의 불교 논리학의 일종으로 인간을 구성하는 여
러 법상의 실상을 '공(空)'으로 본다. 법상종의 중요 성전이다.
3) 인명학(因明學)은 인도의 논리학의 일종으로 이유를 밝혀서 논증하는
방식을 취한다. 이런 인식론적 사유 구조가 가장 잘 반영된 것이 유식종 혹
은 법상종인데, 이들이 말하는 '식'은 번쇄한 논리로 전개된다.
4) 신시(申時)로 오후 4시경이다.

권 제5

●

卷第五

신주 제6

◎

神呪 第六

 『삼국유사』의 마지막 권5의 시작인 「신주」편은 밀교 신승(神僧)의 사적이란 뜻이며, 밀교승이 '신비스러운 주문'을 외우기 때문에 붙인 이름이다. 이 편에서 다루고 있는 밀본법사, 혜통, 명랑은 모두 밀교승이다. 고운기는 이들을 고승들의 전기인 「의해」편에 넣어도 된다고 했는데, 큰 테두리는 같아도 세세한 것이 다르다는 인식 때문이었다. 말하자면 밀교는 불교의 세계를 거쳐 궁극에 이르는 세계라는 것이다. 일연은 현세에서 업과 고통을 없애고 복을 구하는 밀교에 대해 비판적이지 않았다.

 밀교는 비밀 불교 또는 밀의(密儀) 종교의 약칭으로, 진언(眞言) 밀교라고도 한다. 신라인의 풍류 의식과 들어맞아 시간이 흐르면서 주력 신앙으로 형성되었다. 이는 비과학적이고 비종교적이며 현세의 바람을 처리하는 주술의 조직이다. 그러나 『삼국유사』 전편에 관련 내용이 있으므로 밀교의 고찰은 불교의 전래와 더불어 응당 뒤따른 신이한 사적의 전개라고 할 수 있다.

밀본법사가 요사한 귀신을 꺾다

선덕왕〔선덕여왕〕 덕만(德曼)[1]이 질병에 걸려 오랫동안 낫지 않자, 흥륜사(興輪寺)의 승려 법척이 조서를 받들어 질병을 돌보았으나 시간이 흘러도 효험이 없었다. 당시 밀본법사(密本法師)의 덕행이 온 나라에 널리 알려져 〔왕〕 주위의 신하들이 〔법척 대신에 밀본법사로〕 바꿀 것을 청하자, 왕이 조서를 내려 궁궐로 불러들였다.

밀본이 〔왕의〕 침실 밖에서 『약사경(藥師經)』[2]을 읽었는데 책을 거의 다 읽자, 가지고 있던 육환장(六環杖)이 침실 안으로 날아들어 늙은 여우 한 마리와 법척을 찔러 뜰 아래에 거꾸로 내던지니, 왕의 병이 곧 나았다. 이때 밀본의 정수리 위에 오색의 신비한 광채가 나, 보는 사람들이 모두 놀라워했다.

또 승상(承相)[3] 김양도(金良圖)[4]는 어렸을 때 갑자기 입이 붙고 몸이 뻣뻣하게 굳어 버려 말을 하지 못하고 팔다리도 쓰지 못하게 되었다. 〔김양도가 보니〕 언제나 큰 귀신 하나가 작은 귀신 여럿을 거느리고 와서 집 안의 모든 음식을 씹어 맛을 보았고, 무당이 와서 제사를 지내면 여러 귀신들이 모여 다투어 모욕했다. 김양도는 귀신들을 물러가게 하려고 했으나 입으로 말할 수가 없었다. 〔이때〕 그의 아버지가 법류사(法流 寺)에 있는 이름을 알 수 없는 승려를 청해 와서 경을 읽게 했는데, 큰 귀신이 작은 귀신에게 명하여 승려의 머리를 철퇴로 쳐서 땅에 넘어뜨리니 이내 피를 토하고 죽었다.

며칠 뒤에 사람을 보내 밀본을 불러오게 했는데, 심부름 갔던 사람이 돌아와 말했다.

"밀본법사가 우리의 청을 받아들여 곧 오겠다고 했습니다."

귀신들은 이 말을 듣고 모두 놀라 얼굴빛을 잃었다. 작은 귀신이 말했다.

"법사가 도착하면 불리할 테니 피하는 것이 좋지 않겠습니까?"

큰 귀신이 거들먹거리며 태연자약하게 말했다.

"무슨 해로움이 있겠는가?"

얼마 후 사방에서 큰 힘을 가진 귀신들이 모두 쇠 갑옷과 긴 창으로 무장하고 와서 여러 귀신들을 붙잡아 갔다. 그러고 나서 무수한 천신(天神)이 둘러서서 기다리자, 잠시 후 밀본이 왔다. 〔밀본이〕 경을 펴기도 전에 〔김양도의〕 병이 나아 말을 할 수 있게 되었다. 몸이 풀리자 그는 지난 일을 모두 법사에게 이야기했다. 김양도는 이 일로 해서 불교를 독실하게 믿고는 평생 동안 게을리하지 않았고, 흥륜사 법당의 주불(主

佛)인 미륵존상과 좌우의 보살상을 빚었으며 또한 금색으로 벽화를 가득 그렸다.

밀본은 일찍이 금곡사(金谷寺)에서 산 적이 있었다.

김유신은 어떤 늙은 거사(밀본)와 친하게 사귀었는데, 세상 사람들은 그가 누군지 알지 못했다. 그때 공의 친척인 수천(秀天)이 오랫동안 나쁜 질병을 앓고 있었으므로 공이 거사를 보내 진단하게 했다. 때마침 수천의 친구인 인혜(因惠)라는 스님이 중악(中岳)에서 찾아와 거사를 보고는 모욕하며 말했다.

"그대의 모습과 태도를 보니 간사한 사람인데, 어떻게 남의 병을 고치겠는가?"

거사가 말했다.

"나는 김 공의 명을 받고 마지못해서 왔을 뿐이오."

인혜가 말했다.

"그대는 내 신통력을 보아라."

그리고 향로에 향을 피우고 주문을 외우자, 오색구름이 인혜의 이마를 둘러싸고 하늘꽃(天花)이 흩어져 내렸다. [그때] 거사가 말했다.

"스님의 신통력은 정녕 불가사의합니다. 제게도 변변치 못한 기술이 있으니, 시험해 보기를 청합니다. 스님께서는 잠깐 [제] 앞에 서 계십시오."

인혜가 그의 말대로 하자 거사는 손가락을 튕기며 한 번 소리를 냈다. 인혜는 넘어져 공중으로 한 길 남짓이나 올라갔다가, 얼마 후 천천히 거꾸로 떨어져 머리가 땅에 말뚝처럼 박혔다. 옆에 있던 사람들이 인혜를 밀고 당겨 봤지만 꿈쩍하지 않왔다. 거사가 그곳을 떠났는데도 인혜는 여전히 몸이 거꾸로 박힌 채 밤을 새워야 했다. 이튿날 수천이 김 공에게 사람을 보내자 김 공이 거사를 보내 인혜를 구하도록 했다. 그 뒤로 인혜는 자신의 신통력을 자랑하지 않게 되었다.

°°° 다음과 같이 기린다

붉은색과 자주색이 휘날려 얼마나 적색을 어지럽혔던가,
아! 물고기의 눈(魚目)이 어리석은 자를 속였구나.
거사의 손가락이 가볍게 튕기지 않았더라면,
상자에 옥 같은 돌을 얼마나 담았을까.

---

1) 선덕여왕의 이름이다. 『삼국사기』에 의하면 진평왕의 맏딸로 성품이 너그럽고 인자했다.
2) 약사여래의 본원과 공덕을 말한 경으로 밀교에서 주로 읽는 경전인데 이런 경전에 나타난 것이 무불습합(巫佛褶合)의 논리다.
3) 곧 승상(丞相)인데 신라의 재상급 관직 이름이다.
4) 신라 통일기의 장수로서 김유신의 부장(副將)이었다.

혜통이 용을 항복시키다

승려 혜통(惠通)은 그 씨족이 자세하지 않다.[1] [그가] 속인[2]이었을 때 그의 집은 남산 서쪽 기슭의 은천동(銀川洞) 지금의 남간사(南澗寺) 동쪽 마을 어귀에 있었다.

어느 날 집 동쪽 시냇가에서 놀다가 수달 한 마리를 잡아 죽이고는 뼈를 동산에 버렸는데 이튿날 아침에 보니 그 뼈가 없어졌다. [그래서] 핏자국을 따라갔더니 그 뼈는 옛날에 살던 굴속으로 들어가 다섯 마리의 새끼를 끌어안고 웅크리고 있었다. 혜통이 그것을 바라보고는 한참 동안 놀라워하고 탄식하며 머뭇거리다가 마침내 속세를 버리고 출가하여 이름을 혜통으로 바꿨다.

[혜통이] 당나라로 가서 선무외삼장(善無畏三藏)[3]을 찾아뵙고 배움을 간청하니, 삼장이 말했다.

"해가 뜨는 변방[嵎夷][4] 사람이 어찌 불법의 기량[法器]을 감당하겠는가?"

〔그러고는〕 끝내 가르쳐 주지 않았다. 혜통은 쉽사리 떠나지 않고 3년 동안 열심히 섬겼으나 그래도 허락하지 않았다. 혜통이 분하고 애가 타서 뜰에 서서 화로를 머리에 이자 잠깐 사이에 이마가 터지면서 우레 같은 소리가 났다. 삼장이 이 소리를 듣고 와 보더니 화로를 내리고 손가락으로 터진 자리를 만지며 주문을 외우자 상처가 그전대로 아물었는데, 임금 왕(王) 자 모양의 흉터가 생겼다. 때문에 그를 왕 화상(王和尙)이라 부르고 큰 그릇이 될 것으로 여겨 인결(印訣)[5]을 가르쳐 주었다.

이때 당나라 황실의 공주가 병이 나서 고종이 삼장에게 구해 주기를 요청했다. 〔삼장은〕 자기 대신 혜통을 천거했다. 혜통이 명을 받고 따로 머물면서 흰콩 한 말을 은그릇 속에 넣고 주문을 외우자, 〔흰콩이〕 흰 갑옷을 입은 귀신 군사로 변했다. 〔그 군사로〕 마귀를 쫓아내려 했으나 이기지 못했다. 다시 검은콩 한 말을 금 그릇 속에 넣고 주문을 외우자 검은 갑옷을 입은 귀신 군대로 변했다. 두 색깔의 〔귀신 군대가〕 힘을 합쳐 마귀를 쫓아내자 갑자기 교룡이 뛰쳐나가고 마침내 공주의 병이 낫게 되었다.

교룡은 혜통이 자신을 쫓아낸 것을 원망해 신라의 문잉림(文仍林)으로 가서 〔수많은 사람의〕 목숨을 해쳤다. 이때 정공(鄭恭)이 당나라에 사명을 받들고 갔다가 혜통을 만나 말했다.

"스님이 내쫓은 독룡(毒龍)[6]이 본국에 와서 심한 피해를 끼치니, 빨리 없애도록 하시오."

혜통은 정공과 함께 인덕(麟德) 2년 을축년(665년)에 본국으로 돌아와 독룡을 쫓아냈다. 그러자 〔독룡은〕 이번에는 정공을 원망하면서 버드나무에 기대어 정공의 집 문밖에 살았는데, 정공은 그 사실을 모르고 나무가 무성한 것을 감상하면서 무척 아꼈다.

신문왕이 죽고 효소왕(孝昭王)이 자리에 올라 임금의 무덤을 고쳐 짓고 장사 지낼 길을 만드는데, 정공의 집 버드나무가 길을 막고 있자 관리가 베어 버리려고 했다.

그러자 정공이 크게 화를 내며 말했다.

"차라리 내 머리를 벨지언정 이 나무는 베지 못한다."

관리가 왕에게 아뢰니, 왕이 매우 화가 나서 법관〔司寇〕에게 명령했다.

"정공이 왕 화상의 신술(神術)을 믿고 임금의 명을 업신여겨 거스르며 제 머리를 베라고 했으니 원하는 대로 해 주는 것이 마땅하리라."

그래서 정공을 죽이고 그 집을 묻어 버렸다.

조정에서 〔이렇게〕 의논했다.

"왕 화상은 정공과 상당히 친밀했으므로 반드시 정공의 죽음을 의심할 것입니다. 그를 먼저 없애야 합니다."

왕은 군사를 풀어 왕 화상을 잡아들이도록 했다.

혜통은 왕망사(王望寺)에 있다가 군사가 오는 것을 보고는 지붕으로 올라가 주사(朱砂)가 든 병을 가지고 붉은 먹을 붓에 묻히고 외쳤다.

"내가 하는 것을 보아라."

그러고는 병목에다 한 획을 그으며 말했다.

"너희들은 모두 각자의 목을 보아라."

그들이 자신의 목을 보니 모두 붉은 줄이 그어져 있어 서로를 보고 깜짝 놀랐다. 〔혜통이〕 또 말했다.

"만약 〔내가〕 병목을 자르면 너희들의 목도 당연히 잘릴 것이니, 어떻게 하겠느냐?"

군사들은 혼비백산하여 도망갔다. 〔군사들이〕 목에 붉은 줄이 그어진 채로 왕에게 달려가니, 왕이 말했다.

"승려의 신통력을 어떻게 사람의 힘으로 막겠느냐?"

왕은 〔혜통을〕 그냥 내버려 두었다.

왕의 딸에게 갑자기 병이 생겨 〔왕이〕 혜통에게 고치라고 명하니 곧 나았다. 왕이 몹시 기뻐하자 혜통이 원인을 말했다.

"정공은 독룡의 해를 입어 억울하게 나라의 형벌을 받은 것입니다."

왕이 이 말을 듣고는 후회하는 마음이 생겨 정공의 처자식을 방면해 주고, 혜통을 국사(國師)[7]로 삼았다.

독룡은 정공에게 원수를 갚고 난 후 기장산(機張山)으로 가 웅신(熊神)이 되었는데, 악독함이 극심하여 백성들이 몹시 괴로워했다. 혜통이 산속에 가서 독룡을 타일러 불살계(不殺戒)[8]를 주니, 웅신의 해로움이 바로 그쳤다.

언젠가 신문왕은 등에 몹쓸 종기가 나자 혜통에게 봐주기를 청했는데, 혜통이 도착하여 주문을 외자 즉시 살아났다. 혜통이 말했다.

"폐하께서는 전생에 재상의 신분으로 있으면서 선량한 백성 신충(信忠)을 잘못 판단하여 종으로 삼았기에, 신충이 원한을 품고서 되살아나 앙갚음을 하는 것입니다. 지금의 몹쓸 종기도 신충의 일 때문이니, 신충을 위해 절을 세우고 명복을 빌어 원한을 풀어야만 합니다."

왕이 매우 옳다고 여겨 절을 세우고 절의 이름을 신충봉성사(信忠奉聖寺)라 했다. 절이 지어지자 하늘에서 외치는 소리가 들렸다.

"왕께서 절을 지음으로써 〔제가〕 괴로움에서 벗어나 하늘에 태어났으니 원망이 이제 풀렸습니다. 어떤 책에서는 이 일이 진표전(眞表傳)에 실려 있다고 하는데 잘못된 것이다."

그 소리가 났던 곳에 절원당(折怨堂)을 세웠는데, 그 본당과 절이 지금까지도 남아 있다.

이보다 앞서 밀본법사 이후에 명랑이라는 고승이 있었는데, 용궁에 들어가 신인(神印) 범어로는 문두루(文豆婁)라 하는데, 여기서는 신인이라 했다. 을 얻어 신유림(神遊林) 지금의 천왕사(天王寺)에 처음 절을 짓고 〔기도를 올려〕 여러 차례 이웃 나라의 적을 물리쳤다. 〔그리고〕 이제 화상이 무외삼장의 진수를 전해 속세를 두루 돌아다니며 사람을 구제하고 만물을 교화했다. 또 숙명(宿命)의 밝은 지혜로써 절을 세워 원망을 씻었으므로 더불어 밀교의 교풍이 여기에서 크게 떨치게 되었다. 천마(天磨)의 총지암(總持嵓)[9]과 모악산(母岳山)의 주석원(呪錫院) 등이 모두 그의 유파다. 어떤 사람은 "혜통의 속명이 존승각간(尊勝角干)이다."라고 한다.

각간은 바로 신라의 재상급인데, 혜통이 벼슬을 지냈다는

말은 듣지 못했다. 또 어떤 이는 승냥이와 이리를 쏘아 잡았다
고도 하나 모두 자세하지 않다.

°°° 다음과 같이 기린다[10]

산 복숭아와 시내의 살구가 기운 울타리에 비치고,

오솔길에 봄이 깊어 양 언덕에 꽃이 피네.

그대가 한가로이 수달을 잡은 인연으로

악마조차 서울 밖으로 멀리 내쫓았네.

---

1) 그러나 이 편에서는 밀본과 명랑을 다룬 앞뒤 조보다 많은 편폭을 할애
하여 서술하고 있다.

2) 원문의 '백의(白衣)'를 번역한 것으로 인도에서는 출가 전에 모든 사람이
흰옷을 입는다.

3) 무외삼장이라고도 하며, 중인도 마가다의 왕족 출신으로 승려가 된 이
후 밀교를 전파하기 위하여 낙타에 불경을 싣고 716년 중국 장안에 도착하
여 홍복사(興福寺), 서명사(西明寺) 등에 머물면서 밀교 경전을 번역 보급
하다가 735년 99세의 나이로 입적하였다.

4) 신라를 낮춰 부른 말이다.

5) 심인(心印)과 같으며 이심전심하는 심법의 비결과 사자상승을 의미한다.

6) 독룡을 "인간의 적이자 왕에게 대항하는 자다. 그러나 불법에 귀의하면
호법룡(護法龍)이 된다."라고 해석하기도 한다.

7) 국가나 임금의 사표가 되는 덕망 있는 승려에게 내리는 최고의 지위이다.

8) 불교의 다섯 가지 계명의 하나로 중생을 죽이지 못하게 하는 계율이다.

9) 밀교(密敎)로 유명한 사찰 중의 하나로 경기도 개성에 있었다.

10) 고운기에 의하면 일연은 혜통을 극찬하면서 그가 잡밀(雜密)과 순밀
(純密)의 교량적 위치를 해냈다고 했다.

명랑의 신인종[1]

「금광사 본기(金光寺本記)」를 살펴보면 이렇다.

"법사는 신라에서 태어나 당나라로 들어가 불도를 배우고 돌아오는 길에, 바다 용의 청으로 용궁으로 들어가 비법을 전하고 황금 1000냥 혹은 1000근이라 한다.을 시주 받아, 땅속으로 몰래 들어가 자기 집 우물 밑으로 솟아 나왔다. 이어 자기 집을 내놓아 절을 만들고 용왕이 시주한 황금으로 탑과 불상을 꾸미니 광채가 유독 빛났으므로 금광사라 이름 지었다. 『승전(僧傳)』에는 금우사(金羽寺)라고 했으나 잘못된 것이다."

법사의 이름은 명랑(明朗)이고, 자는 국육(國育)이며, 신라의 사간(沙干) 재량(才良)의 아들이다. 어머니는 남간부인(南澗夫人) 또는 법승랑(法乘娘)으로 소판(蘇判) 무림(茂林)의 딸 김씨며 자장법사의 누이동생이다. 〔재량에게는〕세 아들이 있었으니, 맏아들은 국교대덕(國敎大德)이고, 둘째 아들은 의

안대덕(義安大德)이며, 막내아들이 법사였다. 처음에 법사의 어머니는 푸른 구슬을 삼키는 꿈을 꾸고 법사를 임신했다.

〔명랑법사는〕 선덕왕 원년(632년)에 당나라로 들어갔다가 정관 9년 을미년(635년)에 〔신라로〕 돌아왔다.

총장 원년 무진년(668년)에 당나라 장수 이적(李勣)이 병사를 이끌고 신라와 연합하여 고구려를 멸망시켰다. 그 후에 〔당나라의〕 남은 군사가 백제에 머물면서 신라를 습격하여 멸망시키려고 하자 신라 사람들이 이를 알아채고는 군사를 일으켜 항거했다. 당나라 고종이 그 소식을 듣고는 매우 노하여 설방(薛邦)을 시켜 군사를 일으켜 신라를 토벌하려고 했다. 문무왕이 이를 듣고는 두려워하여 법사에게 요청하여 비법으로 빌도록 했는데, 이 일은 「문무왕전(文武王傳)」에 있다. 이것으로 해서 신인종(神印宗)의 시조가 되었다.

고려 태조〔왕건〕가 창업할 때도 해적이 와서 소란을 피우자, 안혜(安惠)와 낭융(朗融)의 후예인 광학(廣學)과 대연(大緣) 등 두 고승을 불러 기원하여 진압할 비법을 지었는데, 〔이들은〕 모두 명랑의 계통을 전수한 자들이다. 그렇기 때문에 법사를 합하여 위로 용수(龍樹)에 이르기까지를 구조(九祖)로 삼았다. 본사(本寺)의 기록에는 삼사(三師)가 율조(律祖)가 되었다고 했으나 자세하지 않다.

또 태조가 〔이들을〕 위해 현성사(現聖寺)를 지어 종파의 뿌리로 삼았다. 또 신라의 서울 동남쪽 20여 리 되는 곳에 원원사(遠源寺)[2]가 있는데, 세상에 전하기로는 안혜 등 4대덕[3]과 김유신, 김의원(金義元), 김술종(金述宗) 등이 함께 소원을 빌려고 지은 것이라고 한다. 4대덕의 유골이 모두 이 절의 동쪽 봉우리에 묻혀 있기 때문에 이것을 사령산(四靈山) 조사암(祖師嵓)이라 했다고 한다.

그러므로 4대덕은 모두 신라 때의 고덕(高德)이다.

돌백사(堗白寺) 주첩(柱貼)의 주각(注脚)에 실린 것에 따르면 다음과 같다.

"경주의 호장(戶長) 거천(巨川)의 어머니는 아지녀(阿之女)고, 아지녀의 어머니는 명주녀(明珠女)며, 명주녀의 어머니는 적리녀(積利女)다. 적리녀의 아들 광학 대덕과 대연 삼중(三重) 과거의 이름은 선회(善會)다.이라는 형제 두 사람은 모두 신인종에 들어갔다. 그들은 장흥(長興) 2년 신묘년(931년)에 태조를 따라 서울로 돌아와 임금을 모시고 향을 피우고 예불하였다. 태조는 그 노고를 기리고 두 사람의 부모 기일보(忌日寶)⁴⁾로서 돌백사에 전답 몇 결(結)을 주었다.

그러므로 광학과 대연 두 사람은 태조를 따라 서울로 들어온 사람이고, 안사(安師) 등은 바로 김유신 등과 원원사를 세운 사람이다. 〔그러나〕 광학 등 두 사람의 유골이 이곳에 와 안장되었을 뿐 4대덕이 모두 원원사를 세웠거나 모두 태조를 수행했다는 것은 아닐 것이니, 자세히 살펴보아야 한다."

---

1) 진언종(眞言宗)의 별파(別派)로 명랑을 종조로 삼는 불교의 한 종파다. 고려 초에 성립되었으며 우리나라에서 시작된 종파로서 가치가 있다.
2) 경주시 외동에 있는 절로 신라 때 창건되어 조선 후기까지 법등이 이어졌으며, 십이지상과 사천왕상이 새겨진 2기의 삼층석탑이 남아 있다.

3) 안혜, 낭융, 광학, 대연을 말한다.

4) 부모의 제사 비용을 마련하기 위한 보를 말한다.

감통 제7

◎

感通 第七

『삼국유사』에서 이 편은 불교 신앙의 기적 편이라 할 수 있으며, 「의해」 편과 유사하다. 모두 10조이며 각 조마다 불교를 사고의 중심에 두고 실천하려는 생활 정신을 엿볼 수 있다. 신라의 평범한 불교 신자들을 중심으로 서술하고 있어 당시 일반인들에게 훨씬 친숙하게 다가선 불교의 위상을 생생하게 알 수 있다.

이러한 면에서 이 편은 일연의 종교적 신념이 확고하게 묻어나는 특징을 보인다. 특히 「도솔가」, 「제망매가」, 「원왕생가」, 「혜성가」 등 주옥 같은 향가가 수록되어 있는데 향가는 한자의 음과 훈을 빌려 표기한 한국 고유의 정형시가로서 불교에 대한 내용이 많다. 향가와 함께 일연이 수집한 한시와 가사가 모두 빼어난 문학적 수준을 유지하고 있어, 높은 정신 세계를 구축하고 우리 문학의 지평을 무한대로 확장시켰다는 데 그 의의가 있다.

선도성모가 불교 일(佛事)을 좋아하다

진평왕 대에 지혜(智惠)라는 여승이 어진 행실을 많이 했다. (여승은) 안흥사(安興寺)에 머물고 있었는데, 불전을 새로 수리하려고 했으나 힘이 미치지 못했다. (어느 날) 꿈에 구슬과 비취로 머리를 꾸민 예쁜 선녀가 와서 (여승을) 위로해 말했다.

"나는 선도산(仙桃山)[1]의 신모(神母)다. 그대가 불전을 수리하고자 하는 것을 기쁘게 여겨 금 열 근을 시주하여 도우려 한다. 마땅히 내가 앉은 자리 밑에서 금을 가져다가 주존삼상(主尊三像)을 장식하고, 벽에는 오십삼불(五十三佛)과 육류성중(六類聖衆)과 여러 천신(天神), 오악신군(五岳神君) 신라에 다섯 개의 큰 산이 있었으니, 동쪽의 토함산, 남쪽의 지리산, 서쪽의 계룡산, 북쪽의 태백산, 중앙의 부악 또는 공산이라고 이른다.을 그려 매년 봄과 가을에 열흘 동안 선남선녀를 모두 모아 모든 중생을 위해 점찰법회(占察法會)를 열어 일정한 규정으로 삼으라. 고려 굴불지(屈弗池)의 용이 황제의 꿈에 의탁하여 영취산(靈鷲山)에 영원히 약사도량(藥師道場)을 베풀어 바닷길을 평탄하게 하라고 청했는데, 그 사건이 또한 이와 같다."

지혜는 놀라 꿈에서 깨어나 무리를 이끌고 신사(神祠)에 갔다. [지혜는 꿈속에서 신모가] 앉았던 자리를 파서 황금 160냥을 얻어 불전을 수리했다. [이는] 모두 신모가 알려 준 대로 했기 때문이다. 그 사적은 남아 있으나 법회 행사는 폐지되었다.

신모는 본래 중국 황실의 딸로서 이름은 사소(娑蘇)다. 일찍이 신선의 술법을 터득해 신라에 들어와 머물면서 오랫동안 돌아가지 않자, 황제가 솔개의 발목에 편지를 매달아 보냈다.

"이 솔개가 멈추는 곳에 집을 지어라."

사소가 편지를 받고 솔개를 놓아 주자 날아다니다가 이 산에 와 멈추었다. 마침내 와서 집을 짓고 지선(地仙)이 되었으므로 이 산을 서연산(西鳶山)이라 부르게 되었다. 신모는 오랫동안 이 산에 살면서 나라를 지켰는데, 신령스럽고 이상한 일이 아주 많았다. 나라가 세워진 이후로 항상 삼사(三祀)의 하나가 되었는데, 그 차례는 여러 산천 제사[望祭]의 윗자리를 차지한다.

제54대 경명왕은 매사냥을 좋아했는데, 일찍이 이곳에 올라와서 매를 놓았다가 잃어버리자 신모에게 기도하며 말했다.

"만일 매를 찾게 되면 마땅히 작위를 봉하겠습니다."

잠시 후 매가 날아와 책상 위에 앉자 신모를 대왕으로 봉했다.

〔신모가〕 처음 진한에 와서 신령한 아들〔聖子〕을 낳아 동쪽 나라의 첫 임금이 되었으니, 아마 혁거세와 알영 두 성인의 시초일 것이다. 그러므로 계룡(雞龍), 계림(雞林), 백마(白馬) 등으로 일컬은 것은 이 닭이 서쪽에 속하기 때문이다.

〔신모는〕 일찍이 여러 천선(天仙)들에게 비단을 짜게 하고 붉은 빛깔로 물들여 관복〔朝衣〕을 만들어 남편에게 주었으므로, 나라 사람들이 이것으로 비로소 영험을 알게 되었다.

또 『국사(國史)』에 보면 사신(史臣) 사초를 쓰던 신하이 말했다.

"김부식이 정화(政和)[2] 연간에 일찍이 사신이 되어 송나라에 들어가 우신관(佑神館)에 갔더니, 한 당(堂)에 여선상(女仙像)이 모셔져 있었다. 접대 임무를 맡은 학사(學士) 왕보가 말했다.

'이는 귀국의 신인데 공은 그것을 아시오?'

이어 말했다.

'옛날 중국 황실에 딸이 있었는데 바다를 건너 진한에 도착하여 아들을 낳았소. 그가 해동의 시조가 되었고, 그녀는 지선이 되어 오랫동안 선도산에 있었는데, 이것이 바로 그 상이오.'

또 송나라 사신 왕양(王襄)이 우리 조정에 도착하여 동신성모(東神聖母)에게 제사 지냈는데, 그 제문에 '어진 인물을 낳아 비로소 나라를 세웠다.'라는 구절이 있다."

이제 〔성모가〕 금을 시주하여 부처를 받들게 하고, 중생을 위하여 불법을 열게 했으며 구원의 길〔津梁〕을 만들었다. 어

찌 헛되이 장생(長生)의 기술을 배워서 저 아득한 곳에 사로
잡힐 뿐이겠는가?

°°° 다음과 같이 기린다

서연에 와 산 지 몇십 년이었던가,
천자의 여인을 불러 선녀의 옷을 짜게 했네.
영원히 사는 것도 살지 않음과 다를 바 없는데
부처를 뵙고 옥황상제가 되었네.

---

1) 경주시에 소재하고 있으며, 신라 사람들이 신성하게 생각하여 지금도 신
라 시대의 많은 유적과 유물들이 남아 있다.
2) 송나라 휘종(徽宗) 조길(趙佶)의 연호. 1111~1118년까지 사용했다.

계집종 욱면이 염불하여 극락으로 오르다[1]

경덕왕 대에 강주(康州)[2] 지금의 진주다. 강주(剛州)라고도 하는데 이는 지금의 순안(順安)이다. 의 남자 신도 수십 명이 극락세계를 정성껏 구하여 주의 경계에 미타사(彌陁寺)를 짓고 1만 일을 기약하며 계(契)를 만들었다. 그때 아간 귀진(貴珍)의 집에 욱면(郁面)이란 계집종이 있었다. 욱면이 주인을 따라 절에 가 뜰 가운데 서서 스님을 따라 염불했다. [그러나] 주인은 그녀가 자기 일을 제대로 하지 않는다고 미워하면서 날마다 곡식 두 섬씩 주고 하룻저녁 내내 찧도록 했다. [그러나] 계집종은 초저녁에 다 찧고는 절로 돌아와 속담에 "내 일이 바빠 주인집의 방아를 서두른다."라는 말은 아마도 여기에서 나온 것 같다. 밤낮으로 염불을 게을리하지 않았다. [그녀는] 뜰의 좌우에다 긴 말뚝을 세우고 두 손바닥을 뚫어 새끼줄로 꿴 다음 말뚝 위에 매달아 합장하고 좌우로 흔들면서 스스로를 위로했다.

이때 하늘에서 이렇게 소리쳤다.

"욱면 낭자는 불당으로 들어가 염불하라."

절 사람들이 이 말을 듣고는 계집종에게 권유하여 법당 안
으로 들어가 법식에 따라 정진하게 했다. 얼마 후 서쪽 하늘
에서 음악 소리가 들려오자, 계집종이 솟아올라 지붕을 뚫고
나갔다. 서쪽 교외에 가 육신을 버리고 참모습[眞身]을 드러
내더니 연화대에 앉아 큰 빛을 내며 천천히 가 버리자 공중에
서 음악 소리가 끊이지 않았다. 그 불당에는 지금까지도 [욱면
이] 뚫고 나간 구멍이 있다고 한다. 이상은 『향전』에 있다.

『승전(僧傳)』을 살펴보면, 동량팔진(棟梁八珍)은 관음의 현
신(現身)으로서 승도 천 명을 모아 두 무리로 나누어, 한쪽은
일을 하게 하고 다른 한쪽은 정수(精修)를 하게 했다. 그 노력
하는 무리들 가운데 일을 맡아보는 자가 계(戒)를 얻지 못하
고 축생도(畜生道)[3]에 떨어져 부석사의 소가 되었다. [그 소
가] 일찍이 불경을 싣고 가다가 불경의 힘을 입어 다시 사람으
로 환생해서 아간 귀진의 집 계집종으로 태어나 이름을 욱면
이라 했다. [욱면이] 볼일이 있어 하가산(下柯山)에 갔다가 꿈
에 감응을 받아 불도를 닦을 마음이 생겼다. 아간의 집이 혜숙
법사가 지은 미타사와 멀지 않은 거리에 있었으므로 아간은
매일 그 절에 가서 염불했는데, 계집종도 따라가 뜰에서 염불
했다고 한다.

[욱면은] 이렇게 9년 동안 염불했다. 을미년(755년) 정월
21일에 [욱면이] 예불하다가 지붕을 뚫고 나가 소백산에 이르
러 신발 한 짝을 떨어뜨려 그 자리에다 보리사(菩提寺)[4]를 지

었다. [욱면이] 산 아래에 도착하여 육신을 버렸으므로 그곳에 두 번째 보리사를 짓고 그 불당에 '욱면등천지전(勗面登天之殿)'이라고 방(榜)을 썼다. 그때 지붕에 뚫린 구멍이 열 아름 남짓 되었는데, 세찬 비와 함박눈이 내려도 새지 않았다. 훗날 호사자(好事者)가 금탑 한 개를 본떠 만들어 구멍을 막고 우물반자 위에 모시고 신기하고 괴이한 이 일을 기록했는데, 방과 탑이 지금까지도 남아 있다.

욱면이 떠난 후 귀진도 자기 집이 특이한 사람[異人]이 몸을 맡기고 살던 집이라 하여 내놓아 절을 짓고 법왕사(法王寺)라고 한 뒤 밭과 소작인을 바쳤다. [그러나] 오랜 세월이 흐른 후에 폐허가 되었으므로 대사 회경(懷鏡)이 승선(承宣) 유석(劉碩)과 소경(小卿) 이원장(李元長)과 함께 염원하여 절을 다시 지었는데, 회경이 몸소 토목 일을 맡았다. 처음 목재를 나르는데 꿈에 노인이 삼베로 엮은 신발과 칡으로 만든 신발을 각각 한 켤레씩 주었다. 또 옛 신사(神社)에 가서 불교 원리를 깨우쳤으므로, 그 신사 옆의 재목을 베어 5년 만에 일을 끝마쳤다. 또 노비를 더 주니 동남 지방의 유명한 절이 되었다. 사람들은 회경을 귀진의 후신(後身)이라 했다.

논평하여 말한다.

마을의 옛 전기를 살펴보면, 욱면은 바로 경덕왕 대의 일인데 징(徵) 징은 진(珍)의 잘못인 듯하며 다음도 마찬가지다.의 본전에 따르면, 원화(元和) 3년 무자년(808년), 애장왕(哀莊王) 대의 일이라 했으니, 경덕왕 이후 혜공(惠恭), 선덕(宣德), 원성(元聖), 소성(昭聖), 애장 등 5대를 거쳐 모두 60년 뒤의 일이다.

귀진이 먼저고 욱면은 나중이 되어 『향전』과 서로 어긋난다.
그러므로 의심나는 대로 두 가지 다 기록해 둔다.

　　°°° 다음과 같이 기린다

　　서쪽 이웃 옛 절에 불등(佛燈) 밝은데,

　　방아 찧고 돌아오니 밤은 이경(二更)⁵⁾이네.

　　스스로 한 염불 소리가 부처가 되길 기약하여,

　　손바닥을 뚫어 새끼줄 꿰니 이내 육신도 잊었구나.

---

1) 당시 신분제 사회에서 계집종의 성불 이야기는 파격적인 사례다.
2) 이 당시 신라 미타 신앙의 흔적이 강하여 이곳 사람들은 서방 정토로의
왕생을 빌었다.
3) 삼악도(三惡道)의 하나로 생전의 죄업 때문에 죽은 뒤에 짐승의 몸이 되
어 괴로움을 겪는 길을 말한다.
4) 경주 남산 동편에 있는 절로 자세한 위치는 불명확하다. 886년 신라 헌
강왕 12년에 창건된 것으로도 알려져 있다.
5) 밤 9시부터 11시 사이이다.

광덕과 엄장[1]

문무왕 대에 광덕(廣德)과 엄장(嚴莊)이라는 두 승려는 우애가 있어 밤낮으로 이렇게 약속했다.

"먼저 서방(西方)[2]으로 가는 사람은 반드시 서로 알리자."

〔그 후〕 광덕은 분황사 서쪽 마을어떤 사람은 황룡사의 서거방(西去房)이라 하는데 어느 것이 옳은지는 알 수 없다.에 숨어 짚신 만드는 일을 하면서 처자를 데리고 살았다. 엄장은 남악(南岳)에 암자를 짓고 살면서 나무를 베어 태우며〔화전〕농사를 지었다. 어느 날 해 그림자가 붉게 물들고 소나무 그늘에 어둠이 깔릴 무렵,〔엄장의 집〕창밖에서 소리로 알렸다.

"나는 벌써 서방으로 가네. 자네는 잘 있다가 빨리 나를 따라오게."

엄장이 문을 밀치고 나가 바라보니, 구름 위에서 하늘의 음악 소리가 들려오고 밝은 빛이 땅까지 뻗쳐 있었다.

이튿날 [그가] 광덕이 살던 곳으로 찾아가 보니 광덕은 과연 죽어 있었다. 그래서 그의 아내와 함께 시신을 수습하여 함께 장사를 지냈다. 일을 마치자 엄장이 광덕의 부인에게 말했다.

"남편이 죽었으니 나와 함께 사는 것이 어떻겠소?"

광덕의 아내는 이를 허락하고 엄장의 집에 머물렀다. 밤이 되어 [엄장이] 정을 통하려고 하니, 부인이 허락하지 않으면서 말했다.

"대사가 극락정토를 구하는 것은 물고기를 잡으려고 나무 위에 올라가는 것과 같습니다."

엄장이 괴이하게 여겨 물었다.

"광덕도 이미 그러했는데 나라고 해서 어찌 안 되겠소?"

부인이 말했다.

"남편과 나는 10여 년 동안 함께 살았지만 일찍이 하룻밤도 잠자리를 같이 한 적이 없는데, 하물며 몸을 더럽혔겠습니까? 그분은 다만 매일 밤 단정하게 앉아서 한결같이 아미타불을 외면서 16관(十六觀)[3]을 짓고 관이 다 되어 미혹을 깨치고 달관하여, 밝은 달이 창으로 들어오면 때때로 그 위에 올라가부좌를 했습니다. 이처럼 정성을 다했으니, 극락으로 가려고 하지 않아도 극락에 가지 않고 어디로 가겠습니까? 천 리를 가고자 하는 사람은 첫 발자국부터 알 수 있는 것인데, 지금 대사가 하는 일은 동방으로 가는 것이지 서방[극락]으로 간다고는 할 수 없습니다."

엄장은 [이 말을 듣고] 부끄러워 얼굴을 붉히고는 물러 나와 바로 원효법사에게 가서 도 닦는 묘법을 간곡하게 물었다. 원효가 정관법(淨觀法)[4]을 지어 그를 지도하자, 엄장은 그제야 몸을 깨끗이 하고 잘못을 뉘우쳐 자신을 꾸짖고 한결같은 마음으로 도를 닦아 역시 극락으로 가게 되었다.

정관법은 원효법사 본전(本傳)과 『해동승전』에 실려 있다. 그 부인은 바로 분황사의 계집종으로 아마 부처님의 열아홉 응신(十九應身)[5] 가운데 하나였다.

일찍이 광덕은 이런 노래를 지었다.[6]

달님이여,

이제 또 서방으로 가셔서

무량수불 앞에

말씀을 가져다 전해 주십시오. 우리말의 '알려 말하다'를 이른다.

다짐 깊으신 부처님을 우러르며

두 손 모아 비옵나니

원왕생(願往生),[7] 왕생을 바칩니다.

그리워하는 사람 있다고 아뢰십시오.

아아, 이 몸 버리시고

마흔여덟 가지 소원[8]이

모두 이루어질까요?

---

1) 이 조는 향가 「원왕생가(願往生歌)」로 인해 널리 알려졌는데 두 사람의 성불 이야기다.

2) 서방정토, 즉 극락세계로서 동거토(同居土)라고도 하는데 부처와 중생이 동거한다는 뜻이다.

3) '관'이란 보는 것, 염관(念觀)하는 것을 뜻하며 석가모니가 극락정토를 염원하던 수행법이다.

4) 사고의 더러움을 없애고 번뇌의 유혹을 없애는 것을 말한다.

5) 중생의 제도와 교화를 위한 관음보살의 19종의 모습인데 『법화경』보문품의 19설법에서 취한 것이다. 응신이란 삼신(법신(法身), 보신(報身), 응신(應身))의 하나다.

6) 작자의 깊은 미타 신앙을 읊은 19체 향가로서 경건미와 엄숙미가 조화를 이루고 있다. 어떤 이는 다음 향가의 저자가 광덕의 아내라고 하는데 잘못된 것이다.

7) '원왕생 극락'의 준말로 죽어서 극락세계에 태어나고 싶다는 뜻이다.

8) 아미타불이 법장 비구(法藏比丘)였을 때 세운 마흔여덟 가지 큰 소원을 말한다.

경흥이 성인을 만나다

신문왕 대의 고승 경흥(憬興)은 성이 수씨(水氏)고, 웅천주(熊川州) 사람이다. 열여덟 살에 출가하여 삼장(三藏)에 통달하니 당대에 신망이 두터웠다. 개요(開耀) 원년(681년) 문무왕이 세상을 뜰 무렵에 신문왕에게 이렇게 부탁했다.

"경흥법사는 국사로 삼을 만하니, 내 명을 잊지 마라."

신문왕은 제위에 오르자, 〔경흥법사를〕 존대하여 국로(國老)¹⁾로 삼아 삼랑사(三郞寺)²⁾에 머물게 했는데, 갑자기 병 들어 한 달이나 앓았다. 이때 한 여승이 찾아와 문안을 드리면서 『화엄경』 가운데 있는 "착한 벗이 병을 고쳐 준다."라는 설로 말했다.

"지금 법사의 질병은 근심으로 생긴 것이니, 웃으며 즐거워하면 나을 수 있습니다."

이렇게 말하고는 열한 가지 탈을 만들어 저마다 우습기 짝이 없는 춤을 추게 하니, 높이 솟아올랐다가 줄어들었다가 하며 변하는 모습이 이루 말할 수 없이 우스워 턱이 빠질 정도였다. 법사는 자신도 모르는 사이에 병이 깨끗이 나았다. 그러자 여승은 문을 나가 남항사(南巷寺)이 절은 삼랑사(三郎寺) 남쪽에 있다.로 들어가 숨어 살았는데, 그가 짚던 지팡이만 십일면원통상(十一面圓通像)[3]을 그린 족자 앞에 놓여 있었다.

어느 날 [경흥이] 궁궐로 들어가려 하여 따르는 자들이 미리 동쪽 대문 밖에서 준비했는데, 말과 안장이 매우 화려하고 신과 갓도 매우 성대했으므로 길 가던 사람들이 모두 두려워하며 물러났다. 이때 행색이 초라한 거사혹은 사문(沙門)이라고도 한다.가 손에는 지팡이를 짚고 등에는 광주리를 지고서 하마대(下馬臺)[4] 위에서 쉬고 있었는데, 광주리 안을 들여다보니 말린 물고기가 있었다. 경흥을 따르는 자가 꾸짖었다.

"당신은 승려로서 어찌 [계율에] 어긋나는 물건을 지고 다니는가?"

거사가 말했다.

"양쪽 다리 사이에 산 고기(馬)를 끼고 있는 것에 비하면 등에 말린 물고기를 지고 있는 것이 무엇이 혐오할 일인가?"

거사는 말을 마치고 나서 일어나 가 버렸다. 경흥은 문을 나서다가 그 말을 듣고는 사람을 시켜 쫓아가게 했다. [거사는] 남산 문수사 문밖에 이르러 광주리를 버리고 사라졌는데, 짚던 지팡이는 문수보살상 앞에 세워져 있고 말린 물고기는 바로 소나무 껍질이었다. 심부름 갔던 사람이 와서 보고하니, 경흥이 듣고 탄식했다.

"문수보살이 와서 내가 말을 타고 다니는 것을 경계한 것이구나."

그 뒤로 경흥은 입적할 때까지 말을 타지 않았다. 경흥이 뿌린 덕행의 향내와 남긴 맛은 모두 승려 현본(玄本)이 지은 삼랑사비(三郎寺碑)에 자세하게 실려 있다.

일찍이 『보현장경(普賢章經)』에서 미륵보살이 이렇게 말했다. "나는 마땅히 내세에서는 염부제(閻浮提)[5]에 태어나 먼저 석가의 말법제자(末法弟子)[6]들을 구원할 것이다. 그러고 나서 말 탄 승려는 제외시켜 그들이 부처를 보지 못하게 할 것이다."

그러니 어찌 경계하지 않을 수 있겠는가?

∘∘∘ 다음과 같이 기린다

옛날 현인이 모범을 보인 것은 뜻한 바 많은데,
어찌 후손들이 갈고 다듬지 않으랴.
등에 진 마른 물고기가 도리어 말썽거리라면,
훗날에 용화수(龍華樹)[7] 저버릴 일을 견디겠는가?

---

1) 신라 시대 국통에 준하는 예우를 받았던 승려의 최고 지위로 보인다.
2) 경주시 성건동에 있었던 사찰로 지금은 절터에 당간지주와 초석 등이 남아 있다.
3) 얼굴이 11개인 관음상이다.
4) 말에서 내릴 때 밟는 돌이다.
5) 인도를 가리킨다. 인간 세계를 이르기도 한다.

6) 말세 제자와 같은데 부처가 입적한 지 오래되어 불법이 쇠퇴한 시기의 제자를 말한다.

7) 미륵불은 먼 미래에 나타나 그때까지 구제되지 못한 중생들을 구제하기 위하여 용화수 아래에서 수행 정진하고 있다.

진신석가가 공양을 받다

장수(長壽)[1] 원년 임진년(692년)에 효소왕(孝昭王)이 제위에 올라 처음으로 망덕사(望德寺)를 짓고 당나라 황실을 위해 복을 빌려고 했다. 그 후 경덕왕 14년(755년)에 망덕사의 탑이 흔들리더니, 안사(安史)의 난[2]이 있었다. 신라 사람들이 말했다.

"당나라 황실을 위해 이 절을 세웠으니, 응험이 있는 것은 당연하다."

8년 정유년(697년)에 낙성회를 베풀고 효소왕이 직접 행차하여 공양하는데, 행색이 초라한 비구승이 몸을 굽히고 뜰에 서 있다가 왕께 청했다.

"소승도 이 재(齋)에 참석하고자 합니다."

왕은 비구승을 맨 끝자리에 앉게 해 주었다. 〔재가〕 끝날 즈음 왕이 비구승에게 농담조로 말했다.

"그대는 어느 곳에 살고 있는가?"

비구승이 말했디.

"비파암(琵琶嵒)에 살고 있습니다."

왕이 말했다.

"이제 가거든 국왕이 직접 공양하는 재에 참여했다는 말을 하지 마라."

비구승이 웃으면서 대답했다.

"폐하께서도 다른 사람들에게 진신부처〔眞身釋迦〕를 공양했다는 말씀을 하지 마십시오."

말을 마치자 비구승은 몸을 솟구쳐 하늘로 올라가 남쪽으로 가 버렸다. 왕이 놀라고 부끄러워 동쪽 언덕으로 급히 달려 올라가 〔비구승이 사라진〕 쪽을 바라보며 예를 올리고 사람을 시켜 찾아보게 했다. 〔비구승은〕 남산 삼성곡(參星谷) 혹은 대적천원(大磧川源)이라고도 하는 바위에 이르러 지팡이와 바리때를 두고 사라졌다고 했다. 사자가 와서 그대로 아뢰니, 드디어 비파암 아래에 석가사(釋迦寺)를 세우고, 자취가 사라진 곳에 불무사(佛無寺)를 세워 지팡이와 바리때를 두 곳에 각각 나누어 두었다. 이 두 절은 지금도 있으나 지팡이와 바리때는 없어졌다.

『지론(智論)』 제4권에 말했다.

"옛날 계빈(罽賓) 삼장법사가 아란야법(阿蘭若法)[3]을 행하여 일왕사(一王寺)에 도착하니, 절에서 큰 모임이 열리고 있었다. 문지기는 그의 옷차림이 허름한 것을 보고는 문을 막고 들어가지 못하게 했다. 〔삼장법사가〕 이렇게 여러 차례 들어가려 했는데 다 떨어진 옷을 입었다 하여 매번 들어가지 못하자, 임시방편으로 좋은 옷을 빌려 입고 가니 [문지기가] 들어가길 허락하고 막지 않았다. 자리에 참석한 후에 갖가지 좋은 음식을 입고 있는 옷에게 먼저 주니, 여러 사람들이 어째서 그렇게 하느냐고 물어보았다. 그는 '내가 이곳에 여러 차례 왔으나 매번 옷이 허름하여 들어오지 못했는데, 이번에는 이 옷 때문에 이 자리에 참석하게 되었으니, 옷에게 먼저 주어야 하지 않겠는가.'라고 대답했다."

아마 이번 일도 같은 사례인 것 같다.

　　°°° 다음과 같이 기린다

　　　향 피우고 부처를 가려 새 그림을 보았고,
　　　음식 만들어 스님을 공양하고 옛 친구를 불렀네.
　　　이로부터 비파암 위의 달은
　　　때로는 구름에 가려 못에 더디 비치리.

---

1) 당나라 무측천(武則天)의 연호. 692~694년까지 사용했다.
2) 756년 안녹산(安祿山)과 사사명(史思明)이 주동이 되어 일으킨 반란으로 8년 동안 지속되었으며 당나라 문화 전반에 걸쳐 지대한 영향을 끼쳤다.
3) 촌락에서 멀리 떨어진 곳에서 수행하는 것을 말한다.

월명사의 도솔가

경덕왕 19년 경자년(760년) 4월 초하루에 두 해가 나란히 나타나 열흘이 지나도 사라지지 않았다.

천문을 맡은 관리〔日官〕가 아뢰었다.

"인연 있는 승려를 청하여 산화공덕(散花功德)[1]을 하면〔재 앙을〕 물리칠 수 있을 것입니다."

그리하여 조원전(朝元殿)에다 깨끗이 단을 만들고 청양루 (靑陽樓)에 행차하여 인연 있는 승려가 오기를 기다렸다. 이때 월명사(月明師)가 밭 사이로 난 남쪽 길을 가고 있었는데, 왕 이 사람을 보내 그를 불러 단을 열고 기도하는 글을 짓게 했 다. 월명사가 아뢰었다.

"신승은 국선의 무리에 속하여 단지 향가만을 알 뿐 범성 (梵聲)[2]은 익숙하지 못합니다."

왕이 말했다.

"이미 인연 있는 승려로 지목되었으니, 향가를 지어도 좋소."

이에 월명사가 「도솔가(兜率歌)」를 지어 불렀는데, 그 내용은 다음과 같다.

오늘 여기에 산화가를 부를제
솟아나게 한 꽃아 너는
곧은 마음의 명을 받들어
미륵좌주(彌勒座主)[3]를 모셔라.

그 시를 해석하면 다음과 같다.

용루(龍樓)에서 오늘 산화가를 불러
푸른 구름에 한 송이 꽃을 날려 보낸다.
은근하고 곧은 마음이 시키는 것이니
도솔천의 대선가(大僊家)를 멀리서 맞이하리.

지금 세속에서는 이 시를 가리켜 「산화가」라고 하는데, 잘못된 것이니 마땅히 「도솔가」라고 해야 한다. 〔이와〕 별도로 「산화가」가 있으나, 글이 번잡하여 싣지 않는다.

얼마 후 해의 괴이함이 곧 사라졌다. 왕은 이것을 기려 좋은 차 한 봉지와 수정 염주 108개를 내려 주었다. 이때 갑자기 모습이 말쑥한 동자가 나타나 공손히 꿇어앉아 차와 염주를 받들어 궁전 서쪽의 작은 문으로 나갔다. 월명은 그를 안 대궐〔內宮〕의 심부름꾼으로 여겼고, 왕은 법사의 시종이라고 여겼는데, 확인해 보니 모두 잘못된 생각이었다. 왕이 매우 이상하게 여겨 사람을 시켜 뒤쫓게 하니, 동자는 내원(內院)의 탑 안으로 사라졌고, 차와 염주는 남쪽 벽에 그려진 미륵상 앞에 있었다. 〔이에〕 월명의 지극한 덕과 정성이 이처럼 부처님〔至聖〕을 감동시킬 수 있다는 것을 알게 되어 조정에서나 민간에서나 모르는 이가 없었다. 왕은 〔월명사를〕 더욱 존경하여 다시 비단 백 필을 주어 큰 정성을 기렸다.

월명사는 또 일찍이 죽은 누이동생을 위해 재를 올리면서 향가를 지어 제사를 지내는데, 문득 회오리바람이 일어나더니 종이돈〔紙錢〕[4]을 날려 서쪽으로 사라지게 했다.

그 향가는 다음과 같다.[5]

삶과 죽음의 길은
여기 있으니 두려워지고
나는 간다는 말도
못 다 이르고 어찌 가는가.
어느 가을 이른 바람에
여기저기 떨어지는 나뭇잎처럼
한 가지에 나서
가는 곳을 모르는구나!
아아! 미타찰(彌陀刹)[6]에서 만날 나
도를 닦으며 기다리련다.

월명은 언제나 사천왕사(四天王寺)에 살면서 피리를 잘 불었다. 일찍이 달밤에 피리를 불며 문 앞의 큰길을 지나가자, 달이 그를 위해 운행을 멈추었다. 이 때문에 이 길을 월명리(月明里)라 하였으며 월명사 또한 이 일로 이름을 드날렸다.

월명사는 바로 능준대사(能俊大師)의 제자다. 신라 사람들은 향가를 숭상한 지 오래되었는데, 대개 시가와 송가(頌歌) 같은 것이었다. 그래서 천지와 귀신을 감동시킨 경우가 한두 번이 아니었다.

ㅇㅇㅇ 다음과 같이 기린다

바람이 종이돈을 날려 저승 가는 누이의 노자를 삼게 했고,
피리 소리는 밝은 달을 움직여 항아(姮娥)⁷⁾를 머무르게 했네.
도솔천이 하늘처럼 멀다고 말하지 마라.
만덕화(萬德花) 한 곡조로 즐겨 맞이하리.

---

1) 공덕이란 연기와 윤회를 바탕으로 하는 불교 행위의 하나고, 꽃을 뿌려 부처님께 공양하는 것이 산화공덕이다.
2) 찬불가인 범패(梵唄)로서 범어로 하는 염불이다.
3) 미륵불을 말한다.
4) 죽은 자가 극락으로 갈 때 노잣돈으로 쓰라는 의미에서 장례식 때 쓰는 가짜 돈으로 지금도 대만에서는 장례식에서 이 풍습을 따르고 있다.
5) 너무나 유명한 「제망매가(祭亡妹歌)」다. 형제를 한 가지에 난 나뭇잎에 비유하고 누이의 죽음을 가을철에 떨어지는 낙엽에 비유한 19체 향가다.
6) 아미타불의 국토라는 뜻이니 극락세계를 말한다.
7) 상아(孀娥)라고도 하며 달에 사는 미인으로 중국 하나라 예(羿)의 부인이었다.

선율이 살아 돌아오다

　망덕사(望德寺)의 승려 선율(善律)은 돈을 시주 받아 『육백반야경(六百般若經)』을 만들려 하다가 완성되기 전에 갑자기 저승[陰府] 사자에게 쫓겨 염라대왕에게 갔다. 염라대왕이 물었다.

　"너는 인간 세상에서 무슨 일을 하였느냐?"

　선율이 말했다.

　"소승은 늘그막에 『대품반야경(大品般若經)』을 완성하려고 했으나, 과업을 이루지 못하고 왔습니다."

　염라대왕이 말했다.

　"네 수명은 비록 다하였으나 좋은 소원을 다 마치지 못했으니, 다시 인간 세상으로 돌아가 보배로운 불전[寶典]을 끝마치는 것이 마땅하다."

　그러고는 [선율을 인간 세상으로] 돌려보냈다.

돌아오는 길에 한 여인이 울면서 선율 앞에 와 절을 하고 말했다.

"저 역시 남염주(南閻州) 신라 사람인데, 부모가 금강사의 논 한 이랑(畝)을 몰래 훔친 죄에 연루되어 저승에 잡혀 와서 오랫동안 무거운 고통을 받고 있습니다. 이제 법사께서 고향으로 돌아가시거든 제 부모에게 이 일을 말하여 빨리 그 논을 돌려주도록 해 주십시오. [또] 제가 세상에 있을 때 참기름을 침상 아래에 숨겨 두고, 곱게 짠 베를 이불 사이에 감추어 두었으니, 법사께서는 제 기름을 가져다 불등(佛燈)을 켜 주시고, 그 베를 팔아서 불경을 베끼는 비용[經幅]으로 쓰십시오. 그렇게 해 주신다면 황천에서도 은혜를 입어 고통에서 벗어날 수 있을 것입니다."

선율이 말했다.

"그대의 집은 어디에 있는가?"

"사량부(沙梁部) 구원사(久遠寺)의 서남리(西南里)입니다."

선율이 그 말을 듣고 막 가려 할 때 다시 살아났다. 이때는 선율이 죽은 지 열흘이 되어 남산 동쪽 기슭에 이미 장사 지낸 후였다. [선율이] 무덤 속에서 사흘 동안이나 살려 달라고 부르짖자, 지나가던 목동이 이 소리를 듣고 절에 알렸으므로 절의 승려가 가서 무덤을 파고 꺼내 주었다. [선율은] 전에 있었던 일을 다 말하고 그 여인의 집을 찾아갔다. 여인이 죽은 지 15년이 지났는데, 참기름과 베는 그 자리에 그대로 있었다. 선율이 그녀가 말한 대로 명복을 빌었더니 여자의 혼이 와서 아뢰었다.

"스님의 은혜에 힘입어 저는 이미 고뇌에서 벗어났습니다."

당시 사람들은 이를 듣고 모두 놀라 감탄하지 않는 자가 없어 그를 도와 불경을 완성시켰다. 불경은 경주〔東都〕의 승사서고(僧司書庫) 안에 있다. 매년 봄과 가을에 그것을 돌려 읽으며 재앙이 물러가기를 빌었다.

°°° 다음과 같이 기린다[1]

부럽구나, 우리 법사의 좋은 인연에 힘입어
영혼이 옛 고향으로 되돌아왔구나.
제 부모가 딸의 안부를 물어든
나를 위해 한 이랑의 밭을 돌려주라고 하소서.

---

1) 이 시의 화자는 저승에 잡혀 있는 여인이며, 여인이 스님에게 하는 말을 시화(詩化)한 것으로 살아 있는 보통 사람에 대한 경계라고 보는 견해도 있다.

김현이 호랑이[1]를 감동시키다

　신라 풍속에 해마다 음력 이월[仲春]이 되면 초여드렛날에서 보름날까지 서울의 남녀들이 다투어 흥륜사(興輪寺)의 전탑을 돌면서 복을 빌었다. 원성왕 대에 화랑 김현(金現)이 밤이 깊도록 혼자 쉬지 않고 탑돌이를 하고 있었다. 이때 한 처녀가 염불을 외면서 뒤따라 돌다가 서로 눈길을 주고받았다. 그들은 탑돌이를 마치고는 조용한 곳으로 가 정을 통했다. 처녀가 막 돌아가려 하자 김현이 따라가려 했다. 처녀가 사양했으나 김현은 억지로 따라갔다. 서산 기슭에 이르러 한 초가집으로 들어갔는데, 노파가 있어 처녀에게 물었다.

　"따라온 사람이 누구냐?"

　처녀는 사실대로 이야기했다.

　노파가 말했다.

　"좋은 일이기는 하지만 없었던 것만 못하구나. 그러나 이미 저질러진 일이니 어쩌겠느냐? 은밀한 곳에 숨겨 주어라. 네 오라비들이 나쁜 짓을 할까 걱정된다."

처녀는 김현을 구석진 곳에 숨겨 주었다.

얼마 후 호랑이 세 마리가 으르렁거리며 오더니 사람의 말로 얘기했다.

"집에서 비린내와 누린내가 나니 요기를 했으면 좋겠다."

노파와 처녀가 꾸짖었다.

"너희들 코가 어떻게 되었구나. 어찌 미친 소리를 하느냐?"

이때 하늘에서 외치는 소리가 들렸다.

"너희들이 남의 생명을 빼앗기를 좋아함이 매우 심하니, 마땅히 한 놈을 죽여 악행을 징계하겠다."

세 호랑이가 이 말을 듣고 모두 근심하는 빛을 띠자 처녀가 말했다.

"만약 세 오라비가 멀리 피해 스스로 뉘우친다면 제가 대신 그 벌을 받겠습니다."

모두 기뻐하면서 고개를 숙이고 꼬리를 치며 도망갔다. 처녀가 들어와 김현에게 말했다.

"처음에 저는 낭군께서 저희 집에 오시는 것을 부끄럽게 여겨 오지 못하게 했던 것인데, 지금은 숨길 것이 없으니 감히 속마음을 털어놓겠습니다. 비록 제가 낭군과 같은 부류는 아니지만 하룻밤의 즐거움을 같이했으니 그 의리는 부부의 결합처럼 소중한 것입니다. 〔그런데〕 세 오라비의 악행을 이미 하늘이 미워하니, 우리 집안의 재앙을 제가 감당하려고 합니다. 다른 사람의 손에 죽는 것이 어찌 낭군의 칼에 죽어 은혜를 갚는 것과 한가지겠습니까? 제가 내일 시장으로 들어가 사람을 심하게 해치면 나라 사람들은 저를 감당할 수 없을 것입니다. 〔그러면〕 대왕께서는 반드시 높은 벼슬을 내걸고 저를 잡으려 할 것입니다. 〔그때〕 낭군께서 겁내지 말고 저를 쫓아 성 북쪽 숲속으로 오시면 제가 낭군을 기다리고 있겠습니다."

김현이 말했다.

"사람이 사람을 사귀는 것은 인륜의 도리지만, 다른 부류와 사귀는 것은 정상이 아닙니다. 그러나 이렇게 되었으니 진실로 하늘이 준 운명인데, 어찌 차마 배필의 죽음을 팔아서 요행으로 한세상의 벼슬자리를 바라겠습니까?"

여인이 말했다.

"낭군께서는 그런 말씀을 하지 마십시오. 지금 제가 일찍 죽는 것은 하늘의 명이고 저 또한 바라는 바입니다. 낭군의 경사고 우리 가족의 축복이며 온 나라 사람들의 기쁨입니다. 하나가 죽어 다섯 가지 이로움이 있게 되는데 어찌 꺼려하겠습니까? 다만 저를 위해 절을 짓고 강론하여 좋은 업보를 얻는 데 도움이 되게 해 주시면 낭군의 은혜는 더없이 클 것입니다."

마침내 〔김현과 처녀는〕 서로 울면서 헤어졌다.

다음 날 과연 사나운 호랑이가 성안으로 들어와 〔사람들을〕 사납게 해치니 감당할 수가 없었다.

원성왕은 그 소식을 듣고는 명을 내렸다.

"호랑이를 잡는 사람에게는 2급의 벼슬을 주겠다."

김현이 궁궐로 가서 아뢰었다.

"제가 할 수 있습니다."

〔원성왕은〕 벼슬을 먼저 내리고 그를 격려했다.

김현이 칼 한 자루를 들고 숲속으로 들어가니, 호랑이는 처녀로 변신하여 웃으면서 말했다.

"어젯밤 낭군과 함께 은근히 나눈 말을 소홀히 하지 마십시오. 오늘 제 발톱에 다친 사람들은 모두 흥륜사의 간장을 바르고 그 절의 나팔 소리를 들으면 곧 나을 것입니다."

말을 마친 처녀가 김현이 차고 있던 칼을 뽑아 스스로 찌르고 엎어지자 바로 호랑이가 되었다. 김현이 숲에서 나와 말했다.

"지금 여기에서 호랑이를 쉽게 잡았다."

사정은 말하지 않고 단지 호랑이가 일러 준 대로 〔사람들을〕 치료하게 하니, 그 상처가 모두 나았다. 지금 풍속에서도 〔호랑이에게 입은 상처는〕 이 방법으로 치료하고 있다.

김현은 등용된 후 서천(西川) 가에 절을 세우고 호원사(虎願寺)[2]라 했다. 항상 『범망경(梵網經)』[3]을 강론하여 호랑이의 명복을 빌고, 스스로를 희생하여 어짊을 이루어 준 은혜를 갚았다. 김현이 죽을 즈음에 전에 있었던 이상한 일에 매우 감동하여 전기를 적었으므로 비로소 세상에 알려졌다. 그리하여 그 기록을 『논호림(論虎林)』이라 불렀고, 지금도 그렇게 부른다.

정원(貞元) 9년(793년)에 신도징(申屠澄)이 야인(野人)으로서 한주(漢州)의 십방현(什邡縣)[4]의 현위가 되어 부임지로 가는데, 진부현(眞符縣) 동쪽 10리 남짓 되는 곳에 도착했을 때였다.[5] 갑자기 눈보라와 매서운 추위를 만나 말이 앞으로 나아가지 못했다. 길가에 초가집이 있어 〔들어가니〕 안에 불이 피워져 있어 매우 따뜻했다. 등불이 켜진 곳으로 가 보니 늙은 부부와 처녀가 불 가에 둘러앉아 불을 쬐고 있었다. 그 처녀는 열네댓 살쯤 되어 보였다. 비록 헝클어진 머리와 때 묻은 옷을 입었지만 눈처럼 하얀 살결에 볼이 꽃처럼 〔부드럽고〕 몸가짐이 고왔다.

노부부는 신도징이 오는 것을 보고 급히 일어나 말했다.

"손님은 추위와 눈을 무릅쓰고 왔으니, 앞으로 오셔서 불을 쬐시지요."

신도징이 한참 동안 앉아 있었으나 날은 이미 어두워졌는데 눈보라가 그치지 않았다. 신도징이 말했다.

"서쪽 현까지 가기에는 아직도 머니 여기서 자고 가게 해 주십시오."

노부부가 말했다.

"진실로 초가집이 누추하다고 여기시지 않는다면 그렇게 하십시오."

신도징은 말안장을 풀고 이부자리를 폈다.

그 처녀가 바르고 단정한 손님의 행동을 보고는 얼굴을 곱게 단장하고 장막 속에서 나오는데, 아름다운 자태가 처음보다 훨씬 더했다. 신도징이 말했다.

"어린 낭자의 총명함이 다른 사람보다 뛰어납니다. 다행히 미혼이라면 감히 청혼을 하고 싶은데 어떠하십니까?"

노부부가 말했다.

"뜻밖의 귀한 손님께서 거두어 주신다면 어찌 정해진 연분이 아니겠습니까?"

이렇게 해서 신도징은 사위의 예를 올리고 타고 온 말에 〔여자를〕 태우고는 길을 떠났다.

부임지에 가 보니 봉록이 매우 적었지만 아내가 힘써 일하여 집안을 꾸려 나갔으므로 항상 마음에 즐거운 일뿐이었다. 그 후 임기가 끝나 돌아오게 되었는데, 그때는 이미 1남 1녀를 두고 있었다. 아이들이 매우 총명하였으므로 신도징은 아내를 더욱 존경하고 사랑했다.

일찍이 아내에게 주는 시를 지었는데 이렇다.

한 번 벼슬하니 매복(梅福)[6]에게 부끄럽고,
삼 년이 지나니 맹광(孟光)[7]에게 부끄럽다.
이 정분을 어디에 비유할까,
시냇가에 원앙새는 날아다니는데.

그의 아내는 종일 이 시를 읊조리며 화답하는 듯했으나 소리 내어 읊지는 않았다. 신도징이 벼슬을 그만두고 가족을 데리고 본가로 돌아오려 하자, 아내가 갑자기 슬픈 기색으로 신도징에게 말했다.

"〔이전에〕 시 한 편을 주셨으니 화답하겠습니다."

그러고는 이렇게 읊었다.

금실 같은 정이 비록 중하다 하지만

숲속의 뜻이 절로 깊다.

시절이 변하는 것을 언제나 근심하고

백 년을 함께 살 마음 저버릴까 저어하네.

그 후 함께 예전에 아내가 살던 집을 찾아가 보니 아무도 없었다. 아내는 매우 그리워하며 하루 종일 눈물을 흘리다가 갑자기 벽 모서리에 호랑이 가죽 한 장이 있는 것을 보더니 크게 웃으면서 말했다.

"이 물건이 아직도 여기 있을 줄 몰랐다."

〔아내가〕 그것을 재빨리 뒤집어쓰자 호랑이로 변해 으르렁거리며 할퀴다가 문을 박차고 뛰쳐나갔다. 신도징이 놀라 피했다가 두 아이를 데리고 간 길을 찾아 산림을 바라보며 며칠 동안 통곡했으나 끝내 간 곳을 알 수 없었다.

오호라! 신도징과 김현 두 사람이 사람이 아닌 종류를 접했을 때 사람으로 변해 아내가 된 것은 같으나, 〔신도징의 호랑이가〕 사람을 저버리는 시를 주고 나서는 울부짖으며 할퀴며 달아난 것이 김현의 호랑이와는 다르다. 김현의 호랑이는 부득이해서 사람을 해쳤으나 좋은 약방문으로 사람을 구했다. 짐승도 그처럼 어질었는데 지금 사람으로 태어나 짐승만도 못한 자가 있는 것은 무엇 때문인가?

일의 앞뒤를 꼼꼼히 살펴보면, 절을 도는 중에 사람을 감동시켰고, 하늘이 악행을 징계하려 하자 자신이 대신했다. 또 신기한 방법을 전하여 사람을 구했고, 절을 세워 불계(佛戒)를 강론하게 했다. 비단 짐승의 성품이 어질었을 뿐만 아니라 대

개 부처가 미물에 감응하는 방법이 여러 방면이어서 김현이 정성껏 탑을 돌자 감응하여 보답하고자 한 것이니, 그때 복을 받은 것은 당연하다.

°°° 다음과 같이 기린다

산골집 세 오라비의 악행이 모질어도
고운 입에 한 번 맺은 가약 어찌 감당하리.
의리의 중함이 몇 가지 되니 만 번 죽음도 가벼이 여기고,
숲속에서 맡긴 몸은 떨어지는 꽃처럼 없어졌네.

---

1) 절마다 있는 산신각(山神閣)에 노인이 호랑이와 함께 있는 그림을 자주 보게 되는데 호랑이는 불교 이야기의 단골손님이다.
2) 정확한 위치를 알 수 없으며 여러 가지 설이 있다.
3) 팔리어로 쓰인 남방상좌부(南方上座部)의 경장(經藏)인 장부(長部)의 제1경이다.
4) 촉한 유비의 본거지였던 사천성의 작은 현이다.
5) 신도징의 다음 이야기는 송나라 『태평광기(太平廣記)』 429권에 나온다. 그러나 불교와는 그다지 관련이 없어 보인다.
6) 한나라 사람인데 왕망이 집권하자 처자를 버리고 신선이 되었다.
7) 동한 양홍(梁鴻)의 아내로 얼굴은 못생겼으나 어진 아내의 대표로 일컬어졌다.

융천사의 혜성가 _{진평왕 대}

제5 거열랑(居烈郎), 제6 실처랑(實處郎) 돌처랑(突處郎)이라고 도 한다., 제7 보동랑(寶同郎) 등 세 화랑의 무리가 금강산〔楓岳 山〕에 놀이를 가려는데 혜성이 심대성(心大星)[1]을 침범했다. 화랑의 무리들은 꺼림칙하게 여겨 가는 것을 그만두려고 했 다. 그때 융천사(融天師)가 노래를 지어 부르니 혜성의 변괴가 즉시 사라지고 일본의 군사가 저희 나라로 물러가 도리어 복 이 되었다. 대왕이 듣고는 기뻐하여 화랑의 무리들을 금강산 에 놀러 보냈다.

그 노래는 다음과 같다.[2]

옛날 동쪽 물가
건달바(乾達婆)[3]가 놀던 성을 바라보니
왜군이 왔다고

봉화를 올린 변방도 있구나.

세 화랑이 산 보러 간다는 말을 듣고

달도 부지런히 밝히는데

길 밝히는 별을 바라보고

혜성이여! 라고 아뢴 사람이 있다.

아아! 달이 아래로 떠가고 있더라.

이와 어울릴 무슨 혜성이 있을는지.

---

1) 28수(宿)에서 중심 자리에 있는 별 이름이다.

2) 해학과 직유가 어우러진 뛰어난 19체 향가로, 향가에 주술적 힘이 있다고 여겨 신성시하던 당시의 분위기를 알 수 있다.

3) 범어인 간다르바(Gandharva)의 역어로 하늘의 악사이며 무장을 하고 있다. 사자관을 쓰고 무기를 들었다.

정수법사가 얼어붙은 여인을 구하다

제40대 애장왕 대에 승려 정수(正秀)가 황룡사에 머물고 있었다. 겨울 어느 날 눈이 많이 쌓이고 날은 저물었는데 삼랑사(三郎寺)에서 돌아오는 길에 천엄사(天嚴寺) 문밖을 지나게 되었다. 그때 빌어먹는 여인이 어린아이를 낳고는 얼어서 거의 죽을 지경이었다. 법사가 그것을 보고 불쌍하게 여겨 안아 주니 한참 만에 숨이 붙었다. [법사는] 곧 옷을 벗어 덮어 주고 벌거벗은 채 절로 달려와 거적으로 몸을 덮고 밤을 지냈다. 한밤중에 궁궐의 뜰에 하늘로부터 부르는 소리가 들려왔다.

"황룡사의 승려 정수를 마땅히 왕의 스승으로 봉하라."

왕이 급히 사람을 보내 조사하게 하니 모든 사실이 왕에게 알려졌다. 따라서 왕이 위의를 갖추고 궁궐로 불러들여 [정수를] 책봉하여 국사로 삼았다.

피은 제8

避隱 第八

이 편에는 세속의 명리(名利)를 피해 심산유곡(深汕幽谷)에 은둔하려는 승려들의 이야기가 수록되어 있다. 다만 여기에 등장하는 승려들은 나름대로의 삶의 방식으로 내세 정토에 귀의하려는 목적을 가지고 있다.

이 편에 실려 있는 열 가지 이야기는 주로 승려들이 속세와 인연을 끊는 내용이지만 신충이나 물계자같이 독특한 인물도 다루고 있다.

출가(出家)한다는 말에서 알 수 있듯이 승려들은 본래 속세와 떨어져 사는 존재인데 구태여 은둔이니 피함이니 한 것은 고려 시대의 승려가 세상일과 동떨어져 살기보다는 사회에 관심을 기울이고 역사와 함께 호흡하면서 살아갔기 때문이었을 것이다. 이들은 고통스러운 상황에 부딪쳤을 때 무조건 피하거나 벗어나려 하기보다는 규범이나 제도를 강요하는 현실에서 찰나적 일탈을 한 것이다.

낭지의 구름 타기와 보현보살 나무

삽량주 아곡현(阿曲縣)의 영취산(靈鷲山) 삽량은 지금의 양주
(梁州)고, 아곡은 서(西)라고 되어 있다. 또는 구불(求佛), 굴불(屈弗)이라고
한다. 지금의 울주에 굴불역을 두었으니, 아직도 그 이름이 있다.에 이상
한 승려가 있었다. 수십 년 동안 암자에 살고 있었으나 고을에
서는 아무도 〔그를〕 알지 못했고, 그 또한 자신의 이름과 성을
말하지 않았다. 그는 언제나 『법화경』을 강론했고 신통력을
지녔다.

용삭(龍朔) 초기에 지통(智通)이라는 사미(沙彌)¹⁾가 있었는
데, 이량공(伊亮公)의 집 종이었다. 일곱 살에 승려가 되자 까
마귀가 와서 울며 말했다.

"영취산으로 가서 낭지(朗智)의 제자가 되어라."

지통은 그 말을 듣고 영취산을 찾아가 골의 나무 아래에서
쉬고 있는데, 문득 이상한 사람이 나와 말했다.

"나는 보현대사인데, 너에게 계품(戒品)을 주려고 한다."

〔계를 주고 나서〕 그는 사라졌다. 그러자 지통은 마음이 화 트이고 지증(智證)²⁾이 두루 통했다. 다시 길을 가다가 한 승려 를 만나 낭지법사가 사는 곳을 물어보니 그가 말했다.

"어찌해서 낭지를 묻느냐?"

지통은 신기한 까마귀에 대한 일을 모두 얘기했다. 그가 빙 그레 웃으면서 말했다.

"내가 낭지다. 지금 법당 앞에 까마귀가 와서 '성스러운 아 이가 법사의 제자가 되기 위해 곧 당도할 것이니 나가 맞이하 는 것이 마땅하다.'라고 알려 주었으므로 와서 맞이하는 것 이다."

그러고는 손을 잡고서 감탄하여 말했다.

"신령스러운 까마귀가 너를 깨우쳐 나에게 가라 일러 주고, 나에게 너를 맞이하라고 일러 주니, 이 무슨 상서로움인가? 아마 산신령의 은밀한 도움인가 보다."

전하는 말에는 산신령을 변재천녀(辯才天女)³⁾라 한다.

지통이 이 말을 듣고는 눈물을 흘리며 인사드리고 스승에 게 예를 올렸다. 얼마 후 계를 주려고 하자 지통이 말했다.

"저는 동구 밖 나무 밑에서 이미 보현대사로부터 정계(正 戒)를 받았습니다."

낭지가 감탄하며 말했다.

"잘했구나! 네가 벌써 대사의 만분계(滿分戒)⁴⁾를 받았구나. 나는 태어난 이래 조석으로 은근히 보살을 만나기를 염원했으 나, 정성이 감동시키지 못했다. 네가 이미 계를 받았으니, 나는 너에게 미치지 못함이 아득하다."

그러고는 도리어 지통에게 예를 올렸다. 이로 인해 그 나무 이름을 보현수(普賢樹)라 했다.

지통이 말했다.

"법사께서는 이곳에 머무르신 지 오래된 듯합니다."

낭지가 말했다.

"법흥왕 정미년(527년)에 처음으로 이곳에 왔으니, 지금은 얼마나 되었는지 모르겠다."

지통이 산에 당도했을 때가 바로 문무왕 즉위 원년 신유년 (661년)이었으니, 계산해 보면 이미 135년이나 된다.

지통은 그 뒤에 의상의 문하에 가서 높고 오묘한 진리를 깨달아 자못 불교의 교화에 이바지하고『추동기(錐洞記)』를 저술했다.

〔일찍이〕원효가 반고사(磻高寺)에 있을 때 자주 낭지를 찾아가 만났는데,『초장관문(初章觀文)』과『안신사심론(安身事心論)』을 짓게 했다. 원효가 다 짓고 나자 숨은 거사〔隱士〕문선(文善)을 시켜 책을 받들어 보내면서 그 편의 끝에 게〔偈〕를 적었다.

〔그 내용은〕이렇다.

서쪽 골짜기의 중이 머리 조아려
동쪽 산봉우리의 상덕(上德) 고암(高巖) 앞에 예를 갖추나이다. 반고사는 영취사의 서북쪽이므로 서쪽 골짜기의 중이라 함은 자신을 일컫는 말이다.

미세한 먼지를 불어 보내 영취산에 보태고,

잔 물방울을 날려 용연(龍淵)에 던지나이다.라고 한다.

영취산 동쪽에 태화강(太和江)이 있는데, 중국 태화지(太和池)에 있는 용의 복을 심기 위해 만들었기 때문에 용연(龍淵)이라 한 것이다.

지통과 원효는 모두 큰 성인인데 두 성인이 옷을 걷고 스승으로 섬겼으니 〔낭지법사의〕 도가 고매함을 알 수 있다.

법사는 일찍이 구름을 타고 중국의 청량산(淸凉山)⁵⁾에 가서 신도들을 따라 강론을 듣고 삽시간에 곧 돌아오곤 했다. 그래서 그곳 승려들은 이웃에 사는 사람으로만 말할 뿐 어디에 사는지 아무도 알지 못했다. 어느 날 절에서 여러 승려들에게 말했다.

"항상 절에 머무는 사람 외에 다른 절에서 온 승려들은 저마다 자기가 사는 곳의 유명한 꽃과 진기한 식물을 가지고 와서 도량에 바치시오."

이튿날 낭지는 산속의 이상한 나뭇가지 하나를 꺾어 가지고 가서 바쳤다. 그 중은 이것을 보고 말했다.

"이 나무는 범어로 달제가(怛提伽)라고 하며 이곳에서는 혁(赫)이라고 하는 것이다. 이것은 오로지 서축(西竺)과 해동의 두 영취산에만 있는 것이다. 그 두 산은 모두 제10법운지(法雲地)⁶⁾로서 보살이 사는 곳이니 이 사람은 반드시 거룩한 사람일 것이다."

그러고는 그의 행색을 살펴보고서야 바로 해동의 영취산에 살고 있음을 알게 되었다. 이로 인해 낭지를 다시 보게 되었으니, 낭지의 이름이 안팎으로 드러났다. 그래서 나라 사람들이 그 암자를 혁목암(赫木庵)이라고 했는데, 지금의 혁목사 북쪽 언덕에 있는 옛터가 바로 그 남은 터〔遺趾〕다.

『영취사기(靈鷲寺記)』에 말했다.

"낭지법사가 일찍이 말하기를 '이 암자 터는 바로 가섭부처님〔迦葉佛〕 때의 절터다.'라고 하고 땅을 파서 등잔 기름병 두 개를 얻었다. 원성왕 대에 이르러 대덕 연회(緣會)가 이 산속에 와 살면서 낭지법사의 전기를 지었는데, 이것이 세상에 전해지고 있다."

『화엄경』을 살펴보면 제10지를 법운지라 이름했으니, 지금 법사〔낭지〕가 구름을 탄 것은 대개 부처님이 세 손가락을 구부리고 원효가 백 개로 분신(分身)한 것과 같은 종류라고 할 수 있다.

°°° 다음과 같이 기린다

생각건대 바위 사이에 백 년 동안 숨어 살며
높은 이름은 일찍이 세상에 드러내지 않았다.
산새의 한가로운 지저귐을 금할 길 없어
구름 부리며 〔중국을〕 오가던 길이 알려졌네.

---

1) 출가하여 10계를 받아 지니는 열아홉 살 이전의 어린 승려다.

2) 진실한 지혜로서 열반을 증명하는 것이다.

3) 음악을 맡은 여신이며 흰 연꽃에 앉아 비파를 타는 모습을 하고 있다. 재복과 지혜와 수명을 주는 신으로 알려져 있다.

4) 구족계라고도 한다.

5) 산서성 오대산으로 불교의 영산이다.

6) 세상에 진리의 비를 뿌리는 구름 같다는 뜻으로 보살이 수행하는 52단계 중에서 50단계를 말한다.

연회가 이름을 피하다, 문수점

고승 연회(緣會)가 일찍이 영취산에 숨어 살며 늘『법화경』을 읽고 보현관행(普賢觀行)[1]을 닦았다. 뜰의 연못에는 언제나 연꽃 몇 송이가 피어 있어 사시사철 시들지 않았다. 지금 영취사의 용장전(龍藏殿)이 옛날에 연회가 살던 곳이다. 국왕인 원성왕이 그 상서롭고 기이함을 듣고 그를 불러서 국사(國師)로 삼고자 했는데, 법사는 이 말을 듣고 암자를 버리고 달아났다. 〔그가〕 서쪽 고개 바위 사이를 지나가는데, 어떤 노인이 밭을 갈고 있다가 물었다.

"법사께서는 어디를 가십니까?"

〔법사가〕 대답했다.

"내가 들으니, 나라에서 잘못 알고 벼슬로 나를 얽매어 두려고 하기 때문에 피하려는 것이오."

노인이 듣고 말했다.

"〔법사의 이름은〕여기서도 팔 수 있는데, 왜 힘들게 멀리 가서 팔려고 하십니까? 법사야말로 이름 팔기〔賣名〕를 싫어하지 않는군요."

연회는 자기를 업신여기는 것이라 생각하고 듣지 않았다. 그래서 몇 리를 가다가 시냇가에서 한 노파를 만났는데 〔또〕 이렇게 물었다.

"법사께서는 어디로 가십니까?"

〔법사는〕이전처럼 대답했다. 노파가 말했다.

"앞서 사람을 만난 적 있습니까?"

〔법사가〕대답했다.

"어떤 노인이 나를 매우 모욕하기에 화를 내고 왔습니다."

노파가 말했다.

"〔그분은〕문수보살인데, 어찌 그 말씀을 듣지 않았습니까?"

연회는 〔그 말을〕 듣고는 놀랍고 송구스러워하며 급히 노인이 있던 곳으로 되돌아가 머리를 조아리며 사과하여 말했다.

"보살님의 말씀을 어찌 감히 거역하겠습니까? 그래서 다시 돌아왔습니다만 시냇가의 그 노파는 누구신지요?"

노인이 말했다.

"변재천녀(辯才天女)시다."

말을 마치고 〔노인은 조용히〕 사라져 버렸다. 그래서 다시 암자로 돌아왔는데, 얼마 후 왕의 사자가 조서를 가지고 부르러 왔다. 연회는 어쩔 수 없이 받아야 하는 것을 알고는 조서에 응하여 대궐로 나아가니 왕이 국사로 봉했다. 『승전』에서는 헌안왕(憲安王)이 이조왕사(二朝王師)로 삼아 칭호를 조(照)라고 했는데, 함통 4년에 죽었다고 했다. 원성왕의 연대와는 서로 다르니 어느 것이 옳은지는 알 수 없다.

〔그래서〕법사가 노인에게 감명받은 곳을 문수점(文殊岾)이라 하고, 노파를 만났던 곳을 아니점(阿尼岾)이라 했다.

°°° 다음과 같이 기린다

저자에 가까우면 오래 숨어 살기 어렵고
주머니 속의 송곳 끝은 삐져나와 감추기 어렵다네.
뜰 아래 푸른 연꽃 때문에 잘못되었지
운산(雲山)이 깊지 않아 그런 것은 아니라네.

---

1) 보현보살의 관법과 수행법이라는 의미다.

혜현이 고요함을 구하다

승려 혜현(惠現)은 백제 사람으로 어려서 승려가 되었다. 마음을 통일하여 오로지 『법화경』[1] 외우는 것을 과업으로 삼고 기도하여 복을 청하니 영험이 실로 많았다. 또한 삼론(三論)[2]을 연구하여 오묘한 뜻을 알아 신과 통하게 되었다.

처음에는 북부 수덕사(修德寺)[3]에 머물면서 무리들이 있으면 불경을 강론하고 없으면 경을 외니, 사방 먼 곳에서 교화를 흠모하여 문밖에 신발이 가득했다. 그는 번잡함을 싫어하여 마침내 강남(江南)의 달라산(達拏山)[4]으로 가서 살았다. 〔그곳은〕 산이 아주 험준하여 〔사람이〕 오가기가 어려웠다. 혜현은 조용히 앉아서 잊음〔忘〕을 갈구하다가 산속에서 일생을 마쳤다. 함께 공부하던 사람이 시신을 옮겨 석실 안에 두었더니, 호랑이가 그 유해를 모조리 씹어먹고 오직 해골과 혀만을 남겨 두었다. 그런데 추위와 더위가 세 번이나 지나가도 혀는 오히려 붉고 부드러웠다. 그 후에는 차차 변하여 검붉어지고 돌처럼 단단해졌다. 〔그래서〕 승려와 속인들은 모두 그를 존경하여 석탑 속에 간직했다. 〔혜현의〕 세속 나이가 쉰여덟 살이었으니, 즉 정관 초년이었다.

혜현은 서쪽〔중국〕으로 유학을 가지 않고 조용히 물러나 일생을 마쳤으나, 그 이름이 중국에까지 알려졌고 전기도 지어져 당나라에까지 명성이 자자했다.

또 고구려의 승려 파야(波若)가 중국 천태산으로 들어가 지자(智者)5)의 교관(敎觀)을 받았다. 그는 신령스러운 사람으로 산속에 알려졌다가 죽었는데, 『당승전(唐僧傳)』에 역시 실려 있고 영험한 가르침이 아주 많다.

ᴼᴼᴼ 다음과 같이 기린다

주미(麈尾)6)로 불경을 전하니 한바탕 귀찮고,
지난날의 불경 외던 소리는 이미 구름 속에 숨었네.
세속의 역사에 이름을 멀리 전했고,
죽은 후에도 붉은 연꽃처럼 혀가 꽃다웠네.

---

1) 『묘법연화경(妙法蓮花經)』의 준말로 28장으로 되어 있는 대승 불교의 대표적 경전이다.
2) 삼론종의 기본인 『중론(中論)』, 『십이문론(十二門論)』, 『백론(百論)』을 말한다.
3) 충청남도 예산의 덕숭산 자락에 있는 사찰로 백제 시대 창건된 것으로

전해지고 있다.

4) 전라북도 완주군에 있던 산이다.

5) 지의(智顗)(538~597년)라고도 하며『법화경』을 근본 경전으로 삼았고, 중국 천태종의 창시자이다.

6) 원문에는 '녹미(鹿尾)'로 되어 있으나 '주미(麈尾)'의 잘못인 듯하며, 불법을 전할 때 흔드는 총채를 말한다.

신충이 벼슬을 그만두다

효성왕이 왕위에 오르기 전, 궁궐 잣나무 아래에서 어진 선비 신충(信忠)과 바둑을 두었는데 일찍이 이런 말을 했다.

"훗날에 만일 당신을 잊는다면 저 잣나무가 증거가 될 것이다."

[그러자] 신충이 일어나 절을 했다.

몇 달 뒤에 효성왕이 왕위에 올라 공신들에게 벼슬과 상을 주었는데, 신충을 잊어버리고 순서에 넣지 않았다. [그래서] 신충이 원망하는 노래[怨歌]를 지어 잣나무에 붙였더니 나무가 갑자기 시들어 버렸다. 왕이 괴이하게 여겨 사람을 시켜 조사하자, 그 노래를 찾아 바쳤다.

왕이 몹시 놀라 말했다.

"정사가 복잡하고 바빠 가깝게 지내던 사람[角弓][1]을 잊을 뻔했다."

〔왕이 신충을〕 불러서 벼슬을 주자 잣나무가 곧 생기를 되찾았다.

그 노래는 다음과 같다.

무성한 잣나무는 가을에도 시들지 않듯이
너를 어찌 잊으랴고 하시던
우러러보던 그 얼굴이 변하실 줄이야.
달그림자가 옛 못의 일렁거리는 물결을 원망하듯이
네 얼굴만을 바라보지만 세상도 싫구나!

뒷구절은 없어졌다. 이리하여 〔신충에 대한〕 총애는 두 왕대에 걸쳐 두터웠다.

경덕왕왕은 바로 효성왕의 아우다. 22년 계묘년(763년)에 신충은 두 친구와 서로 약속하고 벼슬을 버리고 남악으로 들어갔다. 〔왕이〕 두 번이나 불렀지만 나아가지 않고 머리를 깎고 승려가 되었다. 〔그리고〕 왕을 위해 단속사(斷俗寺)²⁾를 짓고 살면서 죽을 때까지 속세를 떠나 대왕의 복을 빌기를 간청하니 왕이 허락했다. 〔왕의〕 진영(眞影)을 남겨 두었는데, 금당 뒷벽에 있는 것이 바로 그것이다. 〔절〕 남쪽에 속휴(俗休)라는 마을이 있었는데, 지금은 잘못 전해져 소화리(小花里)라 한다. 『삼화상전(三和尙傳)』을 살펴보면, 신충봉성사가 있어 이것과 서로 혼동된다. 그러나 그것을 신문왕 대와 계산해 보면 경덕왕 대와 백여 년이나 떨어지고, 더군다나 신문왕과 신충이 바로 지난 세상〔宿世〕의 인연이 있다는 사실은 신충이 아닌 것이 분명하다. 자세히 살펴야 한다.

또 다른 기록에는 이렇게 말했다.

"경덕왕 대에 직장(直長) 이준(李俊)『고승전(高僧傳)』에는 이순(李純)으로 되어 있다.이 일찍이 소원을 빌어 쉰 살이 되면 출가해 절을 짓겠다고 했다. 천보(天寶) 7년 무자년(748년)에 쉰 살이 되자, 조연(槽淵)에 있던 작은 절을 큰 사찰로 고치고는 이름을 단속사라 했다. 자신도 머리 깎고 법명을 공굉장로(孔宏長老)라 하여 절에 20년 동안 머물다가 죽었다."

이는 앞의『삼국사』에 실린 것과 같지 않아 두 가지 다 기록하여 의심나는 점을 없애고자 한다.

°°° 다음과 같이 기린다

공명을 이루기도 전에 귀밑머리가 먼저 세고,
임금의 총애가 비록 많아도 한평생 황망하구나.
언덕 저편 산이 자주 꿈속에 들어오니
그곳에 가서 향 피워 우리 임금 복을 빌리라.

---

1)『시경』「소아」의 편명이다. 주나라 유왕(幽王)은 간사하고 아첨을 일삼는 신하들을 가까이하고 골육지친을 멀리했다. 이로 말미암아 생긴 혈육 간의 불신과 원망을 이 시에 적고 있다.
2) 경상남도 산청군에 있던 절인데, 지금은 터에 3층 석탑 두 기만 남아 있고 터 앞밭에 당간지주가 서 있다.

포산의 거룩한 두 승려

신라 시대에 관기(觀機)와 도성(道成)이라는 두 명의 성사(聖師)가 있었는데, 어느 곳 사람인지는 알 수 없으나 함께 포산(包山) 나라 사람들이 소슬산(所瑟山)¹⁾이라고 한 것은 범음(梵音)이며, 이는 '싸다[包]'의 뜻이다.에 숨어 살고 있었다. 관기는 남쪽 고개에 암자를 짓고 살았고, 도성은 북쪽 굴속에 살아 서로 10리쯤 떨어져 있었다. 〔이들은〕 구름을 헤치고 달을 노래하며 매일 서로 오갔다. 도성이 관기를 부르려고 하면 산속의 수목이 모두 남쪽을 향해 구부러져 서로 맞이하는 형상을 하여 관기는 그것을 보고 〔도성에게〕 갔고, 관기가 도성을 맞이하려고 하면 역시 이와 같이 모두 〔나무가〕 북쪽으로 구부러지므로 도성이 〔관기에게〕 가게 되었다. 이렇게 몇 년이 지났다.

도성은 늘 그가 살고 있는 뒷산의 높은 바위 위에 조용히 앉아 있었다. 어느 날 바위틈에서 몸이 솟구쳐 나와 온몸이 공중으로 올라가 간 곳을 알 수 없었다. 어떤 이는 수창군(壽昌郡) 지금의 수성군(壽城郡)에 이르러 죽었다고 한다. 관기도 그 뒤를 따라 죽었다. 지금은 두 대사의 이름으로 그 터의 이름을 삼고 있는데 모두 터가 남아 있다. 도성암(道成嵓)²⁾은 높이가 여러 길(丈)이나 되는데, 후세 사람들이 그 굴 아래에 절을 세웠다.

태평흥국(太平興國)³⁾ 7년 임오년(982년)에 승려 성범(成梵)이 처음으로 이 절에 와 머물면서 만일미타도량(萬日彌陀道場)을 열고 50여 년 동안 부지런히 도를 닦았는데, 여러 차례 특이한 조짐이 있었다. 이때 현풍(玄風)에 사는 신도 20여 명이 해마다 사(社)⁴⁾를 만들어 향나무를 주워 절에 바쳤다. (그들은) 늘 산에 들어가 향나무를 거두어들여 쪼갠 다음 씻어서 발(箔) 위에 펼쳐 두었는데, 그 나무는 밤이 되면 촛불처럼 빛났다. 그래서 고을 사람들이 그 향나무에 시주하고 빛을 얻은 해(歲)를 축하했다. 이것은 두 성인의 영감인데 산신령이 도운 것이라고도 한다. 산신령의 이름은 정성천왕(靜聖天王)이다. 일찍이 가섭불 시대에 부처님의 부탁을 받아 발원 맹세를 하여 말했다.

"산속에서 1000명의 출가를 기다린 후 남은 업보를 받겠습니다."

지금 산중에는 아홉 성인의 행적에 대한 기록이 있는데, 자세하지는 않지만 관기(觀機), 도성(道成), 반사(搬師), 첩사(襟師), 도의(道義) 백암사(栢嵓寺)에 터가 있다., 자양(子陽), 성범(成梵), 금물녀(今勿女), 백우사(白牛師) 등이다.

달빛을 밟고 서로 찾아 구름과 물을 희롱하니,
두 노인의 풍류 몇백 년이었던가.
연하(烟霞) 가득한 골짜기엔 고목만 남아 있고,
흔들거리는 찬 그림자 아직도 서로 맞이하는 듯하다.

반(槃)은 음이 반(般)인데 우리말로 비나무라고 하고, 첩(牒)은 음이 첩(牒)인데 우리말로 갈나무라고 한다. 이 두 승려는 오랫동안 바위 사이에 숨어 살며 인간 세상과 사귀지 않고 나뭇잎을 엮어 옷을 만들어 입었는데, 추위와 더위를 겪어 내고 습기를 피하며 부끄러운 곳만 가릴 뿐이었다. 그래서 나무 이름으로 호를 지은 것이다.

일찍이 듣건대 금강산에도 이런 이름이 있다고 한다. 이것으로서 옛날에 숨어 산 선비들의 운치가 이처럼 뛰어났음을 알 수 있으나 그대로 본받기는 어렵다. 내가 일찍이 포산에 살 때, 두 승려가 남긴 아름다운 덕을 기록한 것이 있기에 지금 여기에 함께 싣는다.

자색 띠풀과 거친 수수로 배를 채우고,
해어진 옷은 나뭇잎이지 베가 아니더라.
솔바람이 차갑게 부는 험한 바위산,
해 저문 숲 아래로 나무꾼이 돌아오네.
깊은 밤 밝은 달 아래에 앉아 있으니,

반쯤 젖힌 옷깃이 바람에 나부낀다.

부들자리 깔고 누워 잠이 드니,

꿈에도 혼이 티끌 같은 세상에 얽매이지 않는다.

구름은 무심코 떠가는데 두 암자의 터에는

산사슴만 제멋대로 뛰놀고 인적은 드물다.

---

1) 오늘날에는 비슬산(琵瑟山)이라고 하며 일연이 반평생을 머문 산이다.

2) 경상북도 달성군 비슬산에 있다.

3) 송나라 태종 조영(趙炅)의 연호. 976~984년까지 사용했다.

4) 모임이나 계와 같은 것이다.

영재가 도적을 만나다

승려 영재(永才)¹⁾는 천성이 익살스럽고 재물에 얽매이지 않았으며 향가를 잘 지었다. 늘그막에 남악에 숨어 살려고 대현령(大峴嶺)에 이르렀을 때, 도적 60여 명을 만났다. 〔도적들이〕 영재를 해치려고 했으나, 영재는 칼이 닿아도 두려워하는 기색 없이 태연하게 있었다. 도적들이 괴이하게 여겨 이름을 물어보자 영재라고 대답했다. 도적들은 평소에 그의 이름을 들어 알고 있었으므로 그에게 노래를 짓게 했다. 그 가사는 다음과 같다.

내 마음에 모든 형상을 모르고 지내 오던 날
멀리 □□ 지나치고 이제 숨어서 가고 있네.
오직 그릇된 파계승이여!
두려워할 모습으로 다시 돌아가니

이 칼을 맞고 나면 좋은 날이 오련만,

아, 이만한 선(善)으로는 새집이 안 된다네!

    도적들이 그 노래에 감동하여 비단 두 필을 주자 영재는 웃으면서 앞으로 나와 사양하며 말했다.

"재물이란 지옥의 근본임을 알고 있고 깊은 산으로 피해 일생을 보내려 하는데 어찌 감히 받겠소?"

[영재는] 재물을 즉시 땅에 던져 버렸다. 도적들은 또 이 말에 감동하여 칼과 창을 버리고 머리를 깎고 승려가 되어 [영재와] 함께 지리산으로 숨어 다시는 세상에 나오지 않았다. [이때] 영재의 나이가 거의 아흔이었으니, 원성대왕의 대였다.

    °°° 다음과 같이 기린다

    지팡이 짚고 깊은 산속을 찾으니 그 뜻이 매우 깊은데

    비단과 주옥으로 어찌 마음을 다스리랴.

    숲속의 도적들이여, 서로 주고받으려 하지 말지니.

    몇 푼의 재물도 지옥의 근본이라네.

---

1) 신라 원성왕 때 지리산에 은거한 고승이라고 알려져 있다.

물계자

제10대 나해왕(奈解王)이 자리에 오른 지 17년 임진년(212년)에 보라국(保羅國)과 고자국(古自國) 지금의 고성, 사물국(史勿國) 지금의 사주(泗州) 등 여덟 나라가 힘을 합쳐 [신라의] 변경으로 쳐들어왔다. 왕이 태자 내음(榛音)과 장군 일벌(一伐) 등에게 군사를 이끌고 가서 막도록 명령하자 여덟 나라가 모두 항복했다.

이때 물계자(勿稽子)의 군공(軍功)이 으뜸이었지만, 태자의 미움을 사 공을 보상받지 못했다. 어떤 사람이 물계자에게 말했다.

"이번 전쟁의 공은 오직 자네에게만 있는데, 상이 자네에게 미치지 않은 것은 태자가 자네를 미워하는 것인데 자네는 원망스럽지 않은가?"

물계자가 말했다.

"나라의 임금이 위에 계시는데 어찌 태자를 원망하겠는가?"

그가 말했다.

"그렇다면 이 일을 왕에게 아뢰는 것이 좋겠소."

물계자가 말했다.

"자신의 공적을 자랑하여 이름을 다투고, 자신을 드러내어 남을 덮는 것은 뜻 있는 선비가 할 일이 아니네. 마음을 가다듬고 다만 때가 오기만을 기다릴 뿐이네."

10년[1] 을미년(215년)에 골포국(骨浦國) 지금의 합포(合浦) 등 세 나라 왕이 각기 군사를 이끌고 갈화(竭火)를 치자, 굴불(屈弗)이 아닌가 생각되는데, 지금의 울주다. 왕이 몸소 군사를 이끌고 나가 막으니, 세 나라가 모두 패했다. 이때 물계자가 적군 수십 명을 베었으나, 사람들이 물계자의 공적을 말하지 않았다. 물계자가 아내에게 말했다.

"나는 임금을 섬기는 도리는 위태로움을 보면 목숨을 바치고 어려움에 임해서는 자신을 잊고 절조와 의리를 지켜 생사를 돌보지 않아야 충(忠)이라고 들었소. 무릇 보라 발라(發羅)로 생각되는데, 지금의 나주(羅州)다. 와 갈화의 싸움이야말로 나라의 어려움이었고 임금의 위태로움이었는데, 나는 일찍이 몸을 잊고 목숨을 바치는 용기가 없었으니, 이것은 매우 충성스럽지 못한 것이오. 이미 불충으로써 임금을 섬겨 그 허물이 아버님께 미쳤으니, 어찌 효라 할 수 있겠소. 이미 충효를 잃어버렸는데 무슨 면목으로 다시 조정과 저자를 왕래하겠소."

물계자는 머리를 풀어헤치고 거문고를 지니고 사체산(師彘山) 자세하지 않다.으로 들어갔다. 그러고는 대나무의 곧은 성질이 병임을 슬퍼하며 그것을 비유하여 노래를 짓기도 하고, 산 골짜기를 흐르는 물소리에 비겨서 거문고를 티고 곡조를 지으며 숨어 살면서 다시는 세상에 나오지 않았다.

---

1) 20년의 잘못이다.

영여사

실제사(實際寺)[1]의 승려 영여(迎如)는 성이 자세하지 않지만, 인덕과 품행이 모두 높았다. 경덕왕이 맞아들여 공양하려고 사자를 보내 그를 불렀는데, 영여는 대궐로 가 재(齋)를 마치고 돌아가려 했다. 왕은 사자를 보내 절까지 모시고 가도록 했다. 〔그런데 영여가〕 문에 도착하자 갑자기 사라져 간 곳을 모르게 되었다. 사자가 와서 아뢰자 왕이 이상하게 여겨 〔영여를〕 국사로 추봉했다. 그 후에도 세상에 다시는 나타나지 않아 지금까지도 국사방(國師房)이라고 부른다.

---

1) 경상북도 경주시 남산에 있던 신라 시대의 사찰이다.

포천산의 다섯 비구 경덕왕 대

삽량주(歃良州)[1] 동북쪽 20리쯤 되는 곳에 포천산(布川山)이 있는데, 석굴이 기이하고 빼어나 마치 사람이 깎아 놓은 듯하다. 이곳에 이름이 자세하지 않은 비구 다섯 명이 머물면서 아미타불을 염송하며 극락을 구한 지 거의 10년이 되었는데, 갑자기 보살들이 서방으로부터 와서 그들을 맞이했다. 그러자 다섯 비구가 각기 연화대에 앉아 공중으로 올라가더니, 통도사 문밖에 이르러 머물렀다. 이어서 하늘에서 음악을 연주하는 소리가 간간이 들렸다. 절의 승려가 나가 보니, 다섯 비구가 인생이 무상하고 괴롭고 허무하다(無常苦空)[2]는 이치를 설명하고 유해(遺骸)를 벗어 버리고 큰 빛을 발하면서 서쪽을 향해 갔다. 그들이 유해를 버린 곳에 절의 승려들이 정자를 세우고 치루(置樓)라 이름했는데, 지금도 남아 있다.

1) 지금의 경상남도 양산으로 고려 시대에는 양주(梁州)라 불렀다.
2) '고공무상무아(苦空無常無我)'의 준말인데, '비상고공비아(非常苦空非
我)'라고 보기도 한다.

염불 스님

　남산 동쪽 기슭에 피리촌(避里村)이 있고, 그 마을에는 절
이 있었으므로 〔마을〕 이름을 따 피리사(避里寺)라고 했다. 절
에 이상한 승려가 있었는데, 자신의 성을 말하지 않았다. 〔승
려는〕 항상 아미타불을 외워 소리가 성안에까지 들려 1360방
(坊),¹⁾ 17만 호(戶)에서 그 소리를 듣지 않은 사람이 없었다.
〔염불〕 소리는 높고 낮음이 없이 옥 같은 소리가 한결같았다.
이로써 그를 괴이하게 여겨 모두 존경하고 염불 스님〔念佛師〕
이라고 불렀다.

　죽은 후에는 진의(眞儀)를 흙으로 빚어 민장사(敏藏寺) 안
에 모셔 두고, 그가 본래 살던 피리사를 염불사라고 고쳤다.
절 옆에 또 절이 있었는데 이름을 양피사(讓避寺)라 했으니,
이는 마을 이름을 따라 지은 것이다.

1) 『삼국유사』「기이」편 '진한' 조에서도 신라는 전성기 때 1360방이라고
했으니 여기서 방은 리(里)의 오기일 것이다.

효선 제9

◎

孝善 第九

    이 편은 지극한 효행의 실천자인 일연이 효행에 관한 설화를 묶은 것이다. 일연의 비문에 따르면, 일연은 효심이 매우 깊어 여러 차례 고향으로 돌아가겠다는 뜻을 왕에게 아뢰었으나 번번이 거절당했다. 결국 외롭게 살아온 그의 어머니가 아흔여섯 살로 돌아가시기 얼마 전부터 일연은 일흔 살이 넘었음에도 불구하고 국사의 중책을 버리고 흔연히 인각사로 들어갔다.

    이 편에는 다섯 가지 이야기가 수록되었는데, 효도에 관한 눈물겨운 내용이 있어 감명을 준다. 석굴암을 지었다는 김대성이나 의상의 수많은 제자 중에서 10대 제자로 손꼽히는 진정 스님 등 모두가 불심을 바탕으로 한 지극한 효심의 소유자들이다.

    또한 우리 민족의 정서와 풍습을 암시하는 내용이 많은데 이 점에서 이 편이야말로 불교 설화의 보고인 『삼국유사』의 진면목을 유감없이 보여 준다.

진정법사의 효도와 선행이 모두 아름답다

법사 진정(眞定)은 신라 사람이다. 〔그는〕 승려가 되기 전에 군졸로 있었는데, 집이 가난하여 장가를 들지도 못하고, 부역하면서 품팔이하여 곡식을 받아 홀로 된 어머니를 모셨다. 집안의 재산이라고는 겨우 다리가 부러진 솥 하나뿐이었다.

어느 날 어떤 승려가 문 앞에 이르러 절을 짓는 데 필요한 쇠붙이를 구하자 어머니는 솥을 시주했다.

얼마 후 진정이 집에 돌아오자 어머니는 이 사실을 말하고 아들의 뜻이 어떤지 살폈다. 진정은 얼굴에 기쁜 기색을 보이며 말했다.

"부처님의 일〔佛事〕을 위해 시주하는 것이 얼마나 다행입니까? 비록 솥이 없다 한들 걱정할 것이 무엇입니까?"

그래서 질그릇을 솥으로 삼아 음식을 끓여 어머니를 모셨다.

〔진정은〕 일찍이 군대에 있으면서 의상법사가 태백산에 머

물며 설법을 하여 사람을 이롭게 한다는 말을 듣고는 사모하는 뜻을 가져 어머니에게 말했다.

"효도를 다하고 나면 반드시 의상법사에게 가서 머리를 깎고 불도를 배우겠습니다."

어머니가 말했다.

"부처님의 법은 만나기 어렵고 인생은 너무 빨리 지나간다. 그런데 효를 다하고 간다면 너무 늦지 않겠느냐? 어찌 내가 죽기 전에 네가 가서 도를 들었다는 말을 듣는 것만 하겠느냐? 주저하지 말고 빨리 가거라."

진정이 말했다.

"어머니의 만년에 오직 제가 곁에 있을 뿐인데, 어찌 감히 어머니를 버리고 승려가 되겠습니까?

어머니가 말했다.

"아! 내가 너의 출가에 방해가 된다면, 이는 나를 지옥으로 빠뜨리는 것이다. 비록 남아서 진수성찬(三牢七鼎)[1]으로 봉양한들 어찌 효도가 되겠느냐? 나는 남의 문전에서 의식을 빌어먹더라도 타고난 명을 살 수 있으니 네가 나에게 꼭 효도를 하겠거든 그런 말을 하지 마라."

진정은 오랫동안 깊은 생각에 잠겼다. 어머니가 즉시 일어나 쌀자루를 털어 보니 쌀이 일곱 되가 있었다. 그날 어머니가 그 쌀로 밥을 지어 놓고 또 말했다.

"네가 밥을 지어 먹으면서 가면 더딜까 염려된다. 마땅히 내 눈 앞에서 그중 한 되는 먹고 여섯 되는 싸 들고 빨리 가야 한다."

진정은 눈물을 삼키면서 한사코 사양하며 말했다.

"어머니를 버리고 출가하는 것은 자식 된 도리로서 차마 못할 일입니다. 그런데 더군다나 얼마 남지 않은 간장과 며칠 분의 양식을 다 싸 가지고 가면 세상에서 저를 뭐라고 하겠습니까?"

그리고 세 번 사양했으나 어머니는 세 번 권했다.

그는 어머니의 뜻을 더 이상 어길 수가 없어 길을 떠나 밤낮으로 걸어 사흘 만에 태백산에 도착하여, 의상의 문하에 들어가 머리를 깎고 제자가 되어 진정(眞定)이라 이름했다. 3년이 지났을 때, 어머니의 부음이 전해졌다. 진정은 가부좌하고 선정에 들어가[2] 이레 만에 일어났다.

이것을 설명하는 이는 말한다.

"어머니를 생각하는 슬픔이 지극했던 나머지 아마도 견뎌 낼 수 없었기 때문에 선정에 들어 슬픔을 씻은 것이다."

또 어떤 사람은 말했다.

"선정에 들어가 어머니께서 사시는 곳을 관찰했다."

또 어떤 사람은 말했다.

"이와 같이 해서 명복을 빈 것이다."

선정에 들고 나온 후에 진정은 이 사실을 의상대사에게 알렸다. 의상은 제자들을 이끌고 소백산의 추동(錐洞)으로 들어가서 풀을 엮어 집을 짓고 제자 3000명을 모아 90일 동안 『화엄대전(華嚴大典)』을 강론했다.

문인인 지통(智通)이 그 강론에 참여하여 요점을 간추려서 『추동기(錐洞記)』 두 권을 만들었으므로 세상에 알려지게 되었다. 강론이 끝나자 진정의 어머니가 꿈에 나타나 말했다.

"나는 벌써 하늘에서 환생했다."

---

1) 삼뢰(三牢)는 소, 돼지, 양이고 칠정(七鼎)은 솥 일곱 개에 음식을 만들어 신에게 바치는 것이니 진수성찬을 뜻한다. '정(鼎)'은 음식물을 익히는 도구 또는 종묘에 두는 보기(寶器)다.
2) 참선에서 정신이 통일된 경지를 말한다.

대성이 두 세상의 부모에게 효도하다 신문왕 대

모량리(牟梁里) 부운촌(浮雲村)이라고도 한다.의 가난한 여인 경조(慶祖)에게 아들이 하나 있었는데, 머리가 크고 정수리가 평평한 것이 마치 성(城)과 같아 이름을 대성(大城)이라고 했다. 집안이 가난하여 키울 수가 없었으므로 부자인 복안(福安)의 집에 가서 품팔이를 했는데, 그 집에서 논 몇 이랑을 주어 의식의 밑천을 삼게 했다.

이때 덕망 있는 승려〔開土〕 점개(漸開)가 흥륜사에서 육륜회(六輪會)를 베풀고자 하여 시주를 받으러 복안의 집에 이르렀는데, 복안이 베 50필을 시주했다. 점개가 주문으로 축원했다.

"신도께서 보시를 좋아하므로 천신이 항상 보호하여 하나를 보시하면 만 배를 얻게 될 것이니, 안락을 누리고 장수할 것입니다."

대성이 그 말을 듣고는 집으로 달려와 어머니에게 말했다.

"문밖에 온 스님이 외우는 소리를 들으니, 하나를 시주하면 만 배를 얻는다고 합니다. 생각해 보면 저는 전생에 좋은 일을 한 것이 없어 지금 이렇게 가난한 것입니다. 이제 또 시주를 하지 못한다면 오는 세상〔來世〕에는 더욱 가난할 것입니다. 우리가 품팔이로 얻은 밭을 법회에 시주하여 후세의 응보를 도모하는 것이 어떻겠습니까?"

어머니도 좋다고 했으므로 밭을 점개에게 시주했다.

얼마 후 대성이 죽었다.

그날 밤 나라의 재상 김문량(金文亮)의 집에 하늘에서 외치는 소리가 들렸다.

"모량리의 대성이란 아이가 이제 너의 집에 태어나려고 한다."

집안 사람들이 깜짝 놀라 모량리에 사람을 보내어 조사해 보니 대성이 과연 죽었다고 하는데, 하늘에서 소리가 들리던 날과 같은 날이었다. 김문량의 부인이 임신하여 아들을 낳았는데 왼쪽 주먹을 펴지 않고 있었다. 그러다가 7일 만에 폈는데, '대성'이란 두 글자가 새겨진 금패를 쥐고 있었으므로 이름을 다시 대성이라 짓고 그의 〔예전〕 어머니를 맞이하여 집안에 모시고 함께 봉양했다.

대성이 어른이 된 뒤에는 사냥을 좋아했는데, 어느 날 토함산에 올라가 곰 한 마리를 잡고 산 아래 마을에서 묵게 되었다. 대성의 꿈에 곰이 귀신으로 변해 시비를 걸며 말했다.

"너는 무엇 때문에 나를 죽였느냐? 내가 다시 너를 잡아먹겠다."

대성이 두려워하며 용서를 비니, 귀신이 말했다.

"나를 위해 절을 지어 줄 수 있겠느냐?"

대성이 그렇게 하겠다고 맹세하고 꿈에서 깨어났는데, 이불이 땀으로 흠뻑 젖어 있었다. 이후부터는 사냥을 하지 않고 꿈속에 나타났던 곰을 위해 그 잡던 자리에 장수사(長壽寺)를 세웠다. 이 일로 해서 감동하는 바가 있어 자비의 원력(悲願)이 더욱 독실해졌다.

이로 인해서 이생의 부모를 위해 불국사(佛國寺)를 세우고 전생의 부모를 위해 석불사(石佛寺)1)를 세워, 신림(神琳)과 표훈(表訓) 두 승려에게 각각 절에 머물도록 부탁했다. 대성은 아름답고 큰 불상을 세워 길러 준 부모의 노고에 보답했으니, 한 몸으로 전세와 현세의 두 부모에게 효도한 것이다. 이것은 옛날에도 듣기 어려운 일로 과연 시주를 잘한 징험을 어찌 믿지 않을 수 있겠는가?

대성이 석불을 조각하려고 큰 돌 한 개를 다듬어 감실2)을 만드는데, 갑자기 돌이 세 개로 쪼개졌다. 그래서 분통해하다가 얼핏 선잠이 들었는데 밤중에 천신이 내려와 감실을 다 만들어 놓고 돌아갔다. 그래서 대성은 잠자리에서 일어나 급히 남쪽 고개로 올라가 향나무를 태워 천신에게 공양을 올렸다. 그러므로 그 땅을 향고개〔香嶺〕라 한다. 불국사의 구름다리〔雲梯〕와 석탑은 그 나무와 돌에 새긴 노력이 동도(東都)의 여러 사찰 중 어느 것보다 뛰어나다. 옛 『향전』에는 위의 내용이 실려 있는데, 절 안의 기록에는 이렇다.

"경덕왕 대에 대상(大相) 대성이 천보 10년 신묘년(751년)에 처음으로 불국사를 창건하기 시작하여 혜공왕 대를 거쳐 대력 9년 갑인년(774년) 12월 2일에 대성이 죽자 나라에서 공사를 마쳤다. 처음에는 유가종의 고승 항마(降魔)를 청하여 이절에 살게 했고 이를 이어받아 지금까지 이르고 있다."

이렇듯 고전과 같지 않으니, 어느 것이 옳은지 알 수 없다.

  ∘∘∘ 다음과 같이 기린다

모량 마을에 봄이 지나 세 무의 이랑을 시주하니,
향고개에 가을이 되어 만금을 거두었네.
어머니는 한평생에 가난과 부귀를 맛보았고,
재상³⁾은 한 꿈속에서 내세와 현세를 오갔네.

---

1) 현재의 석굴암을 지칭한다. 신라 김대성의 주도로 정부 차원에서 불국사와 함께 창건된 절이었는데 석굴암으로 부른 이후 그대로 따르고 있다.
2) 석굴의 벽 가운데를 깊이 파서 석불을 모셔 두는 곳으로 석굴암 본존불주위의 십대제자상 위에 열 개의 감실을 팠다.
3) 원문은 '괴정(槐庭)'으로 곧 재상의 지위를 뜻하며 김대성을 말한다.

상득사지가 살을 베어 부모를 공양하다 경덕왕 대

웅천주(熊川州)에 상득(向得)이란 사지(舍知)가 있었다. 흉년이 들어 아버지가 거의 굶어 죽게 되자 상득이 허벅지 살을 베어 모셨다. 주위 사람들이 그 일을 자세히 아뢰자 경덕왕이 조(租) 500석을 상으로 내렸다.

손순이 아이를 묻다 흥덕왕 대

손순(孫順) 옛 책에는 손순(孫舜)으로 되어 있다.은 모량리 사람
으로 아버지는 학산(鶴山)이다. 아버지가 세상을 떠나자 아내
와 함께 남의 집에서 품을 팔아 곡식을 얻어 늙은 어머니를
봉양했다. 어머니의 이름은 운오(運烏)였다. 손순에게는 어린
아들이 있었는데 항상 어머니의 밥을 빼앗아 먹자, 손순은 민
망하게 여겨 아내에게 말했다.

"아이는 또 얻을 수 있지만 어머니는 다시 모실 수 없소. 그
런데 아이가 어머니 밥을 빼앗아 먹으니 어머니의 굶주림이
얼마나 심하겠소. 아이를 땅에 묻어 어머니의 배를 채워 드리
도록 해야겠소."

그러고는 아이를 업고 취산(醉山) 산은 모량리 서북쪽에 있다.
북쪽 들로 가서 땅을 파자 이상한 돌종이 나왔다. 부부는 놀
라고 괴이하게 여겨 재빨리 나무 위에 걸고 한 번 쳐 보니 소

622

리가 은은하여 듣기에 좋았다. 아내가 말했다.

"이상한 물건을 얻은 것은 아마도 아이의 복인 것 같으니 아이를 묻어서는 안 되겠어요."

남편도 그렇게 여겨 아이를 종과 함께 업고는 집으로 돌아와 종을 들보에 매달고 쳤다. 그러자 종소리가 대궐에까지 퍼져 흥덕왕이 듣고는 신하들에게 말했다.

"서쪽 교외에서 이상한 종소리가 들리는데 맑고 고운 것이 보통 종과 비길 바가 아니니 빨리 가서 조사해 보라."

왕의 사신이 그의 집을 조사하고 나서 그 사유를 모두 아뢰었다. 왕이 말했다.

"옛날 곽거(郭巨)[1]가 아들을 땅에 묻으려 하자 하늘이 금솥을 내려 주었는데, 지금 손순이 아이를 묻으려 하자 땅에서 돌 종이 솟았으니, 곽거의 효도와 손순의 효도를 천지가 함께 본 것이다."

따라서 집 한 채를 내려 주고 해마다 벼 50섬을 주어 극진한 효성을 기렸다.

손순은 옛 집을 내놓아 절을 삼아 홍효사(弘孝寺)라 하고 돌 종을 두었는데, 진성왕(眞聖王) 대에 후백제의 도적들이 이 마을에 들어오는 바람에 종은 없어지고 절만 남았다. 그 종을 얻은 자리를 완호평(完乎坪)이라 했는데, 지금은 잘못 전하여 지량평(枝良坪)이라 한다.

---

1) 후한(後漢) 사람으로 24효(孝)의 한 사람이다. 집은 매우 가난했으나 노모를 잘 봉양하여 효자로 이름이 났다.

가난한 딸이 어머니를 봉양하다[1]

효종랑(孝宗郞)[2]이 남산의 포석정(鮑石亭) 삼화술(三花述)이라
고도 한다.에서 놀고자 하니 문하의 식객들이 모두 급히 달려왔
는데, 두 사람만이 유독 늦게 왔다. 효종랑이 그 까닭을 물었더
니 이렇게 대답했다.

"분황사 동쪽 마을에 스무 살쯤 되는 한 처녀가 눈먼 어머
니를 끌어안고 서로 소리쳐 울고 있었습니다. 그래서 동네 사
람들에게 물었더니 '이 처녀는 집이 가난해서 밥을 빌어 어머
니를 공양한 지 몇 년이 되었습니다. 마침 흉년이 들어 구걸만
으로는 밥을 얻기가 어려워지자, 남의 집에서 품을 팔아 30섬
의 곡식을 얻어 주인집에 맡겨 두고는 일을 해 왔습니다. 날
이 저물면 쌀을 싸 가지고 와 밥을 지어 드리고 함께 어머니
와 잔 후 새벽이면 주인집으로 돌아가서 일을 했습니다. 이렇
게 하며 며칠이 지나자 어머니가, 옛날에는 거친 음식을 먹어

도 마음이 편안했는데, 요즈음에는 좋은 음식을 먹어도 가슴을 찌르는 듯하여 마음이 편치 못한 것은 무슨 까닭이냐고 물었습니다. 처녀가 사실을 말하자 어머니가 큰 소리로 울고, 처녀는 어머니를 배만 부르게 봉양하고 마음은 기쁘게 하지 못한 것을 탄식하여 서로 붙들고 우는 것입니다.'라고 했습니다. 이것을 보느라 늦었습니다."

효종랑은 이 말을 듣고는 눈물을 흘리며 곡식 백 곡(斛)을 보냈다. 효종랑의 부모도 옷 한 벌을 보냈으며, 효종랑의 무리 1000명도 조 1000석을 거두어 보내 주었다. 이런 사실이 조정에 알려지자 진성왕이 곡식 500석과 집 한 채를 내려 주고, 군사를 보내 그 집을 호위하여 도둑을 지키도록 했으며, 그 마을에는 정문(旌門)[3]을 세워 효양리(孝養里)라 했다. 이후에 모녀는 그 집을 희사해서 절로 삼고 양존사(兩尊寺)[4]라 이름 지었다.

---

1) 『삼국사기』 「열전」 제8 '효녀 지은' 조에 실려 있는데 내용은 비슷하나 지은의 나이를 서른두 살이라고 한 것이 여기와는 다르다.
2) 신라 진성여왕 때의 화랑이며 헌강왕의 사위다.
3) 선행을 기리는 기념문으로 홍문(紅門), 생정문(生旌門)이라고도 한다. 붉은색으로 단장하며 편액에는 충, 효, 열, 직함, 이름 등을 새긴다.
4) 경주의 분황사 동쪽에 있었던 절이라고 하는데, 다른 사료는 없다.

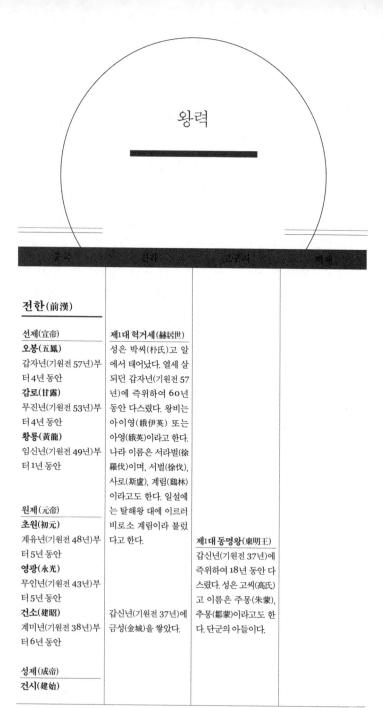

왕력

중국	신라	고구려	백제
전한(前漢)			

전한(前漢)

선제(宣帝)
오봉(五鳳)
갑자년(기원전 57년)부터 4년 동안
감로(甘露)
무진년(기원전 53년)부터 4년 동안
황룡(黃龍)
임신년(기원전 49년)부터 1년 동안

원제(元帝)
초원(初元)
계유년(기원전 48년)부터 5년 동안
영광(永光)
무인년(기원전 43년)부터 5년 동안
건소(建昭)
계미년(기원전 38년)부터 6년 동안

성제(成帝)
건시(建始)

제1대 혁거세(赫居世)
성은 박씨(朴氏)고 알에서 태어났다. 열세 살 되던 갑자년(기원전 57년)에 즉위하여 60년 동안 다스렸다. 왕비는 아이영(娥伊英) 또는 아영(娥英)이라고 한다. 나라 이름은 서라벌(徐羅伐)이며, 서벌(徐伐), 사로(斯盧), 계림(鷄林)이라고도 한다. 일설에는 탈해왕 대에 이르러 비로소 계림이라 불렸다고 한다.

갑신년(기원전 37년)에 금성(金城)을 쌓았다.

제1대 동명왕(東明王)
갑신년(기원전 37년)에 즉위하여 18년 동안 다스렸다. 성은 고씨(高氏)고 이름은 주몽(朱蒙), 추몽(鄒蒙)이라고도 한다. 단군의 아들이다.

중국	신라	고구려	백제
기축년(기원전 32년)부터 4년 동안 **하평(河平)** 계사년(기원전 28년)부터 4년 동안 **양삭(陽朔)** 정유년(기원전 24년)부터 4년 동안 **홍가(鴻嘉)** 신축년(기원전 20년)부터 4년 동안 **영시(永始)** 을사년(기원전 16년)부터 4년 동안 **원연(元延)** 기유년(기원전 12년)부터 4년 동안		**제2대 유리왕(瑠璃王)** 누리(累利), 유류(儒留)라고도 하며, 동명왕의 아들이다. 임인년(기원전 19년)에 즉위하여 36년 동안 다스렸다. 성은 해씨(解氏)다.	**제1대 온조왕(溫祚王)** 동명왕의 셋째 아들이며, 둘째 아들이라고도 한다. 계묘년(기원전 18년)에 즉위하여 45년 동안 다스렸다. 위례성(慰禮城)에 도읍했는데, 사천(蛇川)이라고도 하며, 지금의 직산(稷山)이다. 병진년(기원전 5년)에 한산(漢山)으로 도읍을 옮겼는데 지금의 광주(廣州)다.
애제(哀帝) **건평(建平)** 을묘년(기원전 6년)부터 4년 동안 **원수(元壽)** 기미년(기원전 2년)부터 2년 동안			

평제(平帝)				
원시(元始) 신유년(1년)부터 7년 동안	제2대 남해차차웅(南海次次雄) 아버지는 혁거세, 어머니는 알영(閼英)이고, 성은 박씨다. 왕비는 운제(雲帝)부인이다. 갑자년(4년)에 즉위하여 20년 동안 다스렸다. 이 왕위를 거서간(居西干)이라고 했다.	계해년(3년)에 국내성(國內城)으로 도읍을 옮겼는데 불이성(不而城)이라고도 한다.		
유자(孺子) 초시(初始) 무진년(8년)				
신실(新室) 건국(建國) 기사년(9년)부터 5년 동안 천봉(天鳳) 갑술년(14년)부터 6년 동안 지황(地皇) 경진년(20년)부터 3년 동안 경시(更始) 계미년(23년)부터 2년 동안		제3대 대무신왕(大武神王) 이름은 무휼(無恤)이며, 미류(味留)라고도 한다. 성은 해씨(解氏)고 유리왕의 셋째 아들이다. 무인년(18년)에 즉위하여 26년 동안 다스렸다.		
후한(後漢)				가야(伽耶)라고도 하는데 지금의 금주(金州)다.
광무제(光武帝) 건무(建武) 을유년(25년)부터 31년 동안	제3대 노례이질금(弩禮尼叱今) (弩를 儒라고도 한다.) 아버지는 남해왕이고 어머니는 운제부인이다. 왕비는 사요왕(辭要王)의 딸 김씨다. 갑신년(24년)에 즉위하여 33년 동안	제4대 민중왕(閔中王) 이름은 색주(色朱)고, 성은 해씨며, 대무신왕의 아들이다. 갑진년(44년)	제2대 다루왕(多婁王) 온조왕의 둘째 아들로 무자년(28년)에 즉위하여 49년 동안 다스렸다.	수로왕(首露王) 임인년(42년) 3월에 알에서 태어나,

중국	신라	고구려	백제	가락국
	다스렸다. 이질금은 이사금(尼師今)이라고도 한다.	에 즉위하여 4년 동안 다스렸다.		그 달에 즉위하여 158년 동안 다스렸다. 금알에서 나왔으므로 성을 김씨라 했다. 개황력(開皇曆)에 실려 있다.
중원(中元) 병진년(56년)부터 2년 동안		**제5대 모본왕(慕本王)** 민중왕의 형으로 이름은 애류(愛留) 혹은 우무(憂戊)라고도 한다. 무신년(48년)에 즉위하여 5년 동안 다스렸다.		
명제(明帝) **영평(永平)** 무오년(58년)부터 17년 동안	**제4대 탈해이질금(脫解尼叱今)** (토해라고도 한다.) 성은 석씨(昔氏)다. 아버지는 완하국(琓夏國) 함달파왕(含達婆王)이며, 화하국왕(花夏國王)이라고도 한	**제6대 국조왕(國祖王)** 이름은 궁(宮)이며 태조왕(太祖王)이라고도 한다. 계축년(53년)에 즉위하여 93년 동		
장제(章帝) **건초(建初)** 병자년(76년)부터 8년 동안	다. 어머니는 적녀국왕(積女國王)의 딸이다. 왕비는 남해왕의 딸 아로(阿老)부인이다. 정사년(57년)에 즉위하여 23년 동안 다스렸다. 왕이 죽자 미소소정구(未召疏井丘)에 수장하고 그 뼈로 소상을 만들어 동악(東岳)에 봉안했으니, 지금의 동악대왕이다.	안 다스렸다. 후한전(後漢傳)에 "처음 태어나 눈을 뜨고 물건을 보았다."라고 한다. 뒤에 동복아우 차대왕에게 자리를 내주었다.	**제3대 기루왕(己婁王)** 다루왕의 아들로 정축년(77년)에 즉위하여 55년 동안 다스렸다.	

중국	신라	고구려	백제	가락국
원화(元和) 갑신년(84년)부터 3년 동안 **장화(章和)** 정해년(87년)부터 2년 동안	**제5대 파사이질 금(婆娑尼叱今)** 성은 박씨고, 아버 지는 노례왕, 어머 니는 사요왕(辭要 王)의 딸이다. 왕비 는 사초(史肖)부인 이다. 경진년(80년) 에 즉위하여 32년 동안 다스렸다.			
화제和帝 **영원(永元)** 기축년(89년)부터 17년 동안				
상제殤帝 **원흥(元興)** 을사년(105년)				
안제安帝 **연평(延平)** 병오년(106년)				
영초(永初) 정미년(107년)부 터 7년 동안 **원초(元初)** 갑인년(114년)부 터 6년 동안 **영녕(永寧)** 경신년(120년) **건광(建光)** 신유년(121년) **연광(延光)** 임술년(122년)부 터 4년 동안	**제6대 지마이질 금(祇磨尼叱今)** 지미(祇味)라고도 하며, 성은 박씨다. 아버지는 파사왕, 어머니는 사초부 인이다. 왕비는 마 제국왕(磨帝國王) 의 딸 □례(□禮) 부인으로, 애례 (愛禮)라고도 하 며 김씨다. 임자년			

중국	신라	고구려	백제	가락
순제(順帝) 영건(永建) 병인년(126년)부터 6년 동안 양가(陽嘉) 임신년(132년)부터 4년 동안 영화(永和) 병자년(136년)부터 6년 동안 한안(漢安) 임오년(142년)부터 2년 동안 건강(建康) 갑신년(144년)	(112년)에 즉위하여 23년 동안 다스렸다. 이 임금 때에 지금의 안강(安康)인 음질국(音質國)과 지금의 양산(梁山)인 압량국(押梁國)을 멸망시켰다.		제4대 개루왕(蓋婁王) 기루왕의 아들이며, 무진년(128년)에 즉위하여 38년 동안 다스렸다.	
충제(冲帝) 영가(永嘉) 을유(145년) 질제(質帝) 본초(本初) 병술(146년) 환제(桓帝) 건화(建和) 정해년(147년)부터 3년 동안 화평(和平) 경인년(150년) 원가(元嘉) 신묘년(151년)부	제7대 일성이질금(逸聖尼叱今) 아버지는 노례왕의 형, 또는 지마왕이며, 왕비는 □례부인이다. 일지(日知)갈문왕의 아버지다. □례부인은 지마왕의 딸이다. 어머니는 이간생(伊刊生)부인이며 □□왕부인이라고도 하는데 박씨다. 갑술년(134년)에 즉위하여 20년 동안 다스렸다.	제7대 차대왕(次大王) 이름은 수(遂)며 국조왕(國祖王)의 아우다. 병술년(146년)에 즉위하여 19년 동안 다스렸다.		

중국	신라	고구려	백제	가락국
터 2년 동안 **영흥(永興)** 계사년(153년)부 터 2년 동안 **영수(永壽)** 을미년(155년)부 터 3년 동안 **연희(延熹)** 무술년(158년)부 터 9년 동안 **영강(永康)** 정미년(167년) **영제(靈帝)** **건녕(建寧)** 무신년(168년)부 터 4년 동안 **희평(熹平)** 임자년(172년)부 터 6년 동안 **광화(光和)** 무오년(178년)부 터 6년 동안 **중평(中平)** 갑자년(184년)부 터 5년 동안 **홍농(洪農)** **영한(永漢)** 기사년(189년) **헌제(獻帝)** **초평(初平)** 경오년(190년)부 터 4년 동안 **흥평(興平)** 갑술년(194년)부 터 2년 동안 **건안(建安)**	제8대 아달라이 질금(阿達羅尼叱 今) 또 왜국과 더불어 □□□□령(倭國 相□□□□嶺). 입 현(立峴)은 지금 미륵대원(彌勒大 院)의 동쪽에 있 는 고개다. 제9대 벌휴이질 금(伐休尼叱今)	을사년(165년)에 국조왕의 나이는 119세였는데, 형 제 두 임금이 모두 신대왕에게 살해 되었다. **제8대 신대왕(新 大王)** 이름은 백고(伯固) 며, 백구(伯句)라 고도 한다. 을사년 (165년)에 즉위하 여 14년 동안 다스 렸다. **제9대 고국천왕** **(故國川王)** 이름은 남호(男 虎), 또는 이모(夷 謨)라고도 한다. 기미년(179년)에 즉위하여, 20년 동안 다스렸다. 국 천(國川)을 국양 (國壤)이라고도 하는데, 장지(葬 地)의 이름이다.	**제5대 초고왕(肖 古王)** 소고왕(素古王)이 라고도 하며, 개루 왕의 아들이다. 병 오년(166년)에 즉 위하여 50년 동안 다스렸다.	

중국	신라	고구려	백제	가락국
병자년(196년)부터 24년 동안 **조위**(曹魏) 문제(文帝) **황초**(黃初) 경자년(220년)부터 7년 동안 명제(明帝) **태화**(太和) 정미년(227년)부터 6년 동안 **청룡**(靑龍) 계축년(233년)부터 4년 동안 **경초**(景初) 정사년(237년)부터 3년 동안 제왕(齊王) **정시**(正始) 경신년(240년)부터 9년 동안 **가평**(嘉平) 기사년(249년)부터 5년 동안 고귀향공(高貴鄉公) **정원**(正元) 갑술년(254년)부터 2년 동안 **감로**(甘露)	**제10대 나해이질금**(奈解尼叱今) **제11대 조분이질금**(助賁尼叱今) **제12대 이해이질금**(理解尼叱今) 점해왕(詁解王)이라고도 하며 석씨다. 조분왕의 동복 아우로 정묘년(247년)에 즉위하여 15년 동안 다스렸다. 처음으로 고구려와 국교를 통했다.	**제10대 산상왕**(山上王) **제11대 동천왕**(東川王) **제12대 중천왕**(中川王)	**제6대 구수왕**(仇首王) 귀수(貴須)라고 하며, 초고왕의 아들이다. 갑오년(214년)에 즉위하여 21년 동안 다스렸다. **제7대 사반왕**(沙泮王) 사□왕이라고도 하며, 구수왕(仇首王)의 아들이다. 즉위하자마자 폐위되었다. **제8대 고이왕**(古爾王) 초고왕의 아우로 갑인년(234년)에 즉위하여, 52년 동안 다스렸다.	**제2대 거등왕**(居登王) 수로왕의 아들로 어머니는 허황후다. 기묘년(199년)에 즉위하여 55년 동안 다스렸다. 성은 김씨다.

중국	신라	고구려	백제	가락국
병자년(256년)부터 4년 동안				제3대 마품왕(麻品王)
진류왕(陳留王) 경원(景元) 경진년(260년)부터 4년 동안	제13대 미추이질금(未鄒尼叱今) 미소(味炤), 미조(未祖), 또는 미소(未召)라고도 한다. 성은 김씨며, 김씨로는 처음 즉위했다. 아버지는 구도(仇道)갈문왕, 어머니는 생호(生乎)부인인데, 술례(述禮)부인이라고도 하며, 이비(伊非)갈문왕의 딸이다. 왕비는 제분왕(諸賁王)의 딸인 광명랑(光明娘)이다. 임오년(262년)에 즉위하여 22년 동안 다스렸다.			아버지는 거등왕, 어머니는 천부경(泉府卿) 신보(申輔)의 딸 모정(慕貞)부인이다. 기묘년(259년)에 즉위하여 32년 동안 다스렸다.
서진(西晉)				
무제(武帝) 태시(泰始) 을유년(265년)부터 10년 동안 함녕(咸寧) 을미년(275년)부터 5년 동안 태강(太康) 경자년(280년)부터 11년 동안		제13대 서천왕(西川王) 이름은 약로(藥盧)며, 약우(若友)라고도 한다. 경인년(270년)에 즉위하여 20년 동안 다스렸다.	제9대 책계왕(責稽王) 고이왕의 아들로 청제(責替)라고도 하는데, 잘못이다. 병오년(286년)에 즉위하여 12년 동안 다스렸다.	
	제14대 유례이질금(儒禮尼叱今) 세리지왕(世里智王)이라고도 하며			

중국	신라	고구려	백제	가락국
	석씨다. 아버지는 제분왕, 어머니는 □소(□召)부인 박씨다. 갑진년(284년)에 즉위하여 15년 동안 다스렸다. 월성(月城)을 보수했다.			
혜제(惠帝) 원강(元康) 신해년(291년)부터 9년 동안 영녕(永寧) 경신년(300년)부터 2년 동안 태안(太安) 임술년(302년)부터 2년 동안 영흥(永興) 갑자년(304년)부터 3년 동안 광희(光熙) 병인년(306년) 회제(懷帝) 영가(永嘉) 정묘년(307년)부터 6년 동안	제15대 기림이질금(基臨尼叱今) 기림왕(基立王)이라고도 하며 석씨다. 제분왕의 둘째 아들로 어머니는 아이혜부인(阿爾兮夫人)이다. 무오년(298년)에 즉위하여 12년 동안 다스렸다. 정묘년(307년)에 국호를 신라로 정했다. 신(新)은 덕업이 날날이 새로워지는 것을 뜻하고, 라(羅)는 사방의 백성들을 총망라한다는 뜻이다. 혹은 지증왕이나 법흥왕 때 정해졌다고도 한다.	제14대 봉상왕(烽上王) 치갈왕(雉葛王)이라고도 하며 이름은 상부(相夫)다. 임자년(292년)에 즉위하여 8년 동안 다스렸다. 제15대 미천왕(美川王) 호양(好攘)이라고도 하며, 이름은 을불(乙弗) 또는 우불(憂弗)이다. 경신년(300년)에 즉위하여 31년 동안 다스렸다.	제10대 분서왕(汾西王) 책계왕의 아들이다. 무오년(298년)에 즉위하여 6년 동안 다스렸다. 제11대 비류왕(比流王) 구수왕의 둘째 아들로, 사반왕의 동생이다. 갑자년(304년)에 즉위하여 40년 동안 다스렸다.	제4대 거질미왕(居叱彌王) 금물(今勿)왕이라고도 한다. 아버지는 마품왕, 어머니는 호구(好仇)다. 신해년(291년)에 즉위하여 55년 동안 다스렸다.
민제(愍帝) 건흥(建興) 계유년(313년)부터 4년 동안	제16대 걸해이질금(乞解尼叱今)			

중국	신라	고구려	백제	가락국
동진(東晉) **중종(中宗)** **건무(建武)** 정축년(317년) **태흥(太興)** 무인년(318년)부터 4년 동안 **명제(明帝)** **영창(永昌)** 임오년(322년) **태녕(太寧)** 계미년(323년)부터 3년 동안 **현종(顯宗)** **함화(咸和)** 병술년(326년)부터 9년 동안 **함강(咸康)** 을미년(335년)부터 8년 동안 **강제(康帝)** **건원(建元)** 계묘년(343년)부터 2년 동안 **효종(孝宗)** **영화(永和)** 을사년(345년)부터 12년 동안 **승평昇平**	성은 석씨다. 아버지는 우로음(于老音) 각간으로, 내해왕의 둘째 아들이다. 경오년(310년)에 즉위하여 46년 동안 다스렸다. 이때에 백제 군사가 처음으로 침입했다. 기축년(329년)에 처음 벽골제(碧骨堤)를 쌓았으며 주위가 □만7026보에다 □□가 166보고, 논이 1만4070□이었다. **제17대 나물마립간(奈勿麻立干)** □□ 왕이라고도			
		제16대 국원왕(國原王) 이름은 조(釗) 또는 사유(斯由)며, 강상왕(岡上王)이라고도 한다. 신묘년(331년)에 즉위하여 40년 동안 다스렸다. 갑오년(334년)에 평양성을 증축했다. 임인년(342년) 8월에 안시성으로 도읍	**제12대 계왕(契王)** 분서왕의 맏아들이다. 갑진년(344년)에 즉위하여 2년 동안 다스렸다.	**제5대 이품왕(伊品王)** 아버지는 거질미왕, 어머니는 아지

중국	신라	고구려	백제	가락국
정사년(357년)부터 5년 동안 **애제(哀帝)** **융화(隆和)** 임술년(362년) **흥녕(興寧)** 계해년(363년)부터 3년 동안 **폐제(廢帝)** **태화(太和)** 병인년(366년)부터 5년 동안	하며 김씨다. 아버지는 구도(仇道) 갈문왕, 또는 미소(未召)왕의 아우 미구(未仇) 각간이다. 어머니는 휴례(休禮)부인 김씨다. 병진년(356년)에 즉위하여 46년 동안 다스렸다. 능은 첨성대(占星臺) 서남쪽에 있다.	을 옮겼으니, 곧 환도성(丸都城)이다.	**제13대 근초고왕** **(近肖古王)** 비류왕의 둘째 아들로 병오년(346년)에 즉위하여 29년 동안 다스렸다.	(阿志)다. 병오년(346년)에 즉위하여 60년 동안 다스렸다.
간문제(簡文帝) **함안(咸安)** 신미년(371년)부터 2년 동안 **열종(烈宗)** **영강(寧康)** 계유년(373년)부터 3년 동안 **태원(太元)** 병자년(376년)부터 21년 동안		**제17대 소수림왕** **(小獸林王)** 이름은 구부(丘夫)다. 신미년(371년)에 즉위하여 13년 동안 다스렸다.	신미년(371년)에 북한산으로 도읍을 옮겼다. **제14대 근구수왕** **(近仇首王)** 근초고왕의 아들로 을해년(375년)에 즉위하여 9년 동안 다스렸다.	
		제18대 국양왕 **(國壤王)** 이름은 이속(伊速)이며, 어지지(於只支)라고도 한다. 갑신년(384년)에 즉위하여 8년 동안 다스렸다.	**제15대 침류왕** **(枕流王)** 근구수왕의 아들이며 갑신년(384년)에 즉위했다.	

중국	신라	고구려	백제	가락국
안제(安帝)		제19대 광개토왕	제16대 진사왕	
융안(隆安)		(廣開土王)	(辰斯王)	
정유년(397년)부		이름은 담덕(談德)	침류왕의 아우로	
터 5년 동안		이며 임진년(392	을유년(385년)에	
원흥(元興)		년)에 즉위하여 21	즉위하여 7년 동	
임인년(402년)부	제18대 실성마립	년 동안 다스렸다.	안 다스렸다.	
터 3년 동안	간(實聖麻立干)			
의희(義熙)	실주왕(實主王),			
을사년(405년)부	보금왕(寶金王)이			
터 14년 동안	라고도 한다. 아		제17대 아신왕(阿	제6대 좌지왕(坐
	버지는 미추왕의		莘王)	知王)
	아우 대서지(大西		아방왕(阿芳王)이	김토왕(金吐王)이
	知) 각간이고 어머		라고도 하며, 진사	라고도 한다. 아버
	니는 예생(禮生)		왕의 아들이다. 임	지는 이품왕(伊品
	부인 석씨로 등야		진년(392년)에 즉	王)이고 어머니는
	(登也) 아간의 딸		위하여 13년 동안	정신(貞信)이다.
	이다. 왕비는 아류	제20대 장수왕	다스렸다.	정미년(407년)에
	(阿留) 부인이다.	(長壽王)		즉위하여 14년 동
	임인년(402년)에	이름은 신련(臣連)		안 다스렸다.
	즉위하여 15년 동	이며 계축년(413		
	안 다스렸다. 왕은	년)에 즉위하여 79	제18대 전지왕	
	치술(鵄述)의 아	년 동안 다스렸다.	(腆支王)	
	버지다.		진지왕(眞支王)이	
			라고도 한다. 이름	
			은 영(映)이며 아	
			신왕의 아들이다.	
	제19대 눌지마립		을사년(405년)에	
	간(訥祇麻立干)		즉위하여 15년 동	
	내지왕(內只王)이		안 다스렸다.	
	라고도 하며, 김			
공제(恭帝)	씨다. 아버지는			
원희(元熙)	나물왕이고 어머			
기미년(419년)	니는 내례희(內禮			
	希) 부인 김씨로			
	미추왕의 딸이다.			
송宋	정사년(417년)에			
	즉위하여 41년 동			
무제(武帝)	안 다스렸다.			
영초(永初)				

중국	신라	고구려	백제	가락국
경신년(420년)부터 3년 동안				제7대 취희왕(吹希王)
			제19대 구이신왕(久爾辛王)	김희왕(金喜王)이라고도 하며, 아버지는 좌지왕이고 어머니는 복수(福壽)다. 신유년(421년)에 즉위하여 30년 동안 다스렸다.
소제(小帝) 경평(景平) 계해년(423년)			전지왕의 아들이다. 경신년(420년)에 즉위하여 7년 동안 다스렸다.	
문제(文帝) 원가(元嘉) 갑자년(424년)부터 29년 동안		정묘년(427년)에 수도를 평양으로 옮겼다.	제20대 비유왕(毗有王) 구이신왕의 아들로 정묘년(427년)에 즉위하여 28년 동안 다스렸다.	
세조(世祖) 태초(太初) 계사년(453년)				제8대 질지왕(銍知王)
효무제(孝武帝) 효건(孝建) 갑오년(454년)부터 3년 동안 대명(大明) 정유년(457년)부터 8년 동안	제20대 자비마립간(慈悲麻立干) 김씨다. 아버지는 눌지왕이고, 어머니는 아로(阿老)부인, 또는 차로(次老)부인으로 실성왕의 딸이다.		제21대 개로왕(蓋鹵王) 근(近)개로왕이라고도 하며 이름은 경사(慶司)다. 을미년(455년)에 즉위하여 20년 동안 다스렸다.	김질왕(金銍王)이라고도 한다. 아버지는 취희왕이고 어머니는 인덕(仁德)이다. 신묘년(451년)에 즉위하여 36년 동안 다스렸다.
태종(太宗) 태시(泰始) 을사년(465년)부터 8년 동안				
후폐제(後廢帝) 원휘(元徽) 계축년(473년)부터 4년 동안	무술년(458년)에 즉위하여 21년 동안 다스렸다. 왕비는 파호(巴胡)갈문왕의 딸이며, 미질희(未叱希) 각간 또는 미흔(未欣) 각간의 딸이라고		제22대 문주왕(文周王) 문주(文州)왕이라고도 하며 개로왕의 아들이다. 을묘년(475년)에 즉위하여 웅천(熊川)으로 도읍을 옮겼으며 2년 동안 다	
순제(順帝) 승명(昇明) 정사년(477년)부				

중국	신라	고구려	백제	가락국
터 2년 동안	도 한다.		스렸다.	
	처음으로 오나라와 (국교를) 통했다. 기미년(479년)에 왜국의 군사가 침입했다. 처음으로 명활성(明活城)을 쌓고 들어가 피했다. (그들이 또) 와서 양주(梁州)의 두 성을 에워쌌지만 이기지 못하고 돌아갔다.		**제23대 삼근왕** (三斤王) 삼걸왕(三乞王)이라고도 한다. 문주왕의 아들로 정사년(477년)에 즉위하여 2년 동안 다스렸다.	
제齊 **태조(太祖)** **건원(建元)** 기미년(479년)부터 4년 동안 **무제(武帝)** **영명(永明)** 계해년(483년)부터 11년 동안 **폐제(廢帝)** **고종(高宗)** **건무(建武)** 갑술년(494년)부터 4년 동안	**제21대 비처마립간(毗處麻立干)** 소지왕(炤知王)이라고도 하며 김씨다. 자비왕의 셋째 아들로 어머니는 미흔 각간의 딸이다. 기미년(479년)에 즉위하여 21년 동안 다스렸다. 왕비는 기보(期寶) 갈문왕의 딸이다.	**제21대 문자명왕** (文咨明王) 이름은 명리호(明理好)다. 개운(个雲), 고운(高雲)이라고도 한다. 임신년(492년)에 즉위하여 27년 동안 다스렸다.	**제24대 동성왕** (東城王) 이름은 모대(牟大)이며, 마제(麻帝) 또는 여대(餘大)라고도 한다. 삼근왕의 사촌동생이다. 기미년(479년)에 즉위하여 26년 동안 다스렸다.	**제9대 겸지왕(鉗知王)** 아버지는 질지왕, 어머니는 방원(邦媛)이다. 임신년(492년)에 즉위하여 29년 동안 다스렸다.

중국	신라	고구려	백제	가락국
영태(永泰) 무인년(498년) **영원(永元)** 기묘년(499년)부터 2년 동안 **화제(和帝)** **중흥(中興)** 신사년(501)	**제22대 지정마립간(智訂麻立干)** 지철로(智哲老) 또는 지도로왕(智度路王)이라고도 하며 김씨다. 아버지는 눌지왕의 동생 기보갈문왕이고, 어머니 오생(烏生) 부인은 눌지왕의 딸이다. 왕비 영제(迎帝)부인은 검남대한지등허(儉攬代漢只登許)각간의 딸이다. 경진년(500년)에 즉위하여 14년 동안 다스렸다.		**제25대 무령왕(武寧王)** 이름은 사마(斯摩)이며 동성왕의 둘째 아들이다. 신사년(501년)에 즉위하여 22년 동안 다스렸다. 『남사(南史)』에 "이름이 부여융(扶餘隆)이다."라고 했는데 잘못이다. 융은 보장왕(의자왕)의 태자로 『당사(唐史)』에 자세하게 실려 있다.	
양梁 ——— **고조(高祖)** **천감(天監)** 임오년(502년)부터 18년 동안	이상을 상고(上古)라 하고 이하를 중고(中古)라 한다.			
	제23대 법흥왕(法興王) 이름은 원종(原宗)이며 김씨다. 『책부원구(册府元	**제22대 안장왕(安藏王)** 이름은 흥안(興安)이며 기해년(519년)에 즉위하여 12		

왕력

중국	신라	고구려	백제	가락국
보통(普通) 경자년(520년)부터 7년 동안 **대통(大通)** 정미년(527년)부터 2년 동안 **중대통(中大通)** 기유년(529년)부터 6년 동안 **대동(大同)** 을묘년(535년)부터 11년 동안	龜)』에 "성은 모씨(募氏)고 이름은 진(秦)이다."라고 했다. 아버지는 지정왕, 어머니는 영제부인이다. 법흥은 시호며, 이때부터 시호가 시작되었다. 갑오년(514년)에 즉위하여 26년 동안 다스렸다. 능은 애공사 북쪽에 있다. 왕비 파도(巴刀)부인은 법명이 법류(法流)며, 영흥사에 머물렀다. 처음으로 율령을 시행했고, 비로소 십재일(十齋日)에 살생을 금했으며, 사람들에게 도첩을 주어 승려가 되게 했다. 건원(建元) 병진년(536년)에 처음으로 연호를 제정했다.	년 동안 다스렸다. **제23대 안원왕(安原王)** 이름은 보영(寶迎)이며 신해년(531년)에 즉위하여 14년 동안 다스렸다.	**제26대 성왕(聖王)** 이름은 명농(明襛)이며 무령왕의 아들이다. 계묘년(523년)에 즉위하여 31년 동안 다스렸다. 무오년(538년)에 사비로 도읍을 옮기고 남부여라 일컬었다.	**10대 구형왕(仇衡王)** 겸지왕의 아들이며 어머니는 □녀(□女)다. 신축년(521년)에 즉위하여 43년 동안 다스렸다. 중대통 4년 임자년(532년)에 신라에 땅을 바치고 항복했다. 수로왕 임인년(42년)부터 임자년에 이르기까지 도합 490년 동안이다. 나라가 없어졌다.

중국	신라	고구려	백제
	제24대 진흥왕(眞興王) 이름은 삼맥종(彡麥宗), 또는 심□(深□)이며 김씨다. 아버지는 법흥왕의 동생 입종(立宗)갈문왕이다. 어머니 지소(只召)부인은 식도(息道)부인이라고도 하는데 박씨며 모량리(牟梁里) 영실(英失) 각간의 딸이다. 죽을 때 머리를 깎고 세상을 떠났다. 경신년(540년)에 즉위하여 37년 동안 다스렸다.	**제24대 양원왕(陽原王)** 양강왕(陽崗王)이라고도 하며 이름은 평성(平成)이다. 을축년(545년)에 즉위하여 14년 동안 다스렸다.	
중대동(中大同) 병인년(546년) **태청(太淸)** 정묘년(547년)부터 3년 동안			
간문제(簡文帝) **대보(大寶)** 경오년(550년)			
후경(侯景) **대시(大始)** 신미년(551년)	**개국(開國)** 신미년(551년)부터 17년 동안		
원제(元帝) **승성(承聖)** 임신년(552년)부터 4년 동안			
경제(敬帝) **소태(紹泰)** 을해년(555년) **태평(太平)** 병자년(556년)			**제27대 위덕왕(威德王)** 이름은 창(昌)이며 명(明)이라고도 한다. 갑술년(554년)에 즉위하여 44년 동안 다스렸다.

중국	신라	고구려	백제
진(陳)			
고조(高祖)			
영정(永定) 정축년(557년)부터 3 년 동안	**대창(大昌)** 무자년(568년)부터 4 년 동안 **홍제(鴻濟)** 임진년(572년)부터 12 년 동안(실제로는 5년에 끝남.)		
문제(文帝)			
천가(天嘉) 경진년(560년)부터 6 년 동안 **천강(天康)** 병술년(566년) **광대(光大)** 정해년(567년)부터 2 년 동안		**제25대 평원왕**(平原 **王)** 평강왕(平岡王)이라고 도 하며, 이름은 양성 (陽城)인데 『남사(南 史)』에는 고양(高陽)이 라 했다. 기묘년(559년) 에 즉위하여 31년 동안 다스렸다.	
선제(宣帝)			
태건(太建) 기축년(569년)부터 14 년 동안	**제25대 진지왕**(眞智 **王)** 이름은 사륜(舍輪), 금 륜(金輪)이라고도 하며 김씨다. 아버지는 진흥 왕이다. 어머니는 박영 실 각간의 딸 식도(息 途)부인 또는 색도(色 刀)부인이며 박씨다. 왕 비 지도(知刀)부인은 기오공(起烏公)의 딸로 박씨다. 병신년(576년) 에 즉위하여 4년 동안 다스렸다. 무덤은 애공 사 북쪽에 있다.		

중국	신라	고구려	백제
	제26대 진평왕(眞平王)		
	이름은 백정(白淨)이며, 아버지는 동륜(銅輪) 또는 동륜태자(東輪太子)다. 어머니는 입종갈문왕의 딸 만호(萬呼) 또는 만녕(萬寧)부인이며 이름은 행의(行義)다. 첫째 왕비 마야(摩耶)부인 김씨의 이름은 복힐구(福肹口)다. 둘째 왕비는 승만부인(僧滿夫人) 손씨다. 기해년(579년)에 즉위했다.		
지덕(至德) 계묘년(583년)부터 4년 동안 정명(禎明) 정미년(587년)부터 3년 동안			
수(隋)	건복(建福) 갑진년(584년)부터 50년 동안	제26대 영양왕(嬰陽王)	제28대 혜왕(惠王)
문제(文帝) 개황(開皇) 경술년(590년)부터 11년 동안		평양왕(平陽王)이라고도 한다. 이름은 원(元)이며 대원(大元)이라고도 한다. 경술년(590년)에 즉위하여 38년 동안 다스렸다.	이름은 계명(季明)이며 헌왕(獻王)이라고도 한다. 위덕왕의 아들로 무오년(598년)에 즉위했다.
인수(仁壽) 신유년(601년)부터 4년 동안			제29대 법왕(法王) 이름은 효순(孝順)이며, 선(宣)이라고도 한다. 혜왕의 아들로 기미년(599년)에 즉위했다.
양제(煬帝) 대업(大業) 을축년(605년)부터 12년 동안			제30대 무왕(武王) 무강왕(武康王) 또는 헌병왕(獻丙王)이라고도 하며, 어렸을 때의 이름은 일기사덕(一耆篩

중국	신라	고구려	백제
공제(恭帝) **의령**(義寧) 정축년(617)			德)이다. 경신년(600년)에 즉위하여 41년 동안 다스렸다.
		제27대 영류왕(榮留王) 이름은 □□ 또는 건무(建武)다. 무인년(618년)에 즉위하여 24년 동안 다스렸다.	
당(唐)			
고조(高祖) **무덕**(武德) 무인년(618년)부터 9년 동안			
태종(太宗) **정관**(貞觀) 정해년(627년)부터 23년 동안	**제27대 선덕여왕**(善德女王) 이름은 덕만(德曼)이며, 아버지는 진평왕, 어머니는 마야부인 김씨다. 성골(聖骨) 가운데 남자가 없었으므로 여왕이 즉위했다. 왕의 남편은 음갈문왕(飮葛文王)이다. 인평(仁平) 갑오년(634년)에 즉위하여 14년 동안 다스렸다.	**제28대 보장왕**(寶藏王) 임인년(642년)에 즉위하여 27년 동안 다스렸다.	**제31대 의자왕**(義慈王) 무왕의 아들이며, 신축년(641년)에 즉위하여 20년 동안 다스렸다.
	제28대 진덕여왕(眞德女王) 이름은 승만(勝曼)이고 김씨다. 아버지는 진평왕의 아우 국기안(國基安)갈문왕이고, 어머니 아니(阿尼)부인 박씨는 노추(奴追)□□□ 갈		

중국	신라	고구려	백제
	문왕의 딸이다. 혹은 월명(月明)이라고도 하는데, 잘못이다. 정미년(647년)에 즉위하여 7년 동안 다스렸다.		
고종(高宗) 영휘(永徽) 경술년(650년)부터 6년 동안	**태화(太和)** 갑신년(648년)부터 6년 동안 이상은 중고(中古)며 성골의 왕이고, 이하는 하고(下古)며 진골의 왕이다.		
현경(顯慶) 병진년(656년)부터 5년 동안	**제29대 태종무열왕(太宗武烈王)** 이름은 춘추(春秋)며 김씨다. 진지왕의 아들 용춘탁문흥(龍春卓文興) 갈문왕의 아들이다. 용춘은 용수(龍樹)라고도 한다. 어머니 천명(天明)부인의 시호는 문정(文貞)태후며, 진평왕의 딸이다. 왕비 훈제(訓帝)부인의 시호는 문명(文明)왕후로, 김유신의 누이며 어렸을 때의 이름은 문희(文熙)다. 갑인년(654년)에 즉위하여 7년 동안 다스렸다.		경신년(660년)에 나라가 없어졌다. 온조왕 계묘년(기원전 18년)부터 경신년에 이르기까지 678년 동안이다.
용삭(龍朔) 신유년(661년)부터 3년 동안 인덕(麟德) 갑자년(664년)부터 2년 동안	**제30대 문무왕(文武王)** 이름은 법민(法敏)이며, 태종의 아들이다.		

중국	신라	고구려	백제
건봉(乾封) 병인년(666년)부터 2년 동안 **총장(總章)** 무진년(668년)부터 2년 동안	어머니는 훈제부인이다. 왕비 자의(慈義)는 자눌(慈訥)왕후라고도 하며, 선품(善品) 해간의 딸이다. 신유년(661년)에 즉위하여 20년 동안 다스렸다. 능은 감은사 동쪽 바다 가운데 있다.	무진년(668년)에 나라가 없어졌다. 동명왕 갑신년(기원전 37년)부터 무진년에 이르기까지 모두 705년 동안이다.	

중국	신라
함형(咸亨) 경오년(670년)부터 4년 동안 **상원(上元)** 갑술년(674년)부터 2년 동안 **의봉(儀鳳)** 병자년(676년)부터 3년 동안 **조로(調露)** 기묘년(679년) **영륭(永隆)** 경진년(680년) **개요(開耀)** 신사년(681년) **영순(永淳)** 임오년(682년)	**제31대 신문왕(神文王)** 김씨며 이름은 정명(政明), 자는 일소(日炤)다. 아버지는 문무왕, 어머니는 자눌왕후다. 왕비 신목(神穆)왕후는 김운공(金運公)의 딸이다. 신사년(681년)에 즉위하여 11년 동안 다스렸다.
무후(武后) **홍도(洪道)** 계미년(683년) **문명(文明)** 갑신년(684년) **수공(垂拱)** 을유년(685년)부터 4년 동안 **영창(永昌)** 기축년(689년)	
주(周)	
천수(天授) 경인년(690년)부터 2년 동안 **장수(長壽)** 임진년(692년)부터 2년 동안 **연재(延載)** 갑오년(694년) **천책(天册)** 을미년(695년) **통천(通天)** 병신년(696년)	**제32대 효소왕(孝昭王)** 이름은 이공(理恭), 홍(洪)이라고도 하며 김씨다. 아버지는 신문왕, 어머니는 신목왕후다. 임진년(692년)에 즉위하여 10년 동안 다스렸다. 능은 망덕사 동쪽에 있다.

중국	신라
신공(神功) 정유년(697년)	
성력(聖曆) 무술년(698년)부터 2년 동안 **구시(久視)** 경자년(700년)부터 2년 동안 **장안(長安)** 신축년(701년)부터 4년 동안 **당(唐)** **중종(中宗)** **신룡(神龍)** 을사년(705년)부터 2년 동안 **경룡(景龍)** 정미년(707년)부터 3년 동안 **예종(睿宗)** **경운(景雲)** 경술년(710년)부터 2년 동안 **현종(玄宗)** **선천(先天)** 임자년(712년) **개원(開元)** 계축년(713년)부터 29년 동안 **천보(天寶)** 임오년(742년)부터 14년 동안	**제33대 성덕왕(聖德王)** 이름은 흥광(興光)이고 본명은 융기(隆基)며 효소왕의 동복 아우다. 첫째 왕비 배소(陪昭)왕후의 시호는 엄정(嚴貞)인데 원대(元大) 아간의 딸이고, 둘째 왕비 점물(占物)왕후의 시호는 소덕(炤德)이며 순원(順元) 각간의 딸이다. 임인년(702년)에 즉위하여 35년 동안 다스렸다. 능은 동촌 남쪽에 있는데, 양장곡(楊長谷)이라고도 한다. **제34대 효성왕(孝成王)** 김씨다. 이름은 승경(承慶)이고 아버지는 성덕왕, 어머니는 소덕태후다. 왕비 혜명(惠明)왕후는 진종(眞宗) 각간의 딸이다. 정축년(737년)에 즉위하여 5년 동안 다스렸다. 법류사에서 화장하여 동해에 유골을 뿌렸다. **제35대 경덕왕(景德王)** 김씨다. 이름은 헌영(憲英)이고 아버지는 성덕왕, 어머니는 소덕태후다. 첫째 왕비 삼모(三毛)부인은 궁궐에서 나가 후손이 없었다. 둘째

중국	신라
	왕비 만월(滿月)부인의 시호는 경수(景垂)왕후며(수(垂)자가 목(穆)자로 된 곳도 있다.) 의충(依忠) 각간의 딸이다. 임오년(742년)에 즉위하여 23년 동안 다스렸다. 처음 경지사 서쪽 산에 장사 지내고 돌을 다듬어 능을 만들었으나 나중에 양장곡 가운데로 옮겨 장사 지냈다.

숙종(肅宗)
지덕(至德)
병신년(756년)부터 2년 동안
건원(乾元)
무술년(758년)부터 2년 동안
상원(上元)
경자년(760년)부터 2년 동안
보응(寶應)
임인년(761년)

대종(代宗)
광덕(廣德)
계묘년(763년)부터 2년 동안
영태(永泰)
을사년(765년)
대력(大曆)
병오년(766년)부터 14년 동안

제36대 혜공왕(惠恭王)

김씨고, 이름은 건운(乾運)이다. 아버지는 경덕왕, 어머니는 만월왕후다. 첫째 왕비 신파(神巴)부인은 위정(魏正) 각간의 딸이고, 둘째 왕비 창창(昌昌)부인은 김장(金將) 각간의 딸이다. 을사년(765년)에 즉위하여 15년 동안 다스렸다.

덕종(德宗)
건중(建中)
경신년(780년)부터 4년 동안
흥원(興元)
갑자년(784년)

제37대 선덕왕(宣德王)

김씨고, 이름은 양상(亮相)이다. 아버지 효방(孝方) 해간은 개성(開聖)대왕에 추봉되었는데, 원훈(元訓) 각간의 아들이다. 어머니 사소(四召)부인의 시호는 정의(貞懿)태후며, 성덕왕의 딸이다. 왕비 구족(具足)왕후는 낭품(狼品) 각간의 딸이다. 경신년(780년)에 즉위하여 5년 동안 다스렸다.

정원(貞元)
을축년(785년)부터 20년 동안

제38대 원성왕(元聖王)

김씨고, 이름은 경신(敬愼) 또는 경신(敬信)이며, 『당서(唐書)』에는 경칙(敬則)이라 했다. 아버지 효양(孝讓) 대아간은 명덕(明德)대왕에 추봉되었다. 어머니 인국(仁國)부인은 지오(知烏)부인이라고도 하는데, 시호는 소문(昭文)왕후며 창근이기(昌近伊己)의 딸이다. 왕비 숙정

중국	신라
	(淑貞)부인은 신술(神述) 각간의 딸이다. 을축년(785년)에 즉위하여 14년 동인 다스렸다. 능은 곡사(鵠寺)에 있는데, 지금의 숭복사(崇福寺)다. 최치원이 지은 비석이 있다. **제39대 소성왕(昭聖王)** 소성왕(昭成王)이라고도 한다. 김씨고, 이름은 준옹(俊邕)이다. 아버지는 혜충(惠忠)태자고, 어머니는 성목(聖穆)태후다. 왕비 계화(桂花)왕후는 숙명공의 딸이다. 기묘년(799년)에 즉위했으나 곧 세상을 떠났다. **제40대 애장왕(哀莊王)** 김씨고, 이름은 중희(重熙)며 청명(淸明)이라고도 한다. 아버지는 소성왕, 어머니는 계화왕후다. 경진년(800년)에 즉위하여 10년 동안 다스렸다.(신묘년에 즉위했다고 기록되었지만, 잘못이다.) 원화 4년 기축년(809년) 7월 19일에 왕의 숙부 헌덕(憲德)과 흥덕(興德) 두 아간에게 시해되었다.
순종(順宗) **영정(永貞)** 을유년(805년)	
헌종(憲宗) **원화(元和)** 병술년(806년)부터 15년 동안	**제41대 헌덕왕(憲德王)** 김씨고, 이름은 언승(彦升)이며 소성왕의 동복 아우다. 왕비 귀승낭(貴勝娘)의 시호는 황아(皇娥)왕후인데, 충공(忠恭) 각간의 딸이다. 기축년(809년)에 즉위하여 19년 동안 다스렸다. 능은 천림촌(泉林村) 북쪽에 있다.
목종(穆宗) **장경(長慶)** 신축년(821년)부터 4년 동안	
경종(敬宗) **보력(寶曆)** 을사년(825년)부터 2년 동안	
문종(文宗) **태화(太和)** 정미년(827년)부터 9년 동안	**제42대 흥덕왕(興德王)** 김씨고, 이름은 경휘(景暉)다. 헌덕왕의 동복 아우다. 왕비 창화(昌花)부인의 시호는 정목(定穆)왕후며, 소성왕의 딸이다. 병오년(826년)에 즉위하여 10년 동안 다스렸다. 능은 안강 북쪽 비화양(比火壤)에 있으며, 왕비 창화부인과 합장했다.

중국	신라
개성(開成) 병진년(836년)부터 5년 동안	**제43대 희강왕(僖康王)** 김씨고, 이름은 개륭(愷隆)이며 제옹(悌顒)이라고도 한다. 아버지 헌정(憲貞) 각간의 시호는 흥성(興聖)대왕이며 익성(翌成)이라고도 하는데, 예영(禮英) 잡간의 아들이다. 어머니 미도(美道)부인은 심내(深乃)부인 또는 파리(巴利)부인이라고도 한다. 시호는 순성(順成)태후며, 충연(忠衍) 대아간의 딸이다. 왕비 문목(文穆)왕후는 충효(忠孝) 각간의 딸이며, 중공(重恭) 각간의 딸이라고도 한다. 병진년(836년)에 즉위하여 2년 동안 다스렸다.
	제44대 민애왕(閔哀王) (민(閔)을 민(敏)이라고도 한다.) 김씨고, 이름은 명(明)이다. 아버지 충공(忠恭) 각간은 선강(宣康)대왕에 추봉되었다. 어머니 귀파(貴巴)부인의 시호는 선의(宣懿)왕후인데, 추봉된 혜충왕(惠忠王)의 딸이다. 왕비 무용(无容)왕후는 영공(永公) 각간의 딸이다. 무오년(838년)에 즉위하여 기미년(839년) 정월 22일에 세상을 떠났다.
	제45대 신무왕(神武王) 김씨고, 이름은 우징(佑徵)이다. 아버지 균정(均貞) 각간은 성덕(成德)대왕에 추봉되었고, 어머니는 정교(貞矯)부인이다. 할아버지 예영(禮英)은 혜강(惠康)대왕에 추봉되었다. 왕비 정종(貞從)은 계(繼)태후라고도 하며, 명해□(明海□)의 딸이다. 기미년(839년) 4월에 즉위하여 11월 23일에 세상을 떠났다.
무종(武宗) **회창(會昌)** 신유년(841년)부터 6년 동안	
선종(宣宗) **대중(大中)** 정묘년(847년)부터 13년 동안	**제46대 문성왕(文聖王)** 김씨고, 이름은 경응(慶膺)이다. 아버지는 신무왕, 어머니는 정종태후다. 왕비는 소명(炤明)왕후다. 기미년(839년) 11월에 즉위하여 19년 동안 다스렸다.
	제47대 헌안왕(憲安王) 김씨고, 이름은 의정(誼靖)이다. 신무왕의 아우며, 어머니는 흔명(昕

중국	신라
의종(懿宗) **함통**(咸通) 경진년(860년)부터 14년 동안	明)부인이다. 무인년(858년)에 즉위하여 3년 동안 나스렸다.
	제48대 경문왕(景文王) 김씨고, 이름은 응렴(膺廉)이다. 아버지 계명(啓明) 각간은 의공(義恭)대왕(義가 懿로 된 곳도 있다.)에 추봉되었으며, 희강왕의 아들이다. 어머니는 신무왕의 딸 광화(光和)부인이고, 왕비 문자(文資)황후는 헌안왕의 딸이다. 신사년(861년)에 즉위하여 14년 동안 다스렸다.
희종(僖宗) **건부**(乾符) 갑오년(874년)부터 6년 동안	**제49대 헌강왕**(憲康王) 김씨고, 이름은 정(晸)이다. 아버지는 경문왕, 어머니는 문자황후다. 왕비는 의명(懿明)부인 또는 의명(義明)왕후다. 을미년(875년)에 즉위하여 11년 동안 다스렸다.
광명(廣明) 경자년(880년) **중화**(中和) 신축년(881년)부터 4년 동안	**제50대 정강왕**(定康王) 김씨고, 이름은 황(晃)이며 민애왕의 동복 아우다. 병오년(886년)에 즉위했으나 곧 죽었다.
광계(光啓) 을사년(885년)부터 3년 동안	
소종(昭宗) **문덕**(文德) 무신년(888년) **용기**(龍紀) 기유년(889년)	**제51대 진성여왕**(眞聖女王) 김씨고, 이름은 만헌(曼憲)이며 정강왕의 동복 누이다. 왕의 남편 위홍(魏弘) 대각간은 혜성(惠成)대왕에 추봉되었다. 정미년(887년)에 즉위하여 10년 동안 다스렸다. 정사년(897년)에 소자(小子) 효공왕에게 왕위를 물려주고 12월에 죽으니, 화장하여 모량 서악(西岳) 또는 미황산(未黃山)에 뼈를 뿌렸다.

중국	신라	후고구려	후백제
대순(大順) 경술년(890년)부터 2년 동안 **경복**(景福) 임자년(892년)부터 2년 동안 **건녕**(乾寧) 갑인년(894년)부터 4년 동안	**제52대 효공왕**(孝恭王) 김씨고, 이름은 요(嶢)다. 아버지는 헌강왕, 어머니는 문자왕후다. 정사년(897년)에 즉위하여 15년 동안 다스렸다. 사자사 북쪽에 화장하여, 구지제(仇知堤) 동쪽 산허리에 뼈를 묻었다.	**궁예**(弓裔) 대순 경술년(890년)에 비로소 북원(北原)의 도적 양길(良吉)의 군영에 투항한다. 병진년(896년)에 철원성(지금의 동주(東州))에 도읍했으나, 정사년(897년)에 송악군(松岳郡)으로 옮겼다.	**견훤**(甄萱) 임자년(892년)에 처음으로 광주에 도읍했다.
광화(光化) 무오년(898년)부터 3년 동안 **천복**(天復) 신유년(901년)부터 3년 동안			
경종(景宗) **천우**(天祐) 갑자년(904년)부터 3년 동안		신유년(901년)에 고려라고 일컬었다.	
주량(朱梁) **태조**(太祖) **개평**(開平) 정묘년(907년)부터 4년	**제53대 신덕왕**(神德王)	갑자년(904년)에 국호를 마진(摩震)이라 하고, 원년을 무태(武泰)	

중국	신라	고구려	후백제
동안 **건화(乾化)** 신미년(911년)부터 4년 동안	박씨고, 이름은 경휘(景徽), 본명은 수종(秀宗)이다. 어머니는 정화(貞花)부인이며, 부인의 아버지 순홍(順弘) 각간은 성무(成武)대왕에 추시(追諡)되었고, 할아버지 원□(元□) 각간은 아달라왕의 후손이다. 아버지 문원(文元) 이간은 흥렴(興廉)대왕에 추봉되었고, 할아버지는 문관(文官) 해간이다. 의부(義父) 예겸(銳謙) 각간은 선성(宣成)대왕에 추봉되었다. 왕비 자성(資成)왕후는 의성(懿成), 또는 효자(孝資)라고도 한다. 임신년(912)에 즉위하여 5년 동안 다스렸다. 화장하여 잠현(箴峴) 남쪽에 뼈를 묻었다.	라고 했나. 갑술년(914년)에 철원으로 돌아갔다.	
말제(末帝) **정명(貞明)** 을해년(915년)부터 6년 동안 **용덕(龍德)** 신사년(921년)부터 2년 동안 **후당(後唐)**	**제54대 경명왕(景明王)** 박씨고, 이름은 승영(昇英)이다. 아버지는 신덕왕, 어머니는 자성왕후며, 왕비는 장사택(長沙宅)이다. 대존(大尊) 각간, 즉 추봉된 성희(聖僖)대왕의 아들로서, 대존은 바로 수종(水宗) 이간의 아들이다. 정축년(917년)에 즉위하여 7년 동안 다스렸다. 황복사에서 화장하여 성등	**태조(太祖)** 무인년(918년) 6월에 궁예가 죽고, 태조가 철원경에서 즉위했다. 기묘년(919년)에 도읍을 송악군으로 옮겼다. 이 해에 법왕사, 자운사, 왕륜사, 내제석사, 사나사 등의 절을 창건했고, 또 대선원(보제원), 신흥사, 문수사, 원통사, 지장사 등을 창건한다.	

중국	신라		
장종(莊宗) 동광(同光) 계미년(923년)부터 3년 동안	잉산(省等仍山) 서쪽에 뼈를 뿌렸다. 제55대 경애왕(景哀王) 박씨고, 이름은 위응(魏膺)이며 경명왕의 동복 아우다. 어머니는 자성왕후다. 갑신년(924년)에 즉위하여 2년 동안 다스렸다.	이 열 개의 절은 모두 이 해에 창건했다. 경진년(920년)에 유암(乳岩) 밑에 유시(油市)를 세웠으므로, 지금도 세속에서 이시(利市)를 유하(乳下)라고 한다. 10월에 대흥사를 창건했는데, 임오년(922년)이라고도 한다. 또 임오년에 일월사를 창건했는데, 신사년(921년)이라고도 한다. 갑신년(924년)에 외제석사, 신중원, 흥국사를 창건했다. 정해년(927년)에 묘□사를 창건했고, 기축년(929년)에 귀산사를 창건했다. 경인년(930년)에는 □…□(이 아래부터는 글자가 없다.)	
명종(明宗) 천성(天成) 병술년(926년)부터 4년 동안			
장흥(長興) 경인년(930년)부터 4년 동안	제56대 경순왕(景順王) 김씨고, 이름은 부(傅)다. 아버지 효종(孝宗) 이간은 신흥대왕에 추봉되었고, 할아버지 관□(官□) 각간은 의흥(懿興)대왕에 추봉되었다. 어머니 계아(桂娥) 태후는 헌강왕의 딸이다. 정해년(927년)에 즉위하여 8년 동안 다스리다가, 을미년(935년)에 국토를 (고려)태조에게 바치고 귀순했다. 태평흥국(太平興國) 3년 무인년(978년)에 죽었다. 능은 □□동향동(□□東向洞)에 있다.		
민제·말제(閔帝·末帝) 청태(淸泰) 갑오년(934년)부터 2년 동안			
석진(石晉)			을미년(935년)에 견훤의 아들 신검(神劍)이 아버지의 자리를 빼앗아 스스로 왕위에 올랐다. 이해에 나라가 없어졌다.
고조(高祖) 천복(天福) 병신년(936년)부터 8년 동안	오봉 갑자년(기원전 57년)부터 을미년(935년)에 이르기까지 모두 992년 동안이다.	병신년(936년)에 삼국을 통일했다.	임자년(892년)부터 이에 이르기까지 44년 만에 망했다.

전한(前漢)

고조(高祖), 혜제(惠帝), 문제(文帝), 경제(景帝), 무제(武帝), 소제(昭帝), 선제(宣帝), 원제(元帝), 성제(成帝), 애제(哀帝), 평제(平帝), 유자영(孺子嬰)

후한(後漢)

광무제(光武帝), 명제(明帝), 장제(章帝), 화제(和帝), 상제(殤帝), 안제(安帝), 순제(順帝), 충제(沖帝), 질제(質帝), 환제(桓帝), 영제(靈帝), 홍농왕(弘農王), 헌제(獻帝)

위(魏) 진(晉) 송(宋) 제(齊) 양(梁) 진(陳) 수(隋)

이당(李唐)

고조(高祖), 태종(太宗), 고종(高宗), 측천무후(則天武后), 중종(中宗), 예종(睿宗), 현종(玄宗), 숙종(肅宗), 대종(代宗), 덕종(德宗), 순종(順宗), 헌종(憲宗), 목종(穆宗), 경종(敬宗), 문종(文宗), 무종(武宗), 선종(宣宗), 의종(懿宗), 희종(僖宗), 소종(昭宗), 경종(景宗)

주량(朱梁) 후당(後唐) 석진(石晉) 유한(劉漢) 곽주(郭周)

대송(大宋)

발문跋文[1]

우리 동방의 삼국에는 『본사(本史)』와 『유사(遺史)』 두 책
이 있으나, 달리 간행된 적은 없고 단지 본부(本府)[2]에만 남아
있는데, 세월이 흘러 자획이 닳아 없어져 한 줄에서 읽어 낼
수 있는 것이 겨우 네댓 글자뿐이었다.

내가 생각건대 선비가 이 세상에 태어나 여러 사서(史書)를
두루 보아 천하 정치의 잘잘못과 흥함과 망함 그리고 여러 이
적(異跡)까지도 널리 알고자 하는데, 하물며 이 나라에 살면
서 역사를 알지 못해서야 되겠는가? 그래서 다시 간행하고자
널리 완본을 구했으나 몇 년이 지나도록 얻지 못했으니, 이 책
이 세상에 널리 퍼지지 않아 사람들이 쉽게 구해 볼 수 없었
음을 알 수 있었다. 그러므로 지금 다시 간행하지 않는다면
앞으로 실전(失傳)되어 동방의 지난 일을 후학들이 들어서 알
수 없게 될까 한탄스럽다.

다행히 우리의 유학도(儒學徒) 성주 목사(星州牧使) 권주(權輳)[3] 공이 내가 이 책을 구한다는 말을 듣고는 완본을 구해서 보냈다. 나는 기쁘게 받고서 감찰사 상국(相國) 안당(安瑭)[4]과 도사(都事) 박후전(朴候佺)에게 이 소식을 알리니 모두들 기뻐했다. 그래서 여러 고을에서 나누어 간행하도록 하여 우리 고을로 보내 간직하게 한 것이다.

아! 물건이란 오래되면 반드시 없어지게 마련이고, 없어지면 반드시 일어나게 마련이니, 일어났다가 없어지고 없어졌다가 일어나는 것이 당연한 이치다. 후세의 학자들 역시 이러한 이치를 알아 때로 일으켜 영원히 전할 것을 바란다.

황명(皇明)[5] 정덕(正德)[6] 임신년(1512년) 계동(季冬)에 부윤(府尹) 추성정난공신(推誠定難功臣) 가선대부(嘉善大夫) 경주진병마절제사(慶州鎭兵馬節制使) 전평군(全平君) 이계복(李繼福)은 삼가 발문을 쓰노라.

생원 이산보

교정생원 최기동

중훈대부 행경주부판관 경주진병마절제도위 이　류

봉직랑 수경상도도사 박　전

추성정난공신 가정대부 경상도관찰사 겸 병마수군절도사 안　당

---

1) 『삼국유사』의 전승 과정을 알 수 있는 중요한 자료로서 『삼국유사』의 유래, 보존 상태, 간행 동기, 유포 상태, 저본의 출처, 간행 방법과 보관, 간행 시기와 주재자, 주관자, 교정자 순으로 씌어 있다.

2) 경주부(慶州府)를 말한다.

3) 조선 성종 때 성주(星州) 목사를 지낸 사람이다. 본래 목사란 지방의 관찰사 아래에서 목(牧)을 다스리는 종3품의 외직이다.

4) 조선 중종 때의 학자로 좌찬승과 우의정까지 올랐으며 기묘사화를 일으켰다.

5) 황제가 있는 명나라를 높여 부른 것이다.

6) 명나라 무종(武宗) 주후희(朱厚熙)의 연호. 1506~1521년까지 사용했다.

일연과 『삼국유사』, 그 의미

중국인들은 문명국이라는 생각에서 스스로를 '화하(華夏)' 또는 '중국(中國)'이라고 자칭하는 중화사상이 강했으며, 이런 인식은 우리나라에도 영향을 끼쳐 상당수 지식인들에게 사대(事大)니 모화(慕華)니 하는 의식이 상당부분 자리 잡았다. 그러나 식견 있는 고려의 일부 지식인들은 중국과 수평적 또는 대등적으로 상대해 보려는 의식이 엄연히 존재했다.

즉, 고려 후기 이승휴(李承休)가 『제왕운기』에서, 이규보(李奎報)가 『동국이상국집』「동명왕편(東明王篇)」에서 대몽 항쟁을 주장하며 민족의식을 고취하고자 우리 것을 찾은 것은 당시로서는 무척 예외적인 일이었으나 우리 민족의 주체적 각성과 기지는 면면히 이어졌다고 할 수 있다.

이런 시대적인 상황에서 『삼국유사』를 집필한 일연은 우리 나라가 중국 못지않게 유구한 역사를 자랑하는 민족임을 드러내고자 했다. 『삼국유사』의 '고조선' 조에는 우리 민족의 시조 단군 신화 이야기가 나온다. 사마천이 『사기(史記)』「본기 (本紀)」의 첫머리에 삼황오제(三皇五帝)를 그들의 조상으로 내세웠던 것과 유사한 방식이다. 또한 기자 및 위만조선 등에 대한 서술을 통해 우리 민족이 4000년의 역사를 가졌음을 다시금 강조하고 있다. 이 점은 김부식의 『삼국사기』가 우리 역사의 시작을 한나라의 전성기인 기원전 57년으로 잡은 것과 비교해 보면 더욱 두드러진다.

물론 일연이 중국의 문헌을 참조하지 않았던 것은 아니지만, 각 항목의 주체성을 살리려는 자세를 잃지 않았다. 삼국 이전에 존재했던 각국의 신화를 밝히기 위해 이미 실전된 『구삼국사(舊三國史)』 등의 사료를 발굴해서 정리하기도 했다. 이는 김부식이 우리나라의 전통 자료와 문헌들을 무시하고 중국의 자료에 전적으로 의존하면서 쓴 것과는 확연히 다르다.

일연은 중국의 자료는 27종만 인용했지만 우리나라의 자료는 50종이 넘게 인용했고, 고기, 향기, 비문, 고문서, 전각 등도 다양하게 인용했는데, 이는 오늘날 전해지지 않는 사료에 대한 윤곽과 그 내용을 추측하는 귀중한 자료가 된다. 특히 일연은 인용의 근거를 빠짐없이 수록했고, 내용의 보충이 필요한 경우에는 협주(夾註)를 넣어 실증적으로 의견을 서술하고 있다. 또한 '다음과 같이 기린다[讚曰]'라는 시가로 된 평문 (評文)을 통해 해당 항목을 효과적으로 마무리하면서 일정한 의미를 부여하는 동시에 다양한 해석의 가능성을 열어 두는 방식을 취하고 있다.

전체 내용은 신비하고도 기이한 연기 설화들로 구성되어 있는데, 이러한 설화들은 우리나라 고유의 문화 전통과 연결되는 것으로 소중한 의미를 지닌다. 일연의 신이사관은 고려 중기에 합리적인 유교 사관의 비판을 거치면서 한층 다듬어진 것으로서 이규보의 「동명왕편」에 나타나는 신이사관과 그 궤를 같이하며, 설화집인 『수이전(殊異傳)』의 맥을 이었다고 볼 수 있다.

물론 그의 집필 방식이나 자료 선정 방법에 문제가 없다는 의미는 아니다. 역사가가 아닌 선승(禪僧)의 손으로 쓴 만큼 연대의 착오도 있고 인용 사료도 엄밀하지 않은 결함이 있다. 그러나 역사적인 맥락에서 일연이 활동한 때는 무신 정권과 몽골의 침탈 등 나라의 정세가 어수선하고 불안정한 상황이었다. 일연은 오랜 기간 자신이 수집하고 연구해 온 자료들을 철저히 자신의 시각에서 '역사의 설화화, 설화의 역사화'라는 치밀한 구도로 정리하여 우리 민족의 뿌리 의식을 일깨워 주고자 했던 것이다.

일연의 『삼국유사』는 정연한 논리의 틀만을 내세우지 않고 문학과 역사의 일체〔文史一體〕라고 불러도 좋을 만한 문장으로 씌어 있어, 『삼국사기』와는 전혀 다른 역사 기술 유형을 보여 준다. 한 왕조의 특이한 사건을 중심으로 하는 집필 방식과 신라 건국에 관한 자신감 있는 태도에서 그의 확고한 역사 서술 방식을 엿볼 수 있다.

일연은 『삼국유사』를 통해 많은 인물들의 다양한 이야기를 다루고 있다. 국가와 민족의 장래를 먼저 생각한 주인공들 이야기도 많다. 왕도 있고 의인도 있으며 장군도 있다. 충신도 있는가 하면 죽음을 각오하고 왕에게 간언한 충직한 신하도 있다. 미추왕은 댓잎 군사로 이서국 병사를 물리친 왕으로 나라를 구원하고자 하는 남다른 마음을 지닌 왕이었다. 우리에게 너무나도 잘 알려진 김제상(박제상이라고도 함)은 갖은 회유와 압박에도 굴하지 않고 왜국에 가서 "차라리 신라의 개, 돼지가 될지언정 왜국의 신하는 되지 않겠다."고 말하면서 자신의 발바닥 살갗이 도려지고 베어진 갈대 위를 걷게 되면서까지 자신의 기개를 굽히지 않은 보기 드문 배짱의 소유자이다.

『삼국유사』의 저자 일연은 누구인가?

일연은 국존(國尊)에 오른 승려인 동시에 뛰어난 문인이요 시인이다. 그는 고려 희종 2년, 최충헌이 집권한 무신 정권 시대인 1206년에 경상북도 경산에서 태어났다. 세속의 성은 김씨(金氏)이며 이름은 견명(見明)이다. 처음 승려가 되었을 때 회연(晦然)이라는 이름을 썼으나, 말년에 일연(一然)으로 바꾸었다.

일찍 아버지를 여의고 9세 때 어머니의 손에 이끌려 공부를 위해 전라남도 광주의 무등산 자락에 있는 무량사(無量寺)

로 들어갔고, 14세 때 강원도 양양의 진전사(陳田寺)로 가서 구족계를 받았다. 이 절은 신라 시대 선종을 크게 확산시킨 도의국사가 머물렀던 사찰로 당시에는 선 수행(禪修行)으로 이름이 높았는데, 일연은 아홉 선문 가운데 가장 명성이 높았던 가지산파의 법맥을 이었다.

일연의 나이 20세 때 원나라 사신 저고여(著古與)가 압록강가에서 피살되면서 두 나라의 관계는 더욱더 악화되었다. 22세 때 승과 시험에 합격했으나 여전히 세월은 하수상하기만 했다. 이런 틈바구니 속에서 그는 20여 년 동안 수행에 정진했다. 44세 때 남해의 정림사(定林社) 주지로 초빙되어 6년 동안 머물게 된다. 이때부터 그는 왕명에 의해 주요한 불사(佛事)를 주관했다. 다시 남해의 길상암으로 옮겨 간 그는 54세 때 『중편조동오위(重篇曹洞五位)』를 간행했다. 59세 때 다시 남쪽으로 내려와 영일의 오어사(吾魚寺)에 머물다가 포산의 인흥사(仁興寺)로 옮기면서 중생 구제와 불법을 펼치는 데 온 힘을 기울였다.

충렬왕이 왕위에 오르고 3년 뒤 1277년, 그는 임금의 명에 의해 청도의 운문사(雲門寺)로 옮겼는데, 이미 72세의 나이였다. 이곳에서 3년을 머물다가 그 당시 경주에 몽진 와 있던 충렬왕을 모셨고, 국존으로 책봉되기도 했다. 국존은 나라의 스승, 만백성의 스승이라는 의미로 승려로서는 최고의 직위이자 명예직이었다.

효성이 지극했던 그는 79세 때, 연로한 어머니를 모시기 위해 나라에서 수리해 준 인각사(麟角寺)로 다시 내려가 그곳에서 『삼국유사』를 완성하게 된다. 그는 제자에게 북을 치게 하고 자기는 의자에 앉아 다른 승려와 태연하게 선문답을 하다가 손으로 금강인(金剛印)을 맺고 84세에 입적했다. 이때 나라에서는 보각(普覺)이라는 시호를 내렸다.

일연은 경산에서 태어나 전라도와 강원도에서 공부하고, 여러 차례에 걸쳐 강화도와 개성까지 오가면서 견문을 넓혔기에 『삼국유사』는 곳곳에 답사기의 형식을 취한 곳이 적지 않다. 이를테면 경상남도 밀양의 만어사(萬魚寺)에 직접 가서 전해 들은 이야기라든지, 전란을 거치면서 소실된 황룡사 9층탑을 찾아보고 쓰라린 마음을 적어 놓은 장면도 답사하지 않았다면 불가능한 것이다.

또한 단군 신화에서 환인(桓因)이 바로 불교에서 말하는 제석(帝釋)이라고 하여 민족의 원형을 불교와 연관 지어 해석하고자 하기도 했다. 이런 것들은 그가 승려라는 것과 결코 무관하지 않다. 인각사에 깨진 채로 남아 있는 그의 비(碑)는 자신의 삶과 더불어 그의 저술에 대해 알 수 있는 중요한 자료이다.[1]

이런 점에서 『삼국유사』는 일연의 총괄 아래 문도들이 자료를 모으고, 여러 견해를 제시했으며 제자 무극이 완성한 것이

---

[1] 그의 저서로는 『어록(語錄)』 2권, 『게송잡저(偈頌雜著)』 3권, 『중편조동오위(重篇曹洞五位)』 2권, 『조도(祖圖)』 2권, 『대장수지록(大藏須知錄)』 3권, 『제승법수(諸乘法數)』 7권, 『조정사원(祖庭事苑)』 30권, 『선문염송사원(禪門拈誦事苑)』 30권 등 불서(佛書) 100권이 넘었다고 한다. 하지만 오늘날 전하는 것은 거의 없고, 비문에는 적혀 있지도 않은 『삼국유사』만 전해진다.

라는 주장도 일연 타당해 보인다. 또한 정통 한문의 틀에서도 벗어나 있어 『삼국사기』에서 보여 주는 정연한 문장과도 대조를 이룬다.

그러나 이 또한 통념을 맹목적으로 따르지 않은 주체적 사고의 산물로 해석해야 한다. 특히 「찬기파랑가」 등의 향가 14수를 기록하면서 한자의 음과 뜻을 빌려 고대 우리말을 표기하고자 노력했던 점은 높이 평가되어야 마땅하다.

『삼국유사』는 어떤 책인가?

일연은 상고 시대와 삼국의 복잡다단한 역사를 다루기 위해 역사적 사건을 연대순으로 기록해 놓은 『삼국사기』와는 전혀 다른 방식을 취했다. '유사(遺事)'에서 '유(遺)'는 '잃어버리다', '자취', '남다' 등의 의미이고, '사(事)'는 '사실'이나 '사건', '사적(事跡)'을 뜻한다. 이전 역사 가운데 고려에 와서 없어진 일들에 관한 기록이라는 뜻과 정사에서 빠진 역사에 관한 기록이라는 뜻을 동시에 담고 있다.

최남선이 이 책의 작업을 "일연의 일여업(一餘業)이요, 일한사(一閑事)"라고 규정한 것도 이런 맥락이다. 여기에서는 '유사'가 불교 문화서도 아니고 역사서도 아닌, 일연이 평생 동안 모은 기록들을 엮은 것임을 의미한다. 따라서 '유사'를 잃어버린 사건 정도로 해석해도 큰 무리는 없을 듯하다. 그 방식은 일견 엉성해 보이지만, 달리 보면 학자적 습벽과 기지가 행간마다 자연스럽게 넘쳐흐른다.

『삼국유사』는 총 아홉 개의 편으로 구성되어 있으며, 각 편은 다시 조로, 각 조는 병렬적으로 인용되어 종합적이고 미분화된 특징과 이질적 요소들의 복합적인 내용을 다루고 있다. 형식 면에서도 서사, 논증, 시가 공존하고 있으며, 기사, 전, 찬 등 수많은 한문학의 문체들이 인용되어 있다. 이러한 복합적 특징을 지닌 『삼국유사』를 두고 오늘날까지 그 성격에 대해 의견이 분분하여 사서(史書)인가, 야사집(野史集)인가, 아니면 불교 문화서인가 하는 문제가 제기되어 왔는데 논의가 분분한 실정이다.

우선 역사서라는 견해를 보자.

『삼국유사』의 10분의 8이 신라의 역사에 대한 기록이라는 점에서 역사서의 성격을 지니지만 신라 중심의 역사 서술 태도가 문제시된다. 물론 그가 경상도 출신이고 대부분의 삶을 그 지방에 머물렀다 하더라도, 『신라유사(新羅遺事)』라고 해도 될 만큼 신라의 자료를 지나치게 많이 인용했으니 『삼국유사』라는 제목과 일정 부분 괴리가 생길 수밖에 없다. 그러나 『삼국유사』가 『삼국사기』의 보사적(補史的) 성격을 지닌 것은 틀림없는 사실이다.

다시 불교 문화서라는 견해를 보자.

이 책은 지은이도 승려이고 내용도 불교를 소재로 하거나 불교를 중심으로 한 문화 활동을 서술한 것이 적지 않다. 권1, 2를 제외하면 불교 설화나 전설 등이 거의 대부분을 차지하고 있다. 물론 저자 일연이 승려이다 보니 불교 관련 이야기가 많은 것이 객관성의 확보라는 측면에서 무리가 따른다는 비판이 제기될 수 있다. 그러나 분명 그 당시는 불교의 중흥기라는 점에 비춰 볼 때 불교 편향은 어느 정도 피할 수 없는 상황으로 볼 수 있다. 이 책에는 승려들의 비화에 관한 내용들이 적지 않다. 특히 외래 종교인 불교가 각 나라에 전파되는 과정에서 피할 수 없는 문화적 충돌이 일어나게 되어 적지 않은 난관이 발생하였다. 우리에게 널리 알려진 것을 한두 가지 들어 보면, 신라의 승려로서 한국 불교사상 최초의 순교자로 기록되는 이차돈은 그가 죽으면서 일어난 기적적인 사건으로 인해 신라가 불교를 받아들이는 데 공을 세워 신라 불교의 전설적인 전파자가 된 것이다. 중국에 유학을 가서 불교를 신라에 전파한 원광법사는 중국과 한국의 불교 발전에 획기적인 공을 세운 고승이다.

그 중심은 불교를 전파하고 정착하는 데 기여한 사례가 대부분이다. 이런 내용들을 다루려는 일연의 의도는 적어도 일반 대중들에게 신비함을 더해 줌으로써 그들이 자연스럽게 불교를 믿도록 하거나, 또 다른 의미로서는 조상들의 정신과 숨결을 불교적 삶에서 찾게 하려 했을 것이다.

이렇게 볼 때 『삼국유사』는 역사서이자 불교 문화서요, 야담과 설화의 모음집이자 소중한 문학서이고, 문사철(文史哲)이 관통된 인문서[2]라고 볼 수 있다.

---

2) 일찍이 육당 최남선이 『삼국유사』의 가치에 대해서 "조선(朝鮮)의 고대에 관하여 신전(神典)될 것, 예기(禮記)될 것, 신통지(神統志) 내지 신화 및 전설집(神話及傳說集)될 것, 민속지(民俗志)될 것, 사회지(社會志)될 것, 고어

『삼국유사』의 구성과 체제

『삼국유사』는 5권 9편목으로 구성되어 있다. 권1은 왕력(王曆) 제1과 기이(紀異) 제1, 권2는 기이 제1의 후속편, 권3은 흥법(興法) 제3과 탑상(塔像) 제4, 권4는 의해(義解) 제5, 권5는 신주(神呪) 제6, 감통(感通) 제7, 피은(避隱) 제8, 효선(孝善) 제9로 이루어져 있다. 이러한 편목에서 보듯이 『삼국유사』는 정제된 체제로 이루어졌다기보다는 작자의 주관적인 편집에 의해 구성되었다고 보는 것이 좀 더 타당하다. 이 아홉 부분은 서로 긴밀하게 연계되며 서로 비슷한 내용이 다른 편목에 있는 경우도 적지 않다.

좀 더 구체적으로 보면 「왕력」은 연표로서 다섯 칸으로 나누어 신라, 고구려, 백제, 가락국, 후고구려, 후백제 등의 순서로 연대를 표시하고 중국의 연표와 함께 수록했는데, 맨 앞에는 연호가 기록되고 아래 칸에 내용을 다루었다. 『삼국사기』 연표와 달리 「왕력」에서는 역대 왕의 출생, 즉위, 치세를 비롯한 저자 의견도 간략하게 덧붙여 사료적 가치가 인정된다.

「기이」편은 문무왕 이전의 역사적 사실을 50여 개 항목에 걸쳐 설명과 논증의 방식으로 수록하고 있는데, '고조선'에서

휘(古語彙)될 것, 성씨록(姓氏錄)될 것, 지명기원론(地名起源論)될 것, 시가집(詞詩歌集)될 것, 사상사실(思想事實)될 것, 신앙 특히 불교사(佛敎史) 재료(材料)일 것, 일사집(逸史集)일 것"이라고 규정하면서, 한국 고대사의 최고 원천이며 백과전림(百科典林)으로 극찬한 것은 『삼국유사』에 대한 정확한 성격 규정이라고 할 수 있다.

'오가야'의 내용과 '북부여'에서 '우사절유택'의 두 갈래는 북방의 대륙에서 남방의 해양으로의 고대사를 서술하고 있다. 이는 역사를 시간적 흐름이나 왕권이나 정치체제의 변화뿐만 아니라 역사 지리적 관점에서 파악한 독창적 인식이다. 제1권에는 고조선 이하 삼한, 부여, 고구려와 통일 이전의 신라 등 국가의 흥망과 성쇠를 신화와 전설 등과 함께 기록했고, 문무왕 이후부터 경순왕까지 신라 및 백제, 후백제 등의 기사는 제2권에 수록하고 있다.

「흥법」편은 신라를 중심으로 하는 불교의 수용 과정과 융성 및 고승들의 행적에 관한 이야기 6편이 수록되어 있다. 「탑상」편은 사기(寺記)와 탑 및 불상의 유래에 관한 내용으로서 모두 31항목이 수록되어 있다. 「의해」편은 원광을 비롯한 저명한 승려들의 설화로서 14항목으로 구성되었고, 「신주」편은 밀교의 이적과 이승(異僧)들에 관한 3편의 이야기이며, 「감통」편은 신앙의 감흥과 영험에 관한 11편의 이야기이며, 「피은」편은 숨어 사는 승려들의 행적 10가지 이야기이고, 맨 마지막 「효선」편은 불교적인 선행과 부모에 대한 효도에 관한 미담 5편이다.

「흥법」이하의 편들은 불교와 관련된 것이 대부분이며, 왕이나 귀족들이 아닌 승려들과 이적 등의 이야기가 대부분을 차지한다. 특이한 사건을 묶어 놓은 경우도 있고 비슷한 등장 인물을 한데 묶어 연속된 편에 배치한 경우도 있다.

이러한 편제를 『삼국사기』의 체제본기, 연표, 지, 열전과 비교하면 「왕력」과 「기이」는 「본기」와 「연표」에 해당되고, 「탑상」

은 「지」에 해당되며, 「홍법」 이하는 「열전」에 해당된다. 인물과 일화 및 이적 등을 중심으로 구성하고, 그 근거를 전해 내려오는 문헌과 향언 및 방언 등에서 취하는 방식이 주조를 이룬다.

『삼국유사』를 왜 읽어야 하는가?

『삼국유사』에는 인간의 세계와 귀신의 세계를 넘나든 자들의 이야기도 있어 오늘날의 판타지 소설 못지않은 흥미로운 이야기들을 담고 있다. 물론 어디까지가 진실이고 어디까지가 거짓인지 구분하기 어렵고 여기에 수록된 기이하고 괴이한 이야기의 주인공들이 과연 그런 신통력을 가지고 있었는지 의문이 들기도 하지만 정사(正史)가 아닌 유사(遺事) 형식에 담은 우리 선조들의 상상력과 지혜의 보따리로 보면 될 듯하다.

『삼국유사』의 이야기들 중에 다소 황당하고 설득력이 떨어지는 내용들이 있어 믿기 어렵다는 부정적인 평가도 있을 수 있으나, 조선 초기 이후 이 책을 많이 인용하고 간행과 유통도 활발하게 진행되어 왔다는 점에서 이 책의 가치는 이미 충분히 입증된다. 대체로 세상을 아름답고 윤기 있게 바꿀 수 있는 모티브를 제공할 만한 내용들이라는 점에서 오히려 우리는 이 책의 범세계적인 확장 가능성에 주목해야 한다.

관례처럼 무서운 것도 없다. 독창적이니 창의적이니 하지만 이 말만큼 위험한 것도 없지 않은가? 기존의 방식을 따르면 무리 없이 넘어가고 순탄한데 굳이 나름의 잣대로 재해석하고 재평가하면 봉변이 따라오기 마련 아닌가? 이런 면에서 이런 관례에서 벗어나 승려라는 불교도의 입장, 아니 당시 대표적인 고려 지식인의 관점에서 우리 역사를 담담하면서도 대등하게 바라보려는 점이 이 책의 가치와 위대성을 입증하기에 충분한 근거를 제공하는 것이다.

초판 역자 후기

　『삼국유사』는 국학 전공자뿐 아니라 아이부터 어른까지 한국인이라면 누구나 한 번은 꼭 읽어 봐야 할 필독서이다.

　첫머리인 「기이(紀異)」 편만 보더라도, 우리나라 고대 왕조의 성립과 발전 과정을 자세히 서술하고 있어 단순히 괴이하기만 한 이야기 이상의 의미가 있다. '고조선' 조(條)에 나오는 곰이 삼칠일(三七日)의 고난을 이겨낸 뒤 웅녀(熊女)가 되고 그 웅녀가 환웅(桓雄)과 결혼하여 단군왕검을 낳는다는 이야기는 우리 민족의 기원에 대해 상상의 나래를 펴게 한다. '후백제와 견훤' 조는 후백제의 성립과 멸망을 통해 한 가정의 가장으로서, 또 한 나라의 왕으로서 지녀야 할 덕성을 생각게 하며, '가락국기' 조는 신비의 고대 국가 가야가 우리 역사의 뒤안길에 물러나게 된 내력을 상세히 보여 준다.

　또한 『삼국유사』에는 지체 높은 왕에서부터 고승과 일반 서민에 이르기까지 온갖 인물 군상의 다채로운 이야기가 담겨 있다.

용에게서 태어난 서동과 선화 공주의 사랑, 지렁이에게서 태어난 견훤, 호랑이 처녀와 사랑을 나눈 김현, 세속의 부귀영화를 버리고 여러 마을을 돌아다니며 노래로써 일반 백성들을 교화한 원효, 천수대비에게 노래를 지어 기도하여 눈을 뜬 희명의 아이, 사람이 오를 수 없는 험한 바위 위에 핀 철쭉을 따다가 노래와 더불어 수로부인에게 바친 노인 등이 그렇다.

또한 일연이 승려인 까닭에 불교 관련 이야기가 주로 많기는 하지만 그 밖에 도교, 무속 및 우리 민속에 관한 이야기도 풍부히 담겨 있다.

이 책을 집필할 당시 일연은, 김부식이 『삼국사기』에서 유학적 관점에 의해 의도적으로 배제한 불교적, 설화적 요소를 보완하려 했고, 특히 민족 주체성의 토대 위에서 우리 역사를 재해석하고자 했다. 『삼국유사』는 역사 문헌에만 의존하려는 일부 유학적 역사관에 대한 경고의 의미를 담고 있었던 것이다.

일연은 민간과 절에 전해 내려오는 이야기들을 폭넓게 다루면서, 그 속에 담긴 사상, 인생, 종교, 지리, 언어, 음양오행 등에 주목했다. 「기이」편의 '첫머리에 말한다[敍曰)]'에서는 "삼국의 시조가 모두 신비스럽고 기이한 데서 나온 것이 어찌 괴이하다 하겠는가?"라고 말하면서 역사의 영역을 확장시켜야 한다고 선언하고 있다. 고조선을 첫머리에 둔 것 역시 고조선에서 시작하여 마한, 삼국, 후삼국, 고려로 이어지는 우리 역사에 정통성을 부여하려는 의도라고 볼 수 있다.

고려 시대에 『삼국유사』는 상고 시대 문화를 이해하는 데 귀중한 자료로 평가되었고, 『동국통감(東國通鑑)』이나 『신증동국여지승람(新增東國輿地勝覽)』 등에도 사료로 인용되었다. 그러나 유교를 국교로 내세운 조선 시대에 들어와서는 인고의 세월을 보내야 했다. 조선 후기의 실학자 이익(李瀷)은 『성호사설(星湖僿說)』에서 이 책뿐 아니라 이 책을 인용한 역사가들까지 강하게 비판했으며, 그의 제자인 안정복(安鼎福)도 '이단허탄(異端虛誕)'이라는 말로 깎아내렸다. 한치윤(韓致奫)도 '괴탄(怪誕)'하여 믿지 못할 책이라고 혹평했다.

그 후 오랫동안 우리의 기억 저편으로 사라져 있던 『삼국유사』는 20세기 초 일본이 한국보다 먼저 활자본을 출간하면서 세인들의 주목을 받았고, 도쿄대는 1907년 활자본 출간 준비에 들어갔다. 그에 비해 조선사학회는 20년 뒤인 1928년에야 비로소 활자본을 간행하였다. 최초의 우리말 번역은 1930년대 와서야 《야담(野談)》이라는 잡지에 선보였고, 1972년 이병도 선생의 완역본이 출간되고 이듬해 민족문화추진회의 영인본이 출간되기까지 적지 않은 세월 동안 일반 독자들의 관심과는 일정한 거리를 두고 있었다.

2003년에 국보로 지정되고, 서울대 규장각 소장본인 『삼국유사』와 고려대와 범어사 등의 소장본들이 모두 보물로 지정된 것은 뒤늦었지만 다행한 일이다.

역자는 본래 중문학자로서 국학에는 관심을 기울이지 않았는데,『사기』와 정사『삼국지』완역 작업에 매달리면서 중국 역사와 우리나라 역사가 서로 긴밀히 연관을 맺고 있음을 발견하게 되었다.『사기』의 「조선 열전」과『삼국지』「위서」권30 말미에 실린 「오환선비동이전(烏桓鮮卑東夷傳)」 중의 '동이전'이 단적인 예이다.『삼국유사』「기이」편 '위만조선' 조는『사기』의 「조선 열전」과 상당한 연관성이 있는데,『사기』에서는 조선이 곧 '동이'로서 그 선조가 기자(箕子)라는 설에 입각하여 조선의 건국 과정, 한 무제의 조선 침공과 한사군 설치 등을 기술하고 있다.『삼국지』「동이전」에는 부여(夫餘), 고구려(高句麗), 한(韓), 진한(辰韓) 등 우리 조상의 역사가 실려 있다.

조선을『사기』에 넣고 동이를『삼국지』에 수록한 이유가 무엇일까 하는 의문이 고개를 들었고 차차 우리나라 역사서에도 관심을 갖게 되었다. 연구를 계속할수록 우리나라 역사를 제대로 이해하려면 중국 자료에 대한 이해가 필수적임을 확신할 수 있었다.

지금까지 나와 있는『삼국유사』의 번역본은 40여 종이나 된다. 그중에는 여러 권의 선본(善本)이 존재하는 것도 사실이다. 여러 차례 수정본을 출간한 이재호 선생의 번역본을 비롯하여 이병도 선생과 이가원 선생의 번역본과 북한의 고전 연구가 리상호의 번역본을 대표적으로 꼽을 수 있다. 최근의 작업으로는 강인구 외 4인이 공역한『역주 삼국유사』가 있다.

이러한 몇몇 번역본이 있음에도 나는『삼국유사』는 새로운 번역서가 나와야 한다고 생각했다. 여전히 중국 자료 인용 부분은 사료의 재검토가 필요하고, 불교 관련 용어와 향가 및 설화 등 번역에서도 관련 지식의 부족에 따른 아쉬움이 느껴졌던 것이다. 좀 더 나은 번역을 위해 다양한 전공의 학자들이 모여 함께 머리를 맞대는 계기가 마련되고 학제 간 교류가 활성화된다면 이상적이겠지만, 작금의 현실에서는 아득히 먼 훗날의 일로만 보였다.

게다가 기막힌 우연도 하나 작용했다. 나는 1992년 한 해 동안 지금은 고인이 되신 연민 이가원 선생님 댁에 가서 수업을 들은 적이 있다. 성균관 담장 너머에 사셨던 선생님은 동양학 전반에 걸친 해박한 식견으로 우리에게 중국학과 한국학을 비교하며 강의하셨다. 그러던 어느 날, 내가 『당시감상대관』을 출간하게 되어 증정해 드리니, 문득 당신이 번역하신 『삼국유사』를 꺼내 이렇게 말씀하셨다.

"이 책에는 중국 문헌이 많이 인용되고 있는데 아직까지 해결하지 못한 것이 너무 많아. 앞으로 중문학을 연구하는 사람이 나서서 한 번 번역할 필요가 있지."

선생님의 말씀은 마치 내 결심을 꿰뚫어 보시고 격려해 주시는 것처럼 들렸고, 그 후로 나는 번역 작업에 본격적으로 팔을 걷어붙였다.

예상은 했지만 작업은 순조롭지 않았다. 한국학의 고전인 동시에 고대사의 정수인 『삼국유사』의 번역은 고난의 연속이었다. 머리가 무거워질 때면 학교 뒤편 반야산(般若山)에 있는 관촉사를 찾아가 새벽에 스님들의 염불 모습도 보고, 신도들이 온 정성으로 불공을 드리는 모습을 보면서 『삼국유사』에 실린 불교 관련 내용을 음미해 보기도 하였다.

2002년 늦은 가을, 『삼국유사』가 세상에 출간되었다. 감사하게도 이 책은 독자들에게 꾸준한 사랑을 받았고, 2003년 12월 MBC 느낌표의 열두 번째 선정 도서가 되어 40만 독자의 사랑을 받는 영광도 누리게 되었다. 그러나 독자들의 많은 사랑을 받을수록 감사한 한편으로 정확한 번역에 대한 책임감을 무겁게 느꼈다.

그러던 차에 2002년 6월, 개정판을 출간하게 되었다. 거슬리는 표현이나 어감이 미묘한 부분을 고치고 오탈자를 바로잡으며 적지 않은 부분을 손보았고, 그 과정에서 최근의 새로운 연구 성과를 담으려 애썼다. 그리고 이번 겨울, 『삼국유사』가 민음사 세계문학전집으로 다시 선보이게 되었다. 개정판에서 몇 가지를 수정하고 작가 연보를 더했다. 한국 문학의 보고요 한국학의 고전인 이 책이 세계문학전집에 수록되어 세계문학의 소중한 자산으로 받아들여진 것이 기쁘고 반갑기 그지없다.

마지막으로 항상 내 작업의 든든한 버팀목이 되어 주는 부모님을 비롯한 나의 가족들, 그리고 제자들에게도 고마운 마음을 전한다.

고전은 읽을수록 맛이 나는 법이다.

2007년 겨울
김원중 삼가 적다

작가 연보

1206년   성은 김씨. 최초의 법명은 견명(見明). 최초의 자는 회
연(晦然), 자호는 목암(睦菴). 고려 희종 2년에 오늘날
경주의 속현이었던 장산군(章山郡) 지금의 경산에서
태어남. 아버지는 당시 스님이었던 김언정(金彦鼎), 어
머니는 성이 이씨(李氏)였음. 그의 어머니는 해가 사흘
동안 계속 집 안으로 들어와 자신의 배를 따사롭게 하
는 태몽을 꾸고 일연을 낳았다고 함.

1214년   어머니의 손에 이끌려 출가하여 지금의 광주(光州) 지
방인 해양(海陽)에 있던 무량사(無量寺)에 가서 공부
를 하게 됨.

1219년   오늘날 양양에 있는 진전사(陳田寺)로 가서 당대의 고
승 대웅(大雄)의 제자가 됨. 이 절은 설악산의 대청봉
이 내려다보이는 궁벽한 골짜기에 있었는데, 신라의 선

승 도의(道義)가 은거하던 곳으로 유명한 절임. 이 절의 대웅으로부터 구족계(具足戒)를 받은 뒤, 여러 곳의 선문(禪門)을 찾아다니면서 수행에 정진함. 이때 적지 않은 사람들이 일연을 구산문 사선(九山門四選)의 우두머리로 추대함.

1227년 승과 선불장(選佛場)에 응시하여 상상과(上上科), 즉 장원에 급제함. 그 뒤 비슬산(琵瑟山)의 보당암(寶幢庵)으로 옮겨 몇 년 동안 머무르면서 온 정성을 기울여 참선함.

1236년 몽골이 고려에 쳐들어옴. 전란의 피해가 전주 고부(古阜)지방까지 이르자, 일연은 난을 피하고자 문수(文殊)의 오자주(五字呪)를 외면서 부처님의 감응을 빌었는데 뜻밖으로 문수보살이 현신하여 가르침을 주는 효험을 얻음. 이해 나라로부터 삼중대사(三重大師)의 승계(僧階)를 받음.

1246년 정안(鄭晏)의 청을 받고 남해의 정림사(定林寺)로 옮겨 법회를 주재함. 이 절에 머무르는 동안 대장경을 주조하면서 남해의 분사대장도감(分司大藏都監)의 작업에 3년 정도 참여.

1249년 남해로 거처를 옮겨 10년간 살면서 수행과 불법을 펼치는 데 온 정성을 기울임.

1256년 여름, 남해에 있는 윤산(輪山)의 길상암(吉祥庵)에 머무르면서 『중편조동오위(重編曹洞五位)』를 짓기 시작하여 거의 4년간 작업함.

1259년   대선사(大禪師)의 승계를 제수 받음. 몽골의 침입이 계
       속되는 동안 전란을 피해 우리나라 남쪽의 여러 곳을
       돌아다니면서 수행에 전념.

1261년   원종의 부름을 받고 강화도로 옮김. 강화도에 있는 선
       월사(禪月社)의 주지가 되는데 개당하여 구산선문(九
       山禪門) 중 하나인 가지산문(迦智山門)의 문하에 속하
       는 지눌(知訥)의 법통을 계승함. 일연의 비문에 보이는
       '요사목우화상(遙嗣牧牛和尙)'이라는 구절, 즉 '멀리
       목우화상의 법을 이었다'는 구절이 바로 지눌의 법통
       을 계승했다는 사실을 입증하는 것으로 보임. 일연의
       직함 중 '조계종 가지산하 인각사주지'라는 표기 역시
       이러한 점과 상관성이 있음.

1264년   가을, 왕에게 남쪽으로 돌아갈 것을 여러 번 청하여 경
       상북도 영일군 운제산(雲梯山)에 있던 오어사(吾魚社)
       로 옮겨 생활함. 이때 비슬산 인홍사(仁弘社)의 만회
       (萬恢)가 그 주석을 양보하여 인홍사 주지가 되어 후학
       들에게 불법을 가르침. 일연의 강론을 참석하지 못하면
       부끄럽게 여길 정도로 문도가 수천 명에 달함.

1268년   조정에서 선종과 교종의 고승 100명을 개경에 불러들
       여 운해사(雲海寺)에서 대장낙성회향법회(大藏落成廻
       向法會)를 베풀었는데, 일연이 그 법회를 주관하는 영
       예를 얻음.

1274년   인홍사를 다시 짓고 좁은 경내를 확장함. 조정에 절의
       경내를 확장한 사실을 아뢰자 원종은 절 이름을 '인홍

(仁興)'이라고 짓고 직접 제액(題額)을 써서 내려줌. 이 때 비슬산 동쪽 기슭의 용천사(湧泉寺)를 다시 창건하고 절 이름을 불일사(佛日社)로 고쳤는데, 이 시기에 일연이 「불일결사문(佛日結社文)」을 씀.

1277년　충렬왕의 명에 따라 청도 운문사(雲門寺) 주지가 되어 1281년까지 머물면서 크게 선풍(禪風)을 일으킴. 이때부터 우리 민족의 위대한 문화유산인 『삼국유사(三國遺事)』를 집필하기 시작한 것으로 추정됨. 그의 관점은 신라 중심의 서술 방식을 바탕에 깔고 있음.

1281년　몽골군의 일본 원정으로 인해, 이해 6월경 경주로 행차한 충렬왕은 일연을 불러 그의 곁에 있게 함. 이 시기에 일연은 뇌물로써 승직(僧職)을 구하는 불교계의 썩은 모습과 몽골의 침입으로 불타 버린 황룡사의 황량한 모습을 목격하고는 인생무상의 처참함을 느낌.

1282년　가을, 충렬왕의 간곡한 부름으로 궁궐에 들어가 선(禪)을 설파하고 개경의 광명사(廣明寺)에 머물게 되는데, 왕실의 극진한 예우를 받음.

1283년　3월, 국존으로 추존되어 원경충조(圓經冲照)라는 호를 받음. 이해 4월 문무백관을 거느린 왕의 거처에서 구의례(摳衣禮, 옷소매를 걷어 올리고 절하는 예)를 받음. 그러나 늙고 병든 어머니가 마음에 걸려 왕의 만류를 뿌리치고 고향으로 돌아와 지극 정성을 다해 어머니를 봉양함.

1284년　어머니가 세상을 떠남. 일연의 효심을 아는 충렬왕은 안타까운 마음에 이듬해 1285년, 인각사를 수리하고 일연에게 토지 100여 경(頃)을 주어 관리하게 함. 일연이 머무는 인각사에서 당시의 선문을 두루 포괄하는 구산문도회(九山門都會)를 두 번 개최함.

1289년 충렬왕 15년 6월 병마가 찾아오자, 7월 7일 왕에게 올릴 글을 쓰고, 이튿날인 8일 새벽 선상(禪床)에 앉아 제자들과 선문답(禪問答)을 나눈 뒤 거처하던 방으로 돌아가서 손으로 금강인(金剛印)을 맺고 입적함. 세수는 84세, 법랍은 70세였음. 이해 10월 조정에서는 인각사 동쪽 언덕에 일연을 위해 탑을 세워 그의 죽음을 안타까워하고 그에게 보각(普覺)이라는 시호를 내려 줌.

참고 문헌

단행본

고운기, 『우리가 정말 알아야 할 삼국유사』 1·2 (서울: 현암사, 2002).

_____, 『일연』 (서울: 한길사, 1997).

_____ 역, 『삼국유사』 (서울: 홍익출판사, 1998).

權相老 역주, 『三國遺事』 (서울: 동서문화사, 1978).

김대문, 이종욱 역주해, 『화랑세기』 (서울: 소나무, 1999).

김열규 편, 『삼국유사와 한국 문학』 (서울: 학연사, 1983).

_____ 외 편, 『삼국유사의 문예적 연구』 (서울: 새문사, 1993).

_____ 외, 『신삼국유사』 (서울: 학연사, 2000).

김완진 외, 『향가 해독법 연구』 (서울: 서울대출판부, 1990).

김용옥 편, 『三國遺事引得』 (서울: 통나무, 1986).

김원중, 『중국문화사』 (서울: 을유문화사, 2001).

_____ 역, 『사기열전』 (서울: 민음사, 2007).

_____ 역, 『정사 삼국지』 (서울: 민음사, 2007).

김종명, 『한국 중세의 불교의례』 (서울: 문학과지성사, 2001).

김태식, 『미완의 문명 7백년 가야사』 1·2·3 (서울: 푸른역사, 2002).

리상호 역, 『삼국유사』 (서울: 까치, 2002).

민족문화연구소 편, 『삼국유사 연구』 상 (대구: 영남대출판부, 2002).

박노준, 『신라 가요의 연구』 (서울: 열화당, 1981).

박성봉·고경식 역, 『삼국유사』 (서울: 서문문화사, 1987).

박진태 외, 『삼국유사의 종합적 연구』 (서울: 박이정, 2002).

三品彰英, 『三國遺事考察』 上(東京: 塙書房, 1975).

서대석, 『한국 신화의 연구』(서울: 집문당, 2001).

＿＿＿, 『한국의 신화』(서울: 집문당, 1997).

승가대학원 현토, 『삼국유사』(서울: 민족사, 1998).

양주동, 『고가 연구』(서울: 정음사, 1960).

袁珂, 『중국신화전설』 1·2, 전인초·김선자 역(서울: 민음사, 1999).

이가원 역, 『삼국유사신역』(서울: 태학사, 1991).

＿＿＿ ·허경진 역, 『삼국유사』(서울: 한양출판, 1996).

이강래 역, 『삼국사기』 Ⅰ·Ⅱ(서울: 한길사, 2000).

이기백, 『신라 사상자 연구』(서울: 일조각, 1991).

이도흠, 『신라인의 마음으로 삼국유사를 읽는다』(서울: 푸른역사, 2000).

이동환 교감, 『삼국유사』(서울: 민족문화추진회, 1982).

＿＿＿ 역, 『삼국유사』(서울: 장락, 1994).

＿＿＿ 역, 『삼국유사』 상·중·하(서울: 글방문고, 1986).

이민수 역, 『삼국유사』(서울: 을유문화사, 1994).

이병도, 『한국 고대사회와 그 문화』(서울: 서문당, 1973).

＿＿＿ 역, 『삼국유사』(서울 :을유문화사, 1989).

이재호 역, 『삼국유사』 1·2(서울: 솔출판사, 2000).

전인초 외, 『중국신화의 이해』(서울: 아카넷, 2001).

정재서, 『도교와 문학 그리고 상상력』(서울: 푸른숲, 2000).

＿＿＿, 『불사의 신화와 사상』(서울: 민음사, 1994).

조동일, 『한국 시가의 역사적 의미』(서울: 지식산업사, 1997).

＿＿＿, 『한국문학통사』 1·2(서울: 지식산업사, 1990).

최남선, 「조선의 신화」, 『육당 최남선 전집』(서울: 현암사, 1973).

＿＿＿ 편, 『三國遺事』(영인본)(서울: 서문문화사, 1990).

최호 역해, 『三國遺事』(서울: 홍신문화사, 1993).

한국정신문화연구원 ,『三國遺事索引』(성남: 정신문화연구원, 1980).

황패강,『신라 불교 설화 연구』(서울: 일지사, 1975).

＿＿＿,『향가 문학의 이론과 해석』(서울: 일지사, 2000).

홍윤식,『삼국유사와 한국 고대문화』(익산: 원광대출판부, 1985).

효성여자대학교 한국전통문화연구소,『한국전통문화연구』(『삼국유사』특집 Ⅱ)(대구: 효성여대출판부, 1986).

논문

강인구,「三國遺事의 考古學的 考察」,『譯註三國遺事』5(서울: 이회문화사, 2003).

＿＿＿,「석탈해와 토함산, 그리고 석굴암」,『精神文化研究』82(성남: 한국정신문화연구원, 2001).

김두진,「三國遺事의 史料的 性格」,『譯註三國遺事』5(서울: 이회문화사, 2003).

김상현,「三國遺事의 간행과 유통」,『韓國史研究』38(서울: 한국사연구회, 1982).

＿＿＿,「三國遺事의 書誌的 考察」,『譯註三國遺事』5(서울: 이회문화사, 2003).

＿＿＿,「三國遺事의 서지학적 고찰」,『三國遺事의 綜合的 檢討』(성남: 한국정신문화연구원, 1987).

김정기,「황룡사지 발굴과 삼국유사의 기록」,『三國遺事의 研究』, 동북아세아연구회 편저(서울: 중앙출판, 1982).

안병희,「국어사 자료로서의 삼국유사—향가의 해독과 관련하여」,『三國遺事의 綜合的 檢討』(성남: 한국정신문화연구원, 1987).

柳鐸一,「三國遺事의 文獻變化 樣相과 變因」,『三國遺事研究』上 (대구: 嶺南大學校出版部, 1983).

이근직,「삼국유사 왕력의 편찬 성격과 시기」,『韓國史研究』101(서울: 한국사연구회, 1998).

이기백,「고조선의 국가형성」,『韓國史市民講座』2(서울: 일조각, 1988).

_____ ,「三國遺事의 사학사적 의의」,『創作과批評』1976년 가을호; 『한국사학의 방향』(서울: 일조각, 1978).

_____ ,「三國遺事의 편목구성」,『佛敎와 諸科學』(서울: 동국대학교 출판부, 1987).

이우성,「고려중기의 민족서사시—동명왕편과 제왕운기의 연구」, 『한국의 역사인식』上(서울: 창작과비평사, 1976).

장충식,「三國遺事의 美術史的 考察」,『譯註三國遺事』5(서울: 이회문화사, 2003).

정구복,「三國遺事에 대한 사학사적 고찰」,『三國遺事의 綜合的 檢討』(성남: 한국정신문화연구원, 1986).

정영호,「三國遺事 考古學」,『三國遺事의 연구』, 동북아세아연구회 편저(서울: 중앙출판, 1982).

조현설,「건국 신화의 형성과 재편에 관한 연구」, 동국대학교 박사학위논문, 1997.

蔡尙植,「至元 15年(1278) 仁興社刊 歷代年表와 三國遺事」,『高麗史의 諸問題』(서울: 三英社, 1986).

하정룡,「삼국유사의 편찬과 간행에 대한 연구」, 고려대학교 박사학위논문, 2002.

황패강,「三國遺事의 文學的 考察」,『譯註三國遺事』5(서울: 이회문화사, 2003).

세계문학전집 **166**

삼국유사

1판 1쇄 펴냄   2008년 1월 2일
1판 36쇄 펴냄   2021년 9월 17일
2판 1쇄 펴냄   2022년 3월 11일
2판 3쇄 펴냄   2024년 1월 12일

지은이   일연
옮긴이   김원중
발행인   박근섭, 박상준
펴낸곳   (주)민음사

출판등록   1966. 5. 19. (제 16-490호)
서울특별시 강남구 도산대로1길 62(신사동) 강남출판문화센터 5층 (우편번호 06027)
대표전화 02-515-2000   팩시밀리 02-515-2007
www.minumsa.com

© 김원중, 2008, 2022. Printed in Seoul, Korea

ISBN 978-89-374-6166-8 04800
ISBN 978-89-374-6000-5 (세트)

세계문학전집 목록

세계문학전집은 계속 간행됩니다.